KB213981

구비문학의 연행자와 연행양상

한국구비문학회 편

도서
출판 박이정

머 리 말

이 책은 구비문학 연행자 및 연행양상에 대한 구비문학 전공자들의 연구성과들을 한데
묶은 것이다. 1998년 2월 19-20일의 한국구비문학회 학술대회에서 발표된 논문들을 주축
으로 삼아 그 내용을 수정 보완하고, 주제에 걸맞는 연구논문을 몇 편 더하여 체재를 갖추
었다. 이는 본래 학회지『구비문학연구』제7집(1998.12 발행)으로 간행했던 것인데, 그
내용이 한 권의 독립된 책으로서 손색이 없다는 주변의 평가와 권유를 받아들여 단행본으
로 출간하게 되었다.

이 책에는 구비문학 각 분야의 연구성과가 망라돼 있다. 총론에 속하는 두 편의 글을 필
두로 설화 · 민요 · 무가 · 판소리 · 민속극 분야의 논문이 두루 수록돼 있다. 그렇지만 그 논
문들은 서로 별개의 것이 아니다. 그들은 공통적으로 구비문학의 '연행'에 얽힌 문제를 '연
행자'를 매개로 하여 다룬 것이라는 특징을 지닌다. 그것은 문학행위의 주체로서의 인간을
축으로 하여 현장 속에 살아 숨쉬는 문학으로서의 구비문학의 체취를 온전히 드러내고자
한 노력의 소산이다.

실로 구비문학에 있어 연행자가 지니는 의미는 각별하다고 할 수 있다. 작가와 독자, 작
품이 서로 분리되어 존재하는 기록문학과 달리 구비문학에서는 연행자와 청중이 동일 현장
에 존재하며 바로 그 자리에서 문학작품이 실현된다. 구비문학의 연행자는 현장의 상황과
청중의 성격을 고려하면서 그때마다 새롭게 자신의 작품을 엮어내야 한다. 요컨대 그는 작
가인 동시에 연출가로서의 역할을 수행해야 하는 것이다. 구비문학의 성패는 연행자가 그
역할을 얼마나 훌륭히 수행하는가에 달려있다고 해도 과언이 아니다. 구비문학 연구에 있
어 연행자가 특별히 중시되어야 하는 이유다.

그럼에도 불구하고 그간 구비문학 연행자에 대한 연구는 그리 활발히 이루어지지 못하
였었다. 구비문학 연구는 오랫동안 작품을 따로 떼어서 그 문학적 구조와 의미를 분석하는
데 치중해 왔다. 이에 대하여 현장을 중시하는 연구방법론이 대안으로서 대두되기도 하였
지만, 그 또한 연행자의 역할을 정당하게 고려하지 못한 채 현장 상황을 설명적으로 기술
하는 데 그친 감이 있다. 전체적으로 볼 때, 구비문학의 주체로서의 '인간'에 대한 관심 부
족으로 인해 현장과 작품의 유리(遊離)를 극복하지 못하고 있는 상황이다.

구비문학 연행자—및 그를 축으로 한 연행양상—에 대한 연구는 어느 한 개인의 노력으로써 빛을 보기가 쉽지 않은 작업이다. 그간 이 방면의 논저들이 간간이 제출되었음에도 그리 큰 반향을 일으키지 못했던 사실이 이를 잘 보여준다. 이 방면 연구의 전기를 마련하기 위해서는, 폭넓은 현지조사 경험과 함께 전문성을 갖춘 여러 연구자들의 힘을 한데 모으는 것이 절실하다. 1998년 2월의 한국구비문학회 학술대회는 이러한 연구사적 인식에 의거하여 기획되었던 것이거니와, 이제 이 책이 출간됨으로써 그 공동의 연구성과가 찬란한 빛을 보게 되었다.

우리는 이 책을 통하여 우리 구비문학에 대한 인식 수준이 한 단계 높아지게 되었음을 믿어 의심치 않는다. 구비문학의 주체로서의 '인간'이 우뚝하게 되살아남으로써 그 문학적 존재방식을 온전히 해명할 수 있는 기틀이 마련되었다. 사람들의 삶에 있어 구비문학이 어떤 의의를 지니는가 하는 원론적인 문제로부터 우리 구비문학이 지니는 다양하고도 미묘한 '문학적 맛'의 비밀에 이르기까지 이 책에 실린 연구성과들의 활용 범위는 그야말로 무궁무진하다. 어디 구비문학뿐이랴. 기록문학을 포함한 문학예술 일반의 존재방식을 살핌에 있어서도 이 책은 소중한 길잡이가 되어 줄 것이다.

이 책에 옥고(玉稿)를 실어 주신 한국구비문학회의 여러 회원들께 감사 드리며, 그동안 영리를 돌보지 않고 학회지 출간에 힘써 주신, 그리고 이번 단행본의 출간을 흔쾌히 허락해 주신 박찬익 사장님 이하 박이정 출판사 가족들께 이 자리를 빌어 깊은 감사의 말씀을 드린다.

1999. 2
한국구비문학회 회장 조 희 웅

차 례

◇ 연행자론 관련 자료 모음

구비문학의 연행론, 그 문학적 생산과 수용의 역동성

임 재 해

1. 구비문학의 '있음'과 '연행'의 함수

구비문학은 연행(performance)으로 존재한다. 구비문학의 생명은 연행이다. 달리 말하면 연행 없는 구비문학은 존재할 수 없다. 연행만이 구비문학의 '있음'을 보장한다. 더 엄밀하게 말하면 구비문학은 연행될 때만이 존재한다. 이때 존재한다는 것은 구비문학이 문학작품으로 살아서 제 구실을 감당한다는 뜻이다.[1] "민속은 연

---

1) Ruth Finnegan, *Oral Poetry*(Cambridge University Press), 1977, 28면에서, 구비문학은 연행되어질 때만 작품이 충분하게 실체화 상태에 도달하게 된다고 했다.

행될 때만이 진짜 민속"이라고 한 로저 아브람스(Roger D. Abrahams)의 진술
도2) 사실은 민속문화 전반을 대상으로 한 것이 아니라, 좁게는 연행에 의하여 이
루어지는 민속문학에 국한되는 것이며 넓게는 민속음악과 민속춤 등과 같은 연행예
술에 한정하여 일컫는 것이다.

왜냐 하면 연행되지 않는 민속도 있을 수 있기 때문이다. 민속물질 자료와 관련
된 각종 살림살이 도구나 생업기술물의 제작과 이용을 두고 연행이라 하기 어렵다.
그리고 민속사회 영역에 속하는 대상으로서, 취락의 구조라든가 풍수지리, 사회적
협동 관행 등도 연행으로 존재하는 민속으로 볼 수 없는 까닭이다. 물론 이러한 민
속문화가 연행 예술은 더욱 아니다. 따라서 벤 아모스가 말하는 연행을 전제로 규
정된 민속(folklore)은 사실상 민속문학 곧 구비문학을3) 주 대상으로 한 것이라 할
수 있다. 실제로 미국에서는 민속을 곧 구비문학으로 인식하는 경우가 적지 않다.
루쓰 피네간(Ruth Finnegan)은 "민속학 연구는 규범적으로 요즘 우리가 흔히 구
비문학이라고 하는 것을 반드시 포함하고 있어야 할 뿐 아니라, 때로는 구비문학
연구와 근본적으로 동일한 것"으로 규정하고 있으며,4) 실제로 단 벤 아모스(Dan
Ben-Amos)의 『민속학 갈래론』5)을 보면 대부분의 내용이 구비문학에 관한 갈래론
으로 편집되어 있음을 알 수 있다. 그러므로 구비문학의 연행론은 민속학의 연행론
과 함께 가는 것이자, 민속학의 방법론 개척과 밀접한 연관성을 지니고 있다.

구비문학의 연행에 대한 관심은 최근의 일이 아니다. 1970년대에 미국 민속학계
에서 연행중심적 방법(performance-centerd approach)이 대두되면서부터 비롯되
어 현장론적 방법으로 발전되는 동안 줄곧 주목되어 왔다.6) 민속이 전승되는 현장
에서 연구자가 직접 현지조사를 통해 민속을 수집하고 인식하며 방법론을 모색한

---

2) Roger D. Abrahams, "personal power and Social Restraint", Américo Paredes and
   Richard Bauman eds., *Toward News Perspective in Folklore*(The University of Texas
   Press, 1972), 28면. "Folklore is Folklore only when performed."
3) 민속문학(folk literature)과 구비문학(oral literature)은 동일한 대상을 나타내는 말이되, 민속문
   학은 민속학의 영역으로서 민속종교나 민속사회와 분별하여 일컬을 때, 구비문학은 문학의 영역으
   로 기록문학과 분별하여 일컬을 때 쓰는 말이다.
4) Ruth Finnegan, 앞의 책, 33면. "folklore study(with normally at least inculded what is
   now termed 'oral literature' and sometimes identified primarily with it)".
5) Dan Ben-Amos Edited, *Folklore Genres*(American Folklore Society, University of Texas Pr
   ess), 1976.
6) 임재해, 「민속 연구의 현장론적 방법」, 『민속문화론』, 文學과知性社, 1986, 202~231면에서 이들
   방법에 대하여 자세하게 다루었다.

결과 연행상황 또는 현장상황의 중요성을 발견하게 되고, 그 결과 민속에 대한 새로운 인식과 함께 이들 방법론이 개척된 것이다. 따라서 연행 연구의 필수적인 전제는 현지조사에 의한 현장 연구라 할 수 있다. 이들 방법론이 대두되기 전에는 구비문학의 전승과정이나 전파 경로에 관심을 집중시켰으나, 그 이후에는 점차 연행의 하부구조에 초점을 맞추면서 다양한 연행 항목들이 어떤 방식으로 함께 놓여지는지, 그리고 어떤 이해력과 연관성들이 연행 상황에서 미적 상호작용을 이끌어내는가 하는 두 문제에 초점이 맞추어지게 되었다.[7]

'연행'이란 말은 원래 현대언어학 용어이다. 인간의 잠재적 언어 능력(competence)에 대하여 이를 실제로 발화(發話)하는 언어 수행(performance)을 나타내는 개념으로 언어학자 촘스키(Noam Chomsky)가 용어화한 것이다. 촘스키는 구조주의 언어학자 소쉬르(Sawssure)가 개념화한 언어의 능기(能記, langue)와 소기(所記, parole)에 뿌리를 두고, 언어 능력과 언어 수행의 개념을 설정하였는데, 언어의 수행을 개인이 가진 언어 능력이 상황에 따라 창의력 있게 표현되는 즉흥적 출현성으로 파악하고 있다.[8] 이와 마찬가지로 구비문학의 연행도 전승에 의하여 일정하게 유형화되고 기억 속에 잠재적으로 갈무리되어 있는 문학적 능력이 일정한 상황 속에서 구체적인 문학작품으로 말과 행위를 통해 표현되는 즉흥적 출현성을 뜻한다.

언어의 수행이 그런 것처럼 구비문학의 연행도 즉흥성을 띠면서 현장에서 일시적으로 구체화되므로 그 때마다 가변적으로 제 모습을 드러낼 수밖에 없다. 따라서 구비문학은 연행될 때만이 비로소 문학작품으로 꼴지워지게 될 뿐 아니라, 연행하는 데 따라서 그때마다 다르게 꼴지워지게 되는 것이다. 그러므로 말 없는 말을 생각할 수 없듯이 연행 없는 구비문학 작품은 생각할 수 없다. 우리가 연행할 때만이 구비문학이 존재한다고 하는 것도 이 때문이다.

특히 구비문학의 구술 표현을 연행으로 주목하는 경우에, 연행은 두 가지 뜻을 지닌다. 하나는 민속이 수행되고 있다는 뜻으로서 '예술적 행위(artistic action)'로 쓰이는가 하면, 둘은 연행을 담당하는 사람과 예술적 형식, 듣는 사람, 현장의 환경 등을 포함하는 연행 상황의 뜻으로서 '예술적 사건(artistic event)'을 나타내기도 한다.[9] 그러므로 연행이라는 용어는 구비문학을 고정적 실체로서 텍스트(text)로 보지

---

7) Roger D. Abrahams, "Genre Theory and Folkloristics", *Folk Narrative Research*, Finnish Literature Society, 1976, 13면.
8) 임재해, 『설화작품의 현장론적 분석』, 지식산업사, 1991, 34~35면.

않고 의사 소통의 역동적인 과정(process)으로 행위나 사건으로서 컨텍스트(context)
로 보게 한다. 연행 차원의 구비문학 연구에서 구비문학의 연구 텍스트는 곧 구비
문학의 컨텍스트라 할 수 있다.10)

구비문학이 연행으로 존재한다면, 음악과 춤, 연극 등과 같은 연행예술도 연행으
로 존재한다고 할 수 있다. 연행되지 않는 음악과 춤, 연극, 다시 말하면 악보 속의
음악이나 무보(舞譜) 속의 춤, 희곡 속의 연극은 사실상 진정한 음악과 춤 또는 연
극이라 할 수 없기 때문이다. 기록된 악보와 무보, 희곡은 사실상 음악과 춤, 연극
으로 연행되도록 하기 위한 전제로 존재하는 것일 뿐 그 자체로 음악이거나 춤 또
는 연극이라 할 수는 없다.

그러나 문학의 경우에는 사정이 다르다. 연행되지 않는 기록문학도 그 자체로 온
전한 문학으로 인정될 뿐 아니라 연행되는 구비문학보다 오히려 문학으로서 독점적
인 지위를 누려왔다. 기록문학은 그 자체로 완전한 문학 작품의 구실을 하는 것으
로서, 구비문학으로 연행되기 위해 생산된 것은 아니기 때문이다. 구비문학도 기록
문학을 토대로 연행되지 않고 그 자체로 연행된다. 따라서 구비문학과 기록문학은
무보와 춤추기, 악보와 음악 연주, 각본과 연극 공연의 관계와 달리 기록에 의존하
여 연행하거나 연행을 전제로 기록하지 않은 채 제각기 독립적인 문학 양식으로 존
재한다. 그러므로 다른 연행예술과 달리 구비문학이 연행으로 존재한다고 할 때에
는 별도의 의미를 지닌다.

문학이 문학으로서 존재하려면 작품이 생산되고 매개되며 수용되어야 한다. 문학
이 생산되어 있더라도 수용자에게 수용되지 않는 문학은 진정한 의미에서 문학작품
이라 할 수 없다. 수용되기 위해서는 생산자와 수용자 사이에 작품을 전달하고 전
승하는 매개 행위와 매개자가 있어야 한다. 생산자가 문학을 생산해 놓으면 문학이
존재한다고 여길 수도 있으나, 독자를 만나서 수용되지 않는 문학은 있어도 없는 것
이나 다름없다. 존재 가치를 발휘하지 못하기 때문이다. 따라서 문학이 존재한다는

---

9) Richard Bauman, *Verbal Art as Performance*(Waveland Press. Inc.), 1984, 4면.
10) 임재해, 「민속자료와 향토사」『향토사의 길잡이』, 수서원, 1995, 162면에서. 민속학 자료에 관해
   이미 텍스트와 컨텍스트의 문제를 같은 맥락에서 규정한 바 있다. "민속학에서는 텍스트 차원의
   자료가 아니라 컨텍스트 차원의 자료가 진정한 연구 자료라 할 수 있다. …… 민속학자가 현지조
   사에서 수집하고 관찰하는 텍스트와 컨텍스트는 곧 다른 분과학문의 텍스트와 같이 동등하게 다
   루어져야 한다. 민속학에서 주요 연구 자료가 되는 텍스트는 곧 컨텍스트라는 사실을 염두에 두어
   야 현지조사가 체계적으로 이루어질 수 있다. 그러므로 민속학의 텍스트는 곧 컨텍스트라는 명제
   를 새겨 둘 만하다."

것은 문학으로서 제 구실을 발휘할 때 가능하다. 그러므로 구비문학이 연행으로 존재한다는 것은 연행으로 생산되고 연행으로 매개되며 연행으로 수용된다는 말이다.

이때 매개는 전달과 전승을 함께 포함한다. 작품의 공시적인 매개를 작품의 '전달(傳達)'이라 한다면 통시적인 매개를 작품의 '전승(傳承)'이라 하고, 공간적인 매개를 작품의 '전파(傳播)'라 할 수 있다. 문학이 존재하려면 공시적으로도 전달되고 유통되어 수용자와 만나야 하지만, 통시적으로도 전승되고 공간적으로 전파되어야 다른 시공간에 있는 수용자들과 널리 만날 수 있다. 존재한다는 것은 순간적이 아니라 지속적인 현상일 때 그 의미가 제대로 살아나며 사회적으로도 널리 확산되어야 그 의의가 높아진다. 역사적으로 지속적 매개인 전승과 지리적으로 사회적 매개인 전파는 일시적이고 한정적 매개인 전달의 축적을 통해 이루어진다. 특히 구비문학의 매개 또는 전달은 이미 있었던 것을 전제로 삼아서 사회적 확산이 이루어지므로 .사실은 전승과 전파의 개념을 더 강하게 지닌다. 그러므로 구비문학의 매개는 사실상 전승과 전파의 뜻을 더불어 지녔다고 할 수 있다.

2. 구비문학의 연행과 사회적 생산 또는 역사적 전승

구비문학의 매체는 말이다. 말은 말로서 생산되고 말로서 매개되며 말로서 수용된다. 말없는 말이 존재할 수 없듯이 말로 표현되지 않는 구비문학은 존재할 수 없다. 말하지 않고서 말이 만들어질 수 없듯이, 말로 표현되는 행위, 곧 구술 연행 없는 구비문학의 생산은 불가능하다. 머리 속에 작품을 구상하고 있었더라도 머리 속에 저장해 두기만 하고 말로 연행하지 않는 경우에는 결코 구비문학이 작품으로서 제 꼴을 갖추고 생산될 수 없기 때문이다. 따라서 최초의 구비문학 연행은 곧 구비문학의 생산이자 창작 활동을 겸한다고 할 수 있다. 그러므로 구비문학의 생산과 창작도 연행으로부터 이루어진다고 하지 않을 수 없다.

우리가 여기서 '창작'이나 '작가'를 말하지 않고 '생산'이나 '생산자' 또는 '연행자'를 말하게 되는 것은 문학의 생산과 수용에 대한 인식의 차이 때문이다. 문학이나 예술작품의 생산을 '창작'이라 하고 창작자를 '작가'라고 하는 것은 작가의 천부적인 재능을 인정하며 무(無)에서 유(有)를 창조해낸 것이 작품이라고 보는 전통적·인간주의적 관점에 대하여, 작가를 '생산자'라 하고 창작 활동을 '생산'활동으로 인식하는 관점이다. 이 관점은 예술이 신적인 영감을 타고난 예술가에 의해 개인적으로 창조되는 것으로 보지 않고 사회 구조적 조건에 의해 생산되는 것으로 보는 사회학적 · 마르크스적 관점이다.

아놀드 하우저(A. Hauser)와 같은 지식사회학적 예술이론이나 루카치(G. Luka'ces)와 윌리암스(R. Williams) 등에 의한 맑시즘의 예술이론 또는 골드만(L. Goldmann)의 생성구조주의 예술이론들은 예술의 사회적 생산을 주목하면서 예술가를 사회구조로부터 완전히 고립된 채 창조적 작업을 담당하는 환원될 수 없는 존재로서 '작가'로 보지 않고 사회구조와 경제적 · 물질적 조건 및 이데올로기로부터 조성된 창조적 자율성을 역사적 조건 속에서 발휘하는 '생산자'로 보는 것이다.11)

이처럼 예술을 사회적 생산의 관점에서 보면, 작가는 이상적이고 자유로우며 창조적 정신을 발휘하는 존재가 아니라, 기존의 사회적 · 역사적 상황 속에서 바깥으로부터 주어지는 예술작품의 생산 조건과 직접적으로 연관되어 있는 존재로서 '생산자'로 인식된다. 따라서 예술의 생산자는 다른 업종의 생산자, 곧 노동자와 마찬가지로 일정한 생산수단을 사용하여 생산에 필요한 원료들을 적절히 조작함으로써 특정한 생산물로 가공 변형하는 일을 담당할 뿐이다.12) 예술이 사회적으로 생산된다는 것은 곧 예술 생산의 집단적 성격을 전제로 하는 것이다.

그림이나 소설처럼 개인적 생산 행위에 치우쳐 있는 경우에도 이들의 생산 활동에 선행하는 사람들 곧 교사나 후원자들, 그리고 생산과 수용 사이를 매개하는 사람들 곧 비평가와 출판업자 및 상인들이 간접적으로 연루되어 있다는 점에서 집단적 생산을 인정하게 된다.13) 생산자에 의하여 예술작품이 사회적으로 생산될 뿐 아니라, 생산자(또는 작가)도 사회적으로 공인을 받아 배출된다. 문학의 경우 신춘문예 당선이나 문예지의 추천을 거쳐 마침내 작가(생산자)로 인정받는다면, 작가 또한 사회적으로 생산된다. 따라서 생산자나 작가는 더 이상 '저자'나 '예술가'라는 이름으로 예술작품의 지배적 존재가 될 수 없다.

사회적으로 생산된 예술작품은 닫혀 있고 자족적이며 초월적인 존재가 아니다. 주어진 상황에서 살아 움직이는 특정 사회집단이 행사하는 일정한 역사적 실천 행위가 바로 작품이다.14) 따라서 작품의 수준이나 우수성의 평가를 초월적이고 필연

11) Jannet Wolf, *The Social production of Art*(The Macmilan Press LTD.), 1981, 1~8면 및 심영희, 『예술의 사회적 생산』, 계간 오늘의 책 창간호, 한길사, 1984, 202~203면 참조.
12) Terry Eagleton, *Marxism and Literary Criticism*(Methuen), 1976, 61면 및 100면 참조.
13) Jannet Wolf, 앞의 책, 118면.
14) Jannet Wolf, 위의 책, 49면.

적인 규범에 의하여 판정하는 것을 거부한다. 예술의 우수성이나 그 가치는 작품을 생산하고 수용하는 특정 집단의 주체적 의식과 사회적 상황에 따라 가변적이기 때문이다.15) 예술작품의 의미는 저자에 의한 것만큼 독자에 의해서도 구성된다는 점에서 "한 문학작품의 정체는 그것의 저자와 관계 및 그것의 독자와 관계에 의존하여 확립된다."16) 다시 말하면 특정 작품은 하나의 고정된 실체로 이해되거나 작품에 대한 평가도 불변하는 것처럼 인식되어서는 안 된다는 것이다. 작품과 그 평가는 다양한 수용자들에 의해 제각기 다르게 수용되고 이해되는 까닭이다.17)

그러나 이러한 논의는 이론적 추론으로는 충분히 받아들일 수 있는 것이되, 구비문학처럼 연행 현장에서 생생하게 확인하고 검증하기는 어렵다. 구비문학의 생산자야말로 사회적으로 생산될 뿐 아니라.18) 그 작품도 집단적으로 생산될 수밖에 없다. 개인의 저작성을 인정하지 않는 공동작으로서 구비문학의 최초 생산뿐만 아니라 재생산이라 할 수 있는 연행 현장에서도 생산자 개인에 의해서 연행이 불가능하다. 일정한 연행공동체를 기반으로 연행되면서 생산되기 때문에 개인적 창조는 구조적으로 불가능하다. 구비문학의 연행은 반드시 수용자의 참여를 전제로 한다는 점에서 기록문학이나 다른 예술 갈래와 구별된다. 무용과 연극 등 연행예술일수록 생산의 집단성은 더욱 커진다. 그러나 구비문학은 연행예술일 뿐 아니라, 무용이나 연극처럼 기록된 대본이 없기 때문에 전승과정에서 재창조를 거치는 동안 사회적 생산의 가능성은 한층 증대된다. 그러므로 구비문학의 연행론은 예술작품의 사회적 생산 문제를 직접적으로 검증하고 구체적으로 논증할 수 있는 데까지 이르러야 할 것이다.

구비문학의 공시적인 전달과 수용 또한 연행으로 이루어진다. 최초의 연행은 생산이면서 또한 생산에 머무는 것이 아니라 최초의 전달과 수용까지 이루어진다. 이 전달과 수용은 청중을 대상으로 하여 이루어지는 것이 일반적이다. 생산자는 구비문학의 연행을 통해 듣는이에게 자신이 구연하는 작품을 전달하고 수용자인 청중은

---

15) Jannet Wolf, 위의 책, 7면.
16) Jeremy M. Hawthorn, *Identity and Relationship: a Contribution to Marxist Theory of Literary Criticism*(Lawrence & Wishart), 1973, 177면.
17) Jeremy M. Hawthorn, 위의 책, 136면, Jannet Wolf, 앞의 책, 108면에서 재인용.
18) 임재해, 「민요의 사회적 생산과 수용의 양산」, 임재해 編, 『한국의 민속예술』, 文學과知性社, 1988, 265~270면에서 구비문학 생산자가 어떻게 사회적으로 생산되는가 하는 문제의 한 보기로, 민요의 생산주체인 소리꾼을 중심으로 자세하게 다룬 바 있다.

이를 수용하며, 청중은 수용과 동시에 잠재적인 구비문학의 생산자 구실을 할 수 있는 역량을 지니게 된다. 귀로 들은 구비문학이 기억 속에 저장됨으로써 필요에 따라 언제든지 기억 속에 갈무리되어 있는 작품을 되살려낼 수 있는 능력을 갖추게 되는 것이다. 이 능력이 바로 연행을 가능하게 하는 잠재적 구비문학의 연행력이자, 구비문학 작품을 역사적으로 이어가는 전승력이다.

최초의 연행을 통해서 구비문학 작품이 생산되는 것과 동시에 그 작품은 듣는이에게 공간적으로 이동되어 일차적인 전파와 함께 구비문학을 연행할 수 있는 능력을 가진 이가 둘 이상으로 확산된다. 연행 현장에 한 사람이 아닌 다섯 사람이 있었다면 일차 연행에 의한 전파와 전승은 다섯 배로 확산된다. 그 다섯 사람이 다시 제 이웃 다섯에게 제각기 연행을 한다면, 그리고 그 수용자들이 다시 한 차례씩 연행을 하게 된다면, 구비문학 작품은 순식간에 기하급수적으로 전파되고 확산되며 막강한 전승력을 지니게 된다.

오늘날과 달리 문자매체나 전파매체가 없던 구비전승의 시대에는 그 구비전승의 확산력과 전파력이 더욱 드셌다는 점을 고려하면, 잔 반지나(Jan Vansina)가 주장하는 것처럼 연행자와 수용자, 곧 제보자와 제보자를 단선적으로 길게 이어가는 전승의 연쇄(chain of transmission)로서 구비문학의 전승을 설명하는 것은[19] 구비문학의 연행 실상에 적절하지 않다. 왜냐 하면 단선적인 사슬 모양의 전승이 아니라 전승의 그물망이자 전승의 피라밑에 의하여 지금까지 전승된다고 해야 마땅하기 때문이다. 수천년 전의 구비문학 작품들이 문자에 의하지 않고도 오늘날까지 줄기차게 그 생명력을 유지하며 전승되는 것은 물론, 민족과 국경의 한계를 넘어서서 광범위한 지역에 널리 분포될 수 있었던 것도 이러한 연행의 힘 때문이다. 그러므로 구비문학의 연행은 기록문학의 생산보다 그 영향력이 더욱 넓고 깊다고 할 수 있으며, 구비문학은 연행으로 존재한다는 인식이 더욱 분명해진다.

---

19) Jan Vansina, translated by H. M. Wright, *Oral Tradition - A study in Historical Methodology*(Fenguin Books), 1973, 20~21면에서는 구비전승 자료가 처음으로 생성되어서 구전되다가 기록으로 정착되는 과정을 역사학적 시각에서 정리하고 있다. 최초의 목격자가 특정 사실이나 사건을 목격하고서 이를 다른 사람에게 처음 증언(testimony)하게 되면 둘째 사람이 이것을 듣고 셋째 사람에게 다시 증언하고, 다시 그 다음 다음 사람으로 계속 증언하는 전승의 연쇄(chain of transmission)를 이루다가 최종적인 제보자가 마지막 증언을 하는 것을 기록자가 듣고 최초로 기록하면 문헌자료로 정착된다고 하였다. 전승의 연쇄에서 하나의 고리(link)를 이루는 것은 증언을 듣고 말하는 사람(the hearsay) 곧 제보자를 말한다.

3. 구비문학의 연행주체, 이야기꾼과 소리꾼

문학의 작가가 별도로 있듯이 구비문학에도 작가가 있을 법하다. 문학의 이해가 작가 이해와 함께 가듯이 구비문학의 이해도 같은 맥락에서 작가를 주목할 만하다. 그러나 구비문학에는 작가가 없다. 연행자만 있다. 작가는 기록문학의 생산자로서 저명성을 획득하고 있는데, 구비문학의 작가는 생산자로서 저명성을 지니지 않고 연행자로서 또는 구연자로서 구실만 한다. 최초의 연행자로서 구비문학 작품을 생산한 작가가 있어도 공동작이라는 인식 아래, 또는 자연스러운 전승과정에서 개인적인 저작권이 익명성으로 묻혀 버리기 때문에 있어도 없다고 할 수 있다. 굳이 작품의 창작 또는 생산 문제와 관련하여 말하면, 연행자는 재창조자 또는 재생산자라 할 수 있다.

구비문학의 생산과 재창조는 물론 전승도 연행을 통해서 이루어진다. 따라서 구비문학 작품을 지은 작가로서보다 구비문학 작품을 살아서 기능하게 하는 생산자로서 연행자를 주목하고자 한다. 구비문학 갈래에 따라 연행자는 제각기 다르다. 무가를 부르는 무당과 판소리를 부르는 광대와 같은 다소 전문적이고 특수한 연행자가 있긴 하지만, 우리가 가장 일상적으로 만날 수 있는 구비문학의 연행자는 이야기꾼과 소리꾼이다. 가장 흔히 만나게 되는 구비문학 연행자로서 그 주체가 뚜렷한 민요의 소리꾼과 설화의 이야기꾼을 중심으로[20] 그 자질을 주목해 보기로 한다.

탁월한 소리꾼을 일러 '청도 좋고 문서도 많다'고 한다. 청이 좋다고 하는 것은 민요를 부르는 소리꾼으로서 목소리를 타고났다는 말이다. 소리하는 사람이 목청이 좋지 않아서는 온전한 소리꾼으로 인정받기 어렵다. 문서가 많다고 하는 것은 소리의 사설이 풍부하여 앞소리를 메기는 데 밑천이 딸리지 않는다는 말이다. 그러자면 총기가 있다는 소리를 들을 만큼 기억력이 좋아야 한다.[21] 한 번 들은 노래는 잊어버리지 않을 만큼 총명해야 하고, 스스로 노래에 관심과 열성이 있어서 노래의 사설과 가락을 되새기며 소리 익히기를 부지런히 해야 한다. 청도 좋고 문서도 많

---

20) 임재해, 『설화작품의 현장론적 분석』, 243~251면에서 이야기꾼과 연행현장의 상황에 대한 일반적인 논의를 하였으며, 특정인 이야기꾼과 연행된 각편들의 구체적 관계에 대한 다양한 사례는 251~310면에서 자세하게 다루었다.

21) 조동일, 「민요의 고향에서 만난 사람들」, 『우리 문학과의 만남』, 弘盛社, 1978, 27면에서, 소리꾼 조차기 할아버지를 마을 사람들이 이렇게 칭찬했다고 한다.

다는 칭송을 받는 소리꾼 조차기 할아버지는 한 번 들은 노래를 잊어버리지 않도록 하기 위해 잠자리에 누워서까지 사설을 외우고 가락을 익혔다고 한다.22)

　목청이 좋다는 것은 소리꾼의 음악적 역량이고 문서가 많다는 것은 소리꾼의 문학적 역량이다. 민요는 음악적 요소와 문학적 요소를 함께 지니므로 이러한 두 가지 자질을 함께 갖추어야 소리꾼으로서 전문가 행세를 할 수 있다. 구비문학을 한갓 전승문학으로 생각하면 문학적 역량을 기억력으로 담보하는 것으로 충분하다고 생각할 수 있으나 반드시 그렇지 않다. 구비문학은 말로 전승되는 까닭에 재창조의 문학이기도 하다. 따라서 소리판의 상황에 따라서 적절하게 노래를 지어 붙일 수 있는 상황에 따른 즉흥적 창조력과 기억력의 장애를 극복할 수 있는 재치와 순발력이 별도로 있어야 한다. 들은 대로 판박이로 불러야 할 부분도 있지만 상황에 따라서 다르게 바꾸어 불러야 할 부분도 있을 뿐 아니라, 듣는 사람들의 감정을 휘어잡으려면 새롭게 사설을 창작해 냄으로써, 재창조의 신선한 충격도 줄 수 있어야 한다. 재창조의 역량이 없으면 전승문학으로서 상투적인 판박이 틀(stereotype)에 머물러 식상하기 딱 알맞다. 민요를 비롯한 구비문학의 생명력과 수용의 묘미는 즉흥적 재창조에 있다고 해도 지나치지 않다.23)

　민요가 문학과 음악적 요소로 이루어져 있다고 한다면, 이 두 가지 조건만 갖추어도 최고의 소리꾼이라 할 수 있다. 그러나 널리 알아주는 소리꾼으로 공인 받으려면 여기서 한두 가지 역량을 더 보태야 한다. 소리판이 벌어졌을 때 뒤로 빠지지 않고 얼른 나서서 신명을 올려 흥겹게 소리 한 가락을 뽑아낼 수 있는 광대 기질까지 갖추어야 한다. 소리 광대라면 낯선 군중 앞에서도 스스럼없이 나서서 소리를 부르고 싶은 욕망 때문에, 내심 거들먹거리는 신명이 늘 저장되어 있어야 한다. 언제라도 기회만 되면 자발적인 연행을 하며 스스로 마음껏 신명풀이를 하는 것은 물론, 듣는이들의 신명을 함께 이끌어내서 부추길 수 있어야 한다. 한마디로 '신끼'가 있다거나 '삔찌'가 좋다거나 하는 소리를 들을 만해야 '한다 하는 앞소리꾼'으로 행세할 수 있다.

　그러나 신명과 삔찌만 믿고 앞소리꾼으로 함부로 나섰다가는 망신을 당할 수도 있다. 소리가 놓여 있는 상황을 정확하게 모르면 앞소리를 순조롭게 메길 수가 없

---

22) 林在海, 『韓國口碑文學大系』 7-9, 韓國精神文化硏究院, 1982, 472면.

23) Albert B. Lord, *The Singer of Tales*(Atheneum), 1973, New York, 5면. "중요한 것은 구연 자체가 아니라 오히려 구연 과정에서 이루어지는 작품 만들기(composition)이다."

기 때문이다. 민요는 으레 일이나 의식과 더불어 있다. 논매기를 하며 논매기 소리
를 부르고 상여를 메고 가며 상여 소리를 부른다. 논매기와 같이 여러 사람들이 더
불어 노동을 할 때 앞소리꾼은 일의 진행상황과 처리 내용을 잘 알아서 앞소리를
불러야 한다. 시작과 마무리 등 일의 전체적인 순서와 요령을 알지 못하면 앞소리
꾼 노릇을 할 수 없다. 보리타작 소리는 목도리깨꾼이 직접 도리깨질을 하며 앞소
리를 메긴다. 목도리깨꾼은 종도리깨꾼 여럿을 데리고 직접 타작을 하면서 타작할
보리를 끌어들여서 이삭을 떨어내고 짚을 쳐내는 일을 반복하면서 이 작업이 순조
롭게 진행되도록 앞소리를 메길 수 있어야 한다. 상여소리나 덜구소리를 메기는 앞
소리꾼은 거의 호상이 되듯이, 장례식 절차와 진행에 대하여 훤하게 알고 있어야
한다. 강강술래 앞소리꾼도 놀이의 진행을 통제하고 흥을 돋굴 수 있도록 강강술래
놀이의 진행 절차를 꿰뚫고 있어야 한다.

　소리꾼은 민요의 앞소리를 메기는 역량 뿐 아니라 일을 순조롭게 진행하고 어김
없이 마무리 지을 수 있도록 하는 일터의 감독자 겸 소리판의 연출가이기도 하다.
시쳇말로 하면 앞소리꾼은 가수로서 작사와 작곡 능력만 겸비해서 안된다. 신끼 있
는 광대 기질을 타고나야 할 뿐 아니라, 식견 있는 연출자로서 소리꾼들을 지휘할
수 있고 현장 감독으로서 일을 채근할 수 있는 상일꾼의 역량도 더불어 갖추어야
한다. 그러므로 일에 대한 식견이나 사람들을 휘어잡을 수 있는 지도력이 없는 사
람은 앞소리꾼으로 행세하기 어렵다.

　민요의 소리꾼과 달리, 설화 연행자로서 인정받는 이야기꾼이 되려면 '입심'도 좋
고 '입담'도 있어야 한다. 입심은 이야기를 막힘 없이 밀고 나가는 힘이자, 이야기의
줄거리를 앞뒤가 그럴듯하게 아귀가 딱 맞도록 풀어나가는 구성 능력을 말한다면,
입담은 같은 이야기라도 남들보다 유난히 재미있고 흥미롭게 구연하여 좌중을 이야
기판에 귀를 기울이도록 끌어들이는 흡인력을 말한다. 다시 말하면 대수롭잖은 이
야기 거리를 가지고 좌중을 휘어잡을 수 있도록 그럴듯하게 이야기를 엮어나가는
이야기꾼을 일러 입심 좋다고 하고, 전에 들은 이야기나 이미 알고 있는 이야기를
하는데도 남달리 이야기 맛이 새롭게 나도록 특히 흥미진진하게 이야기하는 말후림
좋은 이야기꾼을 일러 입담 있다고 하는 것이다. 입심 좋은 이야기꾼은 짜임새 없
는 이야기를 듣고도 이야기의 앞뒤가 딱 맞아떨어지도록 재창조하는 능력이 뛰어나
며, 입담 있는 이야기꾼은 썰렁한 이야기도 걸쭉하게 신명을 올려서 잔재미가 넘치
도록 표현하는 말솜씨가 뛰어난 사람을 일컫는다.

게다가 두셋만 모여도 새 이야기를 내놓아서 좌중을 즐겁게 할 정도로 이야기하기를 즐기는 '끼' 있는 이야기꾼이어야 한다. 남의 이야기를 두 편만 들으면 자기 이야기를 하고 싶어 좀이 쑤신다. 한 마디로 남의 이야기를 듣는 데는 별로 관심이 없다. 대단한 이야기도 시답잖게 여기기 일쑤이다. 권하지 않아도 자발적으로 이야기를 내 놓는 것은 물론, 남이 이야기를 시작할 새라 앞질러 말머리를 잡고 나서서 다른 사람이 쉽사리 이야기판에 끼여들기조차 어렵게 만들 정도로 이야기판을 독점하는 것이다. 이처럼 이야기하기를 즐기는 이야기꾼도 소리꾼 못지 않게 신명이 있다. 이야기의 흥을 즐기는 것이다. 이 역시 일종의 신끼라 할 만하다. 신끼 있는 이야기꾼이 이야기의 신명이 오르면 아무도 못말린다. 시간 가는 줄 모르고 이야기를 끊임없이 하며 침을 튀기는 열정까지 보인다. 이야기를 하느라 저녁상이 들어와도 가지 않고 자정이 넘어도 일어서지 않는 이야기꾼들이 그런 분들이다.

남다른 이야기꾼으로 인정받으려면 이 정도로는 곤란하다. 자기 나름대로 독자적인 이야기 목록(repertoire)을 가지고 있어야 한다. 이런 이야기 저런 이바구를 다양하고 풍부하게 아는 것도 중요하지만, 특정 이야기에 대해서는 일인자라는 전문성을 가지고 있어야 한다. 소리꾼 중에도 상여 앞소리를 잘 메기는 사람과 논매기소리나 쾌지나 칭칭 앞소리를 잘 메기는 사람이 있듯이, 이야기꾼도 박문수나 김삿갓, 정만서 이야기 전문가가 있는가 하면, 풍수 이야기나 과거 이야기, 도깨비 이야기 전문가도 있다. 그래서 김삿갓 이야기에 대해서는 아무개 어른이 최고라는 말을 들을 수 있어야 한다. 자기 장기를 발휘하는 전문적인 영역의 이야기 목록을 확보할 수 있어서, 그 분야에 관한 한 독점적인 인정을 받을 수 있어야 한다. 경주 현곡면 가정리의 김원락 할아버지는 가근방에서 소문난 이야기꾼인데, 정만서와 김삿갓 이야기를 특히 잘해서 '정만서 옥편' 또는 '김삿갓'이라는 별명을 가지고 있을 정도로 이야기꾼으로서 전문성까지 확보하고 있다.24)

기록문학의 작가들이 그러하듯이, 이야기꾼도 자신의 작품 세계를 독자적으로 구축하고 있어야 개성 있는 이야기꾼으로서 명성을 얻을 수 있다. 구비문학 연행자들은 자신의 전문적인 연행 목록의 확보로 이러한 명성을 누릴 수 있게 된다. 그러나 이야기꾼으로서 평판과 명성은 이 정도의 조건을 갖춘다고 해서 만족할 수 없다.

---

24) 趙東一, 『韓國口碑文學大系』 7-1, 韓國精神文化硏究院, 1980, 25~26면, 이야기꾼 김원락씨가 조사자 조동일 교수에게 호를 지어달라고 해서, 김삿갓 이야기를 잘하고 제주도 김삿갓에 못지 않다고 하여 우립(又笠)이라고 하는 것이 좋겠다고 제안을 하였다.

이야기판의 상황에 따라서 시의 적절하면서도 순발력 있게 자기 작품을 구연하고 생산할 수 있는 역량이 있어야 한다. 기록문학 작가들의 경우에도 현실적인 상황이 긴박하거나 심각한 사회적 문제가 제기되었는데도 불구하고, 여전히 침묵한 채 기존의 작품세계 속에 안주해 있기만 해서는 주목받는 작가로서 제 구실을 감당한다고 하기 어려운 것처럼, 이야기꾼의 명성을 인정받고 있는 이야기 연행자들도 마찬가지이다.

페미니즘 문학이 문단에서 득세할 때라면 역량 있는 작가들은 페미니즘의 문학으로 문단에서 주목을 끌 만한 작품을 순발력 있게 창작하여 발표하게 마련이다. 이야기꾼들도 예외일 수 없다. 소리꾼이 소리판에서 연출가가 될 수 있으려면 주체적으로 소리판을 이끌어가야 하듯이, 이야기꾼도 이야기판에서 같은 구실을 할 수 있어야 한다. 그러자면 이야기판의 전체적인 흐름을 정확하게 읽고 그 흐름에 맞는 이야기를 할 수 있어서 이야기판의 분위기를 고조시킬 수 있어야 한다.

이야기판에서 한참 과거 급제 이야기를 두루 하는 중에, 박문수 어사 이야기를 다투어 하고 있는데, 자기는 이와 관련된 이야기를 한 편도 할 수 없다면 이야기꾼의 명성을 누릴 수 없다. 이야기판에서 침묵하는 이야기꾼이 이야기꾼으로 온전하게 인정받을 까닭이 없다. 뿐만 아니라, 박문수 이야기판의 흐름을 끊고 느닷없이 시집살이 이야기나 가리도치 중놈 이야기를 엉뚱하게 꺼내서는 곤란하다. 박문수 이야기의 다른 유형을 이야기하던가, 아니면 김삿갓이 과거 시험에 붙고도 세상을 등진 이야기 또는 숙종대왕이 야행하다가 가난한 선비에게 별과를 보이는 이야기, 의형제를 맺은 김정승과 이정승 아들의 과거 급제를 둘러싼 갈등과 해결에 관한 이야기 등을 하여서 그 소재나 주제가 과거 문제 및 어사의 행적 등에 일정한 관련성을 지니고 있는 이야기를 해야 이야기판의 분위기를 살린다.

따라서 이야기판의 맥락과 자신이 알고 있는 이야기의 보유 목록을 긴밀한 연관성 아래 떠올리면서 적절한 유형의 이야기를 구연할 수 있는 적응력이 있어야 훌륭한 이야기꾼이 된다. 다시 말하면 엉터리 풍수 이야기가 나오면 같은 맥락에 있는 다른 이야기를 끊임없이 내놓을 수 있어야 한다. 좌중의 사람들이 '또냐!'하고 놀랄 수 있을 정도로 말이다. 적어도 좌중의 다른 사람이 엉터리 풍수에 대한 밑천이 떨어져서 다른 이야기로 넘어가기 전에는 같은 범주의 이야기를 계속해서 할 수 있을 정도로 엉터리 풍수 이야기 목록이 남들보다 훨씬 풍부해야 한다. 이야기판은 잠재적인 이야기 시합이 벌어지는 공간이나 다름없다. 누가 입심 좋고 입담 있게 이야기를 잘하느냐 하는 문제 못지 않게 누구의 이야기 밑천이 더 풍부한가 하는 것도 경합의 대상이다. 그러므로 밑천이 딸리지 않고 끊임없이 새 유형의 이야기를 계속 구연할 수 있다면, 아무도 대적할 수 없는 독보적 이야기꾼이 되는 것이다.

더 적극적인 이야기꾼은 이야기판을 이루는 구연목록의 소재에 휩쓸려가기만 하지 않는다. 소재와 내용은 달라도 같은 주제에 해당되는 이야기 목록들을 찾아내어 이야기판이 일정한 세계관적 틀을 유지하도록 하는 데 기능적 구실을 한다. 효자 이야기를 할 때 효녀 이야기나 효부 이야기도 하고 열녀 이야기도 하여 효열(孝烈)을 주제로 한 이야기를 두루 섭렵할 수 있어 이야기판의 폭을 넓히고 이야기 내용의 깊이를 심화시킬 수 있어야 한다. 주제도 일방적으로 관철시켜서는 이야기판이 맹목적으로 흐를 가능성이 있다. 효불효(孝不孝) 이야기나 열불열(烈不烈) 이야기와 같은 대립적 가치관이 버무려져 있는 이야기를 통해 무엇이 아들의 도리이고 아내의 도리인가 하는 것도 되짚어 보는 한편, 두 효자의 상투적 효행 가운데 누구의 효행이 진짜 효행인가 하는 문제를 새삼스레 숙고해보게 하는 이야기도 필요하다. 또한 효자가 되려고 노력하는 아들의 효행이 아버지에 의하여 불효막심한 행위로 받아들여져서 효자 노릇에 실패하는 이야기 등을 통해서, 진정한 효는 무엇인가 하는 문제에 대하여 재론하면서, 부모는 자식에게 어떤 태도를 취해야 바람직한가 문제 제기를 할 수 있어야 한다. 이러한 이야기를 통해서, 부모에 대한 자식의 도리만을 강요하는 부모 중심의 효 관념에서 자식에 대한 부모의 도리도 문제 삼는 부자간의 근대적 윤리로서 효 관념을 새롭게 거론함으로써, 효에 대한 고정관념을 반성하는 기회로 삼을 수 있도록 해야 한다.

그러자면 이야기꾼은 나름대로 독자적인 가치관과 진보적인 세계관을 갖추어야 한다. 마치 탁월한 소리꾼이 일이나 의식에 정통해야 앞소리꾼을 제대로 수행할 수 있는 것처럼, 훌륭한 이야기꾼은 진부한 상식과 상투적 편견에 빠지지 않은 채 끊임없이 상식을 뒤집고 고정관념을 깨뜨리는 창조적 의식으로 깨어 있어야 한다. 그래서 남들이 용한 풍수 이야기할 때 엉터리 풍수 이야기도 하고 용한 점장이 이야기 할 때 엉터리 점장이 이야기도 하여, 풍수와 점복이라 하는 것이 필연성이 있는 것이 아니라 때로는 우연성에 의해서, 또는 사람의 지극한 정성이나 착실함에 의하여 좋은 결과를 가져올 수도 있다는 것을 드러낼 수 있어야 한다. 다시 말하면 풍수의 수완이나 점복의 신이성보다 인간다운 삶의 성실성이 더 중요하다는 것을 엉터리 풍수와 점장이 이야기를 통해 관철시킬 수 있어야 한다.

그러므로 소리꾼은 낮에 일터에서 일을 하면서 일의 가락을 몸에 익히는 가운데 소리를 터득한 일 잘하는 상일꾼일 가능성이 높다면, 이야기꾼은 밤에 실내에서 모여 앉아 상상의 나래를 펴면서 삶의 문제를 의식적으로 생각하는 가운데 이야기를 터득한 사색형 인물일 가능성이 높다. 따라서 소리는 상민이나 일꾼들이 잘 부르지만, 이야기는 양반 선비들이나 건달들도 곧잘 한다. 소리는 몸의 활동 곧 육체 노동과 긴밀한 구비문학이라면 이야기는 사고의 활동 곧 정신 노동과 긴밀한 구비문학이라 할 수 있다. 그렇다고 하여 소리꾼과 이야기꾼이 엄격하게 분리되어 있는 것은 아니다. 입심 좋은 이야기꾼이 구성진 소리꾼일 수 있다. 신끼 있는 소리꾼은 흔히 입담 있는 이야기꾼이기 일쑤여서 이야기꾼과 소리꾼이 함께 가는 경우도 얼마든지 있다.

4. 연행자와 수용자의 관계와 연행 양상

기록문학은 읽는 사람을 염두에 두지 않고 창작될 수 있다. 문자로 기록되는 자체로 작품이 완결성을 지닐 수 있기 때문이다. 서정적인 문학 갈래인 시가는 이러한 경향성이 더 짙다. 따라서 우리들 가운데에는 작품들을 창작 완성하고서도 독자와 만나지 않은 상태에서 제 혼자 간직하고 있는 사람들이 상당수 있다. 물론 독자와 만나지 않은 작품은 작품으로서 의미를 갖기 어렵지만 작품을 창작하는 데에는 아무런 장애가 되지 않는다. 달리 말하면 작품이 만들어지고 완성되는 데에는 독자 없이 작가만으로도 충분하다. 독서 행위를 통해서 작품이 독자를 만나는 수용의 과정은 창작 과정과 전혀 별개이기 때문이다. 작가에 의하여 창작 완성된 작품도 창작과 독서와 상관없이 그 자체로 하나의 자립적 형식체로 존재한다. 독자에 의하여 읽혀지지 않아도 문학작품으로 고스란히 존재할 수 있고 또 인정될 수 있다.

독자도 작가를 만나지 않고 작품을 읽어서 수용할 따름이다. 작가와 독자는 작품을 매개로 간접적으로 만나는 정도이다. 기록문학의 매체인 글은 고정적 언어로서 기호화되어 있기 때문에, 그 자체로 시공간의 확장이 가능하다. 작가의 의지와 상관없이 독자에 의하여 작품이 수용된다. 독자가 언제 어디 있든 작품과 만남이 가능하다. 작가가 작품을 창작 완성하면 작품은 그 순간부터 독자적으로 존재하기 때문이다. 작가가 어떻게 생각이 바뀌든 또는 독자가 작품을 어떻게 이해하든 상관없이 작품은 고정적으로 존재하는 것이다. 결국 작가와 작품, 독자는 제각기 존재하면서 필요에 따라 서로 만날 따름이다. 그러므로 글을 매체로 하는 기록문학은 작품의 생산과 작품의 유통, 작품의 수용이 다른 시공간에서 제각기 이루어진다.

그러나 말을 매체로 하는 구비문학은 사정이 다르다. 말은 직접적인 매체이자 가변적인 매체이다. 따라서 시공간의 한정을 받는다. 말을 할 때 거기 있지 않으면 말을 들을 수 없다. 말하는 사람도 마찬가지이다. 듣는 사람이 있을 때 바로 거기서 하지 않으면 말한 보람이 없다. 따라서 혼잣말을 하는 것이 아니라면 반드시 듣는 사람이 있을 때만 말을 하게 된다. 이야기를 보기로 들어보면 자명하다. 이야기를 하려면 듣는 사람이 있어야 하고 이야기를 들으려면 이야기를 하는 사람이 있어야 한다. 이야기는 이야기하는 사람과 듣는 사람 사이에서만 연행된다. 따라서 구비문학은 이야기꾼과 청중 사이에서 존재한다는 정의가 가능하다. 이를 일반화하면 생산자와 수용자 사이에서 구비문학이 실재한다고 할 수 있다.

그러나 수용미학의 관점에 서면 기록문학도 이와 마찬가지로 작가와 독자 곧 생산자와 수용자 사이에서 존재한다. 읽혀지지 않는 기록문학, 수용되지 않는 문학작품은 의미가 없다고 보는 것이다. 그들은 "작가가 창작해 놓은 인쇄물인 작품을 기록되어 있는 텍스트(Text)라고 부르고, 이것을 독자가 읽고 이해하여 재생산해낸 문학 텍스트를 작품(Werk)이라고 한다."25) 이와 같은 맥락으로, 기록문학은 문자의 나열인 문헌으로 오해하지 않아야 문학답게 다룰 수 있다는 관점에서 "문학은 그것을 창작하는 사람과 수용하는 사람 사이에서 존재하는 가변적인 구조"라는26) 진전된 논의가 이루어졌다. 이 정의에서 주목되는 것은 '가변적인 구조'이다. 기록문학의 텍스트는 문자로 기록되어 창작되는 순간 지면에 고정되어 있지만 이를 읽고 이해하는 수용자에 의하여 제각기 다른 의미의 작품이 다양하게 존재한다는 점에서 가변적인 구조라 하는 것이다. 수용자에 따라서도 서로 다른 작품이 재생산되지만 같은 수용자라도 수용할 때마다 다른 의미의 작품으로 받아들여질 수 있다.

그러나 수용미학자들이 기록문학 독서자에 의한 수용의 가변성을 두고서 재생산이라 하는 것은 지나치다. 수용자의 문학적 수용 역량 만큼 작품이 개인적으로 관념화되어 머리 속에서 추상적으로 저장되어 있을 뿐, 다른 사람들이 수용할 수 있는 문학의 실체로서 다르게 생산되어 있다고 할 수 없기 때문이다. 문학의 재생산은 곧 재수용이 가능한 텍스트로 존재할 때만 인정될 수 있다. 수용자에 의하여 창

---

25) 車鳳禧, 『수용미학』, 文學과知性社, 1985, 18면.
26) 趙東一, 『人物傳說의 意味와 機能』, 嶺南大學校 民族文化硏究所, 1979, 2~3면.

구비문학의 연행론, 그 문학적 생산과 수용의 역동성   17

조적 수용으로 끝나는 단계, 다시 말하면 새로운 수용이 불가능한 추상적인 작품의 수용은 그것이 아무리 독창적인 것일지라도 텍스트로서 구실을 할 수 없으므로 재생산이라 할 수 없다. 심지어 가장 적극적인 수용자인 비평가가 특정한 작품을 두고 신랄한 비판을 하는 평론을 썼다고 하여, 작가가 이 평론의 내용을 고려하여 재창작하는 법은 없다. 작품 평론의 좋고 나쁨 또는 독자의 반응에 상관없이 한번 창작으로 작품 생산은 끝나는 것이 기록문학의 속성이다. 그러므로 우리는 수용자에 의한 기록문학의 재생산은 인정하기 어렵다. 그렇더라도 수용자에 의한 서로 다른 해석이 가능하므로 작품이 가변적으로 존재한다는 것은 일면적으로 인정할 만하다.

구비문학은 기록문학처럼 수용자에 의하여 가변적으로 수용되는 것은 물론, 기록문학과 달리 생산자에 의해서도 가변적으로 생산된다. 생산자의 의식의 변화나 기억력의 한계에 의해서 확대 재생산되기도 하고 축소 재생산되기도 하지만 수용자를 의식해서 달라지기도 한다. 기록문학은 생산자에 의해서만 생산되지만 구비문학은 수용자와 함께 수용자를 전제로, 수용자를 의식하며 생산되기 때문이다. 생산과 수용이 동시적이고 현장적이다. 그 때 바로 그 현장에 없으면 작품도 없다. 하나의 텍스트로서 별도의 대상물이 없기 때문이다. 따라서 말로 하는 연행은 하나의 대상물(object)이 아니라 명백히 하나의 사건(event)이라 인식한다. 다른 사건과 마찬가지로 연행에 의하여 빚어지는 사건도 화자와 청자와 같은 특정한 참여자들에 의해서 야기되고 특정한 공간적 상황 안에서 발생하며 일정한 시간 안에 사라져 버린다. 그러므로 구연되는 예술적 표현물은 그것이 표현되고 있을 때만이 존재된다. 다시 말하면 사건으로서 존재하는 구비문학 작품은 결코 텍스트로 존재하지 않고 오직 행위로서만 존재한다.27)

따라서 수용자가 생산에 직접 참여하고 연행에 개입할 수 있도록 대면 관계에서 열린 구조로 연행될 뿐 아니라, 수용자가 또한 생산자 구실을 한다. 최초의 연행이 아닌 경우에는 구비문학 연행자도 항상 해당 연행 작품의 수용자이다. 이미 수용된 구비문학 없이 구비문학을 연행할 수 없기 때문이다. 수용자에 한해서만이 연행자 구실을 할 수 있으므로 연행자는 곧 수용자라 할 수 있다. 그러므로 구비문학이 연행될 때에는 비록 특정 개인에 의하여 연행되지만, 수용자를 전제로 수용자에 의해

---

27) Karl Koreber, "The Wolf Comes: Indian Poetry and Linguistic Criticism," In Swann, 19 83, 106면. "never exists as text, but only as act". William M. Clements, Native American Verbal Art - Texts and Contexts(The University of Arizona Press), 19 96, 6면에서 재인용.

연행된다는 점에서 공시적으로도 공동작이며, 수용자가 곧 작품을 전승하고 다시
연행하는 생산의 주체가 된다는 점에서 통시적으로도 공동작에 의해 존재한다.

기록문학은 수용자에 의하여 수용과정에서만 관념적으로 재생산되지만, 구비문학
은 구체적인 텍스트의 실체로서 생산자에 의하여 연행과정에서도 재생산된다. 오히
려 연행 자체보다 연행과정에서 만들어지는 작품의 재구성 곧 합성이 더 중요하
다.28) 그리고 이렇게 재생산된 작품은 수용자에 의하여 거듭 수용되고 재생산될
가능성을 지닌다. 구비문학의 어떤 연행자가 특정 작품을 연행하면서 재생산했다는
사실은 곧 이전에 그 작품을 수용하면서 자기 나름대로 재해석하면서 관념적으로
재생산을 겪은 셈이다. 이를 재수용이라 한다면 재생산은 곧 재수용의 결과라 해도
좋다. 기록문학은 일차 수용에 그치는 탓에 수용의 수용은 사실상 불가능하나, 구
비문학은 생산과 수용이 연쇄적이므로, 구비문학의 연행은 전승의 끝없는 연쇄를
이루는 하나의 고리 구실을 한다. 그 고리가 바로 연행현장에서 가변적으로 생산된
각편이다.

5. 구비문학의 가변성과 의사소통의 상호작용

구비문학이 가변적으로 재생산되는 데에는 생산자 개인의 창조적 역량과 함께,
수용자의 참여와 개입, 반응과 밀접한 연관성을 지닌다. 왜냐하면 구비문학의 연행
은 생산자와 수용자의 상호교섭 아래 동시적으로 존재하는 일종의 의사교환 행위이
기 때문이다. 의사교환 행위란 곧 '이야기하는 사람'과 '이야기'와 '듣는 사람'이 서로
한 연속체의 구성요소로 관련되어 있다는 말이다29). 진실한 예술작품은 단순한 표
현에 그치는 것이 아니라 의사교환이어야 하며, 누구에게 말을 건네는 것이 아니라
누구와 말을 주고받는 것이어야 한다.30) 그런 의미에서 구비문학 작품을 진실한
예술작품이라 할 수 있다면, 기록문학 작품은 수용될 때만 진실한 예술작품이라 할
수 있다. 왜냐 하면 본질적으로 예술은 의사교환이며 그것이 목적하였던 의사소통

---

28) Albert B. Lord, 앞의 책, 같은 곳.
29) Dan Ben-Amos, "Toward a Definition of Folklore in Context," Américo Paredes · Richard
    Bauman eds., *Toward New Perspectives in Folklore*(The University of Texas Press),
    1972, 10면.
30) Arnold Hauser, 崔成萬 · 李丙珍 역, 『藝術의 社會學』, 한길사, 1983, 29면.

이 이루어질 경우에만 성공적이기 때문이다.[31]

구비문학이 연행될 때마다 작품이 달라진다고 하는 사실을 두고 문자로 기록되어 문헌에 정착되는 기록문학과 달리 기억에 의존하여 말로 의사소통하는 데 따른 필연적 결과로 해석하는 것은 다소 문제가 있다. 그것은 기억의 불확실성과 말의 가변성을 전제로 한 것으로 구비문학의 연행을 불신하는 근거가 될 뿐이다. 실제로 사학자들은 구술 사료들을 2차 사료라 하여 문헌사료보다 부정확한 자료로 인식하기 일쑤이다. 그러나 구비문학의 연행에서 말하는 가변성은 문자보다 언어의 부정확성이나 기억력의 한계에 의한 어쩔 수 없는 변화를 뜻하는 것만은 아니다. 의도적 변화와 의식적인 재창조를 더 적극적으로 염두에 두어야 한다.

구비문학이 연행될 때마다 달라지는 것은 생산자가 수용자를 염두에 두고 연행현장 상황을 고려하며 의도적으로 융통성을 발휘하여 연행하기 때문이다. 만일 기록문학의 작가도 서로 다른 독자를 염두에 두고 작품을 그때마다 새로 쓴다면 특정 작품이 그때마다 달라질 수밖에 없다. 같은 작가가 이전에 창작한 작품을 시대상황이 바뀌어진 상황에서 다시 쓰게 된다면 역시 달라질 수밖에 없다. 따라서 구비문학의 각편을 순전히 말에 의한 가변성이나 기억의 불확실성으로 돌릴 것이 아니라, 수용자와 현실인식의 변화를 염두에 두고 역동적으로 재창작된 결과로 주목해야 한다.

연행자는 구비문학의 전승된 작품을 알고 있기 때문에 연행하는 것은 아니다. 다른 연행작품을 듣고서 그에 대응하여 자신이 하고자 하는 뜻을 펼치기 위하여, 또는 앞사람의 이야기에 맞서기 위한 의도로 구비문학 작품을 연행하는 것이다. 따라서 전승을 밑천으로 하되, 전승을 단순히 되살리는 차원의 연행이 아니라 지금 여기서 자신의 의사를 적극적으로 펼치기 위하여 자신이 알고 있는 연행목록 가운데 하나를 골라서 적절하게 연행하는 것이다. 우리가 말을 알기 때문에 말을 하는 것이 아니라, 이미 알고 있는 수많은 말 가운데 의사표현에 적절한 말을 가려서 하는 것과 같은 맥락에 있다.

말을 하는 사람은 항상 듣는 사람을 염두에 두고 대화의 흐름에 따라 필요한 어휘를 골라 효과적으로 의사전달을 하기 위해 대화를 하는 것이다. 그러므로 듣는 사람이 누구인가, 또는 듣는 사람의 반응이 어떠한가에 따라 말은 끊임없이 달라지게 마련이다. 어휘의 기억력에 문제가 있거나 글이 아닌 말이기 때문에 오락가락하

---

31) Arnold Hauser, 崔成萬・李内珍 역, 위의 책, 26면.

는 것은 아니다. 말하는 주체가 듣는 사람의 반응을 고려하면서 즉각적이고 역동적으로 말을 풀어나가는 차원의 가변성이다. 따라서 듣는 사람의 반응이 굉장히 중요하다. 의사소통이 화자와 청자의 상호작용에 의해 이루어지기 때문이다.

구비문학의 연행도 의사소통 과정과 마찬가지이다. 구비문학의 연행을 이루는 두 주체는 화자인 생산자와 청자인 수용자이다. 구비문학의 연행은 생산자와 수용자의 상호 작용에 의해서 이루어진다. 기록문학의 경우에는 수용자가 생산자에 종속적이라 할 수 있다. 이미 생산자에 의하여 창작 완성된 작품을 나름대로 수용하는 데서 머물기 때문이다. 수용자는 작품의 생산에 직접적인 영향을 미치지 못하며 전적으로 작가의 생산에 의존할 따름이다. 그러나 구비문학의 경우에는 수용자가 작품 생산에 직접적인 영향을 미친다. 수용자 구실하는 것만으로 만족하지 않고 작품의 연행을 직접적으로 요구하기도 하고 연행을 중단시키기도 하며 연행 도중에 참견하여 연행을 보완하기도 하고 연행의 오류를 바로잡기도 한다. 수용자가 적극 개입하는 바람에 생산자가 수용자에 휘둘리는 상황에 빠지기도 한다. 이럴 때는 생산자가 수용자에게 적극적으로 종속된다.

적극적인 종속의 경우에는 사소한 참견을 받아가며 연행을 수정하거나 보완하는 사례가 있는가 하면 생산자와 수용자가 팽팽하게 맞서는 사례도 있다. 생산자가 내용을 잘못 알고서 연행하거나 자기가 의도한 대로 변화시켜서 이전에 들은 것과 다르게 연행하는 일이 있으면, 총명한 수용자들이 가만히 듣고만 있지 않고 틀린 점을 지적하며 바른 내용을 일러주기도 한다. 그러면 생산자는 이에 따라 의도적으로 다르게 연행한 부분을 바로잡지 않을 수 없다. 수용자들이 직접 나서서 바로잡지 않더라도 왜곡되게 연행된다는 사실을 자각하게 되면 그 작품은 공감을 얻을 수 없어서 전승되지 않거나, 집단적 공감력을 확보할 수 있도록 왜곡된 내용이 수정·보완되어 전승되게 마련이다. 이러한 복원력을 구비문학의 자가교정력이라 할 수 있다.

이런 사실을 고려할 때, 수용자는 단순한 수용에 머무는 것이 아니라, 연행현장에서 생산된 작품을 교정하고 보완하는 구실을 할 뿐 아니라, 더 나은 작품으로 연행하도록 만드는 생산자로서 역량도 갖추게 되는 것이다. 수용자의 수준에 따라 연행자의 연행의 질도 보장되는 것이므로 수용자의 몫이 연행자 못지 않게 크다. 따라서 구비문학은 수용자에 의하여 자가 교정력을 지니며 거듭 연행되고 전승되는 동안에 온전한 작품으로 완성되어 간다고 할 수 있다.32) 이처럼 수용자는 결코 생

---

32) 임재해, 『설화 작품의 현장론적 분석』, 지식산업사, 1991. 306~307면에서 이 문제를 자세하게

산자의 자의적 왜곡이나 독점적 생산을 허용하지 않으므로, 구비문학 작품은 생산자와 수용자 사이에서 가변적으로 존재하며 공동작으로 전승되는 문학이라 할 수밖에 없다.

생산자와 수용자가 팽팽하게 맞서는 경우에는 누가 생산자이고 수용자인지 뚜렷하게 구별할 수 없을 정도로 주거니 받거니, 또는 티격태격 다투면서 작품이 구연된다. 이런 경우에는 작품의 내용을 사실로 의식하면서 구연하는 전설이기 일쑤이다. 사실로 여기기 때문에 사실과 다르게 이야기된다고 생각하면 수용자는 의문을 제기하며 개입하기 마련이다. 그래서 전설은 청중이 이야기에 적극 참견하여 다투면서 이야기되는 갈래로 인식되기도 한다.33) 더러는 좌중의 사람들 서넛이서 함께 전설을 구연하기도 한다. 수용자에 대한 생산자의 적극적인 종속이 극단적으로 나타나는 경우도 있다. 수용자가 연행에 적극적으로 개입하는 바람에 생산자는 연행을 포기하고 그 역할을 수용자에게 물려준 뒤에 뒷전으로 물러나 앉기도 한다. 생산자와 수용자의 역할이 뒤바뀌는 사태에 이르는 것이다.

수용자가 연행에 개입하지 않고 가만히 있기만 해도 생산자가 수용자를 헤아려 작품을 적절히 연행한다. 생산자는 거의 자동적으로 수용자의 처지나 기호(嗜好) 또는 관심에 부응하여 연행목록을 선택하고, 연행의 어휘 동원이나 장면 묘사를 고려할 뿐 아니라, 작품의 주제까지 적절하게 재해석하여 전달하기도 하는 것이다. 생산자는 항상 수용자를 염두에 두고 작품을 연행하기 때문이다. 기록문학의 생산자도 수용자를 염두에 두고 작품을 생산하지만, 그 수용자는 대면관계에 있는 것도 아니고 생산의 현장에 함께 있는 것도 아닌 데다가, 생산은 일회적이고 고정적일 따름이어서 더욱 한계를 지닌다. 그러나 구비문학의 생산자는 수용자와 대면 관계 속에서 직접적인 의사소통 관계를 맺으며 연행을 통해 작품을 생산하므로, 연행할 때마다 수용자에 따라 작품을 새롭게 재생산할 수밖에 없다. 그러므로 수용자가 직접적인 작용을 하지 않아도 생산자 스스로 수용자에게 상대적으로 종속되게 마련이다. 이를 수용자에 대한 생산자의 소극적 종속이라 할 수 있다.

이러한 종속도 두 가지 형태로 나타난다. 생산자가 수용자의 의도를 미리 헤아려서 수용자의 기대에 영합하기 위해 연행을 하는 경우와, 수용자를 염두에 두고 수

다루었다.

33) Linda Degh and Andrew Vasonyi, "Legend and Belief", Dan Ben-Amos ed., *Folklore Genres*(University of Chicago Press), 1976, 96~97면 및 101면.

용자에게 자신의 구연의도를 관철시키기 위해서 연행하는 경우가 있다. 뒤의 연행
은 사실상 종속이라기보다 의사교환의 주체로서 강력한 자신의 주장을 펼치는 것이
다. 그러한 효과를 올리기 위해서 전승되는 이야기의 유형을 자기 의도에 맞게 변
화시킨다. 이러한 변화를 통해서 구비문학 작품의 변이형이나 변이유형이 생산되기
도 한다. 연행자의 의도가 절실하며 작품의 창조적 수용 능력과 재창조 능력이 함
께 뛰어나야 변이형 또는 변이유형의 생산이 가능하다.34)

이를테면, 최춘원 할아버지가 며느리와 조사자 일행을 함께 앉혀 두고서 들려준
장자못 전설이35) 좋은 보기가 될 수 있다. 이 할아버지는 며느리에게 시부모에 대
한 절대적 효심을 일깨우고자 하는 의도 아래 장자못 전설이 지닌 본디 유형의 중
요 화소와 주제를 크게 변이시켜 이야기했다. 이야기 속의 장자를 딱장쇠 영감으로
일컫는가 하면, 대사가 장자로부터 똥거름을 받은 뒤에 그 집 며느리로부터 쌀을
시주 받고서 환난을 피할 대책을 가르쳐 줄 뿐 '뒤를 돌아보지 말라'고 하는 금기는
말하지 않는다. '금기'와 '금기의 위반', 금기를 어긴 데 따른 '징벌'은36) 장자못 전
설을 이루는 중요한 유형적 틀인데, 여기서는 이러한 화소들이 이야기되지 않는다.
다만 대사의 말을 따라 며느리가 산중에 올라가는데, 폭우가 쏟아져 시어른과 남편
은 모두 떠내려가고 자신도 물에 잠기게 된다. 그래서 물에 몸이 잠긴 부분은 바위
가 되고 나머지 부분은 사람이 되었다고 한다.

따라서 며느리가 금기를 어기고 뒤를 돌아보아서 돌이 되었다는 이야기와 다른
전개를 보인다. 이야기를 한 최춘원 할아버지는 이야기 말미에 그 까닭을 다음과
같이 밝힌다.

그기 와 그래 녹아 돼가 그래노 카만, 그거로 인자 이역 시어른 있는데 저 머 그래
시어른부텅, 시어른 인제 어디 산에 가든동 인자 피하라고, 자기만 들, 자기만 살라고
산에 올라 가고 어른한테는 그 말로 안 한 때문에 죄를 받아가주고 그래 됐다 카데.37)

---

34) 구체적인 사례는 임재해, 『설화작품의 현장론적 분석』, 251~254면에 최자(崔滋)의 보한집(補閑
集)에 수록된 '호승형' 설화의 유형적 변이를 통해 제시하고 있다.
35) 趙東一・林在海, 『韓國口碑文學大系』 7-3, 韓國精神文化硏究院, 1980, 518면.
36) Alan Dundes, "Structural Typology in North American Indian Folktales", Alan Dundes
ed., The Study of Folklore(Prentice-Hall, Inc., Englewood Cliffs), 1965, 208~210면에 이
유형의 이야기들을 잘 정리해 두었는데, Lack(L), Lack Liquidated(LL), Interdiction (Int),
Violation(Viol), Consequence(Conseq), Attempted Escape(AE)의 단락소들(motefemes)로 이
루어져 있다.
37) 趙東一・林在海, 앞의 책, 같은 곳.

최춘원 할아버지는 한때 서당 훈장 노릇을 하여서 이웃에서 훈도학사(訓導學士)라고 일컬을 정도로 점잖은 어른인데, 할머니는 일찍 돌아가시고 며느리의 봉양을 받으며 홀로 사랑을 지키고 있는 형편이다. 마을사람들로부터 이 할아버지가 이야기를 잘 한다는 소문을 듣고 찾아가는 길에, 우연히 둘째 며느리를 만나 길을 묻게 되었다. 그래서 둘째 며느리의 안내를 받아 찾아갔더니, 병환을 앓아서 사랑방에 혼자 누워 있었다. 맏며느리도 무슨 일인가 싶어서 사랑으로 나왔다. 할아버지는 겨우 일어나서 이 이야기를 했는데 좌중에 섞여 앉아 있는 두 며느리를 의식하면서 이렇게 이야기를 변이시켜 한 셈이다.

이 이야기의 본디 뜻대로 중을 괄시하여 벌을 받았다고 하거나, 뒤로 돌아보지 말라고 하는 금기를 어겨서 징벌을 받았다고 하는 것이 아니라, 며느리가 자기 혼자서 살 요량으로 늙은 부모를 혼자 두고 중을 따라 갔으므로 벌을 받았다고 하는 것이다. 어떤 경우에도 시어른을 제쳐두고 며느리가 혼자 살려고 하면 죄를 받아 자신도 살지 못한다는 주장을 이야기를 통해 한 셈이다. 장자못 전설을 빌어서 며느리에게 하고 싶은 말을 한 셈이다. 이 때 이야기하는 사람은 단순한 연행자나 전승자가 아니라 창조적 생산자가 되는 것이다. 이야기꾼이 창조적 생산자가 되는 데에는 이처럼 이야기판에서 차지하는 수용자의 몫이 크다. 수용자가 애써 영향을 미치지 않아도 생산자가 그 영향력을 헤아리는 것이다.

굿판에서 벌어지는 무가의 경우는 수용자가 이원적이다. 굿의 전개에 따라 때로는 굿을 의뢰한 제주(祭主)나 구경꾼을 겨냥해서 무가를 부르는가 하면, 때로는 굿에서 섬기는 신격을 대상으로 해서 무가를 부르기도 한다. 때로는 양자를 포함하는 경우도 있다. 별신굿을 보기로 들면, 골매기 청좌굿을 하면서 골매기 동신을 내림 받기 위하여 무가를 부를 때는 거의 기억력에 의존하여 연행하며 그 어휘가 주문처럼 알아듣기 어려운 내용으로 다소 경건하게 연행한다면, 거리굿처럼 거의 구경꾼들만을 대상으로 구연할 때에는 이와 반대로 즉흥성에 의존하여 연행하며 내용도 알아듣기 쉽고 재미있게 연행하는 것은 물론, 구경꾼들을 굿판에 적극 끌어들이기까지 한다. 같은 굿거리에서 연행되는 무가라도 무당이 구경꾼에게 등을 돌리고 신격을 모신 제상(祭床)을 향해서 무가를 연행할 때와, 반대로 제상에서 등을 돌리고 구경꾼을 향해 무가를 연행할 때 그 연행 양식과 내용이 구체적으로 달라진다. 비록 현실적으로 존재하지 않은 실체이지만 신격을 대상으로 하는 연행은 사람들을 대상으로 하는 연행과 현저한 차별성을 지닌다. 무가의 난해성은 주로 신격을 대상으로 연행될 때 발생된다.

탈춤이나 꼭두각시놀음과 같은 민속극은 일정한 지역에서 고정적으로 연행되는 것과 다른 고장으로 떠돌면서 연행되는 것이 있는데, 그에 따라 민속극을 구경하는 대상이 달라지므로 연행의 어휘적 표현도 다르다. 같은 내용의 탈춤 거리라도 특정 지역에 머물며 연행하는 봉산탈춤에서는 구비전승 자료답지 않게 한자숙어나 고사성어 등 어려운 어휘들이 많이 구사되는 데 비하여, 떠돌이 남사당패들의 덧뵈기에서는 토박이 우리말이 걸쭉하게 구사되어 알아듣기 쉽다. 지역적 탈춤은 토박이 전승집단에 의한 반복적 연행으로 구경꾼의 선험적 지식이 쌓여져서 어려운 한자숙어들을 이해할 수 있기 때문이다. 그러나 떠돌이 광대들은 구경꾼과 낯선 만남을 통해 연행하므로 구경꾼들이 선험적 지식 없이도 즉각적 이해가 가능하도록 쉬운 말들을 쓰는 것이다.38)

꼭두각시놀음의 경우도 마찬가지이다. 토박이 광대들인 북한 장연 지방의 꼭두각시놀음은 남사당패의 그것보다 여러 모로 극작술이 뒤떨어지는 단계에 머물고 있지만, 같은 대목을 견주어 보면 오히려 장연 지방의 것이 더욱 희화적이고 암호처럼 되어 있어서 해독하기 어렵다. 그러므로 이 놀음을 몇 차례 구경한 경험이 있는 현지 주민들이 아니고서는 즉각적 이해가 불가능하다.39) 그러므로 구비문학의 갈래는 다양해도 수용자에 따라서 구비문학의 연행이 일정한 방향으로 결정된다고 하는 점은 한결같다. 구비문학 연행에 미치는 수용자의 직접적 영향력을 헤아릴 만하다.

6. 갈래별 작품 연행의 대상성과 자족성

이야기를 하고 들으려면 이야기판에 이야기하는 사람과 듣는 사람이 필수적으로 함께 있어야 한다. 실제 이야기 작품도 생산자와 수용자 사이에서만 제 모습을 온전하게 드러낸다. 이때 이야기꾼이 이야기하는 활동, 곧 이야기의 연행을 통해서 작품이 생산되기도 하고 재창조되기도 하며 수용되기도 한다. 이 과정은 '생산자'와 '수용자', 그리고 '작품'의 세 요소가 동시적이어야 하며 현장적이어야 한다. 그러면서 또한 동시성을 뛰어넘는 전승의 계기와 현장성을 넘어서는 전파의 계기를 함께

---

38) 임재해, 「남북한 꼭두각시놀음의 전승양상과 해석의 비교연구」, 『口碑文學硏究』 제3집, 韓國口碑文學會, 1996, 546~547면.
39) 임재해, 위의 글, 543~544면 참조.

마련한다. 그러므로 구비문학의 연행은 동전의 양면처럼 전파의 개념과 중복되는[40] 수준에 머무는 것이 아니라. 오히려 주사위의 6면체처럼 연행은 생산자(생산)와 수용자(수용), 작품(텍스트), 재창조(가변성), 전파(지리적 확산), 전승(역사적 지속) 등의 여섯 가지 개념과 복합되면서 두루 중첩된다고 할 수 있다.

심지어 연행과정에서 생산자는 스스로 연행을 익히며 이를 듣는 사람도 연행을 배운다고[41] 하는 점에서 연행 능력의 학습 또는 전수의 기능도 함께 수행된다. 그러므로 구비문학을 연행하는 사람은 루쓰 피네간이 지적하는 것처럼 연행자(performer)이면서 작품의 합성자(composer)이자, 작가(poet)를 겸하는 데[42] 머물지 않고, 여기서 더 나아가 연행자는 또한 '전파자'이자 '전승자'이면서 구비문학을 가르치는 '전수교사'라 할 수 있다. 따라서 특정 구비문학의 연행 능력을 지닌 사람이 유일할 경우. 그가 더 이상 연행을 하지 않게 되면 '전파'와 '전승'과 '전수'가 모두 중단되는 셈이므로 그 작품은 더 이상 전승되지 않게 된다. 작품의 수명이 다 하는 셈이다.

그러나 구비문학의 갈래에 따라 연행이 반드시 위에서 든 6가지 국면을 모두 갖추어야 하거나 그 기능들을 모두 발휘하는 것은 아니다. 앞에서 보기로 든 이야기의 경우에는 반드시 듣는 대상 곧 수용자가 별도로 있어야 구연이 가능하지만, 민요는 들어주는 대상이 필수적이지 않다. 자기 신명에 따라서 혼자서 흥에 겨워 노래를 부를 수 있기 때문이다. 재창조의 문제도 다소 엇갈린다. 작품을 연행하게 되면 거의 자동적으로 독자적인 각편이 생산될 수밖에 없을 정도로[43] 변이가 일어날 수밖에 없는 갈래도 있는가 하면 변이의 가능성이 막혀 있는 것도 있다. 이를테면 이야기나 민요는 연행할 때마다 독특한 각편이 생겨날 정도로 필수적으로 변이가 일어나지만 속담이나 수수께끼는 상대적으로 고정적인 형태로 연행되어 변이가 필수적이지 않다. 그러므로 갈래에 따른 연행의 특성을 별도로 주목할 필요가 있다.

40) Ruth Finnegan, *Oral Poetry*(Cambridge University Press), 1977, 19면에서 구비 전파(oral transmission)는 구비 연행(oral performance)과 동전의 양면처럼 겹친다고 했다.
41) Albert B. Lord, 앞의 책, 5면에서는 구비시가들이 말로 노래되고 말로 합성되며 말로 전하된다는 사실 외에 말로 학습(oral learning)하는 기능도 언급하고 있다. 물론 이때의 구비학습은 판소리처럼 의도적이고 체계적인 학습이 아니라, 연행현장에서 듣는 동안 자연스럽게 이루어지는 학습을 말한다.
42) Ruth Finnegan, 앞의 책, 20면.
43) Albert B. Lord, 앞의 책, 4면. 알버트 로드는 구비시가의 연행을 주목하면서 "아주 실제적인 의미에서 노래의 모든 연행은 각기 독립된 노래 작품이다. 왜냐하면 모든 연행은 독특(unique)하고 모든 연행은 그 노래를 부른 구연자의 독창성을 지니고 있기 때문"이라고 하였다.

그것은 갈래별 구비문학의 생산과 수용, 재창조의 문제를 이해하는 길이다.

이야기의 연행처럼 듣는 사람을 필수적 전제로 하는 것을 '대상적 연행'이라 한다면, 민요처럼 듣는 사람이 없어도 창자가 자기 신명에 따라 연행이 가능한 것을 '자족적 연행'이라 할 수 있다. 대상적 연행이 이루어지는 갈래는 연행에 제약이 있다면 자족적 연행이 가능한 갈래는 연행에 제약이 없다. 연행자 한 사람 곧 생산자만 있어도 가능하다는 점에서 기록문학의 생산과정과 일치하는 면이 있다. 어떤 소리꾼이 자기 신명을 가누지 못해 민요나 판소리 한 자락을 부르는 것이 바로 자족적 연행인데, 이러한 연행에서는 별도의 수용자에 의한 수용이 이루어지지 않으므로 전파나 전승도 이루어진다고 할 수 없다. 다만 소리꾼 자신이 연행자로서 생산자이자 수용자를 겸할 따름이다. 그러나 비록 듣는 사람이 없어서 실제적 전파나 전승은 없어도 자족적 연행을 통해서 자신의 기억력을 재생시키는 동시에 자신의 연행능력도 향상시키게 되므로 연행력과 전승력을 증대하는 구실을 한다고 할 수 있다.

구비문학의 연행을 갈래에 따라 대상적 연행과 자족적 연행으로 가르는 데에는 이야기와 민요가 지니는 문예적 성격의 차이처럼 갈래별 특성이 두드러진다. 이야기와 속담 수수께끼 등은 대상적 연행물이다. 대상을 염두에 두지 않고서는 의사소통으로서 구연 목적을 달성할 수도 없고 연행의 재미도 맛볼 수 없다. 이야기하는 사람이 이야기판에 적극 나서는 까닭은 듣는이들이 자신의 이야기를 통해 즐거움을 느끼며 관심을 기울이기 때문이다. 다시 말하면 자신의 연행에 의하여 듣는 대상들이 즐거워하는 것을 보고 이야기꾼도 연행을 즐기는 것이다. 이러한 관계가 가장 명백하게 굳어져 있는 것이 수수께끼이다. 수수께끼는 묻고 답하는 질문 형식의 말놀이인 까닭에 구조적으로 듣는이의 반응을 염두에 두지 않으면 연행될 수 없다. 이처럼 듣는 대상이 없이 연행이 불가능한 구비문학은 대상적 연행의 갈래에 속한다고 할 수 있다. 이 갈래에 속하는 구비문학들은 연행의 가장 기본적인 요건인 말을 중심으로44) 구연되는 특성을 지녔다. 말은 의사교환의 조건으로서 반드시 듣는 사람이 있어야 하기 때문이다.

그러나 민요는 사정이 다르다. 민요는 노래다. 노래도 들어주는 사람이 있어야 신명나게 부를 수 있다. 그러나 혼자서도 신명이 나면 흥얼거릴 수 있는 것이 노래다.45) 그 이유는 노래를 듣는 사람 못지 않게 부르는 사람도 스스로 자족감을 느

---

44) 조동일, 『구비문학의 세계』, 새문사, 1980, 23~27면에서 구비문학을 말, 이야기, 노래, 놀이로 가르면서 '말'을 구비문학의 기본요건이라 하였다.

끼기 때문이다. 노래가 자족성을 주는 것은 이야기나 속담, 수수께끼와 달리 문학
적 사설이나 언어적인 말 외에 음악적 가락이 있기 때문이다. 음악적 가락은 문학
적 사설이나 언어적 구연과 달리 자족성을 지닌다. 이러한 사실은 민요의 사설과
가락을 분리시켜 구연해 보면 단박 드러난다. 가락을 붙이지 않고 민요의 사설만
구연할 때에는 듣는 사람이 있어야 하나, 사설을 붙이지 않고 가락만 구연할 때에
는 혼자서도 얼마든지 부를 수 있다. 혼자서 흔히 흥얼거리며 부르는 콧노래가 바
로 가락만 구연하는 상태이다.46)

따라서 음악적 가락과 더불어 연행되는 구비문학 갈래들은 모두 자족적 갈래라
할 수 있다. 판소리나 무가도 여기에 해당되므로 반드시 듣는 사람 없이도 연행될
수 있다. 음악의 자족성을 지녔기 때문이다. 그런데 실제로 무가는 부르는 사람이
자족감을 느끼며 혼자서 부르는 경우가 없다는 사실을 들어 이 논리에 이의를 제기
하기도 한다.47) 이러한 문제 제기는 이치와 현실 또는 이론과 실제의 차이를 인식
하지 못하는 데서 비롯된 것이다. 왜냐 하면 이치나 이론은 그 자체로 존재할 뿐 항
상 이치대로 현실이 나타나고 이론처럼 실제가 이루어지는 것은 아니기 때문이다.

이를테면 비행기가 뜨기 때문에 물체가 비행할 수 있는 이치가 있는 것이 아니
라, 비행기를 날아가게 하는 이치는 실제 비행기의 존재 유무와 상관없이 본디부터
있었던 것이다. 다만 사람들이 뒤늦게 이 이치를 터득하여 비행기를 만들어 공중을
날게 되었을 따름이다. 과거에 비행기가 없었다고 하여 과거에는 비행기를 날아가
게 하는 이치가 없었고 지금은 비행기가 있으니 비행의 이치가 비로소 생겼다고 말
할 수 없다. 더군다나 모든 물체는 다 비행할 수 없으므로 비행의 이치를 일반화할
수 없다고 말하는 것도 사물과 현상의 근본 이치를 모르고 하는 억지일 따름이다.
비행기라 하더라도 실제로 비행하려면 비행하는 데 필요한 조건을 다 갖추거나 비
행에 장애가 되는 요소가 없어야 한다. 비행기가 비행의 이치를 지녔다고 하여 저
절로 언제든지 비행하는 것도 아니다. 마찬가지로 음악이 자족성을 지녔다고 하여

45) 林在海, 『민속문화론』, 文學과知性社, 1986, 219면. "옛날이야기는 듣는 사람이 있어야 구연되
지만, 민요는 청중 없이 혼자서도 구연될 수 있다."
46) 林在海, 위의 책, 220~221면에 이 문제를 자세하게 다루었다. 연극적이 동작 곧 연기와 달리
춤의 동작 곧 춤사위가 자족성을 지닌 것도 음악적 가락에 실어서 동작을 연행하기 때문이다.
47) 이 논문을 한국구비문학회(1998. 2. 19., 국민대학교)에서 발표했을 때에, 강등학 교수가 지적한
부분이다. 무가는 창자가 자족성을 느끼며 혼자서 부르는 경우가 없으므로 음악적 가락의 자족성
을 일반화하기 어렵다고 했다.

어떤 상황에서 누구든지 음악을 자족적으로 향유하는 것은 아니다. 의식과 관련된 노래는 의식이 베풀어질 때만 연행되는 것이다. 그것이 의식요의 특성인 것이다. 무가가 음악적 자족성을 갖추고 있음에도 불구하고 자족적으로 연행되지 않는 까닭도 같은 맥락에서 당연한 현상이다. 무가는 무당이 굿을 할 때 부르는 노래라는 무가로서 특수한 연행 조건을 갖추고 있기 때문에 자족성을 지니고 있어도 자족적으로 연행되지 않을 뿐이다.

무가가 자족적으로 연행되는 실제 사례가 없다고 하여 노래의 자족성이나 음악의 자족성을 부정하려는 것은, 마치 성적 욕망을 자제하고 독신으로 사제 생활을 하는 신부나 승려를 실제 사례로 들어서, 사람은 누구나 성욕을 지니고 있다는 종족 보존본능 이론을 부정하는 것과 같은 오류이다. 신부나 승려도 사람이다. 사람인 이상 종족 보존본능으로서 성적 욕망을 기본적으로 갖추고 있다. 신부나 승려가 성생활을 하지 않는다고 하여 성적 본능도 갖추지 않은 인간으로 보는 것은 착각일 따름이다. 겉으로 드러난 실제만 보고 인간의 본능이론을 엉뚱하게 부정하는 셈이다. 성직자들은 인간으로서 성적 본능을 스스로 억제하고 종교적으로 다스리면서 바람직한 사제의 길을 가는 것이지, 그들에게 성적 본능이 없어서 독신으로 살아가는 것은 아니다. 무가도 마찬가지이다. 무가도 노래인 이상, 그리고 음악적 가락을 지니고 있는 이상 연행의 자족성을 지니고 있다는 이론을 부정할 수 없다. 실제로 자족적인 연행이 이루어지지 않는 것은 노래로서 음악적 자족성이 없어서가 아니라, 굿을 하면서 부르는 제의악이라는 무가의 특수한 성격상 예사 노래처럼 자족적으로 부르지 않을 따름이다. 사제로서 지켜야 할 금기가 성적 본능을 제약하듯이 굿노래가 지닌 주술성과 신성성이 무가의 자족적 연행을 제약할 따름이다.

노래는 자족적으로 연행될 수 있음에도 불구하고 듣는 사람의 호응과 참여는 연행에 중요한 구실을 한다. 특히 반주와 함께 연행되는 경우는 더욱 그렇다. 판소리나 무가의 경우에 청중의 반응이 없으면 신명이 나지 않아서 연행이 온전하게 이루어지기 어렵다. 최소한 반주자의 추임새라도 있어야 순조로운 연행이 가능하다. 판소리와 무가는 순전히 노래로만 이루어져 있는 것이 아니라, 공수나 아니리와 같이 말로 하는 부분이 적지 않기 때문에 특히 청중의 필요성이 높아진다. 청중이 있어도 아무런 반응이 없는 상태에서 이루어지는 일방적인 연행은 흥이 나지 않아서 연행을 지속하기 어렵다. 차라리 자기 도취에 빠져서 혼자 연행하는 것이 낫다. 자족성을 충족시킬 수 있기 때문이다. 그러나 이러한 연행은 구비문학의 본디 모습이

아니다. 자족적인 갈래라 하더라도 듣는이를 상대로 연행할 때 구비문학이 하나의
온전한 작품으로 살아 생동하며 제 구실을 감당하는 것이다.

　듣는이를 대상으로 두고 연행할 때에는 대상과 주고받는 교감이 있어야 신바람
이 나서 흥겨운 연행이 가능하다. 임진택씨가 안동문화회관에서 창작판소리 '똥바
다'를 연행할 때, 청중들이 추임새를 넣지 않자 연행을 중단하고 청중들에게 추임새
훈련을 몇 차례 한 다음에 비로소 연행을 계속했다. 그만큼 판소리 연행에는 청중
들의 반응이 중요하다. 신명풀이로 하는 판소리, 굿, 탈춤 갈래에서는 이러한 청중
의 반응이 더욱 중요하다. 그래서 박수도 필요하고 악기 반주가 필수적이며 청중이
나 관중의 추임새도 반드시 있어야 한다. 음악적 가락에 따라 반주 양식이 정해져
있는 것처럼 추임새 양식도 정해져 있는 것은 이 때문이다. 청중이 추임새를 제대
로 넣지 않을 때를 대비하여 반주자는 연주자를 보고 마주 앉아서 반주만 하는 것
이 아니라, 연주자의 연행을 부추기는 추임새를 의무적으로 하는 것이다. 반주자는
소리광대와 함께 연행자 구실을 하는 것 같지만 사실은 청중으로서 소리를 받아주
는 구실을 더욱 긴요하게 감당한다.

　그런데 민요의 경우에는 반주자가 없다. 반주자의 음악적 반주 없이도 소리를 잘
부르는 것은 여러 사람들이 더불어 공동으로 부르기 때문이다. 반주자 대신 뒷소리
를 받는 사람들 다수가 반주자 구실과 함께 청중의 추임새 구실을 더불어 한다. 교
환창이든 선후창이든 민요의 일정한 부분을 서로 분담하여 주고받으면서 부르는 것
은 연행자와 청중의 추임새 구실을 서로 바꾸어 가면서 하는 셈이다. 교환창의 경
우 수수께끼처럼, 말하는이와 듣는이 또는 질문자와 해답자가 구조적으로 상호협조
하면서 공동 연행을 하듯이, 같은 관계에서 음악적으로 표현하고 음악적으로 댓구
하는 것이다. 따라서 어떻게 보면 교환창이 가장 적극적으로 또는 가장 평등하게
노래를 부르고 듣는 관계를 바꾸어가며 연행집단 상호간의 교감을 공유하는 것이라
할 수 있다. 선후창의 경우에는 앞소리꾼이 연행자로서 앞소리를 연행하면 뒷소리
를 받는 사람들이 후렴구를 통해서 앞소리꾼의 노래를 뒷받침한다. 그러므로 후렴
구 또한 앞소리의 음악적 신명을 돋우는 일종의 추임새라 할 수 있다.

　그러고 보면 대상적 연행과 자족적 연행의 갈래상 특징이 다시 정리되어야 할
단계에 이르렀다. 연행의 실상은 이렇게 둘로 나누기만 해서는 쉽게 이해될 정도로
단순하지 않기 때문이다. 말과 같은 기본적 조건을 중심으로 연행되는 구비문학은
반드시 대상이 있어야 연행되는 대상적 연행의 갈래이되, 이를 수용하는 청중의 반

응이 연행자의 신명을 부추길 정도로 적극적이지 않아도 좋다는 사실을 별도로 고
려해야 한다. 그저 다소곳이 귀를 기울이기만 해도 또는 묻는 말에 피동적으로 답
만 해도 그만이다. 수수께끼의 경우 최소한의 답을 말해야 하지만, 전혀 엉뚱한 답
을 대거나 모른다고 해도 수수께끼 구연에 장애가 되는 것은 아니다. 따라서 수수
께끼도 들어주기만 하는 사람만 있으면 구연이 가능하다.

그러나 듣는 사람이 없어도 연행될 수 있는 자족적인 연행의 구비문학일수록 오
히려 청중의 반응이 적극적이어야 한다. 들어주기만 하는 사람 앞에서는 민요든 판
소리든 제대로 소리판을 벌일 수 없다. 음악적 가락에 의하여 신명을 돋우어 연행
하는 구비문학일수록 청중의 적극적인 호응과 음악적 추임새 또는 춤에 가까운 몸
짓으로 연행자의 흥을 부추겨 주어야 한다. 따라서 역설적이게도 대상적 연행의 구
비문학이 수용 대상의 소극적 반응만으로도 충분히 연행이 가능한데 비하여, 자족
적 연행의 구비문학은 오히려 대상의 적극적인 호응을 필요로 한다. 자족적 연행은
사실상 무대상적 연행이라 할 수 있는데, 오히려 대상적 연행보다 수용 대상의 반
응을 더 적극적으로 요구한다. 그러므로 구비문학 연행에서 대상의 필요성 여부와
반응의 적극성 여부는 역설적 관계에 있다고 할 수 있다.

7. 갈래별 작품 연행의 가변성과 고정성

구비문학은 전승되는 문학이므로 일정한 틀을 유지하는 고정성을 지니며 구연되
는 문학이므로 연행될 때마다 달라지는 가변성을 지닌다. 판소리에서 말하는 고정
체계면과 비고정체계면48) 또는 설화에서 말하는 유형과 각편의 관계들이 모두 구
비문학 연행의 고정성과 가변성을 고려한 분석 항목들이다. 이러한 고정성은 전통
을 지속시키게 하고 가변성은 재창조를 가능하게 함으로써 지속성을 유지하면서 보
다 나은 작품으로 발전하게 하는 구실을 한다. 물론 창조적 연행자를 만나지 못하
고 현실적인 문학적 기능을 상실하게 되면 구비문학의 가변성은 오히려 작품의 고
정적 틀거리마저 해체시켜 전승력을 약화시키고 작품을 퇴화시키기도 한다. 창조적
가변성이 발휘되면 전승력에 의한 고정성도 강화되고 확대되지만 퇴화적 가변성이

48) 조동일, 「흥부전의 양면성」, 『啓明論叢』 5, 啓明大學, 1969, 이상택·성현경 편, 『한국고전소설
연구』, 새문사, 1983, 490~553면에 재수록.

작용하게 되면 고정성이 약화 축소되어 점차 구비문학으로서 전승력을 상실하게 된다. 그러므로 고정성과 가변성은 상호관계 속에서 존재하는 것이다.

구비문학의 갈래에 따라 연행의 고정성과 가변성도 제각기 다른 양상을 보인다. 구비문학의 기본적 요건인 말과 서사적 사건으로 연행되는 설화 갈래는 가변성이 높다. 어휘 차원에서부터 줄거리 또는 주제까지 변이가 가능하기 때문이다. 신화, 전설, 민담 등의 설화 갈래가 대표적인 보기이다. 그러나 순전히 말로만 표현되는 속담과 수수께끼는 사정이 다르다. 거의 관용어로 이루어져 있으므로 음절 차원의 변화에 머물기 때문에 문학적 변화까지 기대하기 어렵다. 특히 수수께끼는 질문자가 기대하는 답을 맞추는 말놀이이므로 변화가 상대적으로 크지 않다. 답이 고정적으로 정해져 있기 때문이다. 그러나 창조적 질문자는 고정적인 답에 만족하지 않는다. 여러 가지 답을 상정해 두고서 답을 맞추더라도 엉뚱한 답을 들이댐으로써, 해답자와 겨루기에서 기어코 이기고자 하는 전략을 구사하는 것이다.

같은 뜻을 내포하고 있는 속담도 시대가 변하면 달라지게 마련이다. 이를테면 격에 맞지 않는 것을 '꺼적떼기 문에 돌적'이라고 하는 데 대하여, '갓 쓰고 자전거 타기', '그랜져에 초보운전 붙이기' 등으로 시대상황에 따라 현실성 있는 내용으로 바뀐다. 따라서 속담의 뜻은 고정적이되 표현은 가변적이라 할 수 있다. 수수께끼는 질문은 같되 답이 시대의 변화에 따라 달라진다. '전깃줄에 앉은 부인 참새가 총에 맞아 죽으면서 살아남은 남편 참새에게 한 말은?'하는 질문에 '내 몫까지 살아 주!'에서 '재혼하지 마!'로 바뀌는가 하면, '남편 참새의 말은?' 하는 질문에 대해서도 '정 주고 가지 마!'에서 '자기는 무슨 조강지처인 줄 아는가 봐!'와 같이 변한다. 질문이 바뀌지 않고 답이 달라진다는 것은 곧 수수께끼의 뜻은 가변적이라는 말이다. 그러므로 속담은 표현이 가변적인데, 수수께끼는 속담과 달리 뜻이 가변적이라 할 수 있다. 이처럼 어느 한쪽만 달라지지 않고 표현과 뜻이 함께 바뀌는 것은 연행에 의한 지속성과 가변성에 의한 것이 아니라 새로운 속담, 수수께끼의 창작이라 할 수 있다.

그럼에도 불구하고 속담이나 수수께끼는 이야기나 민요처럼 연행될 때마다 독특하다고 하기 어렵다. 역사적인 차원의 가변성을 고려하지 않으면 고정적인 틀에 의해서 계속 반복되기 때문이다. 민요도 이야기처럼 연행될 때마다 하나의 각편으로 인정될 만한 독특한 작품을 생산하지만 그 고정성과 가변성의 구체적인 문제에 들어가면 이야기와 다른 특성을 지닌다. 이야기는 유형이 고정적으로 전승되고 각편이 가변적으로 생산되는 데 비하여 민요의 경우에는 사설과 가락이 이 문제를 어느 정도 결정한다. 민요의 가락은 고정적이라면 사설이 가변적이다. 가락에 맞추어 적절하게 지어붙이면 연행에 차질이 없고 또 사설의 재창조도 그러한 범주 안에서 허용되기 때문이다. 이른바 구연공식구(oral formula)라고 하는 것이 모두 가락의 틀에 맞추어 사설을 적절히 짜맞추는 것이다.49) 일정한 음보로 고정되어 있는 것도 민요의 특성이다. 그것은 기능과도 밀접하게 연관되어 있다. 풀썰기 노래가 1음보라면 보리타작 노래는 2음보이다. 이 틀이 바뀌기 어렵다. 그러나 보리타작 노래가 비기능요로 발전하게 되면 가락이 달라질 수 있다. 이것은 연행의 문제가 아니라 기능의 문제이다. 그러므로 민요의 기능이 바뀌면 가창 방식을 비롯한 연행도 바뀌게 마련이다.

민요는 현장에서 일정한 노동을 하며 공동으로 부를 뿐 아니라 연행양식이 선후창과 교환창, 돌림창50) 등으로 구조화되어 있기 때문에 연행에 의한 가변성도 가창방식에 크게 영향받는다. 음보의 형식처럼 가락과 사설도 일의 동작이나 내용과 밀접하게 연관되어 있다. 특히 가락은 일과 놀이의 동작을 벗어나서는 연행될 수 없는 제약을 받는다. 선후창과 돌림창은 앞소리를 담당하는 사람이 개인적으로 사설을 메길 수 있다. 따라서 가락만 맞으면 어떤 사설을 즉흥적으로 창조해도 좋다. 특히 선후창의 경우에는 전문적인 앞소리꾼이 앞소리 사설을 전담하기 때문에 이러한 창조력이 마음껏 발휘될 수 있다. 연행에서 앞소리꾼만이 사설을 독점하게 되는 참여의 제한이 있는 동시에 그에게는 연행 중에 사설의 가변성을 허용하는 재창조의 자유가 부여되어 있다.51) 쾌지나칭칭이나 강강술래, 상여소리 등의 사설이 풍부하고 문학적인 것도 전문적인 소리꾼에 의하여 창조적 가변성이 보장되어 있기 때문이다.

돌림창의 경우에도 앞소리 사설을 끊임없이 돌아가며 메겨야 하므로 자연히 자기 나름대로 즉흥적 창조력을 발휘하게 마련이다. 그러나 뒷소리는 요지부동이다. 가락이든 사설이든 공동으로 부르기 때문에 정해져 있는 대로 입을 맞추어 불러야 한다. 더군다나 가락은 민요의 기능과 연결되어 있다. 이를테면 노동의 동작이나 의식의 행위와 연관되어 있기 때문에 이를 고려하지 않고 쉽사리 가락을 바꿀 수 없다. 자연히 앞소리 하는 사람들도 후렴구의 가락에 통제를 받게 된다. 음악적 가락은 다수가 부르는 후렴구를 통해 공동으로 규제되게 되므로 사설의 재창조나 변이는 후렴구의 가락이 허용한 범위 안에서만 이루어진다52). 그러므로 선후창과 돌림창의 앞소리 사설은 가변적이되 음악적 가락 안에서만 가변적이다.

교환창은 사정이 다르다. 모내기 소리와 같이 여럿이서 공동으로 주고받으면서 부르는 경우에는 문학적 사설과 음악적 가락이 어느 정도 유형화되어 있다. 그래야 선후창이 댓구나 문답구로서 아귀가 맞게 노래를 부를 수 있다. 이를테면 '새야 새야 뿍꿍새야 니 어디서 자고 왔노'하고 앞소리를 하면 '수양버들 늘어진 가지 흔들 흔들 자고 왔다'하고 정해진 대로 부른다. 앞소리패들이 재량권이 있다고 하여 뒷소리로 받도록 정해져 있는 사설을 전혀 고려하지 않고 즉흥적으로 지어내서 불러서는 연행이 제대로 되지 않는다. 즉흥적으로 느닷없는 사설을 앞소리로 메기게 되면, 뒷소리꾼들이 이에 적절한 내용의 사설을 댓구로 즉각 받아낼 수 없기 때문이다. 뒷소리를 고려한 앞소리꾼도 제약을 받는데, 앞소리꾼의 내용에 맞춰서 뒷소리를 받아야 하는 뒷소리꾼들은 더 이를 나위가 없다. 앞소리에 따라 긴밀하게 맞추어야 하기 때문이다. 가락은 물론이려니와 여럿이서 공동으로 주고받는 탓으로 사설도 임의로 바꾸기 어렵다.53) 따라서 지역성이나 시대성 또는 연행집단에 따라 차이는 있어도, 동일한 집단이 거듭 연행할 때에는 가변성이 두드러지게 나타나지 않는다. 다만 서사민요가 아니므로 연과 연의 선후 관계는 얼마든지 바뀔 수 있다. 그러나 연을 하나의 독립적인 작품으로 본다면 연행될 때마다 독특한 개성을 지닌다고 하기 어렵다.

징금이 타령처럼 일대 일의 교환창으로 부를 경우에는 교환창이라도 개인적인 재량권이 있어 상대적으로 가변성이 보장된다. 그러나 노래의 내용 자체가 아주 소박하고 가락도 단순하므로 사설이 풍부하게 창조될 여지가 적다. 연행 양식이 어떠

---

52) 임재해, 위의 글, 같은 곳.
53) 민요의 "사설과 가락만을 한정하여 상대적으로 문제삼는다면, 사설은 어느 개인에 의해 재창조의 폭이 훨씬 넓게 주어지는 편이나, 일과 놀이의 박자와 관련되어 있는 가락은 사회적 생산과 전승에 의한 통제가 크므로 쉽게 재창조를 허용하지 않는 편이다. 이처럼 가락이 지속성을 확보하고 사설은 가변성을 획득하고 있으므로, 민요는 일정한 유형성을 지니면서 계속해서 재창조되고 있는 것이다." 임재해, 위의 글, 같은 곳.

하든 민요는 가락에 의해 어느 정도 고정성을 지니고 작품으로서 유형성도 획득한
다고 한다면, 상대적으로 가락이 소박하거나 음악성이 미흡한 민요의 경우에는 가
변성이 높게 된다. 이를테면 음영민요라고 할 수 있는 서사민요가 그러한 경우이
다. 음악적 가락의 제약에 비교적 자유로운 상태에서 사설을 적절히 읊조릴 수 있
다. 그리고 서사민요는 독창으로 연행되는 까닭에 뒷소리를 받는 사람들의 간섭 없
이 노래의 사설과 가락 양면에 걸쳐서 소리꾼의 역량을 마음껏 발휘할 수 있다. 게
다가 설화와 같이 서사성까지 지니고 있으므로 연행에 의한 가변성이 여러 모로 높
다고 할 수 있다. 다만 서사적 구조가 일정할 따름이다.[54] 서사적 구조가 유형 차
원의 고정성을 획득하고 있는 것이다.

　더불어 구연하는 민요와 달리 관중을 앞에 두고 연행하는 판소리와 무가, 탈춤
등의 고정성과 가변성도 주목할 만한 특징이 있다. 판소리는 관중을 직접 끌어들이
지 않으므로 생산자 개인의 연행 능력에 의존해 있다. 그러나 탈춤이나 무가에서는
연행의 필요에 따라 생산자가 관중을 끌어들이기도 하고 관중이 자기 신명에 따라
연행에 개입하기도 한다. 관중의 개입이 필요하거나 관중이 필수적으로 끼여들게
되는 대목은 자연스레 가변성이 높게 된다. 별신굿의 거리굿 무가 가운데에도 아이
들을 끌어들여 훈장 노릇을 하는 대목이나 노인들을 끌어들여 사장 거리를 하는 대
목에는 아이들과 노인들이 하기에 따라 연행이 달라질 수밖에 없다. 하회탈춤의 경
우에도 구경꾼들을 향해 소불알을 파는 대목에는 구경꾼의 대응에 따라 연행이 즉
흥적 가변성을 띠게 마련이다. 이러한 가변성이 예상하지 못한 뜻밖의 상황을 빚어
냄으로써 구경꾼의 흥미를 더욱 자극한다. 왜냐 하면 탈춤이든 무가든 자기 지역에
서 주기적으로 전승되어 온 것이어서 이미 알고 있는 작품의 전형성을 벗어나지 않
으면 그게 그것인 수준에 머물러 버려 충격적인 재미를 신선하게 느낄 수 없기 때
문이다.

　특히 굿판에서 연행되는 무가는 연행 과정에서 다른 요소들이 끼어들기 때문에
연행이 축소되기도 하고 확대되기도 한다. 구경꾼들이 공감하여 별비를 계속 찔러
주며 굿판에 적극 참여하면 연행 시간이 길어지고 그 내용도 한층 풍부하게 연행된
다. 반대로 제주들이 적극적으로 참여하지 않고 별비가 넉넉하게 나오지 않으면 대
충대충 마무리하고 끝을 내기도 한다. 때로는 무당들이 제주들에게 돈을 뜯어내기

---

54) 서사민요의 유형적 공통성에 대해서는 趙東一, 『敍事民謠 硏究』, 啓明大學校 出版部, 1970, 61~
　　95면에 작품의 유형구조 분석을 통해 구체적으로 입증하고 있다.

위해 '무슨 값을 받아라'고 하며 의도적으로 사설을 덧붙이고 삽화를 만들어 넣으면서 시간을 의도적으로 길게 끈다. 이처럼 굿판에서는 무당들의 경제적 이윤 추구에 따라 무가의 연행이 들쑥날쑥하게 이루어진다.

연행의 고정성과 가변성을 논의하면서 민요는 가락이 고정적이라고 했다. 따라서 민요는 사설에 의존해서 연행되기보다 가락에 의존해서 연행되기 일쑤이다. 사설만 읊조리는 일은 쉽지 않지만 가락만 읊조리는 일은 쉽다. 신명이 나면 언제든지 흥얼거릴 수 있는 것은 민요의 사설이 아니라 가락이다. 사설만 기억해서 말로 이야기하려면 생각이 막히지만, 일단 가락에 실어서 민요를 부르게 되면 사설도 막히지 않고 술술 풀려 나온다. 사설만 이야기하다 기억이 막히면 즉흥적으로 창조하여 이어나가기 어려워도 노래를 부르다가 기억이 막혀서 사설이 생각나지 않을 때는 즉흥적 창조가 쉽다. 왜 그럴까. 문학적 사설은 의식적으로 기억을 되살려야 연행이 가능한데, 음악적 가락은 무의식적으로 기억이 되살아나기 때문이다. 따라서 시적인 율격이나 음악적 가락을 지닌 구술 연행물은 명백하게 비시적이거나 비음악적인 구연 방식으로 연행해서는 본디 작품을 온전하게 재생산해낼 수 없다고 한다.[55] 그러므로 나는 언어적 구연에 머무는 이야기와 같은 갈래를 '의식적 연행의 구비문학'이라 하고, 민요처럼 음악적 가락에 입각하여 구연되는 갈래를 '무의식적 연행의 구비문학'이라 일컫고자 한다.

가락과 사설은 음악적 국면과 언어적 국면 또는 정서적 성격과 이성적 성격, 신명풀이의 기능과 의사교환의 기능 등으로 상대적 변별성을 지닌다. 음악적이고 정서적이며 신명풀이적인 요소들은 무의식적인 층위에서 발현하는 것이라면, 언어적이고 이성적이며 의사교환적 요소들은 의식적 층위에서 가능한 것들이다. 따라서 음악적 가락이나 율격은 고정성을 지니면서 사설을 기억하게 하고 즉흥적으로 재창조하게 하는 토대 구실을 은연중에 하게 된다. 모내기 소리나 논매기 소리와 같은 서정민요들은 그 사설이 언어적 차원의 것이지만 일을 하는 동안 종일토록 구연해도 끊임없이 연행이 가능한 것은 무의식적 층위의 능력을 발휘하는 데 장기가 있는 음악적 가락 때문이다. 우리가 시보다는 시조를 암송하기 더욱 쉽고 산문시보다는 정형시를 암송하기 더 쉬운 것도 바로 율격이라고 하는 음악성이 있기 때문이다.

---

55) William M. Clements, *Native American Verbal Art - Texts and Contexts*(The University of Arizona Press), 1996, 32면.

8. 구연적 차원의 연행과 행위적 차원의 연행

구비문학은 갈래에 따라 기본적인 요건만 갖춘 말에서부터 꾸며낸 사건, 음악적 율동, 맞서서 하는 행동 등 복잡한 요건들을 함께 지닌 이야기와 노래, 그리고 놀이 등이 있다.56) 말과 이야기 갈래는 언어 또는 문학적 구연의 비중이 높지만, 민요와 판소리 무가와 같은 노래 갈래에는 음악적 연행의 비중이 높다. 탈춤이나 꼭두각시놀음과 같은 놀이 갈래는 이와 달리, 맞서서 하는 행동으로서 연극적 행위가 중요한 비중을 차지한다. 그렇다고 하여 이야기는 문학적 연행, 노래는 음악적 연행, 놀이는 연극적 연행으로 한정되는 것은 아니다. 이야기를 구연할 때에도 표정과 몸짓을 여러 모로 하는 연극적 연행이 이루어지며, 노래를 구연할 때에도 춤을 추거나 규칙적인 몸동작을 할 뿐 아니라, 노동요의 경우에는 일을 하고 판소리의 경우에는 발림 또는 너름새를 하며, 무가의 경우에도 춤과 무의식을 행한다. 그러므로 구비문학의 연행 문제를 다각적으로 이해하려면 이러한 요소들을 함께 고려해야 마땅하다.

구비문학의 연행이라고 하여 음성언어로서 말만 사용하는 것이 아니라 효과적인 표현을 위해서 온갖 몸짓과 표정을 동원하며 필요한 경우에는 물질적 도구들까지 이용하여 역동적으로 연행한다. 게다가 비일상적인 상태에서 제의적 담론이나 예술적 형식 또는 회화적 담론까지 포함되므로 문학으로서만이 아니라 예술로서 고려될 만하다. 따라서 말로 표현(oral expression)된 문학이라는 뜻에서 구비문학이라는 말은 적절하지 않다고 여기고, 구비문학이라는 용어 대신에 구연 예술(verbal art)이라 일컬어야 한다는 주장까지 한다.57) 물론 연행예술(performance art)이라는 맥락에서 구비문학을 다루고자 하는 논의도 적지 않다.58) 그러자면 연행의 문제를 구연의 요소에 한정하여 다루지 않고 더 확대해서 음악적 요소나 행위적 요소들도 주목해야 한다.

그러자면 최소한의 구연으로 가능한 속담, 수수께끼 등 말의 갈래는 일단 제쳐두고 이야기의 갈래부터 주목하는 것이 생산적이다. 이야기는 순전히 입심과 입담으로만 구연이 가능할 것만 같으나 성대 묘사도 한다는 점에서 연극적 연행을 들먹여

---

56) 趙東一, 『구비문학의 세계』, 25~26면에 이 문제를 자세하게 다루었으므로 참조하기 바람.
57) William M. Clements, 앞의 책, 13~14면.
58) Richard Bauman, *Verbal art as Performance*(Waveland Press, Inc.), 1984.

도 좋다. 특히 대화하는 대목에 이러한 연행 방식이 적극적으로 이루어진다. 주고
받는 대화들을 실제 상황처럼 실감나게 구연함으로써 극적 효과를 올리는 것이다.
우스개 이야기의 절정에 해당되는 대목일수록 이런 표현이 두드러진다. 정만서 옥
편이라는 별명을 지닌 김원락 할아버지는59) 정만서가 말하는 대목을 이야기할 때
는 콧소리를 낸다. 정만서가 코맹맹이었기 때문이다. 이 할아버지는 김삿갓이라는
별명도 지녔는데, 김삿갓 이야기를 할 때에는 마치 김삿갓이 된 것처럼 구연하므로
다른 이야기를 할 때와 자못 다르게 구연방식이 바뀐다. 시가 나오는 대목에서는
목소리를 가다듬어 낭랑하게 시를 읊조림으로써 스스로 김삿갓이 된 것처럼 우아한
분위기를 자아내기도 한다. 정만서의 짓궂은 콧소리와 김삿갓의 낭랑한 시낭송이
대비될 정도로 적절한 극적 효과를 내면서 구연을 하는 것이다.

　그러나 이런 것들은 입체적 구연에 머문 것이다. 훌륭한 이야기꾼일수록 입체적
구연에 머물지 않고 표정과 몸짓을 동원한 입체적 연행을 한다. 두 연행을 분별하
기 위하여 편의상 구술적 차원의 연행을 구연(口演, oral performance)이라 하고
행위적 차원의 연행을 행연(行演, actual performance)이라 한다면, 행연의 가장
기본적인 요소는 얼굴 표정이다. 얼굴 표정 연출에서 작게는 입 모양, 크게는 눈의
움직임까지 행연을 한다. 다음으로는 손짓이다. 손으로 크고 작거나 많고 적은 분
량을 나타내기도 하고 이야기에 나오는 인물의 행위를 실제로 해 보이기도 하며 상
황을 지시하기도 한다. 소박하게는 얼굴 표정과 작은 제스추어에서부터, 상황을 묘
사하는 지시적 행위와 주인공의 몸짓을 해보이는 연극적 몸짓까지 다양하게 이루어
진다. 때로는 자신의 담뱃대나 쌈지를 행연 도구로 이용하기도 하고 주변에 있는
재떨이나 신문지와 같은 종이를 끌어와서 이용하기도 한다.

　전문적인 이야기꾼일수록 이러한 입체적 행연 능력이 뛰어난다. 직업적 이야기
꾼들은 일종의 연예인으로 간주될 정도로 행위적 연행이 중요한 비중을 차지한다.
1970년대 초의 일본 도오쿄에서 조사한 직업적 이야기꾼의 연행에 관한 연구를
보면,60) 이러한 행연 상황이 자세하게 나타나 있다. 역사적인 이야기(Kodan)와
골계스런 우스개들(rakugo)의 두 유형을 대상으로 특정한 대목을 이야기할 때 몸
짓을 어떻게 하는가 하는 것이 잘 묘사되어 있으며, 행연 도구로서 동원한 부채와

---

59) 趙東一, 『韓國口碑文學大系』 7-1, 韓國精神文化研究院, 1980, 25~26면에 제보자에 관한 자세
한 소개가 있다.
60) V. Hrdličková, "Japanese Professional Storytellers", Dan Ben-Amos ed., *Folklore Genres*
(University of Texas Press), 1976, 171~190면.

수건의 용도에 관해서도 잘 서술하고 있다. 이를테면 부채는 칼과 창, 장대, 담뱃
대, 붓, 술병 등의 구실을 하며 칼을 뺄 때와 찌를 때, 장대를 메고 갈 때, 담배를
피울 때, 붓으로 글씨를 쓸 때, 그와 같은 행연을 위해 효과적으로 쓰인다.[61] 우리
무당들이 굿을 할 때나 소리 광대들이 판소리를 할 때 부채와 수건을 이용하여 연
행을 하는 데, 적어도 행연도구의 관점에서 보면 아주 흡사하다고 할 수 있다.

이야기나 민요의 연행은 거의 구연 중심으로 이루어진다. 그럼에도 불구하고 이
야기와 달리 민요는 필수적으로 몸짓과 함께 구연된다. 음악적 가락이 연행을 지배
하기 때문에 한층 역동적인 행연이 요구되는 것이다. 최소한의 몸짓이 가락을 맞추
는 어깨짓이라면, 가장 적극적인 몸짓이 본격적인 춤이나 일의 동작이다. 아리랑이
나 쾌지나 칭칭, 노래가락과 같은 비기능요는 활기찬 춤사위를 유발하지만 모내기
소리나 보리타작 소리, 방아소리, 덜구소리 등 기능요는 일을 하면서 노래를 부르
고 일의 동작을 부추긴다. 모를 심는 동작이나 논을 매는 일은 노래의 구연을 보조
하는 일종의 행연이라 할 수 있다. 방안에 들어앉아서 논매기 노래를 부르는 데에
도 어깨를 들썩이거나 논매는 시늉으로 손을 놀리기 일쑤이다.

소리꾼 조차기 할아버지는[62] 방안에서 노래를 부를 때에도 노래와 관련된 행연
을 함께 한다. 여성들의 노래인 물래소리를 할 때조차 물래질 하면서 명을 잣는 시
늉을 하는가 하면, 각설이 타령을 할 때에는 아예 자리에서 일어나 옷매무새를 바
꾼 다음 각설이 시늉을 적극적으로 하면서 구연을 한다. 따라서 민요만 하더라도
현장에서 본디 상황에 맞게 제대로 부르는 경우 적극적인 행연을 동반한다. 그러므
로 민요를 조사할 때에는 본디 구연상황을 한층 면밀하게 조사할 필요가 있다.

모내기나 논매기, 보리타작, 작두질, 망깨질, 베짜기 등 일노래들은 노래가 먼저
가 아니라 일이 먼저다. 노래를 부르기 위해 일을 하는 것이 아니라 일을 하기 위
해 노래를 한다. 따라서 일에 따른 몸짓이 중심을 이루고 노래의 구연은 종속적으
로 따를 뿐이다. 일의 몸짓에 따라 구연이 이루어지므로, 구연의 음악적 요소는 일
의 박자에 따라 어느 정도 고정적이다. 그렇지만 구연의 문학적 요소는 일을 이끌
어가는 구실을 한다. 특히 앞소리꾼이 소리를 메기는 메김소리의 경우 그럴 가능성
이 더 높다. 노래의 가락은 일의 박자와 어느 정도 일치해야 하지만, 사설은 일의

61) V. Hrdličková, 위의 글, 175~177면 및 184~185면 사이의 사진에 이러한 도구의 쓰임새가
    잘 나타나 있다.
62) 林在海, 『韓國口碑文學大系』 7-9, 韓國精神文化研究院, 1982, 471~473면에 제보자에 대한
    자세한 소개가 있다.

박자와 내용에 구애되지 않고 자유롭게 구연되기 때문이다. 따라서 논매기를 하면서도 베틀노래 사설을 논매기노래 사설로 끌어들여 부르기도 하고 덜구를 찧으면서도 훗사나타령을 부르기도 한다.

민요가 일노래로서 일을 돕는 구실을 하려면, 일의 고됨을 잊게 하거나 일의 신명을 돋우는 가락의 구실 외에, 일을 지시하고 통제하며 감독하는 구실도 감당해야 한다. 그러자면, 민요의 사설은 일의 행위를 앞질러 갈 수 있다. 민요의 사설이 특정한 일의 동작을 지시한 다음에 이에 따라 일의 행위가 진행되기 때문이다. 구비문학의 갈래로 주목할 때, 일노래에서 일은 연행에 해당되는 것이 아니라 기능에 속하는 것이지만,[63] 일의 동작은 오로지 기능에만 머물지 않고 구연을 돕고 구연에 영향을 주고받는 구실을 한다는 점에서 일종의 행연이라 할 수 있다. 그러므로 민요의 구연과 행연의 관계를 주목하려면 일의 동작을 기능으로서 뿐만 아니라[64] 행연으로서도 주목할 필요가 있다.

판소리는 몸짓이 더 적극적이다. 그야말로 연행을 한다고 할 정도로 구연활동 외에 '발림'이나 '너름새'라고 하는 몸짓 표현의 비중이 상당히 높다. 판소리의 구성이 '아니리'와 '창(唱)'으로 구분되어 있듯이 그 몸짓도 서사적인 몸짓과 서정적인 몸짓으로 구분된다. 아니리로 상황을 서술해 나갈 때는 서사적 상황을 몸짓으로 표현하므로 일종의 연기에 해당된다면, 창을 할 때는 음악적 가락에 맞추어 몸짓을 하므로 일종의 춤을 추는 셈이다. 특히 주목되는 것은 연행을 효과적으로 하기 위하여 일정한 도구가 동원된다는 사실이다. 이를테면 부채가 그것이다.

부채를 펴서 얼굴을 가리며 여성의 수줍음을 나타내는 행연이 되기도 하고 부채를 말아쥔 채 앞으로 향해 길게 뻗으면 아랫사람을 꾸짖는 데 효과적인 행연이 된다. 부채를 접어서 입에 갖다대고 담배 피우는 시늉도 하며, 접은 부채를 휘두르면 어사 출도시의 포졸 방망이 구실도 하고, 부채를 펼쳐서 앞뒤로 움직이면 박을 켤 때 톱질하는 형상을 나타내기도 한다. 행연에서 부채와 같은 소품을 다양하게 활용함으로써 구연에 의한 청각적 표현을 시각적으로 보완해 주는 데 아주 기능적인 구실을 한다.

63) 조동일, 「民謠硏究의 現況과 問題點」, 「口碑文學」 제1집, 韓國精神文化硏究院, 1979, 35~36면에서, 민요의 요건을 창자, 구연, 사설, 기능, 가락의 다섯 가지로 보고 이 다섯 가지를 어떤 관점에서 보느냐에 따라 문학적 연구와 민속학적 연구, 음악적 연구가 갈라진다고 했다.
64) 류종목, 「민요의 구연방식과 기능의 상관」, 「오늘의 민요와 민중의 삶」, 宇石出版社, 1994, 38~63면에서 일의 동작과 노래의 박자가 어떻게 일치하고 있는가 하는 사실을 주목하였다.

행연도구로 부채를 적극적으로 사용할 뿐 아니라, 구연하는 대목이 '아니리'와 '창'으로 나뉘어져 있으며, 행연으로 서사적 몸짓을 하며 춤도 함께 춘다는 점에서 판소리의 연행은 굿의 연행 방식과 상당히 일치한다. 반주자가 있어서 반주를 하고 추임새도 하며, 때로는 서로 대화를 나누기도 한다는 점도 서로 일치한다. 특히 세 습무들이 별신굿을 하면서 서사무가를 부를 때에는 거의 판소리와 같은 방식을 취한다. 다만 굿은 신을 대상으로 연행하는 대목이 상대적으로 비중이 높고, 신을 위해 차려 둔 제상을 염두에 두고 제의적 연행을 한다는 점에서 차이가 있을 뿐, 연행 양식은 구연방식이나 몸짓 양식이 거의 일치하며 행연 도구로 부채를 사용한다는 점도 동일하다. 판소리의 서사무가 기원설이 설득력을 지니는 것은 판소리와 굿의 이러한 연행 양식의 일치에서도 찾을 수 있다.

민속극은 아예 구연하는 사설의 말 재담과 이에 걸맞는 몸짓이 거의 같은 비중을 이루고 있어서 구연과 몸짓 연기가 상호보완적이라 할 수 있다. 그러나 이러한 연행은 대사가 많은 경우에 한정되고, 상당 부분의 연행은 몸짓 연기가 더 우세하다. 거리에 따라서 대사없는 몸짓 연기만으로 이루어져서 무언극 양식을 이루는가 하면, 어떤 거리는 대부분 춤사위로 표현되어 춤극이라 할 만하다. 가장 오래된 탈춤 양식인 하회별신굿탈놀이에는 대사가 상대적으로 적다. 말없는 몸짓으로 극적 내용을 나타내기 일쑤이다. 구연보다 행연의 비중이 더 높고, 행연에서 구연이 보태지면서 발전한 과정도 짐작할 수 있다. 풍물굿의 잡색들은 일반적으로 구연없는 행연을 통해 극적 상황을 나타낸다. 행연으로만 극적 내용을 전달할 경우 구비문학이라 할 수 있는가 하는 문제는 별도로 다루어질 만하지만, 묵극도 극이면서 문학인 것처럼, 구체적인 언어로 표현되지 않고 행위로 표현하더라도 문학적 내용을 담고 있다면 문학이라 할 만하다. 풍물의 잡색놀이와 같은 행연의 문학에서 구연의 문학이 점차 보태어져서 발전해 온 것이 오늘의 탈춤인 셈이다.

어느 탈춤에서나 중은 말을 하지 않고 몸짓으로 극적 의사 표현을 다 하는 것이 일반적이다. 여러 중들 가운데에도 특히 노장은 행연만 하는 것이다. 순전히 마임을 통해서 노장이나 중의 내면적 갈등과 적극적인 의사를 잘 표현하고 있다. 오히려 대사 전달이 순조롭지 못한 구연보다 중의 묵극적 행연이 관중들에게 더 쉽게 수용된다. 외국 공연에서 각광을 받는 대목도 노장춤인 까닭은 구연에 의한 의사소통의 장애를 행연으로 극복하기 때문이다. 더군다나 불립문자(不立文字)의 세계에 이른 노장의 처지를 말없는 행연을 통해 더 효과적으로 나타내는 것이다. 다시 말하면 묵극으로 이루어지는 행연은 말없는 말함 또는 침묵의 웅변이라 할 만하다. 그러므로 탈춤에서 행연은 구연 없는 구비문학의 연행 또는 말없는 구비문학 작품을 가능하게 하는 것이다.

9. 연행상황과 연행목록의 개연적 성격

구비문학을 연행하는 데에도 그만한 이유와 조건이 있다. 우연히 그때 거기서 그런 구비문학을 연행하는 것이 아니라, 연행할 만한 필요성이 있기 때문에 의도적으로 연행하는 것이다. 굿을 하기 위해 무가를 부르고 별신굿의 일환으로 탈놀이를 하듯이, 모내기를 잘 하고 논매기를 순조롭게 하기 위해 모내기 소리와 논매기 소리를 부르는 것이다. 해당 굿과 무가, 또는 특정한 일과 민요는 긴밀한 연관성을 지니고 연행되는 관계로 목록의 선후문제는 긴요하지 않다. 굿의 진행 또는 일의 순서에 따라 결정될 따름이다. 논매기를 할 때는 종일 논매기 소리를 부르고 상여를 메고 갈 때는 목적지까지 줄곧 상여소리를 하게 되어 있다. 그리고 심청굿을 할 때는 심청무가를 부르고 세존굿을 할 때에는 당금아기 무가를 부르며 성주굿을 할 때는 성주무가를 부르도록 정해져 있다. 이렇게 특별한 목적이나 기능이 정해져 있고 또한 구체적으로 드러나 있는 연행은 굳이 연행상황과 목록의 관계를 주목하지 않아도 좋다.

탈춤과 판소리는 그 전승이 지역적으로 제한되어 있거나 유형 차원의 목록이 한정되어 있으므로 연행목록이 거의 고정적이다. 상황이 달라졌다고 해서 봉산지역에서 강령탈춤을 추거나 동래에서 수영들놀음을 하는 법이 없다. 한 탈춤 안에서도 과장이나 '거리'의 앞뒤를 바꾸어 연행하지 않는다. 거리별 연행순서에 따를 뿐이다. 판소리의 경우에도 흥부가를 부르다가 심청가를 부른다던가, 적벽가를 부르다가 박타령을 부른다던가 하는 것이 상황에 따라 목록의 개연성이 있는 것은 아니다. 판소리 목록이라는 것이 워낙 여섯 마당뿐인 데다가 작품 자체가 워낙 길어서 한 소리판에서 여러 판소리 작품이 개연성을 가지고 구연될 수 없으므로 이 논의에서 주목의 대상이 되지 않는다. 비록 한 소리판에서 여러 작품이 불려졌다고 하더라도 그것은 연행목록으로서 개연성과 무관하다.

연행목록의 문제는 하나의 연행현장에서 같은 갈래의 구비문학 작품이 어떻게 연행되는가 하는 작품 유형의 선후 개연성을 주목하는 것이다. 따라서 연행상황과 연행목록이 자의적으로 관계를 맺는 갈래에 한정해서 주목할 때, 연행을 이해하는 논의로 발전할 수 있다. 그러한 보기가 될 만한 것이 이야기이다. 이야기판에서는 여러 이야기들이 다양하고 자연스럽게 구연된다. 이러한 자연스런 구연목록 속에서 일정한 질서를 찾고 개연성을 발견하게 되면 연행 계기나 연행 상황을 포착할 수 있다. 그러므로 특정 이야기판에서 왜 그러한 목록의 이야기들이 그러한 순서에 따라 이야기되었는가 하는 사실을 눈여겨 볼 필요가 있다. 이러한 주목은 이야기 한 편의 연행에 대한 미세한 분석 못지 않게 이야기판의 공동 관심사나 이야기의 연행 의도를 이해할 수 있게 해준다.

이야기를 전승하는 공동체에 따라 이야기판이 다르게 조성되고 이야기판의 성원들에 따라 이야기의 구연목록이 다르다. 반대로 이미 이야기된 구연목록에 영향을 받아서 일정한 방향으로 구연목록이 계기적으로 형성되기도 한다. 우선 이야기판에 따라 구연목록의 전개가 어떻게 이루어지는가 하는 문제부터 보자. 동성반촌의 지체높은 어른들이 모인 이야기판에서는 이야기의 구연목록이 가문의 성취한 선조들에 관한 인물전설부터 시작된다. 전주 유씨 동성반촌인 무실 마을이나 안동 김씨 동성반촌인 소산 마을에서 이러한 양상이 두드러졌다. 그러나 각성민촌에서는 골계담이나 예사 민담이 우세하게 나타난다. 양반들의 핍박에 저항하는 이야기들은 동성민촌에서 두드러졌다. 진주 강씨 동성마을인 옹천에서는 훌륭한 인물이 나올 만한 명당 자리가 모두 양반들에 의하여 의도적으로 훼손되었다는 이야기들을 두루 했다. 양반들의 부당한 횡포를 비판하는 의식이 이야기 목록에 드러나 있다.

인물전설만 두고 보면 반촌에는 지체 높은 인물의 성취담이 가장 많고, 이어서 지체 낮은 인물의 성취담이 두 번째로 많은 데 비하여, 지체 낮은 인물의 골계담이나 지체 높은 인물의 실패담은 거의 없었다. 지체 높은 인물의 실패를 인정하지 않는 한편, 지체 낮은 인물이 지체 높은 인물을 골려주는 골계담도 받아들이지 않는 셈이다. 민촌은 이와 반대로 지체 낮은 인물의 골계담과 지체 높은 인물의 실패담은 드세게 하는 데 비하여, 지체 높은 인물의 성취담은 거의 하지 않는다. 지체 높은 인물의 일방적인 성취를 인정하지 않는 동시에 그들의 성취를 비판하는 이야기를 많이 하는 셈이다. 반촌의 이야기판에서는 지체 높은 인물의 성취담을 자랑삼아 적극적으로 이야기하는 반면에, 민촌에서는 이를 묵살하거나 오히려 그 권위를 뒤집어버리는 방향으로 이야기를 한다.65) 이야기판이 지니는 공동체적 성격에 따라

---

65) 임재해, 「마을공동체의 성격과 설화의 전승양상」, 『민족설화의 논리와 의식』, 지식산업사, 1994.

이야기 목록이 이처럼 극명하게 나타난다는 것은 이야기가 그저 심심풀이로 하는 잡담이 아니라 공동체 의식을 일정하게 반영하는 창조적 생산물이자, 세계를 바람직하게 변화시키려는 민중적 의지를 표출하는 사회적 담론임을 알 수 있다.

더욱 재미있는 사실은 동성반촌에서는 이야기의 전승목록과 연행목록이 불일치한다는 사실이다. 전승목록은 '숨김새'로서 현지조사 과정에 연행을 통해 '나타남새'로 드러날 수도 있고 잠재된 채 나타나지 않을 수도 있다. 자연스런 이야기판에서는 전승목록과 연행목록이 어느 정도 일치를 보이나, 조사자와 같이 공동체 밖의 낯선 성원이 이야기판에 끼여들었을 때에는 조사자를 청중으로 의식하여 이야기할 만한 것은 하고 하지 않아야 할 것은 하지 않는다. 구연목록이 암암리에 집단 내부의 자체 검열을 받고 있는 것이다.

동성반촌에서는 이러한 경향이 특히 심하다. 임하댐으로 수몰된 의성김씨 동성반촌인 지례 마을에서는 아예 마을의 좌장이 전화로 연락을 취하여 일체 이야기를 제공하지 않도록 함구령을 내린 경우도 있었다. 사전에 담합이 이루어지지 않은 경우에도 마치 합의라도 한 듯이 선조들의 훌륭한 치적을 이야기하는 데 치중되어 있기 일쑤이다. 그러다가 오랜 조사 동안에 조사자와 친교가 형성되어 허물없는 사이가 되면 비로소 평소에 즐기던 음담패설들까지 주저하지 않고 구연한다. 그러므로 청중과의 친교 관계에 따라 이야기 목록의 숨김새와 나타남새 곧 전승목록과 연행목록이 일치하는 경우와 불일치하는 경우가 발생한다.

연행목록이 숨김새에서 나타남새로 바뀌는 계기는 1)조사자와 허물없는 사이가 되었을 때, 2)이야기판의 좌장이 물러나거나 좌장 스스로 본성적인 이야기를 할 때, 3)좌중이 조사자의 의도를 알고 받아들일 때, 4)타성이나 조사자가 본성적인 이야기를 해서 좌중의 지지를 받았을 때, 5)여성 제보자가 끼어들어 본성적인 이야기를 했을 때 등이다. 어떤 식으로든 계기가 마련되어 삼가는 이야기 목록의 금기가 깨어지면 각성민촌 이상으로 노골적인 음담패설들이 구연된다. 평소에 꾸려왔던 이야기판의 진실이 드러나는 셈이다. 반촌 어른들이라고 하여 상식화된 선조들의 일화만 즐기라는 법이 없다. 오히려 식상할 정도로 다 아는 사실을 거듭 이야기하는 일보다 언제 들어도 흥미진진한 이야기, 곧 그들이 말하는 상스러운 이야기를 더 즐겼을 것으로 짐작된다. 그것은 그들의 연행목록을 통해서 확인할 수 있다.

각성민촌에서는 이야기 목록에 대한 이러한 제약이나 청중에 대한 낯가림이 없

116~117면에 이 문제를 자세하게 다루었다.

다. 체면치레로 숨기고 자시고 할 것이 없다. 자유로운 상상력의 맥락에 따라 다양한 이야기 목록들을 구연한다. 무질서하고 자연스러운 것 같으면서도 이야기의 목록들의 선후를 세밀하게 보면 일정한 질서를 이루고 있다. 앞의 이야기에 따라 기억 속에 저장해 두었던 이야기 목록이 떠오르고 자신이 이야기를 통해 주장하고 싶은 의도를 표현하기 위해 전승된 이야기 목록 가운데에서 연행 목록을 고르는 것이다. 청중이나 조사자가 특별한 목록의 이야기를 부추기지 않는 경우, 이야기꾼의 연상력을 자극하는 것은 흔히 다른 이야기꾼이 먼저 구연한 이야기의 소재나 주제이다. 그러나 탁월한 이야기꾼들은 한 이야기를 하면서 이미 그와 연관된 이야기 목록들을 두루 떠올릴 뿐 아니라, 이야기가 끝나자마자 다음 이야기를 내리 구연할 정도로 연상력과 순발력이 뛰어나다.

구연목록들 사이의 가장 대표적인 연결 방식이 소재에 의한 계기적 구연이고 다음에는 주제에 의한 계기적 구연이다. 호랑이 이야기가 나오면 또 다른 호랑이 이야기를 하게 되는 것이 소재에 의한 계기적 구연이라면, 호랑이가 효자를 살려준 이야기를 하면 호랑이 이야기에서 효자 이야기로 바뀌게 되는 것도 같은 맥락의 계기적 구연이다. 효자 이야기에서 열녀 이야기로 나아가게 되면 주제에 의한 계기적 구연이라 할 수 있다. 이처럼 소재와 주제에 의한 계기적 구연이 다양하게 얽히고 설키면서 이야기판에 참여한 사람들의 연상력을 자극시키는 가운데 이야기판이 지속된다.

이처럼 선행 이야기의 내용이나 주제에 공감하면서 맞장구를 치는 이야기를 할 수도 있지만, 반대로 이에 맞서는 내용의 이야기를 하는 경우도 있어서 연행목록의 계기성이 서로 다른 두 가지 방식으로 나타난다. 그것은 설화의 목록을 떠올리는 상상력이 순전히 선행 목록에 일방적으로 이끌려 가는 것이 아니라, 자신의 문제의식이나 가치판단과 연관되어 있기 때문이다. 따라서 선행 설화를 긍정하는 설화 목록을 떠올리는가 하면, 이를 부정하는 설화 목록을 떠올릴 수도 있다. 그런데 긍정적 방식도 같은 유형의 이야기를 거듭하는 경우와 상반된 유형의 이야기를 거듭하는 경우로 다시 나뉘어진다.

같은 유형의 이야기를 거듭하는 경우에는 앞서 이야기가 잘못되어서 이를 바로 잡거나 보완하고자 다시 구연하는가 하면, 앞서 이야기를 인정하면서 다른 변이형이나 변이유형을 통해서 다른 뜻을 드러내고자 달리 구연하기도 한다. 같은 유형을 거듭 구연하는 경우는 사실상 앞의 이야기를 거부하고 그 이야기 대신에 자신의 이야기를 내세우고자 하는 대립적 부정의 계기가 있다면, 달리 구연하는 경우는 앞의 이야기에 의한 일방적인 공감을 허용하지 않으면서 자신의 다른 이야기도 함께 공유하도록 하는 병립적 확장의 계기가 있다.

대립적 부정의 계기에 의한 보기는 박동준 할아버지가 '오누이의 절짓기와 못박기 시합' 이야기를 불확실하게 하자, 김진성 할아버지가 나서서 '그렇게 간단한 이야기가 아니라'고 부정하면서 같은 이야기를 한층 자세하게 다시 한 경우이다.66) 앞의 이야기를 인정하기 어려워서 다시 새롭게 한 것이다. 병립적 확장의 계기는 같은 이야기판에서 김진성 할아버지가 '달빛을 받고 낳은 아들' 이야기를 하자, 박동준 할아버지가 이를 받아 "햇빛을 받고 낳은 아들' 이야기를 한 경우이다.67) 두 이야기 모두 바위에서 '쌀 나오는 구멍'에 관한 이야기지만 앞의 이야기를 부정하기 위한 것이 아니라 자기가 들은 이야기는 다르다고 하면서 비슷한 유형의 이야기를 했다.

이와 달리, 부정적 발상과 계기로서 앞의 유형과 정반대 되는 내용의 이야기가 구연목록으로 이어지는 경우도 있다. 이 때는 이야기판이 이야기하는 사람과 듣는 사람 사이에서 논쟁적으로 전개되기 마련이다. 이를테면 누군가 집구석에는 여자가 잘 들어와야 된다는 이야기를 하면, 듣는이가 이를 받아서 여자가 시원찮아도 남자가 잘 하면 집구석이 잘 된다는 이야기를 한다던가, 누가 불효남편 길들인 며느리 이야기를 하면, 다른 사람이 이를 받아서 불효며느리 길들인 남편 이야기를 하는 경우가 여기에 해당된다. 가족 관계 가운데 부부 또는 남녀 가운데 누구의 역할이 중요한가 하는 것을 다투면서 이야기하는 셈인데, 여성 제보자가 집안은 여자한테 달렸다고 이야기하면 남성 제보자가 반대로 남성한테 달렸다고 이야기하는 경우도 있고, 이와 달리 여성 제보자가 집안은 남자하기 나름이라고 남자에게 미루면, 남성 제보자는 반대로 여자하기 나름이라는 이야기를 하여 여자에게 책임을 미루기도 한다. 이처럼 남녀 또는 부부 제보자가 상반되는 이야기 목록으로 논쟁을 벌이는가 하면, 같은 여성이나 남성끼리도 상반되는 이야기 목록으로 자신들의 세계관을 드러내기도 한다.

상반된 연행목록의 두 사례를 보자. 임찬회 할머니가 먼저 꿀장사 할머니들이 장 삿길에 남의 집에서 잠을 자다가 주인 영감이 자기 방으로 건너오는 것을 발로 차

66) 趙東一・林在海,『韓國口碑文學大系』7-2, 韓國精神文化硏究院, 1980, 75~78면의 자료 참조.
67) 趙東一・林在海, 위의 책, 64~74면의 자료 참조.

서 밀쳐냈다가 죽게 되어 크게 봉변 당한 이야기를 하니, 듣고 있던 최말숙 할머니는 같은 상황을 이야기하면서 오히려 그렇게 발에 차여 죽은 영감의 아들들이 그것을 부부의 인연으로 여겨 꿀장사 할머니를 자기의 어머니로 섬김에 따라 뜻밖에 좋은 행운을 얻게 되도록 이야기를 하였다. 그래서 이야기 제목도 '꿀장사 할머니의 봉변'에 대해서 '꿀장사 할머니의 행운'으로 상반되게 설정되었다.68) 앞의 이야기는 사람이 살다가 보면 우연한 일로 큰 봉변을 당할 수 있다는 우려 섞인 내용이라면, 뒤의 이야기는 봉변 당한 일인 것 같은 데도 오히려 전화위복이 되어 행운이 될 수도 있다는 낙관적인 내용을 담고 있다. 내용은 거의 같지만 이야기의 상상력과 세계관은 크게 맞서고 있다.

이와 달리, 내용은 반대인 것 같은데 오히려 주제는 서로 통하는 경우도 있다. 이를테면 며느리 자식이 아무리 불효를 하더라도 시아버지가 며느리를 효부라고 칭찬하며 자랑을 하고 다니면 효부가 된다는 유형의 이야기를 하면, 아들이 아무리 효자 노릇을 하려고 노력을 해도 아버지가 그 효행을 알아주지 않고 오히려 아들을 꾸짖으면 효자도 마침내 불효하게 된다는 유형의 이야기를 한다. 부모가 불효며느리를 효부라고 칭찬하는 데 비하여, 부모가 효자를 불효자식으로 꾸짖는다는 점에서, 서로 상반되는 이야기를 하는 것 같으나 사실은 효·불효는 아들이나 며느리에게 달려 있는 것이 아니라 부모에게 달려 있다는 점에서 주제의 일치를 보인다. 젊은이의 처지에서 효는 전적으로 자식들한테 달려 있는 것이 아니라 부모한테도 그 책임이 있다는 것을 말하는 이야기이다.

이러한 연행목록의 계기성과 여기서 비롯되는 문학적 공감의 확대와 논쟁의 치열성은, 작품마다 독립적으로 제각기 존재할 뿐 아니라 독자 개인이 저마다 특정작품을 일대 일로 만날 수밖에 없는 기록문학의 수용에서는 도저히 기대할 수 없는 효과이므로 더욱 소중하다. 의사소통의 체계 속에서 연행에 의하여 연쇄적으로 생산되고 수용되며, 수용자도 생산자로서 연행의 주체가 될 수 있는 구비문학이기 때문에 가능한 것이다. 그럼에도 불구하고 연행론에서 이 점을 간과하고 말면 연행예술로서 구비문학의 본질적 속성을 지나치고 마는 셈이다.

---

68) 趙東一·林在海, 위의 책, 367~371면의 자료 참조.

10. 연행론에 입각한 구비문학의 이해

우리는 연행공동체의 성격에 따라 세상을 인식하는 관점이 상반되어 있다는 사실과 함께, 자신들의 본성을 숨기고 나타내는 연행태도를 이야기의 구연목록을 통해서 확인할 수 있었다. 구체적인 연행목록의 선후관계를 통해 이야기판은 한갓 공상적 세계 속의 도피이거나 문학적 상상력의 향유에 머물지 않고, 사회적 현실이나 역사적 사실, 삶과 죽음, 운명과 의지, 자연과 인간, 윤리와 반윤리 등 일상적인 삶과 가치관 문제에 연관된 다양한 문제들을 이야기 속에 담아서 서로 공유하고 토론하며 논쟁을 벌이는 기회로 삼는다는 것을 이해할 수 있다.

이러한 가운데 이야기의 잘못된 부분은 바로잡고 내용이 빈약한 것은 보완하거나 확장하며, 일면적인 이해를 다각적 이해로 전환시키는가 하면, 편벽되게 치우쳐 있는 의식은 균형성을 회복하고, 일방적인 고정관념은 뒤집어 생각할 수 있는 여지를 남겨 융통자재한 사고를 하도록 하는 구실을 한다. 그러므로 구비문학에는 낙관론과 비관론, 운명론과 반운명론, 도덕과 반도덕, 봉변과 행운 등 대립적 세계관을 공유하면서도 필연적 결과보다 우연한 계기로 엉뚱한 결과에 이를 수 있다는 삶의 실상을 여러 모로 깨우칠 수 있도록 하는 것이다.

이처럼 구비문학의 작품 한 편은 오래 전부터 전승되어온 것이지만 이야기판에서 연행목록으로 재생산될 때에는 이야기꾼의 의도에 따라 때로는 낙관론이나 비관론을 펴는 철학적 세계관을 펼칠 수 있고, 삶이 무엇인가를 말하는 인생론일 수도 있으며, 부모 중심으로 자녀들에게 강요되는 기존의 효 관념을 깨뜨리는 새로운 도덕률의 제안일 수도 있다. 이를 듣는 사람들은 착실한 수용자로서 학생들일 수도 있으며, 상반된 주장으로 반론을 펼치며 논쟁을 하고자 하는 학자일 수도 있다. 따라서 연행론은 구비문학의 구연 기법의 이해나 상투적 표현 양식의 발견 수준에서 만족하게 되면 내용 없는 형식론이나 창조적 수용과 상관없는 작시론에서 맴돌 수밖에 없다.

그러므로 구비문학 연행론은 구비문학 작품의 해석론이자 분석적 수용론으로까지 나아가야 수사학 차원의 형식 미학을 넘어설 수 있다. 그러자면 연행론의 폭이 더욱 확대되고 구비문학 연구에서 차지하는 무게 중심이 한층 높아야 할 뿐 아니라, 논의의 전개가 한층 촘촘하면서도 포괄성을 지녀야 한다. 왜냐하면 구비문학의 작품은 연행과 유기적 관계에 있는 여러 요소들이 미묘하게 변화하는 데 따라 역동

적으로 존재하는 상대적 실체이므로, 우리가 성글게 얽어짠 분석 그물로 사로잡았
다고 생각할 때, 이미 연행현장의 구비문학 작품은 해당 그물 바깥에서 살아 생동
하고 있을 가능성이 높기 때문이다. 구비문학은 연행의 산물이므로 연행론의 이치
와 논리에 따라 구비문학을 포착할 때 구비문학은 구비문학답게 이해될 수 있다.

演行文學의 장르수행 방식과 그 특징*

박 영 주

1. 논의의 목적과 방향

　우리 고전문학 유산은 대부분 장르실현의 현장성이 중요한 동인으로 작용하는 가운데 장르실현 주체에 의해 그 특징이 틀지워지는 문학들로 이루어져 있다. 신화·전설·민담 등의 전승 설화문학은 물론, 민요를 위시한 시가문학 일반, 음악적 요소와 긴밀한 연관하에 실현되는 무가·판소리문학, 그리고 말과 동작이 한데 어우러진 현장이 장르실현의 토대이자 본령을 이루는 무당굿놀이·탈춤·꼭두각시놀음의 민속극문학 등이 이를 잘 말해 준다. 이와 같은 특성을 지닌 문학 장르들을 흔히 演行文學이라 하거니와, 연행문학은 우리 문학의 뿌리이자 가장 큰 줄기로서 문학사에 자리잡고 있다.

　연행문학은 말 그대로 '연행'과 관련된 사실들이 장르 혹은 작품 이해의 핵심적 고리 역할을 한다. 따라서 그 성격과 특징 역시 이 문제를 올바로 이해·구명하는

* 이 논문은 1997년 한국학술진흥재단의 공모과제 연구비에 의하여 연구되었음.

데서 온전히 드러날 터다. 그런데 그 동안 이 문제에 대한 포괄적 접근이나 개별 장르들의 특성을 일관된 논리나 논의의 틀을 통해 체계적으로 구명하려는 시도는 뜻밖에도 그 유례를 찾기 어려울 만큼 드물다.

물론, 연행문학으로 일컬어지는 역사적 장르들은 전승방식을 준거로 한 개념인 구비문학의 범주에 속하는 경우가 대부분이기에, 구비문학이라는 개념의 틀 안에서 논의를 편 예는 적지 않다.1) 또 그런 면에서 기존의 논의들은 대개 장르실현과 관련된 '연행'의 면보다는 전승방식과 관련된 '구비성'에 초점을 맞추어 왔으며, 연행문학 일반을 대상으로 한 거시적 논의의 틀보다는 개별 장르의 차원에서 그 성격과 특징을 논의한 경우가 대부분이었다고 할 수 있다.

그러나 설화·민요·시가·무가·판소리·민속극 등 연행문학으로 일컬어지는 개별 장르들의 연구 성과가 적지 않게 축적된 오늘의 시점에서, 이제 이 문제는 '연행'에 초점을 맞춘 다양한 시각과 방법론적 접근을 통해, 보다 구체적인 논의가 이루어져야 마땅하지 않은가 생각한다. 요컨대 장르실현과 관련된 연행의 측면2)에 주목함으로써, 이 범주에 속하는 국문학 장르들의 특성을 보다 역동적으로 구명할 수 있는 계기를 마련할 수 있을 것이기 때문이다.

한편, 연행문학으로 통칭되는 역사적 장르들은 그 기본적 속성을 바탕으로 한 공통점 외에, 장르 간 변별되는 뚜렷한 차이점 또한 가지고 있다. 그것은 무엇보다도 장르수행 방식이 다르다는 데서 확연히 드러난다.

여기에서 장르수행이란 '해당 장르를 해당 장르이게 하는 속성소를 일정한 원리에 따라 유기적으로 결합하여 실현화하는 데 관여하는 일체의 행위'3)를 의미한다. 그런 면에서 장르수행이라는 말은 장르실현에 관여하는 일체의 요소를 포괄하면서

---

1) 최근에 이루어진 논의의 예로서, 한국구비문학회 주최 동계학술대회(1998.2.19~20) 주제인 「구비문학 연행자 및 연행 양상 연구」를 들 수 있다. 아울러 연행문학과 구비문학의 개념적 차별성에 대해서는 다음 장에서 보다 자세한 논의가 이루어질 것이다.
2) 성무경은 「가사의 존재양식 연구」(성균관대 박사학위 논문, 1997)라는 글을 통해 문학 전반을 대상으로 한 새로운 장르 이론과 설명 체계를 모색·전개하면서, 특히 "희곡(극)의 제시형식인 '연행'도 개별적 楠 장르의 실현화 문제로 보아, 개별 작품이나 역사적 장르의 실체를 보다 구체적으로 드러내는 해석학적 차원에서 논의되어야 할 것이다."(89~90면)라고 한 바 있다. 이 글에서 말하는 '장르실현과 관련된 연행의 측면'은 이와 같은 '제시형식 연행'의 실상을 장르수행 방식의 관점에서 문제삼아, 이를 체계적으로 이해·구명하고자 하는 것이라고도 할 수 있다.
3) 강등학은 「민요의 가창구조에 대하여」(『한국민요의 현장과 장르론적 관심』, 집문당, 1996)라는 글에서, "장르 구성요소들을 일정한 원리에 의해 유기화하여 구연으로 완료하는 모든 행위를 장르수행이라고 한다."(291면)라고 한 바 있다. 이 글에서는 이러한 개념 규정을 참조하였다.

그 운용까지를 일컫는 개념이라고 할 수 있다. 나아가 장르수행 방식은 개별 장르의 작품들이 미적 가치를 획득하는 구체적 수단이자 목적이라는 데 의의가 있다. 따라서 연행문학은 이 장르수행 방식의 차이점을 준거로 그 공통적 속성과 개별적 특성-하위 장르 간의 차별성을 규명해 나가는 것이 바람직하리라 생각한다.

이 글은 이러한 문제의식을 배경으로, 우선 지금까지 온당한 의미를 부여받지 못한 것으로 보이는 연행문학의 개념을 보다 분명하게 정립하고 그 적용 범주를 살피고자 한다. 이어, 연행문학으로 통칭되는 다양한 역사적 장르들을 장르수행 방식의 차이에 따라 대별하여 그 하위범주로 체계화하고자 한다. 그런 다음, 이들 하위범주에 속하는 역사적 장르들의 장르수행상의 특징-장르수행 원리와 실현화 과정상의 특징을, 특히 문학적 요소가 여타의 요소들과 어떠한 연관하에 실현되는가에 중점을 두어 고찰하고자 한다.

이와 같은 논의를 통해 연행문학의 보편적 성격과 특징을 구명하는 토대를 마련하고, 그 하위범주에 속하는 장르들의 독특한 문학적 관습 및 정서를 온당하게 이해할 수 있는 하나의 논리적인 틀을 제시할 수 있으리라 생각한다.

2. 연행문학의 개념과 적용 범주

演行文學이라는 용어가 두루 쓰이게 된 계기는 전경욱의 다음과 같은 논의에 힘입은 바 크다고 할 수 있다. 해당 부분만을 옮겨 보면 아래와 같다.

몸짓과 말 즉 行動을 통해서 전달되는 문학을 演行文學이라 한다. 모든 口碑文學은 演行文學이다. 구비문학은 아니지만 演劇도 연행문학이다. 설화는 이야기꾼의 口演을 통해서 청중에게 전달되는데, 이야기꾼은 이야기 진행의 상황에 따라서 말과 몸짓을 적절하게 구사한다. 民謠는 창자가 혼자 부르거나 여럿이 함께 부르며 즐기되, 흥이 나면 춤을 추면서 부르는 것이 일반적이다. 敍事巫歌는 창자가 음악반주에 맞추어 巫俗神의 유래를 口演함으로써 관중에게 전달되는데, 창자는 말과 창을 섞어 진행하면서 몸짓을 하고 춤도 춘다.

그런데 한국 演行文學 가운데 演行性이 가장 두드러진 것은 탈춤과 판소리이다. 탈춤은 등장인물의 사설과 몸짓, 춤에 의하여 진행되며, 판소리는 창자의 아니리와 창, 발림에 의해서 관중에게 전달된다. (중략) 이 논문에서는 演戲라는 용어 대신 演行이라는 말을 사용한다. 탈춤을 연희한다는 말은 가능하지만, 이야기꾼의 이야기 口演, 민요를 부르는 것, 서사무가의 口演, 광대의 판소리 창을 演戲라고 부르는 것은 어울리

지 않는다. 口碑文學의 모든 장르가 行動을 통하여 전달된다는 것을 통칭할 수 있는
용어로는 演行이라는 말이 적당하다.4)

위 논의는 구비문학의 생명이 전달의 현장성에 있음을 예의 주시하여, 그 두드러
진 특성을 '몸짓과 말 즉 行動에 의한 전달'로 함축하고 있다. 그리하여 이러한 특
성에 입각하여 '연행'·'연행문학'의 개념을 규정하고, 그 적용 사례 및 용어의 적합
성을 논의하고 있다. 이 점은 특히 '몸짓과 말 즉 行動을 통해서 전달되는 문학을
演行文學이라 한다.'·'모든 口碑文學은 演行文學이다.'·'口碑文學의 모든 장르가
行動을 통하여 전달된다는 것을 통칭할 수 있는 용어로는 演行이라는 말이 적당하
다.'라고 한 부분에 잘 드러나 있다.

위 논의를 통해 부각된 '연행'·'연행문학'이라는 용어와 그 개념적 성격은 기존의
용어가 충분히 대변하지 못했던 구비문학의 특성을 함축하면서, 구비문학 일반을
이렇게 통칭할 수도 있다는 점에서 나름의 의의를 부여할 수 있다. 나아가 이러한
개념적 성격을 토대로 해당 장르의 특성을 전달의 현장성에 초점을 맞추어 고찰함
으로써, 그 살아 있는 의미와 원리를 구명하는 데 기여한 바 크다고 할 수 있다.

그러나 이와 같은 '연행'·'연행문학'의 개념 규정은 크게 두 가지 면에서 불충분
하지 않은가 생각한다. 하나는 그 개념적 성격이 필요하고도 충분하게 드러나 있지
않다는 것이고, 다른 하나는 구비문학과의 개념적 차별성이 제대로 부각되어 있지
않다는 것이다. 따지고 보면, '연행'·'연행문학'의 개념과 관련된 기존의 인식들 역
시 여기에서 크게 벗어나 있지 않은 것으로 보인다.

그런데 우리가 '연행' 혹은 '연행문학'이라는 용어를 사용할 때에는, 거기에 온당
하고도 온전한 개념을 부여할 필요가 있다. 그리고 그 개념적 근거는 당연히 용어
자체에서 비롯된 것이어야 마땅하다. 이 문제는 요컨대 '연행'의 개념과 '연행문학'의
기본 성격 및 범주를 좀더 포괄적인 관점에서 이해·규정함으로써 해결의 실마리를
찾을 수 있으리라 생각한다. 인용한 전경욱의 논의를 중심으로 이 문제를 차례로
살펴보기로 하겠다.

먼저, 연행 및 연행문학의 개념을 단순히 '몸짓과 말 즉 행동을 통해서 전달되는
문학'이라고 규정한 것은, '연행'의 다양한 내포와 이 부류에 속하는 문학 장르들의
특성 가운데 '행위를 바탕으로 한 공연성'의 면만을 부각시킨 것이라고 할 수 있다.

---

4) 전경욱, 「탈춤과 판소리의 演行文學的 性格 比較」, 『文學硏究·3』(김동욱 외 4인 공저, 경원문화
   사, 1984), 239면.

다시 말해 '연행'의 개념을 지나치게 좁게 이해·규정함으로써, 이 부류에 속하는 문학 장르들의 특성을 온전히 드러내지 못한 것으로 보인다.5) 연행문학으로 통칭되는 역사적 장르들은 장르실현의 현장성이 중요한 동인으로 작용하는 문학임에 틀림없지만, 동시에 장르실현 주체에 의해 그 특징이 틀지워지는 문학이라는 사실 또한 간과해서는 안 될 본질적 특성이다. 따라서 이러한 특성 역시 연행문학의 개념에 충분히 반영되어 있어야 할 것이다.

그런 면에서 좀더 구체적인 이해가 필요한 것은 '演行'이라는 용어다. 이 용어는 흔히 '公演'과 '行動'의 의미만을 축약하고 있는 것으로 생각하기 쉬우나, 내포하고 있는 개념이 이처럼 단순하지만은 않다. 그것은 특히 '演'의 다양한 내포 때문이다.6) 가령, '三國志演義'의 '演義'7)와 같은 경우에서 '演'은 '개성적 수식과 부연'의 의미를 지니고 있으며, '演出'8)과 같은 경우에서는 '개성적 효과 창출을 위한 모색과 배려'의 의미를 지니고 있다. 줄여 말해, 이런 경우의 '演'은 결국 '개성적 실현'과 직결되는 개념이라고 할 수 있다.

'演行'에서의 '演' 또한 이와 크게 다르지 않다고 생각한다. '演行'을 '연출하여 수행하다', 즉 '演出'과 '遂行'의 의미를 축약하고 있는 말로 풀이할 수도 있다는 데서 더욱 그러하다. 따라서 '演行'이라는 말에는 이처럼 '개성적 실현'이라는 의미 또한 분명하게 담겨 있는 복합적 개념임에 주목할 필요가 있다. 그리하여 '演行'에 내포되어 있는 '행위를 바탕으로 한 공연성'의 면 뿐만 아니라, '수행 주체에 의한 개성적 실현'의 면을 주목할 때, 그 개념적 성격이 온당하게 드러나는 것이 아닌가 생각한다.

그러나 이러한 '演行'의 개념적 복합성 가운데서도, 특히 '演'의 의미는 '공연'의

---

5) 물론, 전경욱은 이어지는 논의를 통해 "演行者, 演行의 내용, 觀衆은 연행의 필수요건이다."(같은 글, 240면)라고 함으로써, 그가 규정한 '연행'의 개념틀을 바탕으로 보다 확장된 논의를 펴고 있다. 따라서 '연행'의 개념을 이렇게 좁게 이해·규정한 것 자체가 논지 전개상 문제가 있다고 할 수는 없다. 여기에서 문제삼는 것은 특정 논의에 국한되지 않는 이른바 필요하고도 충분한 성격이 드러나 있는 '연행'·연행문학'의 개념임을 덧붙여 둔다.
6) 사전적 의미만을 따져 보아도, '演'에는 크게 두 갈래의 의미가 있다. '歌·舞·唱·說 등의 행위'와 관련하여, 이를 '행하다'·'펴다'·'실현하다'라는 것이 그 한 갈래며, '부연하다'·'뜻을 넓혀 풀이하다'·'알기 쉽게 설명하다'라는 것이 또 하나의 갈래다.
7) 演義의 사전적 의미는 '사실이나 뜻을 수식·부연하여 알기 쉽게 또는 재미있게 진술함.'으로 정리될 수 있다.
8) 演出의 사전적 의미는 '각본 또는 시나리오를 바탕으로 연기·장치·의상·분장·조명·음악 등의 여러 요소를 종합하여 무대 공연이나 영화 제작에 전체적인 효과를 창출하는 일. 또는 그것을 맡은 사람.'이다.

성격보다는 오히려 '개성적 실현'의 성격이 강조되어야 바람직할 것이다. '공연'의 의
미는 사실 '行'에도 충분히 내포되어 있으며, '개성적 실현'의 문제야말로 이 부류에
속하는 역사적 장르들의 특성과 긴밀한 연관하에 놓이기 때문이다. 가령, 같은 소
재나 줄거리로 구성된 이야기라도 이야기하는 사람에 따라 전혀 다른 맛이 나는 것
이 그 좋은 예다. 어떤 이야기꾼들은 이야기의 뼈대만을 가까스로 유지한 채, 거기
에 개성이 넘치는 표현과 말솜씨로 살을 붙이고 흥미진진한 요소들을 첨가시켜, 아
주 색다른 맛을 풍기는 이야기로 재창조하기도 한다. 그리하여 심지어는 기존의 이
야기와 골격이 달라진 새로운 이야기를 만들어 내기까지 한다. 더욱이 '演行'의 개념
에 내포된 '개성적 실현'의 측면은 이 부류에 속하는 문학 장르들에서 공통적으로 제
기되는 '각편'의 발생 근거를 해명하는 데에도 유용한 논리적 관점을 제공해 준다.

그러면, 그 '개성적 실현'의 구체적 수단이자 방식은 무엇인가?

이 문제는 '演行'의 '行'이 내포하고 있는 실질적 의미가 무엇인가를 따지는 일과
도 상통한다. 즉, '行'을 '行動' 혹은 '遂行'으로 이해할 때, 이를 성립시키는 구체적
요소가 무엇인지를 따지는 일이다.

이 점에 있어서 연행문학으로 통칭되는 역사적 장르들은 대개 짤막한 말로부터
길게 이어지는 이야기, 단순한 음영으로부터 성악적인 노래와 소리[9], 간단한 몸짓
으로부터 연속성을 지닌 연기·춤 등을 그 수단이자 방식으로 동원한다. 간추리면
'말·이야기·음영·노래·소리·몸짓·연기·춤' 등이라 하겠는데, 이들을 다시 성
격별로 묶어 개념화시키면, 크게 '언술'·'곡조'·'동작'의 세 가지로 함축할 수 있을
것이다.[10] 언어적 서술에 해당하는 말·이야기 등을 포괄하는 개념으로서의 '언술'
과, 조화되는 음들의 연속으로 이루어지는 음영·창·소리 등을 포괄하는 개념으로
서의 '곡조', 그리고 예정되어 있거나 즉흥적으로 행해지는 몸짓·연기·춤 등을 포
괄하는 개념으로서의 '동작'이 그것이다.

그리하여 이들 '개성적 실현'의 구체적 수단이자 방식들을 장르수행 요소라고 할

---

9) 여기에서의 '소리'는 논매는소리·서도소리·판소리 등에서의 '소리'와 같은 의미로 사용한다.
10) 조동일은 구비전승(구비문학)을 크게 '말·이야기·노래·놀이'의 4가지 범주로 가르고, 이들 사이
   의 차이점과 개별적 특성을 간략하게 살핀 바 있다(『구비문학의 세계』, 새문사, 1980, 22~26
   면). 여기에서 그는 특히 '말'을 구비문학의 기본 요건으로 일컬으면서, 나머지 경우들은 기본 요
   건에 또다른 요건, 즉 '이야기'는 꾸며낸 사건, '노래'는 음악적 율동, '놀이'는 맞서서 하는 행동이
   각기 추가되어 성립하는 것으로 설명하고 있다. 그러나, 구비문학을 대상으로 한 것이기는 해도,
   여기에서 말하는 '말·이야기·노래·놀이'는 이렇게 가르게 된 기준이 제시되지 않아, 문맥 자체
   만으로는 그것이 장르 개념어인지 수행 방식인지 분간하기 어렵다.

때, 연행문학으로 통칭되는 역사적 장르들은 각기 해당 장르에 두드러진 요소들을 바탕으로 장르수행이 이루어진다 하겠으며, 이 경우 이른바 개별 작품들이 공유하는 관습의 체계 위에서 유기적으로 결합된 요소들이 바로 해당 장르를 해당 장르이게 하는 속성소라 할 수 있다.

이렇게 볼 때, '연행문학'은 전달의 현장성과 수행 주체의 개성적 실현 및 하위장르 간 차별되는 수행 요소 등을 특성으로 한 문학이라고 할 수 있다. 그리하여 그 개념을 '전달의 현장에서 언술·곡조·동작 등을 유기적으로 결합하여 개성적으로 실현하는 문학'이라 규정할 수 있을 것이다. 여기에서 '전달의 현장성'과 수행 주체의 '개성적 실현'은 연행문학의 공분모적 속성에 해당하며, 언술·곡조·동작 등이 유기적으로 결합하는 양상 즉 '수행 요소의 차별성'은 이 범주에 속하는 문학장르들을 가르는 지표에 해당한다 할 것이다. 아울러 이와 같은 연행문학의 개념 속에는, 그것이 '문학'인 한 언어예술적 요소가 전제된다는 사실과, 실현화 과정에 어떤 식으로든 '공연'의 요소가 개재11)한다는 사실 역시 전제되어 있다 할 것이다.

그리고 보면, 앞에서 연행문학을 '장르실현의 현장성이 중요한 동인으로 작용하는 가운데 장르실현 주체에 의해 그 특징이 틀지워지는 문학'이라고 잠정 일컬은 것은, 연행문학의 공분모적 속성만을 드러낸 것이라고 할 수 있다. 따라서 이와 같은 속성을 지닌 문학장르들은 실현화 과정에서 요구되는 구체적 수행 요소 및 이들의 결합 양상에 따라 다시 개별적 특성을 지닌 하위장르들로 세분된다고 하겠다.

한편, 연행문학의 성격과 개념을 이와 같이 이해·규정할 때, 특히 구비문학과의 개념적 차별성이 무엇인지 따져볼 필요가 있다. 연행문학은 흔히 구비문학의 범주에 속하는 장르들이 공통적으로 내재하고 있는 특성을 부각시켜 이를 달리 일컫는 개념으로 이해·사용되거나, 심지어 구비문학에 종속되는 개념으로 간주되기도 하기 때문이다.

근원적으로 모든 문학은 언어성과 구비성에 태생적 뿌리를 두고 있다. 여기에서 언어성은 이른바 문학의 존재양식을 대변하며, 구비성은 전달양식의 기틀을 이루면서 작품의 전승·향수는 물론 창작에까지 깊은 영향을 끼쳐 왔다. 따라서 어떤 문학이든 언어성의 문제를 떠나 존재하거나 이야기하기 어려우며, 역사적으로 존재한

---

11) 연행문학에 속하는 장르들 가운데에는 혼자서 흥얼거리는 노래 민요와 같은 예가 없는 것은 아니지만, 대부분 여럿이 모인 자리에서 공개적으로 실현되는 것이 상례며, 또 이런 경우라야 그 본질적 특성과 진가가 발휘되기에, 자족성에 머물지 않는 공연성이 실현화 과정에 개재한다고 할 수 있다.

모든 문학장르들의 뿌리에는 각기 비중은 다를지라도 구비성이 잠재해 있다고 할 수 있다.

그런데, 두루 아는 바와 같이 '일정한 형식이나 구조를 갖추어서 말로 나타내는 문학' 즉 구비문학이라고 해서, 실제로 '말—언술'만으로 존재하는 것은 아니다. 그것은 일정 공간이나 청중 등 작품 외적 여건이 구비된 현장에서 '실현'될 때 진가를 발휘하기에, 어떤 식으로든 '행위—공연'을 수반한다. 바로 여기에 구비문학이라는 용어와는 개념적 성격을 달리하는 용어의 필요성이 제기되며, 구비문학과 공유하는 속성을 지닌 반면, 이를 아우른 차원에서 그 적용 기준과 범주적 포괄성을 달리하는 용어가 제시될 수 있는 것이다. 연행문학은 바로 이같은 차원에서 성립하는 용어라 할 수 있다.

따라서 이와 같은 관점에 입각할 때, 구비문학은 모두 연행문학에 속하지만, 연행문학이라고 해서 모두 구비문학인 것은 아니다. 가령, 속악가사(속가)나 가곡창사(시조)는 분명 연행될 때 그 진가가 발휘되는 문학임에 틀림없지만, 그렇다고 해서 이들을 무턱대고 구비문학으로 일컬을 수는 없을 것이다. 따지고 보면 구비문학과 연행문학은 그 분류 기준이 다르기 때문이다.

널리 알려진 것처럼 문학은 표현·전승방식의 차이에 따라 크게 구비문학과 기록문학으로 나눌 수 있다. 그런가 하면, 작품의 실질적 수용과 관련된 실현·향수방식의 차이에 따라서는 크게 연행문학과 독서문학으로 나눌 수 있을 것이다. 요컨대 구비문학이 표현·전승방식을 기준으로 한 개념이라면, 연행문학은 실현·향수방식을 기준으로 한 개념인 것이다. 구비문학과 연행문학은 무엇보다도 이처럼 분류 기준이 다른 차원의 개념이라는 데서 차별화된다. 그리하여 그 개념을 적용하는 대상이나 범주가 다를 수 있다.

물론, 분류 기준의 문제를 접어 놓고 보면 구비문학과 연행문학, 기록문학과 독서문학은 상통하는 면이 있는 것도 사실이다. 따라서 속성을 공유하는 면 역시 적지 않다고 할 수 있다. 그러나, 그렇다고 해서 이들 두 개념이 상호 등가적 성격을 띠고 있다거나, 어느 한 쪽이 어느 한 쪽에 종속되는 개념으로 이해·사용되어서는 곤란하다. 이와 같은 면들은 예의 분류 기준에 따른 개념적 차별성을 전제로 한 차원에서라야 실질적인 의미를 지니기 때문이다.

그리하여 이상에서 논의한 사실들을 바탕으로 할 때, 연행문학의 범주에 속하는 우리 문학사의 장르들로는 속담·수수께끼·설화·민요·무가·판소리·민속극 등의 구비문학을 포함하여, 사뇌가·경기체가·속가·시조(사설시조)·가사·잡가 등 노래로 불리어진 고전시가 일반을 들 수 있을 것이다.

3. 연행문학의 장르수행 방식과 하위범주

'해당 장르를 해당 장르이게 하는 속성소를 일정한 원리에 따라 유기적으로 결합하여 실현화하는 데 관여하는 일체의 행위'를 장르수행이라고 할 때, 앞서 논의한 바와 같이 연행문학으로 통칭되는 역사적 장르들은 '전달의 현장성'과 '개성적 실현'을 공분모적 속성으로 하면서, '언술·곡조·동작' 등의 요소를 유기적으로 결합하여 장르수행에 임한다고 할 수 있다.

그런 면에서 '언술·곡조·동작' 등은 연행문학의 장르수행 요소인 동시에, 해당 장르를 해당 장르이게 하는 속성소라고 할 수 있다. 연행문학은 이들 '언술·곡조·동작' 등이 개별 작품들이 공유하는 관습의 체계 위에서 유기적으로 결합하는 양상에 따라 하위장르들로 세분되기에, 그 결합의 차별적 양상은 곧 하위장르들의 특성을 대변한다고 할 수 있기 때문이다. 따라서 장르수행의 관점에서 보면, 이러한 하위장르 간의 차별성은 곧 장르수행 방식의 차이를 의미한다고 할 수 있으며, 장르수행 방식은 장르수행 요소들의 결합 양상에 따라 결정된다고 할 수 있다.

문제는 장르수행 방식을 결정하는 이들 장르수행 요소의 구체적 결합 양상이다. 이 점에 있어서 연행문학에 속하는 장르들은 몇 가지 유형으로 대별된다. 다시 말해, 전달의 현장에서 작품을 실현하는 수단이자 방식들을 어떻게 운용하느냐에 따라 차별화되는 것이다. 가령, '언술·곡조·동작' 가운데 '언술'을 주요 수행 요소로 하면서 여기에 '동작' 또는 '동작'과 '곡조' 모두를 유기적으로 결합하는 양상을 띠는 경우가 있을 수 있으며, '곡조' 혹은 '동작'을 주요 수행 요소로 하면서 역시 여기에 다른 요소 하나 또는 둘을 유기적으로 결합하는 양상을 띠는 경우가 있을 수 있는 것이 그것이다.12)

---

12) 이처럼 장르수행 요소 결합 자체만을 따져보면, 산술적으로 가능한 양상은 모두 28가지다. 우선 '언술·곡조·동작' 가운데 어느 한 요소만으로 장르수행이 이루어지는 경우는 연행문학의 개념적 성격에 비추어 성립하기 어렵기에 이를 제외하면, 두 요소 또는 세 요소 간의 비중이 대등하거나 차등의 양상을 띠고 결합하는 경우에 있어서, 두 요소 간에 9가지, 세 요소 간에 13가지, 그리고 한 요소가 상대적으로 가장 우세 또는 열세하고 다른 두 요소가 대등한 비중일 때 6가지가 가능한 것이 그것이다.

그리하여 연행문학의 범주에 속하는 장르들을 이와 같은 장르수행 요소의 결합
양상과, 각 요소가 실현화 과정에서 차지하는 비중의 차이를 고려하여 대별해 보
면, 다음과 같이 네 가지 유형으로 가를 수 있으리라 생각한다.

첫째 유형은, '언술'을 주요 수행 요소로 하면서 여기에 '동작'을 유기적으로 결합
하는 경우다. 이 유형에 속하는 장르들로는 속담·수수께끼를 비롯하여, 신화·전
설·민담을 총칭하는 개념으로서의 설화를 들 수 있다.

이 유형을 대표하는 장르는 당연히 설화다. 설화는 일정한 줄거리를 가진 이야기
를 말로써 서술하면서, 그 내용과 상관된 여러 동작들―표정·손짓·몸짓 등을 곁
들여 실현하기 때문이다. 장르수행의 현장에서 설화를 연행하면서 전혀 무표정하거
나 아무런 동작을 취하지 않는 경우란 없다고 해도 과언이 아니다. 설화의 연행은
언어적 서술과 함께 동작이 곁들여져야 제맛이 나기 때문이다. 표현의 묘미를 느낄
수 있는 짤막한 어구로 서술되는 속담·수수께끼의 경우도 동작의 요소가 극히 절
제되는 것일 뿐, 그 장르수행 및 실현 양상은 크게 보아 이와 동류로 파악할 수 있
을 것이다.

둘째 유형은, '곡조'를 주요 수행 요소로 하면서 여기에 '동작'을 유기적으로 결합
하는 경우다. 이 유형에 속하는 장르들로는 민요를 위시하여, 사뇌가·경기체가·속

그러나 중요한 것은 이러한 경우의 수 가운데 실질적인 의미를 지니는 양상은 그다지 많지 않
다는 사실이다. 먼저, 두 요소 또는 세 요소 간의 비중이 완전히 대등한 차원에서 결합되는 경우
(10가지)란 다만 개연성으로 존재할 따름이며, 또 어느 한 요소가 가장 우세 또는 열세한 비중을
차지하고 나머지 두 요소 간의 비교가 도식상으로 어려운 경우(6가지) 역시 별다른 의미를 갖기
어렵다. 따라서 산술적으로 가능한 28가지 가운데 실질적인 의미를 지니는 경우는 다만 12가지
에 불과하다고 할 수 있다.

그 12가지 양상을 간략히 제시하면, 두 요소가 결합하는 경우에 있어서 어느 한 요소의 비중이
크고 다른 요소의 비중이 상대적으로 작은 양상 6가지와, 세 요소가 결합하는 경우에 있어서 상
대적인 비중의 차이를 분별할 수 있는 양상 6가지다. 이를 부등호를 써서 나타내면 다음과 같다.

*두 요소가 결합된 경우 : 언술>곡조, 언술<곡조, 곡조>동작,
　　　　　　　　　　　　곡조<동작, 동작>언술, 동작<언술
*세 요소가 결합된 경우 : 언술>곡조>동작, 언술<곡조<동작,
　　　　　　　　　　　　곡조>동작>언술, 곡조<동작<언술,
　　　　　　　　　　　　동작>언술>곡조, 동작<언술<곡조

이와 같은 장르수행 요소의 결합 양상들로부터 연행문학의 범주에 속하는 장르들의 개체적·유
형적 성격을 살필 수 있는 근거를 마련할 수 있을 것이다. 아울러, 개개의 양상과 관련된 역사적
장르들의 존재 여부와는 별도로, 연행문학의 범주에 소속시킬 수 있는 장르들의 다양한 존재 가
능성을 헤아려 볼 수 있도 있을 것이다.

가・시조(사설시조)・가사・잡가 등 노래로 불리어진 고전시가 일반을 들 수 있다.

민요나 고전시가는 일단 노랫말을 일정한 틀이 잡힌 악곡에 실어 노래함으로써 장르가 실현된다고 할 수 있다. 그런데 그 장르수행 과정에서 곡조의 요소가 지배적인 비중을 차지하기는 하지만, 거기에 아무런 몸짓조차도 곁들이지 않는 경우란 드물다. 동작을 의도적으로 자제해야 하는 극히 예외적인 상황을 제외하고는, 연행의 현장에서 음악이나 가사의 가락에 맞추어 자연스러운 손놀림을 하거나 어깨춤을 추거나 규칙성이 가미된 춤을 곁들이는 것이 상례인 것이다. 역시 그래야만 제맛이 난다. 이처럼 장르수행 과정에 동작의 요소가 자연스럽게 수반되는 것은, 따지고 보면 음악이나 가사의 가락이 지닌 속성 때문이기도 하다. 그래서 민요나 고전시가 가운데에는 아예 노래가 춤과 함께 엮어져 연행되는 장르도 있다는 사실이 새삼스러운 일은 아니다.

셋째 유형은, '곡조'를 주요 수행 요소로 하면서 여기에 '언술'과 '동작'을 유기적으로 결합하는 경우다. 이 유형에 속하는 장르들로는 무가・판소리 등을 들 수 있다.

널리 알고 있는 것처럼, 무가나 판소리는 일정한 줄거리로 엮어진 사설을 장단・조 등의 음악적 요소에 실어 노래—소리하면서, 그 사이사이에 사설을 말로써 서술하는 부분을 두며, 사설 전개 상황에 따라 적당한 동작을 곁들여 장르를 실현한다. 그리하여 곡조의 요소를 중심으로 언술과 동작의 요소가 장르수행 과정을 통해 한데 어우러짐으로써, 미묘한 정서의 굽이들을 체험하게 한다. 이 유형에 속하는 장르들의 장르수행 및 실현 양상은 첫째 유형과 둘째 유형을 복합한 양상을 띠지만, 특히 장르수행 과정에서 지배적인 비중을 차지하는 곡조는 그 성격이 둘째 유형의 민요나 고전시가와는 매우 다르다. 그래서 통상적으로 둘째 유형에 속하는 장르들을 '노래'로 일컫는 데 비해, 이 유형에 속하는 장르들을 '소리'로 일컫기도 한다.

넷째 유형은, '동작'을 주요 수행 요소로 하면서 여기에 '언술'과 '곡조'를 유기적으로 결합하는 경우다. 이 유형에 속하는 장르들로는 무당굿놀이・탈춤・꼭두각시놀음 등의 민속극을 들 수 있다.

무당굿놀이・탈춤・꼭두각시놀음 등의 민속극은 기본적으로 몸짓・춤으로 대변되는 동작에, 서로 주고 받는 대사와, 장단이 수반된 노래를 결합하여 장르를 실현한다. 그러나 동작의 요소가 장르수행의 전반적 과정을 지배하기에, 언술의 요소는 행동화된 언어13)로, 곡조의 요소는 가무로써 표출되는 가운데, 놀이의 성격을 지닌

13) 성무경은 희곡(극) 양식의 '대사로 이루어진 서술 행위'에 대해, "그 '서술성'은 '행위'로서의 서술성

전달 내용이 연기의 차원에서 구상적으로 현시된다. 장르수행 요소 자체만을 놓고 보면 셋째 유형과 별반 다를 바 없다 하겠으나, 셋째 유형이 곡조의 요소가 지배적인 비중을 차지하는 데 비해, 이 유형에 속하는 장르들은 동작의 요소가 지배적인 비중을 차지한다는 점에서, 그 장르수행 및 실현 양상은 판이하다.

이처럼 연행문학에 속하는 장르들은 장르 간 차별되는 고유의 특성을 지니고 있음은 물론, 장르수행 요소의 결합 양상에 따라 네 가지로 대별할 수 있는 유형들을 통해 장르수행이 이루어지는 것으로 보인다. 아울러 개별 장르나 유형에 따라 각기 비중은 다르지만, 장르수행에 동작의 요소가 공통적으로 수반된다는 사실 또한 확인할 수 있다. 이와 같은 동작의 요소는 연행문학을 실현화하는 과정에 개재하는 공연성의 면과 긴밀한 연관을 맺고 있기도 하다.

중요한 것은 이들 네 가지 유형이 연행문학 장르수행의 네 가지 방식을 의미한다는 사실이다. 그리하여 이와 같은 장르수행 방식의 차이는 바로 연행문학에 속하는 장르들의 특성을 분별하는 기준이자 하위장르 간의 유형적 차별성을 대변할 수 있다는 면에서, 연행문학의 하위범주를 설정하는 기준으로 삼을 수 있을 것이다. 장르수행 방식은 궁극적으로 개별 장르의 작품들이 미적 가치를 획득하는 구체적 수단이자 목적이라는 데 의의가 있거니와, 전달의 현장성과 개성적 실현을 공분모적 속성으로 한 연행문학의 경우는, 특히 이러한 장르수행 방식의 차이를 준거로 개체적·유형적 특징들을 규명해 나가는 것이 바람직할 터기 때문이다.

사실, 오늘날 연행문학으로 통칭되는 역사적 장르들의 장르수행 방식과 관련된 용어는 다소 모호하거나 혼란스러운 감이 없지 않다. 예컨대 '설화의 연회'라든가 '탈춤의 구연' 등과 같은 말은 참으로 어색할 뿐 아니라 선뜻 납득하기 어렵기에 성립하기 어려운 표현이다. 또한 '민요의 구연'·'판소리의 가창'·'잡가의 연창' 등과 같은 말도 굳이 사용하기 어려운 표현이라고 할 수는 없지만, 모호하거나 어색한 느낌을 주는 것이 사실이다. 여기에서 '모호하거나 어색하다'는 말은 곧 민요를 실현하는 방식과 '구연', 판소리를 실현하는 방식과 '가창', 잡가를 실현하는 방식과 '연창'이라는 용어가 적절히 호응하지 않는다는 사실을 달리 표현한 말이다. 줄여 말하면, 이와 같은 표현에 등장하는 용어들은 해당 장르를 실현하는 방식, 나아가

이며, 언제나 '행동하기'라는 환기방식에 직접 지배당하는 까닭에, 희곡물이라는 문학 양식으로 양식화되는 순간 곧바로 '행동 언어(대화)'라는 의미의 '대사'로 전환될 수밖에 없는 것"(앞의 「가사의 존재양식 연구」, 156면)이라고 한 바 있다. 이 글에서 말하는 '행동화된 언어'는 성무경이 말하는 '행동 언어로서의 대사'에 준하는 개념으로 사용한다.

장르수행상의 특징이나 장르의 본질적 속성을 온전히 드러내지 못한 것이라고 할
수 있다.

　그런 면에서 연행문학으로 통칭되는 역사적 장르들을 장르수행 방식의 차이를
고려하여 범주화하고 이들 각각에 적절한 개념을 부여하는 일은, 연행문학 전반을
질서화하고 체계적으로 이해하는 데 긴요한 일이 아닐 수 없다. 즉, '연행'을 상위개
념 및 범주로 하면서, 장르수행 방식의 차이에 따라 그 하위범주를 설정하고 각각
의 범주에 합당한 개념을 부여할 필요가 있는 것이다. 그렇다고 해서 이들 장르수
행 방식이자 하위범주을 일컫는 용어를 새롭게 만들어 내는 일은 새삼스러운 혼란
을 불러 일으킬 수 있기에, 이 문제는 해당 장르의 특성과 오늘날 두루 통용되고
있는 용어의 실상을 감안하여 체계화하는 것이 바람직하리라 생각한다.

　첫째 유형은 '언술'을 주요 수행 요소로 하여 거기에 '동작'을 유기적으로 결합하
는 경우로서, 표현의 묘미를 느낄 수 있는 짤막한 어구나 일정한 줄거리를 가진 이
야기를 말로써 서술하면서, 그 내용과 상관된 여러 동작들을 곁들여 실현한다고 했
다. 이 유형에 속하는 장르들은 요컨대 장르수행의 초점이 '말로써 서술'하는 데 놓
여 있다는 점에서, 구술 연행이 실현화의 관건으로 작용하는 '口演' 방식을 취한다
고 할 수 있다. 따라서 속담·수수께끼·설화 등은 口演장르로 분류할 수 있다.

　둘째 유형은 '곡조'를 주요 수행 요소로 하여 거기에 '동작'을 유기적으로 결합하
는 경우로서, 노랫말을 일정한 틀이 잡힌 악곡에 실어 노래하면서, 가락에 맞추어
자연스러운 동작을 곁들여 실현한다고 했다. 이 유형에 속하는 장르들은 장르수행
의 초점이 '노랫말을 악곡에 실어 노래'하는 데 놓여 있다는 점에서, 악곡에 맞추어
노래하는 행위가 실현화의 관건으로 작용하는 '歌唱' 방식을 취한다고 할 수 있다.
따라서 민요를 위시하여 노래로 불리어진 고전시가 일반은 歌唱장르로 분류할 수
있다.

　셋째 유형은 '곡조'를 주요 수행 요소로 하여 거기에 '언술'과 '동작'을 유기적으로
결합하는 경우로서, 일정한 줄거리로 엮어진 사설을 장단·조 등의 음악적 요소에
실어 노래-소리하면서, 그 사이사이에 사설을 말로써 서술하는 부분을 두며, 사설
전개 상황에 따라 적당한 동작을 곁들여 장르를 실현한다고 했다. 이 유형에 속하
는 장르들은 장르수행의 초점이 '일정한 줄거리로 엮어진 사설을 장단·조 등의 음
악적 요소에 실어 노래-소리'하는 데 있으면서도, 이를 '사설을 말로써 서술'하는
부분과 교체·연속해 나가는 과정을 통해 실현하며, '동작' 또한 사설 내용이 빚어

내는 여러 상황과 유기적 연관하에서 이루어진다는 점에서, 사설·소리·동작의 역동적 유기성이 실현화의 관건으로 작용하는 '演唱' 방식을 취한다고 할 수 있다. 이와 같은 맥락에서 무가·판소리 등은 演唱장르로 분류할 수 있다.[14)]

넷째 유형은 '동작'을 주요 수행 요소로 하여 거기에 '언술'과 '곡조'를 유기적으로 결합하는 경우로서, 몸짓·춤으로 대변되는 동작에, 서로 주고 받는 대사나 장단이 수반된 노래를 결합하여 장르를 실현한다고 했다. 이 유형에 속하는 장르들은 장르수행의 초점이 '놀이의 성격을 지닌 전달 내용을 몸짓·춤 등의 연기를 통해 구상적으로 현시'하는 데 놓여 있다는 점에서, 놀이화된 연기가 실현화의 관건으로 작용하는 '演戱' 방식을 취한다고 할 수 있다. 그리하여 무당굿놀이·탈춤·꼭두각시놀음 등의 민속극은 演戱장르로 분류할 수 있다.

이렇듯 연행문학으로 통칭되는 역사적 장르들은 작품의 실현화 양상을 결정하는 장르수행 방식의 차이에 따라 '口演·歌唱·演唱·演戱' 등의 하위범주로 세분할 수 있으며, 개별 장르의 유형적 성격에 따라 각각 이들 하위범주에 분류·소속시킬 수 있으리라 본다. 이상의 논의를 바탕으로 연행문학의 범주에 속하는 여러 영역과 장르간의 경계를 간략히 도식화하여 정리하면 다음과 같다.

演行문학 ┌ 口演문학 : 속담·수수께끼·설화 등
         ├ 歌唱문학 : 민요를 위시한 고전시가 일반
         ├ 演唱문학 : 무가·판소리 등
         └ 演戱문학 : 무당굿놀이·탈춤·꼭두각시놀음 등

4. 연행문학의 장르수행상의 특징

연행문학은 현장에서 연행될 때라야 비로소 존재 의의와 가치를 지닌다. 따라서 그 특성 역시 연행의 실상과 관련된 국면들을 살피는 데서 보다 구체적으로 드러난다. 연행문학은 예의 장르수행 방식의 차이에 따라 '口演·歌唱·演唱·演戱' 문학으로 분류할 수 있거니와, 이들 하위범주에 속하는 문학 장르들은 각기 독특한 관

---

14) 논자에 따라서는 무가와 판소리를 '가창' 장르로 분류하기도 한다. 구체적 논의 대상이나 분류 기준에 따라 견해가 다를 수 있겠지만, 우선 무가나 판소리는 위에서 '가창' 장르로 분류한 민요나 고전시가와는 장르수행 방식이 다를 뿐 아니라, 음악적 성격 또한 다르다는 점에서 서로 차별화할 필요가 있으리라 본다. 요컨대 '연창' 장르라는 명칭은 이와 같은 필요에도 부응하지 않을까 생각한다.

습의 토대 위에서 장르수행이 이루어진다. 다음에서 그 두드러진 면모를 장르수행
원리와 실현화 과정상의 특징에 초점을 맞추어 살펴보되, 특히 문학적 요소가 여타
의 요소들과 어떠한 연관하에 실현되는가에 중점을 두어 고찰하기로 하겠다.

① 口演 장르

속담·수수께끼·설화 등의 장르는 언술과 동작의 요소를 통해 장르수행이 이루
어진다. 그러면서도 이들 장르는 말로써 서술하는 구술 연행이 실현화의 관건으로
작용하기에, 표현 언어와 내용을 전개해 나가는 방식이 장르수행 과정에서 특히 중
요한 문제로 대두된다. 동작에 해당하는 손짓·몸짓·표정 등은 이러한 언술적 측
면과 유기적 연관을 맺는 차원에서라야 비로소 실질적인 의미를 지닌다.

표현의 묘미를 느낄 수 있는 짤막한 어구로 이루어진 속담·수수께끼의 경우, 대
개 비유적 표현을 통해 교훈적 의미를 전달하거나 숨어 있는 뜻을 찾도록 유도함으
로써 장르가 실현된다. 이를테면 '고양이 쥐 생각'이라는 속담이나 '가죽 벗기고 수
염 깎고 살은 발라내고 뼈는 버리는 것은?'과 같은 수수께끼를 통해, 표현 언어에
담긴 말의 묘미와 뜻을 되새겨 느끼고 즐기는 차원에서 구연이 이루어지는 것이다.

설화의 경우는 일정한 줄거리의 이야기를 말로써 서술해 나가는 과정에서, 비유
적 표현은 물론 의성어·의태어 등을 빈번하게 동원하여 시각적 청각적 효과를 높
임으로써, 서술 내용을 한층 입체화시켜 구연한다. 그리하여 전개되는 내용에 흥미
와 실감을 더하며, 청중들로 하여금 구연 상황에 집중하게 하는 효과를 자아낸다.
구연 현장의 분위기는 어떤 내용—성격의 이야기인가에 따라 자연스럽게 조성되기
도 하지만, 그보다는 오히려 줄거리 전개와 관련된 구연자의 표현 언어와 구사능력
에 의해 좌우되는 경우가 더 많다.

그렇기에 장르수행에 있어서 표현 언어나 구연 내용이 세련되거나 정제되어 있
지 않다. 구연의 언어들은 대개 앞서 말한 어구들이 자주 되풀이되는 것은 물론,
거칠거나 장황스러운 말투가 태반이기 때문이다. 그래서 가창장르와는 비교하기조
차 어려울 뿐 아니라, 연창·연희장르에 속하는 작품들에 비해서도 표현 언어의 세
련성이나 정제성은 현저히 떨어진다고 할 수 있다. 요컨대 유창하기는 해도 다듬어
지지 않은 것이다.

그렇지만 이런 면이 바로 구연장르를 대표하는 설화의 장르수행상의 특징 가운
데 하나다. 그리고 이러한 특징은 구연 과정에서 나름의 의의있는 기능을 한다. "장

황스런 말투, 즉 직전에 말해진 것의 되풀이는 화자와 청자 양쪽을 이야기의 본 줄
거리에서 벗어나지 않도록 단단히 비끄러 매둔다. 장황스런 말투는 구술문화에서의
사고와 말하기의 특징이라는 점에서, 빈틈없이 조리정연한 것보다 어떤 깊은 의미
에서 한층 자연스러운 사고와 말하기가 되는 셈이다."15)와 같은 논의에서 보듯, 줄
거리 자체에 결속력을 부여하면서 구연자와 청중 사이의 유대감을 강화하고, 이야
기판에 친숙한 분위기를 조성·유지해 나가는 기능을 발휘할 수 있는 것이다.

　중요한 것은, 이와 같은 표현 언어와 구술 내용이 전달되는 상황과 문맥이다. 그
리고 여기에서 나아가 이를 구연자가 어떤 어조로 실현하느냐에 따라 연행 현장에
모인 청중들의 느낌이나 반응이 전혀 달라질 수 있다는 사실이다. 가령, '고양이 쥐
생각'이라는 속담을 구연할 때, "글쎄 그게 '고양이 쥐 생각'하는 거지 뭐겠어?"라고
할 때와, "이런 경우를 뭐랄까 '고양이 쥐 생각'한다고나 할까?"라고 할 때의 문맥적
상황과 정서적 반응이 다를 수 있는 것이 그것이다. 이와 같은 구연 내용과 어조의
유기적 연관성은 설화의 구연 과정을 통해 보다 분명하게 확인할 수 있다.

　같은 소재나 줄거리로 구성된 이야기라도 이야기하는 사람에 따라 전혀 색다른
맛을 풍기는 것은, 일차적으로 그 이야기꾼의 말솜씨와 표현 언어에 깃든 어조 때문
이다. 능숙한 구연자는 이야기 내용에 걸맞는 어조를 통해 연행의 분위기와 청중의
정서적 반응을 유도해 나감으로써, 이야기에 흥미와 실감을 더하고 감정의 완급조절
을 꾀해 나간다. 그리하여 줄거리의 세부에 따라 구술을 잠깐씩 멈추거나 청중들에
게 질문하는 형식을 취하면서 적절히 호흡을 고르기도 하고, 예의 의성어와 의태어
그리고 다양한 비유법을 구사하여 표현의 생동감과 구상적 이미지의 효과를 불러 일
으키는 수법들을 동원한다. 요컨대 이야기 내용을 구성지고 실감나게 전개해 나감으
로써, 청중들을 구연 상황에 몰두하게 하고 구연 현장의 분위기를 사로잡는 것이다.

　이처럼 구연장르에 속하는 문학 양식들은 특히 구술 내용과 어조의 유기적 연관
성에 바탕을 두고 장르가 수행되며, 그 수행의 질 또한 이와 같은 유기성의 밀도에
따라 판가름난다고 할 수 있다. 그런 면에서 '구술 내용과 어조의 유기화'는 곧 구
연장르의 장르수행 원리에 해당한다고 할 수 있다. 아울러 구연자는 이러한 원리를
상황과 문맥에 적용하여 하나의 의의있는 구조를 창출함으로써 장르를 실현한다고
할 수 있다. 이름하여 '구술 내용과 어조의 유기화'라는 구연원리의 측면에서 규범
적 동질성을 지니면서도 상황과 문맥에 따른 개성적 구연구조를 통해 장르를 실현

---

15) 월터 J. 옹 지음, 이기우·임명진 옮김, 『구술문화와 문자문화』(문예출판사, 1995), 65면.

하는 것이다.

문제는 이같은 '구술 내용과 어조의 유기화'를 원리로 한 장르수행의 다양성과 청중의 호응도에 따라, 구연의 성공여부가 판가름나기도 하고 실현화의 질이 결정되기도 한다는 사실이다. 그래서 탁월한 구연자들은 이야기 도중 코먹어리가 등장하는 대목에서는 코먹어리 소리를 흉내내 가면서 구연 내용에 생동감을 불어넣는 것은 물론, 눈쌀을 찌푸린다든가 갑자기 손뼉을 쳐서 청중들의 주의를 환기하는 등 동작의 요소를 십분 활용하기도 한다. 더욱이 단순한 발화 차원의 구술만이 아니라, 경우에 따라서는 가락을 동원하여 읊조리거나, 아예 타령조와 같은 곡조를 동원하는 경우도 없지 않다. 그렇지만 그런 예가 흔한 것도 아니고, 설사 이루어진다 해도 극히 제한된 부분에 그치는 정도일 뿐이기에, 전체적으로는 이야기 내용을 구술하면서 거기에 어조와 동작을 유기적으로 결합하는 양상을 띠는 것이 지배적이다.

한편, 구연장르에 속하는 문학 양식들은 거의 모두가 구비전승을 통해 생성·존속되기에, 엄밀한 의미의 텍스트라는 것이 없고, 구연자의 기억에 의존하여 장르수행이 이루어진다. 따라서 장르수행과 관련하여 일정한 규범적 텍스트를 갖기 어려우며, 그런 만큼 여타의 연행문학 장르 가운데서도 특히 다양한 각편이 존재하는 것이 특징이다. 물론, 그렇다고 해서 구연 텍스트에 아무런 규범이 존재하지 않는 것은 아니다. 구연장르들은 개개의 구연 자체가 하나의 각편에 해당하기는 해도, 그 내용들은 대개 유형성을 띠고 전승·실현되기 때문이다. 구연 내용, 즉 텍스트가 일종의 잠재적인 규범으로 존재하는 것이다.

따라서, 구연장르의 연행자는 연행 현장의 분위기에 따라 기존 내용에 청중들의 흥미를 끌 만한 요소를 첨가시키기도 하고, 줄거리의 세부를 즉흥적으로 변형시켜 관심의 밀도를 강화하기도 한다. 이른바 연행 상황에 기민하면서도 융통성있게 대처함으로써, 구연 내용에 부합하는 분위기를 조성하고 주도해 나가는 것이다. 구연자는 자신이 구연하는 내용이 청중들에게 적극적 혹은 열광적으로 받아들여 질 때라야 비로소 흥이 나고 구연의 가치가 살아나기 때문이다. 그런 면에서 구연장르의 장르수행에 내재하는 독창성이란 대부분 새로운 이야기의 줄거리를 만들어 내는 데 있다기보다는, 구연 현장에 모인 청중들과 그때그때 정서적 교감을 이루면서 "당시의 상황 속에서 그 당시에만 있는 방식으로 존재"16)하는 이야기를 구연해 나가는 데 있다고 하겠다.

---

16) 같은 책, 68면.

② 歌唱 장르

민요와 고전시가로 통칭되는 역사적 장르들은 노랫말을 일정한 틀이 잡힌 악곡에 실어 노래하면서, 자연스러운 몸짓이나 춤을 곁들이는 과정을 통해 장르수행이 이루어진다. 그런데, 몸짓·춤과 같은 요소 역시 장르수행에 긴밀히 관여하기는 하지만, 이들 장르는 악곡에 맞추어 노래하는 행위가 실현화의 관건으로 작용하기에, 특히 가창을 틀지우는 악곡의 성격과 이에 따른 노랫말의 질서가 장르수행에 개재하는 중요한 문제라고 할 수 있다.

우선, 동작에 해당하는 몸짓이나 춤은 모든 장르에 공통되는 필수적 요소라고 하기는 어렵지만, 가창장르의 장르수행 양상을 특성화하는 요소임에는 틀림없다고 할 수 있다. 예컨대, 「강강술래」와 같은 민요는 노랫말과 악곡과 춤이 한데 어우러져 연행될 때라야 장르가 실현되는 셈이기에, 어느 한 요소만을 중심으로 장르수행이 이루어질 수 없다. 또,『고려사』樂志를 통해 확인할 수 있는 바와 같이, 대부분의 속악가사 역시 악곡과 춤을 동반한 상태에서 연행될 때 비로소 장르가 실현된다고 할 수 있기에, 동작의 요소가 장르수행에 긴밀하게 관여하는 것만은 분명하다고 할 수 있다. 따라서 가창장르의 장르수행에 있어서 동작의 요소는 특히 이를 절실히 필요로 하는 장르나 작품들의 실현을 완전하게 하는 충분조건으로 관여한다는 데 중요한 의의가 있다고 할 수 있다.

그러나, 가창장르의 장르수행 양상과 특징은 무엇보다도 노랫말과 악곡의 관계를 통해 구체적으로 드러난다. 가창장르의 개별적 특성은 일차적으로 노랫말과 악곡이 어떻게 결합하느냐에 따라 결정되며, 그 결합에 관여하는 악곡의 성격과 노랫말 배분 규범이 장르수행의 핵심 요건에 해당하기 때문이다.

그런데 가창을 통해 장르수행이 이루어지는 경우에 있어서, 악곡은 이미 일정한 성격으로 틀지워져 있는 것이 상례다. 따라서 새로운 악곡을 창출하여 가창에 임하는 극히 예외적인 경우를 제외하면, 가창자는 다만 자신의 의식 속에 일종의 규범으로 존재하고 있는 악곡에 노랫말을 실어 노래함으로써 장르를 실현한다. 이같은 맥락에서 가창장르의 노랫말은 대개 악곡이 전제된 상황에서 지어지는 동시에 배분된다고 할 수 있으며, 개별 장르의 특성 역시 기본적으로는 악곡에 의해 결정된다고 할 수 있다.17)

---

17) 강등학은 민요의 가창 문제를 논하면서, "민요의 장르적 특성은 기본적으로 창곡에 의해 결정된다. 그러기에 보통 민요의 장르 구분은 창곡이 그 기준으로 활용된다."(앞의 「민요의 가창구조에

중요한 것은 이와 같은 노랫말과 악곡의 관계가 내포하고 있는 의의와 이에 대
한 가창자의 인식이다. 가창이라는 개념 자체가 암시하듯, 노랫말은 악곡과의 유기
적 연관하에 놓임으로써 비로소 실질적인 효용성을 지닌다. 그리고 악곡 역시 노랫
말의 의미와 통사적 질서에 따라 선율·리듬·박자 등이 형성되거나 변화할 수 있
다. 가창장르는 이처럼 노랫말과 악곡의 상호의존적 유기적인 연관성을 바탕으로
장르실현의 틀이 결정되기에, 가창자는 바로 이 점을 예의 '포착하여 숙달시킴으로
써 장르수행에 임할 수 있다. 아울러 이렇게 해서 숙달된 장르실현의 틀은 가창자
의 의식 속에 규범의 형태로 존재하게 된다.

이렇게 볼 때, 가창을 통해 장르수행이 이루어지는 문학 양식들은 기본적으로 악
곡에 의해 그 특성이 결정된다고 할 수 있지만, 궁극적으로는 노랫말과 악곡을 유
기적으로 결합함으로써 장르가 실현된다는 면에서, '노랫말과 악곡의 유기화'를 장
르수행의 원리로 한다고 할 수 있다. 나아가 장르수행의 질 또한 이와 같은 유기성
의 여부가 일차적인 판별 기준이 된다고 할 것이다.

그런가 하면, 가창장르에 속하는 문학 양식들은 개별 장르의 작품들이 준거로 하
고 있는 악곡에 노랫말이 어떠한 방식으로 배분되느냐에 따라 각기 독자적인 구조
를 갖는다. 여기에서의 구조는 위에서 말한 장르실현의 틀을 달리 일컫는 말이기도
한데, 이는 동일한 악곡에 노랫말만을 달리한 각편의 경우 외에는 작품마다 다르다
고 할 수 있다.18) 따라서 가창장르에 속하는 작품들은 바로 이와 같은 가창구조에
따라 차별된다고 할 수 있다. 그러나 가창자의 장르수행 관점에서 보면, 가창구조
는 가창자의 의식 속에 이미 규범으로 존재하는 것이 상례이기에, 가창장르의 장르
수행은 구연·연창·연희장르에 비해 개성적 실현화의 폭이 상대적으로 제한되어
있는 것이 특징이라고 할 수 있다.

작품을 노래하는 방식은 몇 명이 어떤 순서로 부르는가에 따라 구분된다. 민요의
경우 독창·합창·선후창·교환창으로 나누어지는 것이 통례며, 크게는 독창과 합
창을 자체에 아우르고 있다는 면에서 선후창과 교환창으로 나눌 수 있다. 반면, 고
전시가의 경우는 사뇌가·경기체가·속가 등과 같이 오늘날 가창을 재연할 수 없는

대하여」, 292면)라고 한 바 있다. 본고는 이를 참조하였다. 아래에서 논의되는 가창장르의 특성
및 가창구조에 관련된 서술 역시 이 글에 힘입은 바 크다.
18) 물론, 시조(사설시조)와 같이 음악의 명칭이 문학의 양식 개념어로 쓰이게 된 경우는 개별 작품들
모두가 악곡적 동질성을 띨 수 있기에, 장르 단위에 걸쳐 같은 구조를 취한다고 할 수 있다. 덧붙
여, 가곡창과 시조창의 구분은 이 경우 층위를 달리해서 논의할 문제다.

예가 많고, 가창의 양상을 살필 수 있는 시조(사설시조)·가사·잡가 등은 거의가 혼자서 부른다.

민요와 고전시가가 공히 가창을 통해 장르수행이 이루어지면서도 이처럼 노래하는 방식에 차이가 나는 것은, 요컨대 장르담당층과 전승방식이 다른 데 기인하는 것이 아닐까 생각한다. 즉, 민요는 피지배계층에 의해 향유된 집단의 노래로서, 구비문학의 성격을 지니고 있다. 그러나 고전시가 역시 이같은 구비문학에 뿌리를 두고 있기는 하지만, 대부분 지배계층에 의해 향유된 개인적 서정의 노래로서, 우리 문학사에서 기록문학의 형태로 전승되고 있다. 이와 같은 차이로 인해 민요와 고전시가는 장르수행의 양상에 큰 차이가 날 수 있으며, 노래하는 방식이 그 단면이 아닐까 생각한다.

한편, 가창이 이루어지는 문맥과 현장 상황 등도 개별 장르나 작품의 성격과 맞물려 장르수행의 양상과 특징을 결정하는 요인으로 작용한다. 가창자는 애초 노래판의 상황에 걸맞는 악곡과 레퍼토리를 선택하는 일로부터, 가창 현장의 분위기나 청중의 기호에 부합하는 차원에서 노랫말을 즉흥적으로 지어 부르거나 변개하기도 하고, 리듬이나 박자에 변화를 주어 색다른 분위기를 연출하기도 한다. 이런 사실들이 가창을 개성적으로 수행하는 단면들이기도 하다.

기능적인 면에서 볼 때, 가창은 대개 의식을 치르거나 노동할 때 그리고 놀고 즐기는 자리에서 이루어진다. 의식의 기능을 지닌 노래는 본디 일정한 목적의식이 동반된 상황에서 가창되므로, 노랫말이나 악곡이 고정적 성격을 띤다. 그런데 노동이나 유희의 기능을 지닌 노래는 가창 분위기 자체가 대부분 분방하기에, 그만큼 틀에 얽매이는 경우가 적어 노랫말이나 악곡이 가변적 성격을 띤다. 이런 사실은 민요의 경우에서 두드러지지만, 가창의 양상을 살필 수 있는 시조(사설시조)·가사·잡가 등 고전시가의 경우에서도 확인 가능하다.

그런 면에서 일종의 규범으로 존재하는 악곡의 측면 역시 고정불변의 것만은 아니기에, 가창 현장의 분위기와 상황에 따라 리듬이나 박자에 변화가 있을 수 있다. 그러나 그 변화의 폭은 일반적으로 넓지 않으며, 대개 느리거나 빠르게 또는 높거나 낮게 변화하는 정도에 그친다고 할 수 있다. 그런데 노랫말의 경우는 사정이 다르다. 예의 가창 분위기와 상황에 따라 상당한 변화의 폭을 허용·유지할 수 있기 때문이다.

③ 演唱 장르

무가·판소리 등의 장르는 일정한 줄거리로 엮어진 사설을 장단·조 등의 창조에 실어 노래-소리하는 데 장르수행의 초점이 놓여 있다. 그러면서도 사설·소리·동작의 역동적 유기성이 실현화의 관건으로 작용하기에, 연창 내용을 소리와 동작으로 형상화하여 청중들에게 전달하면서 정서적 공감대를 확산시켜 나가는 문제가 특히 중요하다고 할 수 있다.

무가·판소리 사설은 기본적으로 열거와 반복의 수사기법을 동원하여 줄줄이 엮어 나가는 것이 특징이다. 무가 사설은 대개 신의 내력과 행적, 신과 인간의 대화, 신에 대한 칭송과 환대, 신에게 드리는 인간의 기원 등이 중심 내용을 이룬다. 그리고 판소리 사설은 작품마다 일정한 서사적 줄거리를 바탕으로 한 내용이 갖추어져 있다. 그런데, 이들 연창장르의 사설은 공히 신(신격)이나 인물, 정경과 상황, 경관과 물상 등을 묘사하는 대목에 이르러서는 특히 다양한 비유와 표현 어구들을 줄줄이 엮어 나가면서 대상의 이미지를 구상화한다. 그리하여 하나의 구체적 형상을 창조한다. 연창장르의 장르수행은 바로 여기에 관심이 집중된다. 따지고 보면, 무가든 판소리든 이와 같은 대목들에 이르러 정서가 고양되고 연창의 묘미를 느끼게 된다. 연창자와 청중의 정서적 교감 역시 이런 대목들을 통해 이루어진다고 할 수 있다.

중요한 것은, 이와 같은 정서 체험을 가능케 하는 연창자의 능력과 전략이다. 이 문제에 있어서 연창자는 우선 다양하고도 풍부한 사설을 동원한다. 줄거리 진행과의 상관성 여부를 떠나 사설 자체를 다채롭고 풍부하게 엮어 나감으로써, 연창 현장에 모인 이들로 하여금 정서적 고양 상태를 체험하게 하는 것이다. 무가·판소리 사설의 보편적 특징이 되다시피한 장황하고 과장된 표현이라든가 상투적인 표현 등은 대부분 이런 과정에서 비롯된 것이라고 할 수 있다.

그렇지만 이같은 면모는 장르수행에 관련된 연창자의 능력과 전략의 일종으로서, 앞서 논의한 바 있듯 간결하거나 조리정연한 표현들보다 한층 자연스러운 사고와 정서적 반응을 불러 일으킨다. 이는 근본적으로 말-소리를 통해 대상의 이미지와 내용적 의미를 형상화해야 하는 현장 연창예술의 특성에 기인한다고 할 것이다. 나아가 이 경우에 등장하는 이른바 상투적인 표현들은 흔히 생각하듯 진부함으로 전락하는 것이 아니라, 비개성적이기에 오히려 그만큼 친숙·용이하게 정서적 공감대를 확장시키는 효과를 가져온다고 할 수 있다. 확장된 공감의 영역을 토대로 청중

들과 자연스러운 정서적 교감을 이루어 낼 수 있기 때문이다. 무가나 판소리 연창
에서 추구되는 청중들과의 일체감 형성에 이렇듯 표현 언어 역시 긴밀하게 관여하
는 것이다.

연창을 통해 이루어지는 구상적 이미지의 현시와 형상창조, 그리고 이를 토대로
한 내밀한 정서 체험은 사설 자체만으로는 가능하지 않다. 무가나 판소리의 연창으
로 말하면 오히려 사설보다는 소리에 더 큰 비중이 놓인다고 할 수 있기 때문이다.
더욱이 연창장르의 창조─장단과 조는 매우 다양한 편이어서, 감정의 변화와 갈등의
양상을 형상화하는 데 매우 효과적인 기능을 발휘한다. 무가는 무가 나름의 독특한
음색과 다채로운 장단이 있거니와, 특히 판소리는 질박하면서도 섬세한 맛을 내는
소리가 느리거나 빠른 장단과 밝거나 어두운 분위기를 자아내는 조 등과 어울려, 판
에 모인 이들로 하여금 인간 목소리의 무한한 예술성과 잠재력을 실감케 한다.

연창장르는 특히 이와 같은 소리가 사설 내용이 빚어내는 여러 상황과 유기적
연관하에 놓임으로써, 굿판 또는 소리판을 통해 추구되는 의미와 정서적 체험을 입
체화한다. 이른바 "들려주는 소리를 통하여 보여주는 효과"[19]를 연출해 내는 것이
다. 아울러 이와 같은 장르수행의 과정에서 연창자는 문맥적 상황에 따라 손짓·몸
짓·춤·표정 등 동작의 요소들을 적절히 가미함으로써, 해당 문맥의 의미와 정서
체험을 보다 온전하게 한다.

이렇게 볼 때, 연창장르에 속하는 문학 양식들은 특히 사설과 소리의 유기적 결
합에 바탕을 두고 장르가 수행되며, 그 장르수행의 질 또한 이러한 유기성이 빚어
내는 효과에 의해 판가름난다고 할 수 있다. 그런데 소리를 구성하는 요건들 가운
데서도 다양한 감정을 실어내는 창조야말로 판을 통해 추구하는 의미와 정서를 형
상화하는 핵심 요건이라는 점에서, 연창장르는 곧 '사설과 창조의 유기화'를 장르수
행의 원리로 한다고 할 수 있다. 그리하여 연창자는 이러한 원리를 연창이 이루어
지는 문맥과 상황에 적용하여 장르를 실현하면서, 판의 목적에 부합하는 수행을 이
루어 나간다고 하겠다.

한편, 각별한 의도나 목적이 전제된 판이 아니고서는, 연창장르는 시작에서 끝이
온전하게 갖추어진 '거리'나 '마당' 전체가 연창되지 않는 것이 특징이다. 무가의 경
우 12거리의 사설 모두를 연창하기보다는 굿이 행해지는 목적에 따라 특정 거리만
을 부분적으로 연창하는 예가 많으며, 판소리 역시 일정 대목을 중심으로 부분연창

---

19) 서종문, 「'흥보가' 박사설의 생성과 그 기능」, 『판소리 사설 연구』(형설출판사, 1984), 166면.

을 하는 것이 일반적이다.

무가·판소리 연창자가 다양한 청중을 상대로 굿판이나 소리판을 이끌어 나갈 때 취할 수 있는 방식은, 무엇보다도 판이 이루어진 맥락과 상황적 분위기에 맞는 '거리'나 '대목'을 중심으로 하나의 독립된 연창 단위를 이루어 나가는 것이 효과적이다. 이러한 경향은 곧 부분연창의 양식을 낳게 마련인데, 이 부분연창이야말로 무가·판소리의 다양한 향유계층의 요구에 적절히 대응할 수 있는 장르수행 양식이라고 할 수 있다. 물론, 이처럼 각각의 '거리'나 '대목'이 독립적 성격을 지닐 수 있는 것은 근본적으로 연창자와 청중의 상호의존성이라든가, 전체적으로는 일정한 줄거리 체계를 형성하면서도 개별적인 변이를 허용하는 구조적 역동성, 그리고 사설 자체의 기능적 자율성 등을 바탕으로 한 무가나 판소리의 장르적 특성 때문이다.

그렇기에 연창장르는 기본적으로 연창이 이루어지는 판의 성격과 청중의 분위기에 따라 연창의 내용이 정해지고 수행의 실상이 판가름난다. 특히 판소리의 경우는 이와 같은 과정에서 연창자의 개성과 청중의 반응이 보다 분명하게 드러나기도 한다. '비단을 달라는 이에게는 비단을 주고 무명을 달라는 이에게는 무명을 준다.'라는 말에 이런 사실이 잘 함축되어 있다. 무가·판소리와 같은 연창장르는 특히 청중의 욕구와 감정에 항상 밀착되어 있지 않으면 안 되기 때문이다. 그래서 연창장르 역시 사설의 세부나 창조의 구성 면에 있어서 다양한 각편이 존재한다. 즉흥적 변개성 또한 청중의 욕구와 감정에 곧바로 부응하는 연창자의 능력이자 개성적 실현화의 단면이라고 할 수 있다.

그렇지만 아무리 다양한 각편들이 판을 통해 존재한다 하더라도, 무가나 판소리의 연창목록은 기본적인 동질성을 유지한다. 연창자의 개성과 판의 상황에 따라 가변성을 허용하는 연행문학적 역동성을 지니면서도, 연창자의 의식 속에 역시 일종의 규범으로 존재하는 전승구도상의 동질성이 유지되기 때문이다. 무가의 경우 사승관계나 가계를 통해 일정하게 틀이 잡힌 연창목록이 전수되며, 판소리의 경우는 '대가닥(制)→바디(板)→소리(唱)'의 유기적 연관을 통해 연창목록이 전수된다는 사실이 이를 잘 말해 준다. 그래서 판소리의 경우는 새삼스러운 말이 필요하지 않거니와, 「바리데기」와 같이 전국적인 분포·전승을 보이는 무가에 있어서도, 사설의 세부는 연창자나 지역에 따라 편차가 나지만 그 기본 줄거리만큼은 유형적으로 동일한 양상을 띤다.

④ 演戱 장르

무당굿놀이 · 탈춤 · 꼭두각시놀음 등의 민속극 장르는 몸짓 · 춤으로 대변되는 동작에 대사와 음악 반주가 유기적으로 결합하는 과정에서 장르수행이 이루어진다. 그런데 이들 장르는 기본적으로 놀이의 성격을 지닌 까닭에, 놀이화된 연기가 실현화의 관건으로 작용한다. 따라서 연회 내용을 구상적으로 현시하는 과정을 통해 관중들과 정서적 교감을 이루어 나가는 문제가 장르수행에서 특히 중요하다고 할 수 있다.

연회장르의 대사는 연회 자체가 놀이성을 바탕으로 성립 · 전개되기에, 주로 재담 또는 덕담의 성격을 지닌 표현어구와 내용들을 풍부하게 동원하는 것이 특징이다. 아울러 장면 장면을 효과적으로 표출 · 전달하기 위해 농도 짙은 비유와 표현어구의 열거 및 반복이 빈번하게 이루어진다. 그래서 언어유희적인 성격이 두드러지며, 수수께끼식의 문답과 생활현장의 싱싱함을 그대로 반영한 욕설과 외설스러운 말 등이 연회자의 입을 통해 스스럼없이 튀어나온다. '아 제미를 붙을 양반인지 좆반인지 허리 꺾어 절반인지 개다리 소반인지 꾸레미전에 백반인지 말뚝아 꼴뚝아 밭 가운데 최뚝아, 오뉴월에 밀뚝아, 잔디뚝에 메뚝아, 부러진 다리 절뚝아, 호도엿장사 오는데 할애비 찾듯 왜 이리 찾소?'와 같은 「봉산탈춤」 양반과장에 나오는 말뚝이의 대사가 그 단적인 일면이다.

연회장르의 언어—대사는 대개 서민적 시각에서 지배계층의 행태와 허위의식을 골계적으로 풍자하는 것이 주를 이룬다. 그래서 대부분 거칠고도 활기에 찬 표현과 내용적 사실을 담고 있다. 이는 민속극으로 대표되는 우리의 연회장르가 서민적 생활현장에서 표현의 기틀을 마련하고 있다는 사실을 잘 말해 준다. 그런 맥락에서 "탈춤은 서민의 삶 속에 상존하여 온 긍정 · 부정의 세계와 더불어, 현장성 즉 인간의 삶 일체가 형상화 된 것"[20]이라는 견해는, 주로 탈춤에 초점이 맞추어져 있기는 해도, 우리의 민속극 일반에 두루 적용할 수 있는 특징을 함축하고 있다 할 것이다.

그런데, 연회라는 장르수행 방식은 거의 전적으로 시각 또는 시각적 효과에 의존하여 이루어진다. 따라서 연회장르의 언어들은 이른바 시각화되고 행동화된 언어라는 사실에 주목할 필요가 있다. 극의 진행이나 줄거리 전개 과정에 등장하는 대사들은 언술 그 자체만으로 필요하고도 충분한 의의를 지니는 것이 아니라, 해당 장

---

20) 조만호, 『전통회곡의 제식적 미학』(태학사, 1995), 77~78면.

면 또는 과장에서 요구되는 구상적 이미지를 현시하는 차원에서, 대개 몸짓·춤과 같은 동작의 요소와 유기적으로 결합될 때 실질적인 효용성을 지니는 것이다. 물론, 대사의 구체적 양상은 연희장르의 양식적 기대 범주인 독백적 일인극으로부터 무언극에 이르기까지 매우 다양하다. 그래서 가령 「강릉 관노가면극」과 같은 무언극의 경우, 문학의 존립 근거에 해당하는 언어예술적 요소가 배제되어 있다는 면에서, 엄밀한 의미에서 문학의 범주에 속하기보다는 민속의 한 부류인 행위전승으로 분류하는 것이 온당할 지 모른다. 그러나 연희를 통해 전달되는 내용이 이른바 '행동화된 언어'의 형식으로 제시된다는 면에서는 문학-연희문학의 한 양식으로 분류할 수 있을 것이다.

  그런 면에서 연희장르의 장르수행에 있어서 중심이 되는 것은 동작의 측면, 그 가운데서도 특히 음악 반주에 맞추어 행해지는 노래와 춤-가무라고 할 수 있다. 가무를 하는 행위 자체가 연희 내용을 형상적으로 제시하는 구체적 수단이자 방법에 해당하기 때문이다. 연희장르에 있어서의 가무는 특히 극중인물의 성격을 창조하고 보완하는 데 긴요한 역할을 한다. 특히 가면극에 있어서의 극적 긴장이나 갈등은 대사보다도 가무를 통해 더욱 역동적으로 표출된다.

  그래서 연희가 이루어지는 마당에서 관중들의 시선을 집중시키고 연희자와 관중이 정서적 교감을 이루는 주요 순간들이 바로 가무로써 표출되는 대목이라는 사실은 새삼스러운 사실이 아니다. 요컨대 연희장르에 있어서 대사의 부분들이 주로 극의 내용을 전개해 나가는 기능을 수행한다면, 가무의 부분들은 주로 극이 진행되는 마당의 분위기를 이끌면서 흥을 고조시키는 기능을 수행한다고 할 것이다.

  연희장르는 이처럼 생활현장의 언어를 중심으로 한 대사와 가무를 중심으로 한 동작을 유기적으로 결합하여, 연희마당의 분위기를 고조시키고 그 흥을 연희자와 관중이 공유하는 가운데 장르가 실현된다. 때로 가면을 쓰거나 인형과 같은 모형을 내세워 일정한 줄거리의 내용을 연희해 나가기도 하지만, 장르수행 과정에서 대사와 동작의 유기성만큼은 기본적으로 준수된다. 그런 면에서 '대사와 동작의 유기화'는 곧 연희장르의 장르수행의 원리에 해당한다고 할 수 있다. 나아가 연희자는 이러한 원리를 '과장'으로 일컬어지는 연희의 실제 문맥에 적용시켜 극중인물의 성격과 형상을 구상적으로 현시해 나감으로써, 시각적 효과를 통한 문맥적 의미와 정서를 관중에게 전달한다. 그래서 연희장르는 구연·가창·연창장르들에 비해 상대적으로 시공적 한계를 극명하게 드러내며, 이 점이 바로 장르수행 및 실현화 과정상의 두드러진 특징이기도 하다.

그런가 하면, 연희방식을 통해 장르수행이 이루어지는 양식들은 연희내용·연희
자·무대·관중의 기본요건이 갖추어져야 장르가 성립한다. 그런데 민속극으로 대
표되는 우리의 연희장르는 우선 별도의 조건을 갖춘 무대를 마련하여 판을 벌이는
것도 아니며, 관중석과 무대가 특별히 구분되지 않을 뿐 아니라, 연희자와 관중이
전혀 별개의 존재로서보다는 동반자적 유대관계를 유지하는 것이 일반적이다. 특히
가면극의 연희자는 자기의 역할이 끝나면 관중의 일부가 되기도 하는 지극히 친밀
하고 개방적인 성향을 띠기도 한다. 이와 같은 특징은, 우리의 연행문학 일반이 그
렇지만 특히 연희문학에 속하는 장르들은 관중과의 긴밀한 유대감을 바탕으로 정서
적 교감이 이루어져야 비로소 실현화의 의미와 가치가 살아나는 까닭에, 이를 위한
장치·배려의 측면에서 이해될 수 있을 것이다.

나아가, 이와 같은 특징은 연희장르에 속하는 우리의 민속극들이 서양식의 '연극'
개념에 충실해 있기보다는, 생활현실에서 개연성으로 존재하는 단면들을 '놀이'의
형태로 표출하는 데 충실해 있음을 말해 준다고 할 수 있다. 그런 만큼 우리 고유
의 생활양식과 특징들을 두루 형상화한다고 하겠는데, 장르수행의 핵심 요건을 이
루는 놀이화된 연기 역시 이러한 연희 방식상의 특징과 근원적으로 맞닿아 있다고
할 수 있다. 그리하여 이와 같은 점들을 감안해 보면, 민속극으로 대표되는 우리의
연희장르는 사실 서민이라는 특정 계층만을 향유층으로 한 것이 아니라, 연희가 이
루어지는 지역에 상주하는 모두를 포함하는 예능물의 성격을 지니고 있다는 발언이
가능할 것으로 생각한다.21)

한편, 무당굿놀이·탈춤·꼭두각시놀음 등의 연희장르는 어떤 개인에 의해 창작
된 것이 아니라 민중 공동의 산물로서 형성·전승되어 왔기에, 놀이판의 현장성과
가변성이 장르수행 및 실현화의 또다른 관건이라고 할 수 있다. 그래서 우리의 연
희장르는 대개 연희 마당의 상황이나 분위기에 따라 대사가 얼마든지 바뀔 수 있으
며, 몸짓·춤과 같은 동작 역시 기본적인 틀만을 유지할 뿐 연희자의 개성에 따라
다채로운 변개가 가능하다. 이와 같은 사실 역시 놀이판에 모인 관중들의 다양한

---

21) 조만호는 "탈춤은 庶民層만을 향유층으로 하는 것이 아니라 탈춤이 演行되는 지역에 상주하는 모
   두를 포함하는 예능물이기에 庶民과 兩班 모두 지향하는 양상을 보이고 있음을 알 수 있는바, '士
   와 庶民을 합친 民衆의 것'이었다."(앞의 책, 98~99면)라고 한 바 있다. 이러한 견해는 비단 탈
   춤에만 국한해서 적용할 수 있는 것이 아니라, 기본적으로 우리의 민속극 장르 일반에 적용 가능
   하리라 본다.

욕구와 기대를 충족시켜야 하는 현장예술적 면모를 그대로 반영한 결과면서, 공동체 의식을 기반으로 형성·전승되어 온 우리 연희장르의 기본 성격을 여실히 드러내고 있다 하겠다.

5. 맺음말

연행문학이 우리 문학사에서 차지하는 비중과 가치를 감안할 때, 그 포괄적 성격과 특징 그리고 연행문학에 속하는 장르들의 특성을 체계적으로 파악하는 일은 필요하고도 중요한 일이 아닐 수 없다. 이 글은 이 문제를 장르수행 방식에 초점을 맞추어 논의한 것으로서, 연행문학의 개념적 성격으로부터 구비문학과의 개념적 차별성, 장르수행 요소들의 결합 양상에 따른 유형과 하위범주의 문제, 나아가 '口演·'歌唱'·'演唱'·'演戲' 문학으로 분류할 수 있는 연행문학 하위범주들의 장르수행 원리와 실현화 과정상의 특징 등을 간략히 살펴보았다. 그리하여 연행문학으로 통칭되는 역사적 장르들의 독특한 문학적 관습과 정서를 이해하는 하나의 논리적인 틀을 제시하고자 했다.

연행문학은 대개 민속과 함께 전승되는 음악·무용·놀이 등의 연행예술과 그 범주적 위상이 동일하다. 따라서 연행문학의 상위범주는 연행예술인 셈이다. 그러면서 연행문학으로 통칭되는 역사적 장르들은 비교적 다양한 범주적 경계와 이에 따른 개성적이고도 다채로운 성격을 지니고 있다. 아울러 연행문학은 전달의 현장성을 기반으로 그 내용이 연행자에 의해 연출·수행될 때에만 실질적인 존재 가치와 효용성을 지니기에, 장르수행 및 실현화 과정에 결부된 문제가 장르 혹은 작품 이해의 핵심적 고리 역할을 한다. 이는 특정 시·공에서의 연행 자체가 항상 하나의 각편에 해당한다는 사실에 근본 요인이 있다. 그런 까닭에 '전달의 현장성'과 '개성적 실현'이 연행문학의 중심 개념이자 기본 속성을 이루며, 동시에 장르수행의 요건으로 긴밀히 관여하기도 한다.

연행문학은 이야기판·노래판·굿판·소리판·놀이판 등 '판'을 통해 장르가 형성·전승되고 실현된다. 따라서 연행자와 청중 혹은 관중들과의 정서적 일체감을 추구하기 위한 장치와 배려가 장르수행 및 실현화 과정에 수반된다. 연행의 분위기와 좌중의 반응을 고려하여 기존의 줄거리를 변형한다거나, 연행 현장의 상황과 결부된 사실을 변개·첨가하기도 하면서 해당 장르를 실현하는 것이 그 두드러진 단면들이다. 그리하여 이런 단면들에서 연행문학의 특성이자 묘미가 살아나기도 한다. 또 관점을 달리해 보면, 이는 청중 또는 관중의 역할이 그만큼 중요하다는 사실을 말해주기도 한다. 요컨대 이와 같은 장르수행 및 실현화 과정상의 특징들은 연행자의 자질과 연출 능력을 판가름하는 기준으로 작용하기도 하며, 그리하여 연행문학의 본질적 국면을 대변한다는 데 의의가 있다.

다양한 문학 작품들에 내재해 있는 속성을 바탕으로 이들을 분류하여 범주화하고 명칭을 붙이는 일은, 궁극적으로 복잡한 현상들을 간결하게 정리하여 이해를 쉽게 하고자 하는 데 있다. 그런 면에서 장르론은 "문학의 질서와 작품의 구조를 보다 깊게 이해하고 체계화"22)하려는 데 목적을 둔 것으로서, "질서의 원리라야 하며 동시에 문학의 본질과 속성을 밝히는 작업으로 연결되어야"23)하고, "가능한 한 (시대적 위상에 따른) 편차와 역사적 동태를 포괄할 만한 유연성을 갖추는 것"24)이 바람직하다고 할 수 있다.

연행문학의 경우는 여기에다 문학이 '살아있는 유기적 언어구조체'라는 사실을 보다 분명하게 인식한 차원에서 장르적 성격과 특징을 논의해야 마땅하지 않을까 생각한다. 아울러, 장르수행 및 실현화 과정을 통해 전달·수용되는 연행문학 작품들의 미학까지를 구명할 때, 이 글에서 논의의 주안점으로 삼은 장르수행 방식과 그 특징의 문제는 비로소 궁극의 목적을 달성하기 위한 수단이자 과정으로서 분명한 의의를 부여받을 수 있을 것이다. 계속되는 논의를 통해 이 문제를 살필 수 있기를 스스로 기약한다.

---

22) 김문기, 「한국문학의 갈래」, 『한국문학연구입문』(지식산업사, 1982), 25면.
23) 김학성, 「장르론의 반성과 전망」, 『국문학의 탐구』(성균관대 출판부, 1987), 248면.
24) 김흥규, 『한국문학의 이해』(민음사, 1986), 31면.

이야기꾼 유형 탐색과 사례 연구
- 부여지역 여성 화자 이인순의 경우 -

황 인 덕

이야기꾼에 대한 그 동안의 관심은 특정 시대―조선조―의 시대·문화적 배경과의 관련성이 주목된 쪽에서 비중있게 제기된[1]. 이래 80년대를 분수령으로 하여 이야기판 속에서의 이야기꾼을 정면으로 문제삼는 쪽으로 방향 선회가 이루어지는 것과 함께, 접근 관점의 다양화가 병행됨으로써 이에 대한 이해의 영역과 깊이가 확대·심화되어 왔다. 이로써, 이야기꾼의 특수성 파악에 치중하면서 그가 보여주는 역사적 맥락성에 주안을 두어 이해하려는 관심이 일정하게 지속되고 있는가 하면[2], 다양한 개성과 능력을 지니고 설화 구연을 실현해 보이는 인물들의 현장 연행능력을 관찰하고 세밀하게 이해하려는 연구도 점차 심도를 더해가고 있다.[3]

────────────────

1) 임형택의 「18·9세기의 이야기꾼과 소설의 발달」(『한국학논집』 2. 계명대. 1975)을 그 예로 들 수 있다.
2) 천혜숙의 「이야기꾼 규명을 위한 예비적 고찰」(『두산김택규교수회갑기념 문화인류학논총』. 1989) 이 그 적절한 예라 할 수 있다.
3) 이에 대한 최근의 포괄적인 연구 성과로서 이인경의 화자의 개성과 설화의 변이(서울대 대학원. 석론. 1992)와, 강성숙의 「이야기꾼의 성향과 이야기의 특성에 관한 연구」(이화여대 대학원. 1996)

이제까지의 이러한 연구 경향과 수준은 대략 두 가지 방향에서 이야기꾼 이해에 대한 반성과 함께 전망을 가능케 해주는 것으로 이해된다. 이야기꾼 개인의 능력과 존재에 대한 탐색이 끊임없이 필요한 것이면서, 동시에 그러한 이야기꾼을 효과적으로 파악하고 정리하는 틀이 무엇인가를 생각할 필요가 있다는 사실이다. 이 글은 대략 위 두 가지 관점을 포괄하는 방향에서 관심을 갖고 이야기꾼을 다루어 보기로 한다. 한 인물에 대하여 이야기꾼으로서의 연행능력을 파악하되, 그것을 가능케 한 사회·문화적 배경에 대해서도 함께 주목해 봄으로써 그러한 능력이 그가 발을 딛고 있는 사회·역사적 배경과 무관한 것이 아니라는 사실을 환기해 보이자는 것이다.4) 더불어, 이렇게 분석되고 정리된 이야기꾼의 능력과 특성은 그것을 이야기꾼 일반을 일괄하여 구분하는 틀 속에서 가늠해 봄으로써 이야기꾼으로서의 보편성을 이해하는 데에 도움이 될 수 있다는 사실을 유의하면서 과제를 대하고자 한다. 개별성을 보편성 위에서 확인하기 위하여 이야기꾼 유형의 구분방식에 대해서도 우리는 함께 유의할 필요가 있다. 이 글은 이 두 가지를 논의의 기둥으로 삼아 논지를 구성하고 의견을 말해보려는 것이다.

1. 이야기꾼 이해의 시각 점검

먼저, 이야기꾼의 개념과 그 범위라는, 일견 손쉬울 듯하지만 그러나 실제는 그렇지만도 않은 문제에 대해서부터 생각해 보기로 한다. 이야기하기는 일상의 구연행위 가운데에서도 일상적이고, 손쉬우며, 누구나 할 수 있다는 점에서 다른 구연행위와 어느정도의 변별성을 지닌다. 일상적이어서 이야기하기는 시간, 장소의 구애를 거의 받지 않고 다양한 방식으로 행해질 수 있고, 손쉽다는 점으로 하여 구연조건이나 상황의 제약을 거의 받지 않으며, 누구나 할 수 있기에 계층성이나 성, 연령, 계층 등의 구분으로부터의 영향에서도 자유로울 수 있다.5) 이야기하기의 이

를 대표적으로 들 수 있다. 이들 논문은 이전까지의 연구 성과에 대한 소개도 곁들이고 있어 참고가 된다.

4) 부분적으로나마 이러한 관심의 실현을 시도해본 것으로 필자의 다음 글이 있다 : 「이야기꾼의 한 고찰」, 『어문연구』 23집, 어문연구회, 1992.

5) 설화 화자의 이러한 특징을 주목하여 김재용은 이야기꾼과 향유자 사이에는 '대칭성'이 성립되는 것으로 보고자 했다. (김재용, 「한국 구술전통에 있어서 구연술의 안정과 변이에 관한 연구」 ―특히 장르에 따른 구연술의 양상에 관하여, 서강대 국문과 석론, 1979. 7, 10면 참조).

러한 특징은 이야기꾼의 개념 규정을 쉬우면서도 어렵게 하는 요인이 되어 주는 것이기도 하다. 이야기꾼의 외연을 넓게 볼 수도 좁게 볼 수도 있게 하는 자율성과 규율성을 함께 부여하는 것이라 하겠는데, 자율성을 강조하여 넓게만 보는 쪽에 치우치면 이야기꾼의 독자성을 제대로 드러내기 어려운 점이 있다면, 후자에 너무 치우치게 되면 그와 반대로 개념이 실상을 충족시키지 못할 우려가 있다.

　이야기꾼에 대한 이해는 이야기꾼 존재의 일상성과 그 능력의 예사성을 주목하는 데에서부터 관심을 마련해보는 것이 좋을 것으로 본다. 그리고 이는 자연히 위에서 말한 이야기꾼에 대한 개념 규정의 세 가지 요건에 대한 이해가 특정인의 특수 활동으로서가 아닌, 일상인의 예사활동으로서 관찰될 필요가 있음을 환기시킨다. 다시 말해 이야기꾼의 이야기 구연이 기본적으로 비전문적 수준에서 실현되는 것이며, 일상생활의 연장이고, 표현 욕구의 자연스런 실현으로서 규정되고 이해되어야 할 것임을 유의할 필요가 있다는 사실이다. 이야기꾼이 될 수 있기 위해서는 특별한 능력을 타고 나거나, 후천적으로 소질을 연마함으로써 되는 것이 아니며, 사회적으로 인정하는 일정한 수준이 있는 것도 아니다. 그것이 비전문적이라는 점에서 이야기 구연은 법사, 당골, 주술사, 판소리꾼과 같은 반(半)일상적 연행자들과 다르며, 더 나아가 같은 일상속의 구연자인 예사 소리꾼과도 차이를 보여준다고 할수 있다. 일상생활의 연장 속에서 수행되고 수용된다는 요건도 인접한 다른 연행자들과의 비교를 통해 잘 드러난다. 다른 구비 장르와 비교하여 이야기 구연은 자의적 동기로 수행될 수 있는 가능성이 높고, 다양한 의사교환의 상황속에 수용될 수 있으며, 그로 인해 생활의 일상적 질서에 대한 변화를 거의 주지 않고 실현될 수 있다. 또한, 표현 욕구의 단순·직접적인 실현이라는 점에서 볼 때에도 이야기 구연은 인접 장르에 비하여 직접적이고 단순하게 실현된다. 그런 점에서 설화의 구연은 장난꾼, 훼방꾼 등이 행하는 것과 상통하는 점이 있다. 그만큼 말하기 욕구의 본능적·임의적 발휘만으로도 기능을 달성할 수 있고, 사회의 인정을 받을 수 있는 것이 이야기꾼이다.

　그러므로 이야기꾼의 존재는 초시대적 현상으로서의 지속성을 지니며, 바로 그런 방향에서 규정되고 접근될 필요가 있다고 하겠는데, 그렇다고 하여 상황과 화제에 따라 이야기판에 참여하고 일정한 태도를 표명하는 사람들 모두를 이야기꾼이라 하기에도 무리가 있다. 이야기꾼이란 명칭이 규정성이 약하다고는 해도, 그러한 구체적 상황을 넘어 어느 정도 일반화된 규범성을 지니는 것으로서 개념 범위를 규정할 필요가 있다. 상황 적응력으로 드러나는 가변적인 측면 이상의, 그러한 면이 반복성·고정성·개성성을 띠게 되고, 그것으로 하여 사회·문화적으로 어느 정도 공인된 수준을 확보하고 있을 때 이야기꾼이라는 이름의 부여가 가능하다고 본다. 그런 점에서, 우리는 이야기꾼을 "이야기를 전문적으로 구술하는 사람"6) 으로 너무 좁게, 또는 '이야기를 말하는 사람들'7)로 너무 넓게 보기보다 '이야기를 즐겨 구연하는 사람' 정도로 규정하는 데에서 논의를 풀어나가는 것이 유익할 수 있다. 약간 자세히 말한다면 '이야기하기의 욕구를 강하게 지니고 많은 이야기를 자주 하는 사람' 정도로 규정할 수 있을 것이다. 이야기꾼의 이러한 능력은 상대적인 편차가 심하고 예사 사람과의 구분이 뚜렷한 것도 아니며, 그에 따라 이야기꾼의 능력은 다른 것에 비해 규정성이 약하다 할 수 있지만, 그러나 바로 그 점을 감안하면서 이해하는 것이 이야기꾼 세계에 대한 온당한 접근을 도모할 수 있는 길이라고 여겨진다. 그런 점에서 볼 때, 이야기꾼의 특수성이라는 것도 실은 어느 특정 시대와 사회, 계층성, 그리고 역사와의 관련성을 짙게 반영하는 것이라는 점을 유의해야 할 듯하다. 이처럼, 어느 특정 시대의 특수성을 보여준다고 해도 그것은 특수성으로 이해되어야 하며 보편적 현상으로 일반화되거나 모범적인 사례로 받아들여져 과도하게 확대 해석되면 자칫 문제 이해의 균형을 잃을 우려가 없지 않다. 그러한 사례가 물론 설화구연사에서 중요한 것이기는 해도, 이야기꾼의 본령은 위에서 말한 주요 요건들이 기본이 된 데에서 개념의 중심이 마련될 필요가 있다.

이야기 구연 사회는 작게는 가정을 단위로 해서도 가능하며, 극소수의 청자만으로도 이야기판이 가능할 수 있다. 이럴 때, 우리는 이야기꾼이 보유한 이야기의 목록수나, 구연의 숙련도, 또는 이야기꾼에 대한 청자쪽의 평가도를 객관화하여 이야기꾼으로 판정할 수 있는 뚜렷한 기준을 마련하기가 어렵다. 다층적이고 다양한 사회 속에서, 다양한 표현 능력을 각이한 수준으로 지니고 상황에 따라 이야기를 연행하여 사회적·예술적 역할을 수행하는 사람들은 어느 정도로든 다 이야기꾼이 될 수 있고, 이들 모두는 이야기꾼으로서 주목될 가치가 있다. 그러므로 이야기꾼의 개념 규정의 엄격성을 종전의 수준에 비해 다소 완화할 필요가 있다. 전승적인 이야기를, 많이, 잘 하는 사람으로서가 아니라, 이야기를 흥미롭게 구연하기를 즐기는

---

6) 천혜숙, 앞의 글, 448면.
7) 임재해의 『설화작품의 현장론적 분석』(지식산업사, 1991) 가운데 8장에서 대체로 이런 관점에서 이야기꾼을 다루고 있다.

사람 정도로 바꾸는 것이 그것이다. 따라서 이야기 연행을 일상적이고 범시대적인 현상으로 주목하는 데에서 이야기꾼에 대한 이해의 단서를 찾아나갈 것이 요구된다. 인식과 형상의 영역을 아주 광범위한 폭으로 감싸고 있는 것이 이야기 판에서 이루어지는 구연예술적 효과임을 유의하면, 이야기꾼에 대한 이해를 위한 기본 틀의 가장 기반이 되는 것은 무엇보다도 이야기를 즐겨 말하느냐, 즉 얼마나 '능동적으로 하느냐'는 점이라 할 수 있다.8) 이야기 구연은 기본적으로 의사교환 행위와 욕구의 연장이라 할 수 있으므로 이야기 능력의 기본은 기억능력이기에 앞서 상황에 따른 구연욕구와 그 능력이다. 그런 점에서 이야기꾼의 가능성은 '말많음'의 능력과 소질 속에서 풍부하게 찾아질 수 있고, 일상속의 농담꾼이나 장난꾼의 의사교환 행위에서 그런 모습을 쉽게 대할 수 있다. 따라서, 유년기의 이야기 목록을 잘 기억하고 있다거나, 전승적인 이야기를 많이만 기억하고 있다고 하여 유능한 이야기꾼이라고 하기 어려우며, 반대로 보존하고 있는 목록은 빈약하다 해도 자기대로의 구연의욕을 적극적으로 지니고 구연 기회를 능동적으로 생산해 나가는 사람이 더 의의있는 이야기꾼이라 할 수 있다. 이야기하기가 인간의 본능 가운데 중요한 항목의 하나이고, 그에 따라 이야기꾼의 구연능력에 대한 탐구가 구비문화 가운데에서도 넓은 가능성을 지닌 것이라면, 바로 이 점에 대한 중요성이 깊이 음미될 필요가 있을 듯하다.

그렇게 볼 때 이야기꾼의 외연은 상당히 넓어지게 되는 셈이다. 소질에 별 관계없이 누구나 잠재적인 이야기꾼이 될 수 있으며, 뚜렷한 자기 자각을 하지 않으면서 많은 사람들은 어느 정도 이야기꾼의 능력을 저절로 지니게 되고, 실제로 이야기꾼의 역할을 발휘하고 있는 것이다. 이야기를 잘 한다는 것은 능력의 특별한 실현이기도 하지만, 그에 앞서 평상적인 인간관계의 건전한 지속이라는 수준에서도 충분히 발견될 수 있는 일이다. 그러므로 뚜렷하게 드러난 이야기꾼을 주목하는 일 못지 않게 소규모 사회에서 잘 드러나지 않는 이야기꾼을 발견하는 일로 관심을 넓히는 일도 중요하다. 일상 속에서 자신의 역할을 수행하고 있는 이야기꾼의 사례를 찾아내 이야기꾼의 유형을 보태고, 이야기꾼의 기능과 의미 이해를 도모하는 일이 긴요하다 하겠다.

이 글은 대략 이러한 점에 대한 이해를 환기하면서, 한 이야기꾼의 능력과 개성의 특징과 양상을 찾아 정리하고 유형적 이해에 대한 논의의 기반으로 삼아 보려는

---

8) 이와 비슷한 취지의 의견을 필자가 이미 거론 한 바 있다(황인덕, 주 4)의 글, 96면 참조).

것이다. 여기서 다루려는 대상 인물은 전승적 이야기 목록의 보유량이나 구연의 전
문성이라는 점을 중심으로 보면 별로 주목할 만한 점이 없고, 별다른 이야기꾼이
못된다고 할 수도 있을지 모른다. 그러나, 위에서 논의한 수준에서 보면 그 나름의
개성을 지니고 주체적으로 이야기를 구연하면서 능력을 실현하는 인물이라 할 수
있고, 그런 점을 중시하여 접근하면 이야기꾼으로서의 독자적 의의를 충분히 확인
받을 수 있다고 여겨진다. 이야기꾼에 대한 연구의 깊이가 얕은 우리로서, 이야기
꾼을 이야기꾼답게 접근하기 위해서는 상식으로 지나치는 현상을 방법적인 관점에
서 관찰하는 일이 요구된다 할 수 있고, 이를 위해서는 일반론 위에서 개별 사례를
관찰하고, 개별 현상이 일반론 이해의 범위를 넓힐 수 있는 가능성을 함께 생각해
보는 일이 필요하다고 이해된다. 그리고 이는 개성있는 이야기꾼 유형의 다양한 사
례 보고가 축적됨으로써 달성될 수 있는 것이므로, 이를 위해서는 늘 사례 탐색 작
업의 중요성이 과소평가될 수 없음을 유의해야 할 것으로 본다.9)

2. 이야기꾼 유형 이해를 위한 논의

이야기꾼 개별 사례에 대한 논의를 위해 먼저 요구되는 일은 다양한 이야기꾼을
접근하는 데 필요한, 이야기꾼 유형 설정의 기본 구도를 마련해 보는 일이다. 이제
까지 개별 이야기꾼 및 이야기꾼 유형 문제는 나라와 논자에 따라 여러 관점에서
산발적으로 제기되어 오긴 했지만,10) 유형설정의 기반을 다각도로 관찰하여 체계
적으로 설정해보려는 데까지는 별달리 깊은 관심이 주어지지 못했던 것으로 보인
다. 빈번한 사례 연구와는 달리 이 문제에 대하여 이처럼 진지한 관심이 주어지지

---

9) 이제까지 이루어진 이야기꾼 사례 연구는 주로 개별적 특성 파악과 분석에 주안을 둔 반면 일반성
과의 관련성에 대한 관심은 적은 편이었다. 지금까지의 연구 결과에 대해서는 이수자의 논문 「이야
기꾼 이성근 할아버지 연구」(『구비문학연구』 3집, 한국구비문학회. 1996. 6.) 각주를 참고할 것.
10) 이 문제에 대한 본격적이고 광범한 논의로 데그(Linda Degh) 교수의 *Folktals & Society*(In-
diana Univ. Press, 1969) Part 2 8장이 좋은 참고가 된다. 한편, 이를 참고하면서 같은 문제
를 더 폭넓게 다룬 것으로 황인덕의 글이 있다(주 4) 참조). 이 외에도 이야기꾼의 구연능력과 의미
이해 일반에 대한 논의로 데그의 *Narrtives in Society : A Performance -Centerd Study df
narration*(FFC. 255, 1995) Part one이, 그리고 특정 설화작품과의 관련성 안에서 현장 중심
으로 이야기꾼을 관찰하고 분석한 예로는 임재해의 『설화작품의 현장론적 분석』, 지식산업사, 19
91. 8장이 주목된다. 그러나 일반론적 수준에서의 이야기꾼 유형론으로서는 모두 일정한 거리가
있다.

못한 것은 이야기꾼을 다면적으로 접근하여 이야기꾼으로서의 특징을 드러내야 된다는 과제의 성격으로 하여 그만큼 이에 대한 성과있는 논의가 쉽지 않기 때문이 아닌가 여겨진다. 그러나 이야기꾼 개별 사례를 효과적으로 판별하고 비교하는 준거로서 이 문제는 일정한 의의를 지닌다고 할 수 있다. 시론적이라 해도 일단 모색하는 노력을 기울일 필요가 있다고 본다.

이야기꾼 구분 방식은 아주 다단할 수 있으므로 우선 구분 기준부터 고려하는 일이 필요하고, 이를 위해서는 이야기꾼의 기본 성립 요건을 규정하는 데에서부터 출발할 필요가 있다. 위에서 말했던 이야기꾼의 성립 요건을 유의하면서 이 문제를 살피면 이야기꾼은 다음 세 가지 측면으로 규정될 수 있다.

첫째, 어느 정도 능동적으로 이야기를 하는가

둘째, 이야기 목록을 어느 정도 보유하고 있는가

세째, 얼마나 개성있는 구연력을 보여주고 있는가

이중 첫번째 조건은 보편적이고 범시대성을 띠는 요건으로 가장 기본이 된다. 따라서 이것으로도 이야기꾼 판별의 중요한 기준을 삼을 수 있다.[11] 그러나 이것만으로는 이야기꾼을 규정하고 판정하기에는 너무 막연하다. 어떤 것이든지, 아무렇게나 말한다고 하여 이야기가 되기는 어렵기 때문이다. 이야기를 능동적으로 한다고 해도 여기에는 무엇을 어떻게 하느냐 하는 내용과 표현 방법의 측면이 일정 부분 고려될 때 이야기와 이야기꾼의 구체성이 부각될 수 있게 되고, 그래서 둘째와 셋째 측면이 필요하게 된다. 둘째 조건을 통해서 이야기꾼일 수 있기 위해서는 상황에 적응할 수 있는, 양적ㆍ질적으로 이야기꾼의 독자성을 보여줄 수 있는 이야기 목록의 확보가 필요함을 말해주는 것이라면, 셋째 조건에 의하여 이야기꾼은 연행을 통한 사회적 인정에 의해 성립되는 것이란 사실이 더 추가된다. 구연자ㆍ작품ㆍ연행능력이라는 세 가지 측면이 종합됨으로써 이야기꾼이 성립되는 것임을 뜻한다 하겠는데, 어느 정도로든 이들 조건이 갖춰질 때 이야기꾼으로서 성립될 수 있고 이들 요건의 충족도가 높을수록 이야기꾼으로서의 충실도는 높아지게 된다.

그런데, 이것은 이야기꾼 성립의 기본 요건일 뿐, 이야기꾼의 실제적인 세계는 이야기꾼의 존재를 규정하는 많은 요인들에 의해 개성적 측면이 구체화되는 것이므로 그러한 여러 점들을 유형화를 위한 구분의 기준으로 세분하여 설정하는 것이 요

---

11) 이는 이야기꾼을 부정적ㆍ긍정적, 파괴적ㆍ발전적, 전달자적ㆍ창조적 이야기꾼, 또는 화자(teller) 와 이야기꾼(story teller)으로 구분하는 기준으로서 유용할 수 있을 것이다.

구된다. 이러한 기준은 여러 각도에서 설정이 가능한 것으로, 중요한 것은 곧 이러한 실제적인 유형설정의 기준을 어떻게 마련하는가에 있다고 할 수 있다. 이는 위에서 말한 기본 요건을 중심으로 하여 이들을 더 세분함으로써 구체화할 수 있을 것으로 본다. 이렇게 하여 이야기꾼이 세분화되는 양상을 다음과 같이 단계적으로 정리할 수 있을 것이다.

1. 구연의 능동성 — 이야기꾼의 —	성장 및 활동양상	: 정착형／유동형
	생애·생활·		
	성격	구연의 욕구	: 적극형／소극형
		구연활동범위	: 가정·마을중심형／ 외부 사회 중심형
		기질면	: 오락치중형／교훈강조형
2. 이야기 목록 — 목록의 양· —	목록의 형성 과정	: 유년고정형／성장누적형
	질·특성		
		목록의 양	: 탁월 ／ 우수 ／보통
		보유 목록의 성향	: 다수 광범형／소수 제한형
		목록선택의 취향	: 체험담 중심／구전담 중심
3. 구연력 —	구연의기교와 —	연행수련의 정도	: 일상형 ／전문성지향형
	숙련도		
		구연태도	: 작품 중심성／연행 지향성
		구연의 운용	: 객관적 전달／주관적 표현

이들 항목들에 대한 약간의 설명을 덧붙이는 것이 필요할 듯하다. 가정·마을중심형과 외부사회형으로의 구분은 남녀간에 다 해당하는 구분 기준일 수 있으나, 여성과 남성의 노동 및 생활방식의 차이로 하여 가정형은 여성일 경우가 더 많은 데 비해 남성이야기꾼은 사회형인 경우가 더 높다고 할 수 있다. 여성의 사회적 역할이 미약했던 과거 대가족 중심의 가정일수록 여성의 가정 중심적 역할의 비중이 높

았다고 할 수 있겠지만, 기본 구도에는 시대를 넘어 변함이 없다고 할 수 있다.

적극형과 소극형으로의 구분에서 전자는 긍정적·발전적·창조적 이야기꾼이라면 후자는 부정적·퇴보적·전달적 이야기꾼에 해당한다. 또는 화자(teller)와 이야기꾼(story teller)의 차이로도 구분될 수 있을 것이다. 당연히 전자보다 후자가 유능한 이야기꾼 유형이 된다.

전문지향형과 일상형의 구분 기준에서는 일상형이 기층을 이룬다면, 전문지향형은 표층을 이루면서, 우리 역사의 일정 과정에서부터 그 존재와 의의가 두드러지게 실현되기도 했다. 이야기꾼의 기능이 분화되고 역할이 높아져간 조선시대에 특히 그 모습을 보여주었고 근래까지도 맥이 이어져온 것을 확인할 수 있다. 전문지향형의 가능성은 이야기 전달 방식과 수용 환경 면에서 질적 변화를 보여준 현대사회에서 또 다른 모습으로 나타날 가능성을 상정할 수도 있을 것이다.12) 그리고 그렇게 될 때, 일반형이 이야기꾼의 기본임은 쉬 변할 수 없는 현상이지만, 전문지향형이 그 비중은 낮다 해도 영향력은 점점 커질 수 있다고 예측할 수 있을 것이다.

유년고정형과 성장누적형은 이야기에 대한 감수성이 민감한 어린 시절에 들은 것이 중심이 된 경우와, 성장에 따른 경험 확장에 병행하여 누적적으로 이야기 목록을 기억하고 있는 경우이다. 전자는 대체로 여성중심적이고, 설화 목록의 폭이 좁으며, 회고적인 구연 방식을 따르는 경향이 강하다면 후자는 대략 그와 반대되는 성향을 보여줄 가능성이 높다고 할 수 있다.

정착형과 유동형으로의 구분에서 전자는 농경 중심의 정착 생활을 영위하는 마을사회, 특히 집촌에서 주로 발견되는 유형이라 할 수 있다. 우리의 전통사회가 바로 농경 중심이었음을 유의할 때, 이에 해당되는 유형의 이야기꾼이 오랜 동안 전체 이야기꾼의 저류를 이루어 왔다고 할 수 있다. 반대로 유동형은 일정한 직업이나 생업이 없이 유랑생활이나 식객 또는 과객생활을 주로 하면서 이야기꾼으로서의 능력을 수행하는 사람이다. 대체로 조선후기에 이르면서 사회의 변화가 심하고 양반 계층 사랑방 공간의 사회적 기능이 높아지는 것과 함께 이러한 유형의 이야기꾼의 수가 증대되고 기능도 확장되어 나갔다고 할 수 있다. 낙백한 양반 계층에서 주로 파생된 풍수, 서당 훈장, 또는 유랑 예인 등이 이런 부류 인물의 중심이 되었다고 볼 수 있다. 잘 알려진 바 박지원이 인상적으로 관찰·보고하고 있는 〈민용전〉

---

12) 이런 점에서 신동흔이 TV 프로그램에서 드러나는 이야기적 성격과 기능을 다룬 것은 시사적이다 (신동흔, 「현대구비문학과 대중매체」, 『구비문학연구』 제3집, 한국구비문학회, 1996. 6. 참조).

에서의 '민옹'이나, 조수삼이 소개하여 알려지게 된 '오물음' 같은 경우가 이에 대한
예가 될 것이다. 최근에 천혜숙에 의해 발견되어 소개된 '심종구' 같은 인물도 이런
부류에 속하는 인물로 분류될 수 있을 듯하다. 이들 유형은 시대와 사회를 넘어 발
견되는 유형의 하나로서, 발표자가 다룰 이 글에서의 주인공 또한 대체로 이런 특
성을 지니고 있다고 할 수 있다.

이야기판 적응 자세에 따른 적극적응형과 소극적응형으로의 구분은 주로 기질상
의 차이점에 따른 것이다. 전자는 이야기판을 주도적으로 열고 구연을 실현하는 인
물이라면 후자는 그러한 적극성이 다소 덜한 인물이다. 전자는 작품의 목록만이 아
닌 언권(言權)13)이나 의사교환능력14)도 이야기꾼으로 인정받는 요인이 될 수 있
다면, 후자는 이야기꾼으로서의 인정과 평가가 보유 목록의 정도나 구연능력에 더
크게 영향을 미친다. 이 점에 있어 여성보다는 남성 이야기꾼이, 그리고 다변이고
다혈질의 이야기꾼이 여기에 해당될 가능성이 높으며, 길고 심각한 것보다는 짧고
가벼운 이야기 목록을 선호하는 인물이 주로 여기에 속할 가능성이 높다.

교훈강조형은 이야기 구연의 결과를 교훈적이거나 현실세계와의 관련성을 깊이
의식하고 그러한 관점에서 해석하려는 관심을 깊게 보여주는 쪽이라면, 오락치중
형은 그 점이 흥미 중심으로 쏠려 있는 경우이다. 전자는 인간 상호간 수직관계가
중시되던 전통사회에서의 이야기꾼에게서 많이 발견할 수 있고, 상하의 계층성이
뚜렷한 이야기판에서 현저하게 드러나는 현상이라면, 후자는 동성 및 또래 집단 속
에서 주로 발견되고, 그런 이야기판에서 이야기꾼으로서의 역량을 더 활발히 발휘하
게 된다. 그리고 남성 이야기꾼일 경우가 많다. 그런만큼 전자의 이야기 목록은 후
자에 비해 정제되어 기억되는 것이 많은 데에 비해 후자는 양적 다양성에 치중하는
편이고, 전자는 길이가 긴 데 비해 후자는 짧은 것이 많다는 차이점을 보여준다.

보유 목록의 성향 면에서 다수광범형은 성장누적형·유동형·적극형의 이야기꾼
에게서 주로 볼 수 있음에 비해, 소수 제한형은 정착형·유년기 고정형에게서 더
많이 드러나는 현상이다.15)

체험담 중심형이 특수 체험으로 인해 제한적으로 구연욕구를 지니고 있는 이야

---

13) 이야기판에서의 발언권의 정도를 가리키는 뜻으로 쓴 말임.
14) 상대방에게 말을 걸어 대화를 나누는 능동성을 말함.
15) 임돈희의 「A Teller and His Story」(『논문집』 21, 동국대학교 대학원, 1984)와 김정석의 「김유
식 구연설화의 연구」(『계명어문학』 4. 계명어문학회, 1988)에서 다룬 이야기꾼들이 대체로 여기
에 속한다고 할 수 있다.

기꾼이라면 구전담 중심형은 많은 일반 이야기꾼이 거의 이에 해당된다. 또한 그런 만큼 전자는 제한적이고 후자는 보편적이다.

작품중심형은 작품중심으로 구연을 이끌어 나가는 이야기꾼을 말한다면 연행지 향형은 이야기판의 상황을 고려하여 목록을 선택하고 표현의 효과를 높이는 데 치중하여 이야기를 구연하는 경우이다. 그에 따라 전자는 작품 중심의 구연이 되는데 비해 후자는 상황에 민감하게 적응하여 입체적이고 역동적인 구연능력을 보여준다. 또한 이에 따라 이야기는 예화로서 인용되어 구연하는 경우가 많게 되고, 그와 관련하여 긴 이야기보다 짧은 작품이 자주 구연되는 경향을 보여준다.

주관적 구연은 적극적이고 개성적인 화자에게서 주로 볼 수 있는 것으로 발전적·창조적·개성적 구연성을 띤다면 객관적 구연은 대체로 그와 반대의 위치에 있는 이야기꾼에게서 볼 수 있는 현상이다.16)

이들 몇 개 항목은 발표자가 생각나는 대로 제시한 것에 불과하다. 이 정도에 그친 것은 아직 이야기꾼에 대한 사례 체험이 부족한 결과이다. 더 많은 사례를 접하게 되고 깊은 관찰에 의해 새로운 이야기꾼의 다양한 특성이 발견되어 나감에 따라 이들 항목은 훨씬 더 세분될 수 있을 것이다.

3. 이야기꾼으로서의 생득적 측면

이제, 관찰 대상으로 설정된 인물의 이야기꾼으로서의 특징 파악을 시도해 보기로 한다.17) 먼저 관심돼야 할 문제는 생득적 측면이다. 이야기꾼의 능력은 선천적

---

16) Azadovsky가 이야기꾼을 ①외설담 중심 ②치밀하고 정확한 전달 중심 ③일상생활과 관련된 사실적 관심과 열성에 의해 주관적으로 표현하고 윤색하는 것이 중심인 부류로 구분할 때 ②와 ③은 대체로 이러한 기준과 비슷한 것이라 할 수 있다(R. Dorson, *Fokklore : Selected Essays*, Indiana Univ. Press, 1972, P. 100 재인용). 한편, Chicherov가 표현능력과 정도를 중시하여 이야기꾼을 ①기억했다가 전해주는 단순 이야기 보유자 ②표현력이 뛰어난 구연자 ③자기대로 내용을 바꾸고 윤색하여 표현하는 시인형 이야기꾼 ④구성요소를 마음대로 파괴하고 재편하여 이야기를 새로 만들어 표현하는 즉흥 창작자적 이야기꾼으로 구분한 것도 이런 관점이 중시된 것으로 볼 수 있다(Linda Dégh, 주 7)의 책, p.173 참조).

17) 이인순(1931~)은 현재 충남 부여군 홍산면 교원리 2구 심방이에 살고 있다. 발표자는 이 분을 『한국구비대계』 조사를 하면서 이야기판에서 우연히 만나(1982. 2. 7) 깊은 인상을 받았었는데, 그 십년 뒤에 이야기꾼으로서의 특징 이해를 위해 다시 방문한 이래, 지금까지 간간히 지속적인 방문을 계속하면서 이야기와 함께 생애 관련 사실들을 들으면서 관찰과 이해를 진전시켜 오고 있다. 방문한 때는 아래와 같다 : 1992. 8. 3., 1994. 7. 23., 1997. 4. 5., 1998. 1. 25.

측면과 후천적 측면으로 크게 나누어 파악할 수 있다. 전자는 기질적 측면이고 후자는 경험적 측면이다. 이야기꾼은 모두 일정한 정도로 이 두 가지 측면을 다 갖추고 있으면서 어느 편이 우세하게 나타날 수도 있는가 하면 두 측면이 조화를 이루고 있을 수도 있다. 생득적 측면이 우세한 경우가 생애의 과정에 따른 이야기꾼으로서의 변화의 폭을 적게 보여준다면 후자는 대체로 체험이 넓어 이야기 목록이 많고 역동적인 구연력을 보여줄 가능성이 높다. 그러나 이야기꾼으로서의 지속성을 더 본질적으로 지배하는 것은 전자라 할 수 있으므로 이야기꾼 특징의 바탕을 이해하는 데에는 이 점이 우선 고려될 필요가 있다.

이인순의 이야기꾼으로서의 능력은 생득적인 측면이 더 본질적이고 중요한 비중을 차지한다고 할 수 있다. 그녀의 이런 측면은 크게 외모상, 그리고 기질상의 특징으로 나누어 이해할 수 있다.

1) 외모상의 특징

외모상의 특징은 다른 사람으로부터 시선을 끄는 데에 중요한 요소가 된다. 남의 이목을 끄는 일이 직업이나 생업상 더욱 필요할 경우 외모상의 개성은 더욱 중요하게 마련이다. 그가 종사하는 직업의 이미지와 외모가 잘 어울림으로써 인물의 개성이나 능력이 더욱 돋보이고 연행 효과가 더욱 잘 전달될 수 있는 것인 반면, 그것이 어긋남으로써 능력이나 자질이 실제보다 덜 드러나 보이고 효과가 낮게 실현되는 경우도 얼마든지 있을 수 있다. 이야기하기도 연행인 이상 이 점에서의 개성과 효과를 무시할 수 없다고 할 수 있는데, 이인순은 외모상으로 비교적 뚜렷한 개성을 지니고 있어 이런 측면에서 유리한 점을 지니고 있다고 할 수 있다. 다소 큰 키에 마른 체질이며 긴 목에 얼굴은 작고 동글며 정도가 약한 곱슬머리이다. 얼굴색이 검은 편이고 눈 주위도 검은 빛을 띠며 화장은 거의 하지 않는다. 그래서 여성다운 섬세하고 말끔한 인상과는 거리가 멀고 늘 꺼부럭하고 허름한 인상을 준다. 키가 크고 마른 체질에 목이 길고 어깨가 처져, 걸을 때는 엉구부정한 모습이어서 '엉젱이'라는 별명이 붙었다. 그리고, 그녀에게 '황새 늦새끼'라는 다른 별명도 있는데, 이 또한 그녀의 이런 외양의 특징을 아주 절묘하게 표현해 보이는 또 다른 이름이라 할 수 있다. 웃음을 자주 웃는 것은 아니지만 웃을 때는 눈을 약간 감는 편이고, 이럴 때는 보통때에 비해 표정 변화의 폭이 아주 크며, 그래서 자유활달한

느낌을 준다. 그러면서, 이가 부실하여 실제보다 나이가 더 들어 보이며, 웃을 때는
이 빠진 모습이 더 잘 드러나는데다, 눈을 끔벅이고 입을 좌우로 씰룩이는 표정 변
화에 의한 짓표현을 능숙하게 하곤 하여, 우습고도 기괴하며, 때로는 약간 흉칙한
느낌을 주기까지 한다. 그녀를 가리키는 별명으로 '양키부대'라는 말이 더 있는데
이는 그녀의 이런 괴이스런 분위기의 용모와 얼굴 및 표정을 가리키는 말이다. 바
로 이 함박웃음을 웃을 때의 웃는지 우는지 모를 정도로 일그러지는 파격적이면서
희화적인 표정, 그리고 황새늦새끼라는 별명에 어울리는 긴 목에 엉구부정한 자세
와 언제나 부스스한 머리칼 모습이 그녀다운 외모상의 개성이 된다. 두 가지 요소
가 겹쳐 다른 사람들에게서 유사성을 찾기 어려운 독자성이 강한 개성을 보여주고
있는 셈이다. 바로 이런 점은 그녀가 이야기꾼이기에 앞서 주위 사람들의 관심을
끄는 데에 중요한 기여를 하는 요인이자, 이야기꾼으로서의 남다른 개성을 더욱 돋
보이게 해주는 요인이 된다고 할 수 있다.

2) 기질상의 특징

이러한 외모상의 개성 못지 않게 그녀는 기질면에서도 독자성을 잘 보여주고 있
다. 그것은 크게 말많음(多言), 활달한 짓표현 능력으로 구분된다.

① 적극적이고 말많은 성품

그녀는 일상 생활에서 말이 많은 편이다. 말을 적극적으로 하는 것에서도 그렇고
말을 많이 하는 점에서도 그렇다. 그렇다고 아무때나 주변없이 나서서 비난을 받는
것은 아니며, 체신없이 나서서 불필요할 정도로 체면을 손상하는 정도도 아니다.
일정한 의식적 행위로서이거나 자기의 뚜렷한 심리적 성향을 드러내는 것으로서의
말많음이며, 그래서 이 말많음은 그녀로 하여금 사회적 활동 기능을 남다르게 잘
실현하게 할 뿐만 아니라, 그로써 남에게 그녀 자신의 개성적인 모습을 드러내는
데에 아주 중요한 구실을 달성하고 있다. 말많음은 그녀의 사회활동에서 그녀다움
을 실현하는 데에 가장 중요한 능력이자 개성이기도 하다.

그녀의 말많음은 대개 일상의 어느 때 어느 곳에서든 변함이 없다. 친구와의 일
상적인 교제를 통해, 주민들과 공동노동을 하는 곳에서, 야유회 때, 사회를 보는 자
리에서, 쌍방간 다툼이 벌어진 현장 등 그녀가 있는 곳이면 대개 말이 많다. 남성

들 사회에서도 그렇지만 특히 동성(同性) 집단에서 더욱 그렇다. 친교적, 정보교환적, 토론적 말하기 등 어느 상황에서이든 그녀의 동성집단 내에서의 말많음은 별 차이가 없다. 어떤 상황에서이든 그녀는 말하기 상황에 적극적으로 적응하고 주도적으로 참여하는 편이다. 참여의 이유는 지식이 있거나, 특정 화제에 관심이 많거나, 똑똑하거나 한 이유에서가 아니며, 거의 말많음의 기질 때문이라고 단순화하여 말할 수 있다. 이로 인해 그녀는 '떠벌이'라는 별명이 하나 더 있다. 잘난 것도 없으면서 말참견을 자주 하고, 유식한 체 따지고, 훈수하듯 말하며, 똑부러지게 똑똑하지도 않으면서 자기 말이 다 옳은 체 하는 그녀의 말하기 태도를 가리켜 주위에서 부르는 말이다.

그녀의 말많은 기질을 보여주는 적절한 일면은 남의 싸움에 끼어들어 조정자 역할을 자임하려는 태도에서 잘 관찰된다. 그녀는 마을 주민들의 크고 작은 싸움에 자주 끼어드는 것은 물론 때로 저자거리 장사꾼들 사이의 언쟁에도 자주 끼어들어 조정자나 해결자 역할을 즐겨 수행한다. 다투는 현장에 직접 개입하기도 하는가 하면, 장외에서의 지속적인 개입도 하며, 그로써 직·간접의 화해자 역할을 자주 수행하곤 한다. 그리고 이런 쪽에서 자기 역할을 달성하는 데에서 그녀는 생활의 보람을 남보다 많이 느낀다고 할 수 있다. 이런 역할은 그녀가 특별한 설득의 화술이 있어서라기보다 타고난 적극적 기질에 의한 것이다. 이런 결과로 그녀는 자연히 말이 많게 되고, 따지고 설득하는 말을 많이 하게 된다. 동시에 이는 자연스럽게 이야기를 구연하는 중요한 상황의 하나가 되어주기도 한다.

아이들을 말상대로 하여 장난하기를 즐기고 말걸기를 좋아하는 것도 그녀의 말많음을 보여주는 또다른 면이다. 그녀는 어린아이를 좋아할 뿐만 아니라 즐겨 말을 걸고 장난을 하는가 하면, 장난이 좀 심해 아이를 울리는 지경에까지 이르고, 그러다가 다시 화해를 하여 더욱 친해지는 단계로 나아가곤 한다. 그래서 때로 전혀 모르는 타동네 아이와 친해지기도 한다. 이들과의 대화는 이야기를 구연하는 중요한 기회도 된다. 이야기는 자청하여 하기도 하고, 상대의 요청에 따라 하기도 한다. 그래서 이들 사이에서 그녀는 어느 정도 이야기꾼 할머니로 통하기도 한다.[18]

말이 많은 편인 데에다 말을 시작하면 길게 끌고, 아는 것을 많이 예로 들어 설득조로 이야기하려 하고 장황하리만큼 화제를 확장하려는 성향을 보여준다. 이런

---

18) 그녀는 어른사회보다 아이들에게서 더 이야기꾼으로서 알려진 편이라 할 수 있다. 그런 이유의 하나는 아이들에 대한 구연은 자족성이 더 높다는 점을 들 수 있다.

능력은 기본적으로 말을 통한 대인 관계에서의 적극성을 반영하는 것이고, 이 점에 있어서 그녀는 그의 마을 사회에서 돋보이는 위치를 차지하고 있다. 그녀는 목소리가 크고 높으며, 억양에 변화가 있고, 말하는 자세는 늘 활달하다. 거기에다 말에 조리가 있고 판단이 분명하며 언어구사가 비교적 명쾌하다. 그래서 그녀의 말은 설득력이 있는 편이고, 자신감과 힘이 있다. 또한 그로써 그녀의 말은 어느 경우나 좌중을 압도하며, 듣는이들의 경청도가 높다.

　그녀의 적극성은 설득적인 말투에 의해서도 관찰된다. 그녀의 말투는 단순히 전달적이기보다는 판단을 자주 하며, 설명적이고 설득적이다. 자연상태에서의 그녀의 이야기 구연은 설화의 감상만을 위한 것이라기보다는 설명과 설득을 위한 수단으로 원용되는 것이 보통이다. 이것은 그녀의 말투의 특징이기도 하지만 이야기 구연방식상의 특징이기도 하다. 이러한 특징을 지니고 있어 상대를 설득시키기 위하여 자주 설화가 동원되는가 하면, 그러는 과정에서 설득 의욕이 너무 강하게 작용하여 때로는 상황이나 사정과 어울리지 않는 이야기가 예화로 원용되는 예를 보여주기도 하며, 그것이 자주 이야기 주제의 확대 해석을 낳곤 한다.

　이야기하기의 적극성은 제기된 화제에 대한 대화가 끝났음에도 대화중에 연상으로 떠올려진 화제로 계속 관심을 연장함으로써 이야기의 영역을 확장하고 대화를 지속하려는 욕구를 강하게 보여주는 데에서도 드러난다. 일정한 화제, 한정된 관점에서만 화자로서의 역할을 하고 마는 데 만족하지 않고, 새로운 화제를 개발하고 그것을 화제로 끌어들이는 데에도 주도적인 역할을 하고 있음을 보여주는 것이다. 그럼으로써 이야기가 길어지고 초점이 흐려질 우려가 있는 것이지만, 이런 데에서 그녀의 말많은 적극성을 다시 관찰할 수 있다.

　말투가 판단과 설명과 설득에 치우쳐 있다는 것은 이야기꾼으로서의 지식이나 경험이 상대보다 우월하다는 자신감의 표현이기도 하다. 이러한 지적 우월감을 그녀 스스로 그다지 내세우는 것은 아니라 해도, 말투 자체에서 이런 면모가 은연중 노출되곤 한다. 그리고 이로 인한 자신감이 너무 당당하고 강해서 때로는 대체로 세상 경험과 물정 이해의 폭이 좁은 편인 그녀의 마을 친구들에게 어느 정도 분별력있고 똑똑하다는 인상을 주기도 한다. 또한 그로써 그녀는 말 많고 화제가 풍부하며 남의 말을 잘 받아주는 친구라는, 약간의 부정적 인상과 함께 긍정적인 인상과 평가를 받고 있는 편이다. 이런 주위의 평판에 그녀 자신 상당한 공감을 표하기도 한다. 그래서 때로 그녀는 자신이 학교 교육을 제대로 받았더라면 교사 정도는 되었을 것이라며 교육을 못받아 능력을 펴지 못한 아쉬움을 자주 말하곤 한다.

말을 통한 마을 주민들과의 의사소통 관계에 있어 그녀는 마을의 누구보다도 가장 많은 사람과, 가장 손쉽고 친근한 인간 관계를 유지하고 있는 사람이다. 이것이 그녀의 생득적 측면이 지닌 가장 중요한 특징이자, 말에 의한 자기 실현의 든든한 기반이기도 하다. 그녀가 마을에서 이야기꾼 역할을 수행할 수 있는 것도 결국 이러한 말을 통한 자기 개성과 의사교환의 특수성을 확보하고 있음에서 가능하다고 할 수 있다.

② 활달한 짓표현

그녀의 선천적인 능력의 다른 면은 짓을 통한 표현력을 아주 큰 폭으로 지니고 있고 이를 자유활달하게 실현하고 있다는 점이다. 그녀는 말에 의한 표현 효과는 물론 음성적 효과까지도 아주 적극적이고 능동적으로 실현해 보이고 있어, 이 점만으로도 대화 처리나 억양의 굴곡있는 표현력에 구연표현의 기교를 주로 의존하는 예사 이야기꾼과는 상당한 차이를 보여주고 있다. 그런데 그의 이보다 더 적극적인 짓표현(paralanguage) 능력은 이야기 속의 인물이나 상황을 거의 연극적 수준으로 실감있게 묘사하고 있음에서 보여주고 있다. 이런 능력으로 하여 그의 구연은 음성묘사에 의한 표현 효과를 가장 고도한 곳까지 실현해 보이는 파격성을 발휘한다. 그리고 더 나아가서는 입에 의한 말표현을 넘어, 앉은 자세를 벗어나 완전한 짓표현으로 전환하는 적극성마저 실현해 보일 정도로 상황적응 능력이 활달하고 역동적이다. 그녀는 이야기 구연력과는 별도로 눈끔쩍이기·얼굴씰룩이기·병신춤을 장기로 갖고 있고, 이런 기량을 자발적으로나 타율적으로 어렵지 않게 발휘해 보인다. 이런 파격적인 표현력이 그녀의 마을 주민들이 단체 모임이나 어떤 일상적이지 않은 상황에서 그녀를 요구하는 요인도 되며, 동시에 마을 주민이나 친구들로부터 환영을 받는 주된 요인이기도 하다. 더러 그녀는 인근 마을 친목모임으로부터 참가비 없이 야유회 동참을 권유받기도 하며, 이는 바로 그녀가 남을 즐겁게 해줄 수 있는 이러한 능력을 지니고 있기 때문이다. 이런 능력에 대해 그녀는 젊었을 때의 고생으로 억눌린 감정이 많기 때문이며, 그래서 "그냥 웃음도 웃고 말, 안 할 말도 허고, 누구허고도 그저 잡소리도 허고 농담도 허고, 그냥 (일은) 시껌벅허게 해뻐리고 어디 나가서 놀, 놀러 나가먼 노능 거라먼 좋아허게" 되었다고 말하는데, 어떻든 주흥(酒興)을 빈 장소도 아닌 곳에서 이런 능력을 발휘해 보이는 일은 누구나 쉽게 할 수 있는 것이 아니라 할 수 있다. 그녀가 농촌 마을의 여성 이야기꾼임을 고려하면 더욱 그렇다.

이러한 외모에서, 대인관계에서, 상황 적응 능력에서, 그리고 표현능력에서의 자유활달한 면모는 후천적으로 습득될 수 없는 것으로, 그녀의 타고난 기질적 능력이라 할 수 있다. 기본적으로 그녀는 말이 많은 편이지만 허튼 말을 분별 없이 하여 불출로 인정받는 것은 아니며, 노는 취미를 지니고 있기는 하지만 노래를 유달리 신명나게 잘 부르는 것도 아니고, 놀이에 도취적으로 침혹하는 것과도 거리가 있다. 그녀는 아주 성실하고 규모있는 가정주부형의 인물은 아니며, 상식을 존중하는 생활인으로서 가벼운 장난기도 있고 유희 취향이 다소 높으며, 활달한 기질을 남보다 좀 더 지니고 있는 정도로서의 인간형으로 규정할 수 있다. 결국, 기질상의 자유활달함으로 하여 상황에 따라 가변적이고 탄력적으로 자신의 능력을 발휘하는 데에 적극적이고, 이로써 장난꾼이면서 이야기꾼으로서의 자기실현 능력과, 그로 인한 강한 인상을 주고 있음이 그녀의 타고난 면모라 할 수 있다.

4. 구연능력으로 본 개성적 측면

위와 같은 기질적 측면은 이야기꾼의 특징을 인상지워주는 중요한 면이 되는 것으로, 이어서 살펴야 할 이야기 구연상에 나타나는 특징과도 깊은 관련을 맺고 있다. 이제 이 점을 보기로 한다.

1) 대화 행위의 능동성

인간 관계에서 적극적인 데다 말이 많은 편인 그녀는 예사 대화 관계에서도 이러한 특징을 보여주며, 이로 인해 일상 대화 관계에서도 대개 이야기를 주도하는 편이다. 그에 따라 그녀는 상대방의 말을 경청하고 수긍하는 쪽보다는, 남을 설득하고 이해시키는 쪽에 주로 서게 된다. 이처럼 말이 많게 된 것은 기질적 측면도 있지만 생활습관에서 연유한 점도 있다고 할 수 있다. 이것을 그녀가 지닌 하나의 담화기교로 볼 수 있는 이유이다. 타관에서 장사에 종사하는 동안 인간과의 의도적 교섭활동이 생활화됨으로써 그러한 태도가 그녀의 언어습관으로 좀더 두드러져 나타나게 되었다고 볼 수 있다. 그녀 자신 결혼 전까지만 해도 말이 거의 없는 사람

이었으나, 그 후부터 말이 많은 쪽으로 변했다고 한다. 이 무렵 그녀는 불의에 인
생을 파탄지경에 이르게 한 극단적인 체험을 했는가 하면, 그처럼 절망적인 상황에
서 생업을 도모하기 위한 노력을 적극적으로 해나가야 했던 것 또한 그 무렵의 생
애였음을 고려하면 그 이유를 짐작할 수 있다. 이 무렵에 술장사를 하기도 하고,
혹은 잡화상으로서 시골 마을을 전전해야 했던 생활은 특히 이런 방향에서의 생활
습관화에 중요한 역할을 했다고 할 수 있다. 사람이 있는 곳을 적극 찾아다니며 말
을 걸고 대화에 참여하여 상담(商談)을 진전시키기 위한 노력이 필요했을 것이고,
이를 효과적으로 달성하기 위해서는 소규모 사회구성원이나 개인에 대한 판단·설
득·이해 등의 말하기 수완이 요구되었을 것이다. 그리고 이에 따라 적극적인 대화
자세와 상황에 따른 기민한 말하기 능력이 발달하게 되었을 것이다.

그녀가 대화에 적극적이고 말이 많다는 것은 전승적인 이야기 쪽에서만 그렇다는
뜻만은 아닌데, 그 이유를 위에서 알 수 있다. 그녀는 이야기 구연의 상황(context)
조성을 위해서도 적극적인 발언을 하고, 작품 구연만이 아니라 그와 관련된, 판단
과 해설성의 이야기도 많이 하는 편이다. 이처럼 설명이나 해설성의 말하기에서 보
여주는 다변적이고 적극적인 점이 그녀가 전승적인 이야기를 쉽게 떠올리는 요인도
되며, 이로 인해 그녀는 타율적으로 이야기를 하고 마는 데 그치는 소극적인 이야
기꾼과는 달리 주로 자율적으로 이야기 구연을 실천한다. 그리고 전승적인 이야기
만에 종속되지 않는 성향으로 하여 그녀는 전승적인 이야기 외에, 경험담과 전문담
도 자주 이야기하는 편이다. 이는 일정 부분 그녀의 생활습관이 작품 중심이라기보
다 담화중심의 이야기꾼의 성향을 결정한 결과라고 볼 수 있다. 그리고 이런 점으
로 하여 그녀는 전승적인 이야기 목록을 많이 지닌 전통 지향적 인물과는 약간 달
리 새로운 감각을 함께 지닌, 작품 중심의 현실 감각이 약한 이야기꾼과는 달리 현
실의식을 지닌, 자기주장성이 강한 이야기꾼으로서의 모습을 보여주게 되었다고 할
수 있다.

2) 다채로운 수사법의 구사

그녀가 보여주는 구연기교의 하나는 이야기의 줄거리 전개를 조리있게 이끌어
나가는 편이고, 각종 수사기법을 뚜렷하고 변화있게 구사함으로써 전체적으로 활기
있고 실감있는 구연효과를 달성하고 있는 점이다. 이러한 능력은 다음 몇 가지로

나누어 살필 수 있다.

① 속담 구사

많은 예는 아니지만 그녀는 속담을 적절히 구사하여 실감있는 **표현**을 돕고 있음을 볼 수 있다.

예컨대 〈칠대독자의 원혼〉같은 예화에서 드러나는 다음과 같은 예가 그것이다.

> 장개를 가두 그 자식을 못 났는디. 다섯채 마누라한티서 참, '꿈에 떡 읃어 먹기'루 참 자식을 하나 낭거여. 났는디 아들을 났네?   (구비대계 4 - 5, 754면)

> 쥔을 좀 만나자구 만나자구, 하닝깨 안 나와. 그러닝깨 인자,
> "'베주머니에두 구실이 들었다.' 그러닝깨 쥔을 함 번 만나봐겄으니 필연 무슨 곡절이 있으니 쥔을 만나봐겄으니 좀 불러라.   (위의 책, 755면)

이들 속담은 쉽게 접하기 어려운 것이면서 적소에 인용되고 있음을 알 수 있다. 이 외에도 '싸우고 벗 싸운다' '쓴나무보다 단나무가 낫다' '여드레 삶은 호박에 도래 송곳도 안 들어간다' 등 쉽게 듣기 어려운 속담을 구사하는 것을 관찰할 수 있다.

② 과장법

그녀는 과장 묘사기법을 자주 쓴다.

> 옛날에, 옛날에 이런 사람이 있어. 아들이 하나가 무남… 참 삼대 독자 외아들이 있는데, 아주 바보여. '바보온달'여 진짜. 아무껏두 몰루는 아주 바보여. 바본디. 바보온 달이면서두 부모에 효자라 이거여. 어트게 효자였는지 어트게 효자였는지, 말할 수 없는 효자라. 당최 가구가 안 다.   〈왕자님 웃긴 바보〉(위의 책, 769면)

이야기의 첫대목이다. 등장인물의 바보다움을 특정 인물에 비유하는 것과 함께 반복적 서술에 의해 과장해 보이고 있다. 이야기가 전개되면서 드러나는 주인공의 실제 모습은 지극한 효자와는 거리가 있는, 바보스럽게 순종하여 실수를 연발하고 웃음을 샀다는 내용인데, 여기에서는 일단 이렇게 과장된 모습으로 묘사하고 있다. 과장을 위한 과장으로서의 표현이 한껏 실현되고 있는 것이다.

> 그러더니 어얼마를 갔는지이, 참 한두 끝두 옰이 갔는디, 워딩가를 몰라.……(중략)

　　그러니깐 들쳐업더니 어디루 가넌지 한두 없이 끝없이 가능 거여. 하안없이 끝없이
가더니만…(후략)　　　　　　　　　　　　〈은혜갚은 호랑이〉(위의 책,762, 763면)

　　목에 걸린 뼈를 뽑아준 사람을 범이 어디론가 업고 간 정황을 묘사한 것인데, 다
른 문맥의 같은 상황에 대한 묘사가 같은 과장표현으로 일관되고 있다. 과장표현이
상투화되고 있음을 말해준다.

　　③ 묘사

　　그녀는 상세하고 실감있는 묘사에 능하다. 묘사기법을 자주 쓰고, 또 자세하게
처리한다. 그래서 이런 대목은 대체로 내용이 곡진하고 상세한 반면, 장황하고 지
루한 느낌을 주기도 한다.

　　나 잡어먹능 것은 원통치 않다. 인생이 함 번 났다 함 번 죽능 것은 증헌 이치구?
빈손이루 왔다 빈손이루 가능 건 증헌 이치다. 〔청중:그렇지.〕 응. 그러는디. 내가 낭
기구 가능 것이는 있어야 할 것 아니냐 말여. 낭기구 가능 거는 있어야 할 것 아니냐?
인생이 한 번 왔다가 풀끝이 이슬과 같다. 풀 끝에 이슬과 같아 장판내 왔다 장판내 꺼
지능 것이 인생인데? 내가 지금 죽으먼언, 너한테 밥을 되구 보먼언 나는 냉기는 것두
욱거니와 우리 늙은 부모, 머리가 허연헌 모발이 허연헌 그 늙은 어머니 한 분을, 내
워, 그 봉친을 누가 허구? 내가 죽으면 워트게 허느냐 말여. 울 엄니가 돌아가신 다음
에 니가 나를 잡어먹으면 잡어먹으까 그 전에는 못잡어먹겠다. 응. 어느 세상 천지가
다 뒤집힌다구 해두 부모 몰르먼 그게 잉간이 아니다. 그렁개 잡어먹을람 잡어먹어
라. 그러니까 잡어먹을람 잡어먹되 우리 부보를 워트게 헐래?… (후략) 〈은혜 갚은 호
랑이〉(위의 책, 760~2면)

　　범에게 잡아믹힐 위기에서 효자가 범에게 하는 말인데 아주 장광설로 흐르고 있
다. 이러한 묘사 대목은 이야기꾼의 변화있는 어휘 구사력이 한껏 발휘되는 곳이면
서 유식한 말이 동원되는 곳이기도 하다. 일면 지루한 감마저 줄 수 있기도 하지
만, 그러나 이러한 유식하고 실감있는 묘사어를 동원하는 곳이야말로 그녀가 가장
관심을 깊게 쏟는 대목이기도 하다. 이러한 묘사는 그의 설화 구연에서 가장 많은
부분을 차지한다고 할 수 있어 전체적으로 보아 그녀의 이야기는 묘사 중심이라 할
수 있다.

④ 음성표현력

이 외에도 그녀는 음성묘사 능력을 아주 자유활달하게 구사하고 있는 사실도 빠뜨릴 수 없는 표현 능력으로 들 수 있다. 등장인물의 목소리를 아주 적실하게 묘사함으로써 구연효과를 높이고 있음이 그것이다.[19] 그녀의 이런 능력은 타고난 적극성과 활달한 기질에서 오는 것이라 할 수 있는 것이지만, 그 기법이 아주 곡진하고 구체적이어서 예사 이야기꾼을 통해서 보는 수준과는 차원이 다르다고 할 수 있다. 다른 정도를 넘어 파격적이라 할 정도이며, 그녀는 이를 전문 동화 구연자들에게서 볼 수 있는 수준에서 부차언어까지 동원하여 생동감있게 실연해 보인다. 그래서 보는 이로 하여금 어느면 그녀가 개그를 하고 있는 것이 아닌가 하는 의아심을 들게할 정도이다. 그녀의 구연상의 역동성과 탁월성을 보여주는 중요한 측면을 바로 여기에서 찾을 수 있다.

5. 생애체험과 이야기꾼으로서의 자아형성

이야기꾼의 이야기 구연은 구연을 통한 자기실현 행위이다. 이야기에 대한 미적 감흥을 높게 지니고 있거나 구연의 효과에 대한 주관을 분명히 지니고 있을수록 이러한 구연태도가 더욱 능동적일 수 있고, 그로써 적극적이고 창조적인 전승자 역할을 수행할 수 있다. 이야기꾼의 이러한 능력은 기질적 측면도 있고 경험에 의해 형성된 측면도 있는 것으로, 기질적 측면이 경험적 요인과 부딪쳐 이야기꾼으로서 자기 실현을 하게 하는 다양하고도 실질적인 기회를 이루어준다고 할 수 있다. 이 두 측면이 변화있게 만나는 데에서 이야기꾼의 이야기 성향과 목록, 그리고 구연취향이 구체화되고 개성을 지닌 이야기꾼으로서의 독자성을 보여줄 수 있게 된다. 작가가 삶에 대한 부단한 체험과 성찰을 창작의 밑거름으로 삼아나가듯, 이야기 구연자도 부단한 체험 속에서 이야기 목록을 접하고 판단하며, 섭취하고 기억하며, 적소에 활용하여 재창조하고 전승시킨다. 이야기 목록을 기억하고 전승시키는 전과정이 모두 사회·문화적 교류와 체험의 결과로 결정된 것이다. 그런 만큼 이야기꾼에게 영향을 준 생애상의 중요한 체험 사실을 주목하는 일이 필요하다.

---

19) 예컨대 〈총각서방과 할머니 신부〉 이야기가 적절한 예가 된다. 이 설화에서 그녀는 총각과 혼인을 한 뒤 좋아하는 노파의 소녀다운 목소리 흉내를 아주 실감있게 묘사하여 좌중을 환호케 했다.

이인순은 이런 두 가지 측면에서 상당히 역동적인 관련성을 보여주는 생애를 살아온 인물이라고 할 수 있다. 이를 알기 위해서는 먼저 그녀의 생애를 간단히 정리할 필요가 있다.

그녀는 전남 강진군 강진면 평동리에서 4대 독자인 가난한 농사꾼의 맏딸로 태어나, 난지 열흘만에 어머니를 잃고 할머니의 손에서 어렵게 자랐다. 세 살 무렵에 아버지가 새어머니를 얻게 되고, 아들을 연이어 낳게 되자 처음 그녀는 부모 사랑에서 점점 멀어져 천덕꾸러기 신세가 되었으며, 여덟 살 무렵부터 남의집에 보내져 잔심부름과 아기보기로 얻어먹다시피 하며 자랐다. 그러다가 열 너댓 살 때부터는 강진읍으로까지 나아가 병원 원장 댁에서 식모로 들어가 일한 일이 있고, 얼마 뒤 다시 강진읍에서 대감댁으로 알려진 전직 고관집으로 옮겼다. 다시 그 댁 주인의 누나집이 있는 순천으로 옮겨 반년쯤 살다가 서울로 이사하는 주인을 따라 함께 상경했다. 그러나 2년 정도를 지내는 사이 주인집에서 너무 홀대를 하는 데에 크게 실망, 가출하여 우연히 만난 친구집으로 가서 숨어 지내다가 주인에게 끌려왔는데, 이때 자신을 닦달하는 주인에게 그녀는 '난생 처음 바른말로 저항을 하고'는 다음날 귀향했다(18세). 그러나 딸의 식모살이 대가로 받은 다섯 마지기 논을 떼일 것을 걱정한 아버지로부터 호된 꾸지람을 들어야 했다. 더욱, 서울서 함부로 놀다 온 아이라는 이유로 마을 친구들이 자신을 경원하자 이들의 환심을 사고자 집안의 쌀 한 되를 몰래 퍼내 가려다 발각되어 부친으로부터 모진 매를 맞아야 했다. 이에 분심을 억누르지 못한 그녀는 외가가 있는 광주로 무작정 올라와 다시 이곳 저곳 식모살이로 전전했다. 그러다가, 처녀가 이십살을 넘기면 좋지 않다는 주위의 충고에 따라 어떤 사람의 중매로 측후소 공무원과 혼인을 했는데, 뒤에 알고 보니 이미 남의 부인과 동거를 하면서 자신의 액막이를 목적으로 가짜 혼인을 한 것이었다. 트집을 잡아 자신을 쫓아내려고 기회만 보는 남편 및 시집 식구들과 극한적인 대결을 벌여 재판까지 하면서 4년을 버티다가, 결국 스스로 집을 나와 다시 광주역 부근에서 빵장사·술장사로 전전했다. 그러나 경찰의 단속으로 그나마 여의치 않아 고심하던 중, 어떤 사람이 충청도 부여가 살기에 좋다는 말을 하기에 무작정 올라와 부여읍에 정착하여(24세) 부여·규암·은산을 거점으로 어물장사·꿀장사·잡화장사 등을 하며 살았다. 그 무렵에 임천에 사는 이십세 연상의 조씨와 혼인을 하였는데, 그러나 4년이 되도록 아들이 없어 그만 남편과 헤어진 뒤, 그 무렵부터 알고 지내던 영신(靈神;점쟁이, 선무당)과 함께 살면서 산신치성을 드리기도 하고, 옆에서 무굿을 보면서 이것을 익히기도 했으며, 그러던 중에 다시 지금의 남편과 알게 되고 혼인을 하게 되었다(32세). 전실 아들 오형제를 모두 키워 내보낸 뒤, 가난을 면하고자 남편은 평택으로 고용살이로 가고 자신은 대전 건재상으로 식모살이로 가 일년쯤 살다가 (39세). 다시 합쳐 강원도 화천군 사내면 사창리로 가서 화전을 일구며 8년간을 살았다. 그러나 화전민 이주시책에 의해 가평군 쪽으로 일시 옮겼다가, 남편의 강력한 뜻을 좇아 다시 귀가하여, 특별한 생업 없이 지금까지 살고 있다. 지금 재산이라고는 낡은 초가집 한 채와 문전의 모시밭 하나가 전부이다. 전실 아들들이 조금씩 도와줘 생계를 꾸려가고 있지만 사정은 늘 곤궁하다. 그래서 그녀는 약간의 모시농사를 짓는 일면, 남의 집 품팔이 일을 자주 다니며, 여름에는 채소를 뽑아다 가까운 홍산장에 파는 등으로 생활비를 보태기도 한다. 천도교 신자이기도 한 남편은 술과 친구를 좋아하는 낙천적인 기질로서 생업에는 둔한 편이다. 그러면서 아내의 영신활동을 끝내 좌절시키고 만 고집센 분이기도 하다. 그나마 지금은 풍병으로 하반신을 쓰지 못하는 처지여서 한시도 아내의 도움이 없이는 살아가기가 어려운 처지이다. 타고난 활달한 기질에다 아직은 그래도 기력이 남아있는 그녀는 남편에게 종일 매달려 있어야만 하는 지금의 처지를 불행하게 여기고 있다. 그러면서 지금이라도 남편만 없다면 어디든 갈 수 있고 마음대로 살 수 있겠다는 말을 자주 하곤 한다.

언뜻 보아도 고난으로 얼룩진 기구한 생애의 주인공임을 알게 하는데, 이러한 그녀의 생애를 이야기 연행능력과의 관련성에 유의하여 살필 때 몇 가지 점을 주목할 수 있다. 첫째는 이야기 목록과의 관련성이다. 그녀가 들어 기억하고 있는 이야기 목록은 그녀의 이러한 생애의 여러 단계와 맞닿아 있음이 그것이다. 그녀는 이야기 목록이 상당히 한정되어 있으며, 그 모든 것을 언제 누구에게서 들었는지를 비교적 분명히 기억하고 있다. 조사자가 지금까지 그녀로부터 들은 이야기들을 그녀가 들은 시기별로 정리하면 아래와 같다.

> 도깨비방망이와 형제……10여세 무렵 남의 집 일을 하면서 어른에게서 들음.
> 진실한 친구 시험……12세 무렵 아버지의 친구로부터 들음.
> 왕자님을 웃긴 바보……16세 무렵 서울에서 식모사는 주인댁 아들이 책으로 읽어줌.
> 　　　　　　　　　　이 외에 몇 마디를 책에서 읽어 받았는데 그 가운데 하나임.
> 은혜갚은 뱀……18세 무렵 서울에서 귀향하여 광주에서 방황할 때 들음.
> 용이 된 개……광주에서 시집살이할 때 이웃 주민에게서 들음.
> 원수갚은 고양이……18,9세 무렵 광주 권번의 식모로 있을 때 영화로 본 것임.

용이 된 개……20대 초 광주에서 시집살 때 들음.
총각 서방과 할머니 신부……같은 무렵에 들은 것임.
담배의 내력·누에가 생긴 유래……22~3세때 어떤 남성에게서 들음.
은혜갚은 호랑이·칠대 독자의 원혼
호랑이보다 무서운 것은 여자……24세 무렵 부여 규암면 내리 둥그나무 밑에서 들음.
담배의 내력·누에의 내력……22~3세때 남자들 사회에서 들음.
고양이는 악종……30대 옆마을 갑수씨 아내로부터 들음.
고분지통…… 지금의 남편으로부터 들음.

이것은 이제까지 발표자에게 그녀가 스스로 기억해내서 들려준 것이다. 실제는 이보다 약간 더 많은 자료를 알고 있겠으나, 이것들은 지금까지 익히 기억하고 있는 것들이므로 그의 구연설화 목록 가운데에서도 구연 활용도가 높은 자료들만 정리된 것인 셈이다. 목록의 수는 적은 편이지만 어렸을 때로부터 30대의 것까지 비교적 널리 분포되어 있음을 알 수 있다. 중년 이후에 들은 것도 있을 듯하나 거기에 속하는 것은 기억되는 것이 거의 없다. 이는 기억력의 감퇴라는 일반적인 현상에 따른 결과로도 이해되겠지만, 그녀가 남의 이야기를 특별히 귀담아 듣는다기보다 선택적으로 듣는 편이며, 중년 이후는 주로 듣는 쪽 보다는 자신의 말을 많이 하게 된 기간으로 변했기 때문이라고도 이해된다.[20] 중요한 사실은 이들 목록이 가정에서 들은 것이 아니고 거의 모두 가정 밖에서 들은 것이라는 사실이다. 그녀의 다난한 이력과 밀접한 관련을 맺고 있음을 말해준다. 이 때문에 목록을 보면 오랜 구전성을 지닌 동화도 있고, 일반 민담도 있으며, 근래 독서물로 윤색된 것도 있는가 하면, 유식 선비들 중심의 이야기도 있고, 영화 이야기도 있다. 비교적 자료가 적어 겉으로 보면 잘 안 나타나지만 자세히 보면 화자의 특수한 생애와 이야기 목록이 깊은 연관 위에 있음을 알 수 있다.

그녀의 생애를 통해 드러나는 또 하나의 중요한 사실은 부여에 정착하여 생활의 안정을 위하여 재혼을 했으나 아이를 낳지 못해 결국 결혼생활에 실패한 뒤 만신의 권유로 암자생활을 하고 산신기도를 드리게 되었던 점이다. 그때 산신치성을 드리면 한두 가지 소원은 꼭 실현될 거라는 만신의 말에 이끌려 그녀는 이를 실행하게 되었고, 그 뒤 지금의 남편과 만나게 되었는데, 그때의 만신의 소원성취 예언이 결국 세번째 남편과의 만남을 뜻하는 것이 아닌가 그녀는 믿고 있다. 이때 만신과 친하게 지내게 된 것을 기회로 그녀 자신도 그런 쪽에 어느 정도의 능력이 있음을 알

---

20) 남편에게서 들었다는 위 마지막 이야기를 제대로 기억하지 못하고 있음이 그에 대한 증거일 수 있다.

게 되었고 뒤에 내림굿까지 했으며, 그 뒤 간단한 무구와 몇 점의 탱화까지 마련하여 지니고 다닐 정도였다. 그러나 남편의 반대로 제대로 활동을 하지 못하고 지냈는데, 강원도에 이주했을 때 이 문제로 남편과의 치열한 다툼이 있은 뒤 몸주의 지시로 모든 무구를 불태우게 되고, 이에 대한 관심을 완전히 끊었다. 바로 그녀의 재혼생활의 좌절감과 현실생활과 종교 체험이 교차하던 30대 전후기는 그녀의 정신세계에 분기점을 마련한 중요한 계기가 되었다. 대인관계에서의 대화 자세의 적극성과 우월의식을 두드러지게 지니게 된 점이 이때 이후 그녀가 보여준 변화된 모습의 하나이다. 본디 적극적인 성격인 데에다 무속적 종교체험이 보태져 이런 기질을 보다 활달하게 발휘하게 해준 것이다. 이처럼, 일상 대화에서 무속체험과 연결된, 남달리 아는 듯한 말을 점점 많이 하는 편이다 보니, 자연히 교훈적인 태도에서의 말하기 기회를 많이 갖게 되고, 일러주고 판단하며 타이르는 듯한 언사를 많이 구사하는 쪽으로 말투가 습관화되게 되었다. 그녀가 지니고 있는 말하기 방식의 이런 측면은 이로부터 영향을 받아나간 측면이 강하다.

이 무렵을 전후한 심리 변화로서 또 하나 주목되는 것은 어린아이들을 좋아하는 마음이 점점 강해지고 이들과의 대화욕구가 적극화되어 나갔다는 사실이다. 그녀는 아이를 낳지 못하는 약점으로 첫번째 혼인생활에서부터 정신적 고통을 겪어야 했으며, 두번째 혼인에서는 그 점으로 하여 스스로 남편과 헤어져야 하는 쓰라린 체험도 했다. 자연히 아이를 낳을 수 없는 약점이 콤플렉스가 되고 그 점이 때로 남의 아이에 대한 남다른 관심과 애착으로 나타나게 되었다. 길을 가다가 우연히 만난 아이에게 장난을 걸고 말을 주고 받는 일에 남보다 오래 시간을 끌곤 하는 행위는 이러한 결과로 이해할 수 있다. 그녀는 새댁시절 이웃집의 어린아이를 업어주다가 불의의 병을 앓게 한 일로 크게 놀란 일이 있고, 이 일이 있은 뒤부터 남의 아이를 귀여워하기는 하되, 안아주지는 않는다는 자신만의 남모르는 금기를 지니고 있기도 하다. 이런 체험까지가 더해져 그녀의 아이에 대한 관심은 더욱 예사롭지 않은 모습을 보여주게 되었다고 할 수 있고, 아이들과의 이러한 의사교환 행위는 곧 그녀의 이야기 구연현장의 하나가 된다는 점에서도 중요한 의미를 지니는 것이다. 결과적으로, 이로써 볼 때 이인순의 이야기꾼으로서의 형성 과정에는 생득적 측면 못지 않게 경험적 측면도 중요한 비중을 차지하게 되었다고 할 수 있다. 타고난 적극적 기질을 교훈적이고 설득적인 언사로 방향지운 것은 바로 그녀의 남다른 인생역정에 따른 체험 위에서 가능한 것이었다. 어린아이를 좋아하는 것이나, 그들에게도 장난

성의 언사와 함께, 교훈적 언사를 구사하기를 즐겨하는 것도 같은 이유로 설명할
수 있다. 또한, 이와 부합하여 그녀의 구연말투는 남에게 지식을 주고, 설득시키며,
교훈을 주는 쪽에서 주로 이루어지고 있으며, 그녀의 이야기 기능과 이야기꾼으로
서의 역할도 바로 이런 방향에서 실현되고 있다.

6. 능동적 상황적응력과 창조적 표현력

이인순의 이야기꾼으로서의 모습을 이해하는 데에 관심을 기울여야 할 것의 하
나는 이야기꾼으로서의 능동성이다. 그녀는 목록 보유량 만으로만 보면 이야기꾼이
라고 하기 어려울 정도로 빈약한 편이다. 그럼에도 그녀는 마을 주민들로부터 말많
은 사람, 이야기를 잘 하는 사람으로 알려져 있고, 이런 평가를 그녀 자신 수긍하
고 있다. 그것은 이야기에 의한 능동적 적응력 때문이다.

그녀는 지식[21]·경제력·지위·출신배경 등 어느 면에서도 남보다 우월한 것이
없는 처지이다. 모든 면에서 마을의 동년배 집단 가운데 평균 수준이거나 그 이하
이다. 인생체험을 많이 한 점은 내세울 만하지만, 장사에 의한 생업활동과 불행한
결혼, 그리고 가난극복을 위한 고생살이로 점철된 생애가 남들에게 긍정적이기보다
는 오히려 부정적으로 평가되는 편이다. 내세울 것이 없는 처지이므로 마을사회에
서도 발언권이 약한 편이다. 그러나 실제로 그녀의 발언권은 보기보다 약해 보이지
만은 않는데, 이는 바로 그녀의 의사교환 자세의 능동성 때문이다. 그녀의 발언권
이 영향력을 발휘할 수 있는 것은 그러한 발언이 개인 이익 추구적인 것이 아니며,
집단과의 친교를 위한 것이거나 주로 공공의 이익 도모를 지향하고 있기 때문이다.
그녀의 일상생활을 보면 이 점을 잘 알 수 있다. 그녀의 말에 의한 사회참여는 교
제·일·친교·유흥 등으로 구분할 수 있고, 사회활동의 여러 상황에서 이런 모습
이 잘 드러난다. 교제 관련 활동에서는 예컨대 인간 관계 속에서 빚어지는 남들의
갈등 관계에 깊은 관심을 보이며 이에 대한 조정자, 화해자 역할을 즐겨 자임하는
데에서 볼 수 있다. 한편, 일판에서 그녀는 흔히 장난꾼겸 농담꾼으로서의 자기역
할을 발휘하곤 한다. 예컨대 모내기할 때 못줄잡이를 하면서 못줄로 일꾼들과 장난

---

21) 그녀는 생애와는 어울려보이지 않게 한글마저 깨치지 못했다 하며, 스스로 일자무식임을 내세우기
　　를 꺼려하지 않는다.

을 하거나 농담을 주고 받으면서 일손의 균형을 맞추고 굳어있는 일판의 분위기를
부드럽게 변화시키는 등이 그것이다. 친교는 주변 마을 아이들과의 말장난이나 이
야기해주기에서 관찰된다. 능동적으로 말을 붙일 뿐만 아니라 이야기를 구연해주고
상대가 요청하면 계속 들려주기도 하는 데에서 이런 점이 잘 나타난다. 유흥활동에
서 이런 역할이 가장 크게 실현되고 있다. 그녀는 노는 판에서 참여자로서 아주 적
극적인 자세를 보여준다. 유흥판에서 노래도 하고 춤도 추는가 하면, 가까운 읍내
에 써커스나 약장수가 들어와 구경을 가게 되면 으레 객석의 적극적인 참여자가 되
어 뭇 청중으로부터 환호를 받는 일면 무대쪽으로부터도 호응을 끌곤 한다. 관객으
로서의 참여자 뿐만 아니라 흔히 주도자 역할도 한다. 계원들끼리 여행을 갈 때는
자주 사회자 역할을 하기도 하는 예가 그것이다. 집단 속에서의 그러한 역할로 하여
그녀는 때로 관련이 없는 모임으로부터 거저 여행에 동참해 달라는 요청을 받기도
한다.

이처럼, 집단 속에서 집단을 위한 관심에서 말에 의한 능력을 실현하므로 그녀는
집단 모두에게 환영을 받는 편이고, 그러한 활동에 힘입어 어느정도 말의 힘도 발
휘할 수 있게 되었다. 이런 능력은 앞에서 말했듯이 근본적으로 그녀의 타고난 기
질에서, 그리고 인생 체험의 결과에 의한 것이라는 점에서 그녀의 사회활동의 아주
본질적인 측면으로서의 의의를 지니는 것이기도 하다. 그녀의 사회활동에서 이러한
부분을 뺀다면 거의 존재 의의가 없다고 해도 지나치지 않을 정도이다.

말많음으로 언권을 확보하고 있음은 그녀가 이야기 구연을 실현하는 데에 아주
중요한 기반이 되어주고 있다. 그녀는 이야기주머니처럼 이야기를 많이 기억하는
것도, 이야기박사처럼 이야기를 널리 아는 것도 아니어서 이야기로서 언권이 다져
져 있는 처지가 못된다. 그러므로 말에 의한 사회생활을 하는 도중에 구연기회가
마련된다. 마련된다기보다 말의 힘을 강화하기 위하여 스스로 만들어 나가는 쪽이
다. 따라서 그녀의 이야기 구연은 일상적인 말하기 행위의 연장이다. 일정한 예사
말하기라는 문맥 속에 이야기가 수용되고, 말하기 기능의 보완 수단으로 이야기가
구연된다. 그러한 기능은 예증, 이해 확장, 흥미 제공 등으로 드러난다. 예를 보자.
그녀는 〈담배의 유래〉담을 알고 있는데, 일상 대화하는 중에 상대가 자신에게 담배
를 피는 것을 탓하거나 나무랄 때 으레 이 이야기를 한다고 한다. 그로써 담배가
과부를 위한 '과부초'임을 이해시키려 하면서 자신이야말로 흡연자로서 적격자임을
강변한다. 이야기일 뿐인 것을 가지고 사실로 받아들여 예증하려 한다. 고양이 기

르기 취미가 유별난 마을 친구에게 고양기 기르는 취미를 자제시키기 위해 〈고양이는 악물〉 이야기를 하는 것도 비슷한 예가 된다. 구전이야기가 확실한 사실인 양이를 남에 대한 설득 자료로 삼으려 한다. 이처럼 그녀는 일상 말하기와의 긴밀한 연관 속에서 되도록 이야기와의 관련성을 찾아 이야기를 구연한다. 관련성을 찾는 정도에 그치지 않고 문맥을 이야기 쪽으로 몰아나가는 측면도 있다. 지식이 짧아 유식한 말로 상대를 이기거나 설득할 수 없으므로 이야기로써 그런 한계점을 보완하려는 욕구를 자주 실현하는 것이다. 그런만큼 그녀의 이야기는 자족성이 약하며, 예사 말하기 활동과 보족적인 위치에 있다. 어쩌면 그녀가 이야기꾼으로서의 인상을 강하게 주지 못하는 이유의 하나를 그녀의 이야기가 이러한 자족적 기능보다 문맥적 기능을 짙게 띠고 있는 데에서도 찾을 수 있다고 할 수 있다.

그녀의 이러한 말하기 기능과 이야기의 관련성은 자연히 이야기의 기능확장을 초래한다. 이야기가 고정된 기능으로만 구연되지 않고 본디의 의미 이상으로 기능이 확대되는 것이다. 말하기 기능에 이야기의 기능이 좌우되는 결과이다. 이에 따라, 그녀의 이야기 목록의 구연 목적을 중심으로 다시 정리할 수 있다. 몇 가지만 제시하면 다음과 같다.

〔1〕 은혜갚은 뱀
〔줄거리〕: 어린 아이가 서당에 가는 길에 우연히 실뱀을 만나 밥을 주기를 여러 해 계속했는데, 졸업하는 날에 뱀이 은혜를 갚겠노라며, 자기가 사는 연못 주위 사람들이 계속 뱀에게 물려죽는 변고가 나게 되고, 마침내 뱀을 죽이는 사람에게는 크게 포상하겠다는 명령이 내릴 터이니, 그때 소년이 나서서 자신을 죽이고 상을 받으라고 했다. 소년이 그렇게 해서 큰 벼슬을 하고 잘 살게 되었다.
〔구연목적〕: ① 미물도 은혜를 갚을 줄 안다.
② 힘없는 사람도 북돋아 주면 은혜를 갚는다.
③ 뱀은 사물(邪物)이다.22)

〔2〕 칠대독자의 원혼
〔줄거리〕: 7대 독자가 살림이 아주 가난하여 남의 집 머슴을 살았는데, 주인이 새경을 안주고 아이를 배에 태워 바다에 빠뜨려 돈을 빼앗아 어느 곳 골살이를 하며 잘 살았다. 그 자손이 7대를 내려간 어느날, 어린 아이가 갑자기 병이 나 죽게 되었는데, 귀신을 알아보는 능력이 있는 한 과객이 보니 옛날에 원한으로 죽은 머슴의 원혼이 원수를 갚으려고 작해를 하기 때문이었다. 머슴의 소원대로 물속에 빠져있는 시신을 건져

---

22) 여기에서 ①~③ 항은 이인순이 스스로 말한 것을 그대로 적은 것임.

명당에 장사지내주고 겨우 화를 면했다.
　〔구연목적〕 : ① 남에게 원한을 짓지 마라
　　　　　　　② 싸움하지 마라
　　　　　　　③ 남에게 악심을 품지 마라

〔3〕 용이 된 개
　〔줄거리〕 : 색시가 모진 시집살이를 하면서도 개에게 때마다 자기 밥을 덜어 먹여서 키웠다. 개가 다 자라 처녀가 밥을 먹여 키우기가 어렵게 되자 어느날 개가 집을 나갔는데 찾아보니 강가 모래 위에 앉아 있었고, 꼬리만 남고 용으로 변해 있었다. 부디 용이 되어 승천하라며 빌고 돌아서 보니 문득 개가 보이지 않았다. 집으로 와 며칠이 지나자 갑자기 천둥이 치며 번개불이 색시 얼굴을 비췄고, 그러자 색시 얼굴이 이상하게 변해졌다. 이상하게 여긴 남편이 색시를 큰 독에 넣어 밖에 내놓으니 하늘에서 내려온 용이 독을 휘감는가 했는데, 번개가 한 번 지나간 다음에 보니 독속의 색시는 보이지 않고 물만 남았다.
　〔구연목적〕 : ① 남에게 모진 짓을 하지 마라
　　　　　　　② 짐승도 오래 먹이면 조화를 부린다

(1)~(3)의 ①~③ 모두 그녀가 구연을 실현한 예들이다. 이 가운데 ①항은 모두 각 설화의 주제와 잘 일치되고 있음에 비해 그 외의 항목들은 그것과 약간 벗어나 있거나 멀리 벗어나 있다. 그럼에도 이러한 주제를 위해 구연을 실현하고 있음은 말하기의 상황에 의해 이야기 주제가 확장되고 있음을 뜻한다. 상황이 작품의 표현에 영향을 비칠 뿐만 아니라[23] 목록의 선택까지 지배하는 결과이다. 이런 현상은 이야기를 자의적으로 표현할 수 있는 가능성을 높게 보여주고 그에 따라 이야기꾼의 개성을 강하게 드러내는 순기능을 하는 것과 함께, 이야기 구연자를 이야기꾼으로 부각시키는 데에는 역기능을 하는 요인도 된다. 그녀가 친구집단 사이에서 진정한 이야기꾼으로 통하기보다 참견 잘 하고 말 많은 사람, '떠들이'라는 별명으로 더 잘 알려져 있음도 이로써 이해할 수 있다.
　이야기 구연의 기능확장 능력은 자연히 작품보다는 상황중심성을 지향하며, 작품보다도 이야기꾼의 능력에 의해 설화의 전달과 표현이 크게 좌우되는 양상을 보여준다. 그러므로 이런 방향에서의 능력을 계속하여 주목할 필요가 있다. 이인순은 이야기 목록을 상황에 따라 가변적으로 적용할 뿐만 아니라, 상황에 따른 창조적인 표현에도 뛰어난 기량을 실현해 보인다. 이에 대한 좋은 예로 〈총각서방과 할머니

---

23) Alan dundes, Texture, *Text, & Context, Interpreting Folklore*(Indiana Univ. Press), 1980, p. 32.

신부〉 이야기의 경우를 들 수 있다. 한 노파가 나무꾼들이 자기 산에서 땔나무 하
는 것을 만류하다가, 한 총각 나무꾼과 눈이 맞아 노파가 청혼하고 총각이 이에 응
해 다른 마을로 가 정착하여 사랑놀음을 하며 행복한 대화를 주고 받는 것을 주된
내용으로 하는 이야기이다. 남녀간의 성이 노출되는 외설담이자, 줄거리의 전달보
다는 정황과 대화의 묘사가 중요시되는 소화이기도 하다. 이런 점으로 하여 이 이
야기는 여성 이야기판보다 남성 이야기판에서 더 쉽게 수용될 만한 소재이고, 이야
기의 맛을 제대로 실현하기 위해서는 과감한 표현력이 요구되는 소재이기도 하다.
여성 이야기꾼이 쉽게 수용하기 어려운 이 이야기의 구연을 이인순은 잘 실현해 보
였다. 자기 표현의 적극성을 높게 지니고 있는 그녀로서도 이것의 이야기판 수용이
쉽지 않았던지 판흥이 고조되자 마지막 순서로 이것을 꺼내어 구연했다. 구연단계
까지 나아가는 것도 쉬운 문제가 아니지만, 더 중요한 것은 이야기다운 맛을 잘 내
서 구연할 수 있느냐에 있다. 이 이야기가 단순한 구연만으로는 맛이 제대로 실현
될 수 없다는 사실은 이인순 자신의 말을 통해 알 수 있다.

     옛날 얘기, 옛날에 헌 얘기, 이건 얘기라구두 헐 수 욱구? 〔청중: 응. 얘기라구 헐
     수 읎어?〕 노래라구두 헐 수 읎는 얘기가 하나 익거덩? …(중략)

     ……(전략) 그 이것두 이거 만담으루두 들어갈 수가 익구? 또오, 잡담으루두 들어갈
     수가 익구? 고담으루두 들어갈 수가 있어요…(하략)   (구비대계 4-5, 782~3면)

   얘기라고도 할 수 있고 노래라고도 할 수 있다고 한 말은 이야기이면서도 노래
답게 표현해서 분위기를 내야 제대로 표현될 수 있다는 뜻이다. 한편 이야기이지만
'만담'·'잡담'·'고담'의 성격을 함께 지닌다고 했다. 만담은 우습게 표현해야 할 이
야기라는 뜻이고, 잡담이란 말은 상스런 이야기라는 뜻이라면, 그러면서도 구전되
어온 이야기이므로 고담이기도 하다는 뜻이다. 이 중에서도 이 이야기의 표현과 관
련하여 더욱 중요한 점은 만담이면서 노래와 이야기의 성격을 함께 지닌 것이라는
사실이다. 따라서 거기에 어울리는 구연 기량이 뒤따름으로써 이야기다운 맛을 제
대로 표현할 수 있다고 할 수 있는데, 실제로 그녀는 그에 상응하는 표현기법을 잘
구사하여 구연을 실현하고 있다. 그녀는 이 이야기를 남녀 두 등장인물의 대화를
중심으로 구연을 이끌고 있을 뿐만 아니라, 두 인물의 음성묘사를 아주 사실적으로
달성해내고 있다.24) 이와 함께, 이러한 대화중심의 대사표현을 노래처럼 실현하여,

우스운 효과를 더욱 실감있게 성취하고 있다. 또한 거기에 더하여 역동적인 짓표현
을 동반하여 보조적인 표현효과를 높여주고 있기도 하다. 그럼으로써 전체적으로
잡담 수준의 이야기로 만담다운 효과를 잘 실현해 보이고 있다. 한 마디로 이야기
꾼의 적극적인 현장 적응력과 개성적인 표현력으로 하여 이야기 본디의 표현 가능
성을 아주 충실하게 실현하고, 청중에 대하여 그에 상응하는 연행효과를 잘 달성하
고 있는 것이다. 이야기꾼의 이야기판 적응력과 표현능력에 의해 작품이 가변적인
모습을 보여줄 수 있음을 여실히 보여주는 예라 할 수 있다.

7. 이야기꾼으로서의 유형성과 의의

이 발표는 이야기꾼 이해 관점이 종래 이야기의 양이나 질을 중시하는 쪽에서
다수 일상인의, 생활 속에서, 일상의 연장으로 실현하는, 이야기 구연력을 주목하는
쪽에서 볼 필요가 있음을 환기하고, 그 점을 관찰하고 정리하는 틀로서 이야기꾼의
유형 구분 방법을 모색하면서, 이인순이라는 한 인물에 대해 살핀 것이다. 이야기
꾼으로서의 외면도 주목하는 것과 함께 드러나지 않은 내면을 중요시하면서 이야기
꾼의 모습을 밝혀보는 쪽에 주안을 두고자 했고, 보유 목록의 수보다는 말하기 능
력과 그것에 의한 사회적 적응 능력과 과정에 관심을 두고 관찰함으로써, 되도록
이야기꾼을 체험과 사회생활 속에서 개성적으로 형성되어 나가는 존재로서 접근해
보고자 했다.

이상에서 논의한 결과는 우선 그녀의 이야기꾼으로서의 유형성을 파악할 수 있
게 한다. 먼저 이야기꾼으로서의 기본적인 측면인 이야기에 대한 관심과 욕구면에
서 볼 때 '적극형'으로서의 특징을, 그리고 생애면에서는 '유동적' 성격을 각각 특징
적으로 보여준다. 다음, 이야기 보유 목록의 질과 양의 측면에서 보면, 자료의 축
적과정으로 볼 때 '성장누적형', 그리고 목록의 성향에서는 '소수제한형'임을 특징으
로 하고 있음이 드러났다. 그리고 구연력의 측면에서 보면 '연행지향형', 구연의 운
용 면에서 보면 '과장적 표현형'의 특성이 두드러지는 것으로 나타나고 있다.[25] 이

24) 다음과 같은 표현대목이 그 예이다 : 노파가 총각더러 소녀처럼 다정하게 "어야, 자네 나하구 살
세."라고 하자 총각이 퉁명스레 "여기서는 넘부끄러 못살아요." 또, 신랑이 지붕에 올라가 박이 익
었는지를 살피는 사이 신부가 사다리를 떼어놓고 어린애 목소리로 "어짤랑고~ 어짤랑고~"라며
놀리는 것 등(『구비대계』 4 - 5, 786, 789면).

상에서 정리된 여섯 가지 항목을 다시 정리하여 이해하면, '유동형'과 '성장누적형'의
성격은 떠돌이 삶을 오래 살았고, 남달리 다난한 체험을 했던 그녀의 생애상의 특
징과 관련을 맺고 있다. '적극형'·'연행지향형'은 그녀의 말많고 대인관계에 적극적
인 기질적 특성과 관련된 특징들이다. 다음, '소수제한형'·'주관적 표현형'은 그녀의
이야기꾼으로서의 의식과 연결된다. 이 두 요소는 그녀가 이야기를 기계적, 자족적
으로 한다기보다 상황적, 의도적으로 더 많이 하는 것을 뜻하는 것이기 때문이다.
이로써, 이들을 종합하면 그녀는 선천적 소질을 타고난 데에다, 생애상의 독자성이
영향을 주어, 주관을 지닌 이야기꾼으로서의 개성있는 모습을 보여줄 수 있게 되었
다고 할 수 있다. 이야기꾼의 능력과 개성이 간단한 것만이 아니며, 적어도 이처럼
여러 측면들이 종합됨으로써 구체화되는 것임을 위 사실은 확인하게 한다.

　그러면, 이제 끝으로 위에서 말한 생애상·의식상의 특징과 의의를 사회·역사와
의 관련성 위에서 이해함으로써 이야기꾼으로서의 특징 논의를 마무리지을 차례이
다. 이인순의 인간형은 주로 떠돌이성 생애로 규정할 수 있다. 그것은 숙명적으로
결정된 것이라 할 수 있다. 그 숙명성은 남존여비의 낡은 관념, 뿌리깊은 가난, 무
자(無子)로 요약된다. 첫째와 셋째 요인이 일시적인 것이라면 둘째 요인은 그녀의
온 생애를 통해 영향을 미친 뿌리깊은 것이다. 그런 점에서 그녀의 삶은 사회보다
시대적 요인에 의해 지배당한 측면이 강하다. 철도 들기 전부터 남의 집에 가 심부
름을 해주면서 얻어먹다시피 하며 자라야 했던 것도 가난 때문이었고, 타관에까지
나아가 정식으로 식모살이를 해야만 했던 것도, 그래서 가출을 한 것도 원인은 가
난이었으며, 고향을 떠나 타관을 떠돌며 혼자서 생업을 도모해야만 했던 것도 역시
가난 탓이었다. 그녀는 떠돌이 삶을 영위하는 동안에 철도 들었고, 스스로 생업도
개척해야 했으며, 이야기를 듣고 목록을 축적한 것도 거의가 이 무렵이었다. 이런
생활은 주로 식모생활과 장사활동으로 나뉜다. 식모생활은 그녀의 가정에는 큰 경
제적 도움을 줬지만 그녀 자신에게는 결과적으로 거의 피해만을 줬다. 서울에서 식
모살이에 좌절하고 내려왔을 때 그녀는 환영 대신 혹독한 꾸중만을 들어야 했다.
그녀의 식모살이는 가정경제를 위한 일방적 봉사와 희생이었다. 거기에다 서울에서
의 식모생활은 고향사회로부터 자신에 대한 부정적인 인식을 심어줌으로써 그녀의

---

25) 이 유형성의 정확한 분석과 설명은 앞 2장에서 나열한 구분항목을 기준으로 그녀의 특징들을 일
　일이 대응시켜 표로 정리할 때 분명히 드러날 듯하다. 그러나 위에서 특징으로 언급하지 않은 것
　은 대체로 그점이 뚜렷하지 않아, 어느 한쪽으로 구별하기 어려운 것들이기 때문이다. 그만큼 이
　들 항목들은 그녀의 특징을 이해하는 데에 덜 중요한 요소들이라 할 수 있겠다.

처지를 더욱 어렵게 했다. 그녀의 삶은 도시 식모살이 생활방식이 일반화되었던 시대의 한 모습과 함께, 도시와 시골과의 의식 차이로 인하여 식모생활 체험이 개인 삶의 파탄 요인으로 작용하곤 했던 그 당시 시대상의 한 면을 보여준다. 또한 같은 이유에서 그녀의 소년·청년기의 삶은 실패한 식모살이 인간형의 한 전형을 보여준다고 할 만하다. 더불어, 이러한 생활은 그녀의 이야기 목록을 형성하는 데에 중요한 기간이었다는 점에서 의미있는 시기이기도 하다. 이로 인해 소년기에는 어른에게서 듣고 청년기에는 글로 읽어준 것을 들은 것으로, 각각 그 나름대로 목록상의 특징을 보여주고 있다.

이에 이어지는 20대와 30대는 대화행위의 능동성을 계발하고 말하기의 적극성을 자극받은 시기였고, 이는 그대로 그녀의 삶과 이야기하기의 특징에 영향을 주는 또 하나의 분기점이 되었다. 생계도모를 위한 장사활동은 그녀로 하여금 대화를 통한 타인과의 접촉의 필요성을 촉진함으로써 그녀의 타고난 다언 기질과 말참견 습성을 부추기는 역할을 했다. 그러면서 그 이후에 있었던 종교 체험은 그녀의 언권(言權)을 높이는 데 또 다른 기능으로 작용하였다. 이런 두 가지 능력은 출신과 경력이 미천한 그녀로서 정상적인 사회생활을 하는 데에 중요한 자산이 되어 주었으며, 이는 자연히 이야기꾼으로서의 그녀의 능력을 실현해 나가고, 그로써 자신의 존재를 알리고 드러내는 데에 긴요한 기반이 되어주었다.

그녀의 역경으로 점철된 생애는 시대와 사회적 산물인 측면도 있지만 전래적 인습과 경제적 궁핍에 의해 더 큰 영향을 받은 것이었다. 거기에다 그녀는 개인적 불행의 원인을 지나치게 외부로 돌리고 비판하려 하지 않는다. 그녀의 생애사를 시대나 사회의 특정 상황과 깊이 연관지워 이해하는 데에 한계가 있는 이유를 여기에서 알게 된다. 그녀의 이야기 능력은 궁극적으로 현실생활에의 적응 노력과 긴밀히 연관되어 있고, 그러한 사회는 다양성을 띠는 것이었다. 그녀와 사회와의 관련성은 특별히 시대성을 띠는 것으로서가 아니라 일반적 현상으로서의 그것이라는 성격이 강하다. 그러므로 그녀의 이야기꾼으로서의 모습은 시대·사회와의 관련성을 내세워 규정하려 하기보다 사회적 요인과 함께 선천적·후천적 요인이 함께 작용됨으로써 결정된 것으로 규정하여 이해하는 것이 온당할 것이다. 그런 점에서, 타고난 적극적이고 말많음의 기질이 생애상의 특수성에 의해 현실 적응의 기능 중심으로 계발되었으며, 종교체험이라는 남다른 요인에 의해 그런 능력이 더욱 강화되고 그로써 그녀다운 사고방식이나 가치관에서의 독자성과 개성을 갖추게 되었다고 보는 것이 그녀에 대한 균형있는 이해시각이 될 것이다.

결국 이로써 볼 때, 그녀는 외모는 물론 기질적 측면과 생애상의 체험 모두에서 이야기꾼으로 활동할 수 있는 적절한 조건을 구비하고 있으며, 이야기꾼으로서의 자각과 적극성으로 하여 늘 강한 구연욕구를 지니고 있는 위에, 제한된 이야기목록을 창조적으로 운용하며 자신의 역할을 수행하는 인물이라 할 수 있다. 바로 그런 점에서 그녀는 그녀의 독자적인 모습만큼, 오늘도 살아있는 이야기꾼의 한 사람으로서 남아있게 되었다고 할 수 있다.

이야기꾼의 연행적 특성

- 전북 익산 이강석 할아버지의 경우를 중심으로 -

이 복 규

Ⅰ. 머리말

이야기꾼 이강석에 대해서는 이미 한 차례 다룬 적이 있다. 1996년 8월 17일 전북 무주에서 열린 한국구비문학회 하계연구발표회 자리에서, "호남지역 화자 이강석과 그 구연설화에 대하여"라는 제목으로 구두발표한 이후 동일한 제목의 논문으로 발표한 것1)이 그것이다. 거기에서는 이강석의 개인사와 설화관을 비롯하여 이 것저것 언급하였는데, 이 글에서는 '이야기꾼의 연행적인 특징'에만 초점을 맞추고, 아울러 새로 조사해 알아낸 사실을 소개하고자 한다.

이야기꾼이 이야기를 연행할 때 보이는 특징이야말로 이야기꾼을 이야기꾼답게 차별화하는 요소일 것이다. 이강석 할아버지의 경우, "같은 얘기라도 내가 허야 좋다고 혀"라고 스스로 밝히고 있는데, 그럴 수 있는 비결이 바로 연행상의 특징이라

---

1) 이복규, 「호남지역 남성화자 이강석과 그 구연설화에 대하여」, 『민속문학과 전통문화』, 서울: 박이정, 1997. 521~542면.

고 하겠다.

이 글에서는 이강석 할아버지의 연행상의 특징을 입체적으로 파악하기 위해 두 단계로 나누어서 접근하고자 한다. 우선은 이강석 할아버지 자체에서의 특징을 파악하겠다. 이강석 할아버지가 이야기를 구연할 때 드러나는 일반적인 특징들이 무엇인지 알아보는 일이 그것이다. 다음에는 능숙하지 않은 화자와 비교하여 드러나는 특징을 포착하기로 하겠다. 이강석 할아버지가 구연한 이야기를 들은 청중(능숙하지 않은 화자)에게 그 이야기를 다시 구연하도록 하여, 이 둘을 비교함으로써 그 특징을 알아보는 작업이 그것이다.

Ⅱ. 이강석 할아버지의 연행적 특징

1. 이강석 할아버지 자체에서의 특징

설화의 연행방식을 검토하는 데에는 여러 가지 항목이 동원될 수 있다. 그 동안의 연구 성과를 보면, 연행방식의 여러 국면을 설명하거나 검토하는 데 유용한 항목들이 나와 있다. 이 글에서는 선행 논문들을 참조하여 몇 가지로 구분해 검토하고자 한다.2) 음성과 어조의 변화, 설의법의 활용, 열거법의 활용, 수식어의 다양한 활용, 속어와 욕설·육담의 활용 등이 그것이다.

(1) 음성과 어조의 변화: 이강석은 음성과 어조를 그때그때의 상황에 맞도록 변화를 준다. 예컨대 주인공이 코먹어리면 코먹어리의 흉내를 기막히게 내서 해당 대화 부분을 표현한다. 〈코먹어리 부부와 곶감장수〉에서 코먹어리와 곶감장수 소리를 흉내낸 대목은 가히 일품이다. 이강석은 어조에도 변화를 주곤 한다. 급박한 상황

---

2) 대표적인 연구 성과를 들어보면 다음과 같다.
   곽진석, 「이야기꾼의 이야기 구성과 변화에 대한 연구」, 서울: 서강대학교 대학원 석사학위논문, 1982.
   천혜숙, 「이야기꾼의 이야기 연행에 관한 고찰」, 『계명어문학』 1, 대구: 계명어문학회, 1984. 95~115면.
   이인경, 「화자의 개성과 설화의 변이」, 서울: 서울대학교 대학원 석사학위논문, 1992.
   강성숙, 「이야기꾼의 성향과 이야기의 특성에 관한 연구」, 서울: 이화여자대학교 대학원 석사학위논문, 1996.
   이수자, 『설화 화자 연구』, 서울: 박이정, 1998.

을 묘사할 때는 아주 빠르게 구술하고, 한 단락에서 다음 단락으로 넘어갈 때는 일정한 휴지를 가진다. 그럼으로써 이야기가 리듬을 확보하여 단조롭지 않도록 한다. 이강석은 구연 도중에 노래로 해야 할 대목이 있으면, 노래를 하기도 한다. 판소리에서 아니리를 하다가 창을 하여 변화를 주는 것과도 같은 경우라 하겠다. 예컨대 〈남사고〉 이야기에서, 남사고를 깨우쳐 준 스님이 그 일깨움의 내용을 "남사고야 남사고야 비사정우 워디다 두고 사사정이 웬말이냐?"라고 노래로 한 대목이 있는데, 이 부분을 타령조로 바꾸어 표현함으로써 이야기의 분위기에 변화를 주고 있다. 이는 능숙하지 못한 화자로서는 감히 시도할 수 없는 면모라고 생각한다. 하나 더 첨가하자면, 강조하고자 하는 말을 강하게 또는 높거나 길게 발음하는 것3)도 여기 포함해야 할 특징이다.

(2) 설의법의 활용: 이강석은 곳곳에서 청중에게 이야기의 상황과 관련하여 질문을 던지곤 한다. 단순한 질문이 아니라, 설의법적인 질문들을 던진다. 예컨대 〈아버지 원수 갚은 과부 아들〉에서, 죽음을 무릅쓰고 덤비는 군사와 그렇지 않은 상대방 군사를 대비한 다음, "긍게 인자 악씨고 달라드는 놈허고, 지 몸 살을라는 놈허고 혀볼 수가 있어?"라고 묻고 있는데, 이런 설의법적인 표현은 청중으로 하여금 이야기에 집중하도록 환기하는 효과를 지닌다고 생각한다. 아울러 이런 설의법의 구사는 이야기꾼의 여유와 자신감을 은연중에 과시하는 것으로서, 청중으로 하여금 이야기꾼이 구연하는 이야기의 내용에 신뢰를 가지게 하는 효력도 발휘한다고 하겠다.4)

(3) 열거법의 활용: 이강석은 어떤 장면이나 상황을 묘사할 때 열거법을 자주 구사한다. 〈아버지 원수 갚은 과부 아들〉에서 뱀 가루로 군사를 소생시키는 대목에서 "다리도 떨어져 죽고, 모가지도 떨어져 죽고, 어디 허리도 부러지고"라고 표현한 것이 그 한 예이다. 열거법은 화자로 하여금 연행을 유창하게 하면서 청자에게는 해당 장면을 입체적이고 구체적으로 떠올리게 하는 구실을 한다고 하겠다.

(4) 수식어의 다양한 활용: 이강석은 의태어와 의성어 등의 수식어를 다양하고

---

3) 국어학에서는 이를 '표현적 장음(長音)' 또는 '표현적 음장(音長)'이라 일컫고 있다.
4) 이와 관련해, 이야기꾼 이강석은 "얘기를 잘하려면 좌중을 휘어잡아야 혀"라고 말하고 있다.

도 적절하게 구사함으로써 상황 묘사의 효과를 높이고 있다. "어린 것이 뻑뻑뻑 기어다니다가"(《엉터리 지관》), "쇠를 좍 깔지요. 거기다 구녁을 뻥뻥뻥 뚫어요. 거기다 나락을 훌훌훌 던지죠."(《거짓말 시합》), "(호랑이가) 홀짝홀짝 듬성듬성 걸어간단 말여. 펄쩍 뛰니까 굴에 가 덜컥 떨어져 깨져 죽었다고"(《이토정 이야기(1)》), "굴밖으로 후르르 나가버렸네."(《이성계 이야기》), "방구를 뿍뿍뿍 뀐단 말여. 다듬이질은 똑딱똑딱 하고. 하다하다 지쳐가지고 방망이를 떽떼구르르르 하고 논게, 뻭뻬구르르르 하고 그친단 말여."(《며느리 방귀(2)》) 등이 그런 예이다.

(5) 속어 내지 욕설·육담의 활용: 이강석은 호남방언 특유의 노골적인 육담과 속어를 자주 사용한다. 호남지역의 이야기꾼다운 면모라 하겠다. 호남방언 특유의 노골적인 표현을 작품 내용과 연관지어 효과적으로 구사함으로써, 흥미도 높이고 주제 전달도 효과적으로 하고 있다. 여기서 주제 전달에 효과적이라는 것은, 권선징악적인 주제를 구현하는 이야기의 경우, 부정적인 인물의 행동을 묘사하면서 '싸가지 없는 놈'이나 '썩은 년'으로 표현함으로써, 그같은 인물 평가 자체가 주제를 명료하게 드러낸다고 보기 때문이다. 이런 면모는 다른 지역 이야기꾼에서는 보기 힘든 면모가 아닌가 판단한다. 몇 가지 사례를 제시하면 다음과 같다. "어떤 놈이 죽을 때가 되었는가 보다"(《여자장사와 이대장》), "멀쩡헌 도둑놈 같으니"(《거짓말 시합》), "똥을 싸게 혼났어"(《고산 국사철 이야기(1)》), "저런 쥑일 년 보게"(《쫓겨난 여인 발복설화》), "다리몽생이나 작신 분질러 쥑였으면 좋겠다"(《옹기장수와 원님》), "썩은 년아"(《머슴살이 남편의 억울한 사정》) "싸가지 없는 놈, 뒈져 이놈아"(《토끼의 재판》) 등이 그런 예이다.

2. 능숙하지 않은 화자와 비교했을 때의 특징

발표자는 이강석의 연행적 특징을 파악하기 위해, 최근에 실시한 채록 현장에 초등학교 5학년생인 이범신을 데리고 가서 듣도록 하였다. 그리고는 집으로 돌아와 이틀 후에 그때 들은 이야기 중에서 〈아버지 원수를 갚은 과부 아들〉·〈왕비 간택〉·〈거짓말 시합〉 등 세 편의 이야기를 구연해 보도록 요구해 채록하였다. 이야기꾼인 이강석의 이야기와 능숙하지 못한 화자인 이범신이 구연한 이야기를 비교해 본 결과 몇 가지 흥미있는 차이를 발견하였다. 거기에서 확인한 이강석의 연행적 특징은 다음과 같은 것들이다.

(1) 제스처(몸짓, 손짓, 표정)의 활용 : 이야기꾼 이강석과 능숙하지 않은 화자의 이야기 연행을 비교했을 때 가장 두드러지게 차이나는 면모가 제스처 활용 여부였다. 능숙하지 않은 화자가 거의 제스처를 활용하지 않은 데 비해, 이강석은 수시로 제스처를 사용한다. 예컨대 〈거짓말시합〉에서 거짓말쟁이가 영감한테 문서를 내밀 때, "씨커먼 종이때기 하나를 내놔"하면서 정말로 꺼내는 시늉을 해 보인다. 그뿐만이 아니다. 이강석은 구연 도중에 자주 웃는 것은 물론이고, 슬픈 대목에서는 눈에 가득 눈물을 머금곤 하여 스스로 이야기에 몰입하곤 한다. 이는 청중으로 하여금 이야기 세계에 더욱 빨려들게 하면서 그 주제에 공감하게 하는 효과를 발휘한다. 〈왕비 간택〉 이야기를 구연할 때에는 눈물을 머금은 채 울먹거리며 구연하기도 하였다.

(2) 세부 묘사: 이강석의 이야기는 능숙하지 않은 화자가 연행한 것보다 세부 묘사 면에서 월등히 뛰어나다. 이는 이야기꾼 이강석의 이야기를 장편화하는 핵심 요소로 작용한다고 보인다. 어느 이야기든 능숙하지 않은 화자가 구연한 이야기보다 이강석의 이야기는 항상 길기 때문이다. 구체적으로 세부 묘사 면에서의 차이를 대비해 보이면 다음과 같다.

이강석이 구연한 〈왕비 간택〉이야기의 첫부분

한 고을 허먼, 한 고을서 딸을 제일 잘 둔 사람으로 골라서, 하낙씩 선출혀서 골라서 나가. 게 삼백 예순 고을인디, 삼백 예순 명이 전부 서울로 집결허게 됐어. 그렀는디, 인자 마당이 인자 빡빡허게 들어서갖고, 인자 족- 자기 아버지 이름, 방석이다 이름 써가지고 다 깔고 앉고 그렀넌디, 다른 사람은 다 방석을 깔고 앉었는디, 그, 그때 시절이 그 좋은 치매 입고 그렀는디, 방석을 이렇게 또로로 말어서 이렇게 아둥고 앉었고, 맨땅이 가 앉었더랴. 그 사람이. 그 꿈 산 여자가.

능숙하지 않은 화자가 구연한 〈왕비 간택〉이야기의 첫 부분

다른 미인들이 많이 와 가지고 시험을 보려고 하는데, 맨 처음에 와가지고는, 방석이었던가? 다른 사람들이 자기 아버지 이름을 써놓은 방석에다가, 방석을, 아니 방석에다가 자기 아버지 이름을 써가지고 거기다가 앉으래요. 그래서 다 앉았는데, 어떤 처녀만 안 앉었어요.

이강석이 구연한 이야기가 더 긴 것은, 줄거리 위주로, 요점만 전달하는 후자에 비해, 장면 장면을 자세히 묘사했기 때문이다. 왕비 간택에 응한 처녀들이 어떤 과정을 거쳐 서울에 왔으며, 주인공 처녀가 아버지 이름이 새겨진 방석을 차마 깔고 앉을 수 없어 정성스럽게 안고 있다고 묘사한 데 비해, 후자는 그러지 않다 보니, 길이에 차이가 생긴 것이다. 이렇게 이강석은 세부 묘사를 잘함으로써 장면 장면을 인상깊게 하여 흥미를 더하는 것이라고 생각한다.

(3) 직접 화법: 이강석은 직접 화법을 구사하는 경우가 많다. 이 점은 능숙하지 않은 화자와 비교했을 때 확연하게 드러난다. 대비해 보이면 다음과 같다.

이강석이 구연한 〈거짓말 시합〉이야기의 한 대목
"여기는 여름이 더울 적이 피서를 허는디 어떻게 헙니까?"
허고서 물웅게,
"응. 여름이 더울 적이는 큰 정자나무 밑이서 앉아서, 션헌 디 앉었다. 그려도 더우면 부채질허먼 션허지."
"그거 성가시런디요? 그렇게 헐라면."
"자네넌 어떻게 편헌 수가 있능가?"
"즈게는 저 편허게 피서를 허지요. 겨울 대한날, 그날이 춥잖요?"
"아 그렇지 암만. 그날이 춥지."(웃음)
"그 날 큰 항아리다가 바람을 하나 꽉 잡아 넣고서는 꽉 봉해 놔요."
"그려서?"
"그놈을 꽉 봉해 놨다, 여름이 더울 때, 구녁 쬐끔 뚫어 놓고 그 곁이 앉었으면 굉장히 션혀요."
"에이 사람, 그짓말여."(웃음)

능숙하지 않은 화자가 구연한 〈거짓말 시합〉이야기의 한 대목
"영감님은 어떻게 피서를 보내십니까?"
그래가지고,
"저 느티나무에서, 느티나무 그늘에서 멍석 깔고 앉아 가지고, 그래도 더우면 부채 피우면, 그게 최고라."
고. 그렇게 말하니까,
"에이, 그거는 절대로 피서가 아니예요."
그러니까 그 영감이 궁금해 갖고,
"뭐냐?"

고 물어 보니까, 그 사십 먹은 총각이,

"겨울에, 바람이 쌩쌩 불 때 거기 항아리를 갖고 와서 구멍을 연 다음에, 겨울바람을 집어 넣어가지고 시원하게 하면 된다."

고 그러니까, 인제 그 영감이,

"에끼, 거짓말하지 말아요. 이 사람아."

위에서 보는 것처럼, 이강석은 직접화법을 구사함으로써 이야기 전개를 후자보다 박진감있게 한다고 할 수 있다.

(4) 이야기에 대한 논평 : 이강석은 이야기의 말미에서 자주 논평을 가하곤 한다. 〈왕비 간택〉 이야기의 경우 이강석은 "그렇게 의견이 매우 높은 여자여. 그려서 시 가지를 다 합격을 혔어. 그려서 왕비가 됐더라. 그렇게 크게 되는 사람은 생각 허는 것이 닭어."하면서 바로 이어, 최근의 IMF 사태와 관련한 정부 책임자의 무능을 차마 옮기기 어려울 만큼 신랄하게 비판하기도 하였다. 이런 면모는 교훈적인 주제를 강하게 지닌 이야기를 연행할 때 자주 보이는데, 이는 능숙하지 않은 화자의 경우에는 전혀 나타나지 않는 면모이다.5)

Ⅲ. 맺음말

이상 이야기꾼 이강석 할아버지의 연행적 특성을 몇 가지 소개하였다. 그중에는 이강석 할아버지 개인만 지닌 특징이라 할 만한 것도 있고, 이야기꾼 일반 나아가서는 구술문화 일반의 보편적인 특징이라 할 만한 것도 있다. 어쨌든 여기 소개한 것들이 종합되어서 이강석을 유능한 화자 즉 이야기꾼으로 만드는 것이 아닌가 한다.

이 발표는 특정한 이야기꾼을 중심으로 한 사례 연구일 따름이다. 하지만 우리

---

5) 이야기 말미에 등장하는 '논평'은 기록문학의 경우, 전(傳)에 등장하는 '논평부'와 비견될 수 있어 앞으로 연구할 가치가 있다고 생각한다. 지금까지 이야기의 논평 부분에 대해서는 거의 주목하지 않은 것으로 아는데, 그럴 수 없다. 필자의 생각으로는 이 논평 부분이야말로 그 이야기를 구연하는 사람이 파악하고 있는 그 이야기의 주제가 드러난 부분이라고 본다. 필자는 문학 작품의 주제는, 작자가 의도한 '의도주제', 작품 자체의 구조에 실현되어 있는 '실현주제', 독자가 수용하면서 인식한 '수용주제'의 세 차원으로 존재한다고 생각하는데(이복규, 『임경업전연구』, 집문당, 1993 참조), 그런 점에서 이야기의 주제를 논하기 위해서는 '논평' 부분도 마땅히 주목해야 한다고 판단한다. 따라서 이야기를 채록하고 정리할 때에도 이 논평 부분을 생략하지 말고 다 반영할 것을 이 자리를 빌어 제안한다.

남한에 생존해 있는 몇 안되는 이야기꾼6)중의 한 사람의 이야기 연행을 조사하여 얻은 결과이므로 어느 정도는 일반화가 가능하리라고 생각한다. 특히 이야기꾼의 이야기를 들은 청중에게 다시 그 이야기를 구술하게 하여, 두 자료를 비교해 본 시도는 처음 해본 것이 아닌가 한다. 하지만 이는 어디까지나 실험 연구에 불과하다. 미성년자를 대상으로 하고 구연조건도 자연적인 이야기판이 아니라 인위적이었다는 한계를 지니고 있다. 성인 화자를 대상으로 자연적인 이야기판에서 같은 실험을 해 보는 등 다양한 실험이 이루어지는 데 이 글이 한 선례로서 기여했으면 한다.

앞으로 다른 이야기꾼들의 연행적 특성에 대한 연구가 다양한 이야기꾼을 대상으로, 다양한 방법으로 지속적으로 전개되기를 희망한다. 그런 개별 연구 성과가 종합될 때, '이야기꾼의 연행적 특성'에 대한 보편 이론이 정립될 수 있을 것이다. 그런 날이 속히 오기를 기대한다.

---

6) 모두 146편 설화 목록을 보유하고 있어, 최근 이수자 교수가 소개한 이성근 할아버지의 204편에는 못 미치나, 자료의 대부분이 순수 민담 위주로 되어 있다는 점에서 주목할 만한 이야기꾼임이 분명하다.

탑골공원 이야기꾼 김한유(금자탑)의 이야기세계

신 동 흔

1. 들어가는 말

탑골공원의 김한유(일명 금자탑)는 필자가 이미 소개한 적이 있는 이야기꾼이다. 탑골공원 이야기꾼들을 대상으로 하여 그 작가적 특성을 논하는 글[1]에서 필자는 그를 탑골공원 최고의 이야기꾼으로 소개한 바 있다. 그는 특유의 해학적 재담으로써 커다란 인기를 누리고 있거니와, 그 구연능력은 '특별한' 수준을 넘어서 전문가의 경지를 나타내고 있다. 그는 특히 여느 이야기꾼들과 달리 '만담'을 득의의 종목으로 삼고 있다는 점에서 회소가치가 아주 크다. 그를 통하여 우리는 이야기꾼에 대한 이해의 폭을 크게 확장할 수 있었으니, 전문적 이야기꾼의 이야기기법에 대한 이해를 넓히는 한편 이야기꾼의 한 전형으로서의 '만담꾼(또는 재담꾼)'의 존재와 특성을 가늠할 수 있었다.[2]

---

1) 신동흔, 「이야기꾼의 작가적 특성에 관한 연구 - 탑골공원 이야기꾼의 사례를 중심으로」, 『구비문학연구』 제6집, 1998.
2) 자세한 내용은 위의 논문, 199~212면 참조.

그러나 이 예사롭지 않은 이야기꾼에 대한 지난 논의는 충분치 못한 것이었다. 여러 화자를 함께 다루느라 지면이 제한되었던 점도 있지만, 그에 앞서 자료조사가 제대로 진척되지 않은 상태에서 논의가 이루어졌었다. 당시 고찰대상으로 삼았던 두 편의 만담(1997년 조사분)은, 그것만으로도 흥미로운 논의거리를 제공하였지만, 그의 이야기세계를 온전히 드러내기에는 부족한 것이었다.

그 부족한 부분을 채우기 위하여 필자는 1998년 상반기 동안에 틈틈이 김한유 씨를 대상으로 한 보충조사를 수행하였다. 그 결과 약 열 차례의 만남을 통하여 그의 이야기를 열 편 가량 추가로 채록할 수 있었다.3) 예의 만담에 해당하는 자료가 6편이고, 나머지는 고담(古談)이나 전설 계열의 창작성 짙은 이야기들이었다.

추가로 수집된 자료들은 김한유의 탁월한 이야기 실력을 새삼 확인시키면서 새로운 논의거리들을 제공해 주었다. 먼저, 서로 내용이 통하면서도 또한 차이가 있는 만담을 거듭 듣는 과정에서 그 독특한 문학적 존재방식을, 특히 이야기 구성의 원리를 보다 선명히 이해할 수 있었다. 그리고 만담 못지 않게 흥미진진하고 독창적인 그의 고담을 통하여 우리 설화문학의 진수를 새로이 경험할 수 있었다. 그 각각은 새롭게 연구보고할 만한 가치가 충분하다는 판단이다. 이제 하나의 의미있는 사례보고가 되기를 기대하면서 김한유라는 특출한 이야기꾼이 엮어낸 '작품세계'4)를 기술해 나가기로 한다.5)

본론에 들어가기에 앞서 이번 논문 또한 김한유라는 이야기꾼에 대한 최종보고서로서 부족함이 있음을 고백해야겠다. 자료조사가 아직도 충분히 수행되지를 못하였다. 만담이 그 대체적인 모습을 드러낸 데 비하여, 그 외의 이야기는 아직 전체적 윤곽이 드러나지 않았다. 아울러 개인사에 대한 조사가 충분히 이루어지지 못한 상태다.6) 한 가지 다행스러운 것은 김한유씨가 아직 '활동중'이라는 점이다.7) 앞으

---

3) 만난 횟수에 비하여 채록한 이야기 수효가 적은 것은 김한유씨가 본래 이야기를 아끼는 분이기 때문이다. 그는 지정된 이야기장소에서, 하루에 한 편의 이야기만을 구연하였다(1998.5.26에 두 편을 구연한 것이 유일한 예외다). 따로 모시고 이야기를 채록하려고 시도도 해보았지만 허사였다. 그의 신중한 이야기 관리에 대해서는 위의 논문, 200~201면 참조.

4) 필자는 특출한 이야기꾼이란 일종의 작가로서 자신의 작품세계를 펼치고 있다고 보고 있다. 위의 논문, 209면 참조.

5) 참고로, 1998년에 채록한 김한유씨의 이야기자료를 여기서 처음 언급하는 것은 아님을 밝힌다. 이야기꾼의 설화를 축으로 삼아 이야기와 판소리의 관계를 새롭게 해명하고자 한 최근의 논문에서 그 자료를 부분적으로 소개 인용한 바 있다(신동흔, 「이야기와 판소리의 관계 재론」, 『국문학연구1998』, 서울대 국문학연구회, 1998). 이번 작업이 먼저 이루어졌어야 하는데 순서가 조금 바뀐 셈이다.

6) 필자는 논의에 필요한 개인사를 조사하기 위해 1998년 후반기에 여러 차례 탑골공원에 나갔으나

로 추가조사를 거쳐 온전한 최종보고서를 제출할 것을 기약하면서 현재까지의 작업
결과에 대한 보고를 시작한다.

2. 탑골공원과 금자탑

열린 이야기판 탑골공원8)에는 많은 이야기꾼이 활약하였으며, 활약하고 있다.
현재 활동중인 대표적인 이야기꾼은 노재의9) · 신지우 · 구연성 · 김한유씨 등인데,
구연능력이나 명성에 있어 단연 두드러진 이가 김한유다. 그는 팔각정에서 색소폰
을 부는 노인과 더불어 탑골공원 최고의 '스타'다. 탑골공원에 드나드는 노인들치고
'검은 모자의 사나이 금자탑'을 모르는 이는 아마도 없을 것이다.

이야기판에서의 그의 위상은 청중의 반응에서 단적으로 확인된다. 그가 구연에
나서면 다른 이야기꾼이 나섰을 때와는 비교가 안 되는 많은 청중이 모여든다. 이
야기가 끝난 후 청중들로부터 박수를 받는 이야기꾼은 여럿이지만, 자발적으로 음
료수와 돈을 선사받는 이야기꾼은 '금자탑'뿐이다(음료수나 돈은 구연 도중에도 건
네진다).

탑골공원에 있어 1998년 봄은 하나의 '황금기'였다. 전년도에 비하여 훨씬 많은
사람들이 붐비는 가운데, 예의 이야기장소10)에는 매일 흥성한 이야기판이 벌어졌
다. 실업사태의 영향인지 4,50대 가량의 젊은 청중이 한몫 끼어들기도 하였다. 전
부터 공원에 나오는 노인들의 전언에 의하면 예전에 비하여 두 배 이상의 사람들이
모인 것이라고 하였다.

탑골공원 이야기장소를 거듭 찾다 보니 이곳의 이야기 구연에 일정한 순서와
규칙이 있음을 발견할 수 있었다. 이야기판은 주로 오후에 벌어진다. 공원 근처에

끝내 김한유씨를 만날 수 없었다. 전과 달리 발길이 뜸해진 탓이었다. 안타까움에도 불구하고, 문
제를 해결하기에는 원고제출 시한이 허락되지 않았다(원고를 포기할까 고민도 했지만, 그러기에는
'연행자론' 특집이 너무 컸다).
7) 비록 직접 만나지는 못했지만, 주위 사람들의 말을 통하여 그가 가끔씩 공원에 나와 이야기를 하고
있음을 확인하였다.
8) 탑골공원 이야기판의 성격에 대해서는 신동흔, 앞의 논문(이야기꾼의…), 174~176면 참조.
9) 필자는 탑골공원 이야기꾼에 대한 지난 논문에서 '조재의'씨를 포함해 다룬 바 있다(177~187면).
그런데 그 뒤의 조사과정에서 그분의 성이 '노'씨라는 사실이 드러났다. 처음 성명을 조사할 때 필
자가 성씨를 잘못 알아들었던 것이다. 사과를 드리면서, 성함을 바로잡는다.
10) 이는 팔각정을 바라보고 왼손 쪽에 있는 등나무 벤치를 말한다. 위의 논문, 175면 참조.

서 가게를 하는 노재의씨가 점심식사 후 공원에 나와 1~2시경에 구연을 시작하면 2~3시경에 구연성씨가 뒤를 잇고 끝으로 3~4시경에 김한유씨가 등장하는 것이 보통이다. 그 사이사이에 가끔씩 탑골공원에 나오는 신지우씨나 기타 다른 화자들이 등장한다. 뒷사람이 순서를 기다리고 있으므로 한 화자가 1시간 이상을 독점하지 않는 것이 무언의 약속이다.

이야기판의 대미를 최고의 이야기꾼 김한유씨가 장식하는 것은 아주 잘 어울린다. 그는 오후 2~3시경에 이야기장소에 도착하여 다른 화자들의 이야기를 경청하다가 주로 구연성씨의 뒤를 이어 구연에 나선다. 구연성씨의 이야기는 다소 딱딱하여 판이 '썰렁'해지곤 하는데, 김한유씨가 나서면 상황은 확 달라진다. 금세 수많은 청중이 모여들어 겹겹이 벤치를 둘러싸는 것이다(그 숫자는 많을 때는 300명에 이른다). 그리고 그의 이야기가 끝나는 순간 박수와 함께, 여운과 함께 그날의 이야기판은 마감된다.

탑골공원에는 성격과 경험이 다른 수많은 노인들이 모여 있다. 그곳은 이야기판으로서 만만한 곳이 아니다. 이야기 도중에 사리에 맞지 않는 내용이나 민감한 문제가 나오면 항의와 트집이 들어와 시비가 붙곤 한다. 한편으로 세상에 욕구불만을 가진 사람들이, 한편으로 자신의 식견과 인생관에 대해 자긍심을 가진 사람들이 부딪쳐 온다. 이러한 상황을 김한유씨는 다음과 같이 표현하였다.

> 거기요, 무시 못해요. 거기 앉아있는 양반들이요, 다 유식헌 분들이요. 돈많은 부자두 있구, 점심 굶는 할아버지두 있구, 아들들이 판검사 지내구 있구 뭐, 대법원에 댕긴다 뭐 그런 사람 아버지두 와 있구, 별의별 사람이 다 와 앉어. 게 이조 5백년 역사 얘기를 하면유, "여보, 여보", 저도 그런 일 한번 당해봤어요, "여보 그 연대도 안 맞는 얘기를 얘기라고 하느냐"고 그러거든. 가령 숙종대왕 허면 이조 중엽에 열아홉번째 19대 왕이 숙종대왕인디 그걸 잘못 허면 혼나요. 그분들이. 그 연대도 안 맞는 얘길 허면 도망가야죠. 〔청중:웃음〕 도망가야 돼요. 게 사람이 말이라는 것두 삼가 조심해야는디, 허다가 가만히 허구 난 뒤에 생각허먼 '아이구, 이런 얘기는 내가 왜 했던가?' '아이구, 이런 실수를 했구나.' 그 뉘우치는 점이 많습니다.11)

가차없는 비판이 날아오는 그 만만치않은 이야기판에서 김한유씨는 벌써 오랜 세월 동안 최고의 이야기꾼으로 대접을 받고 있다. 그것은 물론 그의 탁월한 구연 능력에 의한 것일 터이다. 그러나 단지 그것만은 아니다.

---

11) 1997.10.9. 탑골공원 옆 낙원커피숍에서의 김한유씨와의 방담 중에서.

여기서, 아직 조사가 미흡한 대로, 김한유씨의 살아온 내력을 정리해 본다. 그는 1912년생으로 1998년 현재 연세가 여든일곱이다. 고향은 충남 예산군 대흥면인데, 본래는 서울에 있다가 어렸을 때 선친을 따라 낙향한 것이라 한다. 당시 새문안교회에 관여하던 선친이 총독부에 요주의인물로 지목된 상태였다고 한다. 그 후 제2고등보통학교에 다니던 중 일본인 형사를 다리 아래로 거꾸러뜨리고 만주로 도주하여 이범석 휘하에서 8년간 독립군 생활을 하였으며, 거기서 탈영한 다음 일본으로의 밀항을 거쳐 미국 배의 선원으로 들어가 세계 각국을 돌아다녔다고 한다. 그리고 해방 이후 40여년간 탑골공원에 나와서 '거짓말'을 하며 살았다고 한다.12) 범상치 않은 이력이다.

김한유씨는 몸가짐이 점잖고 행동거지가 진중한 분이다. 탑골공원에는 흥밋거리를 찾아 이곳저곳을 방황하는 노인들이 많은데, 김한유씨는 이들과는 격이 다르다. 이야기장소 이외의 곳은 기웃거리지 않는다. 단정하고 세련된 정장에 중절모를 쓰고 지팡이를 든 채 이야기장소의 벤치에 앉아서 이야기를 경청한다. 그러다 순서가 되면 한마당 이야기를 펼치는 것인데, 그 내용은 해학이 넘치지만 묵직한 경어체 말투에 풍모가 또한 단엄하다. 전체적으로 그의 태도는 한편으로 공손하면서도 한편으로 당당한 것이었다. 자신보다 나이가 적은 사람들에게도 두루 정중히 대하는가 하면, 행동거지가 불량한 사람들을 다스려 안는 면모를 나타냈다.13) 우러나는 인품이 있다.

김한유씨의 이야기는 허풍과 너스레로 가득 차 있다. 그 스스로 자기 이야기의 99%가 거짓말이라고 말하곤 한다. 하지만 그것은 과장이다. 그의 이야기는 만만치 않은 식견에 의하여 뒷받침되고 있다. 제2고보를 다니고 세계각국을 다닌 이력을 언급했지만, 그의 식견은 단지 '과거형'의 것이 아니다. 그는 나이 여든일곱으로 믿어지지 않을 정도로 세상 돌아가는 일에 환하다. 우리나라의 자동차 생산 대수, 실업자 숫자, 명동 땅 한 평의 가격 등을 술술 외며, 우리나라 전·현직 대통령은 물

---

12) 이상은 만담에서 자신의 내력을 소개한 것과 다방에서의 방담을 종합한 것인데, 사실 여부가 정확히 확인되지는 않는다. 그렇지만 이분이 사석에서 허언을 하실 분이 아니라는 판단에 비추어 볼 때 상당 부분 사실일 가능성이 높다.

13) 탑골공원에는 나이 4,50대에서 6,70대의 행동거지가 불량해 보이는 사람들이 많이 있는데, 아무도 김한유씨에게 함부로 대하는 이가 없었다. 위엄 때문이기도 하겠지만, 평소에 그런 사람들을 챙겨준 흔적이 엿보였다(김한유씨는 이야기를 해서 번 돈으로 어려운 사람들 밥을 사주곤 했다고 한다). 가끔 이야기판에 끼어든 '부랑아'들이 그의 말에 곧잘 순종하곤 하였다.

론 미국 대통령의 근황까지 꿰뚫고 있다. 서태지·김건모는 물론 마이클 잭슨도 그의 인식망을 벗어나지 못한다. 이러한 그의 식견은 단순히 잡다한 지식을 끌어모은 차원의 것이 아니다. 그는 세상의 흐름에 대한 균형잡힌 안목과 사회현실에 대한 날카로운 비판정신을 갖추고 있다. 단엄한 인품과 더불어, 그가 이야기판에 당당히 설 수 있도록 하는 바탕이다.

김한유씨가 언제부터 이야기꾼으로 나섰으며 어떤 과정을 거쳐 이야기를 수련했는지는 정확치 않다. 그러나 여러 정황을 종합할 때 그는 이야기를 누구에게 배웠다기보다 이야기판 속에서 스스로 깨우친 것으로 여겨진다. 스스로 '자꾸 거짓말을 하다 보니 늘었다'고 밝히고 있거니와, 자신의 사적인 경험이 이야기 속에 많이 투영되어 있다는 사실이 또한 눈에 띈다. 만담 속에 개인사가 녹아들어 있으며, 고향 근방의 일을 소재로 삼은 이야기들이 구연종목에 포함돼 있다. 그가 다른 이로부터 이야기를 전수받은 것이 아니라는 표징이다.

탑골공원에 흥성한 이야기판이 펼쳐진 것이 어제오늘의 일일 리 없고 보면, 그 속에서 이야기꾼이 자생했으리라는 가설은 어색하지 않다. 실제로 노재의나 신지우씨에게서 이러한 사실이 뚜렷이 확인된다. 둘 다 탑골공원의 문화적 토양 속에서 성장한 이야기꾼들이다.[14] 김한유씨 또한 이들과 비슷한 길을 걸었을 터이다. 수많은 이야기꾼의 이야기를 접하고 또한 그들과 경쟁하는 가운데 이야기 능력을 가다듬어 온 것으로 여겨지는 것이다. 특히 그는 아마추어 수준에 머물지 않고 당당히 이야기값 받기를 선택했는바,[15] 그가 타의 모방을 불허하는 독보적인 이야기세계를 구축한 것은 그러한 '프로의식'의 소산이라고 할 것이다.[16]

---

14) 노재의씨는 본래부터 이야기를 했던 것이 아니고 오래 전부터 탑골공원을 드나들던 중에 이야기를 하기 시작했다고 한다. 신지우씨 또한 오래 전부터 탑골공원을 맴돌면서 이야기를 '연구개발'해온 이야기꾼이다(이는 직접 확인한 사실이다).

15) 지금은 그만두었지만, 김한유씨는 오랜 세월에 걸쳐 이야기 값을 받아 왔다(1993년에 그에 대한 이야기를 들었으며, 1997년에 직접 확인하였다). 이야기가 끝나면 모자를 벗어 돈을 받는데, 걷히는 금액이 만만치 않다. 신동흔, 앞의 논문(이야기꾼의…), 199, 201면 참조.

16) 김한유씨는 이야기꾼의 한 전범적인 유형을 보여준다. 그는 '순수한' 이야기꾼이다. 연희패 놀이마당이나 곡마단 무대가 아닌 이야기판 자체에서 성장하고 활동하였다. 그리고 그는 '붙박이' 이야기꾼이다. 이곳저곳 떠돌지 않고 탑골공원(그것도 정해진 장소)에서 이야기마당을 펼쳐왔다. 그는 또한 '전문적' 이야기꾼이다. 오랫동안 이야기로써 상당한 매상을 올려 왔다.

이와 같은 김한유씨의 말 그대로 전범적인 것이면서도 유례가 보고되지 않았던 것이다. 전문적 이야기꾼의 현존사례로는 천혜숙이 보고한 심종구씨를 들 수 있는데, 이 화자는 곡마단 무대에서 활동했던 이야기꾼으로서 김한유씨와는 전형을 달리한다(심종구씨의 사례에 대해서는 천혜숙, 「이야기꾼의 이야기 연행에 관한 고찰」, 『계명어문학』 1, 1984 참조).

어떻든, 김한유씨에게 있어 이야기와 삶은 둘이 아니다. 그의 만년의 삶은 오로지 이야기에 바쳐지고 있다. 그런가 하면 이야기는 그의 삶을 깨어있게 한다. 그는 집에서는 힘들어서 앉지도 못하고 누워서 지낸다고 한다. 그러나 이야기판에서 쩌 렁쩌렁 이야기를 구연할 때의 그는 80대의 노인이 아니다. 뜨거운 열정과 팔팔한 정신을 지니고 있는, '청춘'이다.

김한유씨의 이야기는 그 자신에게만 '존재의 이유'가 되고있는 것이 아니다. 공원에 멍하니 앉아있다가 반가이 그에게로 다가와서 말 한마디 한마디에 눈을 반짝이며 웃음을 터뜨리는 노인들에게 또한 그것은 삶의 보람이 되고 있다. 어느날 '나무에서 사과 열매가 떨어지듯'(그 자신의 표현이다) 소리없이 사라질지 모르는 '금자탑'. 그러나 오늘도 그를 기다리고 있을 탑골공원의 노인들에게 그는 벌써 신화(神話)가 되어 있다.

3. 만담의 문법

김한유씨가 보유한 이야기 문서는 다양하지만, 그 중에도 독보적인 것은 '만담'이다. 그럴듯하게 포장한 자신의 삶의 이력에 덧붙여 세상사를 해학적으로 풍자·비판하면서 인생관을 드러내는 이야기다.

그의 만담이 독보적인 것인 다른 사람이 흉내낼 수 없는 내용 때문이기도 하지만, 다양한 재담 표현의 수법과 이야기를 생물처럼 살아있게 하는 열린 이야기 구조에 힘입은 것이다. 바로 지난번 논의에서 주목했던 사항들이다.[17] 이제 추가로 수집한 자료의 응원을 받아서 '금자탑 만담'의 기법과 구성원리를 더욱 구체적으로 살피기로 한다.

1998년중에 추가로 수집한 만담은 총 여섯 편이다. 모두 탑골공원 이야기장소에서 오후 3시에서 5시 사이에 구연되었으며, 구연시간은 35분에서 70분 정도다. 청중은 당일 최고치 기준으로 130-250명 선이었다. 자료의 내역은 아래와 같다.[18]

---

17) 신동흔, 앞의 논문(이야기꾼의…), 201~208면.
18) 이전 논문에 소개했던 두 편의 만담을 각기 「만담1」(1997.3.29), 「만담2」(1997.10.9)로 놓고, '만담3'부터 자료명을 부여하였다. 지난번에는 만담에 '세계대통령 금자탑'이라는 제목을 붙였으나, 다소 부적절한 면이 있어 '만담'으로 수정한다.

자료명	조사일시	조사자19)	비고
·「만담3」	1998.3.24.	신동흔	
·「만담4」	1998.3.28.	신동흔·구상모 외	건대 국문과 학생 30여명 참석
·「만담5」	1998.4.7.	최영미	
·「만담6」	1998.4.14.	신동흔·구상모(손태도)	고담으로 연결되어 한편을 구성함
·「만담7」	1998.4.28.	신동흔·우현주	
·「만담8」	1998.5.26.	신동흔·구상모	도착이 늦어 앞부분 누락

이 여섯 편의 자료를 통하여 필자는 김한유 만담의 이야기문법을 좀더 뚜렷이 파악할 수 있었다. 그 가운데는 이전에 검출한 특징을 재차 확인한 측면도 있으며, 기법과 원리를 새롭게 발견한 측면도 있다.

그의 만담에 구사된 '재담 표현의 기법'에 있어서는 전에 지적한 특징을 확인한 측면이 강하다. 특유의 너스레와 허풍, 대상의 허점을 찌르는 해학적이면서도 신랄한 풍자, 공식적 표현구를 활용한 화려한 장식적 표현 등이 그것이다. 두어 대목을 새로 들어 본다.

(1) 그래서 제가 여기서만 이렇게 떠드는 게 아니고 저는 전국엘 다 댕깁니다. 노인 대학, 복지회관 부녀회관 경로당, 여름이면 해수욕장 공원, 파고다공원 여기가 본거지예요. 파고다공원 남산공원 우이동 정릉 효창공원 사직공원 인천의 만국공원, 대전의 보문산공원 대구 달성공원, 제주도 서귀포 흑산도 울릉도 거제도 연포 대천 만리포, 음성 증평 괴산 충주 청주 예·덕산 홍·광천, 소사 부평 동인천 주안 월미도, 의정부로 강원도 속초까지 이거 지가 댕기면서 후라이치는 무대예요.　　　　〈만담4〉

(2) 아내를 맞이헐 때 어떤 사람을 맞이하느냐? 뚱뚱허니 강부자처럼 생긴 여자. 〔청중:웃음〕 여기 유방이 3만원짜리 수박만한 여자. 〔청중:웃음〕 왜 그러냐? 유방이 커야만 우유가루 안 멕이고 자식을 키워. 〔청중:웃음〕 어머니가 모유를 멕여야 돼. 이거 우유만 멕여노니께 우유 고무, 고무꼭지만 빨아먹고 나중에 쪼끔 분별허고 보니께 어머니 젖이 아녀. 고무 젖꼭지만 빨러 먹었지. 뭘 먹었느냐? 소젖. 우유. 그걸 먹으니 성격이 어떻게 되느냐? 소를 닮어요. 그래 덮어놓고 받어. 〔청중:웃음〕 부모가 뭐라 그래도 반대해요. 남편이 뭐라 그래도
"이거 왜 이래?" 〔청중:웃음〕
만약 때리면 워떻게 돼요?
"왜 때려? 나 안 산다." 이거여.
"가정법원에 간다." 이거여. "이혼허라 가자."　　　　〈만담4〉

---

19) 조사자 가운데 구상모, 우현주는 건국대 대학원생이며 최영미는 학부생이다.

(1)은 공식적 표현구를 이용한 장식적 표현의 예를 든 것이다. 여러 만담에서 유사하게 반복된 것인데, 그 수준이 범상치 않다. 열거하여 주워섬기는 대상이 무려 40개에 이르니 말이다. 전문적 이야기꾼의 솜씨를 단적으로 보여주는 대목이다.

(2)에서는 '3만원짜리 수박만한 유방' 하는 식의 과장적 너스레와 더불어 특유의 풍자와 만나게 된다. 요즘 젊은이들의 공격적인 태도에 대하여 '소젖'을 먹어서 소처럼 받는다고 표현한 것이 한편으로 해학적이면서도 다른 한편으로 예리한 풍자가 자아내는 공명이 있다. 이어지는 부부의 이혼에 관한 내용에도, 기성세대의 관점이기는 하지만, 신랄한 풍자가 이어진다.

금자탑 만담의 재미는 단순히 부분적인 재치와 수사에 의존하지 않는다. 꾸며낸 내용을 사실인 것처럼 받아들이게끔 할 정도의 묘사에 그 진면목이 있다.

(3) 그 때 여러분 아시죠? 우리나라 종로의 깡패. 종로깡패 대표가 누구예요? 김좌진 장군의 아들 김두한이 깡패대장이유. 김두한이만 있어요? 신마적 구마적 양칼 번개 허재비 업새 백곰 돼지, 이게 서울 장안의 그 때 깡패 대장들이유. 종로 경찰서에서 잡어갔다 메칠 있으면 내놔요. 또 나쁜 짓 하면 또 잡어가요. 그 때 이사람이 뭐하는 사람이냐? 그 많은 깡패 중에 번개예요. 김두한이가 도림다방에서 잘 데도 읎어. 다방 저 뒤가 앉어서 신문지로 얼굴을 가리고 이발요금이 읎어 머리를 못 깎어. 머리가 아주 여자머리처럼 길게, 그 때 말로 히피 대가리. 뭘 먹느냐? 그 다방 주인 매담 아주머니가 마흔 일곱 살인데 그 냥반이 설렁탕을 시켜다 멕여요. 그거 은어먹고 다방 저 구석탱이에서 신문지로 얼굴을 가리고 앉었다 그냥 모켕이(?)루 쓰러져 자요. 김두한이 그 때 참 비참했습니다. 그래 두한이를 만났는데

"자네 이게 무슨 꼴인가. 자네로 말허면 이나라의 장군의 아들이요." 홍성 갈뫼 김좌신 상군의 아들이유, 좌진이. 가진이 말고 좌진이. "용기를 내라."

용기 내래니께 용기를 내길랑 고사하고 고개를 더 수그리유.

"일주일만 참어라. 다시 만나자."

도림다방에서 김두한이를 거기 앉혀놓고 나왔어요. 제 고향이 충남 예산입니다. 그 때 저의 선친께서 과약을 했어요. 약국을 했어요. 종로에 을지로 입구에서 38년동안 거기서 약국을 하시던 우리 선친이 약국해가지고 일본놈의 등쌀에 못견뎌서 충남예산으로 낙향을 허셨어. 게 저도 게가서 컸지요. 집에 내려가서 아버지 모르게 논 일곱 마지길 팔았어요. 논 한마지기에 얼마 했느냐? 아주 상답이면 그 때 65전, 건답 같으면 20전 30전 했어요. 논 일곱마지기를 팔어가지고 와서 김두한이를 데리고 가서 목욕을 시키고 이발을 시키고, 저 화신상회 밑에 삼일 양복점에 가서,

"이분에 옷 한벌 코트까지 좀 재라." 이거여.

그래 덕원상점에 가서 바자마 빤스 넥타이 와이셔츠 양말, 세창양화점에 고도방 구두, 말가죽으로 진 거. 그 때 보통 구두는 7원만 주면 샀어요. 12원 주구서 고도방 구두를 맞춰 사흘 만에 찾어서 신기고, 논 일곱마지기 판, 쓰고 남은 돈을 김두한이를 주면서

"이걸 가지고, 사나이가 다방 구석에 앉았으면 되느냐. 용기를 가져라 일어서라."
"형님 고마워요."
이래서 두한이가 다시 일어섰어요.   〈만담3〉

자신이 한때 깡패 우두머리로서 의기소침해 있던 김두한을 일으켰다는 것인데,
순전한 '허풍'이다. 그런데 그 이야기 속의 상황이 김두한의 용모, 다방 마담의 나
이, 논마지기와 구두 값에 이르기까지 하나하나 구체적이고도 세밀하다. 거기에 자
신의 고향에 대한 언급 같은 진짜 사실이 얽혀 있다. 그 이야기를 듣다 보면 한편
으로 의아하면서도 한편으로 마치 그런 일이 진짜로 있었던 듯한 착각에 빠지게 된
다. 노인들의 눈이 둥그래질 만도 하다. 이런 식으로 하여 급기야는 그가 한국 대
표로 유엔총회에 참석하여 다섯 가지 성명을 발표했다고 하는 맹랑한 내용까지도
실제로 그런 일이 있었던 듯한 착각을 일으키는 것이다(모르긴 몰라도 그 진위 여
부에 대하여 긴가민가하는 노인들이 꽤 될 것이다. 학생들조차도 사실인 것 같은
착각을 느낀다고 하니 말이다). 고도의 '거짓말' 수법이다.[20]
금자탑 만담의 표현기법과 관련하여 1998년의 추가조사에서 새롭게 발견된 특징
이 있으니, 연극적 퍼포먼스를 적극 활용한다는 사실이 그것이다. 한 대목을 본다.

　　(4) 헌데 요새 어떤 일이 있느냐. 담배만 사지 라이타가 없어. 담배를 빼들었는디
성냥이 있으야지. 불이 있으야지. 그러거든 담배를 요롷게 감춰. 〔담배를 뒤에 감추는
시늉을 한다〕 감추고 노인들 앞에 가서 공손하게 "죄송합니다." 노인네가 구렝이가 다
되서 알어 먼저. '요놈의 새끼가 담배 필 불이 없구나.' "자네 불달라 그러나?" "미안해
요." 그러면 노인이 라이타를 꺼내서 젊은 사람한테, "피게." 세 번만 노인한테 담배불
을 받으면 금수가 아니고 사람인 이상 사람의 뱃속에 나온 인간이라면 그 사람이 깨닫
는 게 있어요. "야! 이늠아, 네 나이 몇살인데 나더러 담배불을 달래?" 이 노인들이 고
풍이요. "야, 이놈!" 나무라면 뭐라고 허는지 아세요. "제미 씨팔. 〔청중:웃음〕 드럽게
…" 욕 먹어요. 〔청중:맞어요. 욕 먹어요〕
　　헌데 담배를 이렇게 감추고서 해도 먼저 알어 노인네가. 근디 담배불을 빌리는디 담
배를 입에다 무는 것도 정도요. 이렇게 달아매요. 〔몸을 뒤로 젖히고 입술에 담배를 달
랑달랑 붙인 시늉을 한다. 청중:웃음〕 앞으로 꾸부려도 안 줄틴데 뒤로 갖혀. 그러거든
담배를 매달아서 혼덩혼덩 하는 것까진 괜찮은데, 노인한테 담배불을 붙여서 불이 붙었

---

20) 혹시 이 화자가 그럴싸한 거짓말로 청중을 오도하는 것이 아닌가 의심할지 모르겠다. 이에 대하여
김한유씨는 거짓말에 악의의 거짓말과 선의의 거짓말 두 종류가 있다고 말하곤 한다. 그의 거짓말
은 아무런 해도 끼치지 않고 오히려 사람들을 즐겁게 하는 것이라는 점에서 '선의의 거짓말'이다.
게다가 스스로 자신의 이야기가 거짓말이라고 공표하고 있으니, 그것은 '진짜 거짓말'이 아니다.

다 이거여. 그러면 다소곳이 펴. 남이 보기에 얌전하게. 워떡허느냐 하면 담배가 하늘
로 올라갑니다. [담배를 곤두 세워 피우는 시늉을 한다. 청중:웃음] 여러분 보시기에
좋습니까? 왜 내 밥 먹고 내 옷 입고서 남한테 칭찬을 못 받을망정 욕을 먹어요? 담배
한가치를 피더래도 젊은 양반들 아무쪼록 삼가 조심허십시오.　　　　　〈만담3〉

　예의 해학적 풍자가 잘 살아난 대목이다. 세태에 대한 풍자가 재미있고도 신랄하
다. 그 풍자의 효과는 현실의 생동적 재현을 통해 극대화되고 있는바, 실감있는 묘
사와 더불어 연극적 퍼포먼스가 큰 이바지를 하고 있음이 주목된다. 입술에 담배를
달아매고 걷는 모습이나 담배를 세워 피우는 모습 등 그의 퍼포먼스는 단순한 제스
처의 수준을 뛰어넘는 것이었다. 그것은 상당한 연습의 결과임이 분명한, 웃음과
함께 경탄을 자아낼 만큼 빼어난 연기였다. 진중한 풍모의 여든일곱 노인이 펼쳐
보이는 뜻밖의 변신. 그야말로 프로다운 모습이다.21)
　이상 금자탑 만담의 체취를 느껴볼 수 있었으리라고 믿으면서, 그 독특한 짜임새
에 눈을 돌린다. 그의 만담이 지니는 생명력과 독창성의 핵심이다.
　김한유씨가 탑골공원 이야기판에서 구연하는 이야기의 태반은 특유의 만담이다.
그가 1년에 200번 공원에 나와 이야기를 한다고 치면 연간 100번 가량 이 만담을
구연하는 셈이다. 그럼에도 사람들은 그 이야기에 식상하지 않고 매번 이야기판에
모여들어 구연을 경청한다. 그것은 무엇 때문일까? 그의 만담이 다시 들어도 재미
가 있다는 점도 이유가 되겠지만, 그보다 더 중요한 이유가 있다. 그의 만담이 서
로 같은 이야기이면서 또한 다른 이야기라는 사실이 그것이다. 같으면서도 다르다
는 것은 또 무슨 말인가? 그가 구연한 만담의 이야기 짜임새를 먼저 살펴보고 나서
설명을 계속하기로 한다.
　아래의 내용은 그가 구연한 총8편의 만담 가운데 완형을 갖춘 것 다섯 편을 추
려 그 짜임새를 정리한 것이다.22)

만담1 : (1) 꽉고다대학 소개 // (2) 일본 형사 죽이고 교도소에 갇혔다 탈주한

---

21) 만담에 포함된 또 다른 대표적인 연극적 퍼포먼스로 '마술' 시연을 들 수 있다. 양담배를 국산담배
　로 바꾸는 마술인데, 진짜 마술은 아니고 양담배 갑에 미리 끼워 두었던 국산담배를 꺼내는 것이
　다. 이 외에, 만담에서는 아니지만, 풍물을 치는 모습을 행동으로 연기하기도 하였다.
22) 번호는 단락을 단위로 하여 매겼다. 그리고 단락 사이에 이야기 흐름이 바뀔 때 '//' 표시를 넣고
　서로 자연스레 연결될 때는 넣지 않았다. '//'는 대체로 시퀀스(sequence; 단락연쇄)의 경계와 일
　치한다고 보면 된다. 한편, 자료 가운데 세 편을 생략한 것은 지나친 번다함을 피하기 위해서이며
　다른 뜻은 없다.

내력 (3) 만주에서 독립군 활동을 한 내력 (4) 독립군을 나와 금강산에서 공부한 사연(*한자 교육의 필요성에 대한 주장 첨부) // (5) 세계화되고 있는 세상 (6) 젊은이들 옷차림 비평 // (7) 세계각국 다닌 사연 // (8) 나라가 병든 상황(한보 정태수 부자의 예) // (9) 마음의 병을 고치는 약을 개발중인 사연 // (10) 외국어 공부의 필요성 (11) 나의 28개국어 능력 // (12) 대통령 명으로 유엔총회에 참석한 내력 (13) 유엔총회에서 성명을 발표하고 세계대통령으로 추대된 사연 // (14) 세상을 내것으로 호흡하는 인생철학 // (15) 배고픈 사정을 호소하며 마무리(모자 벗어서 돈을 걷음)

만담3 : (1) 좋은 봄날씨, 건강 당부 // (2) 새우젓장수 할머니의 선행과 전직 대통령의 비리 (3) 어른이 모범이 되자는 말 // (4) 일본 형사 죽이고 탈주한 내력 (5) 김두한을 격려해 재기시킨 사연(*단락4 속에 포함됨) (6) 만주에서 독립군 활동한 내력 (7) 금강산에서 공부한 사연 (8) 일본 밀항 후 세계각국 다닌 사연 (9) 전국 다니며 거짓말한 내력 // (10) 병원 입원시 천당 다녀온 사연 (11) 마음의 부자로 살라는 당부 // (12) 파고다대학의 특징 // (13) 전국 과부 거느린 자랑 // (14) 살아있음의 행복 // (15) 실업자시대의 마음가짐 // (16) 양담배를 국산으로 바꾸는 마술 // (17) 마음의 부자로 살자는 또다른 권유 (18) 낙심말고 희망을 가지라는 격려 // (19) 젊은이 담뱃불 빌리는 태도 비평 (20) 한 아주머니의 헤픈 몸가짐 (21) 젊은이들의 옷차림과 풍속 비평(*마이클잭슨 방문 일화 포함) // (22) 대통령 명으로 유엔총회 참석한 내력 (23) 유엔총회에서 성명 발표하고 세계대통령 된 사연(*암병에 대한 임상실험 내용 포함) // (24) 후편이 TV드라마로 나오리라는 예고와 함께 마무리.

만담4 : (1) 파고다대학 소개 // (2) 권영해의 자해소동, 생명의 소중함 // (3) 젊은이들의 대학병 // (4) 마이클 잭슨과의 만남 (5) 젊은이들의 옷차림과 행동거지 비평 // (6) 대학생 사각모자의 뜻 // (7) 외국어 공부의 필요성 (8) 나의 28개국어 능력(* 한국 각도 방언 묘사 포함) // (9) 대통령 명으로 유엔총회 참석한 내력 (10) 유엔총회에서 성명 발표하고 세계대통령 된 사연 // (12) 좋은 날이 오리라는 예언 // (13) 정치인 행태 비평(360만원 양주 사건) // (14) 자신은 전국을 다닌 거짓말쟁이라며 마무리 // (15) 덧붙여, 바른 배우자 선택 및 멋진 삶에 대한 충고.

만담5 : (1) 파고다대학 (2) 공원 팔각정의 내력 // (3) 신(神), 정신의 존재 (4) 선인의 예언대로 변한 세상(지하철) (5) 예언 실현의 예: 온수동 (6) 예언 실현의 예: 개봉동 (7) 첨단으로 변한 세상(전화의 예) (8) 대통령의 영어연설 // (9) 국회의원 비판 // (10) 실업자 구제책 필요성 // (11) 유엔총회 다녀온 사람이다 (12) 나의 28개국어 능력 (12) 만주 독립군 활동 내력(*이청천 일화 포함) (13) 금강산에서 공부한 사연 (14) 일본 밀항 후 세계각국 다닌 사연 (15) 유엔총회에서의 성명 발표 // (16) 통일일자 예언(음력 99.9.14) // (17) 실업자 구제책: 해상도시 건설 // (18) 미니스커트 차림 비평 // (19) 김영삼 청문회 출석 필요성 (21) 대통령 당선자 호칭에 대한 평 (20) 실업자 구제책 환기: 이동식 해상도시 // (21) 몸이 안좋다며 차후의 속편 예

고하며 마무리

만담7 : (1) 거짓말로 살아온 인생 // (2) 파고다대학 소개 // (3) 신(神), 정신의 존재 (4) 예언대로 변한 세상(지하철) (5) 예언 실현의 예: 개봉동 (6) 예언의 다른 예: 온수동 // (7) 인간이 달을 정복하는 세상 (8) 맹물 자동차 고안한 내력 // (9) 빈부가 갈린 상황(8,500만원 코트) (10) 경제를 위한 국민과 야당의 협조 역설 // (11) 통일일자 예언(99.9.14) // (12) 급변하는 시대(전화의 예) // (13) 교만을 버리자 (전날 본 결혼식 하객의 예) // (14) 양담배를 국산으로 바꾸는 마술 (15) 젊은이 담뱃불 빌리는 태도 비평 (16) 젊은이 옷차림과 행동 비판 // (17) 실업자 구제책: 이동식 해상도시 건설 // (18) 건강 당부하고 예언 환기하며 마무리

소략하게 요약한 것이지만, 조금 주의를 기울여서 살피면 이 만담들이 한 가지 유형의 이야기임을 알 수 있을 것이다. 많은 내용이 서로 겹치고 있다. 한편, 각 이야기가 서로 똑같지 않다는 것도 금세 발견할 수 있는 사실이다. 세부 내용과 짜임새가 서로 일치하지 않으니 말이다. 이제 그 같고도 다른 원리를 좀더 체계적으로 점검해 본다.

우선 각 자료에 포함된 삽화의 수와 총 삽화수를 견주어 보자. 여러 자료 가운데 「만담3」의 삽화수가 25개로 가장 많은데, 그것이 만담 삽화의 총수인가 하면 그렇지 않다. 「만담3」에 없으면서 다른 자료에 있는 삽화들이 상당수 있다(세계화에 관한 내용과, 예언에 얽힌 여러 삽화, 통일에 대한 예언, 맹물자동차 발명 이야기 등등). 이런 식으로 각 자료는 여타 자료와 겹치는 삽화 외에 그렇지 않은 삽화들을 지니고 있다. 무슨 말인가 하면, 각각의 만담이 하나의 큰 삽화군 속에서 삽화를 취사선택하는 방식으로 구성된다는 것이다. 활용할 수 있는 많은 삽화가 있는 가운데 그때그때 적합한 것을 골라서 이야기를 엮는다는 뜻이다. 이때 각 이야기는 동일 삽화군에 의거하므로 같은 이야기가 되며, 매번 골라 쓰는 삽화가 같지 않으므로 서로 다른 이야기가 된다. 각 만담이 같고도 다르게 되는 기본 원리다.[23]

그런데 삽화는 '기성의 것'에 국한하여 채택되는 것이 아니다. 새로운 삽화가 계속 만들어진다. 「만담1」의 정태수 부자 얘기, 「만담3」의 새우젓 장사 아줌마 삽화, 「만담4」의 권영해 사건, 「만담5」의 대통령 영어연설 삽화, 「만담7」의 결혼식 하객

---

23) 이때 어떤 삽화를 골라 쓰는가는 상황에 따라 결정된다. 자연스럽게 말꼬리가 이어지는 경우도 있으며, 이야기판의 상황이나 시대상황이 또한 고려대상이 된다. 시대상황이 고려된 예로 98년도 들어 실업자에 관한 내용이 많이 이야기된 것을 들 수 있고, 판의 상황이 고려된 예로 여러 대학생이 청중으로 참여했을 때(만담1, 만담4)에 젊은이에 관한 내용이 많이 선택된 것을 들 수 있다.

에 얽힌 내용 등이 그 예다. 모두 그때그때의 세상사에서 소재를 취하여 새롭게 엮은 삽화들이다. 이러한 삽화들은 각 만담의 새로움을 보증하는 최소한의 요소로 작용한다. 그리고 그 중 '쓸만한 것'들은 기존의 삽화군에 추가되어 재활용된다. 「만담3」의 마이클잭슨 애기가 「만담4」에서 되풀이된 것이 한 예다. 그 구체적인 형성과정을 다 알 수야 없지만, 위 이야기들 속에는 근간에 새로 추가된 삽화들이 많이 포함돼 있다. 「만담3」의 천당 다녀온 내용(이는 97년의 입원 후 만들어진 삽화가 분명하다)과 「만담5」·「만담7」에 나오는 통일의 날 예언 및 실업자 구제책 등이 그러하다.24) 이처럼 새로운 삽화의 추가에 의해 선택의 폭이 점점 커지는 가운데 그의 이야기는 시대와 호흡하면서 변신해 나가게 된다. 그의 만담이 지니는 '생물과 같은 생명력'의 바탕이다.

각각의 이야기에 있어 삽화의 선택이 아무런 기준 없이 '제맘대로' 이루어지는가 하면 그렇지 않다. 거기 일정한 원리가 있으니, 골간이 되는 삽화와 임의적·가변적인 삽화 간의 역할분담이 그 핵심이다. 이야기의 무게중심을 이루면서 전체적 흐름을 제어하는 것이 '골간의 삽화'로서, 개인사를 축으로 하여 일정한 서사의 맥을 이루고 있다. 정리하면, '여기 파고다대학에 서있는 본인은 일제 때 일본 형사를 죽이고 만주 독립군 생활을 거쳐 세계 각국을 순방한 사람으로 28개국어에 능통한바, 거짓말을 하면서 살던 어느날 대통령 명으로 유엔총회에 참석하여 다섯 가지 성명을 발표하고 세계대통령 칭호를 받았다'는 식이다. 이에 대하여 임의적·가변적 삽화는 이러한 서사의 맥락에서 벗어나서 현사회의 세태, 정치의 허실, 경제적 문제, 요즘 자신이 행하고 있는 작업, 인생에 대한 생각 등을 내용으로 삼는 잡다한 삽화들을 지칭한다. 시사적·풍자적 성격을 짙게 지니는 이들 삽화들은 골간이 되는 삽화들 사이사이에—또는 앞과 뒤에—끼어들면서 만담의 내용을 다채롭게 변주하고 있다. 골간의 삽화가 이야기의 구심력으로 작용하는 데 대하여 이들은 원심력으로 작용하고 있다고 할 수 있다.

그 구심력과 원심력이 작용하는 양상은 각 자료에 있어 서로 다르게 나타난다. 어떨 때는 구심력이, 어떨 때는 원심력이 크게 작용한다. 「만담1」과 「만담4」는 구심력이 크게 작용한 경우이며, 「만담5」와 「만담7」에는 원심력이 크게 작용하였다. 「만담3」은 구심력과 원심력이 조화를 이룬 쪽이다. 이와 같은 변화는 이야기판의

---

24) 더 따지고 들어가면, 대부분의 삽화가 어느 땐가 새로 개발된 것일 터이다. 유엔총회 삽화만 하더라도 배경을 이루는 노태우 대통령 시절 이래에 창안된 것이라고 볼 수 있다.

상황 및 화자의 컨디션과 관계가 있다. 새로운 손님들이 많이 왔거나 컨디션이 안
좋은 날은 골간이 되는 삽화 위주로 진행되고,25) 흥이 나거나 낯익은 얼굴들이 많
이 모인 날은 원심력이 발휘되는 식이다. 이러한 자유로운 변주 또한 만담의 운용
원리에 해당한다고 할 수 있다.

　금자탑 만담은 삽화의 선택 외에 삽화와 삽화를 엮는 방식에 있어서도 다양한
변주와 파격을 보이고 있다. 골간이 되는 삽화들만 놓고 보면 하나의 일관된 맥락
을 설정할 수 있지만, 그것은 어떻게든 흐트러져야 하는 운명에 있다. 그것이 흐트
러질 때만 그 속에 다양한 시사적·풍자적 삽화가 끼어들어 세상사를 만화경적으로
담아낼 수 있기 때문이다. 실제로 그것은 흐트러져 있다. 「만담1」과 「만담4」처럼
골간의 삽화들이 제자리를 지킨 경우에도 그 틈을 비집고 세상사를 반영하는 다양
한 삽화들이 끼어들어 있다. 「만담5」나 「만담7」처럼 원심력이 크게 작용한 만담은
더 말할 것도 없다. 「만담5」의 경우 골간의 삽화가 정석과 달리 중간부분에 놓인
상태에서 많은 임의적 삽화들이 어수선할 정도로 자유롭게 포진하고 있다. 그런가
하면 「만담7」의 경우 골간의 삽화가 아예 생략된 상태에서 임의적 삽화들이 주인
역할을 하고 있다. 이와 같은 파격은 만담이 지니는 동일 유형 이야기로서의 고형
적 상투성을 깨고 역동성과 변화감을 부여하는 효과를 거두고 있다.

　눈을 좀더 안쪽으로 돌려 본다. 먼저 살필 것은 개별 삽화의 정체성 문제다. 각
삽화들의 형태와 내용이 고정적인가 유동적인가 하는 문제인데, 결론적으로 말하여
일정한 틀과 유동성을 더불어 지니고 있는 형국이다. 미니스커트 차림에 대한 삽화
가 좋은 예가 된다. 그것은 일정한 틀을 갖춘 삽화로서 여러 자료에서 반복 구연되
었는데, 그때마다 일정한 차이가 있었다. 「민담3」에서는 「만담1」과 달리 마이클잭
슨 애기가 결부되었고, 「민담5」에서는 지하철 계단에서 본 미니스커트 모습이 추가
되었다. 또 다른 예로, 거의 고정된 삽화처럼 보이는 '만주 독립군 활동 내력' 또한
「만담5」에서 이청천 일화가 결부되어 색다른 모습을 나타내는 변화를 보였다. 전체
적으로 주요 삽화들이 일정한 틀을 갖추고 있으면서도 변주의 가능성을 열어놓고
있음이 확인된다. 이 또한 이야기를 계속 새롭게 변모시킴으로써 '살아있는 것'으로
만들고자 하는 의식의 소산으로 이해된다.

---

25) 「만담1」과 「만담4」는 건국대학생이 여러명 청중으로 참여한 좀 특별한 상황에서 구연된 것이다.
낯선 청중들이 모인 만큼 골간이 되는 삽화 위주로 구연한 것으로 생각되거니와(만담4를 구연한
날은 컨디션도 안 좋아 보였다), 그 결과 1년이라는 시간적 거리에도 불구하고 두 이야기가 상당
히 유사한 구성을 보이게 되었다.

다음, 삽화들의 관계 양상을 좀더 자세히 살핌으로써 중요한 특징을 발견할 수
있다. 삽화들이 계기적으로 연결될 뿐 아니라 '포괄적'으로 얽히는 양상이 많이 나
타난다는 사실이 그것이다. 특히 「만담3」과 「만담5」에서 이러한 특징이 뚜렷이 나
타난다. 한 삽화 속에 다른 삽화(또는 삽화들)가 끼어든 사례가 수두룩하다. 그 단
위를 시퀀스로까지 확대하면 양상은 더 복잡해져서, 한 삽화 속에 다른 시퀀스가
얽히고, 한 시퀀스 속에 다른 삽화나 시퀀스가 얽혀 있다.26) 그 결과는 이 두 자료
의 짜임새가 두서없이 뒤얽힌 듯한 느낌을 주고 있다. 화자가 이야기 가닥을 잘못
잡아 혼란을 겪은 듯한 모양새다.

그렇지만 실상은 그렇지가 않다. 「만담3」과 「만담5」를 구연함에 있어 김한유씨
는 중간에 말이 막힌다든가 하는 혼란의 모습을 보이지 않았다. 청중의 주의를 전
혀 흐트리지 않은 채 이리저리 펼쳐진 이야기 가닥을 솜씨있게 수습해 나갔다. 다
른 때보다도 오히려 더 신명난 모습이었다. 청중의 반응 또한 마찬가지였다. 그들
은 화자와 호흡을 함께 하면서 열렬한 호응을 보였던 것이다. 요컨대 이 둘은 여러
자료 가운데도 가장 '만담 다운 만담'이었다. 뒤죽박죽으로 좌충우돌하는 듯하면서
그 가닥을 하나하나 찾아내 풀어내는 것, 금자탑 만담의 고차원적 구성원리라 할
수 있다. 다음은 그 원리에 대한 금자탑식 설명이다.

　　근데 대중에서 애길헐라믄, 뱅이 그물을 물고기 잡는 사람 홱 던지면 확 퍼지지요?
　〔예〕애기를, 가닥을 여러 가닥을 늘어놨다가 고놈을 인제 수습을 헤서, 쫄려요. 쫄려
　서 나중에 가서 종결을 맺어. 그 끄트머리 가서 하나로 해서 애기를 끝마치는디, 그거
　어려워요. (중략)
　　　〔조사자: 애기는 어디서 그렇게 많이 들으셨어요? 젊은 시절에 들으신 애기들이예
　요?〕
　　애기를, 그짓말을 자꾸 허니께 그것두 늘대요. 〔청중:웃음〕엉터리없는 걸 해버릇
　허면요, 자꾸 늘어요. 그래 이것두 갖다 대고 저것두 대고 종합해서, 그래서 인제 비빔
　밥을 맹글거든요. 〔청중:웃음〕27)

────────────────

26) 각각의 사례를 하나씩 적출해서 보이면 다음과 같다.
　·삽화 속의 삽화 : 「만담3」의 (4)와 (5) - 삽화4 속에 삽화5 포함
　·삽화 속의 시퀀스 : 「만담5」의 (11)-(15) - 삽화11+15에 삽화12-14의 시퀀스 포함
　·시퀀스 속의 시퀀스 : 「만담3」의 (15)-(21) - 삽화15,17-18이 한 시퀀스를 이루고 16,19-21
　　　　이 한 시퀀스를 이룸
　·시퀀스 속의 삽화(속의 시퀀스) : 「만담5」의 (3)-(16) - 삽화3-9,16의 시퀀스 속에 삽화9, 삽
　　　　화10, 및 삽화11+15 포함(그 속에는 삽화12-14의 시퀀스 포함)
27) 1997.10.9. 낙원커피숍에서의 김한유씨와의 방담에서.

이상 금자탑 만담이 보여주는 구성 원리는 그 의미가 작지 않다. 거기에는 구비문학 특유의 효율적 창작기법이 녹아들어 있으니, 공식적 표현단락(theme)의 활용을 통한 구성법이 그것이다. 일정한 형태를 이룬 상태로 기억되면서 언제든 불려나갈 태세를 갖추고 있는 다양한 삽화들이 곧 공식적 표현단락에 해당한다. 김한유씨는 그것을 상황에 따라 자유자재로 활용함으로써 매번 새로운 맛을 살리면서도 유창하게 이야기를 엮어내고 있다. 숙련된 동시창작적 구연의 경지다. 스스로의 깨우침을 통해 그 경지에 도달했다고 할 때, 놀라운 일이 아닐 수 없다. 구비문학의 산증인으로서 부족함이 없다.28)

더욱 놀라운 것은 그가 그 구성원리에 '맞추어서' 이야기를 진행하는 것이 아니라 그것을 자유자재로 조정·변주하고 있다는 사실이다. 구사하는 모든 표현단락이 스스로 창안한 것이며 그것을 고정된 채로 반복하지 않고 계속 변화시키고 있다는 점, 원심력과 구심력의 조화에 의하여 단락을 조율하는 한편 단락의 결합에 있어 파격적 넘나듦을 구사함으로써 이야기에 역동적 생동감을 부여하고 있는 점 등이 바로 그것이다. 현장에서의 오랜 경험을 통하여 스스로 깨우친 자만이 도달할 수 있는, 유례를 보기 힘든 독보적인 경지다. 청중이 붙여 주었다고 하는 '금자탑'이라는 호칭이 과연 무색하지 않다.

이상 만담에 관한 논의를 마무리하기에 앞서, 한 가지만 잠깐 짚고 넘어가기로 한다. 그것은 만담의 내용성에 관한 것이다. 이전의 논문에서도 지적했지만,29) 김한유씨의 만담은 단순히 시간을 소모하는 흥밋거리가 아니다. 그 자신 아무 쓸데가 없는 이야기라고 말하곤 하지만, 그것은 겸사일 뿐이다. 그의 만담은 웃음 이면에서 삶의 실상을 포착해내어 때로는 그것을 풍자·비판하고 때로는 대안을 제시한다. 무시못할 '내용'이 담겨 있는 것이다. 예컨대, 다음과 같은 주장에 공감하지 않을 이가 누가 있겠는가.

(5) 그러나 젊으신 여러분덜 중에 실업자도 여기 오셨어요. 백만 실업자가 이백만이 된다고 지금 걱정들을 해요. 그 실업자 누가 어떻게 구해요? 누가 책임져요? 김영삼 대통령은 뒤로 물러 앉아서 인제 개법겠지만 김대중 대통령이 앞으로 각부장관 힘을 합

28) 공식적 표현단락을 통한 동시창작적 구연은 그동안 판소리나 서사무가의 전문가적 기법으로 언급되었을 뿐, 구비설화에 있어 이와 같은 사례가 보고된 적이 없다(공식적 표현구를 활용한 사례로는 심종구씨와 봉원호씨가 있다. 신동흔, 앞의 논문 및 천혜숙 앞의 논문 참조). 김한유씨의 경우 그 기법이 작품 전체를 관통하고 있다는 점에서 특히 주목을 요한다.
29) 신동흔, 앞의 논문(이야기꾼의…), 205~206면.

쳐서 이 난제를 해결허는 문제는 대통령이 전적 책임을 지고 있어요. 그 냥반 아주 이번에 대통령은 됐지만 잘 좋지 못한 때 대통령이 됐어요. 나라가 껍데기만 남았어. 깡통을 찼어. 실업자가 백만 이백만 나온댜. 이러헌 때에 나라의 책임을 맡은 그 냥반, 과연 어떠한 정강정책을 가지고 어떠헌 정치를 펴가지고 나라를 바로잡을런지 걱정이 돼요. 잘 허시겠죠. 대통령 혼자 안돼요. 우리 국민 모두가 협심 합력해가지고 죽느냐 사느냐 하는 기로에 섰어요. 우리도 한 번 멋지게 남의 나라에게 뒤떨어지지 않게 살자고 노력만 허면, 마음만 바로 먹으면 세계에서 몇째 안가는 나라가 돼요. 대통령 혼자는 안돼요. 국민 모두가 다 연대 책임을 지고 있어요.   〈만담3〉

김한유씨는 근래 심각한 사회문제가 되고 있는 실업 사태에 대하여 파격적인 대안을 제시하고 있다. 철따라 위치를 옮길 수 있는 이동식 해상도시를 건설하여 실업자를 수용하고 국토를 넓히자는 것이다. 말도 안되는 얘기일 수 있다. 그러나 과연 그럴까? 사람들이 땅속을 다니리라고 한 예언이 오늘날 실현된 것처럼(그 자신의 언급이다), 그의 주장도 실현되지 말란 법이 없다. 실현 여부를 떠나서, 발상 자체가 얼마나 기발한가? 세상에 대한 큰 고민 없이는, 세상을 멀리 보는 안목 없이는 나올 수 없는 독창적인 아이디어다.

이야기판에서 그냥 웃으며 들어넘겼던 이야기들이, 때로는 '또 그 얘기군' 하면서 무심코 들었던 그 만담들이, 녹음 테이프를 되풀이해 들을수록 새삼 마음에 와닿곤 한다. 만담이 고담보다 구연하기 어려운 것임에도 불구하고, 현장에서 만담보다 고담의 호응도가 높음에도 불구하고 그가 유난히 만담 구연에 애착을 갖는 이유를 조금 알 것 같기도 하다.

4. 고담의 수준

1997년도에 김한유씨를 처음 만나 만담을 채록한 이후 필자가 가장 궁금했던 것은 과연 그가 고담도 구연하는가 하는 점이었다. 그리하여 고담을 청해 들어보려고 애를 써봤지만 뜻을 이루지 못하였다. 그러다가 마침내 1998년의 조사에서 고담을 들을 수 있었다. 들어 보니 과연 기대에 어긋나지 않는 명편이었다.

아래에 고담을 비롯한, 만담 아닌 자료들의 내역을 제시한다. 구연장소와 시간은 만담의 경우와 같다. 청중은 150-300명 수준이었다.

자료명	조사일시	조사자[30]	비고
·「천하장사 정석」	1998.3.12.	신동흔·김종군·구상모	
·「효자 장사 홍대권」	1998.3.13.	구상모·박진호	마이크 이상으로 녹음 실패
·「효자 장사 홍대권」	1998.3.17.	신동흔·김종군·구상모	도착이 늦어 앞부분 누락
·「백정 박동일 출세담」	1998.4.6.	정일균	노트에 속기로 정리
·「암행어사와 홍대권」	1998.4.14.	신동흔·구상모·손태도	만담6에서 이어짐
·「곰과 산 여장부」	1998.5.26.	신동흔·구상모	

의욕과 달리 성과가 빈약한 편인데, 그나마 가던날이 장날이라고 녹음기 마이크가 이상을 일으키거나 이야기가 일찍 시작되어 앞부분을 놓치는 등 불운이 잇따랐다. 그렇지만 그의 이야기능력을 단면적으로 가늠해볼 만한 자료는 거두었다.

위 이야기 가운데 「백정 박동일 출세담」과 「곰과 산 여장부」는 고담(민담)으로 보기 어려운 이야기다. 전자는 예산 출신의 한 기업인이 역경을 헤치고 자수성가한 내력을 구연한 실화류의 이야기이고, 후자는 예산의 여장군과 곰무덤에 얽힌 전설을 재구성한 것이다. 둘 다 소재 면에서 그리 특별할 것이 없는 것들이다. 그러나 김한유씨가 구연한 이야기는 특별한 것이었다. 「곰과 산 여장부」를 들으면서 필자는 '전설을 이렇게 구연할 수도 있구나' 하고 놀라지 않을 수 없었다. 등장인물을 살아움직이게 하는 실감있는 묘사와 넘치는 해학은 그것을 한편의 신명나는 이야기로 탈바꿈시켰다. 그것은 전설에서 소재를 취한 일종의 '창작설화'였다. 이런 사정은 「백정 박동일 출세담」 또한 마찬가지였다. 실화에서 소재를 취한 이 이야기 또한, 이야기를 조사한 학생의 전언 및 속기록에 의하면, 실감있는 묘사와 흥취넘치는 연극적 퍼포먼스에 의하여 내내 즐거운 웃음이 펼쳐진 하나의 성공적인 '작품'이었다. 이 두 사례는 김한유씨가 마음만 먹으면 어떤 종류 어떤 소재의 이야기라도 좌중을 휘어잡을 만한 신명나는 이야기로 탈바꿈시킬 수 있음을 증명해 주고 있다.

김한유씨가 구연한 이야기 가운데 전형적 고담에 해당하는 것은 세 가지다. 「천하장사 정석」, 「효자 장사 홍대권」, 「암행어사와 홍대권」이 그것이다. 세 편 모두 끝마무리를 짓지 않고 하편을 뒷날로 미룬 까닭에(그것은 특유의 이야기 기법이다)[31] 완형을 채록할 수 없었다. 이중 「효자 장사 홍대권」만큼은 이야기가 거의 마무리 부분까지 진행된 것으로 생각되는데, 안타깝게도 앞부분이 녹음되지 않았다. 대신 이 이야기와 뒷부분이 같은 「암행어사와 홍대권」은 앞부분이 온전하게 녹

---

30) 조사자 가운데 김종군은 건국대 박사과정 학생이고, 박진호와 정일균은 학부생이다.
31) 필자가 김한유씨더러 왜 끝까지 하시지 않느냐고 하니, '그렇게 해야 재미있다'는 것이었다. 그는 일부러 이야기의 끝을 비워 호기심과 여운을 남기고 있는 것이다.

음되었다. 결국 「암행어사 홍대권」의 전반부와 「효자 장사 홍대권」의 뒷부분을 연결지음으로써 완형에 가까운 고담을 한편 재구할 수 있었다. 이제 김한유씨의 대표 고담이라 할 만한 이 홍대권 이야기[32]를 통하여 금자탑 고담의 기법과 수준을 가늠해 보기로 한다.

홍대권을 주인공으로 하는 두 이야기의 줄거리는 다음과 같다.

이조 중엽에 암행어사 나갔던 사람이 겪은 일화다. 과거 급제 후 임금의 총애를 입어 삼도 어사가 된 윤모가 나이든 수행원과 함께 길을 나섰다. 거지옷으로 변복한 다음 경상도 문경을 향하는데, 깊은 산중에서 그만 길을 잃고 말았다. 한 굴에 들어가 밤을 새는데, 수많은 호랑이들이 냄새를 맡고 몰려든 상황에서 불을 피운 덕으로 겨우 죽음을 모면하였다. 다음날 둘은 다시 다시 산중을 방황하다가 먼 발치에서 칡을 끊어오는 노인을 만났다. 윤어사가 그에게 길을 물었는데, 그의 반말에 기분이 상한 노인이 길을 거꾸로 가르쳐 주었다. 어사 일행은 다시 산중을 헤매다가 기진맥진하여 한 무덤 앞에 쓰러지고 말았다.

이때 어떤 고부(姑婦)가 산에 왔다가 그 모습을 발견하였다. 시어머니의 만류를 물리치고 두 사람에게 다가온 며느리는 마침 불어있던 젖을 짜 먹여서 두 사람의 원기를 회복시켜 주었다. 그리고 화난 시어머니의 뒤를 따라 산 아래로 향하였다. 여인 덕으로 살아난 어사와 수행원이 바삐 그들 뒤를 밟아 산을 내려왔다. 그들은 동정을 엿보기 위하여, 고부가 들어간 오두막집 뒤꼍에 들어가 숨었다.

그때 산이 무너지는 소리가 나더니 엄청난 체구의 나무꾼이 와서 나뭇짐을 부리고 그 오두막집으로 들어갔다. 젖 먹여 준 여자의 남편이었다. 그가 들어가자 어머니가 낮에 있었던 일을 이야기하며 부끄럽다고 투정을 하였다. 그러자 남자는 아내를 때려죽이겠다며 건넌방으로 끌고 들어갔다. 이를 엿본 어사 일행이 활을 재서 방안의 남자를 겨누었다. 한데 방으로 들어간 남자는 뜻밖에도 아내에게 좋은일을 해서 고맙다며 큰절을 하는 것이었다. 그러면서 어머니 들으라고 거짓으로 아내를 때리는 소리를 냈다. 화가 풀린 어머니는 며느리가 죽지 않은 것을 천행으로 여겼다.

이 모습을 본 어사가 감동하여 사연을 적어 임금께 올려보냈다. 임금이 또한 감동하여 그 사람을 불러올리라는 어명을 내렸다. 마침내 그 촌부는 서울로 불려와 대궐 마당에 엎드리게 되었다. 임금이 그 성명을 묻는데 묵묵부답이었다. 그러다가 '아뢰오' 했는데 그 소리가 어찌나 큰지 한바탕 법석이 났다. 그렇게 밝혀진 이름이 홍대권이었다. 임금이 그에게 벼슬을 내리려고 배운 것을 물었는데, 뜻밖에도 천자문은 물론 사서삼경까지 안 읽은 책이 없었다. 임금이 다시 활쏜 경험을 물으니, 나무 활로 집채만한 멧돼지를 잡았다는 것이었다.

이후 그의 앞날이 어떻게 되는지, '용의 눈물'이 끝나면 드라마로 나올 것이다.

〈암행어사와 홍대권〉

---

32) 홍대권 이야기는 정석 이야기보다 더 많이 구연되었고 청중의 호응도 더 컸다.

(옛날 어떤 시골에 한 효자가 살고 있었다. 그 노모가 병이 들어 백약이 무효였는데 한 겨울에 잉어가 먹고 싶다는 것이었다. 효자가 연못에 가서 얼음에 구멍을 뚫자 잉어 한마리가 뛰쳐나왔다가 방향을 잘못 틀어 얼음판에 떨어지고 말았다. 효자가 그 잉어를 갖다가 고아서 어머니께 드리니 병이 쾌차하였다. 그 효자의 소식은 임금에까지 전해져, 임금이 그를 불러올리게 되었다.)33)

효자가 서울로 가는데, 가지고 간 것이 있었다. 금잉어였다. 어머니 고아 먹이고 난 잉어가 솥에서 금이 돼 있었던 것이다. 이윽고 그는 서울로 가서 숙종대왕 앞에 엎드렸다. 엄청난 체구였다. 임금이 성명을 물으니 묵묵부답하다가 '아뢰오' 했는데 그 소리가 어찌 큰지 한바탕 법석이 났다. 그 사내의 이름은 홍대권이었다.

임금이 벼슬을 내리려고 배운 것을 물으니, 뜻밖에도 천자문은 물론 사서삼경까지 안 읽은 책이 없었다. 다시 임금이 활 쏜 적이 있는지 물으니 나무 활로 집채만한 멧돼지를 잡았다는 것이었다. 임금이 시험삼아 커다란 철궁을 내려 홍대권으로 하여금 쏘게 하였는데, 인왕산 치마바위에 그대로 명중하였다. 다시 칼 쓰는 법을 아는지 물으니, 뒷산 스님에게 목검을 배웠다는 대잡이었다. 그러자 임금은 대궐 최고 장수 박장군을 불러들여 홍대권과 칼싸움을 시켰다. 홍대권이 갑옷도 없이 대련을 하는데 오랜 경합 끝에 박장군의 칼이 부러지고 말았다. 박장군 목을 치라는 어명이 내려 홍대권이 칼을 휘둘렀는데, 떨어진 것은 박장군의 상투였다. 임금이 경탄하며 고개를 끄덕였다. 이 홍대권의 앞날이 어떻게 되는지, 하편은 '용의 눈물'이 끝난 다음 나올 드라마를 기대하라.

〈효자 장사 홍대권〉

젖을 먹여 암행어사를 살린 여인이나 겨울에 잉어를 구한 효자에 관한 이야기는 옛날부터 전해져온 것이다. 그것을 소재로 취했다는 점에서 이 이야기는 전래설화와 맞닿아 있다. 그렇지만 화자는 그 스토리를 개편하여 독창적인 자신의 이야기로 탈바꿈시키고 있다. 홍대권이라는 인물의 설정이 그렇고, 그가 임금 앞에서 비범한 능력을 나타낸다는 내용 또한 그러하다. 서로 다르게 시작된 이야기가 뒤에 가서 같은 이야기로 귀착된다는 것에서도 우리는 화자가 이야기를 자기 마음대로 '주무르고' 있음을 보게 된다.

금자탑 고담의 구성에서 한가지 특징적인 사실은 만담에서 본 바와 같은 '공식적 표현단락'의 활용이 엿보인다는 것이다. 위의 홍대권 이야기와 「천하장사 정석」은 인물과 스토리가 다른 별개의 이야기인데, 서로 중첩되는 대목들이 있다. 천하장사로 설정된 홍대권과 정석의 외모 및 용력 묘사가 서로 비슷하다. 그리고 산중에서 밤을 새우며 호랑이와 맞서는 긴 대목 또한 두 이야기에 거의 유사하게 나타나고 있다. 고담의 구연에서 이처럼 일정한 틀을 갖춘 공식적 표현단락이 활용되는 것은

---

33) 이상은 녹음이 안된 상태에서 조사자(구상모. 3.13)의 기억을 바탕으로 한 것임.

범상한 일이 아니다.34)

특출한 이야기꾼의 이야기가 대개 그렇지만, 김한유 고담의 특장 또한 구성보다는 구연력과 표현력에 있다. 그 핵심은 작중상황을 실감있고 흥미진진하게 엮어내는 표현력인데, 그에 앞서 언어능력에 대하여 잠깐 언급해 둔다. 단적으로 말하여, 김한유씨의 언어전달력은 탁월하다. 특유의 카랑카랑한 음성과 뚜렷한 발음으로 수백명 청중의 주의를 집중시킨다. 그의 구연은 머뭇거림 없이 유창하게 이어지는데, 놀라운 것은 말을 조금이라도 더듬거나 고치는 부분('아', '에-', '그 그런데' 등)이 거의 없다는 것이다. 녹음을 그대로 옮긴 텍스트가 마치 다듬어 쓴 글처럼 군더더기가 없다. 앞에 인용한 대목들에서, 그리고 뒤에 인용할 대목들에서 이를 확인할 수 있을 것이다.

김한유씨가 작중상황을 형상화하는 능력과 관련하여 먼저 '인물 묘사'에 대하여 언급할 필요를 느낀다. 김한유씨는 작중인물을 개성적이고 구체적인 형태로 창조해 낸다. 한 예로 홍대권은 그가 창조한 개성적인 '캐릭터'다. 그는 이야기 속에 다음과 같이 등장한다.

(6) 그런데 이게 왠일이요? 산이 막 무너지는 소리가 나요.
"아이구 이게 무슨 소리냐"구.
요샌 지진이라구 그러죠. 옛날엔 움직일 동자 지동(地動)입니다. 땅이 노허면 지동이 일어요.
"아이구 지동났나베. 아이구 큰일이네."
"쾅, 쾅."
허는디 보니께 그게 아니유. 뭐냐? 어떤 농촌의 초부 하나가 나무를 해서 짊어지고 내려오는디 발짝을 밟으면은 산이 울려요. 키가 얼마나 크냐? 전봇대 둘만 해요. 〔청중:웃음〕 딱 벌어졌는디 이 어깨 사이즈가 4미터. 〔청중:웃음〕 이만기 이봉걸이 황대웅이 같은 건 게다 대면 새끼여. 〔청중:웃음〕 무지무지한 농군 하나가 나무짐을 지고와서 내려가더니 하필이면 그 젖멕여 준 집 바깥마당에다 나무짐을 부렸어요. 그 나무 한 짐이 얼마나 되느냐? 요새 8톤 트럭으로 세트럭은 돼요. 〔청중:웃음〕 〈암행어사와 홍대권〉

특유의 과장적 허풍이 넘치는 대목이다. 그런데 그러한 허풍 속에서 홍대권이란 인물의 형상이, 가슴이 딱 벌어진 굉장한 장사의 모습이 뚜렷하게 육박해 온다. 그 모습은 오늘날 씨름선수들과의 비교를 통하여 좀더 구체적으로 조형되고 있다. 일

---

34) 다만 만담과는 달리 이런 현상이 부분적으로만 나타나는데, 그것은 고담이 고유의 스토리에 의하여 제약을 받기 때문인 것으로 이해된다.

단 이렇게 첫선을 보인 그의 형상은 아내를 다짜고짜 방으로 끌고 들어가서는 엉뚱
하게도 넙죽 절을 하는 대목에서 민중적 우직함과 순박함을 더하면서 더욱 매력적
인 캐릭터로 상승이 된다. 그러한 상승의 과정은 임금과 대면하는 장면에서 절정에
이른다.

(7) 아 이 홍대권이 엎드려서, 그저 말없이 엎드려 있죠.
"여봐라. 네가 그와 같은 착한 심성을 가진 백성이 있다니 과인이 진심이 심히 기쁘
도다. 여봐라, 너 글공부 했니?"
그런단 말여. 베슬 줄라고요. 맘이 착허니께. 대답이 옳어요.
"네가 만약 천자만 뺐(배웠)다도 한 자리 네리겠는디, 그래 천자(천자문)두, 시골에
도 서당이 있다는디 천자두 안 뺐니?"
"예, 천자는 배웠습니다."
"됐다. 천자를 배웠으면 됐어. 천자라능 게 동양문학의 한문의 기본 문자여. 하늘천
따지 검을현 누루황 집우 집주 이끼야까지 천 잔디, 천자 속에는 천문 지리 과학 예술
문화 종교 법이 그 속에 다 있어. 천자만 뺐으면 돼. 베슬 한 자리 내리고 말고. 게 더
밴 게 없느냐?"
"예, 계몽편에 동몽선습을 읽었사옵니다."
"무엇이 어째여? 〔청중:웃음〕 아 계몽편에 동몽선습을 읽었어? 어 그 많이 뺐구나.
또 밴(배운) 게 있느냐?"
"예, 통감 일곱째 권에 명심보감을 배운 줄로 아뢰오."
고만 만조백관 숙종대왕이 정신이 막 오락가락해요.
"야- 많이 뺐구나. 더 밴 게 있거든 모조리 아뢰라."
여기 홍대권이가 아뢰는디 뭐라고 아룁니까?
"아뢰오. 소학 대학 논어 맹자 사서삼경 주역 열두 권을 다 배우고 배운 책을 가마
솥에 넣고 물 세 동이 붓고 사흘 과서 그 건덕지 국물할라 다 먹은 줄로 아뢰오." 〔청
중:웃음〕   〈효자 장사 홍대권〉

대궐 마당에서 이처럼 탁월한 학식이 드러나면서, 이어서 절륜한 무예실력이 드
러나면서 홍대권은 '조선 최고의 인재'로 폼나게 탈바꿈한다. 산골에 묻혀 살던 보
잘것없는 촌부가 최고의 인물로 부각되는 그 일련의 과정은 아주 드라마틱하다. 필
자는 인물의 캐릭터가 이렇게 생동감있게 형상화된 예를 다른 설화에서 본 기억이
별로 없다.35)

─────────────
35) 이와 근접한 예로는 현재는 작고한 탑골공원 이야기꾼 봉원호씨의 '열두다방골 기생과 이선달'에
   등장하는 기생과 이선달 정도를 들 수 있다. 봉원호씨의 이야기세계에 대해서는 신동흔, 앞의 논
   문(이야기꾼의…), 187~199면 참조.

김한유 고담의 또하나의 특장은 탁월한 묘사적 재현에 있다. 이야기를 이루는 거의 모든 장면이 생동감있게 살아난다. 앞의 인용에 이미 그 탁월한 솜씨가 엿보이고 있거니와, 눈에 띄는 대로 한 대목만 더 들어 본다.

(8) 아 그 여자 끄댕일 잡고, 부엌에서 밥 하는 마누라 끄댕일 잡더니 건넌방으로 끌고 들어가요. 그래 뒤꼍으로 얼른 가서, 거 담집인디, 그 창구녕이 있는디 손가락에다 침 발르고 들여다보니께 저놈이 물푸레나무를 들고서 작대기를 들고 들어갔는디, 마누라 때려 죽이러 들어갔어요. 건넌방에.
'만약 때리기만 해. 용서없다.'
'팩-' 하면 죽어요. 천하장사라도 화살 맞고 안 죽을 놈 있습니까? 그런디 이상한 일이 벌어졌어요. 들여다보니께 그 노인이 허는 말이,
"저것 좀 보쇼."
"왜?"
"저게 뭐허는 짓이래요?"
"왜?"
여자를 아르목에 앉혀놓더니 그 무지한 놈의 서방이 절을 해요. 자기 부인한테 절을 해요.
'저 때려 죽인다고 허더니 왜 절을 허나?'
허면서 허는 말이, 그 남자가 허는 말이, 초부가 허는 말이
"여보, 참 좋은 일을 했소. 이왕, 어린 건 죽어 갖다 묻었구, 짜 내버리는 젖 가지구 두 생명을 구했다니 참 장헌 일을 했소. 그러나 어머니는 부끄럽다고 저렇게 안방에서 야단을 허시니 자식된 도리로 어떡헌단 말이요. 우리 이렇게 해볼까?"
"뭘 어떻게요?"
이불을 확 잡아댕겨 내려놓더니
"내가 물푸레나무 작대기로 이불을 때릴티니께 당신은 죽는 소릴 혀. 〔청중:웃음〕 그러면 어머니가 뭐 분이 좀 풀리실거요."
허더니 이불을 갖다 후려 갈기더니만,
"아이고 죽는다고 좀 혜여. 아이고 죽는다. 아이구 아이구 혜여."
"우떻게 그렇게 해요?"
"허라니께. 그래야 어머니가 분이 풀려."
딱 때리니께
"아이구 아이구."
"그렇게 해서 안방에 들린남? 호되게 혜여."
이불을 탁탁 때리는디 며느리짜리 되는 이 여인은
"아이구 아이구 아이구, 아이구 죽겠네." 그랬어요.
나오더니만 물푸레나무 작대길 마당에다 홀떡 던지더니
"어머니, 내려가 저녁이나 허세요. 그년 때려 죽였습니다." 이기여.

아 죽였다고 허니께 어머니가,

"야! 이놈아, 그 아내가 네 처가 어떤 여자냐? 열세살 먹어서 민며느리로 데려다 키워가지고 네가 장가를 들었는디, 그 뭐 내가 때려 죽이라고 했니 부끄럽다고만 했지."

게 건넌방에 시어머니가 가보니께 아랫목에 이렇게 누워서 눈감고 있어요.

"아이고 이거 죽었네. 애야 깨나라, 깨나라."

허니께 눈을 바시시 뜨더니

"어머니세요?"

"죽지 않고 살았구나."

"괜찮아요."

부스스 일어나 앉습니다. 그만 어머니가 좋아서, 안 죽고 사니,

"그 나쁜 놈이 너를 을마나 두들겼나, 그 때리는 소리가 안방에까지 들렸다."

〈암행어사와 홍대권〉

홍대권이 아내를 건넌방으로 데리고 들어간 다음 절을 하는 대목이다. 그 장면이 마치 손에 잡힐 듯하다. 짐짓 노한 척 아내를 끌고 들어가는 홍대권, 긴장 속에 그 모습을 엿보다가 남자가 절하는 모습을 보고 어리둥절하는 어사와 노인, 아픈 소리를 꾸미라는 남편의 말에 멋쩍어하는 아내, 며느리가 죽은 줄 알고 허둥대다가 마음을 놓으면서 며느리를 감싸는 시어머니. 그 한 사람 한 사람의 모습이 행동은 물론 표정과 목소리까지 생생하게 육박해 온다.

방금 '목소리'까지 육박해 온다고 했거니와, 무심코 한 말이 아니다. 화자는 여러 인물의 말을 서술자 아닌 작중인물의 말로서 드러내고 있다. 위의 인용문을 보면, 또한 앞의 인용(7)을 잘 보면, 이야기 가운데 지문과 대사가 뚜렷이 구별돼 있음을 확인할 수 있을 것이다. 양자가 대충 얼버무려지는 법이 거의 없다(이는 이야기 전체를 통하여 그러하다). 이렇게 지문과 구별된 대사를 화자는 각 인물의 말로서 표현한다. 임금과 백성의 말투가 뚜렷이 구별되며, 남편과 아내·시어머니의 말투가 서로 다르다. 그리고 또한 '목소리'가 다르다. 본격적인 성대묘사까지는 아니지만(때로는 그런 면모도 보인다), 화자는 인물이나 상황에 맞게 인물의 목소리를 꾸며서 표현하고 있다.

이와 관련하여 흥미로운 사실은 그의 이야기에서 인물의 대사가 '직접' 교체되는 양상이 폭넓게 나타난다는 점이다. 위의 인용(7)과 (8)을 보면 인물의 대사 사이에 서술자의 개입이 나타나지 않는 예를 많이 볼 수 있다. 그것은 잘 구연된 설화에서 종종 볼 수 있는 수준을 뛰어넘는다. (7)에는 서술자의 말 없이 인물의 대사 여섯 개가 나란히 이어진 대목이 있거니와, 이는 어쩌다가 그렇게 될 수 있는 것이 아니

다. 상황을 보다 생동감있게, 극적으로 재현하기 위하여 의식적으로 구사된 전문가
적 표현기법이다. 그러한 의도는 물론 훌륭히 성취되었다.36)

김한유의 고담을 살아나게 하는 것은 이러한 생생한 묘사만이 아니다. 듣는 이로
하여금 폭소를 터뜨리게 하는 푸짐한 허풍과 악의없는 너스레가 고담에서도 여실히
구사되고 있다. 그리하여 이야기에 생동감과 감칠맛을 더한다. 몇 대목을 옮겨 본다.

(9) 여기도 호랭이가 많았지만 어떻게 들썩거리는지, 문경새재 고개 넘어가는 그 산
에 호랭이가 몇 마리냐. 정확한 숫자는 모르고 추산해서 8만 6천마리. 〔청중:웃음〕호
랭이가 8만 6천마리가 있는디 이 놈들이 먹을 게 없어서 아주 기아상태에 있어요. 사람
만 보믄 그건 뭐 떼로 뎀벼서 그저 삽시간에 뭐 뼉다귀만 남어요. 〈암행어사와 홍대권〉

(10) 이 여자가 어떤 여자냐? 사흘 전에 아들을 낳는데 아들이 어머니 하문에 나오
다 죽었어요. 게 어린앤 갖다 묻었는데 그 아이 어머니 젖이 오만원짜리 수박만헌 늠의
것, 〔청중:웃음〕젖탱이가 뽀얀 놈이 대추같은 젖꼭지 두 개가 달렸어. 젖탱이 이렇게
벘어. 젊은 여자니께. 그 여자가 생각을 허니, 이차피 자식은 죽어서 갖다 묻었는디 이
젖을 짜서 그릇은 없지만 손바닥에다 받아서 입에다 좀 흘려 널라구. 젖을 이렇게 이렇
게 이렇게 만져가지고서 꾹 눌르니께 중부서에 소방대 뿜뿌는 저리가라여. 〔청중:웃음〕
찍 나가는디, 〔청중:웃음〕   〈암행어사와 홍대권〉

(11) 이때 "아뢰오." 했는디, 그놈의 소리가 얼마나 컸는지 경복궁 대궐 기왓장이
몽창 뜨구 〔청중:웃음〕기둥나무가 반을 돌어가구, 〔청중:웃음〕도봉산에서부텀 삼각
산, 북한산성, 바위돌이 때굴때굴 굴르구, 〔청중:웃음〕남산에 꼼방울이 한 개두 안 남
기고 다 떨어졌어. 〔청중:웃음〕
    "꽈르릉."
    "아뢰오."
그만 임금님이 놀라서 뒤로 벌럼벌럼 허는디 궁녀 셋이 붙잡었어요. 궁녀가 안 붙잡
었으면, 그 임금님 그날 뇌진탕으로 죽어요. 〔청중:웃음〕   〈암행어사와 홍대권〉

(12) 그 공주가 어떤 여자요? 보통 여자 아녀, 나라의 임금의 딸이지만. 이화대학
영문과 나와서 불란서 유학까지 갔다 온 여자여. 〔청중:웃음〕미니스카트에, 굽 높은
구두 하이힐. 요샌 바닥이 두껍지만서두. 한강에 저 유람선만한 구두 신구 댕기지면서
두, 여자들이. 〔청중:웃음〕   〈효자 장사 홍대권〉

_____

36) 전체적으로 김한유씨의 묘사능력은 최고 수준으로 평가된다. 묘사에 특출한 재능을 지닌 봉원호씨
의 득의의 장면과 비교하여 그리 손색이 없다. 촘촘한 이야기의 맛은 어떨지 몰라도, 극적 재현의
생동감은 한수 앞서 있다. 봉원호씨의 묘사력에 대해서는 신동흔, 앞의 논문(이야기꾼의…), 195-
199면 참조.

(13) 네리쳤는디, 박장수의 모가지가 뚝 떨어지야 허는디, 안 떨어졌어. 무에가 떨어졌느냐? 머리 위에 상투가 있는디, 은동곳 박은 상투만 짤러졌어요. 상투가 똑 떨어지니께 머리가 확 내려왔는디, 그게 요전에 젊은애들 허던 히피 대가리, [청중:웃음] 그게 그때버텀 유행이유. [청중:웃음]   〈효자 장사 홍대권〉

만담에서도 엿본 적이 있는 그의 허풍은 고담에서 더욱 유감없이 발휘된다. 이미 앞의 인용(6)에서 그의 굉장한 허풍을 봤거니와, 인용(9)와 (10), (11), 그리고 (12)에서 또한 웃지 않고는 배길 수 없는 허풍과 만나게 된다. 특히 (10)의 젖 먹이는 모습과 (11)의 목소리 크기 표현에 발휘된 상상력은 참으로 분방하고도 기발하다. 그러한 허풍은 (11)에서처럼 열거식 대구의 형태로 조직되어 연속적인 웃음을 유발하기도 한다.

위 대목들에서 우리는 또한 청중을 마음대로 요리하는 금자탑 특유의 너스레와 만나게 된다. 젖 주는 모습과 소방대 펌프의 연결(10), 임금이 넘어지는 장면에 등장하는 '뇌진탕'(11), 미니스커트에 하이힐을 신은, 불란서 유학을 다녀온 공주(12). 그리고 히피 머리의 유래(13)! 청중이 할 수 있는 일은 그저 '금자탑'의 능수능란한 지휘에 따라서 질질 웃음을 발하는 일뿐이다. 저 진중한 풍모의 여든일곱 노인에게서, 어찌 이와 같은 너스레가 나오는 것인지.

김한유씨의 고담에 대하여 허풍이 너무 심하지 않은가 하는 지적이 있을 수 있다. 실제로 탑골공원의 이야기꾼 노재의씨나 신지우씨는 금자탑의 이야기는 허풍이 세서 사리에 맞지 않고 공허하다는 비판을 내비쳤다. 그러나 고담이란 것이 본래 거짓말이고 보면 허풍이 문제될 것은 없다. 문제는 그것이 이야기를 얼마나 재미있고 실감있게 만드는가 하는 데 있다. 금자탑식 허풍과 너스레는 어떠한가 하면 물론 이야기를 흥미진진하게 살리는 쪽이다. 그의 이야기에 사람들이 모여드는 것은 당연한 일이다.

김한유씨의 이야기에 내용이 없다는 지적은 좀더 일리가 있는 듯하다. 그의 고담은 교훈적 메시지보다는 한바탕 웃음을 추구하는 성향을 지니고 있다. 이야기 끝에 고개를 끄덕일 만한 모종의 교훈적 깨달음을 남기지 않는다. 그러나 그의 이야기는, 웃음 속에 빛이 바래는 면이 없지 않지만, 만만치않은 의미를 내포하고 있다. 홍대권의 그 소박하면서도 거침없는 모습은 민중적 인물의 전형적 표상이다. 그의 숨겨진 능력이 하나하나 밝혀져 만조백관의 코를 납작하게 만드는 데 이르는 일련의 과정은 민중이 지닌 무한한 가능성의 발현이다. 그 홍대권이 나타내 보이는 소박한 인간성은, 댓가를 바라지 않는 티없이 맑은 도덕성은 또한 얼마나 아름다운가. 이야기를 듣는 가운데 자연스레 마음속에 배어드는 소중한 의미내용이다.

이제 논의를 정리해 본다. 탑골공원 대표 이야기꾼 금자탑의 탁월한 구연능력. 그것은 고담의 '스토리'와 행복하게 만나서 화려한 빛을 발하고 있다. 흥취와 실감이 흘러넘치는 그 작품세계를 보면서 우리는 설화가 가진 무한한 가능성을 확인하게 된다.

그럼에도 김한유씨는 고담보다 만담의 구연을 선호하고 있다. 자신의 독창적 이야기 종목으로서의 만담에 대한 애착 때문일 것이다. 그러나 혹시 그 자신 고담이 좀 공허하다고 느끼는 것이라면, 또는 스토리가 고정된 이야기를 되풀이 구연하기가 마음에 걸리는 것이라면, 이렇게 전해 드리고 싶다. 편안한 웃음 속에 공감이 우러나는 그의 고담은, 아니 창작설화는 공허하지 않다고. 그리고 듣고 듣고 또 들어도 재미가 있다고. 녹음된 이야기를 듣고 듣고 또 들으며 느낀 바다.

5. 맺는 말

김한유는 범상한 이야기꾼이 아니다. 단순히 특출한 이야기꾼만도 아니다. 전통적 이야기문화의 곡절을 한몸에 지닌 인간문화재 급의 이야기꾼이다. 어쩌면 우리는 이와 같은 이야기꾼을 다시는 만나볼 수 없을지도 모른다.

이 특별한 이야기꾼을 통하여 우리가 얻을 수 있는 바가 적지 않다. 이야기의 기법에 대한 이해를 다각적으로 넓힐 수 있으며, 문학사적 측면에서 과거의 이야기문화의 연희문화를 재구할 수 있는 실마리를 찾을 수 있다. 필자는 이미 그러한 작업의 일단을 선보인 바 있다.[37]

이 논문에서 필자가 초점을 맞춘 것은 그 모든 논의의 기초로서의 이야기꾼 문학세계의 내부적 실상이다. 특히 이야기를 재미있고 생동감있게 살아나게 하는 구성원리와 표현기법이 주요 논의 대상이었다. 그 논의 결과로 드러난 특징 가운데 두드러진 것을 추려 정리해 본다.

먼저 김한유씨의 독특한 이야기종목으로서의 '만담'의 구성원리와 관련하여 흥미로운 사실들을 발견할 수 있었다. 여러 편의 만담을 비교한 결과 그의 만담은 서로

---

37) 신동흔, 앞의 논문들(「이야기꾼의 작가적 특성에 관한 연구」 및 「이야기와 판소리의 관계 재론」).

같으면서도 또한 다른 것으로서, 거듭되는 변주를 통하여 새롭게 탈바꿈하고 있음
이 드러났다. 그것은 공식적 표현단락에 해당하는 다양한 삽화들을 상황에 맞추어
적절히 취사선택하는 구비문학적 창작원리에 의한 것이었다. 화자는 스스로 체득한
그 창작원리를 자유자재로 조정·변주하고 있으니, 구심력과 원심력을 지니는 삽화
들을 교묘히 결합함으로써 질서와 긴장을 부여하는가 하면 삽화의 결합방식 등에
파격을 구사함으로써 이야기에 역동적 생명력을 불어넣고 있다. 유례를 보기 힘든
전문가적 경지다.

다음 그의 고담(민담)에서는 개성있는 인물의 창조와 생동감 넘치는 상황묘사,
분방하고 기발한 허풍과 너스레 등의 표현기법이 특히 눈에 띄었다. 그가 독창적
'캐릭터'를 생생하게 살려낸 것이나 인물 대사의 극적 재현을 통해 작중상황을 생동
감있게 부각시킨 것은 설화적 표현의 진수를 보여주는, 주목에 값할 만한 것이었
다. 상식을 초탈하는 분방한 상상력에 바탕을 둔 그의 기발하고도 우스꽝스러운 허
풍과 너스레 또한 유례를 보기 힘든 특출한 것이었다. 전체적으로 이야기꾼 고담의
아주 특별한 사례에 대한 기술(記述)이 이루어졌다고 본다.

이상 김한유씨의 이야기를 통해 우리가 본 것을 한 마디로 요약하면 이야기꾼의
진면목이요 이야기 세계의 진경이다. 우리의 이야기꾼과 이야기문화에 대한 이해에
보탬이 되기를 기대한다.

'쥐떼의 도강담'에 나타난 화자의 말하기 원리

최 경 숙

1. 서론

(1) 문제 제기

대부분 설화가 다양한 내용에 의해 이야기를 진행하는데 비해, 일정한 형식적 틀을 중시하여 진행되는 독특한 설화도 있다. 후자를 형식담이라 하는데, 형식담은 단순한 중심 사건이 일정한 패턴으로 짜여진 것이다.[1] 형식담 중에서 적지 않은 비중을 차지하는 것이 '끝없는 이야기'다. '끝없는 이야기'는 하나의 주제나 사건 등이 지겨워질 때까지 반복되는 이야기로[2] 즐거움을 주기에는 부족한 면이 있다. 그럼에도 불구하고 '끝없는 이야기'가 계속해서 연행되는 것을 볼 때, 끝없는 이야기는 독특한 맥락에서 특별한 목적을 지닌 채 연행된다고 생각할 수 있다. 따라서 어

---

1) 톰슨 지음, 윤승준외 옮김, 『설화학원론』, 계명문화사, 1992, 287면.
2) 위의 글, 288면.
   Charles Winick, *dictionary of anthropology*(Littlefield Adams & Co.), 1975, 524면.

떤 상황에서 '끝없는 이야기'를 연행하고 있는가를 살펴보는 것은 의미있는 일일 것이다. '끝없는 이야기'는 세계적으로 광범위한 분포를 보이고 있다는 점3)에 비추어볼 때 더욱 그렇다.

이제까지 '끝없는 이야기'는 형식담에 관한 연구 속에서 다루어져 왔다. 형식담에 관한 연구로는 조희웅과 신월균의 연구가 대표적이다.4) 이들은 형식담의 유형과 형식담의 특성을 해명하는데 초점을 두었는데, 형식담의 특성으로 놀이성, 기억의 용이성, 반복성을 지적하였다. 여기에서 '끝없는 이야기'에 관해서는 둔사(遁辭)적으로 이용됨이 지적되었다.5) 그러나 구체적으로 어떤 상황 속에서 '끝없이 이야기'가 말해지는가에 대해서는 그다지 주의를 기울이지 않았다.

그러나 오로지 이야기되고 있을 때만 이야기라는 점6)을 고려할 때 '끝없는 이야기'의 의미는 연행을 염두에 두고 탐색되어야 한다. 이야기의 연행은 일반적으로 이야기판(performance arena)에서 이루어진다.7) 따라서 '끝없는 이야기'가 구체적으로 어떤 이야기판에서 이루어지는가를 해명해야 한다.

이제까지 이야기판에 관한 많은 연구들은 주로 이야기판에서 말하는 사람, 화자에 초점을 두었다.8) 화자 연구는 개별 이야기꾼이 지니는 구성 방식이나 형식상의 특징을 집중적으로 탐색하거나9) 화자의 구연 내용이나 구연 방식을 화자의 개인사

---

3) 성기열, 『한·일민담의 비교 연구』, 일조각, 1979, 217면.
4) 조희웅, 『(개정판)한국설화의 유형』, 일조각, 1995, 83~105면.
   신월균, 「한국의 형식담에 관한 고찰」, 『설화문학연구』(상), 단국대출판부, 1998, 431~447면.
   조희웅은 이외에도 둔사적 성격, 동물과 사물이 인간의 역할을 한다는 점, 허언적이며 과장적 이라는 점을 지적하였다.
5) 신월균, 위의 글, 440면.
6) R.D.Abrahams, "Personal power and social restraint in the definition of folklore", *Toward new perspectives in folklore*(Texas Univ), 1972, 28면.
7) J. M. Folly, *The singer of tales in performance*(Indiana Univ), 1995, 45~47면.
   "이야기판은 연행이라는 하나의 사건이 발생하여 말들에 특별한 힘들이 부여되는 장소를 가리킨다."
8) 화자 연구의 선편을 잡은 이는 임형택이다. 그는 문헌 자료를 통해서 18·19세기의 전문적인 이야기꾼의 모습을 확인하였다. (임형택, 「18·19세기 이야기꾼과 소설의 발달」, 『고전문학을 찾아서』, 문학과 지성사, 1976, 310면~332면)
9) 곽진석, 「이야기꾼의 이야기 구성과 변이에 대한 연구」, 서강대석사논문, 1982.
   곽진석, 「이야기꾼의 이야기 구성에 관한 연구」, 『어문교육논집』 7, 부산대, 1983.
   신동흔, 「이야기꾼의 작가적 특성에 관한 연구 -탑골공원 이야기꾼들의 사례를 중심으로」, 『구비문학연구』 6, 1998.
   이수자, 「이야기꾼 이성근 할아버지 연구」, 『구비문학연구』 3, 한국구비문학회, 1996.
   천혜숙, 「이야기꾼의 이야기연행에 관한 고찰」, 『계명어문학』 1, 계명어문학회, 1984.
   황인덕, 「설화의 투식적 표현 일고」, 『논문집』 16~2, 충남대 인문과학연구소, 1989.

나 의식 세계와 관련시켜 논의했다.[10]

이들 연구들과 달리 화자와 청자를 모두 고려한 연구도 있다.[11] 청자는 화자와 더불어 이야기판을 구성하는 주체이므로[12] 청자와 화자를 모두 고려한 연구는 이야기판의 전체적인 모습을 분명하게 드러내 주는 이점이 있다. 본고에서도 화자·청자를 모두 고려하되, 특히 화자와 청자 관계에 주목하여 '끝없는 이야기'의 이야기판 성격을 드러내고자 한다. 그런데 화자가 청자와 어떤 관계를 맺고 있는가를 알기 위해서는 구체적인 연행 상황이 나타나야 한다.[13]

따라서 본고에서는 '끝없는 이야기'가 연행되는 상황이 나타난 이야기를 대상으로 하여[14] 화자와 청자가 어떤 관계를 맺는가를 살펴 이야기판의 성격을 밝히고자 한다. 그리고 이야기판의 성격에 따라 화자가 '끝없는 이야기'를 어떻게 전략적이고 의도적으로 연행하는가를 살펴보고자 한다.

(2) 연구 대상

앞에서 언급한 것처럼 본고에서 연구 대상으로 하는 것은 '끝없는 이야기'가 연행되는 상황이 나타나 있는 이야기다. 본고에서는 끝없는 이야기 중에서 '쥐떼의 도강'이 나타나는 이야기 즉 '쥐떼의 도강담'[15]을 중심으로 논의할 것이다. 왜냐하면

---

10) 강성숙, 「이야기꾼의 성향과 이야기의 특성에 관한 연구」, 이화여대석사논문, 1996.
　　이복규, 「호남지역 남성화자 이강석과 그 구연설화에 대하여」, 『민속문학과 전통 문화』, 박이정, 1997.
　　이인경, 「화자의 개성과 설화의 변이」, 서울대석사논문, 1992.
11) 홍태한, 「이야기판과 이야기의 변이 연구」, 경희대석사논문, 1986.
　　임재해, 『설화 작품의 현장론적 분석』, 지식산업사, 1991.
　　화자에 관한 연구에서도 청자의 역할을 언급하였지만 이는 단편적인 수준에 머물렀다.
12) "이야기의 진정한 연행은 화자가 청자에게 일방적으로 이야기를 전달하는 것이 아니라, 화자와 청자의 관계 속에서 이루어지는 것으로, 이야기 연행은 일종의 소통 양식(communitive mode)으로 볼 수 있다." Richard Bauman, Story, performance, and event(Cambrige Univ), 1986, 3면.
13) 리차드 바우만은 주요한 상황적 요소로 '1.참여자의 정체성이나 역할 2.참여자들의 상호 작용의 규칙, 연행의 해석과 평가를 위한 기준, 연행을 위한 전략 3.연행에 사용된 표현 수단 4.사건의 시나리오를 보충하기 위한 일련의 행위'를 제시하였다. (위의 책, 4면)
14) 오늘날에는 자연적인 이야기판이 많이 쇠퇴하여 많은 연구자들이 인위적으로 조성된 이야기판을 대상으로 연구를 진행하고 있다. 그런데 인위적인 이야기판은 이야기판의 목적이나 화자와 청자 관계를 파악하는 데는 한계가 있다.
15) '쥐떼의 도강'은 『한국구비문학대계』의 별책 『한국설화유형분류집』에 제시된 명칭이다. 그런데 본고에서는 혼란을 피하기 위해서 이야기 전체는 '쥐떼의 도강담'으로, 작품 속의 이야기는 '쥐떼의

'쥐떼의 도강담'은 다른 '끝없는 이야기'에 비해 비교적 많은 각편이 나타나며, 우리
나라뿐만 아니라 세계적으로 널리 분포되어 있기 때문이다.16) 본고에서는 『한국구
비문학대계』, 『한국구전설화』, 『명엽지해』에 나타난 '쥐떼의 도강담'을 대상으로 연
구를 진행할 것이다. '쥐떼의 도강담'은 『한국구비문학대계』에는 11편, 『한국구전설
화』17)에는 4편, 그리고 『명엽지해』에는 1편이 전해져 총 16편이 전해지고 있
다.18) 『명엽지해』가 조선 중기에 나타난 소화집이라는 점을 기억하면, '쥐떼의 도
강담'은 오랜기간 전승되었음을 알 수 있다.19) 이와 같이 역사적으로 오래되고 지
역적으로도 널리 분포되어 있다는 점에서, '쥐떼의 도강담'은 연구 대상으로서 적지
않은 의미가 있을 것이다. '쥐떼의 도강담'의 내용을 제시하면 다음과 같다.20)

도강'으로 구분하여 부르고자 한다.
16) 조희웅, 앞의 책, 88면
17) 이하에서는 『한국구비문학대계』는 『대계』로 『한국구전설화』는 『설화』로 칭하기로 한다.
18) 『설화』에는 쥐떼가 강을 건너지 않고 '찍찍소리를 낸다'는 것이 있는데, 이는 '쥐'에 관한 것이므로
  연구 대상에 포함시키고자 한다. 그러나 쥐가 아니라 벌, 왕골, 돌 등에 관한 것들은 제외시키고
  자 한다. 구체적인 자료를 제시하면 다음과 같다.

자료 제목	자료집	수록면	조사지역	조사자	제보자	제보일자.
끝없는 이야기	『대계』1-1	815-818면	서울도봉구	조희웅	강성도	1979.7.3
끝없는 이야기 (쥐떼의 도강)	『대계』1-4	103-104면	경기의정부	조희웅	이항훈	1980.8.9
이야기로 사위 삼기	『대계』1-4	803-804면	경기남양주	조희웅	최유봉	1980.9.27
끝없는 이야기	『대계』2-6	339-341면	강원 횡성	김대숙	염주호	1983.7.20
끝없는 이야기	『대계』2-6	577-579면	강원 횡성	이수자	목수회	1983.7.18
거짓말 잘 하는 사위얻기 (끝없는 이야기)	『대계』5-1	672-675면	전북 남원	최래옥	정강현	1979.8.2
끝이 없는 이야기로 부자집 사위된 총각	『대계』5-5	229-232면	전북 정읍	박순호	유사규	1984.8.26
천냥짜리 이야기	『대계』5-6	285-289면	전북 정읍	박순호	서보익	1985.4.16
이야기 잘 하는 막내 사위	『대계』5-6	337-338면	전북 정읍	박순호	김길한	1985.4.18
이야기 잘하는 사위	『대계』7-9	316-317면	경북 안동	임재해	유재회	1981.7.13
이야기 잘 하는 사람	『대계』8-1	507-509면	경남 거제	류종목	제식목	1979.8.2.
끝없는 이야기	『설화』3	143면	평북 정주	임석재	김인환	1932.8.
끝없는 이야기	『설화』8	252-253면	전북 무주	임석재	길남렬	1969.8.11
끝없는 이야기	『설화』9	53-54면	전남 무안	임석재	김 모	1927.2
끝없는 이야기	『설화』10	261-262면	경남 하동	임석재	정병욱	1969.8.17
長談娶婦	『명엽지해』	10면		홍만종		조선

19) 『명엽지해』에서는 쥐떼가 외병의 침입으로 인해 강을 건너는 데 비해, 『대계』와 『설화』 대부분에
  서는 쥐떼가 흉년으로 인해 강을 건넌다. 이러한 차이는 향유 계층의 차이에서 비롯된 것으로 생
  각되는데, 이에 대한 자세한 내용은 본고에서는 논의하지 않을 것이다.

1) 한 부자집 노인이 이야기 듣기를 좋아한다.
2) 노인은 이야기 잘 하는 사람을 구하고자 한다.
3) 노인은 이야기를 듣기 싫을 때까지 하는 사람에게 딸을 준다고 널리 알린다.
4) 많은 사람들이 와서 이야기를 하나 모두 실패한다.
5) 어떤 사람이 와서 싫도록 이야기하면 딸을 주는가를 확인한다.
6) 그 사람은 '쥐떼의 도강'을 이야기한다.
7) 끝없는 이야기를 듣기에 지친 노인은 할 수 없이 화자에게 딸을 시집보낸다.

2. '쥐떼의 도강' 이야기판의 성격

(1) 화자와 청자[21]의 경쟁

이야기판에서 화자와 청자가 어떤 관계를 맺고 있는가를 알 수 있는 유력한 방법은 이야기가 어떤 상황하에서 연행되는가를 살펴보는 것이다. 이야기를 하는 상황은 이야기를 하는 동기, 목적, 지향 등과 관련되는 것으로[22], 동기나 목적에 따라 화자와 청자의 관계는 달라질 수 있다. '쥐떼의 도강담'에서 이야기판이 형성된 동기는 대체로 다음의 세 가지다.

1) 옛날에 어떤 대감이 대감 노릇해서 돈을 잘 벌었어. 그런대 참 외남은 자로 애기를 많이 들을라고 금을 천 냥짜리를 하나 여 들포에다 달아 놨어. 달아 놓고 팔도 애기를 공짜로 들을라고.   (『대계』 5-6, 285면 이하 밑줄 필자)

2) 옛날 어느 산골 마을에서 어떤 부자 영감님 하나가 사우감을 고를라고 많이 연구를 했는데 아이 사우를 어떻게 고를 재주가 없어. 방을 써 붙였드랍니다. 요새로 말허믄 광고를 써 붙였어. 그전에는 방이라고 그랬어요. (조사자 :예) 그런게 인근 지방으서 모두 그 소리가 널리 펴졌기 땜이 혹 장가나 들어 볼까 하고 모두 와서 디리 밀렸어. 그런게 그 영감님은 시험을 봐. 내 사우감이 되겠냐 못 되겠냐 허고. 시험을 보니 근디 그 영감님 생각으로는 어쨌든지 이얘기를 질고 구성지고 멋있게만 히야 합격을 시기겠는디.   (『대계』 5-5, 229면)

20) 여기에 제시된 내용은 각 단락 별로 가장 많이 나타나는 내용을 선택한 것이다.
21) 이야기의 소통 과정에서 화자가 청자가 되고, 또 청자가 화자가 된다는 점에서 화자와 청자는 고정될 수 없다. 그러나 본고에서는 '쥐떼의 도강'을 말하는 사람을 화자로 '쥐떼의 도강'을 듣는 사람을 청자로 부르고자 한다. 물론 청자도 '쥐떼의 도강'이 연행되는 과정에서 말을 하여 화자가 될 수 있지만 여기에서는 '쥐떼의 도강'을 말하는 사람을 화자로 부르고자 한다.
22) Chales L. Briggs, *Competence in performance*(Pennsylvania Univ), 1988, 12면.

3) 아 이 놈이 -어떤 놈이 현상을 내는데 사할 동안 만 한 애기 되 안 하구, 계속 밤낮 사흘을 헌 애기 되 안하구 할 것 같으면, 그 사람을 얼마를 - 및 천 냥을 주갖구 하구 광고를 했단 말야. 그러하구는 이제 입회금을 얼마를 가지구 오라구 했거든. <u>그기로 돈을 따먹을라구 근기지 뭐</u>.(조사자 그렇죠) 그러니 손해가 없지(『대계』1-4, 103면)23)

위에서 보듯이 청자는 이야기를 공짜로 듣기 위해서 즉 이야기 자체를 즐기기 위해서 이야기판을 벌이기도 하고, 사위감을 고르거나 돈을 벌기 위해서 이야기판을 벌이기도 한다. 그리고 청자는 이야기를 잘 하는 것에 대한 대가로 딸과의 결혼, 금, 돈 등을 제시한다. 화자가 이야기를 잘 해서 딸이나 금, 돈을 얻게 되면, 화자는 일단 사회적, 물질적인 면에서 풍요롭게 된다. 아울러 이는 화자에게 이야기 능력을 인정받았다는 기쁨도 줄 수 있다. 따라서 이야기꾼으로서의 명성과 실제적 보상을 획득하기 위해서 화자는 이야기를 잘 하려고 노력한다. 이에 비해 (1)과 (3)에서 청자는 금이나 돈을 주지 않으려고 한다. (2)의 경우에도 청자는 더 좋은 사위감을 얻기 위해서 화자의 능력을 인정하는데 인색하다. 이렇게 볼 때 화자와 청자는 일종의 경쟁적 관계에 있다고 할 수 있다.24) 화자와 청자간의 경쟁성이 좀 더 명확하게 나타나는 것은 (3)의 경우로, (3)에서 화자는 '돈'을 벌기 위해서 청자와 경기를 한다.

일반적으로 이야기를 하는 사람들 특히 이야기꾼들은 그 자신의 분야에서 다른 경쟁자들을 이기고자 하는 욕망을 지니고 있는데,25) 그 경쟁자는 주로 다른 이야기꾼이다. 청자는 주로 이야기꾼들의 이야기를 평가하여26) 화자들 간의 승패를 좌

23) '쥐떼의 도강'이 연행될 수 있는 이야기판을 벌인 동기와 그 보상을 정리하면 다음과 같다.

동기	해당 작품	보상
이야기 즐기기	『대계』 1-1, 『대계』 2-6 (339면), 『설화』 3	딸(사위)
	『설화』 10, 『명엽지해』 長談娶婦	딸(사위)
	『대계』 2-6 (577면), 5-6 (285면), 『설화』8	재산/금/쌀
	『대계』 8-1, 『설화』9	후한상/벼슬
사위고르기	『대계』 1-4(803), 5-1, 5-5, 7-9	딸
돈 벌기	『대계』 1-4(103), 5-6 (337면)	돈

24) 이야기 시합의 경우(『대계』 4-2, 5-1, 5-6(337면))에는 이야기판을 벌인 사람과 거기에 참여한 사람들이 모두 화자가 되어 경쟁한다. 다만 『대계』8-1에서는 화자 둘이 서로 경쟁하며, 청자인 임금이 판단하여 상을 내린다.
25) Linda Dégh, Folktale and Society(Indiana Univ), 1969, 170면.
26) Richard Bauman, 앞의 책, 13면.

우한다. 그런데 이 이야기판에서는 화자와 청자가 경쟁한다는 점이 매우 독특하다.

(2) 청자 경쟁력의 동인

앞에서도 언급한 것처럼 일반적인 이야기판에서는 청자가 화자의 경쟁자로 나서지 않으며 평가만 한다. 그런데 이 이야기판에서는 청자가 화자와 경쟁을 벌인다. 따라서 이 이야기판에서는 어떤 점으로 인해 청자가 화자와 경쟁을 벌일 수 있는가를 살펴볼 필요가 있다.

1) 이야기판 형성의 주체로서의 청자

'쥐떼의 도강담'에서 이야기판이 형성될 수 있었던 계기는 화자보다는 청자쪽에 있다. 청자가 이야기꾼에게서 이야기를 듣고자 자신의 집에서 이야기판을 벌이자, 많은 사람들이 와서 이야기를 한다.27) 이는 청자가 이야기의 대가로 재산, 벼슬, 부자집 딸 등을 제공할 수 있는28) 물질적·신분적 힘을 지니고 있기 때문이다. 청자는 이러한 능력을 바탕으로 화자와 대등하게 경쟁한다. 이렇게 볼 때 이 이야기판을 형성하고 유지하는 동력은 화자의 '이야기하는 능력'과 청자의 '물질적·신분적 능력'이라 할 수 있다.

더욱이 이 이야기판에서는 하나의 청중만이 존재한다. 일반적인 이야기판에서는 화자는 하나지만 청중은 다수일 가능성이 많다. 따라서 청중 중 일부가 이야기판을 떠난다고 해도 이야기판 자체는 없어지지 않지만, 화자가 떠나면 이야기판은 끝나

---

27) 이와 같이 청자가 요청하여 이야기판이 형성되는 경우는 다른 문헌에서도 나타난다.
　　"한 사람이 고담을 잘 하였다. 동리에 양반이 있어서 매일매일 그를 불러 고담을 하게 하였다. 혹 즐겁지 않으면 반드시 볼기를 치니 고담을 하는 사람이 매우 괴로워 하였다."
　　(저자미상, 「진담록」, 『고금소총』, 민속학 자료 간행회, 1958, 27면)
　　"오가 성을 가진 사람이 있었다. 그는 고담을 잘 하기로 두루 재상가의 집에 드나 들었다. 그는 식성이 오이와 나물을 즐기기 때문에, 사람들이 그를 오물음이라 불렀다. 대개 물음이란 익힌 나물을 이름이요. 오씨와 오이가 음이 비슷한 때문인 것이다. 그 때 한 종실 노인이 연로하고 네 아들이 있었는데, 물건을 사고 팔기로 큰 부자가 되었지만, 천성이 인색하여 추호도 남 주기를 싫어 할 뿐더러, 여러 아들에게조차도 분배를 않고 있었다. 더러 친한 벗이 권하면, '내게도 생각이 있노라' 대답하고 밍기적밍기적 천연 세월하여 차마 나누지 못하였다. 하루는 그가 오물음을 불러 이야기를 시켰다." (이우성·임형택역편, 『이조한문단편집』상, 일조각, 1973, 189면)
28) 청자가 돈을 벌기 위해서 이야기판을 형성한 경우에도 청자는 많은 액수의 돈을 상금으로 내건 반면 화자는 약간의 입회비만을 내고 있다

게 된다. 그러나 이 이야기판에서는 화자와 청자가 각각 한 명이다. 두 사람은 이 야기판을 형성하기 위한 최소한의 인원이다.29) 이 경우에 청자가 이야기판을 벗어 나면 더 이상 이야기판이 형성되지 않으므로, 청자 개인은 이야기판 형성에 중요한 비중을 차지한다.

이렇게 볼 때, 이 이야기판에서 청자는 명백한 주체로서 적극적인 역할을 한다.

2) 규칙 제정자로서의 청자

이 이야기판에서 청자와 화자는 경기를 한다. 그런데 경기를 하기 위해서는 일정 한 규칙이 필요하다. 규칙은 경기를 지배하는 원리로, 경기에 참여한 사람들은 누 구나 규칙에 맞게 행동해야 한다. 따라서 경기의 공정성을 보장하기 위해서 규칙의 공정성을 확보하는 것이 필수적이다.

공정한 규칙을 확보할 수 있는 한 방법은 서로 다른 입장에 있는 사람들이 규칙 제정에 참여하는 것이다. 그런데 이 이야기판에서는 청자가 규칙을 단독으로 결정 한다. 더욱이 청자는 화자를 만나 자신이 제정한 규칙에 동의를 구하는 행동조차 하지 않는다. 규칙은 방이나 광고 등의 형태로 화자에게 일방적으로 제시된다. 제 시된 규칙에 동의하는 사람들만이 이야기판에 화자로서 참여할 수 있다. 화자는 규 칙에 자신의 입장을 반영할 어떤 기회도 얻지 못한다. 따라서 경기 규칙은 화자에 게 불리할 가능성이 많다.

실제로 청자에 의해 제정된 규칙의 모습을 보면 여러 면에서 화자에게 불리하다.

> 1) 어떤 놈이 현상을 내는데 사할 동안 만 한 얘기 되 안 하구, <u>계속 밤낮 사흘을 헌</u> <u>얘기 되 안하구 할 것 같으면,</u> 그 사람을 얼마를 - 및 천 냥을 주갖구
>
> (『대계』1-4, 105면)

> 2) 이얘기를 질고 구성지고 멋있게만 히야 합격을 시기겄는디 (『대계』5-5, 229면)

> 3) <u>지가 싫고 하드락까지 매일 이바구로 해준 사람</u>이 있이문 딸을 주어 사우 삼갔다 했다.   (『설화』10, 261면)

먼저 제시된 규칙에서 화자가 이길 수 있는 경우는 단 한 가지이다. 이를 달리

---

29) 임재해는 구연은 듣는 이의 참여를 전제로 하지만, 노래는 자족적인 성격 때문에 듣는 이 없이도 혼자서 구연할 수 있다고 하였다. (임재해, 앞의 책, 1991, 245면)

보면 다른 경우에는 모두 청자가 승리한다는 것으로 해석될 수 있기에, 화자에게 불리할 수 있다.

또 대부분의 경우 규칙은 '화자가 어떻게 해야 한다'는 식으로 되어 있다.[30] 규칙이 참여자의 활동을 규제하는 기준이라는 점을 고려할 때, 화자는 규칙에 따라 이야기해야 하는 반면 청자는 화자의 이야기가 제시된 규칙에 맞는가 판단만 하면 된다. 물론 앞에서도 언급한 것처럼, 일반적인 이야기판에서도 청자는 이야기꾼들의 이야기를 평가하지만 청자의 평가는 화자들 간의 경쟁에 영향을 미친다. 그러나 이 이야기판에서는 청자의 판단은 단순히 화자들에게만 영향을 미치는 것은 아니다. 청자는 그 결과에 따라 화자에게 금이나 딸을 주어야 한다. 따라서 청자는 화자의 이야기를 자신에게 유리하게 평가하고자 할 것이다.

뿐만 아니라 규칙의 구체적인 내용도 화자에게 불리하다. 제시된 규칙을 보면 1)의 경우에는 비교적 구체적으로 제시되어 있다.[31] 그러나 이 경우에도 화자가 제시된 규칙에 맞게 행하기는 매우 어렵다. 2)의 경우는 1)보다 더욱 규칙이 화자에게 불리하다. '이야기가 멋있는가' 여부는 청자의 주관에 의해 결정되기 때문이다. 3)의 경우는 '쥐떼의 도강담'에서 가장 많이 나타나는 형인데[32] 이 규칙이 가장 어렵다. 이 규칙은 화자 자신의 도달 상태를 초점으로 하지 않고, 청자의 변화 상태에 초점을 맞춘다. 경쟁자인 청자는 가급적 화자의 행위에 의해 변화하지 않으려고 하므로, 화자가 이기기는 매우 어렵다. 더욱이 제시된 변화의 내용인 '싫음'은 청자의 주관적인 상태이다. 따라서 화자가 이를 객관적으로 증명하는 것은 매우 어렵기 때문에, 청자가 그러한 상태에 있음을 스스로 인정하지 않는 한 화자는 승리할 수 없다. 따라서 경기의 승패는 전적으로 청자의 태도에 달려 있게 된다.

이와 같이 규칙은 전적으로 청자에게 유리하게 되어 있다.

이상에서 '쥐떼의 도강담'에 나타난 이야기판에서는 청자와 화자가 일정한 규칙에 따라 경쟁함을 보았다. 그리고 청자는 판을 형성하고 규칙을 제정하여 화자와의 경쟁력을 확보하였을 뿐만 아니라, 경쟁에서 일단 유리한 고지를 선점하였음도 확인

30) 청자와 화자가 다 같이 구연하는 것을 규칙으로 제시한 것은 『대계』 4-2, 5-1, 5-6(337면) 뿐이다.
31) 이는 청자가 돈을 벌 목적으로 이야기판을 형성한 경우이다.
32) 총16편 중 9편이 나타난다.

할 수 있었다.

3. '쥐떼의 도강' 화자의 말하기 원리 -규칙 재해석 하기-

어떤 경기에서든 규칙의 공평성은 매우 중요하다. 그런데 위에서 살펴본 것처럼 이 이야기판의 규칙은 화자에게 불리하게 되어 있다. 이렇게 볼 때 화자가 규칙을 만족시켜 경기에서 승리할 가능성은 매우 적다. 더구나 화자는 이야기꾼이 아니라 보통 사람이다. 어떤 측면에서 보면 보통 사람에도 미치지 못한다.[33]

> 아 늙은 총각놈이 한 놈 하나 한 사십 된 총각놈이 한 놈 갔는데
> (『대계』1-1, 805면)

> 근디 하루는 내 나이나 돼갖고 장개도 못간게 노총객이   (『대계』5-1, 673면)

> 넘의 집 머슴만 살고 머리가 뉠짱하니 쫑쫑 따간 한 설흔 살 먹은 총각넘이 그 소
> 릴 들었어.   (『대계』 5-6 296면)

> 머리도 똑 쥐꼬리같은게 쫑쫑 따 대킷는(넘긴) 놈이 하나 들오디.
> (『대계』 7-9, 316면)

> 이 말을 들은 무식헌 사람 하나가 임금헌티 찾아가   (『설화』9, 53면)
> 어떤 간사하고 속이는 놈이 있어 그 집 영감을 속이고자 하여[34]

그럼에도 불구하고 화자는 이야기판에 참여하여 승리할 것을 미리 작정한다.[35] 그런데 이야기꾼이 아닌 화자가 승리하기 위해서는 궁리'를[36] 내서 색다른 방법을 모색하거나 '속임수'를 사용해야 한다.

---

33) 화자가 보통 이하라는 언급은 사위 구하기 이야기에서는 한 편에서만 나타나지 않는다. 이는 사위 구하기에서는 인물됨을 중시하였음을 보여준다.
34) 有一譎漢이 思慾証之하여 (홍만종, 「명엽지해」, 『고금소총』, 민속학 자료 간행회, 1958, 10면)
35) 화자가 승리를 미리 작정하기도 한다.
   "에라 썩을꺼 , 내가 가서 해가지고 영감을 이겨서 딸이나 데리고 올거이다." (『대계』5-1, 673면)
   한 놈은 궁리하기를 '내가 가서 이 놈으 돈을 따먹어야 되갔다." (『대계』1-4, 103면)
   "에 이겨 내가 가서 하여간 금댕이 그놈 타야겄다." (『대계』5-6, 286면)
36) '궁리'는 『대계』 1-4, 2-6에 나타나는데, '궁리'는 돈을 상으로 내건 경우에 나타난다.
   "이 사람이 인제 가서 궁리를 낸거야."(2-6, 578면) "한 놈은 궁리를 하기를"(1-4, 103면)

청자를 찾아 간 화자는 이야기꾼인 체하면서 청자에게 나서기도 하지만, 대부분의 경우 화자가 청자를 만나 가장 먼저 한 일은 청자에게 이야기 규칙을 질문한 것이다.37)

"예 헐만큼 허지요. 저 대감님 듣기싫게만 헌다치면 금 저놈 아, 주지요.?" "음 주지?"   (『대계』 5-6, 285면)

놈이 하나 들오디 "아이 이 댁이 저따님 놔 두고 듣기 싫두룩 하는 놈만 사우 본다미(본다면서요)?" "그래" "아 저도 이얘기 그렇게 잘 하면 사우 보겠오?" "아! 보다 뿌이라."   (『대계』 7-9, 316면)

땔나무꾼같이 시커멓고 꺼벙하게 생긴 놈이 찾어와서, "대감님이 그만두랄 때까지 이야기허먼 방을 써붙인 대로 베 백석을 주시겠습니까?"허고 물었다.(『설화』8, 252면)

이는 청자가 단순히 규칙을 명확하게 알기 위해서 한 일일 수도 있다. 그러나 화자가 '방'이나 '광고'를 통해 이미 규칙에 관해 충분한 사전 지식을 지니고 있음에 비추어 볼 때, 질문은 그 이상의 의미를 지닌다. 이는 무엇인가 색다른 방법을 '궁리'하는 화자가 청자에게 다짐이나 약속을 받아내는 행위로 볼 수 있다

나아가 화자가 청자에게 가서 제일 먼저 규칙을 확인하는 것은 화자의 '궁리'가 규칙과 관련되어 있음을 암시한다. 그런데 화자가 청자에게 가서 자신에게 불리한 규칙을 바꾸자고 건의하지 않는 것으로 보아, 화자의 '궁리'는 규칙 자체를 바꾸거나 규칙을 어기는 것이 아님을 알 수 있다. 오히려 화자가 청자에게 규칙을 지킨다는 약속을 받아내는 것으로 보아, 화자의 '궁리'는 규칙을 적극적으로 활용하는 것으로 볼 수 있다. 화자에게 불리한 규칙에서 벗어나지 않고 규칙을 자신에게 유리하게 활용하는 한 방법은 규칙을 재해석하는 것이다.

화자가 어떻게 규칙을 재해석하는가를 알아보기 위해서는 먼저 청자가 규칙을 어떠한 전제하에서 제시하였는가를 살펴보아야 한다.

청자는 화자가 승리할 수 있는 조건으로 "듣기싫도록 헐 때까지" 이야기하기, "이야

___

37) 화자가 청자에게 이야기 규칙을 확인하지 않는 것은 5편이다. 2편은 돈을 걸고 이야기 시합을 하는 것으로, 청자는 규칙을 확인하는 대신 먼저 규칙에 맞게 행동을 한다. 이는 돈을 걸고 하는 이야기 시합이 비교적 규칙이 명확하기 때문인 듯하다. 또 다른 1편은 청자가 임금으로 상정되어 있어, 규칙을 확인하지 못하는 것은 청자의 지위로 말미암은 듯하다. 다른 2편은 이야기가 짧게 되어 있기 때문이다.

기를 질고 구성지고 멋있게"하기, "계속 밤낮 사흘을 헌 애기 되 안하기" 등을 제시한
다. 언뜻 보기에 매우 다른 기준을 제시하고 있지만, 이들에게는 공통점이 있다.

먼저 가장 많은 규칙을 차지하고 있는 "듣기싫도록 헐 때까지"를 살펴보자. '까지'
는 동일한 사건 혹은 상태가 일정 시간 이상 지속됨을 의미한다. 이 이야기판에서
지속되어야 할 것은 화자의 이야기다. 청자는 자신이 듣기 싫을 정도로 화자가 이
야기를 지속할 것을 요구한다. 청자는 '듣기 싫다'는 측면보다는 '까지'에 초점을 둔
다. 다른 규칙인 "이야기를 질고 구성지고 멋있게"하기, "계속 밤낮 사흘을 헌 애기
되 안하기"에서도 이야기는 일정 시간 이상 지속되어야 한다.

이렇게 이야기를 지속하기 위해서 화자는 하나의 이야기를 아주 길게 구연할 수도
있다. 그러나 '몇 날 몇일 계속하거나', '듣기 싫을 때까지' 아주 길게 구연할 수 있는
이야기는 많지 않다. 따라서 대부분의 경우 오랜 시간 이야기를 지속하기 위해서는
다른 이야기를 계속해야 한다. 이와 같이 짧은 이야기를 계속하기 위해서는 할 이야
기가 풍부해야 한다. 즉 이야기의 레파토리가 풍부해야 한다. 이렇게 풍부한 레파토
리를 지니고 있는 사람들은 일반적으로 훌륭한 이야기꾼일 수 있다.[38] 청자는 '훌륭
한 이야기꾼→풍부한 레파토리→일정 시간 이상 연행하기→길게 하기→듣기 싫다'라
는 일련의 흐름 속에서 '시간 혹은 길이'의 문제를 대표적으로 제시하고 있다.[39]

이에 대해 화자는 청자가 설정한 일련의 연결 관계를 파기함으로써 승리를 얻고
자 한다. 훌륭한 이야기꾼은 풍부한 레파토리를 가지고 있음에 틀림없다. 그러나
풍부한 레파토리는 훌륭한 이야기꾼으로서 지녀야 할 중요한 요건이지만, 훌륭한
이야기꾼이 갖추어야 할 유일한 조건은 아니다. 훌륭한 이야기꾼은 이야기를 조직
하는 기술, 말하는 관습을 익히는 기술, 적절한 표현 기술도 있어야 하며[40] 청자나
상황에 대해서도 고려할 수 있어야 한다. 따라서 훌륭한 이야기꾼은 대개 풍부한
레파토리를 지니고 있지만, 풍부한 레파토리를 지니고 있다고 훌륭한 이야기꾼이
되는 것은 아니다. 이는 다른 경우에도 마찬가지이다. 청자가 가지고 있는 일련의
연쇄는 한 쪽 방향으로만 유효한 것으로 그 역인 '듣기 싫다→길게 하기 →일정 시

---

38) Linda Dégh, 앞의 책, 168면.
39) 청자가 시간 혹은 길이의 문제를 대표적으로 제시한 점에서 청자가 이야기의 내용을 그다지 중요
    하게 생각하지 않았음을 알 수 있다. 이는 청자가 추구한 훌륭한 이야기꾼이 '교훈적이거나 삶의
    지혜를 제공하는 이야기를 할 수 있는 사람'은 아님을 알 수 있다. 오히려 청자는 '구성지고 멋있
    게' 할 수 있는 기술을 지니고 있는 사람을 훌륭한 이야기꾼으로 생각한다.
40) Linda Degh, 앞의 책, 170~172면.

간 이상 연행하기→풍부한 레파토리→훌륭한 이야기꾼'은 성립되지 않는다.

따라서 '듣기 싫을 때까지 길게 이야기하기=훌륭한 이야기꾼'이라는 등식은 성립되지 않는다. 화자는 바로 이러한 허점을 이용하여 청자가 설정한 일련의 의미적 연결 관계를 파기하고자 한다. 화자는 규칙을 글자 그대로 해석하여 '듣기 싫을 때까지' 혹은 '길게 하기'를 내세우면서, 청자가 암묵적으로 전제하고 있는 '다양한 레파토리'를 부정한다. 화자는 청자가 제시한 규칙의 허점을 이용하여 하나의 사건이 계속되는 '쥐떼의 도강'을 의도적으로 구연한다. 또 '쥐떼의 도강'과 같은 단순한 사건의 반복은 길이를 보장해 줄 뿐만 아니라 청자를 쉽게 싫증나게 한다. 화자는 청자와의 경쟁에서 승리하기 위해 '쥐떼의 도강'이 지니는 이러한 속성들을 적극적으로 활용한다.

화자가 청자와의 경기에서 승리할 목적으로 '쥐떼의 도강'을 연행할 때, 청자는 화자의 이야기에 대해 일정한 반응을 보인다. 이를 구체적으로 보면 다음과 같다.

화자가 '쥐떼의 도강'을 시작할 때 청자는 "그렇지"나 "어서 말해라. 니말이 맞다" 등의 응답을 한다.41) 이는 아직 청자가 화자의 의도를 파악하지 못했기 때문이다. 그러나 "쥐가 강을 건너 간다"거나 "쥐가 강에 빠졌다"는 단순한 내용이 반복되어 구연됨으로써, 청자는 "남은 쥐가 얼마나 되는가"를 묻거나 "어서 이야기를 해라"고 이야기를 재촉한다. 또 청자는 "다른 이야기를 해달라"고 요청하여42) 적극적으로 화자의 연행에 개입, 이야기의 내용을 바꾸고자 한다. 이 경우 화자는 응답을 하지 않거나, "쥐의 수가 많아서 이 이야기를 계속할 수밖에 없다"고 자신의 상황을 정당화하거나, "이 이야기 끝에는 기이한 다른 이야기가 있지만 이 이야기가 끝나지 못해서 할 수 없다"고 청자를 속인다. 화자가 '끝없는 이야기'를 계속하는 동안 청자는 괴로워 한다. 그러나 화자가 규칙에 맞게 이야기를 연행하므로, 청자는 화자를 제지하지 못하며 이야기판은 유지된다. 화자는 청자의 고통을 모른 체하면서 이야기를 계속한다. 청자는 "듣기 싫다"고 하거나 "그만 해라"고 하면 '어처구니 없게' 딸이나 재산을 빼앗기게 되므로 최대한 고통을 참는다. 그러나 마침내 청자는 고통을 이기지 못하여 "듣기 싫다", "그만해라", "딸이나 상금을 가져가라"고 말한다. 청자가 이렇게 말함으로써 화자는 승리하고 동시에 이야기판은 끝나게 된다. 이 이야기판

41) 돈을 걸고 이야기 시합을 하는 경우에는 청자의 반응은 없고 화자의 이야기만이 제시되고 있다. 이는 이야기 시합에서는 특히 화자의 이야기 재주를 강조하기 위한 것이 아닌가 한다.
42) 이는 청자가 원래 다양한 레파토리를 지닌 이야기꾼을 원했음을 보여 주는 것이다.

에서는 청자는 이야기판을 세우는 출발점이 됨과 동시에 이야기판을 끝내는 종착점
이 된다. 이 이야기판에서 청자는 이야기판을 형성하고 유지하는데 결정적인 역할
을 한다.

이 이야기판에서 화자는 '쥐떼의 도강'를 단순히 이야기를 피하기 위해서 구연한
것은 아니다.43) 화자는 경기에 승리하기 위해 청자가 제시한 경기 규칙의 허점을
파악하고, 화자는 규칙의 허점을 알고 '쥐떼의 도강'을 의도적이고 전략적으로 구연
한 것이다.

4. 결론

본고는 형식담 중에서 '쥐떼의 도강'과 같은 끝없는 이야기가 어떤 이야기판에서
연행되는가에 관심을 두었다. 특히 이야기판에서 화자뿐만 아니라 청자도 중요한
역할을 한다는 가정 하에 청자와 화자의 관계에 주목하였다. 이를 기초로 이야기판
의 성격과 화자의 말하기 방식을 해명하고자 하였다. 이를 위해서 '끝없는 이야기'
가 구연되는 상황이 나타나 있는 이야기, 구체적으로는 '쥐떼의 도강담'을 대상으로
연구를 진행하였다.

이러한 의도하에서 진행된 연구는 구체적으로 다음과 같은 점을 밝혔다.

'쥐떼의 도강담'에서 화자와 청자는 서로 경쟁한다. 청자는 판 형성에 적극적으로
기여하고 자신에게 유리하게 규칙을 제정함으로써, 화자와 경쟁자가 된다. 그러나
화자는 청자가 제공한 규칙을 재해석하여 승리한다. 화자는 청자의 의도를 무시하
고 청자가 제공한 규칙을 글자 그대로 해석하여 '쥐떼의 도강'을 구연함으로써 경쟁
에서 승리한다. 이는 '쥐떼의 도강'이 경쟁적인 경기에 적극적으로 활용될 수 있음
을 보여준다.

그러나 이 점들을 밝혔음에도 불구하고 '쥐떼의 도강' 이야기판의 성격을 다양한
요소와 관련짓지 못했다는 점에서, '쥐떼의 도강'이 연행되는 완전한 모습을 드러내
지는 못했다는 한계가 있다.

---

43) 『명엽지해』에서도 화자와 청자의 경기가 끝난 뒤 장인이 사위에게 옛날 이야기를 청하면 사위가
'물고'로 응대하여 이야기를 하지 않는 것이 나타나는데, 이 경우에는 '쥐떼의 도강'을 둔사를 위하
여 사용하고 있다.

〈참고 문헌〉

* 1차 자료

조희웅, 『한국구비문학대계』 1-1, 한국정신문화연구원, 1980.
------, 『한국구비문학대계』 1-4, 한국정신문화연구원, 1981.
서대석, 『한국구비문학대계』 2-6, 한국정신문화연구원, 1984.
최래옥, 『한국구비문학대계』 5-1, 한국정신문화연구원, 1980.
박순호, 『한국구비문학대계』 5-5, 한국정신문화연구원, 1987.
------, 『한국구비문학대계』 5-6. 한국정신문화연구원, 1987.
임재해, 『한국구비문학대계』 7-9, 한국정신문화연구원, 1982.
류종목, 『한국구비문학대계』 8-1, 한국정신문화연구원.
임석해, 『한국구전설화』 3·8·9·10, 평민사, 1989~1993.
홍만종, 「명엽지해」, 『고금소총』, 민속학 자료 간행회, 1958.
저자미상, 「진담록」, 『고금소총』, 민속학 자료 간행회, 1958.
이우성·임형택역편, 『이조한문단편집』상, 일조각, 1973.

* 2차 자료
〈국내 자료 〉
강성숙, 「이야기꾼의 성향과 이야기의 특성에 관한 연구」, 이화여대석사논문, 1996.
곽진석, 「이야기꾼의 이야기 구성에 관한 연구」, 『어문교육논집』 7, 부산대석사논문, 1983.
곽진석, 「이야기꾼의 이야기 구성과 변이에 대한 연구」, 서강대석사논문, 1982.
성기열, 『한·일민담의 비교 연구』, 일조각, 1979.
신동흔, 「이야꾼의 작가적 특성에 관한 연구 -탑골공원 이야기꾼들의 사례를 중심으로」, 『구비문학연구』6, 1998,
신월균, 「한국의 형식담에 관한 고찰」, 『설화문학연구』상, 단국대출판부, 1998.
이복규, 「호남지역 남성화자 이강석과 그 구연설화에 대하여」, 『민속문학과 전통 문화』, 박이정, 1997.
이수자, 「이야기꾼 이성근 할아버지 연구」, 『구비문학연구』3, 한국구비문학회, 1996.
이인경, 「화자의 개성과 설화의 변이」, 서울대석사논문, 1992.
임재해, 『설화 작품의 현장론적 분석』, 지식산업사, 1991.

임형택, 「18·19세기 이야기꾼과 소설의 발달」, 『고전문학을 찾아서』, 문학과 지성사, 1976.

조희웅, 『(개정판)한국설화의 유형』, 일조각, 1995.

천혜숙, 「이야기꾼의 이야기연행에 관한 고찰」, 『계명어문학』1, 계명어문학회, 1984.

홍태한, 「이야기판과 이야기의 변이 연구」, 경희대석사논문, 1986.

황인덕, 「설화의 투식적 표현 일고」, 『논문집』16-2, 충남대 인문과학연구소, 1989.

〈국외 자료〉

로제카이와 지음, 이상률 옮김, 『놀이와 인간』, 문예출판사, 1994.

톰슨 지음, 윤승준 최광식 옮김, 『설화학원론』, 계명문화사, 1992.

호이징가 지음, 권영빈 옮김, 『놀이하는 인간』, 기린원, 1989.

Chales L. Briggs, *Competence in performance*(Pennsylvania Univ), 1988.

Charles Winick, *dictionary of anthropology*(Littlefield Adams & Co), 1975.

J. M. Folly, *The singer of tales in performance*(Indiana Univ), 1995.

Linda Dégh, *Folktale and Society*(Indiana Univ), 1969.

R.D.Abrahams, "Personal power and social restraint in the definition of folklore," *Toward new perspectives in folklore*(Texas Univ), 1972.

Richard Bauman, *Story, performance, and event*(Cambrige Univ), 1986.

민요 소리꾼의 생애담 조사와 사례 분석

- 서남해 도서지역 민요 소리꾼 생애담 조사를 중심으로 -

나 승 만

Ⅰ. 머리말

이 글에서는 글쓴이가 전남 도서 지역 민요 소리꾼 조사에 적용하고 있는 생애담 조사법을 제시하고 이를 적용한 소리꾼의 생애담 사례와 분석 결과를 서술하고자 한다. 민요 소리꾼들은 민요를 배우고 노래하고 만들고 물려주는 민요의 주인들이다. 민요를 왕성하게 부르던 시절에는 민요가 생존의 한 요소를 차지하기 때문에 누구나 민요의 소리꾼이었지만 지금은 소수만이 민요의 소리꾼으로 남아 있다. 이들은 민중 사회의 조직 관행에 따라 일정한 규율과 통제를 바탕으로 체계화되어 있는

데, 글쓴이는 민요의 다양한 조직들을 민요 공동체라는 이름으로 표현하고, 이들의 사회적 체계를 민요사회로 규정하고 정리한 바 있다.1) 민요사회의 체계에 의하면 민요의 소리꾼들은 민요사회를 이루는 기본 인자인 셈이고 소리꾼 조사는 민요사회 연구를 위한 기초 단계의 작업이라고 할 수 있다.

조사 지역인 도서는 흔히 섬이라는 용어가 내포하듯 고립성이나 폐쇄성을 연상하기 쉽다. 그러나 역사적으로 보면 대외 교류가 활발했던 곳이다. 특히 18세기에 들어 전남의 서남해 도서지역은 조선 정부의 주목 대상이 되는데, 세곡과 물자의 운송을 위한 조운로로 활용되었을 뿐만 아니라 물산이 풍부했기 때문이다.2) 이곳 주민들은 해로를 통해 활발히 교류했고 외지에 나가거나 외부 문화와의 접촉이 활발해 문화적으로 개방적인 자세를 지닌다. 그러나 일제 이후 해상운송이 육상운동으로 개편되고 또 해방 후 폐쇄적 사회 정황 때문에 이 일대는 1970년대까지 고립되어 있었다. 그래서 주민들은 전통시대의 문화를 유지하고 있지만 내면적으로는 호기심이 많고 개방적인 성격을 지닌다.

서남해 도서지역은 아직도 전통시대의 민요 사회가 기능하고 있는 곳이다. 진도군, 신안군, 완도군 일대에는 민요의 노래판인 산다이가 연행되고3) 민요공동체인 노래방이 운영되고4) 상례에서 상여소리를 한다. 특히 상여소리의 설소리꾼들은 90년대에 들어 직업화되는 경향을 보이고 있어 민요 소리꾼의 직업화 과정을 연구하기에 좋은 소재다. 이곳에는 마을마다 민요의 소리꾼이 있고, 그 소리꾼을 중심으로 산다이판과 상여소리가 연행되고 있다. 지금도 산다이가 벌어지면 산아지타령, 둥덩이타령, 아리랑타령, 창부타령, 청춘가 등과 대중가요를 고루 부른다는 점에서 생애담 조사에 적절한 지역으로 생각된다.

Ⅱ. 생애담 조사의 방법론적 배경과 조사 항목

소리꾼 조사는 민요사회 조사의 기초 단계로 조사 대상은 가창 자료, 전승 현장,

---

1) 나승만, 「민요사회의 사적 체계와 변천 - 전남지역의 민요사회를 중심으로-」, 『민요와 민중의 삶』, 한국역사민속학회, 1995년 참조.
2) 고석규, 「조선후기의 섬과 新智島 이야기」, 『島嶼文化』 제14집, 목포대학교 도서문화연구소, 1996, 84~5면.
3) 나승만, 「노래판 산다이에 대한 현지작업」, 『한국민요학』 4호, 한국민요학회, 1996 참조.
4) 나승만, 「소포리 노래방 활동에 대한 현지작업」, 『역사민속학』 3호, 한국역사민속학회, 1995년 참조.

연행 현장, 연행 방식, 자료에 대한 인식, 생애담 등이다. 이러한 조사가 이루어져
야만 소리꾼의 생애, 전승 현장, 연행 현장, 민요 공동체를 민요 각편들과 연관시킨
현장론적 연구가 가능하며,5) 자료가 지닌 제한된 범주를 넘어 민요의 행간에 숨어
있는 내재적 의미를 읽어 낼 수 있을 것이다.

생애담 조사는 민요 소리꾼들의 삶을 온전히 이해하기 위한 작업으로 소리꾼들
의 성장 과정, 사회 활동, 문화 체험, 민요 체험 등을 조사하고 분석하는 작업이다.
민요 소리꾼들의 생애담을 들여다보면 그들의 의식과 지향, 그리고 미적 감각까지
도 조망할 수 있어 민중의 삶을 전형화시킬 수 있는 적절한 대상으로 판단된다. 그
리고 구술 자료에 입각한 민속학적 접근이라는 점에서 생애담이라는 용어를 사용한
다.6)

현지 조사는 대담자의 구술을 중심으로 이루어진다. 조사자의 제약 없이 대담자
가 자유롭게 자신의 이야기를 서술하는 분위기 속에서 이루어지며, 그런 분위기를
만들기 위해 조사 전에 소리꾼, 또는 제보자와 충분한 교분이 이루어져야 한다. 조
사의 내용들이 개인 신상과 성격, 내면적인 문제들이기 때문에 사전에 조사 대상자
의 이해가 있어야 조사가 가능하다. 실제 조사에서는 조사표를 참고하는데, 구술에
서 부족한 부분을 질문하기 위한 것이지만 조사표의 항목들을 모두 수집할 수 있는
것은 아니다. 그 이유는 소리꾼이 구술을 꺼리는 경우도 있고 체험하지 못하거나
생각지 못한 경우가 많고 또 오래 되어서 잊어버린 경우도 있기 때문이다.

다음은 생애담 조사를 위해 준비한 조사 항목표다.

1. 기초 자료
   이름 : 성별, 나이, 본관.
   부모 : 이름, 출생지, 직업, 재산, 가족 내 서열, 주거지 이주 과정.
   현주소 : 거주 기간, 정착 사연.

2. 성장 과정
   태몽 : 꾼 사람, 내용, 해석.
   성장지 : 태어난 곳, 성장 지역.
   교육 : 서당, 야학, 학교.
   친구 : 교제 방법, 장소, 기타.

---

5) 임재해, 『설화작품의 현장론적 분석』, 지식산업사, 1991. 참조.
6) 천혜숙, 「여성 생애담의 구술사례와 그 의미분석」, 『口碑文學硏究』 제4집, 한국구비문학회, 1997.

습득 기술 : 농사, 어로, 건축, 기타 기술.

3. 가족
배우자 : 이름, 나이, 성장지, 혼인 유형.
자녀 : 수, 혼인 여부, 사는 곳, 이주 사연.
결혼 후의 위기 : 징용, 한국전쟁, 군 입대, 시집살이, 공방살.
시집살이 : 내용, 대응 방법.
가족의 결손 경험 : 부모 사망, 이혼, 형제 자녀 사망, 배우자 사망, 기타 체험.

4. 경제와 생활
직업 : 종류, 갖게 된 동기, 만족도.
재산 : 월 수입, 전답 규모, 축재 과정.
생활과 노래 : 세시·의례와 노래, 농사와 노래, 어로와 노래, 길쌈과 노래, 기타
노래판.

5. 사회 활동
공동체 활동 : 어촌계, 부녀회, 두레, 물레방, 상포계, 야학, 친목 조직, 기타.
객지·고난 체험 : 머슴살이, 처가살이, 징용, 입산, 입대, 여행.

6. 문화 체험
전통문화 체험 : 정월 보름굿, 풍장굿, 노래판, 이야기판, 당골굿, 판소리판, 사당
패, 기타.
종교 체험 : 접신, 도깨비, 교회 활동, 기타.
음악 체험 : 농악 습득, 전축(시기, 장소, 배운 노래)·라디오·TV 체험, 창가와
대중가요.

7. 민요 습득
가창 목록 :
습득 과정 : 시기, 상황, 전수자, 기타.
애창 민요 : 곡명, 사연, 기타.

Ⅲ. 소리꾼의 생애담 조사

조사 대상은 구술 자료를 수집할 수 있는 전통민요의 남성 소리꾼들 중 평범한
소리꾼과 소문난 소리꾼들이다.
평범한 소리꾼이란 주로 마을 내에서 활동하는 소리꾼을 의미하는 용어로 사용

한다. 소문난 소리꾼의 대부분이 상여소리 설소리꾼이듯 이들도 상여소리 설소리꾼
들이다. 1970년대만 하더라도 향촌사회의 대부분 마을에는 마을의 소리꾼이 있어
상여소리의 설소리를 맡았지만 1980년대 이후에는 평범한 소리꾼도 없는 마을들이
속출하여 소문난 소리꾼의 출현을 가능하게 했다. 평범한 소리꾼들 중에는 소문난
소리꾼이 되고 싶어도 지역사회에서 인정을 받지 못하기 때문에 안된 사람들이 있
고, 또 뛰어난 소리꾼의 소질을 지니고 있어도 스스로의 활동 영역을 자기 마을로
제한하는 경우가 있다. 이 글에서는 이광민과 양우석의 생애담을 사례로 제시한다.

　소문난 소리꾼이란 마을이나 면 단위에서 민요의 소리꾼으로 알려진 사람을 의
미하는데, 향촌사회에서는 상여소리꾼으로 활동한 내력 때문에, 또는 각종 문화제
행사에 출연한 경력 때문에 이미 소문난 민요 소리꾼들이 잘 알려진 상태다. 소문
난 남성 설소리꾼들은 거의가 상여소리 설소리꾼이다. 현재 향촌사회에서 유일하게
연행되는 민요가 상여소리인데, 그 수요는 일정하게 유지되고 또 경제적으로 일정
한 수입을 올릴 수 있기 때문이다. 더구나 갈수록 전통적인 상여 설소리꾼이 줄어
들어 지금은 한 설소리꾼이 몇 마을의 상여소리 설소리를 전담하는 실정이기에 아
직도 향촌사회에는 상여소리 설소리꾼을 만날 수 있다. 소문난 소리꾼으로 알려지
면 일정한 대가를 받는 추세다. 이들은 일정하게 수요가 있어 그 수입만으로 생계
를 꾸릴 수 있을 정도다. 이 글에서는 최홍과 지용선의 생애담을 사례로 제시한다.

1. 기본 출신 마을 소리꾼 이광민

1) 가난한 소리꾼의 성장 과정

　이광민은 전남 완도군 노화읍 대당리 마을 소리꾼이다.[7] 노화도는 전남 완도군
의 서남방에 위치한 섬으로 완도항으로부터 31.5Km 떨어져 있고 인구는 2,928명
이며 소안도와 보길도에 인접해 있다.[8] 이 세 섬은 한 생활권을 형성하고 있지만
각기 다른 문화적 정체성을 지니고 있다. 소안도는 일제하 민족해방운동으로 널리
알려져 있으며 일제 때는 이 일대 교육의 중심지로서 보길도와 노화도 주민들이 사

7) 이광민(남, 70세, 1996년 6월 25일 면담)은 전남 완도군 노화읍 대당리에서 살고 있으며, 그에
　 대한 논의는 나승만, 「노화도 민요 소리꾼의 생애담 고찰」, 『島嶼文化』 제15집, 목포대학교 도서
　 문화연구소, 1997에서 다룬 바 있다. 이 글은 앞의 작업을 바탕으로 쓴 것이다.
8) 『완도군지』, 1992, 1114면.

립 소안학교에서 공부하였다.9) 보길도는 고산 윤선도 유적지와 예송리의 자연환경으로 널리 알려져 있으며, 이 자원을 잘 활용하여 지금은 문화관광지로 각광받고 있다. 노화도는 이들 두 섬에 비해 문화적 인지도는 낮지만 경제 생활의 중심지로 기능하고 있다.

1927년 노화도 대당리에서 태어난 그는 조부가 노화읍 도청리에서 이주한 이래 이 마을에서 3대째 살고 있다. 부친 이계준은 2남을 낳았는데, 장남이 보길도로 이주했기 때문에 차남인 이광민이 2칸의 초가를 가산으로 상속받았다. 이광민은 부친 대부터 무산자로 살면서 농업 노동으로 생계를 유지해왔던 것이다. 1945년 해방되던 겨울 19세의 나이에 노화읍 북고리 출신의 공금진(여, 69세, 1996년)과 결혼하여 3남 6녀를 두었으며 자식들은 모두 출가하여 외지에서 살고 노부부만 대당리에서 살고 있다.

원래 가세가 빈곤했기 때문에 결혼 후에는 농사 품팔이, 공사판 노동을 하면서 평생을 살았다. 당시에는 부자집에서 보리쌀 한말(4-5되 정도)을 갖다 먹고 일로 보상하는 고지를 많이 이용했는데, 생활이 곤란했던 당시에는 이 관행이 그나마도 생계를 유지하는데 도움을 주었다고 한다. 그러나 농번기 때만 불려가 일하기 때문에 고지먹은 일을 마치면 가을이 끝나버려 겨울 준비에 어려움이 많았다고 한다.

농사 노동을 하며 살다 서른 여덟 살에 외지로 나가 해남과 목포, 제주도에서 12년 동안 노동자로 떠돌면서 농사판, 염전, 공사판 등지를 전전했다. 외지로 나가게 된 이유는 큰아들의 병 때문이었다. 큰아들의 중풍으로 돈이 없어 곤란을 겪었을 뿐만 아니라 적절한 치료 시설도 없었기 때문에 당시 마을 사람들이 함께 살자는 권유를 뿌리치고 해남군 산이면에 사는 친척 마을로 이주했다. 객지로 나간 후 해남군 산이면에서 남의 전답 얻어 벌어먹고, 낙지 주낙을 하면서 2년, 지도에서 염전 일로 2년, 목포시 대반동에서 노동자로 2년 살고 북제주로 가서 남의 집 행랑을 얻어 살면서 주인의 밭을 벌어먹고 살다 성산포 등지로 나다니면서 노동하였다.

그러다 50세에 귀향하게 된다. 귀향 동기는 아들의 귀향 권유와 고향 마을의 공동체 생활에 대한 그리움과 정 때문이었다. 귀향 후 농사 품팔이와 상여소리를 하며 살다 지금은 노환으로 어려움을 겪고 있다. 녹내장으로 두 번의 수술을 하였으며 위장병으로도 고생하고 있다. 그는 스스로 병의 원인을 노동으로 살았기 때문에

9) 박찬승, 「일제하 소안도의 항일민족운동」, 『島嶼文化』 제11집, 목포대학교 도서문화연구소, 1993,
   참조.

골병들어 그렇다고 설명한다. 현재는 생활보호대상자로 지정되어 읍사무소에서 주는 월 70,000원의 생계보조비와 딸들이 매월 보내주는 5만원, 10만원의 돈으로 생계를 유지하고 있다.

2) 노동 현장에서의 민요 습득

그는 노래를 전문적으로 배운 적이 없으나 마을굿(당제, 마당밟이, 어장굿), 상여소리판, 둘레미10), 초군패, 산다이 등에서 활동하며 굿과 소리를 체득해 「들은 풍얼」로 배운 솜씨지만 마을 사람들로부터 소리꾼으로 평가받았다.11) 유년 시절 정월 한달 간 당산제와 어장굿을 지낸 다음 마을의 집집을 돌아다니며 마당밟이를 했는데, 이때 마당에 모닥불 피워놓고 놀면서 민속예능의 다양한 기능과 신명을 체득했다.

소리꾼으로 인정받는데 필요한 노래들은 마을 공동체 활동을 하면서 배웠다. 들노래의 경우 청년시절 둘레미에서 일하며 배웠다. 20명 단위로 「둘레미」를 짜서 쇠와 북을 치고 상사소리를 하면서 모심기를 했는데, 20여명의 친구들과 함께 노래를 부르며 하루 해를 보내는 것이 큰 재미였다.12) 그런 과정에서 소리의 능력을 인정받아 마을의 상여소리와 들노래 설소리꾼이 되었다.

청년 시절 민요공동체 활동을 하면서 창민요를 배웠다. 마을에서 뜻이 맞는 사람들끼리 일정한 집에 모여 노래부르는 모임을 가졌는데, 육자배기의 경우도 친구들과 함께 이 모임에서 불렸지만 특별히 선생을 모셔놓고 배운 적은 없다. 이광민은 이 시절이 그의 평생에 가장 좋았던 시절로 기억한다. 특히 노래를 같이 주고받았던 마을 친구인 박복태에 대한 기억은 남다르다. 그는 5년 전에 68세로 사망했는데 어릴 때부터 친구로 일하면서 같이 어울려 노래부른 노동 친구였다. 마을 사람들은 이들 둘이 함께 노래부르며 일하는 일판을 좋아하여 이 둘이 어우러지는 일판

---

10) 공동으로 모심는 단위를 이르는 명칭이며 20명을 단위로 구성되는 두레다.
11) 즐겨 부른 노래는 모심기노래, 산타령(초군노래), 상여소리, 육자배기, 쑥대머리, 청춘가 등이며 특히 육자배기를 좋아한다.
12) 당시에는 남자와 여자들이 함께 일하면서 모심기노래를 불렀기 때문에 노래를 부르는 재미가 대단했다고 한다. 또 모심기가 끝나가면 등에다 모쩜을 지우는 놀이를 했는데, 모를 심던 사람들이 서로 남의 등에 남은 모를 얹어 물을 뒤집어 씌웠다. 이 장난이 시작되면 서로 모쩜을 끼었으려 하거나 이를 피하면서 즐거운 놀이를 했고 또 논에서 깨금잡기하고 물장난을 했다. 주인이 나오면 막걸리 먹고 취했다고 하면서 주인도 이종을 한 번 해보라고 장난을 쳤다. 이러한 놀이는 완도지역에서는 일반화되어 있다.

에 참여하기를 좋아했다.

이광민은 민요 소리꾼으로서 가장 중요한 자질인 사설 만들기에 능한 생산적 창자로 자기 목소리를 낼 줄 아는 소리꾼이다. 그는 "괴롭고 즐거울 때, 산에 가나 들에 가나 풀 베로 가나 지어 부른 노래가 천지여. 이녁 내 처지에 맞게 부른 노래가 있어. 슬픈 노래도 있고 즐거운 노래도 있고. 소질 따라서 불러"라고 말한다. 현재 그가 부르는 노래 사설의 대부분은 전승적 차원에서 유형화되어 있는 것들이다. 현장에서 노래할 때는 현장 상황을 표현하는 사설 창작이 수월했지만 현장을 잃어버린 지금은 전승적 차원에서 고정되어 있는 사설의 노래만을 부르고 있다. 이러한 현상은 글쓴이와의 면담이라는 특수한 상황이 빚어낸 결과인 동시에 연행 현장을 잃어가고 있는 민요사회의 실상을 반영하는 것이기도 하다.

이광민은 또 노래에 대한 일종의 믿음을 갖고 있는데, 노래를 잘 해야 일이 잘 된다는 것과 일을 잘 해야 노래도 잘 나온다는 것이다. 그의 구술에 따르면 일을 하면 자연히 노래가 나오며, 노래를 부르면 덜 피곤하고 지게를 지고 가야 노래가 더 잘 나온다는 것이다. 그는 자기의 노래에 자기가 반한 적이 있고, 자기가 불러도 노래에 감동되어 흥이 절로 날 때가 있다고 한다. 그와 함께 노동하면서 노래를 듣고 부르면 모두 좋아하고 잘 한다고 했는데, 마을 사람들이 보낸 그의 노래에 대한 지지가 그의 세상살이를 의미있게 만들었다. 그래서 노래를 부르면 마음이 시원하고 기분이 좋아질 뿐만 아니라 듣는 마을 사람들에게도 즐거움과 재미를 안겨줬다.

외지에 나가 있을 때도 고향에서 익힌 노래를 불러 그의 노동생활을 원만하게 이끌었으며 그가 다른 사람들과 잘 어울릴 수 있는 방편이 되기도 했다. 그래서 지게질하면서, 염전에서, 제주도에서 일하면서도 고향에서 배운 노래를 불렀으며 이 노래 때문에 다른 노동자들과도 쉽게 어울릴 수 있었다.

3) 노래판 산다이 체험

노래부르고 춤추고 뛰고 노는 것을 산다이라고 하는데 중심은 노래다. 대당리의 산다이는 주로 설명절, 보름, 혼인 잔치(신랑을 다룰 때), 추석 명절 때 벌어진다. 보름과 추석 명절에는 시집간 여자들이 남편과 함께 친정에 돌아오며, 이때 마을의 젊은 사람들이 함께 온 신랑과 합석하여 산다이를 했다. 한국전쟁 전에는 남성과 여성의 놀이판이 뚜렷이 구분되었으나 그 이후에는 함께 어울려 노는 것이 관례로 정착됐다. 산다이를 하기 위하여 모이려면 젊은 사람들이 허물없이 모여 놀 수 있

는 집을 택했다. 그런 집으로는 어른이 없어 조심하지 않아도 되며 또 젊은 자부들
이 없는 집을 택했다. 부르는 노래는 이광민의 표현대로라면 「즐거움으로 나오는
아무 노래」나 불렀다고 한다. 그러나 주로 아리랑타령, 노래가락 등 민요를 제창으
로 부르든지 당시 유행하던 유행가를 부르고 옛날 당골들이 추던 춤을 추었다.

2. 생애사를 노래하는 마을 소리꾼 양우석

1) 가난한 기본 출신

양우석은 완도군 신지면 임촌마을 상여소리 설소리꾼이다.13) 그가 태어난 신지
도는 완도읍 군청 소재지에서 8.5Km 떨어져 있으며 동쪽은 금일도, 서쪽은 완도,
남쪽은 청산도, 북쪽은 고금도와 접하고 있다. 완도읍에서 페리 도선으로 20여분
거리에 있는 섬으로 강진 마량 포구, 장흥 옹암포와는 대략 30여 km 떨어져 있으
며 그 사이에 고금도와 약산도가 가로 놓여 있다. 1994년도 인구는 5,613명(남자
2,977명, 여자 2,814명)이고 조상의 대부분은 임진왜란 이후 정착한 사람들이
다.14) 주민들은 농업과 어업에 종사하고 있으며 많은 마을들이 半農半漁의 생활방
식을 취하고 있지만 전적으로 농업에 종사하는 마을도 있고 어업에 종사하는 마을
도 있다. 어촌의 경우 어로 작업 소득이 농업 경영 소득에 비해 월등히 높지만 반
드시 일정한 정도로 농업생산을 유지하고 있다. 이와같은 양상은 자급하는 생산양
식을 유지해 왔던 과거의 관습에서 기인한 듯하다. 신지도 민요 소리꾼들은 80대,
70대가 많고 50대, 40대도 있는데 나이가 젊을수록 숫자가 줄어 전통민요를 부르
는 사례가 최근에는 많이 줄어들고 있음을 나타내 준다. 그렇지만 아직도 노인들은
상여소리 듣기를 좋아하고 아리랑타령을 즐겨 부른다. 전통민요가 거의 사라지고
연행 현장을 찾기가 좀처럼 쉽지 않게 되었지만 신지도에는 상여소리와 산다이판이
종종 벌어진다. 민요에 있어서는 아직도 살아 있는 섬이라고 할 수 있다.

그의 생애담을 요약하면 다음과 같다. 양우석은 어려서부터 부친을 잃고 고생하
며 살았다. 부친 대에 이웃 섬인 고금도에서 이사왔는데, 양우석이 세 살 때 12세,
9세된 두 딸과 6세, 3세된 두 아들 4남매와 부인을 남겨 두고 아버지가 사망해 먹

---

13) 양우석(남. 77세. 1995년 6월 30일)은 전남 완도군 신지면 임촌마을에 살고 있다. 그에 대해서
　　는 나승만, 「신지도 민요 소리꾼 고찰」, 『島嶼文化』 제14집에서 다룬 바 있다.
14) 김경옥, 「신지도의 역사·문화배경」, 『島嶼文化』 제14집, 참조.

을 것이 없어 고생했다. 공부도 할 수 없었지만 남의 어깨 너머로 배워 겨우 한글을 해독할 정도다.

젊어서 배를 타다 목수 일을 배워 목수를 직업으로 삼고, 마을의 굳은 일을 도맡아 하면서 한평생을 지낸다. 18살에 거제도와 부산을 전전하면서 고등어잡이 배를 탔다. 스물 한 살에 어머니가 사망하자 고향에 돌아와 장례를 치르고 또 떠나려 했으나 이러저러한 사정 때문에 고향에 정착하게 되었다. 고향에 눌러 앉은 후 목수 일을 배워 마을들을 순회하면서 집을 지었다. 스물 세 살에 현재의 부인 김난초씨와 결혼해 4형제를 두었다. 그는 신지면을 두루 돌아 다니면서 집을 지었는데 주로 대평리, 신기리, 신상리, 모래미, 동고리가 그의 작업 범위다. 마을 내에서는 죽음과 관련된 일을 모두 처리한다. 임촌마을 사람들은 어린이나 어른이 사망하면 으레 양우석씨를 불러 절차를 상의하고 일을 맡긴다. 흔히 굿은 일이라고 하는 것들―시신에 수의를 입히고 입관하는 일 등―을 그가 주관한다. 지금은 나이가 들어 이런 일들을 젊은 사람들에게 가르치고 있다.

2) 마을 사람들의 생애사를 노래하는 사람

마을에서 노래부르는 일을 담당한다. 남보다 좋은 목을 지니고 있어서 주변 사람들로부터 인정받아 지금까지 마을에 일이 있을 때마다 설소리를 해왔다. 마을 아래 제방을 막을 때도 다구질소리 설소리를 했다. 옛날에는 지게로 모래를 져다 막았기 때문에 큰 바람이 나면 쉽게 터져 제방을 보수하는 등 제방 막기를 많이 했는데 이 때 설소리를 했다. 또 집을 지을 때 상량소리 설소리를 한다. 그리고 상여소리 설소리를 한다. 이 마을에서는 설소리꾼을 앞잽이, 또는 사모라고도 하는데, 특히 상여소리 설소리를 하면 담배값이나 다소 용돈도 벌 수 있다. 초상이 나면 상가에서 상여를 매는 마을 유대군들과 노래를 잘 부르는 여자들과 함께 노래 부르고 논다.

상여소리의 설소리는 죽은자의 생애사를 구조적으로 서술한 것이다. 그의 상여소리 사설에 대해 주민들은 다음과 같이 말한다. '슬프게 한다. 그 사람 역사를 다 들먹인다. 젊어서 살았던 일이나 고생한 일들을 다 들먹이면서 울렸다 웃겼다 한다'고 말한다. 이는 양우석씨의 상여소리에 대한 주민들의 평가라고 할 수 있다. 지금은 고령이 되어 자식들과 며느리들이 상여소리를 하지 말도록 권유하기 때문에 상가에 쉽게 나서기 어려운 실정이다. 그렇지만 지금도 여전해 상여소리를 한다. 지금은 장의차 운전석에 앉아 마이크로 소리하기 때문에 소리하기가 수월해졌다고 말한다.

양우석은 상여소리 사설을 망자의 가족사와 생애사 중심으로 구성한다. 그의 구술을 요약하면 다음과 같다.

> 나는 그 사람 역사를, 이렇트면 젊어서 이 집에 시집와서 몇살 먹어서 돌아가셨다고 그 내력을 다 말한다. 그리고 하적할 때도 선영을 하적하고 아까운 자식들 다 버리고 나는 어디로 갈 것이냐 그러면 다 운다. 가다가 돈 받으면 아무개 즈그 어머니 잘 모시라고 아라고 돈을 낸다고 그러면 모두 웃고 즐거워 한다. 그 사람 살아온 역사를 생각해서 지어 부른다. 그 사람 형편이 이라고 어쩌고 해서 그랬다고. 지금 동네 늙은이들 여든 아흔된 노인들을 내가 어떻게 저 넘어 동네로 보내놓고 죽어야 하꺼인디 나보다 늦게 죽을성 부릉께 탈이다.

마을 사람들 중에는 상례를 당하여 완도에서 여자 소리꾼을 불러다 상여소리를 메기게 하는 경우도 있는데, 이에 대해서는 매우 비판적이다. 그의 말에 의하면 기생을 부르면 상여소리에서 나오는 돈을 다 가져가 버려 마을 유대군들에게 돌아갈 몫이 없어지고, 또 소리쟁이들이나 기생들은 노래만 부르지 망자의 역사를 말하지 못한다고 한다.

3. 이웃 섬까지 알려진 소리꾼 최홍

1) 여유있는 집안에서 태어난 최홍의 성장 과정

최홍(남, 75세)은 1924년 완도군 노화읍 당산리에서 태어났으며 그의 조상들은 당산리가 설촌되던 때부터 이 마을에 살았다.15) 당산리는 반농반어의 전통적인 어촌으로 일찍이 상업에 눈든 마을이다. 천씨들이 조기장사를 해 천석 부자가 되어 해남에 외답을 두고 곡식과 볏짚을 배로 실어올 정도로 경제적으로 성공했다. 같은 마을에 살던 천씨들의 경제적 성공에 자극받아 마을 사람들은 상업에 눈을 떴는데, 최홍도 이런 추세에 따라 어물장사를 했다. 천씨들의 경제력은 마을내 갈등의 요인이 되기도 했다. 최홍은 자기의 마을에 대하여 귀천의 차이가 엄격한 마을로 곤란한 사람을 천대하는 마을이라고 평한다. 그래서 해방 후로 계층간의 다툼이 있었는데, 한국전쟁이 터지자 사상적인 문제보다는 마을 내부의 갈등 때문에 30여명의 젊은이들이 희생되었다고 한다.

---

15) 최홍(남, 75세, 1996년 6월 26일 대담)은 전남 완도군 노화읍 당산리에 살고 있다. 그에 대한 논의는 나승만, 「노화도 민요 소리꾼들의 생애담 고찰」, 『島嶼文化』 제15집에서 다룬 바 있다.

그는 부친 최정근의 4남 중 장남으로 태어나 전답 10여마지기와 집을 재산으로 물려 받았다. 나이 20에 보길도 중통리의 유갑엽과 결혼했으나 3년만에 아이도 없이 교통사고로 사망했고 노화읍 구목리 출신의 둘째부인 이말례와 결혼하여 3형제를 두었다. 큰아들이 18년전 병으로 사망하고 나머지 두 아들 중 첫째는 노동자로 건축일을 하고 있으며 둘째는 울산 공단에서 근무하다 지금은 전주로 이주해 자동차 운전을 하고 있다. 부인은 1996년에 사망하고 지금은 혼자 살고 있다.

최홍은 청년이 될 때까지 고향에서 농사를 짓는 한편 고기잡이와 어물장사도 했으며 2년의 객지 생활을 경험했다. 어려서부터 배를 타기 시작했는데, 7살때부터 떼배를 타고 나가서 고기 낚시를 했으며 10살때부터 노를 젓고 다녔다. 19세에 함경북도 청진으로 가 2년 동안 청진과 하관을 다니는 배를 탔다. 그러다 해방되던 8월에 북해도로 징용당해 그곳에서 해방을 맞았다.

상여소리는 40년 전부터 하였다. 당산리에서 초상이 나면 으레 최홍이 상여소리를 했으며 주민들은 상여소리를 잘 하는 최홍을 귀하게 여기며 좋아한다. 그러다 6년전부터 다른 마을의 상여소리를 시작했는데, 당산리에서 상여소리를 들어본 사람들이 자기 마을의 상여소리꾼이 사망하자 모셔갔기 때문이다. 지금은 이웃 섬인 보길도까지 다니며 상여소리를 한다. 5년 전부터는 상여소리 설소리를 한 대가로 한 번 가면 5만원에서 10만원 정도를 받는다.

최홍은 최방울로 불릴 정도로 이 근동에서는 소리꾼으로 알려져 있다. 상여소리와 판소리를 잘 하기 때문에 이웃 보길도까지 다니면서 상여소리를 한다. 농사를 짓는 한편 고기잡이와 어물장사도 해서 경제적으로 여유있는 편이었다. 농사를 많이 지었던 옛날에는 밭 20마지기, 논 4마지기까지 있었지만 도시에 나가 사는 자식들을 위해 팔아 쓰고 지금은 전답은 없이 구멍가게 일만 하고 있다.

2) 듣고 배우기를 통한 노래 습득 방식과 세상에 알려지기

최홍은 민요 소리꾼들이 공통되게 수련한 방식대로 「들은 풍얼」로 금고(농악)와 노래를 배웠다. 당산리는 노화읍에서는 금고로 유명한 마을이다. 정월 초하루 당산제를 지내고 금고를 치고 또 정월 보름이 되면 4일동안 마당밟이를 하였으며, 마을굿이 끝나면 노화읍의 포전리와 양하리, 미라리, 그리고 보길도의 중리와 통리까지 다니면서 걸궁을 쳤다. 20세 무렵부터는 다른 마을로 걸궁을 나갈 때 따라 나섰으며 장구가 없으면 양철로 장구를 만들어 칠 정도로 금고를 즐겼다. 현재도 노화에서는 당산리에서만 금고를 친다고 한다. 최홍은 유년시절부터 금고에서 장구를 치며 마을의 음악문화를 익혔다.

그의 말대로 「듣고 배우기」가 그의 노래습득 방식이다. 모심기노래와 놋소리. 구구타령. 육자배기 등은 마을 어른들과 함께 일하는 현장에서 배웠다. 상여소리는 다른 마을의 소리를 듣고 배웠다. 당산리에는 최홍 이전에는 소리꾼이 없어서 초상이 나면 외지 소리꾼이 와서 소리를 했는데. 최홍은 이때 만장을 들고 따라다니면서 소리를 익혔다. 그리고 다른 마을에 문상가면 그 마을의 상여소리를 듣고 익혔다. 최홍의 소리가 점차 알려지자 그를 마을 소리꾼으로 인정하고 상여소리를 의뢰하면서 마을의 상여소리 설소리꾼이 되었다. 그는 상여소리의 유형적 구조를 배워 수용하고 세부적인 사설은 그가 스스로 망자의 삶을 바탕으로 지어낸다.

그는 유성기를 통해서도 노래를 배웠다. 마을의 천석군이었던 천씨 댁에서 유성기를 구입하여 판소리와 단가를 틀었는데. 최홍은 이 집에 일을 다니거나 놀러 다니면서 그 소리를 듣고 배웠다. 최홍은 이 시기에 임방울의 소리를 특히 좋아하였다고 한다. 유성기에서 배운 소리 중에서도 "쑥대머리"와 "앞산도 첩첩하고"를 가장 깊이 좋아하여 지금도 즐겨 부르는데. "앞산도 첩첩하고"는 첫부인과 사별한 후 즐겨 부르게 되었다고 한다.

최홍이 노래를 좋아하는 이유는 노래를 부르면 재미가 있고 또 사람들의 마음에 재미를 불러 일으키는 힘이 있다는 생각 때문이다. 그의 말에 따르면 "어떤 일보다도 노래를 부르면 마음이 겁나게(아주) 좋다. 바다에 나가 놋소리를 할 때도 아주 재미가 있다. 어서 가서 고기를 잡아야겠다고 생각하면 재미가 절로 난다"고 말한다. 열심히 일하면 풍성한 결실을 얻고 노래를 잘 부르면 그만큼 큰 재미가 따른다는 일과 노래의 상관성을 알고 있다.

그는 소리꾼으로 이름이 인근 섬에까지 알려진 데 크게 만족한다. "마을의 후배들이 노래가 좋다고 칭찬할 때 기분이 좋다. 보길도에서 상부소리를 할 때 여자들이 와서 잘한다고 하면서 자기들도 장구소리에 맞춰 놀고 싶다고 장구치라고 조르며 옷을 잡아 당겨 옷이 떨어진 적이 있다. 20대에 금고를 차려서 보길도에 가서 친 적이 있는데. 장고를 칠 때 아가씨들이 잡아당겨 고생한 적이 있다."는 그의 말은 자기 소리의 힘 — 사람들이 자기 소리를 듣고 그 소리에 맞춰 신명 또는 재미라는 심리적 상황으로 유도하는 능력 — 을 스스로 확인하고 있다는 의미인 동시에 소리의 기능을 알고 있다는 의미를 담고 있다.

4. 다른 마을에까지 소문난 소리꾼 지용선

1) 상여소리꾼 집안에서 태어난 지용선

지용선은 3대째 이어 오는 상여소리 설소리꾼으로 완도군 신지도 대곡리에서 태어났다.16) 그의 가계와 소리에 대한 관심을 요약하면 다음과 같다. 할아버지, 아버지가 상여소리를 잘 했다. 배고팠던 유년시절 초상이 나면 상여소리 설소리꾼인 조부나 부친을 따라 다니면서 떡과 좋은 음식을 배불리 얻어 먹었다. 그래서 상여소리만 잘 하면 배고픔을 면할 수 있을 뿐만 아니라 대접도 잘 받는 것으로 생각해 상여소리 설소리를 배우기로 작정했다.

2) 학습을 통한 상여소리의 재구성

그의 상여소리 학습 과정에 대한 구술을 요약한 것이다.

상여소리의 곡은 마을 어른들로부터 배우고 사설은 회심곡의 가사를 많이 수용해 소리꾼으로서 자신의 독자적인 지위를 확보하게 된다. 지용선은 마을 할아버지들이 나이 들면 찾아가 소리를 가르침받았다. 그가 찾아가면 배우라고 하면서 가르쳐 줬는데, 문자로 배우지 않고 따라서 부르는 방식으로 배워 소리의 가락을 풍성하게 키웠다. 그리고 할아버지와 아버지가 상여소리를 잘 했기 때문에 따라 다니면서 듣고 배우기를 20여년 간 계속했다. 상여소리의 사설을 풍부하게 만들 수 있게 된 것은 회심곡을 익힌데서 많은 도움을 받았다. 절에서 부르는 회심곡을 한글로 적어 단계별로 끊어서 익혔는데, 회심곡 가사는 절의 법사가 가지고 있는 책을 한글로 적어 배웠다.

지용선은 절에 다니면서 소리의 세계를 넓힌다. 신지도에는 세 군데 절이 있는데, 그 중 명심사의 남자 법사가 씻김굿을 잘 해 그와 교분을 가지면서 자신의 소리 세계를 확대시킨다. 법사는 책으로 읽어서 굿하는 사람이었으며 여자 무당 2명과 같이 다니면서 굿을 했는데, 법사가 경을 읽으면 여자 무당들은 춤을 추면서 고를 풀어 환자를 즐겁게 해준다. 지용선은 쇠, 북, 장구, 징을 치면서 손으로 책을 넘기며 굿을 하는 법사의 소리에 감동해 마음까지 들뜬 적이 많았다고 한다. 굿거

---

16) 지용선(남, 49세, 1995년 6월 28일 대담)은 전남 완도군 신지면 대곡리에서 살고 있다. 그에 대해서는 나승만, 「신지도 민요 소리꾼 고찰」, 『島嶼文化』 제14집에서 논의한 바 있다.

민요 소리꾼의 생애담 조사와 사례 분석 179

리의 중간에 공백을 즐겁게 하기 위해 노래를 부르는데, 지용선은 이때 나가서 노래를 부른 적도 있다고 한다. 또한 소리의 수용에 밝아 한 번 들은 소리를 곧잘 기억했다. 특히 전통음악의 선율에 민감해 민요나 창, 이야기는 한번 들으면 잊지 않고 기억한다. 아리랑타령, 창부타령 등 타령류의 노래를 잘 한다.

다음은 상여소리 사설 구성 방식에 대한 구술을 요약한 것이다. 지용선의 상여소리 사설 구성은 인간이 살아 나가는 삶의 과정과 일치하게 구조화시킨 것이다. 즉 인생의 생로병사 과정을 축으로 삼아 망자 개인의 삶을 그 과정에 대입시켜 서술한다. 망자의 운명적인 고난, 억울한 사연, 고난 극복의 과정을 노래로 서술한다. 그래서 소리를 듣는 사람들도 사설 속에서 자신의 삶을 발견하고 의미를 되새기며 호응한다. 사설 붙이는 방법이 구조화되어 있기 때문에 망인의 생애를 알아야 효과적으로 사설을 구사할 수 있다.

모르는 사람의 상여소리 설소리를 할 때는 기본적으로 나이가 몇 살이며 할머니인지, 할아버지인지, 중년인지, 젊은이인지, 남자인지 여자인지를 알아야 한다. 거기에 따라 공식적으로 정해진 사설을 이어 간다. 젊은 사람인 경우 애도의 내용을 더해주고 늙은이인 경우에는 좋은 세상에 자식들을 남겨두고 떠나는 아쉬움을 사설로 이어 간다. 노래하는 현장에서는 처음 사설만 내면 나머지는 익혀 온 절차에 따라 자동적으로 서술된다. 회심곡과 백발가의 가사를 많이 인용하는데, 그 내용이 나서 커서 죽어가는 과정으로 엮어져 있기 때문이다. 지용선의 소리를 듣는 사람들은 그의 소리에 감동하여 함께 울고 웃으며 즐긴다.

Ⅳ. 자료의 분석과 의미

1. 평범한 마을 소리꾼의 생애

소리꾼으로 알려진 서남해 도서 지역 남성 소리꾼들의 일반적 생애는,

① 기층민으로 태어나다.
② 마을 공동체 생활에서 농악을 익히다.
③ 일터, 산다이, 상여소리판에서 노래를 배우다.
④ 노동으로 생계를 유지하다.
⑤ 마을 소리꾼으로 인정받다.

⑥ 객지 생활을 하고 귀향하다.
⑦ 상여소리꾼으로 일생을 보내다.

의 과정을 거친다. 소리꾼들의 대부분은 기본 출신으로 태어나 노동하면서 성장하는 가운데 마을 공동체 의례와 공동 노동의 예능 연행에서 문화적 자질을 훈련하고 숙성시킨다. 그런 과정에서 마을의 원로들로부터 소리꾼으로 인정받아 시간이 지난 뒤 마을 소리꾼이 되어 노동과 의례에서 설소리를 맡는다. 대부분의 소리꾼들은 객지 생활을 체험하는데, 가난을 면하기 위해, 새로운 삶을 개척하기 위해, 또는 징용이나 징집 때문에 객지로 떠난다. 소리꾼들의 소리 습득과 익히기의 전통적 방법이 듣고 배우기라는 점에서 이들의 객지 체험 또는 외부 문화 체험은 매우 중요하다. 이들은 자신이 익힌 노래에 외적 체험을 활용하는 경우 소문난 소리꾼으로 성장하는 경향이 있다.

1) 이광민의 경우

이광민은 전형적으로 가난한 기본 출신의 소리꾼이다. 그의 생애담에서 드러난 일생을 정리하면 다음과 같다.

① 가난한 집에서 태어나다.
② 마을굿에서 농악을 익히다.
③ 일판, 산다이, 민요공동체 등에서 민요를 익히다.
④ 성년이 되면서 품팔로 생계를 유지하다.
⑤ 마을 설소리꾼이 되다.
⑥ 가난하여 객지에 나가 살다.
⑦ 민요를 불러 객지 생활을 원만히 하다.
⑧ 귀향하여 농사 품팔로 살아가다.
⑨ 마을 상여소리꾼을 하다.
⑩ 노년을 어렵게 보내다.

민요 창자들의 대부분은 경제적으로 빈곤한 가정 출신으로 평생 동안 근근히 사는 경우가 일반적이다.17) 이광민의 경우는 기본계급 출신으로서 마을 소리꾼으로 성장한 경우다. 그가 살고 있는 대당리는 농사짓는 마을이었기 때문에 획기적으로 부를 축적할 기회를 갖지 못했다. 부친 대부터 가세가 빈곤하였는데, 이러한 형편

---

17) 나승만, 「신지도 민요 소리꾼 고찰」, 169면.

은 평생 동안 벗어날 수 없었다. 산에 나무하기 위해 지게를 지고 올라가며 부른 산타령 사설은 그가 살아가는 삶의 과정을 단적으로 보여준다.

> 가네 가네 나는 가네
> 태산같은 높은 봉을
> 두 지게 새에 목을 옇고
> 태산같은 짐을 지고
> 산천 초목을 올라 가네

이광민의 노래에도 나타나듯 그를 평생 고통스럽게 한 것은 가난이었다. 20대 이후 평생을 노동에 종사했지만 현재까지도 그런 형편에서 벗어나지 못했다. 만년에는 질병으로 노동력을 상실해 정부에서 지원하는 생계보조비와 자녀들이 보내주는 용돈에 의지해 살고 있다. 그의 삶은 두 개의 지게 목 사이에 낀 머리처럼 평생을 가난에 짓눌려 지냈다.

가난은 그에게서 삶의 빛과 함께 소리의 빛까지 앗아갔다. 그는 가난을 육체 노동으로 감당했으며, 노동판에서 몸이 소모되는 것을 최소화시켜준 것이 노래였지만 결국 가난이 그의 모든 것을 억눌러 버렸다. 그는 자신의 삶과 주민들의 삶을 노래에 반영해 소리꾼으로 인정받았지만 가난과 고된 노동으로 육체를 소진시켜 창조적 소리꾼이 되기 어려웠고 대중의 신명을 끌어내는 데까지 이르지 못했다.

2) 양우석의 경우

가난한 유년 시절을 보냈다는 점은 양우석도 마찬가지다. 가난은 도서지역 주민들이 겪는 전형적인 삶의 과정이었다. 특히 양우석은 세 살 때 아버지를 잃고 홀어머니 밑에서 4남매와 함께 혹독한 가난을 체험한다. 유년 시절 그가 당한 가장 큰 고통은 배고픔이었다. 18세에 배를 타기 위해 거제도와 부산으로 떠난 것은 당시 그가 처한 현실의 문제를 해결하기 위한 방편이었다. 같은 신지도의 소리꾼 지용선은 배고픔 면하는 길이 소리에 있음을 일찍이 알아 소리에서 삶의 길을 찾았다. 그러나 양우석은 고향을 떠나 배를 탐으로써 가난에 대응한다.

그런데 양우석이 노래부르기에서 가장 관심을 갖은 부분은 마을 사람들의 삶을 읽어내는 일이다. 양우석은 마을 내에서 활동했다. 그가 노래를 부르게된 동기는 유년시절부터 마을 노래를 불렀기 때문이기도 하지만 목소리가 좋았기 때문이다.

거기에 더하여 가난한 생활을 해오면서 함께 고통당하는 주민의 삶을 따뜻하게 감싸는 남다른 심성을 가졌기 때문이다. 상여소리의 사설을 생애사 중심으로 서술하는 그의 태도에서 잘 드러난다. 그래서 양우석의 사설은 주민들의 마음을 깊이있게 구체화시킨 것들이다. 어느 순간에 어떤 가락과 사설을 노래해야 주민들의 마음이 움직이는가를 체험적으로 익힌 그는 주민들의 목소리로 주민들의 마음을 표현하는 전문적인 소리꾼이다. 양우석 스스로 그러한 경지가 되어야 겨우 마을 소리꾼이 될 수 있다는 생각을 갖고 있어 다른 마을 사람들의 상여 소리는 하지 않았기 때문에 마을 소리꾼의 영역에 머물었다.

2. 소문난 소리꾼의 생애와 남다른 점

소문난 소리꾼이란 그 이름이 널리 알려진 소리꾼들을 뜻한다. 여기서는 특히 소문난이란 말에 유의할 필요가 있다. 소문나지 않은, 평범한 소리꾼의 경우도 기량이 뛰어난 소리꾼들이 많다는 점에서 질적으로 차이를 구분하려는 용어가 아니다. 그러나 소문난 소리꾼의 경우 노래하는 목청과 몸짓, 사설 구성력이 보통 이상이라는 점은 인정된다. 이 글에서는 최홍과 지용선이 소문난 소리꾼의 경우에 해당되는데, 그의 생애를 보면 평범한 소리꾼들과는 몇 가지 다른 점이 있다.

1) 최홍의 경우

소문난 소리꾼으로 알려진 최홍의 경우에는 전답 10여마지기와 집을 재산으로 상속 받았으며 일찍이 상업에 눈을 떠 경제적으로 원만하게 살았다는 점에서 다른 소리꾼들과는 다른 삶의 과정을 보여준다. 그의 생애담을 정리하면 다음과 같다.

① 중류층 가정에서 장남으로 태어나다.
② 당제, 마당밟이에서 농악을 익히다.
③ 일판, 상여소리판에서 소리를 익히다.
④ 유성기에서 판소리를, 다른 마을에 다니면서 상여소리를 익히다.
⑤ 농사와 뱃일, 어물장사로 돈을 벌다.
⑥ 선원으로, 강제징용당하여 객지 생활을 하다.
⑦ 민요를 불러 객지 생활을 원만히 하다.
⑧ 결혼하여 부인을 잃고 재혼하다.

⑨ 상여소리꾼이 되다.
⑩ 외부 마을에까지 알려져 상여소리를 하고 돈을 벌다.

최홍은 생애담 서술에서도 아무 거리낌없이 자신의 생애를 술술 털어 놨고 글쓴
이도 자유스런 분위기 속에서 질문할 수 있었다. 그의 성격은 매우 개방적이어서
외부인을 잘 받아들이는 성격이었다. 현지 조사에 동행한 목포대 국문과 구비문학
분과 학생들과 친밀하게 되어 대학 문화행사에 초청받아 노화도 민요를 공연했을
정도로 열린 마음을 갖고 있다. 그는 어려서부터 배를 타고 추자도까지 다니면서
고기를 잡았으며 그후에도 계속해서 농업과 어업, 그리고 상업에 관심을 보였다.
그는 농번기에는 농사를 짓는 한편 고기잡이와 어물 장사로 부를 축적했다. 그의
개방적이고 긍정적인 삶의 태도는 그의 노래에도 잘 나타난다.

（앞부분 생략）
추자바다를 / 어야뒤야차 / 어 야
어서 가서 / 어야뒤야차
도미를 잡자 / 어야뒤야차
어어 뒤야 / 어야뒤야
얼른 가자 / 어야뒤야
추자가서 / 어야뒤야
고기 폴고 / 어야뒤야
술한잔썩 먹고 / 어야뒤야
저어나 오자 / 어야뒤야
（이하 생략）

그가 부른 뱃노래의 사설은 이 지역 어부의 일상적 소망으로 채워져 있다. 만선
해 일확천금을 벌겠다는 칠산 바다 어부들의 꿈과는 좀 차이가 나는 소박한 꿈이지
만 최홍은 어로 작업에서 생활의 안정과 부를 얻었다. 그의 노래 사설에는 삶터를
긍정하는 심성이 나타난다.

최홍의 객지체험은 도서 지역 소리꾼의 생애사에서는 보편화된 과정이다. 그의
객지 체험은 장사꾼으로, 선원으로, 그리고 일제의 징용 때문인데 객지에 나가기
전에는 고향에서 민요를 충분히 익히고 객지에 나가서는 고향의 민요를 부르다 귀
향 후에는 더욱 세련되고 풍성한 민요의 세계를 구현하는 현상으로 나타난다. 최홍
은 젊은 시절 3년 동안 객지에 나가 생활했는데, 일반적인 소리꾼들이 가세가 빈곤

해서 객지를 떠돌았던데 비해 최홍은 장사 해 돈을 벌기 위해, 배를 타기 위해, 일제의 강제 징용으로 인한 것이었다. 그의 객지 생활은 자신의 삶을 혁신시키기 위한 적극적인 것이었다고 할 수 있다. 그는 객지 생활에서 고향에서 불렀던 민요를 불러 자신의 삶뿐만 아니라 동료 노동자들의 고달픈 삶도 위로하였다. 그 결과 민요 연행은 그에게 객지 삶을 유리하게 만들었으며 민요 창자로써의 자질과 능력을 확대시키는 기회가 되었다. 귀향 후 최홍은 최방울로 불릴 정도로 지역에서 소리를 인정받아 이웃 섬 보길도에까지 소문난 소리꾼이 되었다.

그가 유능한 소리꾼으로 성장한 것은 유성기에서 판소리를, 다른 마을에 다니면서 상여소리를 익힌 적극성과 농사와 뱃일, 어물 장사로 돈을 벌 정도로 매사에 적극적이고 낙천적인 성격 때문이라고 생각된다. 그러나 무엇보다도 외부에 대한 열린 태도, 즉 외부의 문화, 인간을 받아들이고 감싸는 마음이 그를 소문난 소리꾼으로 만든 원동력이다.

2) 지용선의 경우

지용선이 유능한 상여 설소리꾼이 된 것은 사설 구성력에서 남다른 특징을 지녔기 때문이다. 그는 다른 소리꾼과 마찬가지로 망자의 생애사 중심으로 상여소리 사설을 엮어 가지만 사설 구성을 유형화시켜 서술하고 있다는 점이 남다르다. 망인의 성(性)과 나이, 생애, 가족관계, 경제력의 정도 등을 파악하여 그 유형에 맞게 사설을 엮어 간다. 그래서 준비된 유형화된 사설에 현장에 맞는 요소들을 넣어 상여소리를 함으로써 수요자들의 요구에 적응한다.

지용선이 유형화된 사설을 익혀 구체적인 현장에 적응하는 양상은 민요사회의 변화에 적응하려는 노력의 결과며, 그 변화에 적응했기 때문에 소문난 상여 설소리꾼이 될 수 있었다. 상여 설소리꾼이 사망하고 뒤를 이을 소리꾼이 없는 마을에서는 평소 호감을 가졌던 지용선에게 상여 설소리를 청하였다. 그래서 모르는 사람의 상여소리를 해야 할 경우가 생겨나고 이에 대처하는 과정에서 주민들의 생애를 구조화시켜 파악하고 묘사하는 능력을 갖게 되었다. 마을 소리꾼들과는 달리 상여소리 사설에 현장성이 줄어든 반면 주민의 생애를 구조적으로 이해하는 힘이 강화되어 어느 곳에서나 상여소리꾼의 역할을 할 수 있게 되었다. 그리고 현장성이 떨어지는 사설의 한계를 극복하고 더 흥미있게 진행시키기 위해 회심곡과 백발가의 사설을 삽입하였다.

V. 맺는말

민요의 소리꾼을 조사하는 방법으로서 소리꾼의 생애담 조사법을 제시하고 적용 사례를 분석해 보았다. 논의의 순서는 조사 방법을 항목화시켜 제시하고 구체적 사례로 전남 서남해 도서지역 민요 소리꾼들 중 평범한 소리꾼 이광민과 양우석, 소문난 소리꾼 최홍과 지용선의 생애담 내용이다. 충분한 사례조사가 이루어지지 않았기 때문에 아직 어떤 결론에 이르기는 이르다고 생각지만 주어진 결론을 요약한다면 다음과 같다.

민요 소리꾼들의 생애는 보편화되어 있다. 대부분 기본 출신으로 태어나 마을 공동체 생활을 통해 민요를 습득한다. 그들의 표현에 따르면 노래를 들은 풍얼로 배웠다. 청년 시절부터 산다이판에 참여하여 창민요를 배우고 공동노동 조직인 두레에 참여하여 들일을 하면서 마을의 노동요를 배우고 성장하여서는 설소리꾼이 된다. 청년 시절 뜻맞는 사람들끼리 모여 육자배기를 배우는 등 민요공동체 활동을 통해 민요의 음악성이 강조되는 가창민요를 습득하여 마을 소리꾼의 기반을 다진다. 소리꾼으로 알려진 서남해 도서 지역 남성 소리꾼들의 일반적 생애는 아래와 같다.

① 기층민으로 태어나다.
② 마을 공동체 생활에서 농악을 익히다.
③ 일터, 산다이, 상여소리판에서 노래를 배우다.
④ 노동으로 생계를 유지하다.
⑤ 마을 소리꾼으로 인정받다.
⑥ 객지 생활을 하고 귀향하다.
⑦ 상여소리꾼으로 일생을 보내다.

그렇지만 소리꾼의 세상에 대한 마음가짐, 체험의 양상, 삶의 조건, 소리에 대한 욕망에 따라 소리꾼으로서의 기량과 활동 영역이 달라진다. 소문난 소리꾼으로 성장하려면 소리꾼이 자신의 소리를 혁신시키고자 하는 욕구가 있어야 하고, 좋은 지도자를 만나야 하고 경제력을 갖췄을 때 가능하다. 소문난 소리꾼과 평범한 소리꾼의 차이는 그가 갖는 마음의 태도와 처한 사회적 조건에 따라 결정된다. 이광민과 최홍의 사례는 환경과 성격에 따라 결정되었고, 양우석은 평범한 소리꾼이면서도 소리꾼의 전형을 보여주고 있다. 특히 소문난 소리꾼의 경우 민중의 삶을 구조화시켜 서술하고, 또 노래의 수용자를 외부의 영역으로까지 확장시켰다는 점에서 주목된다. 그리고 이러한 확장은 민요 소리꾼의 직업화 추세로 전환된다는 점에서 관심을 끈다.

최홍의 경우 성격이 개방적이어서 외부인을 잘 받아들이며, 부를 축적하는 재능도 있다. 그가 유능한 소리꾼으로 성장한 것은 유성기에서 판소리를, 다른 마을에 다니면서 상여소리를 익힌 적극성과 농사와 뱃일, 어물 장사로 돈을 벌 정도로 매사에 적극적이고 낙천적인 성격 때문이라고 생각된다. 그래서 현재는 이웃 섬인 보길도까지 다니며 상여소리를 하고 돈을 벌 정도가 되었다.

지용선이 유능한 상여 설소리꾼이 된 것은 사설 구성력에서 남다른 특징을 지녔기 때문이다. 그는 구조화된 사설에 현장에 맞는 요소들을 넣음으로써 지역 단위의 경제를 넘어서는 보편성을 지닌, 소문난 소리꾼으로 성장했다. 지용선의 사례는 민요사회의 변화에 적응하려는 노력의 결과며, 그 변화에 적응했기 때문에 그는 소문난 상여 설소리꾼이 될 수 있었다.

여성 민요 창자 정영엽 연구

강 진 옥

1. 머리말

　주지하는 바와 같이, 구비문학의 전승은 연행을 통해서 이루어진다. 구비문학 제 분야의 연행은 각각 그 나름의 고유성을 충족시킬 수 있는 조건들이 마련될 때 가능해진다. 연행이 요청되는 상황은 구비문학의 분야에 따라 다소간 차이를 보여주고 있다. 예컨대, 설화의 연행에는 연행자 못지 않게 이야기를 듣는 청자의 존재가 중요시된다. 민요의 연행에는 그것이 요청되는 특정상황 즉, 노동이나 의식, 유희의 현장에서 불려지는 기능중심의 연행맥락이 중요하지만, 어느 경우에나 연행은 청자의 존재여부와는 무관하게 창자의 가창욕구에 따라 이루어지므로 자족적인 성격을 갖는다고 말해지고 있다.1) 연행의 측면에서 민요를 볼 때 일차적으로 주목되어야 할 대상이 민요의 존립을 가능하게 하는 연행현장인 것은 두말할 나위도 없지만, 그것은 연행의 주체인 연행자를 배제하고는 성립될 수가 없다. 그러므로 연행의 측면에서 민요를 볼 때 가장 주목되어야 할 대상은 창자가 되는 것이다.

일반적으로, 연행을 통해 생산된 구비문학의 각편들은 유일회적인 개체로 인정되고 있다. 구비문학의 연행자들이 산출하는 각편은 그들의 생활 속에서 자연스럽게 익힌 전승자료를 연행을 통해 재현하는 것이기 때문에 전승적인 성격을 강하게 지니고 있다. 그러면서도 각편이 갖는 고유성을 감안할 때 그 나름의 개별성 또한 인정하지 않을 수 없을 것이다. 구비문학의 각편이 갖는 전승성과 개별성이라는 상반된 성격의 공존현상은 민요에서도 강하게 나타나고 있다. 민요는 대체로 짧은 사설에 노래하는 사람의 생각과 정서를 담아내는 것이기 때문에 사설을 엮어내는 방식이 특히 중요시되는 분야이다. 때로는 동일한 정황이나 정서를 노래하는 경우라도 창자의 사설구성능력에 따른 각편 나름의 개성이 두드러지게 나타나기도 한다. 따라서 민요의 전승을 담당하는 창자는 전승민요의 전승자이자 그 나름의 개성적 각편을 산출하는 생산자가 된다. 이 같은 민요의 성격을 인정한다면, 각편의 개별성이 갖는 문학적 특성에 대한 논의는 당연히 이루어져야 하고, 그 같은 각편을 산출한 개성적인 창자의 능력 또한 주목되어야 한다.

민요 창자에 대한 관심은 최근 젊은 학자들에 의해서 조금씩 제기되고 있다. 거슬러 올라가면 전승자에 대한 관심은 조동일의 『서사민요연구』에서부터 그 단초를 보인 셈이다.2) 그러나 그것은 논의의 방향이 개별 창자에 대한 관심보다는 전승론에 두어져 있었기 때문에 본격적인 창자론으로 진전되지 못했다. 보다 구체적인 민요창자의 삶과 노래에 대한 관심은 나승만과 고혜경에 의해서 이루어졌다.3) 이 작업은 전남지역에서 소박하게 살아왔던 이름 없는 창자들의 삶의 단면을 생생하게 보고해주고 있다는 점에서 의의를 갖는다. 그러나 이들의 작업방향은 민요기행적 성격을 띠고 있기 때문에 본격적인 학술적 논의와는 일정한 거리를 갖는다. 최근에

---

1) 장덕순외, 『구비문학개설』, 일조각, 1970. 76면.
2) 조동일, 『서사민요연구』, 계명대출판부, 1971.
3) 나승만, 고혜경, 『노래를 지키는 사람들』, 문예공론사, 1995. 여기에는 본고에서 다루게 될 정영엽 씨를 〈화전놀이노래〉와 관련하여 잠깐 주목하고 있다.

나승만에 의해 의욕적으로 수행되고 있는 민요사회에 관한 일련의 연구들은 민요연행현장 전반과 개별창자에 대한 관심을 병행하는 방향으로 나아가고 있어 주목된다.4) 그러나 그의 연구방향은 민속학적 관점에 입각해 있어 연행론적 관점을 통해 민요가 갖는 문학적 의의 규명을 지향하는 문학연구의 관점과는 일정한 거리를 보여주고 있다.

본고는 그간의 민요 연구에서 그다지 주목하지 않은, 민요전승에서 핵심적인 역할을 수행해온 창자의 역할과 그 문학적 역량에 대한 본격적인 관심을 제고하기 위하여 시도되는 것이다. 그것을 위해 필자는 뛰어난 음악적 역량과 풍부하고 개성적인 사설 구사능력을 지닌 여성 민요창자 정영엽씨를 주목하고자 한다. 여성창자를 주목하는 이유는 민요의 세계에서 차지하고 있는 여성민요의 비중을 중시했기 때문이다. 그간의 연구성과를 통해 민요의 세계에서 여성민요가 갖는 가치와 의의에 대한 지적은 꽤 이루어진 편5)이나 정작 그것의 전승을 담당해온 여성 연행자들에 대한 본격적인 관심은 아직 제기되지 않았다.

바람직한 연행자 연구를 수행하기 위해서는 1)창자가 속한 민요사회의 성격연구 2)창자의 생애에 대한 자세한 조사연구 3)창자의 성향과 창조적 능력에 대한 검증 등이 병행되어야 하겠지만, 본고에서는 창자개인에 초점을 두어 2)와 3)을 중심으로 논의를 진행해가기로 하겠다. 그 같은 작업의 일환으로 먼저 정영엽씨를 면담조사하여 그가 보유한 민요자료와 생애담을 조사 채록했고, 연행자료들을 분석하여 창자의 개인적 체험과 노래와의 상관관계를 찾아보고자 했다. 다음으로, 그가 연행한 자료들의 성격적 특징을 찾아보고, 기능이나 사설의 성격이 유사한 각편 상호간의 비교를 통해 변이양상을 검토한다. 또한 사설에서 보이는 개성적인 성격을 중시하고 그의 창조적 면모를 가늠하여 민요전승에서의 전승적 측면과 창조적 측면이 갖는 의의를 생각해보는 계기를 갖고자 한다.

---

4) 나승만의 「신지도 민요 소리꾼 고찰」, 『도서문화』 14집. 목포대학교 도서문화연구소, 1996. 「노화도 민요 소리꾼들의 생애담 고찰」, 『도서문화연구』 15. 1997. 등 참조

5) 고정옥, 『조선민요연구』, 수선사, 1949 ; 장덕순외(1970) 등에서 여성민요의 의의를 지적했고, 여성민요세계의 존재양상과 의미에 대해서는 임동권, 『한국부요연구』, 집문당, 1982 ; 조동일(1971); 서영숙, 『시집살이노래연구』, 박이정, 1996. 등을 비롯한 상당량의 연구성과가 축적되어 있다.

2. 여성 민요창자 정영엽의 삶과 구연자료 개관

2.1. 조사 및 자료 연행상황 개관

정영엽씨에 대한 조사는 97. 7. 17-18일 이틀동안 진행되었다. 그가 낮에는 다시마 공장에 출근했기 때문에 조사는 주로 밤시간을 이용하여 이루어졌다. 첫날 조사는 조사자 일행6)이 전남 고흥군 녹동 관리에 있는 정영엽씨 집에 도착한 직후인 7월 17일 밤 10시경에 시작되어 다음날 0시 50분까지 진행되었다. 둘째날 오전에는 제보자의 두 딸과 부군을 모시고 그의 친정 및 시집살이에 관한 내용을 조사했고, 그날 저녁 9시경부터 새벽 1시경까지 그의 민요와 생애담을 들었다.7)

정영엽씨(조사당시 69세)는 고흥 인근의 득량도8)라는 작은 섬에서 태어나서 득량도의 논을 다 소유할 정도로 넉넉한 집안의 외동딸로 자랐으며 19세에 고흥군 녹동 용정리로 출가했다. 5살 연상의 남편은 점잖고 성실한 분으로서 정영엽씨는 그를 '말수가 적고 참한 양반'이라고 표현했다. 25살 때 관리로 이주하여 현재까지 농사를 지으며 살고 있다. 시집의 사정으로 시아버지의 소실을 모시고 살았으며, 그 시어머니로부터 심한 시집살이를 했던 때문인지 시집살이에 대한 기억을 아직도 생생하게 안고 있다.

그는 타고난 목구성이 좋아 마을에서 노래할 때에는 항상 앞소리꾼으로 활약했다고 한다. 그의 노래실력은 5년 전 문화방송에서 시행한 전국 민요조사사업의 제보자로 조사되면서 널리 알려지게 되었다. 그가 부른 민요 중 6편이 CD음반에 수록되었고9), MBC TV의 아침프로에 출연하여 민요를 구연한 적도 있다. 그는 가창능력이 뛰어날 뿐 아니라 탁월한 기억력과 노래에 대한 깊은 관심을 가진 데다 밝고 활달한 성격을 지녀 적극적인 구연자로서의 면모를 두루 갖추었다. 민요연행의

---

6) 조사에 참여한 인원은 필자와 대학원에서 구비문학을 전공하는 박성지, 유여종 등 3명이다.
7) 참고로, 필자는 정영엽씨의 두 올케언니와도 민요조사를 위해 만난 적이 있어서 그녀의 처녀시절과 친정사정을 들을 수 있는 기회가 있었음을 밝혀둔다. 둘째올케(주종님씨, 97년 조사 당시 73세)는 현재 고흥 녹동에 거주하고 있으며, 큰올케언니(김장엽씨, 97년 조사 당시 77세)는 성남시에 살고 있다. 두 사람 모두 뛰어난 민요 창자였다.
8) 그가 성장한 곳은 흥군 도양읍 득량도 선창마을이다.
9) 〈모심는소리:상사소리〉〈풀등짐소리:한물지기소리〉 등 농업노동요 2편과 〈자장가〉〈맷돌노래〉〈신세타령:흥글소리〉〈한산세모시〉 등을 합해 모두 6편이 수록되었다.

의의를 이해하고 조사에도 매우 협조적이었다. 더 많은 노래를 들려주기 위해서 기억을 되살리려 노력했으며, 생각만큼 노래가 잘 나오지 않을 때에는 매우 안타까워했다. 그는 봄에 갑상선 수술을 받았으며, 그런 때문인지 예전같이 소리가 잘 나오지 않는다고 답답해했고, 간간이 쩌렁쩌렁했던 자신의 목소리와 뛰어난 기억력을 회상하면서 더 좋은 노래를 불러주지 못함을 아쉬워하기도 했다.

그가 연행한 민요는 43편이다. 조사 첫날밤에 32편의 민요를, 둘째 날은 11편의 민요와 생애담을 구술해 주었다. 그의 민요창자로서의 탁월성은 구연한 노래의 목록을 통해서도 확인할 수 있다. 그는 다양한 기능의 민요들을 불렀다. 노동요로서는 〈모심는 소리〉〈밭매기노래〉〈논매는 소리〉 등의 농업노동요를 비롯하여 〈매통노래〉〈맷돌노래〉 등의 제분노동요, 〈물레노래〉〈물명주 한삼소매〉〈섬큰애기〉 등 길쌈노동요, 〈자장가〉와 같은 육아노동요는 물론, 〈제화좋소〉등의 화전놀이 및 여성유희민요인 〈강강술래〉와 관련된 노래들도 여러 편 불렀다. 그밖에도 사당패노래의 흔적을 강하게 보여주는 〈한삼 세모시〉를 포함하여 다양한 형태의 가창유희요류까지 망라하고 있어 그가 보유한 노래 세계의 폭을 짐작하게 한다.

그의 탁월성은 전통사회 여성 생활의 다양한 측면을 두루 보여줄 수 있는 폭넓은 노래 영역뿐 아니라, 그것이 담고 있는 사설에서도 확인된다. 이들 노래를 구성하고 있는 사설내용은 행복한 결혼에의 꿈, 시집살이의 어려움, 자식에 대한 사랑, 부모님에의 그리움 등등 보편적인 여성생활감정을 잘 보여주는 것들이다. 또한 그가 부른 노래들은 사설 내용에 풍부한 배경설화가 잠겨있는 경우들이 많다는 점을 지적할 수 있겠다. 그의 자료에는 본격적인 서사민요가 포함되지 않은 대신, 노래와 관련된 정황이 서정적인 내용 안에 녹아 있어 준서사적인 성격을 갖는 사설이 많았다. 물론 이것은 그가 속한 민요사회의 특징이기도 하겠지만, 유능한 창자인 그는 그같은 노래를 연행하면서 노래사설을 구성하는 배경설화를 자세하게 설명해 주었기 때문에 노래사설이 갖는 맛을 보다 풍부하게 음미하는데 도움을 주었다.

그는 밝고 훤한 인상을 주는 얼굴과, 큰 키와 마른 편이지만 강단이 있어 보이는 체격을 가졌다. 또한 다정하고 감성적인 성품의 소유자이기도 했다. 〈홍글소리〉를 비롯하여, 슬픈 사설의 노래를 부를 때에는 두 손을 잡은 채 눈을 꼭 감고, 눈물을 흘리면서 노래에 깊이 몰입하는 모습을 보여주었다.

연행한 민요목록은 다음과 같다.

1.홍글소리(1) 2.섬큰애기 3.물레노래 4.매통노래 5.맷돌노래(1) 6.둥당기타령 7.자장가 8.소녀타령(주초캐는 처녀) 9.제화좋소 10.한산세모시 11.홍글소리(2) 12.딸노래(1) 13.맷돌노래(2) 14.동무노래 15.강강술래(1) 16.긴강강술래 17.청어엮자 18.강강술래(2) 19.모심는소리:방아타령 20.둥달아라 21.상사뒤여 22.부모님 극락왕생발원가 23.쌍금쌍금쌍가락지(1) 24.모시적삼 25.총각타령 26.오래비 장가는 맹년에 가고 27.쌍금쌍금쌍가락지(2) 28.딸노래(2) 29.홍글소리(3) 30.나주땅 나방애(시집가는 노래) 31.달떠온다 32.나주땅에 나방애야(타박네) 33.물명주 한삼소매 34.모심기노래:방아타령 35.형님형님 사촌형님:쌀한되 36.담방구타령 37.산아지타령 38.영감타령 39.이노래 40.성주풀이 41.시설차 국화문에 42.어랑타령 43.니졸라내졸라 치마끈 졸라

2.2. 정영엽씨 생애담 구술에서의 특기 사항

2.2.1. 시집살이 체험의 특이성

정영엽씨가 구술한 생애담의 축은 가난, 시집살이, 친정어머니에 대한 그리움으로 집약된다. 그중 가장 두드러지는 대목은 고된 시집살이이다. 전통사회의 여성들은 대체로 시집살이의 어려움을 겪었다고 하지만, 그가 겪은 시집살이는 복잡한 가족관계에서 기인한 심리적 갈등이 얽혀있는 경우였기 때문에 보다 심각한 양상을 띠고 있었던 것으로 보인다.

그가 모시고 살았던 시어머니는 남편의 생모가 아닌 작은 어머니였다. 부인이 자식을 낳지 못했기 때문에 시아버지가 순천 처녀에게 총각 행세를 하고 혼례를 치렀던 것이 문제의 출발이었다. 그들의 결혼을 시부모가 인정해주지 않았기 때문에 작은부인은 시부모가 생존해있을 때에는 시집에 들어와 살지도 못했다. 그의 시집은 원래 보성에서 상당한 재력을 가졌던 집안으로, 시할아버지가 오랫동안 면장을 지냈고 시아버지는 의관하고 출입하면서 풍수일을 보았다고 한다. 그런데 소실을 보고 난 뒤, 그때까지 아이를 낳지 못했던 큰부인이 연달아 두 명의 아들을 낳게 되었고 반면에 작은부인은 딸만 둘을 낳았다. 그 때문에 작은부인의 입지는 더욱 위축되었고 그것은 그녀의 자존심을 크게 손상시켰던 것으로 보인다. 그녀를 무척 사랑했던 남편은 그녀의 심사를 위로하느라고 여러 차례 팔도를 유람 다니면서 상당한 돈을 썼다고 한다. 뿐만 아니라 송사문제까지 겹쳐 상당한 재산을 잃게 되면서 가세가 급격히 기울었기 때문에 고향마을을 떠나게 되었다.

고흥으로 이사온 후에는 생활이 아주 어려워져 호강만[10] 했던 작은부인도 농사일을 거드는 처지가 되었다고 한다. 그녀에게 아들이 없었기 때문에 시아버지는 둘

째아들 내외(정영업씨 부부)에게 작은어머니를 모시게 했다. 시어머니는 아주 강한 성격의 사람이었던 것으로 보인다. 여러 가지 상황 때문에 자존심을 상한 그녀는 가족들에게 굳게 마음을 닫았고, 그로 인해 억압된 감정은 제일 만만한 대상인 며느리에 대한 구박으로 표현되었던 것 같다. 시어머니와 그녀의 두 딸은 연대하여 그들이 겪었던 심리적 소외감을 며느리에게 되돌려주려 했던 것으로 보인다. 정영엽씨의 시집살이 구술에서 드러난 시어머니의 언행에서는 그 같은 측면이 강하게 나타나고 있다. 대체로 시어머니가 보여주는 행동방식은 다음처럼 정리할 수 있다.

첫째, 피해의식에 바탕을 둔 공격성을 보여준다. 다른 사람들을 통해서 들려오는 자신에 대한 부정적인 소문을 강박적일 만큼 참지 못한다. 자신에 대한 소문이 들려오면, 짚고 다니는 지팡이로 때리거나 욕설을 하면서 며느리에게 반격을 가했다고 한다.11) 둘째, 자신을 박해받는 약자의 모습으로 위장한다. 밭 매러 가는 며느

---

10) 23번, 27번의 쌍가락지노래는 서사민요가 아닌 단편민요이다. 27번에서, 그의 기억을 환기시키려고 사설 내용을 유도해 보았지만 결과는 마찬가지였다.

11) 그래서 나가, 대차 행적하니 있어야 속엣말하고 그라제. 혼자서는 누구한테 말못하고 이리키 설움 받고 살아도, 대차 누구한테 이러케 말 못해. 남한테 말하부러도 금새 시어머니한테, 시어머니 귀로 딱 들어가부러. 딱 들어가꼬 나가 언제 너한테 쥐박이 작대기로 쑤시드냐 그라고 또 뭐이라고 그래. 그라므는 아이, 아까도 당신이 작대기로 나 배아지 쿡 쑤셔서 나가 뒤로 안눕혀부렸소. 그런 거까지 나가 다 말하그등. 그라므는 이러케 지팽이가, 이러케 꼬부라진 지팽이가 그때 내 외손주가 사줬어. 그라므는 성질부리믄서 돌아다니다가, 나가 참말로 늙은께 인자 메누리도 잡아묵 을라고 하누마. 저렇게 노망하지 말고 죽제. 노망도 안했어. 미운께, 인자 늙은께 나도 손지보고, 나도 손지가 인자 우리 시아머니 죽은지가 칠팔년 됐어. 그랬는디 나도 손지가 있고, 메누리가 있고 손지가 있는디 이 늙은 나를 당신이 작대기로 쑤시고 당신이 때리믄 으짤거여. 축 뺏아서 한번에 뚝 뿐질라란께, 뿐지로라고 달라든지 그냥. 아이구 굿을 본당께, 굿을 봐. 굿을 보고 그냥 밖으로 나가. 밖으로 나감서 저년이 시엄씨 뚜드려 팬다라고. 그러케 억탁은 소릴 해, 씨엄씨 뚜디려 팬다라고. 허허이, 서방자식밖에 모른다고.

그란께 이렇게 밭엘 가서 밭을 매도 오지마라도 와. 그라믄 으짜다가 한번쏙 따라오며는 밭에 지심 좀 있으믄, 옛날에는 쪼깐 있었어. 지금같이 안그란께. [조사자:그렇죠. 약을 하니까] 약을 또, 약을 안뿌린께. 지금같으믄 저렇게 한번 딱 맬거인디 전에는 밭을 시번, 니번, 다섯 번까지 가야 지심을 잡어. 그린디 그 지심을 인자 매고 업졌으므는 아이고 지심있으믄 모든 사람이 앉잡고 접으제 아이, 앉잡고 짚어, 아이 지시게 맨드라. 호매로 턱턱 긁어팜시롱 못나고 짜잔한 것들 한테로 같이 산께 이 고상한다라고. 그란께 인자 함스롱 이 짜잔한 것들한테 따라서 살랑께롱 나가 고상한다라고. 누가 밭매로 오지 말라도 맴스롱 그란다고. 그라믄 누가 당신한테 밭매러 오라 그라요. 밭매러 오는건 나 소상이요. 혼자 매도 속만 안상하믄 아무 싫다 안해. 아무 싫다 안하는데 밭을 매줌스롱 짜잔하니마니 화닥다릴 디리놓고 밭매라고, 밭맨다고 업적거리니, 당신보고 밭매라고 안해요. 어서 가시오. 가. 나 속상하니 얼릉 가시오. 그라니 흥, 짜잔한 것이 그래도, 나 굿인소리는 안듣고 잡은갑네. 짜잔해도 나가 당신 거천하고 살어. 똑똑한데 큰며누리가 안거천하고 딴사람은 거천도 안해. 당신 딸네들 둘이도 당신 어디 데불고 거천하요. 짜잔하고 못나도 나가 거천한께 통 나보고 그런 소리하지 마시요잉. 나가 이렇게 모지라케 통 말나오케 해불면해도 그것도

리를 따라와 밭을 매면서 그들과 살아서 고생한다고 푸념하거나, 밥 먹을 때는 항
상 밥과 한두 가지 반찬만을 밥상아래에 내려놓고 먹으며, 쌀밥을 보기 좋게 푸실
푸실 퍼담아 놓으면 숫가락으로 꼭꼭 눌러서 밥의 량이 적어 보이게 하는 행동 등
이다. 셋째, 왜곡된 심리구조로 주변사람의 말을 정당하게 수용하지 못한다. 시어머
니는 며느리의 말을 곡해하여 분노하고 시누이들과 합세하여 며느리를 혼내는 경우
가 많았다. 그 때문에 정영엽씨는 시누이들에 대해서 상당한 두려움을 갖고 있었
고, 그들이 호출할 때에는 죽을 각오를 하고 갔다고 한다. 다른 사람들에게 자신이
박대 당하고 있는 것처럼 애써 보이고자 했던 시어머니의 왜곡된 태도는 며느리를
더욱 힘들게 했던 것으로 보인다. 그것은 그들 고부간의 갈등의 근간을 형성하면서
시어머니가 95세에 세상을 떠날 때까지 지속되었다. 그렇게 심한 고부간의 갈등을
보이면서도 그녀는 며느리와 함께 사는 집이 자기생활의 터전임을 인정했고 그 집
에서 생을 마쳤다. 무섭기만 하던 시누이들도 결국은 자기 어머니의 성격적 결함을
인정하여 그녀의 노고를 치하하고 잘해주었다고 한다.

정영엽씨는 친시어머니를 인정스럽고 다정한 성격을 가졌으며, 자신을 딸처럼 사
랑하고 손자들을 끔찍이 아껴주던 분으로 기억하고 있다. 반면 작은 시어머니의 까
탈스러운 성격은 가족들과의 면담을 통해서도 충분히 확인될 수 있었다.12) 그녀는
별채에 거주하면서 자신의 방에 냄비와 주전자를 따로 두고 끓여먹었을 만큼 깔끔
한 성격이었다고 한다. 정영엽씨의 구술 속에 나타나는 두 어머니에 대한 인식은

아이요 나도 또. 그라므는 또 짜잔한것들이 산다랑께, 아이그매 똑똑한 데 가서 살아요, 우리한테
살지말고 똑똑한 데. 딸네들한테 살든지. 똑똑한 데 큰아들한테 살든지. 큰아들도 내 행적 아니지
마는. 그라므는 힝, 느그들한테 살으라고 나가 지명해준 사람이여. 당신 지명해 줬이믄 나를 농사
짓어줬어, 밭을 사줬어, 하다못해 집을 한칸이나 장만해줬어. 뭘 걸고 나한테 큰 소리할거 뭐이
있어. 당신도 늙고 나도 늙은께 나도 할말이 쪼간씩 있어. 그랑께 암소리 말고 쩍소리말고 그냥
삽시다. 허허이, 저런 것들 날직이도 미역국 먹었다라고, 나는 저런 것들 낳을까봐 아들 안낳았다
라고. 저런 것들 낳았다라믄 나가 손가락을 쑤셔서라도 낳아. 그라고 산 사람이여. 그라니 그런
소리까징 한 사람이 얼마나 했어. 근께, 아이 요런 소리 여기 들어갈까 싶으네.〔조사자:괜찮습
니다.〕

그래가지고 집으로 와서 하도 부애가 나가, (청취불능) 밭에서 이라고 이라고 하고 오지말래도
와가지고 날 속을 이라케 삭인다라고. 그라므는〔목소리를 낮추면서〕냅둬, 냅둬, 원래 그랑께 냅
두소. 우리 둘이서 집이서 찌르고 짜르고 뭔 소리가 나므는 오다가도 때가되도 도로 나가부러요.
집에 안들어 올라고, 대차. 각시라고 역성을 하겄어, 부모라고 그라지 말라고 하겄어. 가부간 입을
아무 소리 안해부러요. 그랑께 딱 질이 돼가지고 안할거매이로. 그냥 빙신취급을 해버린당께. 아들
을 빙신 취급을 해부러.

12) 과묵하고 점잖은 제보자의 남편도 그분의 '성질이 고약스럽다'고 표현했으며, 딸은 '할머니의 성격
을 우리어머니만 받아줬지 고모들도 받아주지 않았다고' 말했다.

대립적인 구도를 이루면서 대비되는데, 그 같은 양상은 두 사람의 타고난 성품의 차이에서도 기인하겠지만, 한편으로는 그들이 처해있는 상황과도 무관하지 않을 것으로 보인다.

　주변사람, 특히 자신을 모시는 며느리와 아들에 대해 냉담을 넘어서 위악적으로 반응하는 작은어머니의 처신은 그녀 자신 속에 자리하고 있는 세계에 대한 단절의식의 역설적 표현일 수 있다. 그녀를 이해하기 위해서는 그 같은 상태에 이르기까지 그녀가 겪었을 내면적 고통이 감안될 필요가 있다. 자부심 강하던 한 처녀가 꿈꾸었던 행복한 결혼생활에의 기대는 현실의 벽에 부딪혀 좌절되었다. 시집어른들로부터 존재를 인정받지 못했던 그녀에게, 큰부인의 잇따른 아들 출산과 대비되는 자신의 딸 출산은 그나마 자기 위치를 만회할 기회조차 빼앗아간 운명의 장난처럼 여겨졌을 것이다. 이어지는 파산으로 어려워진 생활형편과 큰부인의 아들로부터 봉양을 받는 처지가 된 것 또한 그녀의 자부심을 손상시키는 요인이 되었을 것으로 보인다. 여기에서 우리는 그녀의 행동방식에는 단순히 개인의 성격적 결함으로만 단정할 수 없는 주변적 여건들이 깊이 연루되어 있었음을 인정하게 된다. 그 역시 남성중심적 가치가 지배하는 사회에서 피해를 입고 불행한 삶을 살았던 여성이었던 것이다.

　결국 고통스러운 시집살이의 역사는 불행한 삶을 통해 상처 입은 여성이 보다 열등한 위치에 있는 또 다른 여성을 통해 보상받으려는 무의식적 반응에서 기인한 여성생활사의 또 다른 모습이 되는 셈이다. 그러한 행동방식은 문제의 근원에 대한 근본적인 자각 없이 행해지는 것이므로 해결방안에 대한 모색 또한 기대할 수 없다. 자신의 불행을 누군가에게 전가하려는 이 같은 행동방식은 상대방의 반발을 유발하고 그것은 결국 자기자신의 불행의 옹이를 더욱 깊게 할 뿐이다. 이렇게 볼 때 시집살이의 고난은 여성이 여성에게 부과했던, 관계의 부메랑인 셈이다.

2.2.2. 친정어머니에 대한 그리움과 회한

　시집살이의 어려운 상황은 정영엽씨에게 친정어머니에 대한 그리움을 절실하게 해준 것 같다. 그가 가장 마음 아프게 기억하는 것도 마지막까지 자신을 걱정하면서 세상을 떠났던 친정어머니에 대한 생각이다. 어머니는 외동딸이었던 제보자가 힘든 시집살이로 고생하는 것을 걱정하면서 항상 그리워했으며 모처럼 친정에 온 딸을 반겨 달려오다가 넘어져 얻은 병 때문에 돌아가셨다고 한다. 그렇게 어머니를 잃은 사실은 그에게 대단히 한스러운 일로 남아있다. 이 같은 내용을 구술했던 정영엽씨의 목소리를 일부분만 들어보기로 하자.

　　그라고 나가 시집을 잔뜩 이런 데로 와가꼬 우리 친정어매가 나땜시 병이나서 그만 돌아가셔부렀어. 저 시집 잘못 보내가지고 항시 울고, "우리 딸 오냐"(…) 그라다가 밍 잣고 살다가, 어매어매, 나 이름이 영엽이 아니라고, "우리 딸 영엽이 오는가 내다보소, 뱃머리에 우리 딸 온가 보소.", 항시 누구든지 뵈이며는 다 내다 보라고, 뱃머리가 가까운께 섬이라, 내다보믄 배가 통통통통 오는 길이 다 보이거든. 그라고 내리다 보믄 되니께네. 잠 보소, 그라믄, "자네 딸은 일 안하고 온단가", 이라므는 "모르겄네. 나가 이란께농 꿈에라도 봐서 올란가 모르겄네."
　　한 번은 인자 애기를, 아들을 업고 친정으로 간께는 우리 집 옆에서 미영을 잣음스롱 "내자속아, 내자속아 어쩌고 있냐."고, 인자 밍을 잣더라고. (울먹이면서) "엄마엄마 영엽이 왔어." 이라고 간께는 물레가 걸려가꼬 넘어져서 한참 터터굴 그라니, 자꾸 울고 그래 쌌더구만 그 질로 그냥 쇼크를 받았던가봐. 그래가꼬는 전에는 늑막염이라그믄 다 나섰어. 어디 옆구리 어디를 찍어가고 그거이 인자 늑막염이 돌아버렸어. 그래서 그 빙을 드는 환갑에 병이 났는디 나는 환갑에 못나스고 그냥 돌아가셨어. 그라잔케 나가 얼마나 진찬한 사람인지를 몰라요. 나 맘이, 세상에.

이 인용문 속에는 딸의 힘든 처지를 항상 걱정하면서 그리워하는 친정어머니의 마음이 눈앞에 보는 것처럼 절절하게 그려져 있다. 이렇듯 딸의 처지를 안타까워하던 어머니는 그 혼사를 중매했던 자신의 남동생마저 원망하고 세상 떠날 때까지 그를 보지 않으려 했다고 한다.[13] 그의 구술에서 어머니를 추모하는 대목은 이후 자신이 딸들에게 받았던 생일선물 대목과 연결되면서 마음속 깊이 간직되어 있던 회한을 보여주고 있다. 금년 봄에 갑상선 수술을 했던 그는 초여름, 자신의 생일날 녹동에 사는 딸들이 마련해주었던 값진 생활용품들을 선물로 받고는 밭에 나가서 한없이 울었다고 했다. 어머니에게 걱정만 시키다가 돌아가시게 한 못난 자신이 딸들로부터 이런 선물을 받을 자격이나 있는가 싶어서 어머니에의 그리움과 회한이 더욱 밀려왔다고 한다. 어머니를 그리워하는 마음은 모든 사람들이 갖는 보편적인 감정이겠지만, 정영엽씨와 그 어머니가 보여주었던 모녀관계의 양상은 좀더 특별한

---

13) 7월 18일 아침에 정영엽씨가 출근한 다음, 고기를 가지고 친정을 방문한 두딸과 정영엽씨의 남편을 대상으로 조사하던 자리에서 막내딸 최문숙씨가 들려준 내용이다. 이날 가족들과의 면담을 통해서 정영엽씨의 친정형편, 시집의 가족사, 그가 겪었던 시집살이 내용및 시어머니의 성격에 대해서 자세하게 들었다. 이러한 정보는 연행자로서의 정영엽의 인간적 면모는 물론 그가 구연한 노래 세계를 구체적으로 이해하는 데에 큰 도움이 되었다.

경우로 이해할 수 있겠다. 미처 사그러들지 않는 시집살이의 고통스러운 기억의 한 켠에 생생하게 남아있는 친정어머니에의 회한은 그녀의 삶 속에서 좀처럼 지어질 수 없는 현재적 사건으로 남아있는 것으로 보인다.

이같이 그의 삶의 궤적 속에 뚜렷하게 자리하고 있는 모든 정황들은 그가 연행한 노래세계와 긴밀한 관련을 이루면서 연행민요의 목록이나 유형은 물론 구체적인 사설내용에 까지 깊숙이 연관되는데, 이에 대해서는 다음 장에서 상론해보기로 한다.

2.2.3. 생활인으로서의 면모

그는 부지런하고 생활력이 강하다. 많은 논밭을 유지하면서 살림을 꾸려 가는 일의 어려움을 누구보다 잘 아는 친정부모는 외딸인 그녀가 수월하게 살기를 바라고 살림 없는 집으로 시집을 보냈다고 한다. 그러나 오히려 그는 살림이 간고하여 자기집 일은 물론 남의 집 품일까지 해야 했으므로 더욱 힘이 들었다고 한다. 그가 구술한 생애담 중에서 해당대목의 일부분을 인용하면 다음과 같다.

> 농사를 잔뜩 많이들 짓기땜새 산다, 일이 잔뜩 많앵께 나보고 일 술한(수월한) 데라가 살으라그라고 인자 해준기인디 나는 왈라 더 간푹하니 더 된 집으로 와 생똥을 싸다시피 살아부렀지. 그란께 수월한 디로 간다는기 너무 일하고 내일하고 그랑께 더 일이 많아져 부러요. 있는 사람들은 내일만 한께로 이녁일 척척 구름마서 한디, 이 없는 사람들은 저집에 품들러 가, 이녁일 해, 한참 문제겪고 그라게땀세. 그란께는 뭣이 넉넉해갔고 삼스롱, 부잣집 외딸로 큼스롱, 호강하고 살았제이. 농사는 많다해도 딸 하나를 나아서 귀한 딸년, 인자 아들 사형제 딸 하나 오남매 큼스롱, 신세가 이렇게 시이가꼬 고생을 죽도록 해불고 인자 허리가 이리키 꼬부라져가꼬 잘 안피이고 그래.
> 일하믄 일골이 없다해도 많이 하믄 일골이 생겨요. 뼈가 아프고 그란께 일골이 생겨. 그란께 지금은 일하지 말라고 저리케 쫓치고 그래도 늙으다고 아무것도 안하고 들앉지믄 더 못쓴께, 내가 노력할만큼 머이고 생기고, 하다못해 돈 한잎이라도 생기고 그란께 너그들 나 하는 일에 막지마라, 막은 것이 너의게는 도리어 해로와. 가만히 앉자꼬 있어봐, 외려 더 아프고, 일하던 사람이 가만히 있으면 더 아파.

위의 인용대목은 많은 일을 하고 살아와서 몸에 무리가 올 정도였지만 그래도 일하고 사는 삶의 건강성을 강조하는 제보자의 일에 대한 인식을 보여주고 있다. 그는 일을 그만 하라고 만류하는 자식들에게 그것이 모두에게 더 해로우니까 막지 말라고 역설한다.

수술까지 한 그녀를 걱정하여 남편도 '자기 죽을라도 살았인께 내몸하나 부지하

고 살제, 뭐할라고 저 허욕을 부리고 댕기냐'면서 일하러 다니는 것을 말리지만, 그
녀는 그것에 대해서 "내 손으로 깜박을만 하므는 나 힘도 나고 건강도 되고 나가서
해야제. 그라믄 사람이 건강하고 좋은 줄 알아도 안좋은거여. 일하다가 죽고살고
이라던 사람이 꽉 마치고 들어앉아 있이믄 않좋아요." 하면서 '나는 내 노력대로는
해야된다'는 자신의 생활철학을 개진한다. 그러면서도 그는 남편의 처신에 대해서는
"그래도 당신은 나보다 나이가 많기 땀세, 당신 힘 알아서 하시요. 남자들 일이
되제, 주로. 힘 알아서 하고 그라믄 나도, 당신이 농사 안지믄 나도 다 내부러. 다
내불고 살거인디 그래도 당신이 쪼깐이라도 꼼박신께 나가 따라서 하제. 그랑께 우
리가 이라고 사는 것만 해도 영광이라고 생각하고 조깐쓱 다슬러서 우리나 삽시다."
며 그의 의사와 판단력을 존중하면서 자신의 생각을 설득력 있게 전달하고 있다.
이런 점에서 그는 합리적인 사고방식을 지닌 사람으로 보인다.

이 같은 면모는 그가 자식들에게 주는 가르침에서도 찾아볼 수 있다. 그는 '부지
런히 노력해라. 부지런한 끝에 성공이 따른다.'는 근면성과 '어디에서 살든 그 지방
의 풍속을 따를 것'을 강조한다.14) 이 같은 삶의 자세에는 건강한 생활인으로서의
면모가 잘 드러나고 있다. 특히 현지의 풍속을 따라야 한다는 대목에서는 타고난
현실감각과 적극적인 자세를 찾아볼 수 있다.

이러한 정영엽씨의 성격 및 가치관의 일단은 그가 연행한 민요사설에서도 찾아
볼 수 있을 것으로 기대한다.

2.3. 민요와 관련한 경험들

그가 구술한 내용 중에서 우선 노래 학습과정을 정리해보면 다음과 같다. 그는
노래를 전부 친정인 득량도에서 배웠다고 했다. 그가 성장한 득량도는 노래가 풍성
한 곳이었는데, 어릴 때부터 마을 아주머니들로부터 많은 노래를 듣고 익혔으며,
그의 친정어머니도 노래를 잘하는 분이었다고 한다. 〈한삼 세모시〉를 연행한 후에
노래를 누구한테 배웠는가를 물으니,

---

14) "어디는 살므는 내가 노력안하믄 밥 못먹제. 내가 노력해야 묵고살고, 자식들도 갤치고 거기 살믄
　　거기 풍속을 따르야 돼. 서울살믄 서울 풍속을 딸고 시골살믄 시골풍속을 딸고 그라기땀세, 그저
　　부지런하기만 해라, 부지런히만 하면 부지런한 끝에다 성공이 딸근다. 그라고 하지말란 말은 안하
　　네. 될 수 있으믄 부지런해라."

"우리 인자 친정에서 엄마들 미영도 잣고, 아까〔〈물레노래〉구연하던 때를 말함〕나 구부러진 활에다가 참나무 활굽에 터벅터벅 탄다 안그라더요, 그런게 탐스롱 방에다 토 박토박 탐시롱 이렇게 대고 그라믄, 그런 노래를 막 부르고 그랑께, 우리들도 놈스롱 모타 안겨서 **뺑**돌려 안겨서 놈스롱 앞소리하믄 또 뒷소리 맞어감스롱 하고, 놈스롱 한 소리여."

이처럼 아이들은 미영 잣으면서 노래하는 어른들의 노래를 듣고 어른들처럼 노 래하고 노는 동안 자연스럽게 민요를 익혀갔고, 그렇게 학습된 노래들은 실제 생활 에서 노래를 필요로 하는 구체적인 상황과 만나면서 그들 삶의 일부분으로 자리잡 아갔던 것이다. 예를 들면, 정영엽이 구연한 〈자장가〉는 어린 시절 그가 쌍둥이 동 생을 재우면서 많이 불렀던 노래라고 하며, 맷돌질하는 어머니가 부르던 것을 듣고 익힌 〈맷돌노래〉도 자신이 직접 맷돌질을 할 때 불렀다고 한다.15) 노동에 수반되 는 기능요로서 이들 노래를 불렀던 것은 그의 나이 열 살 전후에 해당된다. 전통사 회에서의 여자아이들은 대개 이 나이쯤이면 가사노동에 참여하고 그 나름의 역할을 부여받아 가족의 일원으로서의 의무를 수행하게 되며, 점차 그들이 성장하면서 참 여하는 성인사회의 영역이 넓어짐에 따라 그들의 노래학습 범위도 확장된다. 노동의 제 영역은 물론 세시풍속의 일환으로 생활 속에서 행해졌던 공동체적 차원의 놀이판 은 그들의 노래학습을 위한 열려있는 현장들이다.16) 이런 과정을 거쳐 익힌 노래들 은 노래가 갖는 생활적 기능을 통해 심화학습과정을 거쳐 내면화되었던 것이다.

다음으로 그가 가진 노래에 대한 인식을 살펴보기로 한다. 정영엽의 구술 속에는 구체적인 노동의 현장에서 노래가 갖는 기능을 여러 사례를 통해서 보여주고 있다. 민요 향유자들에게 노래는 그들의 삶에서 분리해낼 수 없는 생의 활력소로 작용했 던 것으로 보인다. 그는 논매기와 관련된 일화로서, '예전에 논맬 때 노래를 부르면 서 땀을 쭉 흘리고 난 뒤 팥죽 한 그릇을 먹고 주인네 찬물덤벙에 들어갔다가 다시 나와서 그 팥죽 한 그릇을 땀으로 다 쏟아내었다'면서 그때는 일이 고되어도 고된 줄 몰랐다고 회상했다. 〈산아지타령〉을 부른 뒤에 그가 구술한 다음 대목은 노래와

---

15) 정영엽씨는 아홉살 때부터 맷돌질을 했으며 열두살 무렵에는 어머니가 부르는 노래를 듣고 배워 혼자 맷돌질을 하면서 흥얼거리곤 했다고 한다.

16) 그는 "그라믄 우리가 춤추고 놈스롱 한 노래 할게"하면서 동무노래를 불렀다. 노래를 다 부른 뒤 에, "전에 어깨에다 미고 양쪽에 맞서서 막 춤춤스롱, 마당에서 놀 때 한거야. 강강(술래)하다 뚝 띠고 나가서 춤춤스롱 한거야……강강수월래 겁나게 했네."라고 말했다. 또한 3월 꽃필 때면 마 을사람들이 함께 갔던 화전놀이에 대해서도 이야기하면서, 그때는 마을 사람들이 음식을 싸가지고 가서 춤추며 놀았으며 남자들도 진가락을 불렀다고 했다.

일의 관계를 분명하게 보여주고 있다.

 "이란 소리는 우리들이 일함으롱 주로 한 소리라, 주로 이렇게 밭매다가도 하고, 논
매다가도 하고, 이렇게 일하고 앉어서도 심심하고 잠올라라고 하면 그저 그냥 하면서
좋다고 뒤에서 까불까불하고, 그놈이 신이 날 때, 잘 때 흥이 난께. 그란께[한밤중의
민요연행을 말함] 소리를 쪼깐만 할라니 더 가늘어지고, 톡 튀어놓고 하믄 더 나올거인
디. 잘안나올라네요."

 그는 노래가 자연스럽게 발해질 수 있는 노래판과 인공적으로 행해지는 노래판
에서 행해지는 연행의 차이를 이렇게 구별하고 있다. 자연조건에서의 연행은 자발
적으로 솟아오르는 소리를 마음껏 질러 흥과 신명을 내게 한다. 반면 인공조건의
연행, 그것도 한밤중에 행해졌기 때문에 주변을 의식하여 조심스럽게 불러야 하는
상황이라 노래가 잘 안나온다고 했다. 이 같은 비교는 연행현장에서 노래가 갖는
기능을 자연스럽게 보여주는 것이다. 현장의 상황에 따라 자연스럽게 발해지는 노
래는 일상의 무기력을 쫓고 노동하는 자의 의식을 생생하게 회복시키는 활력소로
작용한다. 요즘에도 다시마공장에서 작업하다가 졸리거나 나른하여 일의 능력이 떨
어지면 같이 일하는 사람들이 그에게 노래를 요청한다고 한다.17)

 이처럼 노래는 노동의 지루함과 피로를 씻고 노동하는 자의 의식을 각성시키고
능률을 향상케 한다. 노래가 갖는 이 같은 기능을 좀더 포괄적으로 적용하면, 노래
는 그것을 향유하는 사람들의 삶 자체를 활기 있게 만들어주는 생명력의 원동력으로
작용되는 셈이다. 그렇기 때문에 그들은 힘든 일터에서나 흥겨운 놀이터에서를 막론
하고 기분만 나면 노래를 불렀고, 그들이 부른 노래는 갖가지 애환들로 점철된 그들
의 삶에 활력을 제공하여 삶의 의미를 고양시켜주었던 소중한 매체였던 것이다.

 구연자로서의 그는 유능할 뿐 아니라 매우 적극적이기도 하다. 조사자들의 의도
를 충분히 이해하고 있던 그는 자신이 부를 노래에 대해서 미리 준비라도 했던 것
처럼 대체로 막힘 없이 노래를 불렀고, 다음 노래가 얼른 기억나지 않을 때에는 먼
길을 온 조사자 일행을 배려하여 안타까워하기도 했다. 연행 후에는 노래와 관련된
경험이나 노래에 얽힌 내용을 설명하거나 노래에 대한 자신의 느낌을 표현하기도
했다. 이 같은 설명으로 그가 부른 노래는 마치 배경설화를 가진 것처럼 풍부해졌

---

17) "잠이나 오고 그라믄 나보고 인자, 우리 막둥이 이름이 문정인디, '문정이네 엄마, 노래나 잠 하시
요. 잠잔께 노래 하시요' 그래싸. 그라므는 '뒷소리나 잘맞아주라', '잘 맞아주께 하시요'. 한참 해
주고."

고, 이 같은 정황 때문에 그가 형성해낸 연행의 현장은 생동감 넘치는 노래판이 되었다.

이러한 설명 부분을 통해 그가 지닌 노래인식의 일단을 찾아볼 수 있다. 그는 노래내용을 실제한 경험적 현실에서 비롯된 것으로 인식하고 있는 듯하다. 예컨대, 시집보낸 딸이 맨발로 물을 길으러온 막내딸 노래(2)를 부른 뒤, 노래말에 담긴 뜻을 설명해주면서 마지막의 "어매어매 우리어매 나산시상 이뿐인가 이라고만 살으란가."에 대해 "이렇게만 살으라고 날 여왔냐 그소리여. 이렇게 박복한 시상을 낳아서 여왔냐 그소리여. 그것도 설운거야... 더잘 좋게 살았이믄 그런 것이 안나올거인디." 라고 하여 노래말을 구체적인 현실경험의 반영으로 인식하고 있다.18)

〈맷돌노래〉를 부른 뒤에는 목이 메인 소리로, 바쁘게 맷돌질하여 들에서 일하는 사람들의 새참을 마련하던 때를 회상했고, 〈매통노래〉를 부르기 전에는 남의 집에 품들러 간 사람의 노래라면서 불렀다. 그는 이들 노래가 생활체험과 밀착된 노래여서인지 마치 노동의 현장에서 노래하듯 힘찬 목소리로 불렀다. 그가 부른 노래와 실제 삶의 관련성을 가장 직접적으로 보여주는 경우는 짙은 정한을 육자배기조에 실어 부르는 〈홍글소리〉에서 찾아볼 수 있다. 그 속에는 가난한 생활현실로 인해 감당해야하는 힘든 노동과 시집살이의 어려움을 진하게 표출하고, 친정어머니에 대한 강한 그리움을 토로하고 있다. 이 같은 사설내용은 그가 구술했던 생애담에서 본, 시집살이체험과 어머니와의 관계를 강하게 연상시켜주고 있다.

이같이 그가 부르는 노래들은 그 자신의 생활과 밀접한 관련을 맺으면서 그의 삶 안에 뚜렷한 위치를 점하고 있다. 다음의 발언은 그의 삶의 공간 안에 뚜렷한 역할을 담당하고 있는 노래의 위상을 확인시켜주는 대목이다.

"(노래를) 놀면서도 하고, 밭맴스롱도 하제. 기양 뺄밭에서 뒹굴뒹굴 굴르믄서 힘나서 해봐, 한제 해도 또 딴소리가 나오지, 했던 소리 도로 안나오고. 하아, 썩썩하게 나

18) "그랑께 딸을 여왔는디 시상에 맨발을 벗고 샘에를 왔어, 본께. 왜 신을 벗고 샘에왔냐. 인자 사우를 보고 한 소리제. 밥팔아서 신사주리. 논팔아서 정사주리. 신도싫고 정도싫네 선반밑에 샘파주소. 어매어매 나산시상 이렇게만 살으란가. 이렇게만 살으라고 날 여왔냐 그소리여. 이렇게 박복한 시상을 낳아서 여왔냐 그소리여. 그것도 설운거야. 그래. 여왔는디, 인자 잘살으라고 여왔는디 맨발벗고 신도 안신고 샘을 왔인께 얼마나~[조사자:얼마나 가슴이 아팠을까?] 그러니까 밭 팔아서 신 사주리, 논 풀어서 정 사주리, 신도싫고 정도싫네 선반밑에 샘파주소. 인자, 샘에 안가고 할라고. 그래가꼬, 어매어매 우리어매 나산시상 이뿐인가 이라고만 살으란가. 더잘 좋게 살았이믄 그런 것이 안나올거인디."

간다고, 잘하는 사람이 하믄…"

일할 때나 놀 때를 막론하고 유능한 창자들에 의해 끝도 없이 불려지는 노래들은 노래판에 동참한 사람들에게 힘을 주어 씩씩하게 앞으로 나아가게 한다. 이처럼, 끊이지 않고 계속되는 노래가 의미하는 생성력은 가난과 시집살이, 힘든 노동 등 고된 삶의 제 국면에 처해있는 사람들에게 현재적 고난을 넘어서게 하는 생명력의 원동력으로 작용할 수 있었던 것이다. 고된 삶의 역정을 겪었음에도 불구하고 여전히 밝고 다감한 시선으로 세상을 대하는 정영엽씨의 모습 또한 그의 깊은 노래 사랑과 무관하지 않을 것이다.

3. 구연자료로 본 정영엽의 생활문학인적 면모

3.1. 흥글소리 곡조로 불려지는 시집살이노래류

흥글소리로 불려지는 신세타령은 시집살이 계통의 소리로 분류된다. 대상자료는 필자조사자료 3편과 민요대전에 수록된 각편이 한 편[19] 있어 4편이다. 『민요대전』(이하 『민요대전』으로 부름)의 사설내용은 필자조사 〈흥글소리(2)〉와 가깝지만, 실제의 사설구성내용으로 볼 때 일정한 차이를 보여 흥글소리가 정형성을 지니지 않는, 상당히 융통성을 가진 민요유형임을 확인하게 해준다.

정영엽의 생애담 구술에서 가장 주목되는 부분은 시집살이 대목이다. 그는 자신의 시집살이 체험을 강렬하고 생생하게 구술해 주었는데, 그것은 그의 생애에서 가장 강하게 각인된 고통스러운 체험이었던 것 같다. 유능한 민요창자로서의 정영엽의 면모는 시집살이의 체험을 강하게 보여주는 〈흥글소리〉에서 찾아볼 수 있다.[20] 〈흥글소리〉는 호남지역의 남부 해안지역을 중심으로 분포되고 있는 여성들의 신세한탄노래로서 내용적으로는 시집살이의 고통을 토로하는 노래이고, 기능적으로는 밭매면서 부르는 밭매기 노동요에 해당된다.[21]

---

19) 〈고흥신세타령·1 : 흥글소리〉, 『한국민요대전』 2, 129면.
20) 흥글소리의 음악적 논의는 김혜정에 의해서 충실하게 이루어진 바 있다. 김혜정, 「전남지역 흥글소리의 음악적 구조와 의미」, 『한국음악연구』, 한국국악학회, 1996.
21) 고흥지역에서는 대체로 밭매면서 부르는 노래를 불러달라하면 〈흥글소리〉를 불러주었다. 정영엽씨에게도 밭매면서 불렀던 노래들에 대해서 묻자, "늘 혼자서 흥글이 노래로 마이 하제. 흥글이 노

밭매기는 무더운 여름철의 뜨거운 햇살아래서 오랜 시간 진행되는 지루하고 힘든 노동이다. 장시간의 노동은 노동하는 자의 내면을 자기투시적 상태로 이끌어가고, 자신 속에 깊숙이 자리하고 있는 생활상의 갈등이 자연스럽게 표출되는 여건을 형성하게 한다.22) 〈훙글소리〉는 일반적인 민요와는 달리 사설이 갖는 전승적 고정성이 약하기 때문에 각편의 내용은 대체로 창자자신의 체험에 깊숙이 다가간 진술형태를 취하고 있어 각편의 개성이 강하게 부각되는 민요형에 해당된다. 정영엽씨는 조사 첫날밤 조사사의 요청에 의해 3편의 〈훙글소리〉를 구연했는데, 이들을 구성하고 있는 사설의 내용은 각기 달라서 전혀 다른 내용의 노래로 간주할 수 있다. 그가 구연한 자료는 훙글소리가 갖는 비고정성을 유감없이 잘 보여주고 있다. 그가 구연한 4편의 사설을 하나씩 검토해보면 다음과 같다.

〈훙글소리1〉은 '세 원수' 사설이 중심에 놓여있는 각편이다. 이 각편의 사설구성은 화자가 친정 어머니를 부르면서 자기를 힘든 곳에 시집 보낸 것을 원망하고 못살겠으니 데려가 달라고 부탁하고, 시집살이의 고난과 그 해결방안을 제시하는 방식으로 진행된다. 세 원수 사설은 구체적인 어려움과 그 해결방안에의 모색대목에 해당되는 셈이다. 세 원수 사설은 훙글소리를 부르는 여성 민요창자들에게 비교적 많이 애용되는 사설유형의 하나이다. 세 원수는 밭에서 자라는 바래기, 논에서 자라나는 가래 등의 풀과 집에 있는 시어머니와 시누 등을 말하는데, 이러한 대상의 설정은 시집살이를 하면서 농사일을 담당했던 여성이라면 누구라도 공감할 수 있었을 것으로 보인다. 농사일의 모든 과정을 전적으로 사람의 노동력에 의존했던 자연농업방식에서 농신물증대를 위해서는, 끊임없이 자라나는 논과 밭의 풀을 제거하는 일이 가장 중요했기 때문에 이들 풀은 농사군의 원수가 된다. 여성들에게 제일 큰 어려움이었던 시집살이에서 문제를 만드는 사람들이 시어머니와 시누이라는 점에 대해서는 새삼 말할 필요가 없을 것이다. 그러므로 세 원수 사설은 그 자체로 시집살이를 하던 대부분의 농촌여성들에게 깊은 공감을 줄 수 있었을 것이다.

정영엽씨는 세 원수 대목에서, 논과 밭에 자라는 두 원수는 언급했지만 시집식구들을 제3의 원수로 직접 거론하지는 않은 채, "우리세상 사는것이 또 너무너무하네"라는 형태로 시집살이의 어려움을 완곡하게 표현한 뒤, '시원수를 잡으다가 / 당사

래로 그리 싸코. 그라고 부모님들 생각하고 그라믄 훙글이 노래가 많제. 밭매고 하는 사람은, 밭매면서 부르는 노래는 좋은 소리는 없어"라고 말했다.
22) 영남지역의 밭매는 소리가 대부분 시집살이의 어려움을 표출하는 장편 서사민요의 형태를 취하고 있는 것도 이같은 노동조건에서 기인한 것으로 볼 수 있다.

실로 목을 매여 / 대천 한바다에다 사불라나'로 연결하고 있다.

〈홍글소리2〉 역시 앞부분에서 고통스러운 현실상황을 전체적으로 보여준 뒤, 다양한 나물이름과 그것에서 유추되는 음상을 자신의 어려운 처지와 연결하여 표현한다. 사설은 이어 딸과 며느리를 차별하는 시어머니의 불공정성에 대한 불만으로 넘어간다. 이 같은 전반적 상황을 제시한 후에, 화자가 처해있는 구체적인 현실상황의 근거들을 열악한 조건아래서의 밭매기, 형편없는 음식물 등의 모티프로 드러내는 것이다. 이러한 상황 때문에 서러운 화자는 남편에게 자기를 버려달라는 직설적인 말로 자신의 심정을 표출하며, 살다가 정 안되면 중이 되어갈 작정까지 하고 있다. 여기에서 나타나는 바, 힘든 생활의 구체적 양상과 중이 되어가려는 대목은 〈홍글소리〉 사설 중에서도 흔히 볼 수 없는 개성적 부분에 해당된다.

〈홍글소리3〉은 매우 자세하고 긴 사설내용으로 이루어져 있다. 여기에서도 전승되고 있는 홍글소리 사설이 부분적으로 포함되고 있다. "어매어매 우리어매 / 삐딱밭이 밭일랜가 / 산골논이 논일랜가 / 이런데다 날심어서 / 아무리아무리 이기고살올라고 / 각에각심을 다먹어도 / 못살겠네 못살겠네"라는 대목은 불안정한 상태로 놓여있는 시집에서의 위치와 그것에 대한 고통을 호소하는 부분인데 전승사설을 바탕으로 하여 창자나름의 개성적 표현으로 변용한 것이다. 나머지 부분은 아버지가 삼아준 짚신과 가난한 시집형편에 대한 한탄, 친정어머니에 대한 간절한 그리움의 토로 등으로 이루어져 있다.

그런데 이 노래에서 언급되고 있는 화자의 시집살이 상황은 창자자신에게 실제했던 체험과 긴밀한 관련을 보여주고 있어 흥미롭다. "어매어매 우리어매 / 이붓아배가 아밸런가 / 이붓어매가 어맬런가 / 하설어와 어매라네 / 하설어와서 아배라네"라는 대목은 호남지역보다는 타 지역 사설에서 간간이 보이는 관용구의 하나23)로서, 그의 어려운 시집살이의 근원으로 작용했던 시어머니와 그녀 부부의 관계를 연상시킨다. 그녀가 모셨던 시어머니는 남편의 생모가 아닌 작은어머니로서, 그녀의 사설속에서 '하설어워 어매라'던 바로 그 의붓어머니였던 것이다. 여기의 '이붓아배' '이붓어매' 등의 어휘는 그 다음 대목에서 '삐딱밭' '산골논' 등 열악한 조건을 대변하는 어휘와 연결되면서 창자자신이 처해있었던 시집살이의 상황과 부합되는 적실한

---

23) 영남지역의 민요사설 중에 이와 유사한 대목이 간혹 보이는데, 안동지역의 머슴노래(임동권, 『한국민요집』). 전실자식이 서모를 두고 부른 노래(〈상처노래〉, 『한국구비문학대계』 7-9, 1104면) 등이 그 예이다.

표현을 이룰 수 있었던 것으로 보인다. 개인적 표현의 가능성이 열려 있는 홍글소리류에서 이러한 사설이 선택된 것은 그것이 창자자신의 체험과 연결되는 공감적 영역으로 열려있었던 때문이라 이해된다. 이 같은 노래유형의 사설은 창자자신의 체험과 연결될 때 그 의미가 더욱 곡진하게 해석될 수 있는 것이다.

이 각편에는 친정식구들과의 관계가 언표되고 있어서 시집살이하는 화자의 현재 처지와 친정에서의 가족관계를 대비해볼 수 있는 단서가 있다. 여기에는 어머니에 대한 그리움 뿐 아니라 아버지와의 관계도 언표된다. 신발대목에는 아버지와 오빠 그리고 딸인 여성화자의 관계가 나타난다. 아버지가 들배신을 오빠에게만 삼아주었다는 대목과 신고있던 신이 다 떨어져서 맨발로 살아야 하는 처지24)에서는 딸보다 아들을 편애하는 아버지 모습이 비쳐지는데 제보자와 친정아버지와의 실제 관계양상의 일단이 잠재되어 있는 것으로 생각된다.25) 그러나 잠재된 갈등을 가졌더라도 친정식구들은 시집살이라는 고난과 대비되면서 그리움의 대상으로 전환되는 것이다.

시집살이의 어려움에 대한 한탄은 다시 친정어머니에 대한 절절한 그리움으로 이어지면서 고통스런 현실상황에서 벗어나고자 하는 열망으로 연결된다. 어머니는 동지적인 유대를 갖는 그립고 서러운 이름으로 자리한다. 그러나 어머니는 만날 수 없다. 부재하는 어머니에게 자신을 데려가 달라고 부탁하는 것은 화자 또한 자기가 처해있는 상황을 벗어날 수 없음을 뚜렷하게 인식하고 있다는 것을 보여준다. 결국 이 같은 사설은 시집살이의 고통과 그것을 벗어날 수 없음을 뚜렷하게 자각하고 있는 화자의 현실인식에서 비롯된 것으로서, 고통스러운 현실적 상황으로부터 잠간의 단절을 꾀하는 심리적 해소기능을 갖는 것이다.

시집살이계열의 〈홍글소리〉외에도 그는 '어매어매 우리어매'가 포함된 사설을 즐겨 부르는 편이다. 〈맷돌노래〉의 경우에는 '어매어매'를 부르는 부분이 2번 나타난다. 맨발 벗고 샘에 온 〈딸노래〉(2)의 끝대목도 시집살이의 서러움을 직정적으로 표출하는 홍글소리 사설을 연상시켜준다. '가난한 집에 시집가 고생하는 딸'이라는

---

24) 아배아배 울아버지는 / 들배신을 삼았건만 / 울오빠만 삼아주고 / 내신한커리 삼아가꼬 / 내시집
   간데 반지끝에 담아주믄 / 들에산에 댕김시롱 / 어매아버지 생각하고 / 신고신은 들메신이 / 앞축
   뒤축이도 다떨어졌네 / 울아버지가 살었이믄 / 신한커리 더 얻어신을거인디 / 이집에는 시집에는
   / 이맨발로 살으라고 / 이런것도 정말었네 / 아이고지고
25) 그녀의 둘째 올케언니와의 면담을 통해서 다음과 같은 사실을 듣게 되었다. 처녀시절에 그녀는 동
   네뒷산을 다니면서 친정의 소를 먹였다고 한다. 그런데 친정아버지는 그녀에게 소를 잘 먹이면 시
   집갈 때 소 한마리를 주겠다고 약속해놓고는 끝내 그 약속을 지키지 않았다고 한다. 정영엽씨의
   딸과의 면담에서도 '외할아버지가 어머니를 전혀 도와주지 않았다'는 언급을 들을 수 있었다.

상황은 창자자신의 처지와 매우 유사하기 때문이다.26) 이들 노래들도 홍글소리곡
조로 불리었다. 정영엽이 연행한 민요의 곡조와 사설에서 드러나는 이 같은 양상은
그가 시집살이노래류를 매우 선호하고 있었음을 말해주는 것이다.27)

3.2. 도구사용 노동요에서 드러난 생활문학인적 면모

그의 노래사설에서 보이는 두드러진 현상중의 하나는 구체적인 일상을 살아가는
생활인으로서 면모가 강하게 배어있다는 점이다. 앞절에서 다룬, 현실과 밀착된 생
활의식을 보여주었던 〈홍글소리〉를 다채롭게 구연할 수 있는 사설구성능력에서도
그 같은 면모가 충분히 발휘된 바 있다. 그러나 보다 건강한 생활문학적 면모는 도
구를 사용한 일련의 노동요에서 나타나고 있다.

그가 구연한 〈매통노래〉, 〈맷돌노래〉, 〈물레노래〉 등의 사설에는 그 나름의 생활
인다운 감각이 자유롭게 구사되어 있다. 이들 노래들은 타 각편에서는 보기 어려울
만큼 독자적인 사설로 구성되어 있어서 주목된다. 〈맷돌노래〉, 〈물레노래〉 등은 널
리 분포되어있는 여성노동요로서 사설에서도 유형적 양상이 강하게 나타나는 편이
다. 그런데 그가 구연한 사설들은 어느 각편에서도 보기 어려운 개별성을 지니고
있어서 홍미롭다.28) 그의 사설은 노동의 과정과 관련된 내용들을 구체적이고 사실
적으로 그려내고 있다는 점에서도 의미가 있지만, 노래말을 둘러싼 해설부분 때문
에 더욱 깊은 의미를 갖는다. 그는 노래를 구연하기 전후에 노래사설과 관련된 생
활적 체험이나 노래사설의 형성에 중요한 계기가 되었던 배경설화 또는 노래에 담겨
있는 사연을 자상하게 해설해주고 있어 노래내용을 이해하는데 크게 도움을 주고 있
다. 또한 구체적인 생활체험담을 구술해줌으로써 자신이 부른 노래가 구체적인 생활
현실과 밀접하게 연결된 생활문학적 성격을 강하게 지니고 있음을 확인시켜 주었다.

---

26) 그는 〈맷돌노래〉〈딸노래〉(1) 〈딸노래(2)〉를 비롯한 많은 각편들을 홍글소리곡조로 불렀다.
27) 〈홍글소리〉외에도 시집살이노래류를 불렀는데, 시누이의 용심을 노래한 〈모시적삼〉이나 자신에게
   인색하게 구는 형님을 원망하는 〈형님형님 사촌형님〉은 그의 가난한 현실을 비쳐보게 하는 각편
   이었던 것으로 이해된다. 시집살이노래류 외에도 애조 띤 노래를 즐겨 불렀는데, 그중에서도 부모
   를 그리워하는 내용이 특별히 부각된다. 예컨대, 그가 〈소녀타령〉이라 명명했던 〈주초캐는 처녀노
   래〉에는 앞부분 내용과 상관없이 뒷부분에서 부모를 잃은 고독한 처녀의 심정이 애조띤 곡조로
   이어지고 있다. 부모를 잃고 혼자된 처녀가 부모를 생각하면서 자기 처지를 서러워하는 사설 내용
   이 들어갔기 때문이다.
28) 솔직히 이러한 특징이 그 개인의 것인지 또는 그의 노래학습지였던 득량도민요의 특성인지는 현재
   정확하게 말하기 어려우므로 좀더 자세한 조사가 필요하다고 본다.

3.2.1. 〈매통노래〉의 경우

〈매통노래〉는 그가 4번째로 구연한 민요인데, 사설을 내용에 따라 분절해 보면 크게 3대목으로 나눌 수 있다.

　　(1)매통아 매통아 어리삭삭 에삭삭 / 어서 삭삭 비벼서 / 햅미살을 내리세 / 햅미살 떠다가 도구통에다 탕탕 실으머는 / 매지미쌀이 되다네 / 매지미쌀 뜨다가 바삭밥을 지어서 / 행기밥 한그릇 먹어놓고
　　(2)매통아 매통아 어서설설 비비자 / 오늘아침에 나락한섬을 거뜬이 비벼야 / 우리집으로 갈것이네
　　(3)야단이났네 야단이났네 / 우리집이가 야단났네 / 어린자식은 젖주라고 하고 / 실건 자식은 밥주라고 한데 / 내혼자 배부르게 먹고가면 / 우리집의 자식들 어뜨할거나

〈매통노래〉의 사설에는 노동의 과정과 노동하는 사람의 의식이 구체적인 생활감각으로 그려지고 있다. 화자는 남의 집에서 쌀방아 찧는 품을 들고 있는 어머니로서, 집에는 돌보아주어야 할 어린아이들이 그를 기다리고 있는 상태다. 매통은 나락의 껍질을 부수는 도구이다. 매통 안에서 나락의 껍질이 바수어지면 그것을 다시 도구통에 넣고 비비는 과정을 거쳐야 밥을 지을 수 있는 쌀로 정련된다. 화자는 그날의 작업량으로 나락 한섬을 부과받고 있으며, 그것을 모두 쌀로 정련해야 점심밥도 먹지 못한 채 자신을 기다리는 아이들에게로 갈 수 있다.

다루어지는 내용으로 볼 때 〈매통노래〉 사설은 3부분으로 나눌 수 있다. (1)에는 매통과 도구통을 이용하여 이루어지는 작업과정이 구체적으로 그려지고 있다. (2)는 집으로 가야하므로 매통에게 빨리 움직여달라고 부탁하는 부분이다. (3)에서 화자의 의식은 집에서 기다리고 있는 자식들 생각으로 옮겨져 있다. 따라서 (2)는 현실세계에 초점을 두고 전개되던 화자의 의식지향이 내면세계로 옮겨가는 계기를 이루는 부분이다. 이때 (1)과 (2)의 시작부분에서 나타나는 돈호법과 청유형은 그 같은 화자의 상태를 적절하게 보여주는 기능을 갖는다. 매통을 부르는 (1)의 돈호법과 청유형은 (2)의 그것과 밀접한 관련을 가진다. 작업을 하고있는 화자는 작업도구인 매통과 자신을 하나로 의식한다. 매통작업과 그가 손수 행할 정미작업은 긴밀한 연관이 있기 때문이다. 매통이 빨리 돌아서 껍질을 비벼주어야 도구통에 넣고 정미할 수 있어 작업시간을 줄일 수 있고 그러면 빨리 집으로 돌아가서 아이들의 배고픔을 덜어줄 수 있기 때문이다.

아침 내내 행했을 힘든 작업으로 피로하고 시장했을 어머니는 주인집에서 내놓

은 갓 빻은 햇쌀밥을 먹었기 때문에 밥도 못 먹고 집에서 기다리는 아이들이 더 염려되고 미안해지는 것이다. 화자의 마음은 그래서 조급하다. 그 같은 어머니 마음으로 매통을 향해 발해지는 '어서 설설 비비자'는 권유에는 사물마저 감복시킬 듯한 절실한 울림이 있다. 마지막 대목, '내혼자 배부르게 먹고가면 / 우리집의 자식들 어뜨할거나'라는 독백 속에는 아이들의 처지를 눈앞에 보듯 느끼는 어머니의 따뜻한 사랑이 배어나는 것 같다.

이처럼 정영엽의 〈매통노래〉에는 관념적이거나 추상적인 정서가 아니라 구체적인 생활감각에 바탕한 건강한 생활인 의식이 담겨있어 감동을 준다.

3.2.3. 〈물레노래〉의 경우

〈물레노래〉는 그가 세 번째 부른 노래이다. 곡조는 두 번째 부른 〈섬큰애기〉와 같은데, 그는 그것을 〈강강술래〉할 때 부르던 노래조라고 말했다. 이 사설도 크게 3대목으로 분절될 수 있다.

　(1-1)저건네라 밍밭에는 초래꽃이 활짝 폈네 / 초래다래가 여물어지면은 / 숭얼숭얼이 피어나온다
　(1-2)그숭얼이 따다가 덕석귀에 잠을재와 / 씨아씨에다 미기며는 / 송알송알 나오구나
　(2-1)구부러진 활에다가/참나무 활굼에다 / 투벅투벅 타가지고 / 날고재이에 모라 갖고
　(2-2)물레는 여덟발이요 / 꾀머리는 두갈래요 / 가락이라는 애가락이라
　(3-1)물레야 물레야 여덟발 물레야 / 어서 빙빙 돌아라
　(3-2)남으집댁 귀동자가 / 밤이슬을 맞는단다.

〈물레노래〉에서도 미영을 잣는 전과정이 구체적으로 묘사되고 있다. 목화를 심은 밭에 꽃이 피고 목화송이가 터져 나오는 모습(1-1)과 그것을 따서 말렸다가 씨를 빼는 과정(1-2)이 눈앞에 펼쳐지는 것처럼 생생하고 구체적으로 그려진다. 이 대목들은 여타 〈물레노래〉에서는 보기 힘든 개성적 사설이다. (2-1)은 솜을 타는 작업이 구체적인 도구들과 함께 설명되고 곧이어 물레질 대목으로 넘어간다. (2-2)에서는 물레를 구성하고 있는 부분들을 설명하고 있다. (3-1)은 물레질 작업이 진행되는 대목이며 (3-2)에 이르면 작업의 진행상황은 더욱 심화된다. 이것은 외부사물에 두어져 있던 서술시점이 노동하는 자의 의식세계로 옮겨져 있는 것에서

도 확인할 수 있다.

앞에서 객관적으로 그려지던 작업의 과정은 마지막 대목에서 화자의 내면세계로 이동하여 그의 의식세계의 일단을 펼쳐 보인다. 미영잣는 화자는 밤이 깊도록 작업이 끝나지 않자 밖에서 기다리고 있을 연인에게 마음이 쏠린다. 어둠 속에서 기다리는 그가 밤이슬이나 맞지 않을까 염려한다. 이러한 사설내용은 노래하는 사람들의 생활현실과 밀착된 작업모습을 진솔한 생활감정으로 그려내고 있기 때문에 현실성이 강하게 느껴진다. 이것은 작업의 진행과정에 따라 변화되어 가는, 노동하는 사람의 내면에서 일어나는 의식의 추이를 흥미롭게 보여주고 있다.

화자의 시선은 객관적 외부세계로부터 자신의 내면으로 옮겨가며, 도구를 사용하여 행해지는 작업과정도 차츰 노동하는 자의 호흡과 일치된다. 그 같은 과정을 통해 그들의 시선은 자신의 내면에 깊숙히 자리하고 있는 주된 관심사들로 집중되며, 그에 따라 민요사설의 마지막은 항상 화자의 삶과 밀착된 생활정서를 노래하게 되는 것이다. 어둠 속에서 기다리고 있을 연인에 대한 염려는 화자자신이 그와 함께 할 시간을 매우 기다리고 있음을 말해준다. 연인에게 쏠려있는 화자의 의식내용은 현재 진행되는 작업을 지루하게 인식하는 화자의 태도를 역설적으로 보여주는 효과를 갖는 셈이다.

3.2.4. 〈맷돌노래〉의 경우

〈맷돌노래〉에서도 그의 생활인다운 관심은 두드러진다. 『민요대전』의 〈맷돌노래〉는 특히 사설내용이 정연하고 아름답다. 곡조는 흥글소리와 같다. 사설을 구성하고 있는 내용으로 분절해볼 때 이 노래는 전체 3개의 단락으로 구성되어 있다.

    (1)맷돌아 맷돌아 밀 간 맷돌 / 마리 가운데 맞체놓고 / 도리방석 채 감시롱 / 어매 어매 어디가서 / 울어매는 들밭에서 / 점심때나 오실 건데 / 이 맷돌은 맥혔는가 가렸는가 / 밀가리를 안 내노네
    (2)어매어매 우리 어매 / 울아부지 오시거든 / 나무란 소리 하지 마라고 / 울아부지 입 가려주소 / 딸 한나를 예 못 하여 / 근심걱정 앙채놓고 / 들밭으로 왜 못 나가게 날 잡어논가
    (3)어매어매 우리어매 / 밀개떡을 쪄여놓고 / 점심 쉴 때 도았는디 / 울어머니 안 오시고 / 울아버지 안 오시네[29]

---

29) 고흥 〈맷돌노래〉 『한국민요대전』(CD 2-10), 118면.

첫 단락에서, 화자는 들에 나가 일하는 부모님이 돌아와서 먹을 밀개떡을 준비하는 일을 맡고 있고, 그 작업의 첫 단계인 밀가루를 내기 위해서 맷돌을 돌려 밀을 갈고 있다. 그들이 돌아올 시간은 다 되어 가는데 맷돌의 작업진행 속도는 한없이 더디다. 그의 마음은 급하다. 고된 노동을 하고 시장한 상태로 돌아올 어머니가 느낄 배고픔에 대한 걱정 때문이다. 둘째 단락에서는 딸의 심정을 외면하고 집안에만 묶어두려는 완고한 아버지에 대한 반발이 은연중 드러나고 어머니께 그 같은 갈등을 중재해주기를 바라는 마음을 표출한다. 셋째단락, 그러나 조바심을 내면서 애쓴 끝에 점심준비는 다 되었는데도 들에 나갔던 어머니도 아버지도 돌아오지 않아서 다시 화자를 조바심 내게 만든다. 가족에 대한 애틋한 사랑과 성장기의 처녀가 갖는 세계에 대한 조심스러운 기대가 어우러지는 『민요대전』의 〈맷돌노래〉는 특별히 감동적이고 생생한 생활감각을 드러내는 생활시로서의 면모를 유감없이 발휘하고 있다.

필자가 채록한 두편의 〈맷돌노래〉는 사설표현에서 위의 각편과 다소간의 차이를 보여주고 있다. 〈맷돌노래2〉를 구연한 다음 제보자는 노래와 관련한 생활체험을 목이 멘 소리로 다음과 같이 회상했다.

> 인자 들에 가고 없는디 애기는 젖도 주라라지, 나는 싸게싸게 해서 세꺼리 내주야지. 옛적에 일할직이는 아침밥먹고 맷둑길에서 개떡쪄낼라므는 땀을 찍찍 흘리고 죽고 살고 갈아도 세꺼리가 부족해. 그것만은 갈아주야지, 맷돌에다 간께. 화아, 그래도 몬하고 있으면 어매는 얼매 해놨냐, 어서 주라, 가꼬 갈란다. 응. 세꺼리 가꼬갈라고〔조사자:처녀시절에 친정에서 맷돌질하면서 이런 노래를 부르셨다구요?〕응. 맷돌질 함스롱 그라지. 무겁고 안돌아가고 그란께…

위의 구술에서 설명되는 노동체험은 바쁘게 돌아가는 농번기의 분주함을 들판에서가 아니라, 들일하는 사람들을 뒷바라지하느라고 부엌에서 바쁘게 일하는 여성의 입장에서 그려진 것이다. 화자는 집에서 어린 동생을 돌보면서 일꾼들의 새참을 마련하기 위해 쉴새없이 맷돌질을 하여 개떡을 쪄내어야 한다. 노래 속에서 화자는 젖 달라고 우는 동생을 달래며 오빠와 같이 어머니의 귀가를 기다리는 어린소녀이다. 노래 속의 소녀와 그 노래를 부르면서 맷돌질을 하는 현실의 소녀는 상당 부분 닮아 있고 노래사설에는 그들이 처한 생활현실이 여과 없이 그려져 있다. 생활 속에서 민요가 불려졌던 연행의 맥락을 증언하는 이 같은 체험구술은 노래사설의 내용이 갖는 여성생활문학으로서의 기능을 한결 돋보이게 해준다 하겠다.

3.2.5. 기타 민요의 경우

민요의 창자나 청자 모두에게 일반적으로 확인할 수 있는 노래관은 '노래는 진실하다'는 것이다. 그들은 때로 이야기와 노래를 비교하면서 이야기는 거짓말이지만 노래는 모두 참말이라고 강조하기도 한다. 이야기의 허구성과 노래의 진실성에 대한 인식은 민요가 현실생활과 밀착된 생활감정을 드러내는 장르라는 사실을 새롭게 인식하게 한다.

정영엽은 전승노래말 속에서 자신이 겪고있던 억울한 현실상황과 부합되는 경우로서 그가 마지막에 불렀던 '니졸라내졸라 치마끈 졸라'라는 사설을 들었다.30) 그는 "전답 사가지고 신작로 내부러서 분한 노래 해주께. 그것도 노래로 해야하께."하면서 노래를 불렀다. 구연이 끝난 다음 그는 다소 흥분된 목소리로 자신이 당했던 유사한 상황을 자세하게 이야기해주었다.

> 이렇게 죽고살고 영감할망해서 장만해서 논밭을 사논께 전에는 밥한숟가락 덜먹어서 모타가꼬 전답산다 그라그든. 죽고살고 둘이서 허리끈 좀바서 한당아리 딱 떼서 신작로를 내부러, 밭을. 그렁께 그놈이 분통터지제. 그놈이 죽거나살거나 해놔도 그랬다고. 우리도 여기가 시방 우리 밭이야. 그 신작로 낸다랑께 내가 노래가 금세 나와부러.〔조사자:아아!〕
>
> 여어 신작로낸다고 말 뽑아버렸어. 해가꼬 일년 지어묵고 살았었는데, 사가지고. 근께 요것이 이차선 낼라고 그랑께. 요것이 작그던, 질이. 이차선을 내불면 인자 우리 밭이 다 들어가게 생겼어. 쬐깐한 거, 요 앞에 있는 것이. 그랑께 당신졸라 내졸라 치매끈 졸라서 논밭을 사분께 한복판 딱때려서 신작로 내분다. 그 여기, 내 노래가 여가 있구나. 〔조사자:하하 진짜네.〕 금마, 내가 얼마나 원통하겠네. 가지간께 쇠라 패가 맘대로 해묵고 하고잡픈대로 하고그란디 신작로를 내분다랑께 마음이 그자, 허잔하고 빈 것 같고 그라제. 말을 꼽아놨는디 나가 확 빼서 저그다 댕겨부렀어.

이처럼 노래 속에서 삶의 진실을 발견하고 삶 속에서 다시 노래의 의미를 확인하는 자세는 그가 불렀던 모든 노래들에 두루 통용될 수 있을 것이다. 그러기에 그는 힘든 시집살이와 가난한 살림살이로 인한 엄청난 노동의 순간들을 수많은 노래를 부름으로써 이겨낼 수 있었다. 그가 보유하고 있는 다양한 성격의 기능요들은

---

30) 노래사설은 다음과 같다. 니졸라내졸라 치마끈졸라서 / 대동강금밭을 사놨더니 / 한복판 딱때려서 신작로낸다 / 신작로낸것도 내가원통한데 / 시금(세금)만 물으라고 고지서가 왔네 / 물끄나말끄나 안물꺼나줄거나 / 일안해도 분통터져 못산내맘 / 줄꺼나말꺼나 내가못하겠구나 / 저놈들 내신세로 작신이망이네.

다채로운 내용의 사설유형으로 이루어져 있다. 그것들은 그를 비롯한 수많은 민요 향유자들에게 절실한 공감대를 형성하면서 전승되어 왔을 것이다. 그가 자신의 노래 속에서 삶의 진실을 재확인하는 모습은 그의 연행현장에서 너무나 자연스럽게 발견할 수 있다. 노래를 하고 난 후 노래와 관련된 사연을 때로는 목메인 소리로, 때로는 흥분하면서 자세하게 구술해주던 그의 모습에서, 뿐만 아니라 시집살이의 고난을 절절하게 담아 내었던 홍글소리 구연에서 보여준 바처럼 눈물을 흘리면서 그는 노래를 통해 자신의 삶을 증언하고 표현했던 것이다.

그밖에도 미혼여성의 결혼에 대한 기대와 꿈을 노래하는 〈섬큰애기〉는 성장기에 친정마을에서 배운 것이라고 한다. 그는 이 노래를 매우 흥겹고 즐겁게 불렀다. 노래사설은 섬처녀들의 구체적인 현실생활을 바탕으로 하여 미래에 대한 처녀다운 꿈과 결혼에 대한 기대를 건강하고 아름답고 건강하게 그린 것으로 섬처녀였던 젊은 시절의 그녀에게 깊은 공감을 주었을 것으로 이해된다.

그러나 일반적인 사설유형과는 달리 그가 구연한 민요의 특이성은 맷돌, 물레, 매통 등 여성들만이 행하는 노동요와 밀착된 사설들에, 그의 사설의 진수는 신세한 탄을 비롯한 여성고유의 노래들에 있었다. 특히 시집살이의 고난을 잘 그려내는 시집살이계열의 홍글소리들이 그의 노래 세계의 중심에 자리하고 있어 여성생활문학으로서의 민요의 위상과 여성생활문학인으로서의 정영엽의 면모를 확인시켜주는 것이다.

4. 사설 변이양상을 통해본 창조적 역량

그가 구연한 민요의 사설은 각편으로서의 개성을 뚜렷하게 드러내는 경우가 많다. 여기에서는 〈맷돌노래〉와 시집살이를 노래한 〈홍글소리〉를 중심으로 그의 사설이 갖는 독자성을 검토해보기로 한다.

4.1. 〈맷돌노래〉의 경우

정영엽씨가 구연한 〈맷돌노래〉는 『민요대전』 1편, 필자채록본 2편이 있다. 그런데 이 세 편의 각편들은 각기 개별성을 보여주고 있어 동일한 구연자의 연행자료로 보기 어려울 만큼 차이를 보인다. 〈맷돌노래(1)〉은 그가 다섯번째 구연한 자료이다.

(1)맷돌아 맷돌아 어리설설 돌아라
(2)우리엄마 들에 갔다오며는 맬개떡을 쪄먹세
(3)맷돌아 맷돌아 어서뱅뱅 돌아라
(4)우리집 가문은 이것으로 만족해
(5)맷돌아 맷둘아 어서빙빙 돌아라
(6)우리식구 무을므는 따뜻하게 된다네

〈맷돌노래(2)〉는 13번째 구연한 민요인데 홍글소리 곡조로 불렀다.

(1)맷돌아 맷돌아 / 어서빙빙 돌아라
(2)우리엄마 들에갔다오시믄 / 배고플때 밀떡해주믄 / 얼매나 좋아할까
(3)맷돌아 맷둘아 / 어서빙빙 돌아라
(4)이새저새 다해도 / 묵는새가 제일인디 / 굴키라니 못묵는다
(5)맷돌아 맷돌아 / 어서빙빙 돌아라 / 새는날을 기다린다
(6)엄마엄마 울엄마는 / 어느시간에 오실거요 / 어린동생 젖주라네 울오라배 기다린
데 / 나도야 기다리는 마음 어서어서 오세요 / 물바껫고 떠운뱉에 / 한숨쉬고 오시련만
/ 우리부모 보고싶어 / 어서어서 어린애가 오시게요

〈맷돌(1)〉은 소박하고 단순한 사설로 구성되어 있고, 〈맷돌(2)〉는 사설이 조금
더 길어지고 다양한 motif가 첨가되었다. 두 각편 모두 여섯 부분으로 구성되어 있
으나 각 단락의 사설내용에서는 조금씩 차이가 나타나며, 그 차이는 노래가 진행되
어갈수록 더욱 커진다.

(1)맷돌아 돌아라   (1)맷돌아 돌아라
(2)우리엄마 돌아오면 밀개떡 해먹자   (2)우리엄마 돌아오면 밀떡해주자
(3)맷돌아 돌아라   (3)맷돌아 돌아라
(4)우리식구 만족   (4)먹는새가 제일이다
(5)맷돌아 돌아라   (5)맷돌아 돌아라
(6)먹으면 우리식구 따뜻하게 된다   (6)엄마를 간절하게 기다린다

(1)에서는 의성어의 차이 정도가 나타난다. 〈맷돌(1)〉은 어리설설 돌아라, 〈맷돌
(2)〉는 어서빙빙 돌아라이다. (2)에서, 〈맷돌(1)〉은 '우리엄마 들에 갔다오며는 맬
개떡을 쪄먹세'라는 청유형인데 비해 〈맷돌(2)〉는 '우리엄마 들에갔다오시믄 / 배고
플때 밀떡해주믄 / 얼매나 좋아할까'로서 들에서 돌아오는 어머니의 상태를 짐작하
고 배려하는 섬세함이 나타나고 있다. (3)은 의성어 뱅뱅 / 빙빙 정도의 차이만이

보인다. (4)에서는 〈맷돌(1)〉이 '우리집 가문은 이것으로 만족해'인 데 비해, 〈맷돌(2)〉는 '이새저새 다해도 묵는새가 제일인디 굴키라니 못묵는다'로서, 〈맷돌(2)〉의 사설이 보다 구체적이고 현실적인 감각을 보여주고 있다. (5)에서 〈맷돌(1)〉은 앞의 형태를 반복하는데 비해, 〈맷돌(2)〉는 '맷돌아 맷돌아 / 어서빙빙 돌아라 / 새는 날을 기다린다'로서 사설내용이 조금 부연된다. (6)에서, 〈맷돌(1)〉은 '우리식구 무을므는 따뜻하게 된다네'로 소박한 형태인 데 비해 〈맷돌(2)〉는 결말부분에서 매우 길어지고 장황해졌다. 〈맷돌(2)〉의 해당대목 사설은 집에서 어머니가 돌아오기를 간절하게 기다리는 아이들의 마음에 초점을 두고 있다. 전체적으로 〈맷돌(2)〉는 집에서 동생을 돌보면서 식사준비를 하는 소녀의 가족구성원에 대한 따뜻한 사랑을 잘 보여주는 사설이다.

이처럼 같은 날 같은 장소에서 약간의 시차를 두고 구연한 두개의 각편은 사설의 기본구조의 유사성에도 불구하고 세목별로는 상당한 변이를 보여주고 있다. 각편 간에 보여지는 사설 변이양상은 5년 전에 구연된 『민요대전』의 사설과 비교해 볼 때 더욱 두드러진다. 『민요대전』의 사설은 내용이 잘 짜여있고 풍부한데, (1)맷돌작업장의 상황 (2)어머니의 늦은 귀가에 대한 걱정과 맷돌의 느림에 대한 안타까움 (3)어머니에게 아버지 이해시켜줄 것 부탁, 아버지에 대한 섭섭함 (4)점심준비가 끝났는데도 돌아오지 않는 부모님 등으로 위의 두 각편과는 상당한 차이를 보인다. 앞의 두 편의 사설이 갖는 단순성에 비해 이 각편의 화자는 보다 어른스런 시선으로 자신의 심정을 드러내고 있다. 성장한 딸과 아버지 사이에 개재하는 미묘한 갈등을 표출하고 있는 이 사설에는 성장한 딸을 걱정하는 보수적인 아버지의 여성관과 세상에 대한 호기심으로 충만된 생기 있는 처녀의 시선이 대조된다. 부녀간의 시각의 차이에서 발생하는 이 같은 갈등의 중재자는 당연히 어머니이므로 화자는 어머니에게 중재를 부탁하는 것이다. 이 같은 갈등양상은 앞의 두 각편에서 서술된 현실상황과 상당한 차이를 갖는다. 두 각편은 소녀를 화자로 하여 서술된 것이므로, 그 속에 그려진 주된 내용은 소녀의 시선으로 본 생활현실의 단면이다. 소녀의 마음에 충만한 가족에 대한 따뜻한 애정이 섬세하게 그려져 있다.

앞에서 살펴본 것처럼, 한 사람의 연행자가 구연한 세 편의 〈맷돌노래〉가 각기 독특한 독자적 사설내용을 보여주고 있다는 사실은 정영엽이 지닌 창조적인 사설구성능력을 분명하게 입증해주는 근거가 될 수 있을 것이다.

4.2. 〈홍글소리〉의 경우

여기에 해당되는 각편에는 필자 조사자료 3편과 『민요대전』자료 1편이 있다. 앞에서 살펴본 것처럼 이들 4편은 각각 독자적 내용을 지닌 개성적인 사설로 이루어져 있다. 이 같은 사설의 개별성은 신세타령을 주로 하는 〈홍글소리〉의 성격을 잘 보여주고 있다.

일반적으로 확인되는 홍글소리사설을 구성하고 있는 모티프들은 다음과 같다.

    (1)친정어머니가 곱게 길러주던 사연 및 그와 대비되는 시집살이의 고초
    (2)나물의 이름 또는 형태에서 유추된 어휘로 표현되는 고통의 상황
    (3)시집살이가 힘든 곳에 시집보낸 것을 원망
    (4)딸과 며느리를 대하는 시어머니의 불공정한 태도 원망
    (5)세 원수 사설
    (6)노동의 고통
    (7)친정어머니께 데려가달라 부탁
    (8)남편에게 버려달라 부탁
    (9)친정부모에 대한 그리움
    (10)가난한 살림살이
    (11)가출

정영엽의 각편들도 이들 내용을 바탕으로 하여 전개되지만 그것을 표현하는 구체적인 사설내용에서는 여타 각편과의 차이를 보여준다. 예컨대, (6)노동의 고통 (9)친정부모에 대한 그리움 (10)가난한 살림살이 (11)가출 등의 모티프들에서 그의 사설은 특히 개성적 면모를 보여준다. (6)에서는 밭매기하는 노동현장의 묘사를 통해 노동의 고통을 표현하며, (9)에서는 타 각편에서 볼 수 없는 절절한 표현으로 어머니를 그리는 감정을 자세하게 드러내고 있고 (10)은 힘든 노동 끝에 귀가한 화자를 기다리는 보리죽 한 그릇으로, (11)은 중 되어가기를 작정하는 것으로 표현하여 일반적 사설들과의 변별성을 , 보여주고 있다.

그가 구연한 각편들의 내용을 좀더 구체적으로 살펴보자. 〈홍글소리(1)〉은 뭣하러 자신을 낳았는가 원망 + 자신을 곱게 기른 친정어머니의 사랑 + 시집보낸 것 원망 + 세원수 사설 등으로 구성되어 있다. 이 각편을 이루는 세목들은 이 유형사설 중 비교적 자주 발견되는 대목들로서 이 각편의 성격이 전승 사설 내용에 밀착된 것임을 말해주고 있다.

〈흥글소리(2)〉는 고통스러운 현실상황 + 나물이름에서 유추되는 음상과 자기처지의 동일시 + 딸과 며느리를 차별하는 시어머니의 불공정성 + 열악한 노동조건 아래서의 밭매기 + 형편없는 음식(점심참수, 보리죽, 한심한 생각) + 남편에게 자기를 버려달라 부탁 + 중이 되어가려 함 등으로 구성되어 있다.

이 각편은 전승사설을 다양하게 수용했을 뿐 아니라 그것을 독자적인 방식으로 해체하여 재구성하고 있다는 점에서 의의가 있다. 여기에 제시된 모티프들 중에서 열악한 조건 아래서의 밭매기, 형편없는 음식, 남편에게 자기를 버려달라고 부탁, 중이 되어 가려고 함 등은 전형적인 시집살이 노래의 하나인 〈밭매는 소리〉 또는 〈중되어간 며느리〉 등으로 불릴 수 있는 서사민요에서 나타나는 모티프들과 매우 유사하다.

일반적으로 서사민요 밭매는 소리는 시집간지 사흘만에 밭매러가는 새며느리에 초점을 두고 서술되는 노래로서, 힘들게 밭을 매고 왔어도 시집식구 모두가 박대하고 형편없는 음식을 주는 것에 분개하여 자기옷을 찢어 중의 복장을 마련하고 중이 되어 가는 내용으로 이루어져 있다. 〈중되어간 며느리〉 유형은 이 같은 서사적 순차성을 충실하게 지키고 비교적 객관적 시선을 견지하면서 며느리의 행동추이를 서술하여 시집살이의 어려움을 비판적으로 보여주고 있다. 이에 비해, 〈흥글소리(2)〉는 이들 모티프를 모두 담고 있으면서도 그것을 드러내는 방식에서 상당한 차이를 보인다. 시집살이의 어려움을 친정어머니와 남편을 직접 부르는 돈호법과 직접화법을 채택하여 화자자신의 감정을 주관적이고 직설적으로 표출하는 것이다.

해당대목을 구체적으로 검토해보자. 먼저 밭매는 대목에서는 "묏과같이 지슨밭은 / 사리질고 장찬밭에 / 묏과같이도 지슨밭을 / 불과같이 나는볕에 / 혼자혼자서 매고나니 / 정심참수가 다도였네"라고 표현하여 서사민요 밭매는 소리의 서두와 유사하다. 그런데, 다음 대목 "집이라고 들어가니 / 보리죽을 얼렁써서 / 선방끝에 사발에다 떠나두고 / 이걸묵고 어찌사나 / 어매어매 못살겠네 날데라가소"에서 두 자료의 서술방향은 달라지기 시작한다. 서사민요에서는 시집식구들의 반응을 반복되는 관용적 표현을 통해 제시하며[31], 먹지 못할 만큼 형편없는 음식 대목도 유형화된 관

31) 집이라꼬 찾아가니 시어머님 하신말씀/어지 왔던 새미늘아 아래 왔던 헌미늘아 밭이라꼬 및 골 맷노/ 불같이라 더운 날에 미같이라 지선밭을/한골매고 두골매고 삼시골을 거듭맸소/어라 이년 물러쳐라 그걸사 일이라꼬 때를 찾고 낮을 찾나/시아버님 하신말씀...(우상림 〈밭매는 소리〉, 『한국민요대전』 경북편(CD 14-7), 659~660면) 유사한 방식으로 가족구성원의 물음과 며느리의 대답이 반복되는 형태를 취한다.

용구를 사용하여 표현하고 있다.32)

　보다 큰 차이는 서사민요에서는 '이걸묵고 어찌사나' '못살겠네 날데라가소' 등의
직설적인 하소연이나 감정표출이 거의 드러나지 않는데 비해, 〈홍글소리(2)〉는 매
대목에서 이 같은 표현을 반복적으로 사용하고 있다는 점이다. 더구나 화자는 그같
은 감정을 남편에게 자신을 버려달라는 말로 표현하면서 서러운 사연을 하소연한
다. 남편과의 인연을 끊어버릴 작정까지 할만큼 힘든 시집살이를 청산하려는 화자
의 의지는 확고하게 드러나고 있다. 영남지역 각편 중에는 집을 떠난 며느리가 노
상에서 만난 남편에게 시집식구를 하나씩 거론하면서 흉을 보는 대목이 있기는 하
지만, 이처럼 직설적으로 하소연하는 경우는 보기 어렵다.

　이 같은 차이는 마지막의 중이 되어 나가는 대목에서도 찾아볼 수 있다. 〈홍글소
리(2)〉는 살다가 정 못살면 복색을 마련하여 중이 되어가겠다는 원망을 표현하고
있는데 비해, 밭매는 소리에서는 시집살이를 못 견디고 중이 되려고 나간 며느리가
길에서 남편을 만나나 그의 만류를 뿌리치고 중이 된 후, 친정집을 거쳐 시집을 찾
아간다는 구조를 지닌다. 따라서 서사민요 밭매는 소리에서는 며느리가 격정적 태
도로 시집살이를 거부하고 집을 나가는데 비해, 〈홍글소리(2)〉의 화자는 시집살이
라는 현실상황을 받아들인 상태에서 자신이 처해있는 서러운 처지를 스스로 자각할
뿐 아니라 남편에게도 그것을 하소연하며, 그것으로도 해결되지 않을 때에는 중이
되어나가겠다는 의지를 재확인하는 방식으로 이루어져 있다.

　이처럼 이 노래는 서사민요 밭매는 소리와 매우 긴밀한 관련성을 보여주지만, 각
각의 사설이 담고있는 동일 모티프들의 표현방식에서는 상당한 차이를 보여주고 있
다. 이 같은 양상을 통해 두 노래의 관계를 유추해 본다면, 〈홍글소리(2)〉는 〈밭매
는 소리〉를 바탕으로 그것의 전체내용을 재구성한 경우로 보인다. 그런데 문제는
재구성의 방향성이다. 일반적으로 전승되는 사설틀을 받아들일 때 수용자는 대체로
그 사설내용에 충실하려는 의식지향을 갖게 된다. 그런데 〈홍글소리(2)〉의 경우,
동일사설이 전혀 다른 관점으로 재구성되어 원래의 밭매는 소리가 갖는 서사성이
해체되어 있다. 필자가 조사한 바에 의하면, 고흥지역의 제보자 중에도 서사민요
〈밭매는 소리〉를 본격적으로 연행하는 창자가 있었으므로33) 이 지역에서 서사민요

---

32) 밥이라꼬 주는 것은/삼년묵은 버리밥을 접시굽에 발라주고/장이라꼬 주는 것은/삼년묵은 꼬랑장을
　　접시굽에 발라주네..(우상림, 〈밭매는 소리〉, 앞의 책))
33) 김인덕은 고흥군 녹동에서 성장하고, 마을혼인을 하여 계속 그곳에서 거주하고 있는 여성창자로서
　　85세의 고령임에도 불구하고 〈밭매는 소리〉를 비롯한 많은 여성민요들을 구연할 수 있는 유능한

〈밭매는 소리〉의 전승가능성은 확인되는 셈이다. 따라서 해당 지역에서 50여년을 살았던 정영엽씨가 그 노래를 들었을 가능성은 충분히 인정할 수 있다. 그런데 〈홍글소리(2)〉는 그 사설들을 홍글소리적인 사설 엮는 방식으로 재구성하여 전혀 독자적인 노래형태를 보여주고 있는 것이다. 이런 점에서 정영엽의 〈홍글소리(2)〉의 개성적 국면은 충분히 인정될 수 있다.

『민요대전』의 사설은 나물명과 자신의 고된 처지, 시어머니의 불공평성, 남편에게 하소연, 중되어가기, 친정어머니께 자신이 입던 옷을 보고 자신을 생각하라는 말로 이루어져 있어서, 〈홍글소리(2)〉와 상당히 유사하다. 그러나 〈홍글소리(2)〉와 비교할 때, 밭매러 간 부분과 형편없는 식사대목, 그리고 그것으로 인해 유추되는 시집살이에 대한 부정적 태도가 나타나지 않는다. 앞에서 살펴보았던 〈홍글소리(2)〉는 영남 서사민요 밭매는 소리, 중되어간 며느리 유형의 화소들이 거의 다 포함된 사설이었다. 그러나 이 각편에서는 서사민요에서 중되어가는 이유가 되었던 부분들이 자기신세의 고단함, 시어머니의 불공정성, 시집살이의 어려움 등으로 나타나서 중이 되어야 할 필연성이 부족한 주관적 형태로 서술되고 있음을 볼 수 있다. 그러나 이 각편의 특이성은 중되어 떠난 이후의 대목에서 보여진다. 화자는 친정어머니에게 자신이 생각나면 자신이 농틈에 끼어놓은 의복들을 보라고 말한다. 거기에서 제시되는 다 헤어진 행개치마와 적삼등은 친정어머니께 자신의 고달팠던 시집살이의 내용을 드러내는 징표의 구실을 하는 셈이다. 이러한 부분들과 관련된 화자의 의식은 시집살이의 현재성과 그것을 벗어나려는 의지, 그리고 친정어머니에 대한 그리움으로 확장되고 있어, 힘든 상황에 처한 여성화자의 내면적 갈등상황을 효과적으로 그려보여주고 있다.

따라서 『민요대전』의 〈신세타령:홍글소리〉는 〈홍글소리(2)〉와 상당히 가깝지만, 그것과는 무관한 여러 가지 사설이 섞여 구성되어 있기 때문에 전혀 새로운 각편으로 보인다. 여기에는 필자가 조사한 정영엽이 부른 세 개의 각편내용들이 부분적으로 포함되어 있어, 이 유형노래의 사설이 가진 탈고정성, 즉흥적 성격과 독자성을 잘 보여주고 있다. 이처럼 〈홍글소리〉는 한 창자의 구연본 안에서도 이렇게 다양한 사설구성을 보여줄 수 있을 만큼 다채로운 생성력을 보여주고 있는 노래유형인 것이다.

〈홍글소리(3)〉은 힘든 화자의 상황을 직설적으로 표출한다. 어려운 시집에서의

창자였다.

위상을 다양한 사설을 동원하여 표현 + 아버지가 삼아준 짚신과 가난한 시집형편
에 대한 한탄 + 친정어머니에 대한 간절한 그리움의 토로 등으로 이루어져 있다.
친정어머니에 대한 그리움은 "우리집에 다시 갈게 / 부모생각 간절한데 / 어디가서
만날까나 / 잊을 수가 전혀없네 / 어매어매 / 어디가서 만내볼게 / 날 다려가소…"
와 같이 길게 서술된다.

　정영엽이 구연한 이들 민요사설에는 그가 구술한 생애담에서 크게 부각되었던
부분들과의 일정한 관련성을 보여주고 있다고 생각된다. 〈홍글소리〉는 먼저 어머니
를 부르면서 시작되는 노래이기 때문에 어머니에 대한 애정과 그리움이 전제되는
노래이다. 그러므로 〈홍글소리〉를 즐겨 부른다는 것은 신세한탄 할 사연이 많다는
사실과 함께 어머니에 대한 그리움을 강하게 갖고 있음을 의미하는 것이다. 어머니
는 가장 편안하고 그리운 대상이므로 가슴속 깊이 간직한 원망마저 쏟아낼 수 있는
존재가 된다. 그의 노래에서 어머니에 대한 그리움과 깊은 원망은 4편의 사설전부
에서 나타나고 있다. 〈홍글소리(1)〉에서는 '금과옥과'로 귀하게 길렀다는 내용과 그
것에 대비되는 시집살이의 어려움이 나타나고 있다. 〈홍글소리(2)〉의 내용에서 창
자의 실제삶과 동일시되는 부분은 지독한 가난과 힘든 노동, 시어머니의 구박으로
인한 갈등의 심화 등인데 가난한 시집형편 때문에 힘든 노동을 많이 해야했고, 며
느리를 전혀 이해하려 들지않는 시어머니 때문에 더욱 힘들었던 처지를 절절하게
토로하고 있다. 이같은 상황인식은 결국 자신의 현실에 대한 부정의식으로 나타나
그것을 무화하려는 파괴적 충동으로까지 연결될 소지가 보인다. 살다살다 정 못살
면 중의행실이나 하러가겠다는 대목이 그것이다.

　〈홍글소리(3)〉의 내용 중에서 먼저 눈에 뜨이는 것은, 의붓아배, 어매 등의 표현
에서 제보자가 처한 시집살이의 상황이 잘 드러나고 있다는 점이다. 의붓아배, 의
붓어매는 이어 삐딱밭, 산골논 등으로 연결되면서 마지못해 인정할 수밖에 없는 불
안정한 현실여건을 효과적으로 표현하고 있다. 특히 삐딱밭이나 산골논 등은 농사
짓는 이들의 구체적인 생활감각과 화자자신이 처한 상황의 절박성이 적절하게 만난
뛰어난 어휘들이다. 이 같은 어휘와 사설을 자유로 구사하는 여성창자들은 훌륭한
생활시인으로서의 면모를 유감없이 발휘하고 있는 것이다.

　두 번째, 상당한 비중을 갖고 있는 신발대목은 신발조차 마련하기 어려운 가난한
시집형편을 말해주는 부분인데, 흥미 있는 것은 아버지가 들배신을 삼으면서 오빠
것만 삼아주고 자기것은 해주지 않았다는 대목이다. 앞과 뒤 대목이 묘하게 연결되

어 자칫 아버지가 삼아준 신발이 다 떨어져서 다시 얻어 신을 수 없음을 아쉬워하는 것처럼 이해할 수도 있으나, 전후 맥락을 살펴볼 때 신발을 두고 아버지가 보인 아들과 딸에 대한 차별상에 대한 화자의 잠재된 불만과 아쉬움이 감춰져 있음을 감지할 수 있다. 여기서 우리는 아버지의 약속불이행에 대해 잠시 생각해보게 된다. 그녀의 노력에 대한 보상으로 주겠던 소는 주어지지 않았기 때문에 결국 친정에 소속된 아들의 몫이 된다. 아버지에게 있던 아들 딸에 대한 차별의식을 그녀는 문제삼고 싶었을 지도 모른다. 외할아버지가 전혀 도와주지 않았다는 딸의 증언도 그 같은 사실을 추측하는데 일말의 단서로 작용할 수 있다. 정영엽의 사설 속에는 신발이 비교적 자주, 그리고 중요한 의미로 등장하는 편이다.34) 신발은 기본적인 생활용품이어서 누구에게나 필요하지만, 특히 산과 들을 다니며 자나깨나 일하면서 살아야하는 노동계층민에게는 더욱 그렇다. 신발을 갖춰 신을 수 없다는 것은 빈곤을 뜻할 뿐만 아니라 그 신발을 삼아줄 아버지마저 없다는 대목과 이어지면 사회 또는 심리적 차원에서의 고립까지를 함축하고 있어 생활상의 결핍을 뚜렷하게 드러내는 것이다.

세째. 어머니에 대한 강한 그리움의 토로이다. 이 각편에서 보여주는 어머니에 대한 그리움은 여느 사설에서도 찾아보기 어려울 만큼 절절하게 그려지고 있다.

결국 힘든 시집살이 현실과 어머니에 대한 강한 그리움을 대조적으로 보여주는 〈홍글소리(3)〉은 창자자신의 생활감정에서 우러나는 추체험적 성격이 강하게 드러나므로 독자성이 두드러지는 사설이다. 노래를 부르기 전에 그는 "인자 대고 춧어서 하나 해줄게" 하면서 불렀다. 이같은 〈홍글소리〉는 밭매면서 하던 노래였고 노래하다가 울고 울다가 다시 노래를 했던 것이며, 자신이 직접 지어 부르기도 하고 노래하다가 생각나면 있는 소리를 조금씩 집어넣기도 하면서 불렀다고 한다. 그렇게 말하면서도 '자기같은 시집살이는 없다'며 한숨을 쉬기도 했다.

이상에서 검토한 정영엽이 구연한 4편의 〈홍글소리〉에는 어느 경우나 시집살이, 현실의 어려움, 친정부모 특히 어머니에 대한 강한 그리움을 표현하고 있다. 그러나 그것을 구성하는 사설의 대목은 상당히 다른 내용으로 이루어져 있고 특히 같은 날 부른 세 편의 각편은 전혀 다른 사설로 구성되어 있어서 그가 보유한 〈홍글소리〉 사설의 양과 그것을 구성해 내는 능력에 대해 경탄하게 된다. 특히 『민요대전』의 각편과 비교해 볼 때 정영엽의 사설구성능력을 새롭게 주목하지 않을 수 없다.

---

34) 맨발로 샘에 온 〈딸노래〉(2)에서도 나타나고 있다.

동일한 모티프를 담고있는 유사한 상황이건만 그것들을 구연한 각편의 실현양상에서 상당한 차이를 보여 그가 단순히 사설을 외워서 구연하는 창자가 아니라 자유자재로 사설을 개변시키면서 개성적 각편을 형성해내는 창조적인 전승자임을 분명하게 보여주고 있다. 물론 이처럼 작가의 개성적 역량이 강하게 부각될 수 있는 이유에는 〈홍글소리〉가 갖는 비정형성, 비고정성에 힘입은 바 크다. 그럼에도 불구하고 타 창자들이 구연한 〈홍글소리〉에서는 사설의 내용이 몇 개로 유형화될 수 있는 일정한 틀 아래서 진행되고 있음을 중시할 때 정영엽의 사설이 갖는 창조성, 유연성은 결코 간과될 수 없는 국면이라 하겠다.

5. 마무리

민요의 연구는 최근들어 여러 학자들에 의해 시도된 다양한 접근방법을 통해 상당한 성과를 축적하고 있다. 그러나 민요분야의 전반적 연구현황에 비해 민요의 전승을 담당하는 개별창자에 대한 학문적 관심은 아직도 미미한 편이다. 이 같은 문제의식 아래 본고는 창자연구의 가능성을 살펴보기 위해서 고흥지방에 거주하고 있는 여성민요창자 정영엽을 대상으로, 그가 구술한 생애담과 민요를 검토하여 그의 민요창자적인 제 면모를 살펴보기 위해 시도되었다. 구연상황과 자료를 분석한 결과 정영엽은 유능하고 적극적인 창자로서 그의 사설은 여타 민요사설과는 달리 창자나름의 독자적 개성을 뚜렷하게 담고있는 창조적 면모를 보여주고 있었다. 또한 그가 구연한 민요자료는 그가 구술한 생애담과 긴밀한 관련양상을 보여주고 있음도 확인할 수 있었다. 그의 생애담에서 확인된 바 시집살이의 어려움은 그의 민요연행 목록에 크게 영향을 주어 〈홍글소리〉로 대표되는 시집살이노래류를 풍부하게 해주는데 크게 기여했던 것으로 보인다.

그는 특히 시집살이의 어려움을 토로하는 내용을 위주로 하는 밭매는 소리인 〈홍글소리〉류와 매통, 맷돌, 물레 등 생활도구를 이용한 작업노동요의 사설구성에서 장기를 보여주고 있다. 이러한 노동종류는 전통적인 여성생활의 기반을 이루는 것들로서, 이러한 노동요에 나타나는 사설들은 여성들의 문학적 감수성과 생활감정을 뚜렷하게 담고있어 여성생활문학으로서의 면모를 보여줄 수 있는 것들이다. 정영엽이 구연한 이 유형의 사설은 여타의 사설에 비해 작업의 전개과정을 구체적으

로 그려내어 노동현장의 정황을 눈앞에 보는 듯이 생생하게 느끼게 해줄 뿐 아니라
노래와 관련된 전후맥락을 자세하게 설명해주어서 노래가 갖는 생활문학적인 면모
를 보다 확실하게 발견하게 해주었다.

일반적으로 작업의 과정을 서술하는 것으로 시작되는 민요사설들은 객관적 현실
을 그리면서 시작한다. 그러나 그 객관적 정황은 어느 순간 노동하는 자의 주관적
인 내면세계로 몰입하기 때문에 서정적 의미를 획득함으로써 노래로서의 의미를 갖
는다. 〈물레노래〉, 〈매통노래〉, 〈맷돌노래〉 등등에서 보았던 바와 같이, 정영엽의
사설은 특히 그러한 화자의 내적 정서를 아름답게 그려내고 있기 때문에 서정민요
로서의 아름다움을 고스란히 보유하고 있다. 그의 사설이 보여주는 개성적 측면은
그가 지닌 창조적 역량을 대변해주는 근거로서 그가 전승민요의 전달자이면서 창조
적 작가로서의 면모를 뚜렷하게 지니고 있는 뛰어난 연행자임을 말해주는 증거가
되는 것이다.

그러나 필자는 이 글의 마지막 부분에서 스스로 봉착한 누를 수 없는 하나의 의
문을 제기하는 것으로 이 시론을 끝맺고자 한다. 정영엽의 민요사설에서 나타나는
개성적 성격들은 전적으로 그의 개인적인 자질에서 비롯된 것인가, 아니면 그가 민
요를 익힐 시기에 소속되어 있던 득량도라는 민요사회의 성격적 특징에서 기인한
것인가? 만약 그렇다면 그들의 관계는 어떠한 양상을 보여줄 것인가? 이 같은 물
음에 대한 해답은 보다 철저한 문제의식에 입각한 후속 작업을 통해서만 해결의 단
서를 찾을 수 있을 것이다.

〈참고 문헌〉

고정옥, 『조선민요연구』, 수선사, 1949.
김혜정, 「전남지역 홍글소리의 음악적 구조와 의미」, 『한국음악연구』24, 1996.
나승만・고혜경, 『노래를 지키는 사람들』, 문예공론사, 1995.
나승만, 「노래판 산다이에 대한 현지작업」, 『한국민요학』 4, 1996.
나승만, 「노화도 민요 소리꾼들의 생애담 고찰」, 『도서문화연구』 15, 1997.
나승만, 「신지도 민요 소리꾼 고찰」, 『도서문화』 14집, 목포대학교 도서문화
         연구소, 1996

서영숙, 『시집살이노래연구』, 박이정출판사, 1996

서영숙, 「서사민요의 구연상황 연구」, 『어문연구』 29, 어문연구회, 1997.

임동권, 『한국부요연구』, 집문당, 1982.

임동권, 『한국민요집』, 집문당, 1961-81.

장덕순외『구비문학개설』, 일조각, 1970.

조동일, 『서사민요연구』, 계명대출판부, 1971.

한국정신문화연구원, 『한국구비문학대계』, 1980-89.

허경회·나승만, 『완도지역의 설화와 민요』, 목포대학교 도서문화연구소, 1992.

MBC문화방송, 『한국민요대전』, 1992-1996

경기도 도당굿 화랭이 연행자 연구

- 광주 이충선과 수원 오수복을 예증삼아 -

1. 머리말

연행자 연구는 연행의 맥락에서 비롯해야 진정한 가치가 있다. 연행에는 동적인 연행과 정적인 연행이 존재한다. 동적인 연행 갈래로 우리는 굿을 들 수 있다. 동적인 연행 갈래에 대한 연구가 미흡한 것은 연행의 맥락이 갖는 복합적인 성격 때문이다. 굿은 맥락 자체가 다면적이고 총체적이므로 그러한 성격을 드러내기 위해서는 문학, 음악, 연극, 춤 등을 입체적으로 연구해야 비로소 실상에 근접할 수 있다. 그런데 연행자 연구가 이와같은 측면에까지 진전되었는가는 의심스러운 일이 아닐 수 없다.

연행자는 굿의 경우에 반드시 검토해야 할 연구의 기본적 요건이 된다. 굿의 연행자는 구비문학 영역에서 소극적 측면에서 보다 훨씬 복잡다단한 현상을 포괄하고 있기 때문이다. 우선 강신무와 세습무의 분화가 본질적인 연구 과제이고, 세습무가계 내에서도 남무와 여무가 어떻게 역할 분담을 하는가 하는 점이 해명되어야 할 과제이며, 더 나아가서 세습무와 강신무의 장래는 어떻게 될 것인가 하는 문제가 심도있게 논의되어야 하기 때문이다. 세습무 연구는 이러한 과제를 상정할 때에 상당히 진척될 수 있다고 판단된다.

그런데 세습무 연구가 지나치게 특정 지역의 무가 연행자로만 연구된 것은 그다지 온당한 일이 못된다. 경기도 도당굿처럼 분포지가 드넓고 저명한 화랭이를 배출한 지역의 세습무가 자세하게 연구된 바 없다는 사실이 아쉽다. 그간 일련의 연구에서 오산의 이용우과 인천의 조한춘을 내세워 연구한 것은 일정한 성과를 거두었다고 생각하나,1) 다른 지역의 화랭이는 연구하지 못했다. 특히 수원의 오수복무녀가 인간문화재이면서도 논의의 대상이 되지 못한 것은 아쉬운 일이라 아니할 수 없다.

경기도 도당굿의 역사에서 특기할 만한 집안이 곧 경기도 광주군 일대의 대표적 세습무가계인 이덕재 가문이다. 이덕재가계에서 민속예능인으로 이충선(李忠善)형제와 이금옥무녀가 배출된 것은 커다란 사건이라 아니할 수 없다. 이충선은 자타가 공인하는 산조의 명인인 동시에 민속음악의 새로운 창조를 꾀한 인물이라 할 수 있다. 그런데 이충선의 정보가 그동안 가려져 있어서 찾지 못했다가 여러 인물의 증언과 음반을 통해서 비로소 재구할 수 있는 처지가 되었다. 이충선은 경기도 도당굿 화랭이로 자리매김되었을 때에 비교적 선명한 예술적 조망을 받을 수 있으므로 일단 그의 생애를 재구하기로 한다.

아울러서 오수복무녀와 이충선화랭이를 통해서 강신무와 세습무의 연행자 교섭사를 재구할 수 있을 것으로도 아울러서 기대된다. 그러나 가장 본질적인 문제는 경기도 도당굿 연행자인 화랭이와 미지의 기능 분화가 어떠한 각도에서 필연성을 가지면서 달라졌는가 검증할 필요가 있는 셈이다. 그런 다음에 기능 분화의 선명성이 재검토될 수 있으리라 보이며 강신무와 세습무의 교섭까지도 이해할 수 있으리라 추정된다.

이 짧은 글에서는 경기도 도당굿의 연행자인 두 인물의 생평을 간략하게 소개하고, 다음으로 연행자인 남무와 여무 사이에 어떠한 문화적 변화가 있었는가 검토하기로 한다. 새로운 자료가 있어서 경기도 도당굿 연행자의 세계를 조명할 수 있는 점에 이 글의 소박한 의의가 있다. 특히 이충선화랭이의 연구가 진척이 된 것은 퍽 다행한 일로 생각되며 보완 작업을 통해서 연구를 진척시켰으면 한다.

---

1) 김헌선, 『한국 화랭이 무속의 역사와 원리 I』, 지식산업사, 1997.

2. 경기도 도당굿 연행자

경기도 도당굿의 연행자 연구가 절실함을 깨닫고 추가적인 자료 작업과 현지조
사를 하다가 정작 경기도 도당굿 인간문화재인 오수복무녀와 광주군 일대의 세습무
가계 출신인 이충선화랭이의 자료를 수집하게 되었다. 오수복무녀는 수원 일대에서
이름을 날리던 강신무이고, 이충선은 경기도 광주와 서울에서 맹활약을 전개한 세
습남무이다. 각기 성장 배경도 다르고 실제 종사한 예능도 다르지만, 그 본줄기를
찾아보니 거기에는 뿌리깊은 전통 화랭이 민속예능인의 숨결을 느낄 수 있었다.

오수복무녀는 생존해 있고, 이충선화랭이는 이미 작고했다. 둘 사이에 흐르고 있
는 경기도 도당굿의 연행자로서 특징을 밝히면서 논의를 새삼스러이 할 필요가 있
어서 경기도 도당굿의 연행자로서 이들을 검토하기로 한다. 오수복은 강신무이기
때문에 예외적인 연행자처럼 보이나, 사실은 그의 집안을 샅샅이 찾아보면 그 혈족
에게서 전통민속예능인의 면모를 충실하게 읽어낼 수 있다. 또한 이충선의 경우에
그가 지닌 가계의 화랭이다운 특성과 서울에 진출하게 된 배경을 따져보면 여기에
숨겨져 있는 무당의 연계가 특히 눈에 띈다. 그 점이 자세히 논의되면 경기도 도당
굿의 연행자에 대한 색다른 소개를 할 수 있으리라 기대된다.

경기도 도당굿의 연행자를 다루되 이충선화랭이와 오수복무녀를 차례대로 다루
고자 한다. 이 과정에서 그들의 가계, 예술적 공과 따위가 자세히 증명될 수 있으
리라 생각한다. 아울러서 철저한 현지조사가 논의의 기본임을 잊지 않기로 한다.

2.1. 광주지역 이충선

경기도 도당굿 화랭이 가운데 경기도 남부의 가장 빼어난 인물은 이용우(李龍雨
1899~1987)이다. 이용우가 주목되는 까닭은 이미 다른 저작에서 상세하게 논의
한 바 있다.[2] 이용우가 주목되는 이유 가운데 하나는 그의 가계가 지니는 뿌리깊
은 전통이다. 이계명, 이광달, 이규인, 이종하·이종만, 이용우 등으로 전승된 세습
무가계의 전통은 경기도 남부의 지역을 포괄하는 대표적 성격을 지울 수 없다. 자
신의 가계가 팔도도대방을 지냈다는 자부심에 충만하여 있었고, 그의 부친과 숙부

---

2) 김헌선, 『한국 화랭이 무속의 역사와 원리 I 』, 지식산업사, 1997, 147~182면.

가 일제시대 이래로 산 역사를 보여주었다. 그러므로 경기도 남부인 수원, 오산, 화성, 평택 등지의 세습무가계를 대표하는 집안으로 이용우가계를 본보기로 내세워도 지나치지 않다.

경기도 남한강 일대의 빼어난 가계가 있었는데 여러가지 사정으로 말미암아 자세히 소개되지 않았다. 이혜구선생님이 이미 1944년에 광주군 언주면 청수골의 도당굿을 보고한 바 있었는데3) 그 곳 일대에 경기도 도당굿 화랭이의 유명한 가계가 있었다. 그 가계로 여럿을 꼽을 수 있으나, 이 가운데 김광채가계와 이충선가계를 들 수 있다. 그런데 김광채가계는 인천 등지와 연결되어 있고, 그 가계의 정보가 그다지 많지 않아서 다루기가 온당치 않다. 그러니 가장 정보가 많고 다양한 인적 구성의 가계가 있는 이충선가계를 들어서 남한강 이남에서부터 한강 초입의 뚝섬까지 관할했던 이충선가계를 대상으로 삼아서 경기도 도당굿의 각별한 측면을 살펴보기로 하겠다.

종래에 많은 무형문화재보고서에서도 이충선화랭이와 이충선의 가계를 주목한 바 있으나, 정작 도당굿의 화랭이와 가계로 다루어진 바 없으므로 논의의 핵심에서 항상 이탈한 것으로 짐작된다. 그러므로 이충선을 중심으로 경기도 도당굿의 화랭이라는 각도를 맞추어서 이 집안을 재검토할 필요가 있다. 그렇게 논의를 예각화하면 이충선의 화랭이 연행자라는 특성과 이충선의 민속예술사적 성격이 선명하게 드러날 수 있을 것으로 기대된다. 필자는 이충선에게 직접 탈춤과 음악을 전수 받을 기회를 가졌으니 이러한 체험이 이충선을 화랭이로 인식하는데 커다란 도움이 되었다.4)

(1) 이충선의 가계

이충선의 가계는 전형적인 세습무가계이다. 남자는 굿에서 악기 연주를 담당하고, 여자는 굿에서 사제를 맡아서 노래, 춤, 행위, 신탁, 오신 등을 총괄적으로 담당한다. 그런데 남무와 여무가 반드시 부부관계를 통해서 맺어지는 특징이 있다. 남무는 무당집단의 대물림을 혈통적으로 보장하는 특징이 있으며, 여무는 남무의 가계계승에서 시어머니에서 며느리로 이어지는 사제권의 이양을 담당하게 된다. 혈통의 전승

---

3) 이혜구, 「보정 한국음악연구」, 민속원, 1995.
4) 1980년 4월에서부터 1983년 중반까지 송파산대놀이의 탈춤을 전수 받으면서 이충선할아버지와 많은 말을 나누었고, 특히 장구, 피리, 장단, 민요 등의 세계에 접근할 수 있었다. 그런데 이 때에는 이충선 할아버지의 존재를 크게 인식하지 못했다. 지금 생각하면 아쉽고 간절할 따름이다.

과 사제권의 이양이 특별하게 맞물려서 전형적인 세습무가계를 결성하게 된다.

그런데 세습무가계의 전승과는 다르게 강신무계의 계승은 혈통적 전승에 관해 그다지 진전된 논의가 이루어진 바 없다. 강신무계의 계승은 혈통인가 아닌가에 특별한 논란이 개입될 여지가 있다. 기왕에 이러한 현상에 대해 논의된 바가 드물지만,5) 명백하게 강신무의 경우에도 혈통적 전승이 이루어진다고 할 수 있다. 특히 모계의 혈통이 대물림의 준거로 나타나는데, 친정 집안에서 딸로 이어지는 특징이 드러난다. 강신무가계에서는 남자의 역할이 현저하게 사라지지만, 세습무가계에서는 그렇게 나타나지 않고 남무와 여무가 동일하게 별도의 기능을 수행한다. 강신무계와 세습무계에서 사제권을 동일하게 여성이 수행한다는 점이 공통점이다. 강신무계의 여성은 신내림이라는 특별한 절차를 거쳐야 하지만, 세습무계의 여성은 집안 간의 결혼과 더불어 학습과 교육에 의해서 사제권을 이양받는 점이 차이가 있다.

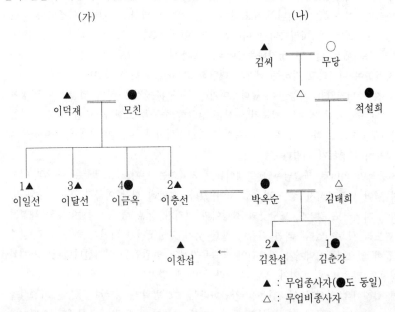

(가)는 경기도(京畿道) 광주군(廣州郡) 중대면(中大面) 이리(梨里) 속칭 모촌에서 세습무가계를 결성한 계보이다. (나)는 이충선과 결연한 박옥순의 전남편 계

5) 김헌선, 같은 책, 21면.

보이지만, 대단히 긴요하다고 생각되어 여기에다 첨부하여 밝힌다. 먼저 (가)의 가문에 대해서 알아보기로 한다. 이덕재는 구한말 이전부터 활약한 인물이다. 이덕재에 관한 활동 사항은 민속예능인의 증언에 의해서 소상하게 밝혀진 바 있다. 이덕재는 광주 일대에서 크게 활약한 무당이고 갖가지 악기에 통달하여 많은 제자를 양성했던 것으로 나타난다. 이덕재에 대해 회고하는 제자들은 그의 재주를 높게 평가하고 있다. 이덕재의 높은 감식안은 이충선의 일생을 결정하는 데 있어서 매우 긴요한 구실을 하였다. 이충선뿐만 아니라 그의 아들들인 이일선(李日善)과 이달선(李達善)에게도 막대한 영향을 끼쳤으리라 짐작된다. 이덕재는 슬하에 이일선, 이충선, 이달선 등의 아들을 두었는데, 이들 삼형제는 모두 화랭이로서 기예가 빼어나 경기도 도당굿판이나 민속예능업에 종사했던 것으로 나타난다.

이덕재의 부인은 세습무가계의 무녀라고 짐작된다. 모친에 대해서 회고한 이충선에 따르면, 이충선은 어머니의 주요한 행적을 이렇게 말한 바 있다. 이충선의 모친은 경기도 도당굿을 따라다니던 미지였다고 한다. 그녀가 도맡아 하던 굿은 양주, 망우리 등지에서 벌이던 정자나무굿이라고 말한다.6) 경기도 도당굿에서 세습여무를 지칭하여 미지라고 말하는 전례는 대단히 그 유래가 깊은 것인데 아마도 이충선의 모친은 미지였을 가능성이 높다. 여기서 주목되는 것은 굿의 단골판과 명칭이다. 굿의 단골판이 양주와 망우리인 점은 상당히 주목을 요한다. 또한 굿의 명칭을 정자나무굿이라고 하는 것은 아주 특이한 명명방식이다. 이것이 무엇을 의미하는지는 자세히 규명하기 어렵다.

전통적인 의미로 세습남무인 화랭이들이 거행하는 경기도 도당굿은 한강의 이북까지 넘어서 분포하지 않는 것으로 되어 있다. 그런데 한강 이북지역인 양주와 망우리 등지에서도 경기도 도당굿의 화랭이와 미지가 굿을 했다고 하는 것은 특징적인 면모라 할 수 있다. 과연 이들이 행한 굿이 도당굿인가 아닌가 하는 점도 검증할 길이 없으나, 이덕재가 전통적인 세습무가계의 일원임을 인지한다면 굿 자체의 신빙성은 믿을 만한 가치가 있다 하겠다. 여기에 경기도 도당굿의 판도가 광주 근경의 화랭이에 의해서 행해졌음을 감안한다면, 그 범위가 상당히 확장될 가능성을 안고 있다고 하겠다. 기왕의 연구가 경기도의 서부와 남부에만 종사했던 화랭이의 증언을 토대로 이루어졌기 때문에 본질적인 국면을 놓치지 않았는가 생각한다. 이

---

6) 이병옥, 『송파산대놀이연구』, 집문당, 1985, 37면.
   전병욱, 『한국 가면극, 그 역사와 원리』, 열화당, 1998.

러한 추정이 타당하다면, 경기도 도당굿의 판도가 재검토되어야 마땅하다.

또한 도당굿의 명칭에도 재검토가 요청된다. 정자나무굿을 거행했다고 하는 점은 결코 흘려넘겨야 할 사실이 아니다. 정자나무굿이 특별한 의미를 갖는 것은 아마도 도당굿터를 강조해서 한 말이 아닐까 주목된다. 정자나무는 여러 사람이 모여서 함께 어울려 노는 쉼터라는 점을 인정할 수 있다. 동시에 정자나무는 여러 가지 생명을 수호하는 신앙의 공간이기도 하다. 그곳이 굿터로 선택되는 것은 지극히 당연한 일이다. 아마도 정자나무굿은 도당굿의 한 형태가 아닐까 한다.

지금까지 이충선의 모친이 세습무가계의 여무라는 점에서 경기도 도당굿의 분포와 명칭을 추정하여 논의를 전개하였다. 우리는 이충선의 부모를 통해서 전통적인 화랭이 행적을 유추할 수 있으며, 특히 경기도 광주군에 단골판을 가졌던 화랭이가 시사하는 경기도 도당굿의 새로운 정보에 새삼스러이 주목할 수 있었다. 종래에 인천과 오산에 치중한 연구가 일정한 의의를 가졌으면서도 동시에 지역적 분포에 따른 한계가 있었음을 이로써 확인할 수 있다. 경기도 도당굿의 화랭이가계가 갖는 중요성이 거듭 강조되어도 무방하다.

이일선, 이달선, 이금옥과 함께 이충선은 이덕재의 차남으로 1901년 9월 15일 경기도 광주군 중대면 모촌에서 태어났다.[7] 집안의 강력한 영향 아래 어릴 적에서부터 무악을 익히며 자라났다. 이충선의 무악 전수에서 가장 소중한 인물이 피리의 명인인 양경원(梁慶元)이다. 적어도 양경원은 경기도 도당굿 화랭이의 으뜸 스승이었음이 뚜렷하게 확인된다. 양경원에게 사사받은 경기도 도당굿의 화랭이는 이일선, 이충선, 이달선, 지갑성, 지영희, 조한춘, 임선문 등 이루 다 헤아릴 수 없다. 이충선은 그 가운데 가장 탁월한 수제자로 꼽힌다. 양경원에게 전통적인 경기도 시나위 음악을 전수 받았으리라 생각한다. 이충선의 탁월한 재주는 굿 전체의 학습에서도 두각을 나타내어 장구, 해금, 꽹과리, 징 등을 모두 다루면서 경기도 무의식에 소용되는 모든 음악의 기초를 다졌으리라 추정된다.

이충선에게 중요한 음악적 자산을 제공한 민속예능인과 행적은 다음과 같다.

1901년 9월 15일 : 출생
23세 : 방용현(方龍鉉) 대금 사사
24세 : 양경원(梁慶元) 피리, 삼현, 길군악, 취타, 시나위 사사

7) 이 대목의 중요한 정보는 다음 자료에서 얻어서 기술한다.
   장휘주, 「이충선 기악곡집」, 국립문화재연구소, 1997.

　　35세 : 서울정악원 생활, 이재규에게서 피리 풍류, 민완식(閔完植)에게서 양금 풍류 사사
　　52세 이후 : 성금연(成錦鳶), 심상건(沈相建)에게서 가야금 산조 사사
　　60세 : 이충선류 피리산조와 대금산조 창조
　　72세 (1973) : 중요무형문화재 제49호 송파산대놀이 인간문화재 지정
　　72~83세 : TBC 〈장수만세〉 KBS 〈장수만세〉 등에 악사로 출연
　　1989년 12월 24일 : 타계

　　이충선의 생애는 크게 세 시기로 구분된다. 이충선의 제1기는 경기도 도당굿을 중심으로 무속에 쓰이는 음악을 습득하던 시기이다. 이덕재 집안의 전통적 가악(家樂)을 기반으로 해서 양경원과 방용현에게서 무속음악의 근간인 삼현육각을 익혔으니 피리와 대금으로 길군악, 취타, 시나위 등을 익혔다. 그리고 경기도 무속음악의 마달 구연에 필수적 음악인 경기도 살풀이의 기본을 온전히 터득했으리라 추정된다. 제1기는 주로 34세까지 이어졌으리라 생각된다.

　　이충선음악의 제2기는 35세 정악원시절에서부터 한국전쟁 이후까지이다. 이 시기는 이충선의 음악 세계가 한층 드넓어지고 무속음악을 근간으로 하여 용출하는 민속음악의 세계를 보강하던 시기라고 할 수 있다. 악기도 양금, 가야금 등으로 확장되었다. 게다가 전통적인 정악의 세계에로 몰입했던 것으로 짐작된다. 이충선의 음악 세계에서 가야금산조를 만나게 된 것은 커다란 행운이 아닐 수 없다. 특히 무속의 생명력이 용출하는 성금연의 가야금산조와 전통적 단아함을 지니는 심상건의 가야금산조를 터득한 것은 커다란 음악적 자산과 밑변을 넓히는 계기가 되었다.

　　이충선음악의 제3기는 자신의 독창적 음악을 창출하는 시기이다. 이 창조의 과정에서 이충선이 주력한 분야는 피리산조와 대금산조이다. 이 가운데서도 현재 확실하게 창조물로 남아있는 것은 대금산조이다. 대금산조는 음반으로 남아 있어서 그 창조의 세계가 어떠한가 뚜렷하게 확인할 수 있다. 이충선의 피리산조는 새롭게 짜서 전해지고 있으나, 불행하게도 피리독주의 증거물은 경기도 살풀이에서 예술적 창조력을 구사하고 있을 따름이다. 대신에 다른 가야금산조가 칠현금산조로 남아있어서 이충선 창조음악의 편린만을 짐작할 수 있을 따름이다.

　　이충선의 창조음악에서 항상 따라다니던 음악적 자양분은 곧 경기도 무속음악의 생명력이다. 이충선이 창조의 원형으로 항상 경기도 무속음악을 잊지 않았고, 지영회 등과 합동 작업으로 대금의 명인 박종기의 음반을 통해서 유행한 산조음악을 합쳐서 놀라운 비약을 이룩하였다. 이충선의 대금산조가 두 가지가 전하는데, 그 음악의 실상에서 이충선이 경기도의 무속음악에 침잠해 있음을 확인하게 된다.

대금산조 1
1. 진양
2. 중모리
3. 중중몰이
4. 자진몰이

실제 남아있는 대금산조를 보면, 그의 음악적 동반자인 지갑성의 장구반주에 경기시나위의 독창적 선율이 전해지고 있음을 확인할 수 있다. 그리고 중중몰이 대목은 무속에 종사한 전통적 예능인의 전례와 마찬가지로 굿거리로 연주하는 특이한 구성을 하고 있다. 비슷한 사례로 박상근과 성금연의 굿거리 악장을 더 꼽을 수 있겠다. 대금산조에서 더 주목해야 할 것은 산조의 악장이 비교적 간단하고 명료하게 진행되는 음악적 진행을 가진다는 점이다.

다른 음악적 자료에서도 확인되는 바와 같이 이충선이 음악적 창조에서 유성기에 담긴 전례를 충실하게 참조하고 있다는 사실이다. 그에 적절한 사례가 다른 대금산조2에서 보이는 봉장취가락의 삽입이다. 자진몰이 대목에서 남도의 새타령 가락을 연주하고 악기로 새소리를 형상화하는 전례가 있는데, 이것을 충실하게 답습하고 있다. 이러한 사실은 이충선의 음악적 재현력이 뛰어나고 악기를 자득했다는 천재성과 무관하지 않다. 봉장취가락을 대금산조에 삽입했다 하더라도 엄격하게 경기도 시나위토리의 통제 아래 진행시켰음은 물론이다. 그만큼 경기도 시나위의 전통이 산조에서도 지속되었음이 확인되는 것이다.

이충선의 음악세계에서 가장 주목해야 할 사실은 악기에 대한 다양한 재주이다. 이충선의 일생에서 항상 하는 말은 거문고만은 배우지 않았다는 회고이다. 이덕재의 권고로 거문고는 배우지 않았는데, "모든 악기를 다 하면 빌어먹고 산다"는 충고를 받아들인 결과이다. 이충선은 거문고를 제외하고, 해금, 피리, 대금, 단소, 양금, 태평소, 가야금, 철금, 장구, 징, 꽹과리 등에 모두 능하였다. 실제로 그의 악기 연주 능력은 음악적 현장에서 실감나게 구현되곤 하였는데, 어떠한 가락을 누가 틀리게 연주하더라도 음의 중심을 잡아서 이끌기도 하거나 아무런 노래를 하더라도 피리나 해금을 가지고 반주를 하던 현장의 즉흥적 대응력이 탁월함을 목격하곤 하였다. 이충선이 무속음악, 민속음악, 창작음악, 통속음악 등에서 두루 능했던 것도 현장적 즉흥성에서 비롯된다.

이충선은 앞서 살핀 세 단계의 음악적 변화를 통해서 무속음악의 화랭이가 민속예술음악으로 확대·심화했던 예능인으로 발전한 본보기이다. 그래서 경기도 무속음악이 민속음악과 창작음악으로 수직 상승한 전례를 이룩한 것이다. 이충선이 경기도 무속음악을 창조의 원천으로 삼아서 새로운 변혁을 꾀하게 된 것이다. 그리고 이충선의 창조적 재능은 방송계와 연락되어서 전국의 다양한 음악과 만날 수 있게 된다. 이충선이 기록한 음악에서 다양한 통속민요는 이 점을 말하고 있다. 동시에 송파산대놀이와의 인연을 통해서 춤의 반주음악을 남겨놓은 점도 민속예능인의 음악을 증명하는 사례이다.

이충선의 민속예능 활동에서 주목되는 몇 가지 현상이 있다. 이충선이 터무니없이 범위를 확장하지 않았다는 것이다. 그것은 무속내적 범위의 확장과 면밀한 관련을 지니고 있다는 사실이다. 무속외적 예능의 확장과도 면밀하게 관련이 있을 것으로 추정되나, 현재로서는 증명하기 어렵다고 할 수 있다. 다만 무속내적 확장은 설명된다. 그 가운데서 가장 강력한 입증력은 바로 이충선의 가계도에서 확인되는 바로 (나) 부분이다.

(나)부분에서 이충선을 매개로 하는 새로운 무속집단과의 연계에 주목할 필요가 있다. (가)와 (나)의 연계는 순전히 개인과 개인의 결연에 의해서 이루어진다. (가)의 이충선과 (나)의 박옥순이 결연하여 이루어졌다. 경기도 도당굿 화랭이가 서울 광화문 일대에서 활약하고 있던 박옥순 무녀를 후처로 맞아들임으로써 이충선은 한강을 넘어서서 새로이 삶의 터전을 마련할 수 있었던 것이다. 종래에 이러한 현상은 주목받지 못했다.

우리는 경기도 도당굿판이 중심이 되는 경기도 화랭이 무속의 훼손에만 초점을 두고 저간의 논의를 진행하였다. 그런데 이제 새삼스러이 화랭이단골판에 일어난 변화도 주목해야 한다. 바꾸어 말하자면 세습무계권에 침투한 강신무의 실체도 긴요한 연구과제이지만, 강신무권에 침투한 화랭이의 실체도 인정해야 한다는 셈이다. 과연 그러한 일이 있겠는가 의문을 가질 수 있다. 그러나 유사한 사례의 인물로 지영희, 지갑성, 지용구, 김광채, 김광식, 전태용, 정일동 등의 전례를 생각하면 화랭이 무속의 훼손 이유도 짐작하고 남음이 있다. 화랭이의 단골판을 버리고 서울로 진출한 것은 일정한 변화를 의미한다. 그렇다고해서 위에서 열거한 화랭이들이 모두 결연을 통하여 서울에 진출했다는 말은 아니다.

이충선의 사례를 통해서 경기도 화랭이들의 서울 진출에 논의의 초점을 모아보도록 한다. 그렇게 하기 위해서 (나)의 가계를 면밀하게 검토할 필요가 있다. (나)

가계는 내력이 깊은 무당가계로 보기에는 희미한 부분이 없지 않다. (나) 가계에서 김찬섭의 고조할아버지는 피리를 잘 부는 사람으로 나타난다. 그러나 그가 직접 무업에 종사했는가 알기는 어렵다. 고조할머니 역시 무업에 종사했는지도 분명하지 않다. 할아버지 역시 무업의 종사여부가 분명하지 않다. 다만 할머니인 적설희는 행적이 분명하다고 한다.

할머니의 이름은 적설희라고 하는데 적설희는 궁의 만신이라고 김찬섭이 기억한다. 적설희는 운현궁의 첩지를 받은 무녀로 일명 '곰보할머니'로 전한다. 궁에 비손이 있거나 할 때에 도맡아서 이 일을 한 인물이 곧 할머니인 적설희였다고 한다 김찬섭의 아버지인 김태희는 특별하게 무업을 한 사람은 아니고 김찬섭에 따르면 양복점을 경영하던 사람이었다고 한다. 그런데 어머니인 박옥순은 분명하게 무당이었다. 어머니는 17세에 신이 내려 무녀 노릇을 하였는데, 남편이 죽어서 이충선과 함께 살게 되었다. 그래서 김찬섭은 이충선의 양자로 가게 되었고, 이충선은 이찬섭에게 그의 피리를 전수하게 되었다. 그래서 이충선의 피리결은 김찬섭에게 이어졌다. 김찬섭의 누이는 김춘강인데, 그녀 역시 무업에 종사하고 있다.

(나) 가계는 서울 광화문 근처에 있던 강신무가계임이 명확하다. (나)의 가계가 어떠한 까닭에서 시어머니에게 며느리로 무업을 승계했는가 뚜렷하지 않다. 그런데 서울 광화문의 지역적 특성상 세습무가계가 있을 수 없다는 점이다. 강신무계가 강신이라는 특별한 현상과 내림굿이라는 의례를 통해서 무속적 권능을 이어가지만 혈통에 의한 전승도 무시할 수 없다. 그 점을 감안한다면, 특별히 주목해야 할 사례이겠으나, 세습무계라고 보기는 어렵다.

이충선과 박옥순이 결연함으로써 (가)의 광주 단골판과 (나)의 서울 광화문 단골판이 연결되고, 이충선은 (나)의 단골판을 발판 삼아서 서울로 진출하게 되었을 것이다. (가)에서 (나)로의 이동은 민속예능인들에게 중요한 거점을 마련하는 행위라고 할 수 있으며 경기도 도당굿 화랭이의 예술적 상승을 꾀하는 계기가 되었으리라 생각한다. 결국 경기도 도당굿은 탁월한 무속음악을 배경으로 삼아서 문화의 중심지로 옮아가는 특징을 갖는다. 그것은 화랭이의 예술적 상승과도 긴밀한 관계를 지닌다.

중앙에 진출한 화랭이들은 자신의 굿음악에만 매달릴 수 없었다. 그것은 연주의 장소가 굿판이 아니라 당연히 새로운 청중의 기호에 맞추어져야 했기 때문일 것으로 보인다. 그래서 자신들의 기예를 살려서 적절한 예술종목에 종사하였으니 산조음악, 춤반주음악, 통속민요의 연주 등 예술음악에 종사하고, 간간이 경기도 도당굿판에서 자신의 연주 기량을 자랑하였다. 이에 적절한 사례를 꼽으라면 바로 이충선의 경우를 들 수 있는 것이다.

이충선이 송파산대놀이 인간문화재로 지정된 것도 따지고 보면, 경기도 도당굿 화랭이의 자연스러운 예술적 상승과 관계되어 있다. 그래서 이충선은 자신의 예능을 인정받았고 많은 음악적 기록물을 남길 수 있었으리라 짐작된다. 이충선은 경기도 도당굿 화랭이로 북서부를 대표한 인물이라 해도 지나치지 않다.

2.2. 수원지역 오수복

경기도 도당굿에서 화랭이와 함께 요긴한 구실을 하는 인물은 미지이다. 미지는 여자 무당을 지칭하는 도당굿 예능인들의 은어이다. 미지는 추정하건대 지미라는 말을 뒤집은 것으로 생각한다. 지미는 '지어미', '제미' 등의 말로서 여성을 뜻하는 것으로 보인다. 한가지 흥미로운 사실은 경기도 도당굿의 사제 계승권이 부가계내 고부 계승권의 기본틀을 유지하고 있으나, 실제로 세습에 의해서 무녀가 사제 계승권을 차지하는 사례가 그다지 흔하게 발견되지 않는다는 것이다. 지금까지 경기도 화성에서 김태곤의 조사에 따라서 한 가지 사례가 보고되어 있을 따름이다.

화랭이 가문에서 여성 무당을 보충하는 방식은 강신무들을 맞아들이거나 그러한 여성과 연대해서 굿을 할 수밖에 없는 실정으로 보인다. 실제로 현재까지 조사된 사례에 의하건대 거의 단골판이 훼손되어서인지 순수한 고부계승의 사제권은 경기도 도당굿 내에서 발견되지 않는다. 그러므로 엄격한 의미에서 화랭이와 짝이 되는 미지를 논의하는 것은 현실적으로 불가능하다는 판단이 선다. 오히려 미지 노릇을 하는 인물에 초점을 두고 논의를 할 수밖에 없다.

경기도 도당굿 인간문화재로 지정된 오수복은 유일하게 전통적인 경기도 도당굿의 화랭이와 굿을 함께 다닌 미지이다. 오수복의 인간문화재적 가치는 전통적 화랭이가 생존해 있을 때에 그들에게 예능과 소리를 순식간에 계승했다는 점에 있다. 탁월한 총기와 무녀의 자질이 경기도 도당굿의 전승에 결정적 기여를 한 것으로 판단된다.

1) 오수복의 생애

오수복은 1924년 8월 9일에 경기도 용인군 용인면 역북리 해주 오씨 가문에서 태어났다. 오수복은 갑자년(甲子年)생이다. 부친은 오찬용이고, 모친은 한언년이다. 오찬용은 두레패에서 농악놀이를 할 정도로 신명이 가득한 인물이었다. 오찬용은 호적도 잘 붙었고, 이른바 건달의 기질이 완연하였다고 한다. 침도 아주 잘 놓았고, 맥도 잘 짚었다. 투전이나 씨름에도 능해서 잡기잡색에 능한 인물로 평가된다. 오수복은 아버지의 기질 가운데 하나를 계승한 것으로 보인다. 그런데 오수복은 맏이로 있었으며, 밑으로 오완근, 오이복, 오만복의 동생이 있었다.

오수복의 가계도는 다음과 같다.

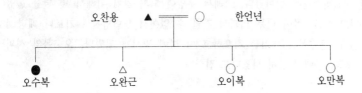

오수복은 이 집안에서 잘 자랐다. 스스로 말하기를 호의호식하면서 곱디 곱게만 자란 셈이다. 그러다가 오수복의 나이 18세에 김해 김씨 집안으로 출가하게 된다. 시댁은 용인군 기흥면 용수골에 있었다. 경주 김씨의 남편과 신혼 살림을 시작하면서 슬하에 1남 2녀를 두었다. 김웅식, 김영숙, 김미선 등이 이들이다. 현재(1998년) 이들의 나이는 첫째가 57세, 둘째가 54세, 셋째가 52세이다.

그런데 오수복의 남편인 경주 김씨가 염병을 앓다가 왜정시대에 죽게 된다. 오수복의 나이 29세 때의 일이다. 오수복은 자식들을 기르기 위해서, 그리고 해수병을 앓는 시어머니와 2남 2녀나 되는 경주 김씨 가문의 식구들을 구명도생하기 위해 닥치는 대로 일을 한다. 오수복이 했던 일로 떡장사, 옷장사, 기름장사, 미군빨래일 등을 위시해서 동가숙 서가식하는 봇짐장사도 어지간히 했다고 전한다.

오수복이 갖은 고생을 다해서 얻은 것은 얼굴에 노란 꽃이 피는 병이었다. 이 병을 치유하기 위해서 지네 열 마리를 세 춤이나 먹고 해도 잘 낫지 않았다. 오수복이 고생한 내력은 끝이 보이지 않는다. 그 전에도 고치 절구를 찧다가 손을 다쳤는데, 그것이 악연이 되어서 손을 일곱달 동안 못쓰게 되었다. 왜냐하면 물빨래도 겸해서 손에 덧이 났기 때문이다. 그런데 손이 허방이 져서 못쓰게 되었을 때에 물참나무 불기운으로 시댁외숙모가 '코코찜질'을 하자말자, 손에서 고갱이가 빠져 나와서 간신히 손을 구할 수 있었다고 한다. 민간요법의 병치료가 단순하지 않고, 핵심을 깨우쳐서 병치료를 할 수 있는 경험을 오수복은 한 셈이다.

오수복이 매교다리 근처에서 살 때에 외숙모님이 인연이 되어서 폐병말기 병을 치료하려 하였으나, 잘되지 않았다. 다만 병을 죽을병이라고 해서 심상치 않은 병이라고 하였다. 31세 되던 해에 친정 6촌언니가 광화문의 이학사 할아버지에 점을 치러 갔다. 그런데 그곳에 가게 된 까닭은 '개만도 못한 네 팔자, 왜 그런지 알아보자'고 권유했기 때문이다. 이학사 할아버지의 점에는 '입술안에 점이 들었으니 입으로 벌어먹을 팔자요, 부채살이 끼었으니 무당이 될 팔자'라고 점괘가 나왔다. 무당이 되다니 청천벽력같은 말이었다. 그래서 무당이 되지 않기 위해서 몇 날을 울었는지 모른다고 한다. 몸이 너무 아파서 견딜 수 없어서 도립병원에 가보니 폐병 4기였다고 했다. 오수복은 죽기를 각오하고 이 병에 맞서게 되었다. 오수복의 시퍼런 오기가 오장육부에서 뻗쳐 나왔다고 전한다.

2) 오수복의 입무경위

오수복의 입무에 결정적 구실을 한 인물은 시어머니와 올케인 이갑오만신이다. 이갑오만신은 오수복의 병상태를 척보고 '눈에 신발이 들었다'고 말하면서 내림굿을 받아야 한다고 하면서 행주치마라도 뜯어서 준비하라고 하여 이튿날에 내림굿(허주굿)을 하고 다녀 많은 쌀을 거둘 수 있었다고 한다. 그런데 이갑오와 오수복의 연결 관계가 아주 흥미롭다. 이들 가문은 어떻게 연결되는가? 다음의 계보도가 이들 가문의 연결 관계를 선명하게 확인시켜 준다.

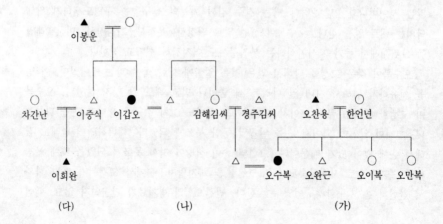

(가)는 앞서 살핀 바와 같이 해주 오씨 집안이다. 이 집안에 특이한 현상은 존재하지 않는다. 그런데 오수복의 부친인 오찬용은 예사롭지 않다. 오찬용이 악기를 다루고 침을 놓고 맥을 짚을 줄 안다는 사실은 화랭이의 개연성을 지니고 있는 셈이다. 혹시 이 집안의 잠재적 가능성이 있었는데, 의도적으로 거세한 것은 아닌가 의심스럽다.

(나)도 그렇게 단순해 보이지 않는다. 특히 시부와 시모의 결합에 어떠한 비밀이 숨겨져 있을 수 있다. 여기에 어떠한 왜곡이 생기지 않았는지 궁금하다. (나)가 가장 불확실한 정보이지만 (다)와 (가)를 염두에 둔다면 (나)의 개연성도 배제하기 어렵다.

이 가운데 가장 확실한 것은 곧 (다)이다. (다)는 금세기에 들어서 빼어난 활약을 한 화랭이 집단이기 때문이다. 전하는 기록에 의하면 이봉운의 친누님이 이갑오라고 되어 있으나, 이봉운의 손자인 이희완의 증언에 따르면 이갑오는 당고모이고 이봉운은 할아버지라고 한다.

이봉운(李鳳雲)은 구한말 협률사에서 줄타기로 유명했던 재인이다. 달리 이봉의(李鳳儀)라는 이름도 있는데, 그는 악기, 줄, 노래, 재담 등에 능했던 만능재주꾼이라고 전한다. 그의 행적은 ≪매일신보≫에 기록되어 있을 만큼 널리 알려졌다. 이 집안에서 이돌, 이갑오 등이 나왔는데, 이돌과 이갑오의 관계가 명확하지 않다. 무속연구가인 이자균은 이봉운 - 이돌 - 이희완의 삼대를 강조하여 말했는데, 실제 이희완에게 들어보니 이봉운 - 이중식(李重植) - 이희완(李喜完) 등이 진정한 계보라고 이른다. 이중식은 별재주가 없었다고 하며, 이돌은 광대라고 하는데, 확실하지 않다. 아무튼 (나)를 매개로 해서 (가)와 (다)가 신맥(神脈)으로 자연스럽게 연결되는 점에 주목할 필요가 있다. 이봉운일가는 경기도 화성군 매성면 어촌리 먼뜰에 세거하는 화랭이 집단임이 확실하다.

이희완의 증언에 따르면, 이들 이씨 집안은 전태용, 이영복, 이근호, 이정업 등과 연결된다. 이근호와 이정업은 시흥시로 편입된 안산군 수암면 소재의 화랭이들이다. 이들을 일컬어서 형수, 누님 등이라고 일컫기도 하고, 이희완과 이근호는 8촌이라고 하고, 이희완과 이정업은 5촌간이라고 한다. 요컨대 (다)집안은 경기도 화성, 안산 수암, 용인, 수원 등지의 화랭이 예능인 집단과 깊이 있게 연결되어 있고, (가)집안에서 오수복이 내림굿을 받았으니 이를 특별하게 기억할 필요가 있다.

이갑오와 오수복은 신어머니와 신딸의 관계로 내밀한 관계를 맺었다. 신어머니 이갑오는 널리 이름이 알려진 인물이었고, 영동시장 거북당 도당굿을 맡아서 할 정도로 큰 만신으로 활약을 한 셈이다. 오수복의 무업은 이갑오에 의해서 열렸던 셈이다. 오수복의 내림굿은 결코 우연한 일이 아니라 집안의 내력과 맞물려 있으며, 집안에서 유전하는 무업의 철저한 계보성에 우리는 놀라지 않을 수 없다.

경기도 도당굿의 위대한 명인인 이용우에게 오수복이 굿의 차서와 어정 및 법도를 배우면서 오수복은 오늘날의 재주와 기예를 이룩할 수 있었다. 이미 경기도 도당굿 화랭이인 이용우에 대해서는 앞서 다룬 바 있으므로 이 자리에서 자세히 거론하지 않기로 한다. 다만 이용우가 오수복에게 주었던 영향력만 잠깐 거론하기로 한다. 이용우의 가르침은 실로 대단했던 것으로 여겨진다. 굿에서 가락이 정확하게 구사될 뿐만이 아니라, 춤사위나 버슴새가 명확하였다고 한다. 그런데 이용우와 오수복이 함께 굿을 하러 다닐 적의 말을 들어보면, 이용우는 굿을 보던 청중이 무녀에게 함부로 대하는 것에 관해서는 철저하게 나무랐다고 한다. 무녀에게 함부로 돈을 젖가슴에 넣어주거나 춤을 추겠다고 껴안거나 하면 장구를 세워 놓고, 신을 모시는 일이 그렇게 함부로 해야 할 일이냐고 하면서 서슬이 퍼렇게 셨던 적이 있었다고 한다. 그만큼 엄격하게 법도가 있고 멋이 있었던 화랭이는 없었다고 전한다.

경기도 도당굿의 화랭이와 미지는 신을 모시는 신성성과 함께 수준 높은 예술성을 구사하던 빼어난 사람임을 결코 잊어서는 안된다. 그들이 모신 신은 마을의 안녕과 행복을 빌어준다는 점에서도 긴요한 구실을 했다. 사람과 사람을 하나로 연결시키고, 마을과 마을을 연결시켜 주던 인물이 곧 화랭이와 미지였다.

이상으로 해서 이충선과 오수복의 가계에 대해서 알아보았다. 이충선은 경기도 도당굿 화랭이 집안에서 태어나서 독자적인 예술세계를 이룩한 민속예능인이다. 이에 반해서 오수복무녀는 강신무이다. 오수복무녀를 매개로 해서 이씨집안의 전통예능인들이 문면으로 나타나게 되었다. 그래서 이들 집안이 모두 세습무계와 음으로 양으로 연결되어 있음을 확인하게 된다.

두 가계의 실증을 통해서 세습무와 강신무가 현저하게 엇섞이면서 놀라울 정도로 유대가 강화되고 있음이 사실로 드러났다. 강신무와 세습무의 연계가 불가피한 시대적 여건으로부터 말미암는 것인지 지극히 자연스럽게 논의되어야 하겠다. 단골판을 중심으로 이룩된 세습무가계 권역이 지역공동체가 훼손됨에 따라서 부차적으로 강신무와의 결탁이 불가피했으리라 생각한다. 세습무가계가 훼손되는 것은 시대의 자연스러운 변화과정일 수도 있다.

강신무가 일방적으로 세습무를 위협한 결과가 아닐 수도 있다. 오히려 세습무가 솜씨좋은 예능을 기반으로 강신무를 감싸안은 결과가 이처럼 드러나는 것으로도 해석할 수도 있다. 그런데 우리는 이에 대해서 강신무의 난립으로만 설명했는데, 이것은 일방적 해석일 수도 있겠다. 그러므로 신중한 접근이 요청된다. 강신무와 세습무의 결속이 경기도 도당굿의 본질을 훼손하는 데까지 이르지는 못했음이 분명하다.

경기도 도당굿의 연행에서 화랭이와 미지의 기능 분화는 강신무와 세습무의 혼합 속에서도 지속되거나 유지되던 현상이다. 이러한 기능 분화가 지니는 연행상의 특성에 대해서 자세하게 이해할 필요가 있다.

3. 굿 연행의 남무와 여무 기능 비교

경기도 도당굿은 남무인 화랭이와 여무인 미지가 독자적으로 그리고 상호보완적으로 관계를 맺으며 굿을 연행한다. 화랭이와 미지가 독자적으로 굿을 연행한다는 말은 화랭이가 주도적인 기능을 하면서 독자적인 굿거리를 맡아서 진행한다는 뜻이다. 동시에 미지 역시 자신들의 고유한 굿거리를 맡아서 진행한다. 그리고 화랭이와 미지가 함께 굿거리를 담당하여 연행할 수도 있다. 경기도 도당굿의 경우에 남무와 여무의 기능에 대한 연구는 상당히 진척되었다. 이제 이러한 연구 성과를 좀 더 진전시켜서 새로운 비교 연구를 시도할 시점에 이르렀다.

먼저 경기도 도당굿을 중심에다 두고 논의의 실마리를 삼고자 한다. 경기도 도당굿의 남무와 여무가 어떻게 역할 분담을 하고 동시에 서로 협조 관계를 맺는가 검토하기로 한다.

    (1) 부정굿
    (2) 제석굿
    (3) 군웅굿
    (4) 뒷 전

(1) 부정굿은 남무와 여무가 각기 참여하는 굿거리이다. 먼저 남무가 앉은청배로 부정굿의 마달을 구연한다. 남무가 스스로 장구를 치면서 삼현육각의 반주에 어울려서 치국잡기, 부정풀이 등을 시나위조로 연행한다. 이 때에 여무는 이 굿거리 연행에 참여하지 않는다. 남무의 부정청배가 끝난 다음에는 이어서 남무의 장단과

삼현육각 반주에 맞추어서 여무가 부정청배를 한다. 여무는 일어서서 소리를 하고 남무는 악사석에 앉아서 연주한다.

(1) 부정굿의 경우에는 남무와 여무가 저마다 굿거리 연행에 독자적 지분을 갖고 있다. 남무도 일정 지분을 갖고 있고, 여무 역시 일정 지분을 갖고 있다. 그런데 여무의 연행은 제의적 상징성과 행위를 포함한 독특한 사제권의 산출에 해당한다. 남무는 오히려 부수적 기능만을 하는 것으로 이해된다. 다른 지역의 굿을 보더라도 여무가 혼자 진행해야 옳을 터인데, 이렇게 지분율을 주장하는 것은 화랭이의 참여가 후대에 확대되어 이룩되었음을 말하는 것이라 해야 이해될 수 있다.

(2) 제석굿의 연행에서 화랭이는 순수하게 반주자의 기능에 머무르고 모든 제의적인 부속물인 무가, 춤, 제석노랫가락, 바라타령 등은 무녀가 주도하여 남무의 본래 관계를 회복시켜주는 것이지만, 이러한 굿거리에서도 동일한 화랭이 참여가 이루어지는 면이 없지 않다. 특히 여무의 제석노랫가락에 화랭이가 적극 참여한다.

제석노랫가락은 서울의 무녀들이 연행하는 노랫가락과 다르다. 서울의 노랫가락은 세 마루로 되어 있다. 그런데 도당굿의 노랫가락은 두 마루 반으로 되어 있어서 마치 세 마치 비슷하다. 제석노랫가락에 빈 박을 악사들이 채워 넣어야 한다. 악기를 연주하여 이 부분을 메꾸기도 하고, 동시에 후렴을 '내리소사'하는 식으로 합창하기도 한다. 그만큼 경기도 도당굿의 남무와 여무는 서로 밀착되어 연행에 참여하고 있음을 알 수 있다.

(3)은 군웅굿으로 여무와 남무가 제의적 상징성을 추구하면서 엄격하게 동참하는 굿거리이다. 이 점에 대해서는 자세한 연구가 이루어져 있으므로 그쪽으로 논의를 미루도록 한다. 다만 여무가 주도하다가 남무와 함께 쌍군웅춤을 추어서 제의적 특성을 구현한 뒤에, 남무가 군웅노정기를 도맡아가는 특징이 있다. 그래서 연행의 의의가 가변적으로 달라진다. 신을 중심으로 하던 연행이 무녀의 소관사라면, 신과 인간을 함께 만나게 하고 훨씬 인간의 놀이에 비중을 맞추고 진행하는 것이 남무의 소관사이다. 종교의례가 예술의례로 발전하는 경계면에 여무와 남무의 역할 분담과 동참이 이러한 연행을 뒷받침하고 있다. 이러한 사실은 굿거리 자체의 변질과도 면밀한 관련이 있다.

(4) 뒷전은 여무가 배제된 채 남무에 의해서 진행된다. 남무가 진행하는 이 굿거리가 어떠한 경위를 거쳐서 이렇게 나타났는가 증명하기 어렵다. 다만 화랭이들이 적극적으로 이 굿거리에 참여해서 자신들만의 독창적인 연행을 구현하고, 수준높은

음악과 소리를 보여준다는 점에서 상당한 예술적 진전을 꾀했다고 할 수 있다.

여무가 뒷전에서 이탈하자 이러한 예술적 연행이 가능한 것인지, 아니면 여무를 뒷전에서 소외시키고 남무들이 독차지하게 된 것인지 논의하기 어렵다. 여성들이 시작한 굿을 남성들이 마무리짓는 형식인가에도 궁금한 점이 남아있다. 그런데 이러한 현상은 도당굿의 남무와 여무 관계로 설명하기 어렵다.

경기도 도당굿의 남무와 여무는 세습무가계 연행에서와 마찬가지로 남무가 악사가 되고 여무가 제의를 진행하는 기본 전제 아래에서 색다른 변화가 있다. 굿거리에 따라서 여무가 주도하는 경우, 남무가 주도하는 경우, 남무와 여무가 함께 동참하는 경우 등으로 미세화할 수 있다. 그런데 적어도 이 주도권의 기능 분화가 종교적 의례에서 예술문화로 이행하는 측면을 발견할 수 있다. 여무가 주도하는 경우에는 순전한 제의적 성격이 강한 굿거리로 진행되고 있음에 비해서 남무가 주도하는 경우에는 순수예술적 성격이 강한 굿거리가 진행된다. 이러한 현상은 신의 의례에서 인간의 놀이로 변질되는 측면을 반영한다고 할 수 있다. 신을 청배하고 신을 즐겁게 하던 기능이 신을 매개로 인간을 흥겹게 하고 인간의 놀이를 구현하려는 것으로 바뀌고 있는 셈이다. 이러한 모든 현상은 연행자인 남무와 여무의 질적 분화와 필연적 관계가 있다.

동시에 이러한 변화는 사회문화적 요인과도 밀접한 관련을 갖는다. 그 가운데서 무속의 화랭이집단에서 대거 판놀음과 판소리의 광대가 생겨난 것과 간접적 관계가 있을 것으로 추정된다. 시나위권 지역은 민요, 무가, 판소리 등에서 현저한 공통점을 지닌다. 무가가 장단과 선율의 양측면에서 세련된 특징을 갖는데 장단과 선율을 음악적으로 가다듬으면서 일정한 예술적 성취를 갖게 된다. 굿에서 그 기본적인 바탕을 다지고 나서 적정한 규모로 독립했을 때에 화랭이는 판소리의 광대로 비약적 발전을 꾀할 수 있다. 판소리 광대가 우대받게 되면서 그러한 시험을 굿판에서 경쟁적으로 도모하게 된다. 그러자니 자연스럽게 굿판은 예술무대로 시험의 대상이 되고 이 과정에서 경기도 도당굿의 기본적 면모가 변질을 거쳤으리라 짐작된다. 이러한 변질 과정에서 참다운 예능으로 발전할 성분을 충분히 연습하여 난숙시키고 있었던 셈이다.

게다가 경기도 도당굿의 마을축제적 성격 역시 일정한 구실을 했으리라 생각한다. 경기도 도당굿은 화랭이집단이 대규모로 참가한 마을굿의 성격을 띠고 있다. 그러자니 화랭이들이 자신의 기예를 다각도의 방향에서 발휘할 수 있도록 노력했으리라 짐작된다. 다각도 방향의 모색이 이루어진 결과, 굿판 자체의 기예화에 철저하게 노력한다. 그에 관한 적절한 사례가 화랭이만이 독특한 예능을 발휘하게 되는 굿거리의 실례에서 찾아진다. 그것은 화랭이만의 독자적 거리로서 거의 판놀음의 축소적인 성격을 지니는데, 대표적인 굿거리가 〈터벌림〉이다. 〈터벌림〉은 〈그루백이〉 〈공거리〉 〈터잽이〉 등의 이칭을 지니고 있다. 〈터벌림〉을 기준으로 삼아서 이후에 활발하게 화랭이가 참여한다. 화랭이의 쇠놀음, 땅재주, 줄타기 따위가 이 굿거리를 배경으로 하여 이루어졌다고 증언한다. 대규모의 화랭이들이 마을굿에 참여해서 제각기 굿을 중심으로 여러가지 놀이의 역할 본담을 가졌으리라 생각한다. 마을굿에서 미지의 구실이 화랭이의 그것보다 제한적이었을 것은 부정하기 어렵다.

경기도 도당굿에서는 미지가 거의 제의만 거행하고 제의에 얽매인 마달 구송이나 춤, 공수 따위를 주었을 것으로 생각한다. 미지가 역할이 줄었다고 해서 마을굿의 기본적인 성격을 변질시켰다고 볼 수는 없다. 도당굿은 축제이기 이전에 명확히 굿이고 엄격한 의례였기 때문이다. 미지는 신성성을 추구하고, 화랭이는 예술성을 추구했다고 할 수 있다. 미지는 신성성의 기본 골격을 유지하지만, 화랭이는 신성성의 기본 골격에다 철저한 연희성과 오락성을 덧보태서 화랭이 특유의 독자적인 민속예술을 고양시키게 된 것이다. 그 점이 종래에 남무와 여무의 기능 분화라는 점에서 철저하게 검토되지 않았다. 경기도 도당굿의 남무와 여무는 부부관계라는 점에서 기본적으로 의례적 공통점이 있으나, 그 의례를 통해서 얻고자 하는 바는 사뭇 달랐다. 여무는 단골판의 수입을 원했으나, 남무는 그와는 별도로 독자적인 연행 기예에 대한 물적 보상을 원했다고 할 수 있다.

요컨대 경기도 도당굿의 남무와 여무는 네 가지 측면에서 차별적 면모를 갖는다. 경기도 도당굿의 남무와 여무는 부부관계로 굿에 종사하는 무속인이라는 대점제의 공통점이 있다. 이 공통점을 기반으로 해서 남무와 여무는 차이점이 있다.

첫째, 굿의 연행에서 미지와 화랭이는 각자 분화된 역할을 하기도 한다. 그런데 미지만의 독자적 연행을 하기도 하고, 화랭이만의 독자적 연행을 하기도 한다. 또한 화랭이와 미지가 함께 굿거리를 맡아서 하기도 한다. 굿 연행에 있어서 이처럼 역할 분담이 일률적으로 말할 수 없을 정도로 복잡하다고 하는 것은 그만큼 남무와 여무의 기능이 기존 굿에서 살펴볼 수 없을 정도로 다변화되었다고 하는 점을 인식할 수 있다. 특히 남무인 화랭이의 기능 분화가 이루어진 점이 주목되는 현상이라 할 수 있다.

둘째, 무당의 기능이 다면화되고 복잡해진 것은 기본적으로 무속적 제의의 성격이 무속 본래의 사유에서 변질되었다는 점을 말해주는 것이기도 하다. 무속 자체의 본질적 측면은 제의적 신성성과 주술성을 엄격하게 유지하는 것인데, 이러한 측면에 있는 무당은 미지인 여무이다. 비교적 여무는 이러한 기능에 충실하고 있다. 반면에 남무인 화랭이는 놀이적 속성과 재능을 보여주는 기능에 충실하고 있다. 이러한 기능이 훨씬 강화되면서 즐거운 놀이와 축제적 성격이 훨씬 더 강조되었다고 할 수 있다.

셋째, 남무와 여무의 역할 분담이 달라지면서 한결 중요하게 떠오른 문제는 경제적 보상이 달라지게 된다는 사실이다. 여무는 단골들을 대상으로 점을 치면서 기본적 경비만 유지하지만, 남무는 굿판에 참여한 다수의 관중으로부터 '별비'라는 명목 아래 수시로 기예를 연행하는 중에 돈을 걷는다. 여무는 여성을 상대로 쌀이나 기본적인 비용을 대상으로 연행을 하지만, 남무는 남성을 상대로 별비와 돈을 울궈낼 수 있게 된다. 화랭이들의 참여가 이루어지면서 색다르게 달라진 굿판은 본질적으로 판놀음의 형태이거나 판놀음의 전단계를 보여주는 형태라고 할 수 있다. 그래서 화랭이들이 돈을 겨냥하여 독립된 기예인 판패개제의 소리를 파는 것이 판소리이다.

위의 세 가지 근거에 입각해서 한 가지 분명한 사실을 깨달을 수 있다. 그것은 다름이 아니라 그동안 판소리가 어떠한 경로를 거쳐서 무속 화랭이집단에서 독립하여 발전했는가 하는 그 경위가 궁금한 숙제였는데, 바로 도당굿과 같은 판놀음에서 이탈하면서 판소리가 성립되었음을 확실하게 시사받을 수 있다. 우리는 경기도 도당굿판에서 예술사 해명의 소박한 실마리를 미지와 화랭이의 사례를 통해서 발견할 수 있다. 또한 판놀음과 유사한 형태가 도당굿에서도 지속되었음이 확인된다. 아무튼 경기도 도당굿의 미지와 화랭이는 대단히 긴요한 구실을 했음이 확인된다.

경기도 도당굿의 무당이 갖는 기능은 세습무당이 남아 있는 다른 지역의 그것과 비교될 수 있다. 그런데 전라도, 경상도 일대의 무당과 비교하게 되면 경기도 도당굿의 무당이 갖는 독자성이 곧 확인된다. 전라도 지역의 세습무는 여무가 우세하고 남무가 열세한 지역이라 할 수 있다. 특히 남무 자체가 독자적으로 굿에서 분화·발전할 수 있는 마을 단위의 굿이 별반 존재하지 않고 개인굿이나 씻김굿에 중점을 놓았다는 점에서 특별한 의미를 갖는다고 하겠다. 씻김굿의 거리에서 여무와 남무가 빚어내는 아름다운 선율은 가히 새로운 경지를 개척하는 것이지만, 굿에서 독립된 연행으로 치부하기는 힘들다.

동해안 별신굿에서 무당의 기능은 경기도 도당굿 무당의 그것과 상당히 근접하고 있으나, 원칙적으로 보면 남무와 여무가 철저하게 맞물려 굿을 해야 한다는 점에서 오히려 경기도 도당굿의 그것과는 거리가 있는 셈이다. 이러한 현상은 청보와 제마수 장단으로 관계를 맺는 무녀와 양중의 사이에서 실마리를 찾아야 한다. 무녀의 무가 구연에 있어서 양중의 살대답이나 귀곡성 그리고 절대적인 장단은 무당의 기능 분화가 현저하게 이루어지지 않았음을 말해주는 증거이다. 또한 양중만의 독자적인 굿거리가 있으나 상당히 제의적 성격의 일환으로 연행된다는 점을 잊을 수 없다.

동해안 별신굿의 기능 분화가 덜 진행되었고 제의에 얽매여 있는 것은 음악적 제한과도 밀접한 관계가 있는 것이 아닌가 한다. 동해안 별신굿의 음악은 선율을 쓰지 않고, 타악기에 의한 장단만을 내세우는 장단구조가 특별하게 발달한 것이라 할 수 있다. 이에 견주어서 경기도 도당굿의 음악은 선율구조도 발전했으며 장단구조 또한 탁월한 것이다. 선율을 내세우는 음악을 익혀서 서울에서 경기도 화랭이의 연행이 소용된 것은 각별한 의미가 있다. 동해안 별신굿의 음악이 중앙 무대에 진출할 수 있었으리라 기대하는 것은 매우 어려운 일이라 할 수 있다.

경기도 도당굿의 무당이 금세기초엽 이래로 크게 호응을 받은 것은 무당의 출세와 긴밀한 관련을 갖는다. 이들의 금세기 민속예술의 꽃을 활짝 피웠던 것은 거듭 되새겨 보아야 할 전범이다. 예술의 질적 상승에는 문화적 여건이 매우 긴요한데, 경기도 도당굿 화랭이는 커다란 행운을 타고난 인물들인 셈이다. 그런데 이러한 연행자의 행운이 다른 굿을 폄하하는 것이 아님은 물론이다.

4. 마무리

경기도 도당굿 연행자 이충선은 무속집단에서 배출된 화랭이이자 민속음악의 위대한 창조자이기도 했다. 이러한 창조적 연행자는 경기도 도당굿의 연행자 가운데 적지 않게 발견할 수 있다. 예컨대 일제시대 오산의 이종하와 이종만, 지용구와 양경원, 후대에 지영희와 지갑성 등이 이에 적절한 사례이다. 이 가운데 양경원은 경주 출신이고, 지영희는 평택 출신이어서 다소 거리가 있다. 그러나 양경원과 지영희는 경기도 도당굿판에서 그들의 음악적 재능을 키워왔음은 부인하기 어렵다. 이충선은 이들 가운데 민속예능의 탁월한 개척자로 손꼽아도 그릇되지 않다. 피리산조와 대금산조. 경기도 도당굿 도살풀이 장단반주 등은 위대한 업적이라고 치부해도 잘못이 아니다.

경기도 도당굿의 오수복무녀는 강신무이지만, 경기도 도당굿 화랭이 이용우에게서 도당굿의 법제를 온전히 익힌 인물이다. 그런데 오수복을 매개로 하여 화성 일대의 세습무계와 긴밀하게 연결된다는 사실을 안 것은 놀라운 성과라 할 수 있다. 일제시대에 아주 유명했던 줄소리꾼이 그들 가계의 꼭지점에 있다고 할 수 있다. 그러므로 강신무인 오수복의 경우에도 민속예능사에 긴밀한 구실을 한 가계라고 하겠다.

요컨대 경기도 도당굿 연행자들은 특정한 지역의 권역 속에서 경기도 도당굿의 전통을 계승하면서도 민속예능사에 걸출한 인재를 배출한다는 점을 거듭 확인할 수 있었다. 경기도 도당굿 연행자의 자품이 넉넉하기도 해서이지만 도당굿의 예능이 탁월하기도 해서이다. 민속예능에의 발달사항은 그간의 연구에서 지적되지 않았으므로 이 자리에서 서술할 필요가 있어서 언급한다.

특히 경기도 도당굿 연행자가 남무인가 여무인가에 따라서 그들의 기능분화가 어떠한 의미가 있는가 예술사적 관점에서 한 차례 논의하였다. 그 결과 이 둘의 기능이 분화된 저변에는 미지와 화랭이가 역할분담이 달라지는 다면성. 무속적 제의의 성격변화. 경제적 토대가 미지를 배제하고 화랭이가 독자성을 가지며 진전시켰다. 이 점이 세습무의 다른 지역분포 상황과도 다른 점이다.

이상의 결론은 그러나 좀더 추가 조사를 실시한 뒤에 재론되어야 할 미흡한 것이다.

무가 연행의 특성

- 평택 강신무 노재용 구송 무가를 중심으로 -

홍 태 한

Ⅰ. 머리말

　무가는 구비문학 중에서 특이한 성격의 갈래이다. 설화나 민요에 비해 구연·구송의 보편성이 떨어지며, 판소리와 유사하게 구송의 전문성을 가지고 있으나 신과 인간과 관계가 있는 굿판에서 구송되기 때문이다. 이러한 무가의 특성은 무가가 연행되는 상황에 대한 정밀한 고찰을 필요로 한다. 무가를 연행하는 무당은 설화나 민요보다는 무가 사설에 임의의 변개를 가할 수 있는 범위가 적으며, 굿판이라는 특수한 상황은 무가 사설에 일종의 엄격성을 요구한다.

　본고에서는 이러한 무가의 특성을 감안하며 무가 연행의 특성을 무가를 연행하는 무당에 초점을 맞추어 고찰하기로 한다. 일단 이 글에서 다루는 무가는 서사무가로 한정한다. 무엇보다도 무가라고 말하면 굿판에서 무당이 구송하는 모든 사설을 지칭하여 범위가 넓기 때문이다. 그리고 서사무가가 아닌 일반무가의 경우는 무당에 따른 편차가 심하다는 점, 공수가 주요한 역할을 하기 때문에 구송하는 무당보다 신의 뜻이 반영될 수 있다는 점 등 때문이며, 서사무가가 지역에 따른 편차는 보이지만 전국 공통의 유형이 존재하고 있다는 점, 무당에 따라 세부 묘사에 차이는 발생하지만 기본적인 줄거리를 공통으로 함유한다는 점 등 때문이다.

무가가 어떤 특성에 따라 연행되고 있는가를 밝히는 것이 이 글의 목적이다. 분명 무가가 구송되는 굿판에는 어떤 원리 같은 것이 있으리라고 여겨지는데 본고에서는 평택의 강신무 노재용이 구송한 무가 중 서사무가 〈바리공주〉1)를 대상으로 무가의 연행 특성 및 원리를 제시하고자 한다.

노재용2)이 구송한 무가는 상당량이 되는데 이 중에서 전국적인 전승을 보이고 있어서 다른 지역의 무가와 비교 고찰이 가능한 〈바리공주〉를 대상으로 하는 것이다. 물론 이러한 논의는 노재용이 구송한 다른 무가와 다른 무당이 구송한 무가 사설을 분석했을 때 더욱 정밀해지리라고 여겨진다.

현재까지 무가 연행에 대하여 이루어진 연구성과는 많지가 않다. 더욱이 연구자가 직접 현장에서 조사하고, 조사한 자료를 바탕으로 연구한 것은 더욱 적은 편이다. 굿판에 대한 심도 있는 관찰과 조사, 조사한 자료를 바탕으로 이룩한 연구 성과 중 두드러진 것으로는 우선 박경신의 연구가 있다.3) 박경신은 안성지방의 무가를 대상으로 무가의 '작시단위'라는 개념을 설정하고 살핀 후 복제, 확장, 변환, 분해의 네 가지 작시 원리를 제시했다. 이는 그 동안 무가 사설이 어떻게 형성되고 변화되는가에 대한 고찰이 전혀 없었던 것을 감안하면 무가의 기본적인 측면을 제시한 중요한 연구로 판단된다. 그러나 굿판 현장에 대한 보다 정밀한 고찰-예를 들어 굿판의 분위기나 굿판에 참가한 사람들의 반응 등-이 수반되었다면 더욱 명확한 성과가 도출되었으리라는 아쉬움이 남는다. 무가 연행에 대한 연구는 김헌선에 의

---

1) 그러나 실상은 서사무가 만을 가리키는 것은 아니다. 〈바리공주〉라고 할 때는 무조신 바리공주의 일대기를 구송한 내용 뿐만 아니라 바리공주 일대기 앞 뒤에 구송되는 일반 무가까지 포함하기 때문이다.
2) 노재용에 대해서는 글을 달리하여 상세하게 논의할 예정이다. 노재용에 대한 개략적인 소개가 다음 글에서 이루어졌다. 「평택지역의 무속연구」, 『국제어문』, 17, 서울 : 국제어문학회, 1996.
3) 박경신, 「무가의 작시원리 연구」, 서울대학교 박사학위논문, 서울 : 서울대학교 대학원, 1991.

해 한층 더 발전한다.4) 경기도 도당굿 무가를 대상으로 무가의 연행 문학적 특성
을 고찰한 이 연구는 연행방식을 고찰한 후 개별 무당에 따라 무가 사설이 어떻게
변이되는가를 고찰하고, 나아가 마을·연행자·관중에 따라 어떻게 달라지는가를
제시했다. 같은 지역의 무당에 따라 어떻게 무가 사설이 달라지고 있는가를 고찰
한 것은 무당과 무가 사설과의 관련 양상을 제시한 것이다. 뿐만 아니라 실제 굿판
이 무가 사설에 어떻게 영향을 주는가를 고찰한 것은 무가의 현장론적 방식으로는
진일보한 것이다. 앞으로 각 지역의 무가 사설에 대한 고찰은 이러한 방식으로 이
루어져야 하리라고 생각되는데, 이러한 논의를 바탕으로 한국 무가 전체에 대한 연
구가 이루어져야 할 것이다. 따라서 김헌선의 논의는 다른 무가, 다른 지역의 무가
에 대한 고찰을 바탕으로 무가의 일반적인 이론으로 정립해 나갈 때 더욱 가치가
있으리라 여겨진다. 이외에도 무가에 대한 여러 논의도 무가의 성격을 밝힌 데 일
조한 업적으로 여겨진다.5)

II. 노재용 구송 〈바리공주〉의 연행 양상

노재용이 구송한 〈바리공주〉 2편을 대상으로 변이 양상을 고찰하기로 한다. 구
송된 지역을 따서 각각 〈평택본〉, 〈공주본〉으로 명명하기로 한다. 두 차례 모두 망
인천도굿으로 〈평택본〉 조사는 천도굿6), 〈공주본〉 조사는 진오귀새남굿이었다. 〈평
택본〉이 조사된 굿은 정식으로 12거리를 갖추어 진행했다라기 보다는, 망인을 천도
하는 과정에서 〈바리공주〉를 채록하려고 애쓰는 필자의 기대에 부응하기 위해 〈바
리공주〉를 구송한 경우이다. 따라서 자연조건 아래에서 구송되고 채록되었다고 보
기는 어렵다. 또한 장소가 시내에 소재하고 있는 법당이었기 때문에 제약을 받을
수밖에 없었다. 그러나 나름대로 체계를 갖춘 굿판에서 구송했으며, 일단 한 번 구

4) 김헌선, 『경기도 도당굿 무가의 현지 연구』, 서울 : 집문당, 1995.
5) 특히 주목되는 업적으로는 근래에 발간된 무가 연구 단행본이다. 다른 구비문학 갈래에 비해 연구
   성과가 간행된 것이 비교적 많지 않았던 점을 감안하면 이러한 단행본이 속속 간행된다는 것은 무
   가 연구가 앞으로 보다 왕성하게 이루어지리라는 밝은 전망을 하게 한다. 최근에 나온 무가 연구
   단행본은 다음과 같다.
   ① 김헌선, 『한국 화랭이 무속의 역사와 원리1』, 서울 : 지식산업사, 1997.
   ② 이균옥, 『동해안 지역 무극 연구』, 서울 : 박이정, 1998.
   ③ 이경엽, 『무가문학연구』, 서울 : 박이정, 1998.
6) 노재용에 의하면 약식 오구굿이라고 한다.

송을 시작하면 제대로 격식을 갖추어야 한다는 노재용의 말처럼 완결된 바리공주의
일대기를 갖추고 있어서 한 편의 독립된 무가라고 할 수 있다. 반대로 〈공주본〉이
조사된 장소는 시내가 아닌 계룡산 아래의 굿당으로서 정식으로 12거리를 갖추어
서 1박 2일 동안 진행된 굿이었기 때문에, 격식을 갖추어서 제대로 진행된 굿판에
서 〈바리공주〉가 구송되었다. 분량으로 비교해 보아도 〈평택본〉이 A4용지 25매 정
도, 〈공주본〉이 A4용지 30매 정도로 다소 차이를 보이고 있다. 또한 〈평택본〉 조
사가 있은 후에 필자가 정리한 〈바리공주〉 사설을 노재용이 볼 기회가 있었다. 이때
에 노재용은 새삼 놀라면서 무가 사설에 좀 더 신경을 써야겠다고 다짐을 하기도 했
는데, 이러한 의식의 변화가 어느 정도는 〈공주본〉에 반영되어 있으리라 생각된다.

1. 조사 자료의 대비

  두 차례에 걸쳐 채록된 〈바리공주〉의 기본 구조는 동일하다. 두 편이 가지고 있
는 공통단락을 제시하면 다음과 같다.

    1) 금상마마가 중전자리가 비어 있어 간택 점복을 친다.
    2) 아들을 보려면은 일 년 후에 大禮를 행하라고 한다.
    3) 금상마마는 점괘를 무시하고 곧 바로 혼례를 올린다.
    4) 연 이어서 여섯 공주를 낳지만 금상마마는 모두 받아들인다..
    5) 일 곱번째도 딸이 태어나자 중전마마는 후원에 딸을 버린다.
    6) 후원에 사냥 나온 금상마마가 버려진 딸을 발견하나 역시 버린다.
    7) 석가 세존이 버려진 바리공주를 발견한다.
    8) 비럭공덕 할아범, 공덕 할멈에게 아기 양육을 부탁한다.
    9) 한 날 한 시에 금상마마 내외가 병석에 눕는다.
    10) 버려진 공주를 구해 서천에서 약수를 구해 와야 낫는다는 점괘를 받는다.
    11) 신하가 찾아와 바리공주를 궁궐로 데려가 부모와 상면하게 한다.
    12) 바리공주는 산신령님의 도움을 받으며 십대왕 전을 지나 약수를 구하러 간다.
    13) 무장신선을 만나 밥 지어주고, 물 길러 주고 자식 일곱을 낳아 준다.
    14) 부모가 돌아가신 꿈을 꾸고 약수를 길어 돌아온다.
    15) 돌아가신 부모에게 약수를 넣어 주고 피·뼈·살살이꽃으로 살려낸다.
    16) 바리공주는 그 공덕으로 만신의 우두머리가 되고 영혼을 극락으로 인도하는 신
       이 된다.

  비록 구송 장소는 다르지만 동일한 무당이 구송했기 때문에 이러한 기본 줄거리

에서는 차이를 보이지 않는다. 단락의 일탈도 발견되지 않으며 등장하는 인물 또한 변화가 없이 그대로 나타난다.7) 그러나 무가가 가지고 있는 유동성으로 인하여 세부적인 부분에는 변이가 발생하고 있다.

우선적으로 변이가 발생하는 것은 어조이다. 종결어미가 달라지는 것으로서 이는 내용 전개에 어떤 영향을 줄 정도는 아니다. 내용에 관련이 있는 변이가 발생하는 것은 세부 묘사에 와서이다. 세부 묘사의 차이를 비교해 보면 다음과 같다.

항 목	내 용
세부적인 부분의 변이	문복준비물, 바리공주가 약수 구하러 가는 준비물(평택본은 다섯 벌을 공주본은 세 벌을 준비), 금상마마의 호칭
〈평택본〉이 〈공주본〉보다 내용이 풍부한 경우	대례후 백관들이 하례드리는 광경
〈공주본〉이 〈평택본〉보다 내용이 풍부한 경우	금상마마의 태몽 등 대부분의 변이 부분
〈평택본〉에는 없고 〈공주본〉에만 발견되는 부분	후원에 버린 공주를 발견한 금상마마의 반응 뒷동산에 올라가 바라본 저승가는 배들의 모습 대왕마마 소생 후에 무장신선을 만나는 과정
〈공주본〉에는 없고 〈평택본〉에만 발견되는 부분	없음

이렇게 보면 〈평택본〉에 비해 〈공주본〉이 보다 풍부한 사설을 가지고 있음을 알 수 있다. 특히 〈평택본〉에는 발견되지 않으면서 〈공주본〉에는 발견되는 부분들이 많다는 것은 〈평택본〉보다 〈공주본〉이 사설에 있어서 더 풍부하다는 의미가 된다.

2. 망자천도기원 대목의 변이 의미

〈바리공주〉는 죽은 이를 저승으로 천도시키는 굿에서 구송되는 무가이다. 따라서 黃泉巫歌8)의 성격을 가질 수밖에 없고, 〈바리공주〉 전편 구송 과정에도 이러한 黃泉巫歌의 성격이 드러난다.

황천무가의 성격이 무가에 표현되는 것도 〈평택본〉과 〈공주본〉은 다소간의 차이

---

7) 서울 경기 충청도 지역을 묶어서 지칭하는 중서부지역 무가권 〈바리공주〉의 전형이라 할 수 있다.
8) 김태곤, 『황천무가연구』, 서울 : 창우사, 1966 참조.

를 보이고 있다. 〈평택본〉과 〈공주본〉에 공통적으로 발견되는 것은 〈바리공주〉의
내용 전개 중간 중간에 망자의 혼이 극락으로 천도하기를 기원하는 대목이다. 망자
천도기원 대목으로 이름 붙일 수 있는 이 대목 변이의 의미 파악은 무가 변이 파악
에 중요한 열쇠가 되리라고 생각한다.

이러한 구원천도기원 대목이 〈평택본〉에서는 모두 7회, 〈공주본〉에서는 모두 6
회가 발견된다. 횟수로만 볼 때에는 〈평택본〉이 〈공주본〉보다 황천무가 성격이 강
하다는 의미이다. 그러나 자세한 내용을 살펴보면 반드시 그런 것이 아님을 알 수
있다. 구원천도 기원 대목을 대비하면 다음〈표〉와 같다.

구원천도 기원 등장 부분	〈평택본 바리공주〉	〈공주본 바리공주〉
금상마마, 중전마마의 혼인 중간 부분	휘여/사문칠백이 가든 망자님/ 사문 구백이 가든 망자/ 슬프시다/어여/서러워라	없음
금상마마, 중전마마의 혼인 끝 부분	휘여/슬프시다 서럽구려/ 슬프시구나/아아 요 서러워라	휘여/슬프시다/사문은 칠백이 가옵시고 사문은 구백이 가오시고/어제 그제 하던 망자님/서러워라 원이로다 한이로다/중전마마 길례를 따르시면/구원천도 하는 날이요 극락세계를 가옵니다
첫째 공주 탄생한 부분	휘여/휘여 휘여/슬프시다/ 첫째 공주님 탄생하신 뒤를 따르시면/탈상에 상문 벗고 명두에 조상 나고/조비조상 원분 벗고 불사천류 지게 벗고/남망자 복건 벗고 여망자 요무 벗고/첫째 공주 탄생하신 뒤를 따르시면/구원천도 극락세계 하시는 날이로다	휘여/휘여 휘여/슬프시다 /사문은 칠백 사문은 구백 하던 망자님/첫째 공주 탄생하신 뒤를 따르시면은/극락세계를 가오고 구원천도 하옵니다
삼 공주 탄생한 부분	휘여/슬프시다/아아 서러워라/ 탈상에 상문 나고 명두에 조상나고/좋은 조상 원근 벗고 불사 청룡 지게 벗고/남망자는 복건 벗고 여망자 요무 벗고/삼공주 탄생하신 뒤를 쫓아 따르시면/생황극락 천도 하시는 날이로다	없음

사 공주 탄생한 부분	휘여/슬프시다/사문칠백 하던 망자 님/사문 구백하던 망자님/어여/서 러워라/탈상에 상문 벗고 명두에 조상나고/조비조상 은근 벗고 불사 천륜 지게 벗고/남망자 복건 벗고 여망자 요무 벗고/넷째 공주 탄생 하신 뒤를 따르시면 구원천도 하는 날이로다	휘여/슬프시다 어여여/사문칠백에 사문구백에 원왕생 원왕생 원이로다 한이로다/네째 공주 탄생 하신 뒤를 쫓으시면/극락세계 구원천도 하는 날 이 극락세계 가옵소사
오 공주 탄생한 부분	회여 휘여/슬프시다/서러워라	휘여 휘여/슬프시다 칠백에 사문 구백 에 가던 망자님아/다섯번째 공주 뒤를 따르시면 극락세계 가오리다/구원천도 하는 날이로다
육 공주 탄생한 부분	없음	휘여 휘여/슬프시다 여섯 번째 공주 탄생하신 뒤를 따르오면 극락세계를 가옵니다/이씨야도 할머니 조상님 망 자 혼령/혼백이라 극락세계를 가옵소 사 나무아미타불
칠 공주 탄생한 부분	휘여/슬프시다/애고	없음

이상의 구원천도기원 대목을 살펴보게 되면 〈공주본〉이 〈평택본〉에 비해 황천무
가의 성격이 보다 강화되었다. 망자의 천도를 기원하는 횟수는 〈평택본〉이 〈공주
본〉에 비해 많지만 실제 내용을 살펴보면 〈평택본〉이 매우 부실함을 알 수 있다.
금상마마와 중전마마의 혼인 중간 부분에 들어간 망자천도기원 대목은 구송될 때가
아닌데 구송이 되었다. 그러다 보니 금상마마와 중전마마의 혼인이 끝난 장면에 제
대로 구송되어야 할 망자천도기원 대목 역시 얼버무린 정도로만 구송되었다. 또한
오공주가 탄생 한 다음에 구송된 망자천도기원 대목도 간략하게 구송되었다. 따라
서 〈공주본〉에 비록 망자천도 기원 대목이 횟수로는 많은 6차례 구송되었지만 실제
로 격식을 다 갖춘 것은 3차례에 불과하다. 그러나 〈공주본〉에서 발견된 망자천도
기원 대목은 모두 제대로 격식을 갖추어서 구송된 자료로서 〈바리공주〉의 황천무가
성격을 보다 명확하게 보여준다. 특히 〈평택본〉에서는 발견되지 않는 대목인 육공
주 탄생 후에 구송된 망자천도기원 대목은, 굿 의뢰자와 망자에 대한 언급이 직접
있어서 더욱 황천무가로서의 성격을 보여준다.

또한 망자천도기원 대목의 어조도 달라서 두 자료의 차이를 알 수 있다. 〈평택
본〉에서는 모두 '---날이로다' 식의 간접적인 어조를 사용하여 굿판과 망자와의 사

이에 거리감을 부여한다. 반면 〈공주본〉에서는 '--가옵니다'식의 어조와 '--가옵소사' 식의 어조를 사용함으로써 굿판과 망자와의 사이를 좁히고 있다.

이렇게 망자천도기원 대목만으로 두 자료의 성격을 살펴보면 〈평택본〉에 비해 〈공주본〉이 황천무가로서의 성격이 강하다.

3. 축원 대목의 변이 의미

〈바리공주〉를 구송할 때 곧바로 〈바리공주〉에 대한 일대기가 구송되는 것은 아니다. 굿을 올리는 사람들의 정성과 동기가 나타나 있는 축원[9]무가를 한참 구송하고 나서 〈바리공주〉 일대기를 구송한다. 〈평택본〉과 〈공주본〉의 경우에 이 축원 드리는 부분에 차이가 있었다. 축원 부분을 몇 대목으로 나누어서 비교해 보면 다음과 같다.

1) 굿을 하게 된 동기와 정성을 드리는 사연 표현

이 대목은 〈평택본〉과 〈공주본〉에 모두 발견되는 대목이다. 〈평택본〉에 비해 〈공주본〉이 좀 더 풍부한 사설을 보이고 있으며, 굿을 의뢰한 의뢰자를 직접 거론하며 복이 들기를 기원한다.

2) 조상들에 대한 간절한 소망 표현

이는 〈평택본〉에서는 발견되지 않고 〈공주본〉에만 발견되고 있는 부분이다. 이 대목이 〈공주본〉에만 존재하고 있다는 것도 〈공주본〉이 〈평택본〉에 비해 황천무가 로서의 성격을 보다 명확하게 갖추었다는 의미가 된다.

3) 인생무상에 대한 표현

역시 〈평택본〉에는 발견되지 않고 〈공주본〉에만 발견되는 부분이다. 또한 이 부분에서 사용하고 있는 사설은 다른 기록문학에서도 발견되어지는 부분으로 무가와 다른 문학과의 관련성에 대한 단서를 제공해 주는 부분이다.

---

9) 서사무가의 내용과 직접적인 관련성이 없는 부분으로 구송자인 노재용씨는 축원부분이라고 말했다. 구송자는 바리공주 무가 구송을 축원 드린다고 표현하고 있는데 바리공주 일대기 앞부분에 구송되고 있는 부분을 특히 강조한 표현으로 생각된다.

4) 저승세계에 대한 모습 표현

〈평택본〉에서는 발견되지 않고 〈공주본〉에서만 발견되는 부분으로서 황천무가의 성격을 드러내는 대목이라 할 수 있다. 사람을 태어난 해에 따라 십대왕에게 나누어서 극락왕생을 기원하고 있다.

〈평택본〉이 정성을 드린다는 정도로만 구송되고 있는데 비해서 〈공주본〉은 상당한 양으로 정성을 드린다는 말과, 인간들이 가지고 있는 죽음에 대한 의식, 저승의 모습, 인생무상감 등을 상세하게 구송하고 있다. 〈평택본〉이 단순히 황천무가의 성격을 갖추려는 데 비해 〈공주본〉은 황천무가의 성격을 갖춤과 동시에 굿을 의뢰한 사람들과 굿판에 참석한 사람들에게 다양한 감흥을 불러일으켜서 굿판에 적극적으로 참여하게 만드는 구실을 한다. 〈평택본〉을 듣는 굿판의 참가자들은 어떤 감흥을 가지기보다는 굿의 흐름에 만족할 뿐이다. 그러나 〈공주본〉을 듣는 참석자들은 굿의 흐름과 동시에 축원무가에서 나타내려는 여러 가지 다양한 생각들을 받아들여서 단순한 감정의 흐름을 넘어서는 복합적인 감정의 흐름을 느낄 수 있다.

축원 대목의 변이 양상과 의미를 정리하면 다음과 같다.

구 분	〈평택본〉	〈공주본〉
축원 무가의 내용	굿을 하게 된 동기	굿을 하게 된 동기 저승의 모습 인생 무상감
참석자들과의 거리	멀다	가깝다

4. 변이의 의미와 원인

이상 대표적인 두 대목을 중심으로 조사된 자료의 성격을 살펴보았다. 〈평택본〉보다 〈공주본〉이 황천무가적인 성격이 강하며, 굿판과 굿에 참가한 사람들과의 거리감이 가까움을 알 수 있다. 〈평택본〉이 황천무가의 기본적인 성격을 가지고 있다면 〈공주본〉은 황천무가의 성격뿐만이 아니라, 굿을 의뢰한 사람들과 굿판에 참가한 사람들에게 생동감을 불러 일으켜 보다 적극적으로 굿판에 참가하게 한다. 이러한 〈공주본〉의 성격은 앞에서 살펴본 여러 세부적인 대목의 변이에서도 찾아 볼 수 있다. 〈평택본〉에 비해 〈공주본〉이 사설이 보다 풍부해지고 있다는 점, 〈평택본〉에는 없던 대목이 〈공주본〉에는 첨가되고 있다는 점 등이 〈공주본〉의 성격을 보다 명확하게 드러낸다. 〈평택본〉이 〈바리공주〉의 기본 틀을 가지고 있으며 황천무가의 기본적인 성격만을 드러내는 데 비해 〈공주본〉은 보다 상세화되고, 다양화되고 있다는 뜻이 된다. 〈평택본〉에 비해 〈공주본〉이 보다 풍부한 사설을 가진 무가, 황천무가로서의 성격이 분명한 무가라는 의미가 된다.

이러한 변이의 원인은 몇 가지 측면에서 고찰해 볼 수 있다. 첫째로 고찰 할 수 있는 것은 굿이 행해진 장소의 차이이다. 〈평택본〉이 도심지에 있는 법당에서 행해진 데 비해 〈공주본〉은 계룡산 굿당에서 행해진 것으로서, 장소의 제약이 평택 조사 때보다는 공주 조사 때가 덜 했다. 이는 굿의 주재자인 무당의 심적인 면에도 영향을 주어서 구송하는 사설의 풍부함과 빈약함의 차이를 나타냈다.

둘째로는 장소와 관련이 있는 것으로 무당의 신적인 힘에 의한 차이이다. 평택 조사의 경우 법당에서 한 탓도 있겠지만 격식을 갖춘다는 생각이 앞섰고 따라서 천도굿을 진행하는 과정에서도 신적인 힘이 두드러져 보이지는 않았다. 그러나 공주 조사의 경우 진오구새남굿을 하는 도중에 신적인 힘이 평택 조사 때보다는 더 강렬하게 나타나고 있었다. 장군거리의 경우 평택 조사를 하는 동안에는 우리나라의 장군신 만이 들어와 놀다간 정도였으나, 공주 조사의 경우 일본장군과 중국장군까지 들어와 놀다 갈 정도로 신적인 힘이 강렬하게 표출되었다. 따라서 〈평택본〉보다는 〈공주본〉이 사설이 더욱 풍부해 질 수밖에 없는 것이다. 공주 조사의 경우 일본장군신 중국장군신이 들어온 다음에 그 이유를 물어 보자 구송자는 "굿의 의뢰자의 신심이 깊어서 그런다."고 원인을 의뢰자 탓으로 돌리고 있었다.

여기에서 무가의 변이가 발생하는 몇 가지 단서를 확인할 수 있다. 무가의 변이를 유발시키는 요소로는 굿이 행해지는 장소와 무당의 신적인 힘의 표출 정도이다. 굿이 어디에서 행해지고 있는가에 따라서 무가의 사설이 달라지고, 무당의 신적인 힘이 어떻게 표출되는가에 따라서 무가의 사설이 달라지고 있었다. 그리고 무당 스스로가 말하고 있는 것처럼 의뢰자에 따라서 무가의 사설이 달라질 수가 있다. 이렇게 보면 무가의 변이를 유발시키는 세 개의 커다란 축은 장소, 무당, 의뢰자라고 할 수 있다. 곧 굿이 의뢰자의 부탁에 의하여 무당이 어떤 장소에서 행하는 제의임을 감안한다면 무가의 변이 역시 이 세 축의 영향을 크게 받고 있는 것이다.

이상과 같이 무당은 자신이 처해 있는 환경의 영향을 받아서 무가 사설을 다양하게 구송할 수 있다. 기본적인 틀만을 유지하는 식으로 구송할 수 있고, 다양한 사설을 선택하여 구송할 수도 있는 것이다.

Ⅲ. 무가 연행의 요건

이러한 서사무가를 구송하는 데에는 어떤 원리가 작용하고 있는 것처럼 보인다. 이러한 원리를 여기에서는 전승축과 개성축, 제의축과 놀이축이라는 4개의 축으로 설정하여 규명하고자 한다. 전승축과 개성축은 무가 사설을 지배하는 축으로 무당이 서사무가를 구송할 때 사설의 기본 구조 및 개인이 임의로 변개할 수 있는 영역을 의미하는 축이다. 전승축은 무당이 임의로 무가 사설을 변개하지 못하게 하는 절대적인 축이라면, 개성축은 무당이 임의로 변개시킬 수 있는 영역을 의미한다. 제의축과 놀이축은 굿판의 본래 목적 및 분위기, 질서를 의미하는 축으로 굿을 하는 현장이 무가 사설에 영향을 미치는 것을 의미한다. 굿판은 크게 두 가지의 성격을 가지고 진행이 된다. 신에게 인간이 가지고 있는 기원을 바치는 제의로서의 성격과 굿판에 참가한 사람들을 흥겹게 감정을 풀게 하는 놀이로서의 성격이다. 이 두 가지는 상호보완적이어서 어느 하나가 다른 하나를 완전하게 배제할 수는 없다. 제의로서의 성격만이 강조된다면 그 굿판은 엄숙성을 유지하게 되어 굿판에 참가한 사람들의 동조를 얻기가 어렵다. 일방적으로 무당의 주관 아래에 인간의 뜻이 신에게 전달되기를 바라는 것이다. 반면에 놀이로서의 성격이 강조된다면 그 굿판은 본래의 목적을 상실한 하나의 놀이판으로 변모되어 버린다.[10] 무당은 놀이와 제의의 두 가지 성격을 조화시켜 진행하여야만 굿판에 참가한 사람들로부터 신뢰를 얻을 수 있는 것이다. 따라서 이러한 네 개의 축이 무가 구송에 어떻게 영향을 미치고 원리로 작용하고 있는지를 고찰하는 것은 중요한 의미가 있다고 생각된다.

1. 전승축과 개성축의 작용원리

무당이 굿판에서 구송한 무가 중에서 세부표현까지 동일한 무가는 존재하지 않는다. 기본줄거리는 같지만 어조, 세부적인 사건의 진행, 세부표현 등에서는 차이가

---

10) 이러한 주장은 굿판을 바라보는 두 가지 서로 다른 시각과도 통한다. 굿판을 제의로 보아야 한다는 김태곤의 주장과 연회(연극)로 볼 수 있다는 이상일의 주장은 서로 대립되어 있다.

나타날 수 밖에 없다. 이러한 것은 구비문학이 가지고 있는 유동성에서 기인하는 것이다.

이때 무당이 무가 습득과정에서 암기하여 임의로 변개 시킬 수 없는 부분들이 존재하고 있는데 이러한 표현들은 모두 전승축의 영향을 받은 것이다. 곧 자신이 받은 전승의 원리에 충실하게 구송하여야 하는 부분들이다. 반면 자신이 임의로 변개 시킬 수 있는 부분은 제약을 받지 않는 부분들로서 무당의 개별 능력에 따라 얼마든지 달라질 수 있다.

먼저 전승축의 영향을 받는 가장 대표적인 표현에는 관용구가 있다. 노재용이 구송한 〈바리공주〉에서도 관용구가 발견되는데 이러한 관용구는 다른 지역의 〈바리공주〉에서도 발견되어 전국적인 관용구라 할 수 있다.

앞으로 청사이불 뒤로 흑사이불11), 아홉방 준주방석12), 명석딸기, 깔끔깔끔 복숭아, 시금시금 살구때기13), 삼신산 불노초, 배곡산 약려수14), 연지 닷 되 분 닷 되15), 버리다 버리더기 던지다 던지더기16), 이삼월 춘풍시절17)

이러한 표현들은 모두 관용적으로 굳어진 공식구들로서 무가의 내용에 관련 없이 구송시 자동적으로 사용되는 표현들이다. 다음으로 핵심적인 개념의 반복을 들 수 있다. 이러한 핵심적인 개념의 반복은 같은 작품 내에서 반복되는 경우와 서로 다른 이본에서 발견되는 경우를 들 수 있다. 노재용이 구송한 〈바리공주〉에 보이는 핵심적 표현의 반복은 다음과 같은 것들이 있다.

A. 백옥같이도 곱던 얼굴 세알개미가 돋으시고
   금강추 채소에는 풋내 난다 하시고 물에서는 해금내난다 하시니
   여보아라 시녀 상궁들아 문복이나 가려무나
   은돈 닷돈주시고 금돈 닷돈 들으시고 칠푼을 휘이 들어

---

11) 출산 준비물을 준비하는 과정에 나타나는 것으로 〈공주 노재용본〉을 위시한 여러 이본에 보인다.
12) 출산 준비물로서 역시 중서부지역 무가에 주로 나타난다.
13) 懷妊한 바리공주 어머니가 찾고 있는 과일을 묘사한 부분으로 〈양주 조영자본〉 〈공주 노재용본〉 등의 중서부 지역본에 주로 나타난다.
14) 오구대왕에게 필요한 약을 표현한 부분으로 〈양주 조영자본〉 등에 나타난다.
15) 태어난 공주를 단장할 때 사용하는 표현으로 중서부지역, 전라도지역에 주로 보인다.
16) 태어난 바리공주를 버리는 부분에서 이름을 명명하는 부분에 사용된다. 전라도지역, 중서부 지역에 나타나고 있다.
17) 〈영암 정화점본〉에 나타나는 표현으로 경치를 묘사하는 데 사용되고 있다.

일곱자 일곱치 명도 수건 끊어 들으시고 문복을 가려내시는구려
천하올라 대신에 지하대신이요
열두대신 육대부신이로 대함제석 소함제석 삼불은 양에 제석이로구려
첫째산을 던지시니 허튼산이로구려
둘째산은 만신 몸주산이로다
셋째산을 던지시니 옳은 산이로다
모르면 모르거니와 중전마마 병환이 아니오라
석가세존공덕으로 삼신이 진을 치어 첫째 공주가 분명하오

B. 휘여 휘여 슬프시다 서러워라 살상에 상문 벗고
불사지게 천륜벗고 조비조상 은둔 벗고
남망자 복건 벗고 여망자 요무 벗고
극락세계 구원천도하오니
두 번째 공주 탄생하신 뒤를 따르시면 극락세계를 가옵나니다
휘여 휘여 슬프시다 나무아미타불

C. 애고 천약이 무효가 되어
여보아라 삼천궁녀 시녀상궁들아 문복이나 가려무나
은 돈 닷돈에 금 돈 닷 돈 병문안에도 병점 병문복이나 가려무나 하시니
은 돈 닷 돈에 금 돈 닷 돈
일곱자 일곱 치 명주수건 을 끊으시고
칠푼 휘이 들으시고 아 문복을 가리실 적에
천불은 양에 제석에 천하 올라대신에 지하대신에
제갈공명에 와룡선생이오 상쾌 중쾌 상통천문 하달지리 무불통달로
상쾌 중쾌 하쾌 내시더니 하시는 말씀이
귀한 자손 버려 벌전이 분명하오

A는 중전마마가 懷妊했을 때 문복을 하러 가는 과정으로서 복채 준비, 문복자에 대한 표현, 점괘를 내는 모습 등은 회임한 횟수에 관계 없이 반복되는 표현들이다. 특히 C는 병에 걸린 오구대왕의 병약을 알기 위해 문복을 하는 장면인데 회임했을 때 문복하는 장면과 유사하다. 이는 이러한 표현이 핵심적 개념으로써 문복자와 관련된 부분에서는 어디에서든지 사용된다는 의미이다. B는 〈바리공주〉의 기본 줄거리와는 관련성이 없는 부분으로서 사건의 전개 과정에 수시로 구송되는 부분으로 망자천도를 기원하는 부분이다. 역시 내용과는 무관하게 구송되는 핵심적 표현의 예라고 할 수 있다. 이러한 핵심적 표현은 대다수가 발견되는데 다음과 같은 예들도 있다.

D. 한두 달에는 피를 모으고 다섯 여섯 반짐 매고 일곱 여덟달에는 팔색을 갖추시
   고 열달을 곱게 배어

E. 억만삼천고개를 넘으시고 염불고개를 넘으시고 불탄고개를 넘으시고 까치여울
   피바다를 건너

F. 바람이 건듯 불어 세월이 여류하야 세월이 여류하여 무정세월 약류파라

D는 회임하여 배안의 아기가 커가는 과정을 묘사한 부분이고 E는 공간 개념을 표
현 할 때, F는 시간 개념을 표현할 때 사용되는 핵심적 개념들이다. 이러한 핵심적인
개념의 사용은 무당이 임의로 변개시킬 수 없는 전승축의 영향을 받는 부분이다.
   이러한 핵심적 표현들은 다양한 이본에 공통적으로 발견되는 표현도 있어서 주
목된다. 무가권에 관계 없이 다양한 이본에 공통된 표현이 발견된다는 것은 〈바리
공주〉가 전체적으로는 하나의 기본형에서 출발했다는 가설을 입증할 수 있는 단서
가 되기 때문이다.

G. 한두달에는 피를 모으고
   다섯달에 오색을 갖추고 오장육부 산통 혈기를 마련하고
   일곱 여덟달에는 오장육부가 마련되어서도
   아홉 열달에는 육천 마디가 마련되어[18]

H. 석달에 피를 모고 넉달에 자리 잡아
   다섯달에 반집받고 여섯달 왼집 받아
   일곱달 칠삭 되니 산실청 배설하고
   여덟달 팔삭 되니 약방기수상궁 다령하고
   아홉달 구삭 되니 앞으로 혹사 도듬 뒤로 청사도듬
   열달 십삭 되오시니[19]

I. 한달 두달 피를 모아
   삼슥달 은토받어
   다섯달 반짐 받고
   여섯달 연짐 받구
   일곱달 칠세 받고
   야덟달 팔세 받고

18) 〈공주 노재용본〉
19) 〈양주 조영자본〉

　　아곱 열달 가만 채우고 주년 채서20)

J. 슥달에 피를 모다서
　　다섯달에 반짐 실어가지구
　　열달이 찬짐 실어 가지구 하루 아침이요21)

K. 그달부터 태기 있어 한 달 두 달 피를 모아
　　석달 인경 갈아 넉 달 사신
　　다섯달에 반신이라 여섯달에 육신
　　일곱달에 칠신 여덟달에 팔신
　　아홉달에 서음 받아 숙십을 고이 채울 적에22)

　　이러한 표현들은 모두 시간의 경과와 함께 바리공주의 어머니가 점차 배가 불러지는 과정을 묘사한 부분이다. 북한지역 무가권에서부터 중서부지역, 동해안·경상도 지역, 전라도 지역에 공통적으로 발견되고 있다는 것은23) 이러한 표현이 〈바리공주〉의 대표적인 공식적 표현으로서 무가권에 따라 다양한 변이를 보이고 있지만 기본형이 있었으리라는 근거가 된다. 그리고 이러한 공식적 표현은 〈바리공주〉의 전승을 용이하게 하는 구실을 하며 무당 개인이 임의로 바꾸는 것을 용납하지 않는다. 곧 전승축의 영향을 받고 있는 부분들로서 한 연행 요건 중 제약 요건이라고 할 수 있다.

　　그러나 무가의 구송 과정이 이러한 전승축의 영향을 받는 것만은 아니다. 무당이 임의로 변개시킬 수 있는 부분 또한 존재하게 마련이다. 이러한 부분을 개성축이라고 할 수 있는데 개성축의 영향을 받아 변개되는 양상을 보면 다음과 같다.

　　a-1 옛 대신 거둥봐라 나라 자손 찾아왔오이다
　　b-1 옛대신이 여보시오 나라 자손 찾아왔습니다

　　a-2 이때에 애기씨 하는 말이
　　b-2 이때에도 애기씨 한 자를 외우면 열 자가 통달되고 열 자를 외우면 백 자

---

20) 〈해남 주평단본〉
21) 〈함흥 이고분본〉
22) 〈속초 신석남본〉
23) 서사무가 〈바리공주〉를 대상으로 변이 양상을 고찰한 후 나눈 상위 무가권을 가리킨다. 이것은 명칭은 서로 다르지만 〈제석본풀이〉를 대상으로 무가권을 구획한 선행 연구와도 일치한다. 서대석, 『한국무가의 연구』, 서울 : 문학사상사. 1980 참조.

천자 무불통지가 되어 십 오세가 당도를 하였는데 깜짝 놀라

a-3 비럭공덕 할멈 비럭공덕 할아범 저 하인들 말을 듣지 마오
b-3 여보시오 비럭공덕할멈 공덕 할아범 거짓말 마오

a-4 소녀가 십오세가 되었는데 응큼한 맘을 먹고 거짓말 할 거요
b-4 저 하인들이 내가 나이가 십오세가 되어 응큼한 맘을 먹고 거짓말 하는 거요

a-5 나라자손이라면 내가 왜 이런 천한 곳에서 살겠소이까
b-5 나라에 귀한 자손이라면 내가 왜 이런 초가삼간에 살것소

a-6
b-6 그러면 너희들이 배안에 저고리 가져 왔느냐 옛대신 하는 말이 엉망중에 못
    가져왔소

a-7 그러하오면은 내가 하나님전에 고해서
b-7 그러면은 저 애기씨가 내가 정한수를 떠다놓고 하나님 전 고해서

a-8 영검있고 알음이 있으면은 모르거니와
b-8 영검이 있으면 모르거니와

a-9 아니 그러면은 거짓말 한 죄로 벌전이 있을 것이로다
b-9 아니 그러면은 너희들이 응큼한 맘을 먹고 죄인이 분명하다 하시니

a-10 애기씨 거동봐라 은쟁반 금쟁반 받쳐들고
b-10 애기씨님 은쟁반에 금쟁반에 정한술 받쳐놓고

a-11 동방에 청해수를 길르시고 남방에는 적해수 길르시고
b-11

a-12 서방에는 백해수 중앙에는 황룡수를 길러다가
b-12

a-13 은쟁반에 금쟁반 받쳐들고 동서남북을 재배하니
b-13 애기씨님 은쟁반에 금쟁반에 정한술 받쳐놓고 동서남북을 재배하니

a-14 난 데 없는 뇌성벽력 소낙비가 쏟아지는구려
b-14 난 데 없는 뇌성벽력 소낙비가 쏟아지니 영검이 있으시니

a-15 이제서야 알아차리구는 옛대신 앞세우고
b-15 그제서야 알아차리고는 옛대신 앞을 세우고
a-16 단 걸음에 나달아서 상당에 오르시니
b-16 국수등 쌍등을 다령하시어서 대궐 뜰안을 나시더니

a-17 대왕마마 앞에 내 숙배 제 숙배 드리시니
b-17 내 숙배 제 숙배 삼 숙배 올리시고 안당으로 굽으시니

a-18 대왕마마 하시는 말씀이
b-18 대왕마마 하시는 말씀이

a-19 애고 세상에 버리란 자손 살아 죽으라고 버린 자손
b-19 버리라고 죽은 자손 무슨 죄가 있겠느냐 얼굴이 말이 아니로구나

a-20 무얼먹고 자랐느냐 무얼 먹고 살았느냐
b-20 무얼 먹고 자랐느냐 무얼 먹고 살았느냐

a-21 겨울이면은 삼베옷을 입고 비럭공덕할멈 비럭공덕할아범 공덕으로 살았습니다.
b-21 애기씨 하는 말이 비럭공덕할멈 비럭공덕할아범 공덕으로 살았습니다

　여기에서 a는 〈평택본〉에서 b는 〈공주본〉에서 인용한 부분으로 내용상의 차이는 보이지 않고 세부적인 묘사에만 차이가 있다. 먼저 어조는 임의로 변개가 가능한 부분이다. a-1과 b-1, a-5와 b-5, a-14와 b-14에서 어조의 변화를 확인할 수 있다. 또한 없는 부분이 새롭게 첨가될 수 있다. 이는 가감을 해도 내용전개에 지장이 없는 부분들이 해당된다. 여기에서 판소리와 동일하게 서사무가도 부분의 독자성을 가지고 있음을 확인할 수 있다. a-11,a-12는 바리공주가 徵驗하기 위하여 물을 떠오는 부분으로 좀 더 자세하게 묘사한 부분이다. 이 부분은 굿판의 분위기에 따라 무당이 임의로 빼거나 넣을 수 있는 부분이다. 여기에서 특히 주목되는 부분은 b-2이다. a-2에서 간략하게 말한 내용을 상당히 자세하게 묘사하고 있는데 "한 자를 외우면은 열 자가 통달되고 열 자를 외우면은 백 자 천자 무불통지가 되어"와 같이 표현하여 좀 더 세밀하게 표현하고 있다. 이 표현은 공식적인 관용구로서 이러한 공식적인 관용구에서 차이를 보인다는 것은 공식적인 관용구 또한 무당이 임의로 변개시킬 수 있다는 의미이다. 전승축의 영향을 받아서 암기하여 구송하는 관용구를 실제 구연 상황에서는 삭제할 수 있다는 것은 공식적인 관용구가 개성축의

영향을 받을 수도 있다는 뜻이다. 공식적인 관용구는 습득과 연행에서 차이를 보이고 있다. 습득의 과정에서는 전승축의 영향을 받아서 습득하지만 구송할 때에는 개성축이 작용하여 임의로 변개될 수 있는 부분이다. 결국 무가 사설의 습득 과정에서는 전승축이, 연행 과정에서는 개성축이 우위를 보인다는 의미이다. 이러한 개성축이 무가 연행에서 작용하고 있다는 것은 무가의 연행 요건 중 자유요건에 해당한다. 전승축이 무가 연행을 제약하는 요소로 작용한다면 개성축은 무가 연행의 자유로움이라고 할 수 있다. 이러한 개성축으로 인해 무가 사설에 변이가 발생하게 되어 다양한 전승 양상을 보이는 것이다.24)

2. 제의축과 놀이축의 작용 원리

굿판은 신에게 바치는 제의임과 동시에 사람들이 현실에서 가지고 있는 누적된 감정을 풀 수 있는 놀이 공간이기도 하다. 유능한 무당은 신에게 인간의 기원을 전달할 뿐 아니라 굿판에 참가한 사람들의 마음까지도 풀어주는 역할을 하는 것이다. 일방적으로 신에게 자신의 뜻을 전달하기만 하고 신의 위엄이나 엄숙성을 강조한다면 그 굿판은 굿판에 참가한 사람들의 호응을 받을 수 없다. 그렇다고 지나치게 놀이성을 강조할 수 만은 없는 것이다. 따라서 이러한 제의로서의 성격과 놀이로서의 성격은 무가 사설에도 영향을 미치게 되는 것이다.

노재용이 구송한 〈바리공주〉는 전체 〈바리공주〉 무가권에 의하면 중서부지역 무가권에 속한다. 중서부지역 무가권은 놀이로서의 무가보다 제의로서의 무가의 성격을 나타내려는 특징을 가지고 있어서 놀이축이 두드러지지 않는다. 따라서 먼저 놀

---

24) 이러한 개성축이 작용하여 무가에 변이를 일으키는 것을 몇 가지로 유형화할 수 있다. 같은 구비 서사문학인 설화에서는 설화의 변이 원인이 S.Thompson에 의해 규명된 이래 Axel Olik에 의해 법칙화되기도 했다. 또한 우리나라 설화를 대상으로도 설화의 변이 발생 요인이 규명되기도 했다. 따라서 서사무가도 이러한 맥락에서 본다면 변이의 발생 요인을 법칙화할 수 있을 것이다. 〈바리공주〉이외의 서사무가를 대상으로 변이 양상을 고찰하여 일반적인 법칙을 추출한다면 법칙화는 가능해 질 것으로 생각되며 본고에서의 논의를 바탕으로 앞으로 해결해야 할 하나의 과제로서 제기한다. S.Thompson, *The Folktale*(New York:Dryden), 1951, 436~438면 ; Axel Olik, Epic Laws of Folk Narrative in Alan Dundes ed., *Study of Folklore*(Englewood Cliffs N.J.:Printice Hall,1965), 129~141면 ; 최래옥, 『한국구비전설의 연구』, 서울:일조각, 1981, 222~228면 ; 홍태한, 「이야기판과 이야기의 변이 연구」, 경희대학교 석사학위논문, 서울:경희대학교 대학원, 1986, 36~58면. 참조.

이축과 제의축을 고찰한 후 노재용 구송 〈바리공주〉의 특징을 살피기로 하겠다.

놀이축이 표현되는 양상은 다양하다. 첫째로 확인되는 놀이축의 표현은 줄거리와 관련이 없는 사설들을 구송하여 관중들의 홍미를 끌어들이는 방법이다. 삽입가요를 사용하여 관중들의 호응을 받는 것이 단적인 예이다. 또한 다음과 같이 수수께끼 식의 표현을 사용하여 관중들을 굿판으로 몰입하게 한다.

A : 소승의 성명은 글자 파자로 아뢰리다
　　 재거리 밑에 나무목하니 송나라 송자 분명하오
　　 부처 불자 통할 통자 송불통이올시다
　　 소승의 절 이름은 초부밑에 한일 한일 밑에 밭전
　　 밭전 밑에 여덟팔 누루황자가 분명하오
　　 설립 밑에 달월 달월 변에 점복 점복 밑에 몸기
　　 몸기안에 삼전용 용자가 분명하오
　　 흙토 밑에 마디촌하니 절사자가 분명하오 홍룡사옵니다
　　 얼쑤 스님네 알았소25)

바리공주 어머니가 자식이 없어서 고심할 때 찾아온 스님이 자신이 속해 있는 절의 이름을 표현하고 있는 이 부분은 한 마디로 스님이 속해있는 절의 이름을 말하면 될 것을 관중들의 홍미를 고조시키기 위하여 파자 형식의 수수께끼를 차용하였다.

놀이축의 양상 두번째는 性에 대한 노골적인 표현을 한다는 것이다. 성이 인간이 가지고 있는 기본 욕구임을 감안하면 성에 대한 표현은 관중들의 홍미를 배가시킬 수 있다. 특히 이러한 성에 대한 표현은 동해안 지역 뿐만 아니라 다른 무가권에서도 발견되고 있어서 모든 굿판이 어느 정도는 놀이축의 영향을 받고 있음을 알 수 있다.

B : 그날 밤을 지낼라니 잠이 올 수가 있겠느냐.
　　 이때 오그대왕님 거동보소.내궁을 드는구나.
　　 간밤에 여러 궁녀들 눈을 피해가며 내궁을 들어가서
　　 양주부처 간밤에 몽중의사를 생각하니 태몽이 분명하와
　　 그날 밤에 영감 마누라 두께비 씨름을 몇 번 했는지 나는 못 봤심더.(관중들 웃음)
　　 그날 밤을 즐기고 나더니만26)

25) 〈강릉 송명희본〉
26) 〈영일 김복순본〉

C : "여보 울 것 없오 우리 어저느 서로 절으로 가지안으면 울 일 없으니까 우리 각
    가로 잡시다 서로 절으로 오며느 서로 때려 쥐길 내기 합세다"
    초경에 이경에 삼경 말당이 되니 수차랑 선배 오좀 쇠패 이러나서 아랫방을 내
    레따 보니 독주아부인님이 누벘는 거 네레다 보니 보름이나 되었는지 달이 죄
    열해서 홀닥 벗고 다리를 들어 걸고 누벘으니 그것을 보고 소담스럽고 예뿌고
    먹음적하여 숫탄 맹세를 해 놓고도 맞어 죽을 솜하고 초방 중방 상방 휘여다
    나드리 또 달라 부르니 또 애기 들었소27)

　놀이축의 세번째 양상은 관중들의 참여를 유도한다는 것이다. 굿판에서 홍이 고
조되면 관중들은 구송 중간 중간에 개입기도 하는데 이는 굿판이 열린 공간이라
는 의미로서 놀이로서의 성격을 명확하게 보여주는 것이다.

D : 아이구 대비마마여 공주를 탄생했나이다.
    그 말을 들더니마는 그 자리에서 기절하여 또 넘어간다.
    (이때 반주자가 〔뱃속에 보지만 들었나부다〕라고 말한다. 관중들 웃음)

E : 여섯째딸이 들어오디마는 어무이요 아다시피 내 시집 갔는 제가 막내이 딸이라
    하는 말이 내 시집갔는지가 꼭 석달째 안 나능교.우리 신랑 내 얼굴이라도 못
    보면 일시라도 못 보면 죽을락하고 나는 신랑에 얼굴을 세상에 일시라도 못 보
    면 환장을 하는데 내 사랑에 미처 가지고 못 가겠심더.
    (남편이 〔그런 놈의 가신아가 어딧노〕한다.관중들 웃음 〔그놈의 가신아 썹두덩
    을 차버릴라〕하자 관중들 다시 크게 웃는다.말을 받아 〔에그 거 누집 사운동
    조동이 못됐다.사람은 좋구남 고 입이 못 됐다.〕

F : 등글 안에 옥녀씨들은 청띠나 띠여 곱기나 하고
    등글 등글 드리 둥둥 둥둥.
    (관중들 "잘한다." "좋다."하는 함성을 지른다.무녀는 춤을 추며 도느라고 무가
    가 잠시 중단된다.)

G : 며느리 며느리 좋다고 해도
    우리 아들 없는 며느리 어디 있노.
    (이 때 반주자가 일어나서 잠시 농담을 무녀와 주고 받는다)28)

　D와 E는 악사가 개입하여 사설의 놀이성을 나타내는 부분이다. 일상적인 생활에

27) 〈홍원 지금철본〉
28) 〈영일 김복순본〉

서는 용납이 될 수 없는 비속어를 사용하여 굿판의 분위기를 누구나 참가할 수 있는 열린 공간으로 만들어 놓고있다. F와 G는 무당이 관중들과 어울리는 부분으로. 神에게 소원을 기원하는 굿판이 누구나 참가하여 흥을 내는 놀이판이 되었음을 알 수 있다.

이러한 놀이축은 굿판 분위기의 영향을 받은 것으로 무가 사설에는 장편화와 비속화의 두 방면으로 작용한다. 삽입가요가 첨가됨으로써 무가 사설이 길어지게 되고 비속어가 거리낌 없이 사용됨으로써 사설의 숭고성은 사라진다. 이러한 놀이축은 무당이 임의로 굿판과 관객들의 거리를 조정할 수 있게 하는 장치로서 앞에서 제시한 자유요건에 해당된다고 할 수 있다.

또한 굿판의 본래 목적인 제의로서의 성격을 강조하는 표현들도 보인다. 이러한 표현들은 굿판의 질서와 수준을 어느 정도 유지하게 하는 축으로서 굿판이 신과 인간이 교감하는 비일상적인 공간임을 나타내어 주는 표현들이다. 놀이축이 지나치게 강조되어 굿판의 본래 목적을 상실되는 것을 제어하면서 굿판의 흐름을 유지하게 하는 것이다.

> H : 염불루 길을 닦아 가실 적에 오귀문을 열어 오귀문을 열어서루 극락세계루 가
> 신답니다. 그러니까 본시 영가시는 오귀문을 열어서루 바리데기를 따라 서천서
> 역국 좋은 극락세계를 가시는구나.29)

놀이축이 유달리 강조되는 동해안 지역 무가권의 〈바리공주〉이지만 굿을 행하는 목적을 분명하게 명시하고 있다. 망자를 천도시키기 위하여 굿을 벌이고 있다는 것을 명시하게 되면 굿판은 엄숙성을 띠게 되고 망자의 가족들은 다시 한 번 고인에 대한 슬픔을 느끼게 된다. 이러한 제의축이 강조된 지역은 중서부지역 무가권으로서 모든 지역의 〈바리공주〉에서 제의로서의 성격을 분명하게 나타내는 것을 볼 수 있다.

> I : 불쌍허신 오구시왕님은 베리덕각씨가 살리었건만
> 오늘 저녁 이 굿 보고 극락 가신 이 망제님
> 부자유친도 대신 갈 이 전이 없소
> 형제 일신도 대신 갈 이 전이 없소
> 부부군신도 대신 갈 이 전이 없네

---

29) 〈영일 김복순본〉

숨 떨어져 눈 감으면 모두가 남이더라
어이허신 망제님덜 남우 액을 맡아갔는가
수명 짧라 가셨는가
명줄이나 당가 주세30)

J : 슬프다 아모 망제 임석은 입서근 후에
선의궁 말미와 열시왕 불과도 제중생
십생말생 법생원융 사십팔원 도제중생 제제히 외우시고
밝은 길은 시왕길이요 넓고도 어두운 길은 칼산지옥이요
좁고도 밝은 길을 찾아가면
개똥 밭이 유리되고 황모란 백모란에
철죽 진달래 왜송 반송 노간주 상나무
맨드라미 봉선화 얼그러지고 뒤트러졌으니
꽃가지 꺾지 말고 시왕세계 극낙세계 상상구품 연화대요
지년으로 왕생극낙 하소사31)

이러한 놀이축과 제의축의 성격을 감안하여 노재용 구송 〈바리공주〉를 살펴 보면 노재용은 철저하게 제의로서의 성격을 유지하려는 사람이다. 그가 구송한 〈평택본〉나 〈공주본〉에서 제의적인 성격을 분명히 나타내는 부분은 다음과 같다.

첫째 동일한 내용의 반복될 때에도 빠짐없이 구송한다. 딸을 연이어 여섯을 낳을 때 태몽이 있고, 문복을 하고 ,점괘가 있고 세월이 흘러 출산하는 과정이 지루할 정도로 반복된다. 또한 약수를 구해 오라고 딸 여섯을 불려 들여서 딸들 하나 하나에게 부탁하는 장면도 지루할 정도로 구송된다. 이러한 것은 격식을 갖추기 위해서는 반드시 구송해야 한다는 노재용의 말처럼 바리공주 거리가 제의로서의 성격을 나타내기 위해서이다.

둘째, 지옥을 지나갈 때 영혼들을 구제하는 장면에서 굿판의 본래 목적이 강조된다. 오구굿에서는 망자의 혼령을 극락으로 천도시키는 것을 목적으로 하는 바 이러한 제의적인 성격에 부합되는 것이 영혼 구제 장면이다.

셋째, 바리공주가 약수를 구해와 부모를 살리고 신으로 좌정한 후 부모에 대한 효성을 강조하는 사설이 첨부됨으로써 제의성을 강조한다. 바리공주의 일대기 구송이 끝난 후 주제와 관련이 있는 부모에 대한 효성을 강조하는 것은 굿판의 분위기

---

30) 〈광양 이애순본〉
31) 〈서울 문덕순본〉

를 엄숙하게 만드는 데 기여한다.

이러한 제의축에 충실한 노재용이지만 놀이로서의 성격을 보여주지 않는 것은 아니다. 〈평택본〉보다 분량이 많은 〈공주본〉에서 이러한 부분들이 발견된다.

먼저 중전마마가 아이를 낳는 장면에서 놀이로서의 성격이 보여진다. 〈평택본〉에는 "하루 아침 중전마마 앉던지 눕던지 하시더니 순산을 하시었구료"로 구송되어 있지만 〈공주본〉에는 "하루 아침에도 중전마마 아이고 배야 아이고 배아 네 방을 쩔쩔 매시더니 순산을 하시었네"라고 다소 과장되게 표현된다. 다음으로는 〈평택본〉에는 나타나지 않던 표현들이 〈공주본〉에 나타나 사설을 보다 풍요롭게 확장하여 듣는이들에게 즐거움을 준다. 한 예를 들면 바리공주를 찾으러 온 하인들에게 〈평택본〉에서는 곧바로 시험을 하지만 〈공주본〉에서는 "배안에 저고리 가져 왔느냐"며 엉뚱한 이야기가 들어 간 후 시험에 들어간다. 그리고 〈평택본〉과 〈공주본〉 모두에 공통으로 보이는 무장승에 대한 표현은 해학적이어서 굿판에 참가한 사람들에게 웃음을 준다.

> 키는 하늘을 닿을 듯 하고
> 이마는 도마 이마에다
> 코는 줄대병코에
> 눈은 화경 만하고
> 입은 신발짝만하고
> 손은 소대박 만하고
> 발은 세 자 세 치가 넘고
> 아이고 무서워

그러나 이러한 해학적인 표현들이 동해안 지역의 〈바리공주〉만큼 충실하게 발견되는 것은 아니다. 그렇지만 노재용 역시 굿판에서 무가를 구송할 때 놀이축에 대한 고려가 있으며 이러한 것은 무가 구송에 영향을 미치는 것이다.

IV. 맺음말

이상에서 무가 연행의 특성을 살펴 보았다. 다른 구비문학과는 달리 무가는 일상 공간에서 구송되는 갈래가 아니라 굿판이라는 신성 공간에서 구송되는 갈래이기 때문에 연행 과정에서 다층적인 양상을 드러낸다. 전승과정에 구송자 개인의 특성이 가미되어 변이가 발생할 수 있다는 것은 일반적인 구비문학과 동일한 양상이다. 그러나 굿판의 성격에 따라 제의로서의 성격과 놀이로서의 성격을 드러내는 것은 무가 만의 특성이라 할 수 있다. 이는 무가가 단순히 인간 관계를 기반으로 존재하는 문학 갈래가 아니라 신과 인간이라는 또 다른 축을 기반으로 하고 있기 때문이다. 이러한 양상은 전승축과 개성축, 제의축과 놀이축이라는 네 가지 축으로 정리될 수 있다. 이에 따라 무가 연행의 특성이 어느 정도 밝혀졌으리라고 생각된다.

그러나 본고에서 논의된 내용은 보다 심층적인 논의를 요구한다. 노재용의 무가 만이 아니라 다른 무당들이 구송한 무가들을 대상으로, 그리고 〈바리공주〉 만이 아니라 다른 서사무가들을 대상으로도 고찰되어야 할 것이다. 그런 점에서 본고에서 논의한 내용은 시론적인 성격이 강하며 앞으로 다양한 논의를 수반하여 이론화되어야 할 것이다.

판소리에서 임기응변과 변조의 의미
-高壽寬의 경우를 중심으로-

유 영 대

1. 판의 즉흥적 성격

일반적으로 판소리·서사무가·서사민요처럼 오랜 시간에 걸쳐 구연·연창되는 예술의 경우, 작품을 온전하게 구연하기 위해서 명창은 오랜 기간을 스승에게 꾸준히 배우고, 배운 문서를 공들여 다듬어 청중에게 제대로 전달될 수 있도록 세련을 가해왔다. 명창의 학습방법을 조사할 때 가장 흔하게 접할 수 있는 증언은 '토굴에서 10년을 소리공부 하면서 살았다'거나, '쉬지 않고 열시간을 소리질렀다', '소리공부를 하다가 목소리가 전혀 나오지도 않고 온몸이 부황이 나듯 부어올라 똥물을 먹었다'는 등, 得音을 위하여 악조건 아래에서 수련했다는 내용이 빠지지 않는다. 다소간의 과장은 감안한다 하더라도 실제로 그들 명창이 내고있는 곰삭은 소리의 정도를 고려한다면 '山水勝地를 찾아다니며 風餐露宿의 갖은 辛苦를 겪어가면서 수련했다'거나, '홍보가를 만 번쯤 불러봤다[1]'거나, '3년 동안 춘향가를 각 장단별로

---

1) 유영대가 1987년 10월 이래 세차례 강도근 명창을 면담할 때의 증언이다. 유영대, 「동편제의 고향

매일 두 차례씩 불렀다'2)는 명창들의 증언은 판소리라는 예술에서 가장 중요한 요소가 반복된 학습에 있다는 것을 웅변으로 말해주는 것이라 하겠다. 판소리는 광대가 스승에게서 전수 받은 작품을 부단한 학습을 통하여 온전히 전승시켜가는 예술이라 할 수 있다.

판소리가 조선 후기이래 민족예술의 주도적인 갈래가 되고, 광대가 판소리 공연을 통하여 일정 정도 명예와 부를 획득하는 수단이 되자, 판소리의 전승체계가 이전보다 더 확고해지고 법제화되었다. 이 같은 법제화의 한 증거로 세력 있는 판소리의 전승이 대개 가문단위로 이루어진 사실을 들 수 있다. 이른바 '自家의 法統'을 고집하는 전통이야말로 판소리가 강력하고도 배타적으로 세력화되었다는 점을 반영하는 표현이다. 송홍록이나 박유전 같은 명창이야말로 가문소리의 鼻祖가 되어, 그를 중심으로 하나의 집을 이룬 전형이라 할 수 있다. 이들의 문하에서 소리를 공부하는 사람들은 스승이 가르치는 가문의 소리에 추호의 거스름도 없이 마치 '사진을 박듯이' 답습해 불러야만 되었다. 이들은 법제화된 사설이나 발림까지도 엄정하게 배워서 가문의 소리를 지켜나갔다. 이 과정에서 광대의 탁월한 개인적 역량보다는 내려오는 소리를 고스란히 지켜서 답습하고 후대로 이어주는 방식이 훨씬 가치있는 일로 평가되었다.

한편, 탁월한 역량을 가진 광대가 자기가 처해있는 공연의 상황과 판의 의미를 고려하여 사설의 서사적 짜임새를 변개시키거나 순식간에 새로운 악곡을 창작하여 판을 장악할 때, 우리는 그를 진정한 명창이라고 부른다. 명창은 이미 확고하게 짜

남원」, 『문화예술』 115호(1988, 문예진흥원) 참조. 강도근은 자신의 독공의 체험을 다음과 같이 말한 바 있다.

"학습 동편을 가지고 독공을 해서 목성음을, 득음을 해야 혀. 동편제라야 득음이 돼. 내가 오십 사년을 소리를 허는디, 석달 열흘 독공을 수십번 들어갔어. 중노릇 하다시피, 산에서 살다시피. 어찌 소리를 허다 보면 목이 쉬어서 소리가 나오들 안혀. 거기다 공력을 많이 들였어. 좋은 성음을 가진 사람도 독공헐 때는 목이 안 쉰 사람이 없어. 그러다가 귀곡성이 나오기도 허고. 공력이 들고 연조가 깊어지고. 그래서 득음이 되면 나는 안 듣기지만 저만치 선 사람에게는 든기게 된단 말여. 좋은 목이 나온단 말이여, 어느날에. 목에서 피가 넘어와야 소리를 잘헌다는 말이 있는디, 그것은 명청헌 사람들 말이고, 목에서 피가 넘어온단 말은 목이 부려져 버렸다는 뜻이고, 목에서 피는 안 넘어올 정도로 해야 돼. 안 부러질 정도로. 목이 상헐 즈음 해서는 똥을 먹어야 해. 똥물을 먹으면 열이 풀어지거든. 그러면 목이 카랑카랑해진다고. 그래서 똥물을 먹어, 통대나무를 담갔다가. 독공을 헐 때면 그때까지 배운 가사를 고대로 한 만번에서 이 만번 가량을 불러야 돼. 그러면 눈 감고도 소리가 저절로 나와. 내가 먼소리를 헌지도 모르는디 저절로 소리가 돼부러. 장단도 바꽈서 불러보고."

2) 유영대가 1990년 6월 박동진 명창을 면담할 때의 증언이다.

여진 서사구조에 그 판의 청중만이 공감할 수 있는 일정한 삽화를 첨가시키거나 곡조도 바꿔 즉흥적으로 가창하여 청중을 장악한다. 능력이 탁월한 광대라야 가능할 이 즉흥성의 확보야말로 판의 예술이 갖고 있는 본래의 정신이라 할 수 있다.

명창 송만갑이 "劇唱家는 紬緞布木商과 같아서 비단을 달라는 이에게는 비단을 주고 무명을 달라는 이에게는 무명을 주어야 한다"3)라고 말했을 때 이 말은 두 측면에서 음미할 만하다. 먼저 송만갑이 파악하기로, 당대의 소리판은 이미 양반이 명창을 대접하던 행복했던 전통사회와는 차별화되었다는 것이다. 양반들이 즐기던 우아한 취향의 판소리를 '비단소리'라고 상징화하고, 서민 취향의 질박한 소리를 '무명소리'로 표현하여 소리판의 성격 변화를 감지한 것이다. 그런데, 송만갑은 이 같은 소리판의 조건 변화를 자조적이며 냉소적으로 받아들인 것은 아니고, 광대는 모름지기 변화하는 판과 청중을 제대로 파악하고 적극적으로 대응하여 소리해야 한다고 주장하고 있다. 광대는 판의 성격에 따라 자신의 즉흥적 능력을 발휘하여 차별적인 방식으로 소리해야 된다는 원칙을 말한 것이다. 송만갑은 자기 집안에서 내려오는 '송판소리'에 서편취향의 소리를 섞어부른 것 때문에 '패려자손'이라는 비난과 함께 파문당했다고4) 한다. 송만갑은 법통에 맞는 소리와 청중의 취향이라는 자신이 처한 소리판의 선택 요건에서 청중쪽의 요구를 택한 소리꾼이었다.

명창 이동백의 일화는 변화된 판에 대하여 적응하지 못하고 당혹해하는 한 예술가의 정황을 잘 보여준다. 이동백은 "聲音이 극히 미려하고", "목청이 각양각색"이어서, "무대에 올라서 가진 技藝를 발휘할 때, 혹은 滑稽로 사람을 웃기고, 혹은 悲曲으로 사람을 으쓱하게 하는데"5) 능한 광대였다. 그는 특히 '새타령'을 잘 불렀으며, 어느 자리에서건 어느 대목을 부를 때라도 이 노래를 끼워 넣어 불렀다. 어느 무대에선가 자신의 소리에 청중이 별무반응일 때 '새타령'을 부르니 청중이 환호했다고 한다. 공연을 마친 다음 그는 "진짜 소리는 알지도 못하는 것들이 용개목 쓰니까 좋아한다"고 허탈해 했다6) 한다. 그러나 이동백의 공연에 얽힌 일화들은 대체로

3) 鄭魯湜, 『朝鮮唱劇史』, 조선일보사, 1940, 183면 宋萬甲 條.
4) 『朝鮮唱劇史』, 183~4면. "…13세에 이미 名唱으로 聲名이 藉藉하였다. 그러나 唱調와 製作이 家門의 傳統的 法制를 밟지 아니하고 一種 特色의 製作으로 別立門戶하였다. 그것은 時代의 要求에 順應하기 爲하여 通俗化한 傾向이 많았다. 그러므로 그 父親은 宋氏家門 法統을 抹殺하는 悖戾子孫이라고 해서 毒藥을 먹여 죽이려고 한 일도 있었다.…"
5) 위의 책, 206면.
6) 이는 천이두 선생이 전해준 이야기이다.

그가 판을 장악하기 위하여 즉흥적인 요소를 상당히 삽입했다는 내용들이다.

다른 사람이나 다른 계통의 소리를 따는 일을 '소리도둑질'이라고 부르는데, 이 표현에는 이 같은 행위를 다소간 긍정하는 정서도 포함되어 있다. 20세기에 이르면서 판소리 창자에 대한 양반층의 확고한 지원이 없어진 상황아래서도 법제를 유지하려는 완강한 고집이 가문별로 있어왔다. 그러나 법제간의 완강한 대결양상과는 대조적으로 좋은 소리라는 판단이 서면 서로간에 배우고 따와서 自家의 소리와 섞었던 일도 흔히 있었다. 임방울이 강도근의 소리 한 대목을 듣고 "한 대목 따자"고 했다는 이야기[7]도 전해진다. 명창에게는 자신의 스타일이 있는데, 다른 사람의 소리를 따서 판에서 공연했을 경우, 변화된 소리에 접하는 청중은 기발한 것으로 여겨서 환호의 정도가 더할 법하다.

이 점을 고려한다면 창자의 탁월한 능력에 의한 다양한 변조가 가능하고 또 빈번하였을 것이라 예상할 수 있다. 그러나 이 문제에 대한 우리의 기대에도 불구하고, 실제로 판소리가 전승되는 과정을 조사하면서 이 같은 즉흥성이라 이름 붙일만한 역량있는 광대의 자료가 많이 발견되지는 않았다. 19세기 후반의 판소리 창본이 오늘날에도 唱曲뿐 아니라 아니리까지 거의 변화없이 가창되는 것을 보면 판소리 사설은 전승을 지속시키려는 힘이 완강하여 쉽게 변화하지 않음을 알 수 있다. 판소리는 가창되는 연행예술 가운데서 사설의 전승력이 가장 완강한 갈래이다. 판소리의 이 같은 완강한 복원력에도 불구하고, 판에 임하여 역동적으로 변화하는 것이야말로 진정한 예술가라면 반드시 추구해야 하는 경지라고 생각된다.

예술은 이 두 개의 축이 커다란 힘으로 작용한다. 스승에게 배운 것을 꾸준히 한 치도 어긋나지 않게 반복하여 학습하는 일과, 현장에 임하여 적절하게 변개시켜 판을 장악하는 일이야말로 판의 예술의 본질이라 할 만하며, 이른바 法古와 創新이라고 이름 붙일만하다. 전통사회의 광대 高壽寬의 경우를 하나의 예로 삼아서 광대가 지향해야할 이 두 축의 관계를 주목하고자 한다. 고수관은 소리의 학습 정도뿐만 아니라 변통의 차원에서 가장 탁월한 능력을 보인 광대이기 때문에 그를 통하여 이 문제를 점검하기로 한다.

---

7) 천이두, 『판소리 명창 임방울』, 현대문학사, 1986, 47면.

2. 신위가 그려낸 고수관의 삶

고수관은 충청도 해미 사람이다. 그는 1764년에 태어나서 19세기 중반까지 살았다. 뛰어난 명창이었음은 분명하지만 그에 대한 자료는 적은 편이다. 그러나 그가 활약한 19세기는 판소리가 기왕의 기반인 민중층에서 확대되어 양반 좌상객들이 판소리의 주요한 청중으로 등장한 때라서 양반들의 주목을 받았다. 양반층이 판소리 애호가가 되면서 비로소 광대들의 삶이나 예술형태가 기록으로 남게 되었다. 광대들의 삶이나 예술적 자질, 개성 등이 주목받을 수 있게 된 것은 양반층이 판소리에 관심을 가진 때문이었다.

申在孝는 '廣大歌'에서 고수관을 白樂天에 비유하여 말한 바 있거니와8), 19세기 명창들은 중국의 유명한 문장에 비유될 정도로 이미 양반화되었다. 고수관을 포함하여 이른바 전기 팔명창이 우리 역사에 빛나는 자리를 차지하게 된 데는 양반 좌상객의 역할이 컸다고 말할 수 있다. 그 가운데서도 19세기 전반의 판소리 면모는 주로 申緯와 李裕元의 기록으로 비교적 흥미롭게 밝혀진다9).

이 가운데서 고수관은 특히 19세기 전반에 활동했던 신위를 만나게 되어 그의 삶과 예술적 완성도가 비교적 정확히 우리에게 전해지게 되었다. 고수관과 신위의 관계는 근 20년간 지속된다. 탁월한 예술적 기교를 갖춘 명창과, 판소리라는 예술을 열정적으로 애호하는 좌상객으로서 두 사람의 관계는 지속된다.

申緯는 1769년에 태어나서 1845년에 타계했다. 신위는 뛰어난 문장가이기도 하지만 판소리 명창들과의 교유도 많았으며, 판소리를 예술적으로 감상하고 비평했던 좌상객이었다. 그가 만나서 애호했던 판소리 예술가로는 고수관 · 염계달 · 모흥갑 · 송흥록 · 김용운 등 당대의 가장 이름난 명창들이다. 신위가 1825년에 쓴 '觀劇詩'는 그가 이들 명창이 벌이는 판에 참여하고 그때의 분위기와 감흥을 흥미롭게 관찰하여 제시하고 있다. 이 해에 신위는 고수관과 함께 한달 동안 즐거움을 나눴고, 그때의 즐거움으로 '관극시'를 지었다. '관극시'의 첫 대목은 이렇게 노래된다.

---

8) 강한영, 『신재효 판소리사설집』, 민중서관(1978), 669~700면. "…고동지 슈란이난 동아부즈 엽피 남묘 은근문답 흐는 거동 권과농상 백낙천…"

9) 김흥규는 "19세기 前期 판소리의 演行環境과 사회적 기반"(高麗大學校 國語國文學硏究會, 『語文論集』 30, 1991)에서 高壽寬을 포함한 19세기 명창들의 자료를 망라하여 판소리의 演行環境을 밝힌 바 있다.

　　高宋廉牟噪海秋　　高수관 宋홍록 廉계달 牟홍갑은 호남의 소문난 광대
　　狂歎引我脫詩囚　　하 좋아 나를 흘려 시를 읊게 하니
　　淋漓慷慨金龍運　　우렁차다 비분 강개 김용운 솜씨
　　演到荊釵一雁秋　　형채기 연회로야 당할 자 없지.10)

　판소리 명창의 소리를 들으니 시를 짓지 않을 수 없다고 격정적으로 토로하고 있다. 이들 네 명의 명창은 '고송염모'라는 성어로 이루어질만큼 당대를 풍미하였다. 신위는 고수관과 나이도 거의 비슷하며, 특히 친한 사이였다. 신위는 1825년 〈관극시〉를 쓰던 해부터 1843년까지 고수관을 중심에 두고 그의 소리에 대한 감상을 생생하게 기록하고 있다.

　1840년 3월 3일, 고수관은 그의 고향인 홍성에서 출발하여 신위를 찾아온다. 신위는 고수관을 위하여 술자리를 마련하고 판을 벌였다. 그때의 감회가 다음과 같은 시로 남아있다.

　　老矣高伶能不死　　늙었어라 고수관 그래도 아직 살아
　　掀髮演劇尚風姿　　늠름히 소리함이 예와 다름 없고녀
　　謝公絲竹中年後　　사공의 사죽 솜씨는 중년 뒤에 빼어났고
　　白傳琵琶遠謫時　　백전의 비파는 귀양가서의 일이라네
　　往事千場尋舊夢　　지난날의 숱한 소리판으로 옛꿈을 더듬으며
　　相逢一笑燼今悲　　서로 만나 한번 웃고 시름을 털어내네
　　春光正値三三節　　화창한 봄빛은 이제 바로 삼짓날인데
　　燕子簾旌白日遲　　제비 새끼 재재거리는 봄날이 길구나11)

　두 사람 사이의 오랜 교분과 감정적 유대를 절실하게 노래하고 있는 이 시는 팔십객이 되었으면서도 늠름하게 소리하는 모습을 아주 정감어리게 묘사하고 있다. 고수관은 나이 80에도 창에 능한 전형적인 광대의 풍모를 지녔다. 이유원도 80에 소리하는 고수관의 모습을 "나는 고수관·송홍록·모홍갑·김용운 네 사람의 소리를 다 들었다. 고수관은 나이 팔십에도 거뜬히 소리했으며, 김용운은 소리의 곡조가 가사에 가까웠다. 이 때문에 자하선생이 이들을 칭찬한 것이다."12)고 말하고 있다. 만년의 고수관은 〈자진사랑가〉를 鼻聲(코먹은 소리)으로 곧잘 불렀다고 한다.

---

10) 申緯, 『觀劇絶句 十二首』(1826), 시의 번역은 윤광봉의 것이다.
11) 警修堂全藁 77 "己亥十一月至庚子三月", 申緯全集 4, 太學社 影印, 1871~1872면.
12) 李裕元, 林下筆記 권29. 성대 대동문화연구원 영인본(1961), 734면. "余聽高宋牟金四人唱 而高八十能唱 金則調近歌詞 故老霞似稱之"

고수관에 관한 기록 가운데는 늙은 광대를 추억하는 내용의 시가 한 편 있다. 신위가 고수관을 마지막으로 만나는 것은 1843년인데 이 때 지어준 시이다.

八旬相對鬢毛蒼   팔순에 만나 보니 귀밑머리 세었고
泡滅光陰演劇場   光陰은 거품처럼 소리판에서 부서졌네
山色碧蘆吟舫子   산빛에 푸르스름한 갈대는 뱃전에 서걱이고
濤聲海月古禪房   옛 禪房은 적막하여 달빛 아래 물소리뿐
…………
縱使後期能有日   뒤에 다시 만날 날을 기약할 수 있다 해도
不堪重理舊春香   예전의 춘향가 소리를 다시 해낼 수는 없으리13)

팔십 먹은 시인이, 팔십 먹은 예술가를 쓸쓸히 노래한다. 신위는 온 생애를 판소리에 바친 늙은 가객의 하얗게 센 귀밑머리를 찾아낸다. 오래 살아서 귀밑머리가 하얗게 세는데도 명창은 그의 나이에 걸맞게 소리하고 있다. 고수관의 여든 해는 모두 소리판에서 보낸 것인데, 번개같다는 말로 그 빠름을 아쉬워한다. 물론 그 시간은 허무한 시간은 아니다. 아주 귀하면서도, 빨리 지나가 버린 시간이기에 아쉬워한다. 신위는 비록 신분이 현저하게 다르기는 해도 예술의 아름다움을 추구해온 고수관의 삶에 숙연해 한다. 그럼에도 그의 뛰어난 예술이 머지 않아 사라질 수밖에 없다는 사실에 애달파 하고 있는 것이다. 그래서 이 노래는 아주 쓸쓸한 여운을 남기고 있다.

3. 판소리에서 임기응변과 변조의 의미

앞에서 말한 대로 고수관이 주로 활약한 19세기는 판소리가 기왕의 기반인 민중층에서 확대되어 양반 좌상객들이 판소리의 주요한 청중으로 등장한 때다.

고수관이 대구감영에서 소리하는 판의 모습을 『朝鮮唱劇史』14)를 통하여 다시

---

13) 警修堂全藁 84 "癸卯四月至十二月", 申緯全集 4. 太學社 影印. 2003면.
14) 『朝鮮唱劇史』의 高壽寬 條(32면)는 다음과 같이 되어 있다.
　　"高壽寬은 純憲哲 三代를 歷過한 人이다. 忠南 海美出生으로 忠淸道 公州에서 晚年까지 居生하였다. 所長은 春香歌인데 廉季達의 唱法을 많이 模倣하였다 한다. 宋牟廉의 좀 後輩이나 亦 그들과 竝肩하여 一世를 聳動한 大家였다. 聲音이 極히 美麗하여 딴 목청을 自由自在로 發揮함은 他人의 萬萬 不及處이였다고 한다. 文識이 꽤 있고 첨이한 재조가 있어 소리 座席의 書畵나 其他 光景을 適應하도록 意外에 臨時로 만들어 불러서 看官을 驚歎케 하는 일이 예사였으며

한번 음미해 보자. 맛있는 음식이 상다리가 휘도록 진설되어 있고, 기생들은 곱게 차려입고 윗사람의 분부를 기다리고 있다. 대구감사 부임을 축하하는 잔치자리는 고운 병풍으로 아름답게 치장되어 있고, 분위기는 흥청대고 화기애애하다. 이 잔치 자리에서 소리꾼 고수관은 〈春香歌〉 가운데 '신연맞이' 대목을 불렀다. 잔치의 정황 과 흡사하여 분위기가 더욱 흥청거렸다.

고수관의 소리는 신연 사또의 행차를 그럴 법하게 묘사한 다음, 남원에 이르는 노정을 건둥건둥 뛰면서, 드디어 남원 영문에 이르자 방포소리를 울리고 있다. 이 제 점고에 들어갈 판이었다. 점고는 새로운 사또가 오면 모든 관물이며 절차를 검 사하는, 부임지에서의 첫번째 의식절차다. 변학도는 동헌에 이르러 기생점고부터 치른다. 탐학한 관리에 대한 풍자의 의미가 강하게 베어 있는 대목이라 할 수 있 다. 그러면서도 여러 기생들의 이름을 시로 읊어서 대단한 교양을 과시하는 것이 판소리의 어법이다.

〈춘향가〉에 나오는 기생의 이름은 누구누구였던가. 월선이며 명월이 · 춘홍이 · 홍 도 등 그 이름만으로도 그 생김새며 성질까지 연상되는 기생들이다. '기생점고' 노 래는 이들 기생의 이름과 특성을 아름다운 시로 지어 불려져서 듣는 이의 흥미를 끈다. 사실 모든 기생의 이름이 그렇게 아름답기만 한 것은 아니고, 아주 촌스런 이름도 있었다. 어려서 본 영화 〈춘향전〉에서 이방이 '섭섭이'라는 기생을 소개하면 서 "아들 낳기 바랐는데 딸 낳아서 섭섭이"라고 말하자 청중이 와르르 웃었던 생각 이 난다.

이 잔치자리에서 고수관은 원래 작품에 등장하는 월선이라든지, 홍도와 같은 춘 향이의 친구이자 동료인 기생의 이름을 자신이 배운 고전 그대로 열거하면서 노래 부르지 않았다. 그 대신 대구감사의 잔치에 참여한 수많은 기생의 이름으로 하나하 나 시를 지어 멋지게 부르면서 기생점고 대목을 채워나갔다. 고수관은 어느 사이 그 자리에 있는 기생의 이름으로 시를 지어 소리판의 기생점고 대목에 적절히 끼워 넣어서 현실감 나는 노래로 바꿔 불렀던 것이다.

고수관이 이렇게 소리하자 좌상객들은 그의 기량에 탄복하였다. 고수관은 문식이 유려한데다 즉흥적 창작력이 빼어나서 사설의 틀어 얽매이지 않고 소리판의 정서에

當年에 大邱監使 到任初宴席에 불려가서 소리를 하는데 春香歌中 妓生點考하는 대목에 이르러 서 古典中에 있는 妓名으로 呼唱하지 않이하고 多數한 時在妓生의 이름의 意義를 詩的으로 만 들어 불러서 座席을 驚歎케 하여 一時 膾炙하였었다 한다."

걸맞게 소리를 바꾸어나갔다. 소리판을 둘러 친 병풍에 그려진 **좋은** 그림과 글씨를 소리 가운데 바로 인용하여 노래하고, 좌상객의 거동뿐 아니라 눈앞에 펼쳐지는 풍광 까지도 바로바로 사설로 만들어 불렀다. 이 같은 임기응변의 능력이야말로 그가 금세 소리판을 장악하게 하는 계기가 되었으며, 광대로서의 역량을 한껏 부풀리는 신화를 만들었다.

판소리 창자가 으레 갖춰야 할 덕목은 성음이다. 고수관도 다른 명창들과 마찬가지로 성음이 매우 아름다웠다. 그러나 그가 다른 명창들과 구분되는 중요한 특징은 딴 목청을 쓰는 기법에 있다. 그는 보통 소리를 하다가도 강조할 대목이 나오면 별안간에 다른 목을 구사하여 소리판을 긴장시켰다. 고수관이 목청을 자유자재로 구사하여 다른 사람들이 그의 소리를 잘 따르지 못했다는 기록이 있는 것으로 보아 그 소리의 특징을 짐작할 수 있다.

감식력이 있는 청중과 관객들은 광대가 부르는 긴 판소리를 자신들의 방식으로 감상한다. 광대의 소리 특징에 대한 정보도 갖고 있겠지만, 특히 앞으로 광대가 부를 소리의 아름다움에 일정하게 감탄할 준비와 기대를 갖고 있다. 광대가 청중이 예기하지 못했던 기교와 목구성을 사용하여 장면을 그려낼 경우, 청중은 처음에는 갑작스레 변화된 소리에 대해 어딘지 모를 어색함으로 의아해 할 수 있다. 그렇지만 이것이 광대가 갖고 있는 소리의 전략이라는 점을 파악한 다음에는 오히려 이쯤에서 진정으로 추임새를 보내게 되는 것이다.

현장성에 입각한 변화무쌍은 고수관의 독특한 장기일 뿐 아니라, 사실 판소리의 원래적 정신이기도 하다. 오랜 숙련기간을 거쳐야 익숙하게 구사할 수 있는 성음과, 판세를 파악하여 임기응변할 줄 알아야하는 즉흥적 창작능력을 갖춘 광대만이 판의 예술에서 진정한 예술성을 확보할 수 있다. 즉흥적 현장성은 오랜 학습으로 탄탄해진 성음에 탁월한 기지가 조화를 이뤄야만 가능하다.

우리가 일상적으로 쓰는 속담처럼 굳어진 말 가운데 '고수관의 변조15)' '고수관의 딴전16)'이란 표현이 있다. 상황에 잘 대응하고, 임기응변이 강하며, 일부러 딴전을 피우는 그이의 소리를 빗댄 말이다. 『朝鮮唱劇史』의 高壽寬 항목은 「딴천일수」라는 별칭을 병기하고 있다. '딴천'은 다른 청, 즉 變調를 뜻한다고 볼 수 있다. 고수관

---

15) 對外經濟貿易大學 朝鮮語敎硏室에서 편찬한 『조한성어속담사전(朝漢成語諺語詞典)』(北京 商務印書館, 1986, 33면)에 이 표현이 보인다.
16) 같은 책, 같은 면에 보인다.

을 표현하는 수사로 '딴청'을 들었을 만큼 실제로 고수관은 변조에 능한 광대였다.

우리가 고수관의 더늠으로 알고 있는 노래는 '자진사랑가'다. 이 노래는 노골적인 사랑을 표현하는 노랫말로 잘 알려져 있지만, 사실 음악적으로 대단히 중요한 노래다. 그의 더늠인 '자진사랑가'를 함께 살펴보자.

"사랑사랑 내 사랑아, 어허 둥둥 내 사랑아. 어화 내 간간 내 사랑이로구나. 여봐라 춘향아. 저리 가거라 가는 태도를 보자. 이만큼 오너라 오는 태를 보자. 너와 나와 만난 사랑 허물없는 부부사랑. 화우 동산 목단화같이 펑퍼지고 고운 사랑. 연평 바다 그물같이 얼키고 맺힌 사랑. 녹수청산 원앙조 격으로 마주 둥실 떠노는 사랑, 네가 모두 사랑이로구나. 어화 둥둥 내사랑. 내 간간아. 네가 무엇을 먹으랴느냐? 울긋불긋 수박 웃봉지 떼떠리고, 강릉 배청을 다르르 부어 반간지로 더벅 질러 붉은 점만 네 먹으랴느냐? 아니 그것도 나사 싫소. 그러면 무엇을 먹으랴느냐? 시금 털털 개살구 애기 배면 먹으랴느냐? 아니 그것도 나는 싫어. 그러면 무엇을 먹으려느냐? 생률을 주랴, 숙률을 주랴? 능금을 주랴, 앵도를 주랴? 돗잡아주랴, 개잡아주랴? 내 몸뚱이채 먹으랴느냐? 여보 도련님 내가 사람 잡아먹는 것 보았소? 예라, 요것 안될 말이로다. 어화 둥둥 내 사랑이지. 이리 보아도 내 사랑. 저리 보아도 내 사랑. 이 모두 내 사랑 같으면 사랑 걸려 살 수가 있나? 어화 둥둥 내 사랑, 내 간간이로구나."17)

이 '자진사랑가'를 고수관은 '추천목'으로 불렀다. 추천목은 그네를 뛰듯 흥청거리는 느낌을 주게 부르는 소리 스타일이다. 이 추천목은 고수관의 소리판 선배인 염계달이 처음으로 창안해 부른 노래 스타일로, 흥겹고 구수한 평조 악상으로 울렁거리는 정서를 잘 표현한다. 특히 빠른 장단에 실어 부르는 추천목의 노래는 리듬의 강약이 강조되어 출렁거리는 느낌이 듣는 이를 감싼다. 춘향이가 그네 뛰는 장면을 노래한 이 스타일은 그네의 오르내림과, 그에 따른 춘향이 가슴의 울렁거림을 이중으로 묘사하는 중요한 기법의 노래다.

이 노래는 기왕의 판소리의 흐름으로 본다면 '변조'나 '딴청'이라 이름 붙일만하다. 이 말은 판소리의 음악적 흐름과는 다른 방식으로 노래불렀다는 뜻이다. '자진사랑가'는 계면조의 음계를 사용하지만 꺾거나 떠는 대목을 거의 생략하고, 계면조에는 쓰지 않는 더음청을 사용함으로써 평조의 악상을 가진다. 따라서 화평하고 흥겨운 느낌을 준다. 고수관의 더늠인 이 노래는 당시만 해도 새로운 느낌의 소리,

17) 鄭魯湜, 앞의 책 32~33면. 이 노래를 인용한 끝에 정노식은 이 대목을 송만갑과 전도성이 비슷하게 불렀다고 밝히고 있다. 그리고 다음에 이 소리가 비음으로 불린 내력을 다음과 같이 덧붙이고 있다. "高氏 晚年에 花柳病에 걸려서 코먹은 소리(鼻音)로 上記 사랑歌를 하였으므로 鼻音으로 倣唱하여 後世에 傳하였다."

변조로서 대단히 인기를 누렸다. 특히 기존의 계면조 일색의 슬픈 정서를 주조로 삼은 판소리의 일상적인 여러 대목 가운데서, 이렇듯 화평하고 호방한 소리가 주는 충격적 효과는 사뭇 대조적이 되기 때문이었다.

고수관이 딴전을 피웠다는 말은 그가 청중이 기대했던 것과는 다른 방식으로 소리했다는 의미이다. 청중은 이미 사설이며 곡조를 다 알고 있으며, 다음 대목을 예상하고 있다. 그런데 고수관은 번번히 그러한 청중의 기대를 배반하여 딴전을 부린다. 사설을 바꾸기도 하고 노래의 곡조를 달리 써보기도 한다. 우리가 알고 있듯이 고수관은 鼻聲을 사용하였다. 비성은 판소리의 미의식에서는 기피하는 목소리인데도, 그가 비성을 써서 크게 인기를 누렸다는 점도 주목할만한 요소가 된다.

고수관에 의하여 특히 계발된 이 즉흥성과 임기응변의 솜씨에 대하여 지나치게 과장하여 생각해서는 안되는 측면이 있다. 즉흥성이 강한 시나위 음악의 예를 들어 보아도, 사실은 대가들이 엄청난 연습량을 바탕으로 음악을 장단의 규제아래 치밀하게 짜서 연행하는 것이면서 완벽하게 즉흥적인 것으로 보일 수 있게 연출하는 측면이 강하다. 고수관은 치밀하게 연습하여 짜놓은 창임에도 그것이 즉흥적인 것으로 보일 수 있게 연출한 측면이 있을 수 있다.

고수관이 부른 신연맞이 대목은 사설의 내용이 판의 논리와 정서의 흐름을 따라 변형되었다. 이 같은 임기응변은 물론 창자의 타고난 능력과도 관련이 있지만, 고수관이 소리판을 장악하기 위하여 철저하게 준비했다는 점이 더욱 평가되어야 할 것이다. 고수관은 최소한 그날 벌어질 "소리 座席의 書畵나 其他 光景을 적응하도록" 미리 현장을 파악하였고, 그날 대구감사를 모실 기녀들의 이름을 미리 조사해 두었으며, 그날 참여할 청중들의 신상에 대한 예비조사가 철저히 수행되어 있었다. 그러면서도 이 같은 연행이 즉흥적인 것처럼 보이게 연출한 측면이 강하다.

고수관의 즉흥적 작곡 능력 또한 대단한 것으로 판단된다. 그는 "聲音이 極히 美麗하여 만 목청을 自由自在로 發揮함은 他人의 萬萬不及處"였으며, "意外에 臨時로 만들어 불러서 看官을 驚歎케"하는 명창이었다. 흔히 좌상객이자 귀명창은 명창의 소리에 대하여 일정한 감식안으로 판별할 능력이 있는 사람을 말한다. 소리꾼이 귀명창의 기대에 반하게 소리를 내면서도 그를 감동시킬 수 있는 뜻밖의 소리를 갑자기 연창한다는 것은 쉬운 일이 아니다. 특히 소리꾼 자신도 모르게 갑자기 부른 소리가 청중을 감동시킬 수 있는 가능성은, 그 소리꾼이 철저히 계산하고 준비하여 연출해낸 소리가 청중을 감동시킬 수 있는 가능성과 비교할 때, 훨씬 미미할 것으로 생각된다.

고수관이 판소리에 택한 전략은 청중들이 예견하는 내용에 반하는 것으로 변화시키는 방식이었으며, 그 변화를 위하여 자신이 배운 것을 부단히 학습하면서, 판이 갖고 있는 의미를 소중하게 생각하여 새로운 소리를 창조하였던 것이다. 그가 소리판에서 실험적으로 변화를 모색한 시도가 청중에게서 인기를 끌면 이것은 바로 새로운 더늠으로 상승하여 덧보태졌으며, 이러한 방식을 통하여 19세기의 판소리를 풍요롭게 만들어 갔다. 아마 창조적 능력이 뛰어난 판소리 명창들에 의하여 19세기의 판소리는 양적으로 풍성해지고 질적으로 우수한 것으로 만들어졌을 성싶으며, 이 같은 창조적 행동의 구심점에 고수관이 있다고 생각된다.

4. 맺음말

이 글은 명창 고수관의 경우를 예로 삼아 판소리에서 즉흥성과 임기응변이 공연에 미치는 활기에 관하여 살펴보았다. 고수관은 판소리에서 사설을 그 판의 상황에 걸맞게 변개시켜서 판을 장악한 명창이었다. 판소리의 본래적 정수는 실제 판의 의미를 살려줄 수 있는 임기응변과 즉흥적 성격을 회복하는데 있다는 점을 고수관은 잘 보여준다. 그는 청중이 일상적으로 기대하는 방식으로 노래하지 않고 변청이나 변조를 사용하여 색다른 맛을 주었다. 고수관이 사용한 변청인 추천목이나 경조 등은 기왕의 판소리와는 사뭇 대조되는 다른 스타일인데, 그는 이 같은 스타일을 사용하여 판의 의미를 새롭게 만들어갔으며, 새로운 더늠을 창조하였다.

19세기부터 판소리는 法古만을 거의 유일한 원리로 받아들이면서 박제화되었다. 명창들에게는 가문에서 전해오는 소리의 법제를 완강하게 지켜야한다는 원칙이 강요되었다. 특히 광대가 판소리를 통하여 일정한 지위와 부를 보장받게 되면서 이같은 법통을 지키고자하는 경향이 두드러지게 되었다. 당연히 어느 광대든 임기응변과 변조의 능력이 긍정적인 가치로 여겨지지 않았으며, 결국 이 같은 능력도 없어지게 되었다.

우리가 근래 확인한 바 즉흥성이 뛰어난 명창으로 박동진을 들 수 있다. 박동진 명창은 공연에서 늘상 즉흥적인 대목을 첨가하여 부른다[18]. 자세히 살펴보면 그는

---

18) 김기형, 「판소리 명창 박동진의 예술세계와 현대판소리사적 위치」, 안암어문학회, 『어문논집』 37.

많은 대목을 현장의 상황과 연관시켜 부른다. 그는 아니리나 재담 구사에 능하고 판을 이끌어가는 능력이 뛰어나다. 박동진은 판소리의 긴 호흡에서 잠시 이탈하여 쉬어갈 때, 특히 고수와 관련하여 뛰어난 즉흥성을 보여준다. 사실 판소리의 즉흥적 변개는 창자가 연창하는 자리에 고수와 잠깐 말을 나누는 과정에서 가장 용이하게 이루어진다. 창자에게는 고수야말로 아주 편한 상대로서, 그와 나누는 잠깐 사이의 교감에서 즉흥적 사설이나 창곡이 삽입될 가능성도 있다.

창자와 고수는 시종일관 상호 반응하면서 호흡을 맞춰 판을 이끌어 간다. 고수는 명창에게 박자라는 규칙적인 틀을 제공해줄뿐 아니라, 소리하는 정황의 모든 부분을 보호하면서 섬세하게 뒷받침을 한다. 명창의 소리와 즉흥적인 행동에서 다양한 기미를 잡아낼 뿐만 아니라, 그때 그때의 상태파악에도 민감하다. 명창이 기운이 달려서 선율의 마지막 음을 질질 끌고 있다든지, 중심음에서 고음으로 이동하여 절정을 알리고자 할 때라든지, 피곤하여 노래가 애매해지기 시작할 때 고수는 즉각적으로 명창을 고무하고, 절정에 치닫도록 도와주고, 긴장을 풀어주거나 생기를 불어넣어준다. 이럴 때 그는 기본장단의 틀 안에서 다양한 박과 하위박들을 잘게 나누거나 생략하여 치는 것으로써 고수가 내는 소리를 강조하거나 살려낸다. 명창과 고수 사이에서 호흡맞추기를 통하여 오랜 시간을 지속적으로 소리할 수도 있으며, 새로운 소리를 만들어 갈 수도 있다.

이 같은 점에서 박동진은 판소리의 원래적 의미를 이어가는 명창이라 할 수 있다. 판소리 명창에게 임기응변의 능력이 요청되는 시점이라는 생각이다.

1998, 1~19면 참조.

여류 명창의 활동양상과 판소리사에 끼친 영향

김 기 형

1. 머리말

초기 판소리에서 19세기 중반에 이르기까지 판소리사에 나타난 명창은 전부가 남성이다. 전기 8명창과 후기 8명창 그리고 근대 5명창에는 여성이 한 명도 들어 있지 않다. 본래 판소리는 남성의 전유물이었으며, 여성이 판소리를 하는 법은 없었다. 판소리 공연을 주도한 계층은 재인, 광대들이다. 그런데 이들은 巫業에 종사하는 집안 출신인 경우가 대부분이다. 필자는 송만갑의 제적등본을 통하여 그가 巫系 출신임을 분명하게 밝힌 적이 있다.1) 이는 그의 제적등본 윗면에 '巫'라고 표시된 데서 알 수 있었던 것인 바,2) 代를 이어 명창이 되었다는 사실 자체가 이미 그

---

1) 민속국악진흥회 주최 송흥록의 달 기념 판소리 학술행사, 「宋門一家의 판소리史的 意義와 동편제의 脈」, 1998. 6. 20.
   송만갑의 제적등본은 그의 출생지인 전남 구례군 구례읍사무소와 그가 이사했던 전남 순천군 낙안면사무소에 각각 보관되어 있다.
2) 송만갑의 제적등본이 들어 있는 서류를 검토한 결과, 다른 사람의 것 가운데에서도 醫生, 飮食業,

집안이 무계 출신이라는 것을 강하게 암시하고 있는 것이지만, 이로써 宋門一家의 출신 성분을 분명하게 확증할 수 있게 된 것이다. 판소리의 중시조로 평가되는 송흥록이 巫系 출신이라는 사실 그리고 巫系 출신의 '동간네'가 아닌 양반 출신의 광대를 별도로 '비가비'라 일컬었다는 사실 등을 통해 볼 때, 조선조 판소리 명창의 대부분이 巫系 출신이라고 보아 큰 무리가 없을 것이다. 그러니까 巫業은 주로 부인의 몫이었으며, 부인과 함께 巫業에 종사하지 않는 남성 가운데 일부가 판소리 창자의 길로 들어서서 명창이 되는 것이 전통 사회의 일반적인 모습이 아니었을까 생각한다.

일반적으로 판소리에서는 사설의 내용을 사실적으로 그려낼 수 있는 음악적 표현 능력이 중시된다. 그런데 형성기라 할 수 있는 18세기까지만 해도 판소리가 공연되는 공간은 주로 外庭이었다. 탁 트인 공간에서 청중에게 효과적으로 소리를 전달하기 위해서는 어지간한 공력과 음역을 가지고 있지 않으면 안되었던 것이다. 폭넓은 음역을 가지고 있는 남성이 판소리를 전담하게 된 데에는 이런 이유도 작용했다고 본다.

그런데 19세기 중반에 여성이 판소리를 부른 예가 확인되고, 20세기에 들어오면 다수의 여류 명창이 출현하게 되며, 오늘날에는 數的인 면에 있어서 여류 명창이 남성 명창을 압도할 정도로 많은 것이 사실이다. 남성 창자냐 여성 창자냐를 가르는 것이 단순히 성별을 구분하는 데서 머무는 것이 아님은 자명하다. 판소리에 있어서 이른바 '남자 소리'와 '여자 소리'라고 하는 말 속에는 일종의 가치 개념이 내포되어 있다. 그것은 性이 다름에 따라, 즐겨 부르는 대목, 사설의 내용, 음악적 지향 등이 다르다는 것을 의미한다. 더 나아가 맥락에 따라서는 예술성의 우열을 의미하는 경우도 있다. 본고에서는 판소리사에 있어서 여류 명창이 등장하게 된 배경은 무엇이며 19세기 후반에서 오늘날에 이르기까지 여류 명창의 활동양상은 어떠한지에 대해 먼저 살펴보고, 여류 명창이 판소리에 끼친 영향은 무엇인지에 대해 고찰해 보고자 한다.

雜貨商, 面小使, 宿室業 등 직업을 표시해 놓은 사례가 있음을 확인할 수 있었다. 이로 볼 때, 송만갑의 제적등본 윗쪽에 있는 '巫'는 일제시대 때 호적을 정리한 직원이 특징적인 직업이라 판단하여 기록해 놓은 것으로 생각된다.

2. 여류 명창의 등장과 활동 양상

2-1. 여류 명창의 등장과 그 배경

여류 명창이 처음 등장한 시기가 언제인지 정확히 알기는 어려우나, 정노식은 〈조선창극사〉에서 '女流광대의 鼻祖'라 하여 진채선을 최초의 여류 명창으로 소개하고 있다. 진채선(1843 - ?)은 판소리 명창의 후원자로도 활동한 신재효의 지침을 받은 것으로 알려져 있다. 그런데 신재효가 진채선을 총애하고 판소리 명창으로 길러낸 것에 대하여, 여전히 남자 명창이 판소리를 전담하고 여류 명창이 전무한 상태에서 신재효의 특별한 실험정신이 발동하여 진채선이라는 여류 명창을 탄생시킨 것으로 이해해서는 곤란하다. 여성이 판소리를 부르기 시작한 최초의 시기를 추적해 보는 일은 쉽지 않지만, 진채선보다 이른 시기에 여성이 판소리를 부른 기록이 있어 주목된다. 안민영(1818 - ?)의 〈금옥총부〉에 보이는 다음과 같은 기록이 그 것이다.

　　내가 향려에 있을 때 이천 이오위장 기풍이 통소 신방곡의 명창 김군식으로 하여금 한 歌娥를 뽑아 들이게 하였다. 그 이름을 물으니 금향선이라 하였는데, 외양이 못생겨서 상대하고 싶지가 않았다. 그러나 당대 풍류랑이 지목하여 보낸 터여서 본체만체하기에 어려움이 있었다. 그래서 모모 친구들을 청하여 산사에 올랐는데 여러 사람들이 금향선을 보고 얼굴을 가리고 웃었다. 그러나 그녀가 춤을 추자 그치라고 하기가 어려웠으며, 다음 그녀에게 시조를 청하니 그 계집아이가 단정한 자태로 앉아 蒼梧山崩湘水絶의 句를 불렀다. 그 소리가 애원처절하여 불각중에 구름도 멈추고 티끌이 날리며 앉은 이들 모두 눈물 흘리지 않는 이가 없었다. 시조 삼장을 창한 후 이어서 우조 계면조 한바탕을 불렀다. 또 잡가(판소리)를 부르니 모홍갑과 송홍록 등 명창과 견주어 조격이 신묘함을 꿰뚫지 않은 것이 없으니 진실로 절세의 명인이라 할만하다. 자리에 있던 사람들이 눈을 씻고 다시 보니 잠시 후에 추한 모습은 홀연히 아름다운 용모가 되어, 비록 오희와 월녀라도 이에서 더할 수는 없었다. 자리에 있던 젊은이들이 모두 주목하여 춘정을 보냈으며 나도 또한 춘정을 금하기가 어려웠다.(밑줄 필자)3)

---

3) 余在鄕廬時 利川李五衛將基豊 使洞簫 神方曲 名唱 金君植領選一歌娥矣 問其名則曰 錦香仙也 外樣醜惡不欲相對然以當世風流郎指送有難冎然 卽請某某諸友 登山寺而諸人見厥娥 皆掩面而笑 然旣張之舞難以中止 第使厥娥 請時調厥娥斂容端坐 唱蒼梧山崩湘水絶之句 其聲哀怨悽切 不覺遏雲飛塵 滿座無不落淚矣 唱時調三章後續唱羽界面一編 又唱雜歌 牟宋等名唱 調格莫不透妙 眞可謂絶世名人也. 座上洗眼更見則 俄者醜要令忽丰容 雖吳姬越女莫過於此矣 席上少年皆注目送情 而余亦難禁春情 ――후략 ――(밑줄 필자)

금향선이라는 기생이 시조창에 이어 잡가를 불렀다고 하였는데, 여기서 잡가는 판소리를 말한다.4) 그녀의 판소리 演唱 능력은 대단하여 모홍갑과 송홍록 등에 비견할 만큼 빼어난 실력을 갖추고 있었다고 하니 대단한 기량을 지니고 있었음에 틀림없다. 그런데 안민영이 이 작품을 남긴 시기가 언제인지 분명하지 않으나, 그가 젊은 시절에 지은 것만은 틀림없다. 본문 중 자리에 있던 젊은이(少年)들이 금향선에게 春情을 보냈다는 구절이 있는데, "請某某諸友登山寺"라는 구절에서 알 수 있듯이, 그들은 바로 안민영의 친구들이다. 따라서 안민영 역시 젊은이였다는 얘기가 되는 것이다. 그럴 경우 이 작품은 1840년대를 전후하여 지어진 것이 아닐까 추정되는데, 이로 볼 때 금향선은 진채선보다도 이른 시기인 19세기 중반에 이미 판소리를 부른 명창이라 할 수 있다.5)

여류 명창의 출신 신분을 살펴보면 敎房에 소속된 기생에서 배출된 경우가 압도적으로 많다. 기생은 본래 時調나 歌詞와 같은 聲樂과 伽倻琴과 같은 絃樂 그리고 무용 등을 학습하였으며, 잡가나 판소리와 같은 민속악은 부르지 않았다.

> 만일에 기생으로서 잡가나 창극조를 입밖에 내인다면 기생의 신분은 아주 破滅이다. 四處所 오입쟁이 입에서 한번 그년이라는 말이 나오게 되면 이것이 곧 破門이다. 그리하여 朝鮮에서 唱劇調가 發生한 以來 數百年間 女流界의 劇唱家는 싹 터 본 일이 없었다.6)

이렇듯 기생들은 주로 正樂을 위주로 학습했던 것인데, 앞에서 살펴 본 바와 같이 적어도 19세기 중반에는 잡가나 판소리와 같은 민속악에 대한 학습이 이루어진 것으로 보인다. 정악과 민속악의 교류가 빈번하게 이루어지게 된 조선 후기의 상황에 비추어 볼 때, 정악을 위주로 학습했던 기생들이 잡가나 판소리와 같은 민속악을 학습하게 된 것은 필연적이라 할 수 있다. 그리고 그 시기는 양반, 중인, 부호층 등이 판소리의 향유층으로 등장하는 시기와 맥을 같이 한다고 할 수 있다. 왜냐하면 이들은 기생의 주요 고객이었기 때문에, 이들이 판소리를 즐기게 되어 기생들 역시 민속악에 속하는 판소리를 배우는 일이 자연스러워졌을 터이기 때문이다.

---

4) 판소리를 雜歌라고 부른 사례는 윤달선의 〈광한루악부〉에서도 확인된다.
5) 송혜진 역시 이 자료에 주목하여 금향선을 판소리 명창으로 추단한 바 있다.
   송혜진, 「안민영의 시에 나타난 19세기 음악문화의 양상」, 제2회 효산국악제학술대회 발표 원고, 1997.
6) 정노식, 앞의 책, 233면.

전기 8명창에 속하는 송흥록과 맹렬의 연애담과 고수관의 공연 일화는 19세기 전반에 이미 기생이 판소리의 주요 향유층에 속해 있음을 보여주는 좋은 사례이다. 송흥록이 대구감영에 불려가 소리를 할 때, 人物과 歌舞의 一等 名妓로 당시 守廳으로 있는 맹렬이도 청중의 한사람이었다. 그런데 그녀는 판소리를 감상할 줄 아는 안목이 상당히 높았던 것으로 보인다. 많은 사람들이 송흥록을 명창이라고 칭찬할 때에도 맹렬이만은 "그대의 소리가 名唱은 名唱이나 아직도 未盡한 대목이 있으니 피를 세동우는 더 吐하여야 비로소 참 名唱이 되리라"[7]고 평하였으며, 맹렬의 말을 듣고 송흥록은 각고 정진한 끝에 마침내 득음할 수 있었다. 그 뒤 송흥록이 대구 선화당에서 소리할 기회가 있었는데, 그의 소리를 들은 맹렬은 넋을 잃은 사람같이 坐不安席하였다. 이 일화에서 맹렬이 직접 판소리를 했는지 알 수 없으나, 대단한 귀명창이었음에는 틀림없다. 평소 가무를 연마하여 예술적 안목이 있었을 것임은 능히 미루어 짐작할 수 있거니와, 그래서 많은 사람들이 소리의 깊은 속을 모르고 감탄할 때에도 맹렬이는 그 미진한 부분을 인식하고 품평할 수 있었던 것이다. 고수관은 '딴청일수'로 불릴 만큼 임기응변에 능한 명창인데, 大邱監使到任初宴席에 불려가 〈춘향가〉 중 기생점고 대목을 할 때, 그 자리에 있는 기생 이름을 넣어 사설을 엮어 나갔다고 한다. 송흥록의 연인 맹렬이나 고수관의 소리판에 청중으로 참여한 기생은 물론 官妓이다. 官妓는 鍼灸를 施術하는 藥房기생이나 針線婢인 尙方기생과는 달리 노래와 춤에 능한 기생으로, 技藝에 뛰어난 자질을 가지고 있었다. 따라서 이들이 판소리 청중층으로 참여하게 되면서 어느 누구보다 판소리에 대한 비평적 안목이 높았을 것임은 충분히 짐작할 수 있다.

여성이 판소리 창자로 등장하게 된 배경으로는 다음의 두가지 측면에 특히 주목해야 할 것이다. 첫째는 앞에서 살펴 본 바 있듯이, 기생들도 판소리의 주요한 청중층이었으며, 이들 가운데에는 귀명창으로서 판소리에 대한 높은 안목을 가지고 있는 이가 적지 않다는 사실이다. 歌舞를 익히고 예술적 재능을 겸비한 기생이 귀명창이 되는 것은 어쩌면 자연스러운 일이라 할 수 있다. 따라서 이들은 기회만 주어지면 직접 판소리를 부를 수도 있는 조건을 구비하고 있었던 것이다. 두번째로 주목해야 할 사실은 판소리 공연 공간의 변화이다. 주로 外庭에서 공연하던 판소리는 양반 좌상객이 주요 청중층으로 등장하기 시작하는 19세기에 들어와 房中 소리로서 실내 공연의 성격을 띠게 된다.[8] 이러한 변화는 판소리의 예술적 흡인력에

---

7) 정노식, 앞의 책, 21면.

이끌려 들어온 양반 좌상객이 이번에는 판소리를 外庭에서 房中으로 끌어들인 데서 비롯된 측면이 강하다. 그런데 이러한 판소리 공연 공간의 변화는 판소리 자체에도 여러가지 변화를 가져오게 되었는 바, 진중하고 절제된 미의식이 강화되고 음악적 세련도 한층 더하게 되는 방향으로의 변모를 보여주고 있다.9) 그리고 실내 공연은 폭넓은 음역을 가지고 소리에 힘을 주지 않아도 청중과의 교감이 비교적 용이하다는 특징이 있다. 이런 점이 여성도 판소리를 부를 수 있는 외적 조건으로 작용하였으며, 당시까지만 해도 잠재적인 唱者에 머물러 있던 기생 가운데 일부가 판소리를 부르는 경우가 생겨나게 되고 그런 사례가 점차 광범위하게 퍼져나가게 된 것이라고 보는 것이다.

요컨대 금향선에 관한 기록에서 알 수 있듯이, 적어도 19세기 중반에는 여류 명창이 존재하고 있었으며, 진채선이 활동한 19세기 후반에는 여성이 판소리를 부르는 일이 상당히 일반화되었던 것으로 보인다. 그러니까 진채선이 명창으로 활약할 무렵에는, 이미 妓房을 중심으로 여성이 판소리를 부르는 사례가 많았다고 볼 수 있다. 진채선은 신재효의 지침을 받아서 음률과 가무 뿐만 아니라 판소리를 특출하게 잘하였는 바, 여자이면서도 웅장하고 진중한 남성적인 창법을 구사하여 남자 명창 못지않은 기량을 지니고 있었던 것으로 생각된다.10) 게다가 대원군의 경복궁 낙성연 축하 공연에까지 참석할 정도로 우뚝하였기 때문에 정노식은 그녀를 최초의 여류 명창으로 소개하였던 것이 아닌가 한다.

이렇듯 여류 명창의 배출 창구로 중심적인 역할을 한 기생은 20세기에 들어와서도 기생조합 혹은 권번이라는 제도를 통해 조직화되어, 여전히 여류 명창을 배출하는 역할을 수행하면서 판소리 전승의 한 축을 담당하였다.

2-2. 여류 명창의 활동 양상

20세기에 들어오면 실내극장이 생기고 창극이 분화되는 등 판소리의 전승환경에

---

8) 판소리 공연 공간의 변모에 대해서는 다음 논문 참조.
   이보형, 「판소리 공연 문화의 변동이 판소리에 끼친 영향」, 『한국학 연구』 7, 한국학 연구소, 1995).
9) 김기형, 「판소리에 있어서 미의식의 구현양상과 변모과정」, 민속학회 발표요지, 민속학회 ,1998. 12. 11).
10) 정노식의 조선창극사에 나오는 "聲音의 雄壯한 것과 技倆의 多端한 것은 當時 名唱 광대로 하여금 顔色이 없게 되었었다" 라는 언급에 비추어 이러한 사실을 짐작해 볼 수 있다. 정노식, 『조선창극사』, 조선일보사, 1940. 234면.

많은 변화가 생기게 된다. 1902년 우리나라 최초의 실내극장인 협률사는 왕실의
재정적 도움에 힘입어 설립되었는데, 1907년 관인구락부로 지정되었다가 1908년
원각사라는 이름으로 다시 개칭되는 우여곡절을 겪는다. 그런데 협률사는 공연장소
로서만 기능했던 것이 아니라 기생들을 모으고 가르치는 역할도 수행하였다.

傳說을 聞흔 則 近日 協律司에셔 各色 娼妓를 조직흐는더 太醫院 소속 醫女와 尙
衣司 針線婢 등을 移屬흐여 名曰 官妓라 흐고 無名色 三牌 등을 幷付흐야 名曰 藝妓
라 흐고 新音律을 교습흐는더 又 근일 官妓로 자원 新入者가 有흐면 名曰 預妓라 흐
고 --- 후략 --- (밑줄 필자)11)

그런데 협률사에 소속된 기생들이 판소리를 배웠는지 여부는 분명하지 않으나,
이들이 무대에서 공연한 것은 판소리가 아니라 춤이었다. 당시 판소리는 독립적으
로 연행된 것이 아니라 다른 전통적인 연희 종목과 어우러져 공연되었는데, 별도로
모집된 남성 唱夫들이 있어서 이들이 판소리 공연을 담당하였다.

기생들이 본격적으로 판소리를 부르게 된 것은 1907년경 서울에 광무대, 단성
사, 장안사 등과 같은 사설극장이 설립되면서부터이다. 이들 사설극장을 설립한 이
들은 자본을 축적한 상인들이나 평민부호층들인데, 이들은 풍속을 교정한다는 명분
을 내세우며 기생들을 후원하고 가르쳤다.

연희개량 근일에 전기철도회사 임원 李相弼 郭漢承 郭漢英 제씨 등이 我國에 遺來
흐는 제반 演戱等節을 一新 改良흐기 위흐야 영남에서 上來한 唱歌 女誓兒 蓮花(13
세)와 桂花(11세)를 고용흐야 各項 打令을 연습케 흐는데 미려한 용모와 청아한 歌喉
는 眞是 기묘흐야 令人 可愛흔 상태를 包有흐얏고 또 아국 명창으로 칭도흐는 김창환
송만갑 양인을 교사로 정하여 해 女兒 등의 타령을 교수흐야 長短節奏를 조정흐는더
해 임원 등이 其唱和之節을 參酌흐야 개량흐는 事에 착수흐얏다는데 기 목적인즉 동서
양 문명국의 연희를 效倣흐야 觀聽人의 이목을 유쾌케 홀 뿐 아니라 心志를 挑發흐야
愛國思想과 人道義務를 감동케 홀 터인데 위선 춘향가부터 개량흐야 일주일 후에 동대
문내 전기창에 부속한 활동 사진소에서 該施戱를 演設흐다더라.12)

여기에 나오는 李相弼 郭漢承 郭漢英은 광무대를 설립한 이들인데, 근대 5명창
에 속하는 김창환과 송만갑과 같은 대명창이 여성에게 소리 지도를 하였다는 사실
을 알 수 있다. 이렇게 대명창에게 판소리를 배운 기생들이 무대에서 판소리 공연

---

11) 황성신문. 1902. 8. 25.
12) 만세보. 1907. 5. 21.

을 하는 사례는 1910년대에 들어와 더욱 빈번해진다.

　　광무대 박승필 일행은 녀유칠팔명을 가라쳐 신파연극의 우슴거리롤 본쩌셔 미일 밤
에 구경ᄒᆞᄂᆞᆫ 손의 입을 담으지 못ᄒᆞ게 ᄒᆞ야 비상ᄒᆞᆫ 환영을 밧으면서 다시 ᄒᆞ거름 나가
이젼 쟝안샤 일힝의 명챵 명우와 련합ᄒᆞ야 미일밤 구연회와 신연회의 우슴거리롤 갈마
드려 흥힝ᄒᆞ며 그 외에 가무지조가 하로 저녁에 십여종이오 무디에 나오ᄂᆞᆫ 비우가 총합
삼십여명 중 못ᄌᆞ혼 녀비우가 십여명이라 山玉 玉葉의 손을 호리ᄂᆞᆫ 아름다운 소리와
錦紅 海仙의 사룸을 취케 ᄒᆞᄂᆞᆫ 명챵의 노러와 기타 남녀 비우의 명챵 명가ᄂᆞᆫ 모다 밤
마다 만장 갈치롤 밧ᄂᆞᆫ 바로 경셩에 다만 ᄒᆞ아 잇ᄂᆞᆫ 구연회장은 이와ᄀᆞ치 번챵하며 ---
(후략) (밑줄 필자)13)

　　이 시기 각 극장에 소속된 기생으로는, 광무대 소속에 玉葉, 山玉, 蓮香, 暎月,
錦仙, 桃花 등, 쟝안사 소속에 錦紅, 紅桃, 海仙, 錦仙, 련련, 初香, 瓊佩 등, 단
성사 소속에 채란, 梨花, 紅桃, 釆姬 등이 있다. 각종 가무와 기예에 능한 이들 가
운데에는 판소리를 잘하는 이도 포함되어 있다. 매일신보에서 '藝壇一百人'이라 하
여 藝人 100명을 선정하여 1914년 1월 28일자 - 1914년 6월 11일자에 걸쳐 소
개한 바 있는데, 여기에 선정된 인물은 남자 8명14)을 제외하고 모두 기예에 뛰어
난 기생이다. 이 중 판소리에도 能한 것으로 소개된 인물은 다음과 같다.

　　○ 初香 : 대구 출신. 판소리, 육자백이, 새타령, 단가, 성주풀이, 허튼춤 등을 잘
　　　함.15)
　　○ 山玉(1898 - ?) : 경기도 수원 출신. 승무를 잘하며, 〈춘향가〉 중 '이도령 노름'
　　　과 '사랑가', 시조, 가사, 잡가 등을 잘함.16)
　　○ 海仙 : 경북 고령 출신. 〈춘향가〉와 〈심청가〉, 시조, 흥타령, 육자백이, 놀령사
　　　거리, 잡가, 승무, 검도 등을 잘함.17)
　　○ 吳玉葉(1900 - ?) : 경남 창녕 출신. 승무, 〈춘향가〉 중 '방자노름', 잡가 등을
　　　잘함.18)
　　○ 錦紅 : 황해도 봉산 사리원 출신. 수심가, 놀령사거리, 육자백이, 황주난봉가, 판
　　　소리를 잘함.19)

13) 매일신보, 1914. 10. 31.
14) 임성구, 지룡구, 심정순, 리병문, 박춘재, 김덕경, 서상호, 이한경이 그들이다.
15) 매일신보, 1914. 4. 29.
16) 매일신보, 1914. 4. 25.
17) 매일신보, 1914. 3. 8.
18) 매일신보, 1914. 2. 24.
19) 매일신보, 1914. 2. 21.

그런데 藝人으로 소개한 인물 가운데 평양 출신 기생이 많음에도 불구하고 그들 가운데 판소리를 잘한 것으로 소개된 이는 한명도 없고, 판소리를 잘했다고 한 인물의 대부분이 경상도 출신이라는 사실이 흥미롭다. 지역에 따라 기생의 특장이 다르게 나타나는 것은 예전부터 있어온 일인데, 경상도 출신 기생이 판소리를 잘했다는 사실은 '영남의 기생이 광대의 短歌를 잘 불렀다'는 기록20)과 관련하여 어떤 필연적인 곡절이 있을 것으로 생각한다. 이에 대해서는 뒤에 다시 언급하기로 한다.

기생조합의 효시는 1911년 하규일에 의해 설립된 茶洞조합인데, 1910년대 후반에 오면 여러 기생조합이 결성되면서 기생들의 판소리 공연이 더욱 활발하게 이루어진다. 1917년 2월 다동조합의 기생 중 영남 기생 30여명이 독립해 漢南기생조합을 세우며, 1918년 1월 廣橋조합이 漢城권번으로, 新彰조합이 京和권번으로, 茶洞조합이 朝鮮권번으로, 京華기생조합이 大同권번으로 각각 이름을 바꾸어 활동하였다. 지방에도 곳곳에 권번이 설립되었는 바, 평양의 箕城권번을 비롯하여, 광주, 남원, 달성, 경주, 개성, 함흥, 대구, 진주 등에 권번이 설립되었다. 이와같이 1910년대에 들어와 기생조합(권번)이 활성화되면서 기생들의 활동 기반이 마련되고 이들이 당시 인기있는 공연물로 각광받던 판소리를 무대에서 공연하면서, 여성 창자의 수는 전대와 비교가 되지 않을 정도로 많아지게 되었다. 그 중에는 지방에서 鄕妓로 활동하다가 서울로 올라와 京妓가 된 경우도 있었으며, 본래 당골 출신인데 기생이 된 경우도 있었다. 일례로 조산옥이라는 기생을 들 수 있다. 당골인 그의 어머니는 무가를 잘 불렀다고 한다.

> 조산옥이라는 옛날 기생이 있는디 거그 어머니가 어정얼 잘헙니다. 무속들 굿허는 거. 근디 레콧드에 넣었단 말이여. 긍깨 송감찰이 판얼 딱 들어 보더니 "그 여편네 못 나무래겄구만. 좋아", 김창룡은 "형님 말씀이 옳소. 잘허요" 그러면서 들었어요.21)

판소리를 '패기성음'이라고 하는 데 비해 무당 소리를 '어정소리'라 하여, 판소리하는 목으로 금기시한다. 그런데 그 소리속이 좋으니까 명창들이 들을만 하다고 했다는 것이다. 당골 출신이 기생이 되는 까닭은 당골이라는 신분을 떨쳐 버리고 판소리 창자로 나아가는 것이 경제적인 부를 획득하거나 신분 변화에 유리하다고 믿

---

20) 이능화, 『朝鮮解語花史』, 동문선, 1992. 312면. "영남의 기생은 단가를 잘 부른다. 평양 기생은 〈관산융마〉를 잘 부르고, 선천 기생은 〈항장무〉를 잘 추는 등이다."
21) 김명환, 『내 북에 앵길 소리가 없어요』, 뿌리깊은 나무, 1991. 61면.

었기 때문이다.

기생조합(권번)에서는 당시 각 분야의 명창 명인들이 일정 기간의 교육과정을 통하여 기생들에게 시조, 여창 가곡, 가사, 판소리, 가야금 등 각종 기예를 가르쳤다. 하지만 본래 一牌 기생을 위주로 조직된 기생조합에 三牌 기생과 당골 출신이 참여하게 되면서,22) 기생들에 대한 사회의 부정적 인식은 점점 심화되어 갔다. 사실 기생조합(권번)은 세계 2차대전이 치열해질 무렵 일제에 의해 강압적으로 폐쇄될 때까지 지속적으로 여류 명창을 배출하면서 판소리 전승의 중요한 몫을 담당했는데, 이 때 형성된 이들에 대한 사회적 인식이 부정적으로 고착화되어 여류 명창이 성취한 예술적 성과를 제대로 평가하지 않고 기생의 범주에서 이들을 바라보는 시각이 엄존하게 된 것이다.

①春香演義가 잇스니 그날 ᄒᄂᆫ 막은 시삿도 도영ᄒ고 기싱졈구 마친 후에 군로스령이 춘향이 잡으러 가는 데라 — 中略 — 악공들이 무더 우에 느러 안졋든 것을 막 뒤로 앉게 ᄒᆫ 것도 매우 싱각ᄒᆫ 것이니 당연히 그러ᄒᆯ 것이다 ᄒᆫ데 특히 쳥ᄒᄂᆫ 것은 악공이 막 뒤로 드러감과 가치 제반 긔구도 뒤로 차여 무더를 쳥결ᄒ게 ᄒ고 산쑷ᄒ게 ᄒ며 우에도 말ᄒᆫ 바와 가치 뒤막을 고치면 조흘 줏ᄒ다. (一記者,〈茶洞妓生演奏會〉)23)

② 단셩샤에셔 한남권번기싱의 츈긔연쥬회가 열녓ᄂᆞ디 — 중략 — 민 나죵에 춘향연의를 시쟉ᄒ는디 남즈라ᄂᆞᆫ 기싱의 방즈노릇은 진경이 근스ᄒ엿스나 죠곰 셧투른 곳이 잇섯고 썻더로 황금란과 김산옥의 창ᄂᆞᆫ 소리에는 실로 감흥이 깨지 안케 잘 ᄒ엿다 리도령을 분쟝ᄒ 기싱은 그 표졍과 긔거동작이 죠곰 어울니지 안엇스나 과히ᄂᆞᆫ 셧투르지ᄂᆞᆫ 안엇다 그 즁에 볼 만한 것은 방즈와 춘향이 노릇ᄒᄂᆞᆫ 기싱의 표졍이라 하겟고 더욱 창ᄃᆞᆫ 기싱의 틱도와 동작이 슈빅관긱의 갈치를 밧엇다.(밑줄 필자)24)

여기서 특기할만한 사실은 기생들이 배역을 나누고 남자역까지 도맡아 했다는 점이다. 이러한 형태는 후에 나타나게 되는 여성국극의 그것에 가까운 것이라 할 수 있다. 배역을 나누어 극적 요소를 살리려고 했지만 방자와 이도령과 같이 남자 배역을 맡은 부분에 대하여 연기가 서툴다고 지적한 것으로 보아, 같은 권번에 소속된 단원들의 정기 연주회 성격을 지닌 공연일 뿐 아직 여성들만의 공연을 본격적으로 시도한 것은 아닌 듯하다. 1920년대에 들어와 전반기 동안에는 1910년대의

22) 新彰조합은 삼패를 기생으로 승격시켜 조직한 단체이다.
23) 매일신보, 1917. 10. 17.
24) 매일신보, 1919. 11. 20.

양상이 계속 이어진다.

① --전략-- 다오뎡 대정권번에서 이달 십팔일부터 오일간 우미관에서 성대한 온습회를 긔최하고 기성의 가무가 잇슬 뿐외라 고대소설에 가쟝 유명훈 옥루몽과 춘향뎐 심청뎐 등의 연극으로 대대뎍 연주를 거힝한다더라.25)

② 년례를 딸아 한남권번에서는 츈긔온습대회를 금이십일 밤붓터 관텰동 우미관에서 일헤 동안을 두고 흥힝을 한다는대 이번에는 특히 <u>구운몽 춘향가 등 연희는 폐지하고 그외 력사극이라는 각본으로 썩 자미 잇도록 긔연하야 환영을 밧고져 달포 동안을 연습 흐엿다는대</u> 가무 등도 이왕 것과는 전혀 다르게 하야 기성들의 별별 희극이 만타 하며 신구파 병하야 만든 연극도 잇서서 자못 볼만훈 중에 더욱이 처음의 가극이 잇다더라. (밑줄 필자)26)

③ 령남에 유슈한 지능 특이한 기성으로만 죠직된 한남권번에서는 지는 십구일 첫날의 연예를 우미관에서 열엇섯는대 그눌 밤에 관긱은 무려 일천여 명에 달하야 상하층 관람석에는 박박이 드러안진 성황이엿고 무대 우에는 기성 빅여명이 번가라 출연하야 여러 가지 연예를 한 바 더욱이 볼만훈 것은 민 나죵에 특별히 각식훈 춘향연의(春香演義)가 잇는대 대목대목이 포복절도훌 장면이 만히 잇서서 이전에 하던 것과는 대단 볼 만하다는 갈치가 야단이엿스며 <u>김츄월(金秋月)의 방즈노름과 명창노리며 됴홍련(趙紅蓮)의 익살스런 재담화극은</u> 더욱 관긱의 우슴을 자아내엿는대 --- 후략 ---.(밑줄 필자)27)

〈춘향가〉나 〈심청가〉와 같은 고전 작품을 공연하는데 머물지 않고 역사에서 소재를 취하여 새롭게 짠 각본으로 공연하였는가 하면, 기생들이 재담화극까지 공연하였음을 알 수 있다. 그런데 〈춘향가〉 공연이 포복절도할 장면이 많아 전에 하던 것과 달랐다는 것과 김추월이 '방자노름'을 잘했다는 언급을 통해, 고전극 공연이 해학적인 성격과 극적 요소가 강화된 형태로 변모하고 있음을 엿볼 수 있는데, 이는 관중의 호응을 얻기 위한 전략에서 비롯된 것으로 생각된다.

1920년대 후반에 와서 명창대회가 열리면서 판소리 공연의 기회가 자주 마련되었는데, 이 무대에는 여성 창자도 다수 참여하였다.

① 名唱名妓網羅해 朝鮮音樂大會, 십구 이십 량일밤 우미관서, 朝鮮音樂協會 第二

25) 매일신보, 1921. 11. 15.
26) 매일신보, 1922. 5. 20.
27) 매일신보, 1922. 10. 21.

回 공연 --- 樂士 李東伯 沈相健 池龍九 <u>姜小春 金秋月 金雲仙 金海仙 李花中仙 李</u>
<u>錦玉 李素香 牟秋月 朴綠珠 申海中月</u> 尹玉香 表蓮月 李宰珏 李民澤 李彦積 외 朝鮮
正樂大家全也.(밑줄 필자)28)

② 한자리에 노래 부를 長安의 名妓名唱, 오늘밤 우미관에서 - <u>金海仙 李錦紅 牟</u>
<u>秋月 李錦玉 李花中仙 尹玉香 金雲仙</u> 池龍九 <u>姜笑春</u> 沈相健 李東伯 <u>金秋月 李素香</u>
<u>朴綠珠 李中仙</u> 金(?)鳳 <u>申海中月 表蓮月 朴容玉 曹山玉</u> 우와 가튼 장안의 명기명창
을 모와 신춘남녀명창대회를 금십오일밤 우미관에서 조선음악협회주최로 성대히 개최하
리라는대 입장권은 일원과 오십전 두가지요 개연시간은 하오 七시부터라고.29)

이 시기에 두각을 나타내며 여류 명창이 대거 출현할 수 있는 전환점을 마련해
준 이가 바로 이화중선(1898 - 1943)이다. 이화중선은 어릴 적부터 소리를 한 것
은 아니었고, 결혼 생활 중 협률사 공연을 보고 마음이 동하여 소리꾼의 길로 들어
서게 되었다. 그녀는 남원에서 장득주라는 광대에게 소리를 배운 후 상경하여 송만
갑과 이동백 등에게 소리를 배워 명창이 되었는데, 성음이 美麗하고 거침이 없어
청중으로부터 대단한 호응을 얻었다. 1923년 조선물산장려회 주최로 열린 전국판
소리대회에서 이화중선은 〈심청가〉 중 '추월만정'을 불렀는데, 심사를 맡은 박기홍
명창은 그녀의 소리를 듣고 "배설향이 소리계의 여왕이라면 자네는 정말 여자중의
선녀"라는 칭찬을 했다고 한다. 그 후 그녀가 부른 '추월만정'은 유성기 음반으로 취
입되어 십만장 이상이 팔렸다고 하니, 그 인기가 얼마나 대단했는지 짐작하기 어렵
지 않다. 이화중선은 여성도 판소리 명창으로서 대성할 수 있다는 것을 보여주었을
뿐만 아니라 판소리의 대중화에 기여하였다는 점에서 큰 의의가 있다. 진중함보다
는 여린 듯 하면서도 구슬픈 느낌을 잘 표현한 그녀의 소리는 일제라는 시대 상황
속에서 더욱 대중들의 공감을 살 수 있었다.

1930년 조선 가곡의 수정, 신곡의 발표, 음악회 개최, 음악회와 가풍의 개선 정
화, 동서음악의 비연구, 조선음악에 관한 잡지 발간 등을 목표로 하여 조선음률협
회가 조직된다. 김창환 명창이 회장을 맡은 이 조직에는 송만갑, 이동백, 김창룡,
조학진, 오태석, 강태홍 등과 같은 판소리 명창과 가야금병창의 대가가 참가하였는
데, 권번에 속한 여성들도 조직의 한 축을 이루었다. 조선권번 소속의 金雲仙(김죽
파), 金海仙, 金小香, 金錦玉, 李玉花, 金南洙, 한성권번 소속의 朴綠珠, 牟秋月

---

28) 매일신보, 1928. 3. 18.
29) 매일신보, 1928. 9. 25.

등이 대표적인 인물이다. 1934년 조선음률협회를 계승하여 조선성악원이 창설될
때에도 金楚香, 朴綠珠, 金採蓮 등의 여류 명창이 창설멤버로 참여하였으며, 이
어 1934년 조선성악연구회가 발족되었을 때 여류 명창으로 朴綠珠, 金採蓮이 발
기인으로 참여하였다. 조선성악연구회가 발족된 1934년 이후 창극 공연은 더욱 활
기를 띠게 된다. 그리고 창극 공연에 있어서 여성 배역은 당연히 여성의 몫이었기
때문에 창극에서 여류 명창이 차지하는 비중은 오히려 남자 명창을 능가할 정도가
되었다. 1930년대 - 1940년대에 활동한 대표적인 여류 명창으로는 박녹주, 김여
란, 김소희, 임소향, 조농옥, 김옥련, 오양금, 김경자, 김봉, 성미향, 김순희, 박추
월, 한영숙 등을 꼽을 수 있다. 창극 공연이 활발하게 이루어지면서 창극단의 결성
이 뒤를 이었다. 1936년경 임방울, 박초월, 박귀희 등이 중심이 되어 〈동일창극단〉
을 만들었으며, 해방 후인 1946년경 〈김연수창극단〉과 〈조선창극단〉이 생겨났다.
이 시기에 창극 음반도 활발하게 출간되었는데, 그 대표적인 작품과 출연한 명창을
정리해 보면 다음과 같다.

    ㅇ일축조선소리반 창극 춘향전(1926년) : 이동백(도창, 월매), 김추월(이도령, 춘
      향), 신금홍(방자, 춘향).
    ㅇ씨에론 창극 춘향전(1934년) : 김정문, 신금홍.
    ㅇ콜럼비아 창극 춘향전(1934년) : 김창룡(도창, 이사또, 변사또), 이화중선(춘향
      모), 오비취(춘향), 권금주(이몽룡), 방자와 향단은 이화중선과 권금주가 상황에
      따라 번갈아 맡음.
    ㅇ 빅타 창극 춘향전(1937년) : 정정렬(도창, 변학도, 이도령), 임방울(이도령), 이
      화중선(월매, 방자, 춘향), 박녹주(월매, 춘향, 이도령), 김소희(춘향).
    ㅇ오케 창극 흥보전(1940년) : 이화중선, 오수암, 임방울, 김록주 등.
    ㅇ오케 창극 심청전(1940년) : 정남희, 김연수, 박록주, 김준섭 등.

  사실 이 시기에 여류 명창을 배출하는데 큰 공을 세운 이가 근대 5명창 가운데
한명인 정정렬이다. 정정렬은 타고난 목은 궂으나 엄청난 독공으로 명창의 반열에
오른 입지전적인 인물이다. 창극 발전에도 많은 공로를 세운 그는 특히 〈춘향전〉을
개작하여 정정렬제 〈춘향가〉를 완성하였는 바, 그래서 "정정렬 나고 춘향가 났다"는
말이 생길 정도였다. 그래서 당시 많은 제자들이 정정렬에게 몰렸는 바, 특히 여자
제자들이 문전성시를 이루었다고 한다.

    여기는 송선생님(송만갑 - 필자), 여기는 이동백씨, 여기는 김창룡씨, 저기는 정정

렬써. 이렇게 방이 쭈욱 있어. 방 위에 이름이 쭈욱 써져 있어갖구. 그러면은 사무실에 가서, 이 선생님한테 가서 공부를 해야겠다 그러면은 사무실에서 표를 팔아요. 책이 요 만큼 길쭉하게 생겼는디, 전차표 팔듯기 표가 있어. 안가는 날은 안떼주고. 책은 한권 을 사야지. 그 때 돈으로 3원인가 얼매. 내가 가서 공부하는 날은 그거 하나 떼 주고 가서 공부를 하고. 표에 선생 이름이 딱딱 적혀져 있어. <u>그 때에 정정렬씨가 제일 제자 가 많지.</u> 그 때 김소희씨도 가니께 〈춘향가〉 배우고 있더라. 그 때 김소희씨도 젊어서. 다른 양반들은 별로 제자가 없어. 김창룡씨니 이동백씨니 이런 분들은 제자가 없어. 송 만갑씨한테 더러 제자가 있고. 나이는 송만갑씨가 제일 많지.30)(밑줄 필자)

그렇다면 왜 정정렬 명창이 특히 여성의 인기를 얻었는가. 그것은 그의 창법이 기교에 능하고 계면 위주로 소리를 짜 나가기 때문에 여성들이 소화하기에 비교적 용이했기 때문인 것으로 생각된다.

지금까지 1900년대부터 해방 무렵까지 여류 명창의 활동상에 대해 살펴 보았는 바, 흥미로운 사실은 이 시기 활동한 여류 명창의 출신지를 보면 호남 이외의 출신 이 많다는 점이다. 출신지를 확인할 수 있는 대표적인 여류 명창을 제시해 보면 다 음과 같다.

ㅇ허금파 : 전북 고창. ㅇ강소춘 : 생몰연대 불분명. 경상도 대구. ㅇ권금주 : 생몰 연대 불분명. 경남 함양에서 태어났다고 하나 불분명. ㅇ신금홍 : 경남 거창. ㅇ배설향 (1895 - 1938) 전북 남원. ㅇ김녹주(1896 - 1923) 경남 김해. ㅇ이화중선(1898 - 1943) 경남 동래. ㅇ김초향(1900 - ?) 대구. ㅇ박녹주(1906 - 1981) 경북 선산. ㅇ 김여란(1907 - 1983) 전북 흥덕. ㅇ신숙(1911 - 1970) 경남 함양. ㅇ오비취(1911 / 1914? - 1988?) : 경남 진주 / 대구 / 전주 ?. ㅇ박초월(1917 - 1983) 전남 순 천. ㅇ김소희(1917 - 1995) : 전북 흥덕. ㅇ조소옥(1918 - 1978) : 전북 남원. ㅇ 조농옥 (1920 - 1971) 서울. ㅇ김추월 : 생몰연대 불분명. 경기.

전기 8명창 시대 이후 대부분의 명창이 호남에서 나온 것에 비추어 볼 때, 그 이외 지역, 특히 경상도 지역 출신의 여류 명창이 제법 많다는 사실은 다소 이례적 으로 보일 수 있다. 그러나 앞에서 살펴 본 바 있듯이, 1910년대에 판소리를 잘했 던 기생들 가운데 호남 출신이 없는 대신 경상도 출신이 많다는 사실과 관련지어 볼 때, 우연의 소산으로 볼 수는 없다. 이는 대구, 마산, 진주 등지에 권번이 있었

30) 박향산 여사 증언. 박향산 여사는 본명이 박정례로, 박봉래 명창의 외동딸이다. 이 자료는 박향산 여사의 따님인 송화자 선생님(현재 남원 거주)이 1997년 여름 어느날(정확한 날짜는 기억나지 않 는다고 함) 녹음해 둔 것인데, 1998년 10월 14일 남원시내 〈배리하우스 레스토랑〉에서 필자에게 이 자료를 빌려 주었다.

고, 또한 전통적으로 색향이거나(진주) 일제 시대 시장 기능이 활발하여 경제적인
토대가 단단하고 유흥 공간이 많은 지역(마산, 창원 등)이라는 점과 관련이 있을
듯하다.

남자 명창 못지않은 기량을 지닌 여류 명창이 많아지자, 창극 공연을 통해 축적
된 경험을 바탕으로 여성들만의 조직을 모색한 결과 1948년 여성국악동호회가 결
성된다. 박녹주, 김소희, 박귀희, 임유앵, 임춘앵, 김경희 등 여성 단원이 주축이
되어 조직된 이 단체는 여성국극의 시초가 되는 셈인데, 단체를 조직하게 된 배경
에 대해 박귀희 명창은 다음과 같이 말한 바 있다.

> 해방 전에 일본에 레코드 취입하러 갔을 때에 〈송죽 가극단〉이라고 하는 여자들만으
> 로 만들어진 단체에서 하는 공연을 구경했는데 기가 막히게 잘해요. 연기며 의상이며
> 노래며 춤이며 나무랄 데가 없고 관객들의 반응도 그렇게 좋을 수가 없어요. 그래 우리
> 나라에도 저런 단체가 하나 있었으면 좋겠다 하는 생각이 들었어요. 왜냐하면 남자들하
> 고 단체 생활을 하다 보면 연애를 하고 애기를 낳아서 애기까지 끌고 다니는데 여관의
> 좁은 방에서 애기 귀저귀 널어 놓고 복작거리는 생활이 지겹다 못해 환멸감까지 느낄
> 지경이었으니까요. 그래서 오랫동안 여자들만으로 만들어진 창극단을 만들고 싶은 생각
> 이 있었는데 해방 뒤에 박녹주 선배하고 상의했더니 대뜸 좋다고 하는 거예요. 그래서
> 김소희, 임유앵, 임춘앵, 김경희씨와 함께 여성국악동호회를 만들었는데 뜻밖에 관중들
> 의 반응이 좋았어요.[31)

일본 〈송죽 가극단〉의 공연이 여성국극의 형성에 일정한 영향을 끼쳤음을 알 수
있는데, 그동안 다양한 공연 활동을 통해 축적해 온 여류 명창들의 역량과 자신감
이 여성들만의 공연 단체를 만들 수 있게 한 원동력이 되었다고 보아야 한다. 여성
국악동호회를 결성한 해에 춘향가를 각색한 〈옥중화〉는 그다지 성공하지 못했으나
이듬 해 서울 시공관에서 공연한 金亞夫 作 〈햇님 달님〉이 공전의 히트를 하게 되
었다. 햇님왕자에 박귀희, 달님공주에 김소희, 영왕 정유색, 햇님 아버지는 박녹주
가 배역을 맡은 이 공연은 대형 무대장치와 호사스러운 의상·소품 그리고 여성들
만 출연한다는 점 등이 대중들의 호기심을 자극하였던 것이다. 그러나 여성 국극단
이 인기를 얻게 되면서 상대적으로 남성 명창들의 설 자리는 좁아져 갔으며 판소리
또한 이른바 '창극 소리'로의 俗化가 심화되었다. 기록에 의하면, 1955년-1958년
에 문교부 공연과에 등록된 여성국극단의 수가 15개에 달한다.[32) 결국 50년대 후

---

31) 김명곤, 『광대열전』, 도서출판 예문, 1988, 93~94면.

반에 이르러 김연수, 박후성 등이 이끌던 창극단이 모두 해체되는 상황에 이르러 판소리의 침체가 가속화 되었다. 그러나 여성국극단은 설화나 야담에서 소재를 취하고 주로 애정 중심의 이야기를 무대에 올림으로써 대중의 호기심과 신기성을 자극하여 한 때 인기를 얻는데는 성공하였으나, 그리 오래 가지는 못하였다.

1960년대에 들어와 판소리는 새로운 전기를 맞이하며 재생의 발판을 마련하게 된다. 1962년 중앙국립극장의 전속단체로 국립창극단이 창설되어 국가 재정의 뒷받침을 받으며 창극 공연을 할 수 있게 되었는 바,[33] 이 단체에도 많은 여류 명창이 참여하였다.[34] 1964년에는 판소리를 중요무형문화재로 보호하고[35] 판소리 명창을 인간문화재로 지정함으로써 제도적으로 판소리를 보존할 수 있는 장치가 마련되었다. 그리고 박동진이 일련의 완창 판소리 발표회를 시도하여,[36] 이전 시기까지 침체된 판소리에 활력을 불어넣고 주로 토막소리로 부르던 관습에 충격을 가하면서 공력을 들인 소리보다는 기교만 勝한 소리가 대중의 호응을 얻는 상황에 일대 경종을 울렸다. 이후 완창발표회는 관례처럼 되어 지금까지 이어지고 있다. 이러한 상황에서 대명창으로부터 제대로 학습을 받고 공력을 쌓은 여류 명창들은 더욱 진가를 발휘하며 현대 판소리 전승의 흐름을 주도하는데 결정적인 역할을 수행하였다.

3. 여류 명창이 판소리사에 끼친 영향

여류 명창이 판소리에 끼친 영향은 여러가지 각도에서 검토해 볼 필요가 있다. 우선 여류 명창의 등장은 남성 명창들의 존립에 직접적인 영향을 주었다. 여류 명창이 활발한 활동을 하게 되면서 상대적으로 남성 명창은 그 설자리가 점점 좁아져 갔다. 우선, 여류 명창은 후원자가 있어서 경제적인 곤궁함에서 벗어날 수 있었다.

32) 박황, 『판소리 二百年史』, 思社硏, 1987, 292면.
33) 창설 당시의 명칭은 원래 '國劇團'이었으며, 1973년 '唱劇團'으로 개칭되었다. 성경린, 『현대창극사』, 국립극장 30년, 국립극장, 1980, 344면 참조.
34) 김연수를 단장으로 하여 총 21명으로 구성된 이 단체에 참여한 여류 명창의 면면을 보면, 부단장에 김소희, 간사에 박귀희, 단원에 박초월, 임유앵, 김경애, 김경희, 남해성, 박봉선, 박초선, 김정희 등이 있다.
35) 〈춘향가〉는 1968년, 〈심청가〉는 1968년, 〈수궁가〉는 1970년, 〈적벽가〉와 〈흥보가〉는 1971년에 무형문화재로 지정되었다.
36) 박동진은 1968년 〈흥보가〉를 5시간 동안 완창하고, 이어 〈춘향가〉를 8시간에 걸쳐 완창하였다. 그리고 1970년에는 〈심청가〉를, 1971년에는 〈적벽가〉를, 1972년에는 〈수궁가〉를 완창하였다.

여성들의 후원자는 대개 경제적인 여력이 있으면서 국악을 좋아하는 부류로서, 머리를 얹어 주는 대가로 학채를 내주고 생활비를 도와주는 경우가 허다하였다. 이에 비해 남성들은 경제적인 문제를 해결할 마땅한 방법이 없었다. 명창의 반열에 오르거나 어느정도 실력을 쌓은 경우에는 권번의 소리 선생이나 공연 활동을 통해 보수를 받을 수 있었으나, 소리를 배우는 과정에서는 경제적인 어려움을 감내할 수밖에 없었다. 가령 예를 들면, 박녹주와 강도근이 김정문에게 〈흥보가〉를 배울 때, 박녹주는 김성수의 부친 김경중의 경제적인 후원에 힘입어 학채 걱정을 하지 않고 오로지 소리만 배울 수 있었으나, 강도근은 머슴 노릇을 하면서 배워야 했던 것이다.

① 송만갑씨 헌 말 있어. 그전에 명창으로 오직 소리럴 환영얼 받고 그 모두 질거워라 안 쌌소. 히도, 잘 못히도 고랑내 난 치마자락이 더 득세럴 허그등. 그렁게는 송만갑 말이 "명창 목구맥이 당창 묵은 년 - 매독성 가졌다 그 말이여 - 당창 묵은 년 씹구녕만 못 히어" 혔어. 그 썩구 썩은, 곯아 빠진 매독성 있는 년 벌이가 더 낫다 그것여, 그 금액이. 명창 목구멍보다 돈도 더 벌고 더 대접얼 받응게 오직이 분하야 그려.37)

② 돈두 여자 소리는 100원을 주는 게 보통입니다. 그런데 남자 소리는 40원을 줘요. 그게 왜 그러냐 하면, 대명창은 그렇게 못하지만, 우리같은 쫄대기들이야 뭐 돈 줍니까? 십원 주면 많이 줍니다. 남자들 소리하는 것을 그렇게 천대를 했어요. 그래 그게 관례가 됐어요. 참 안타깝지요.38)

지금은 여류 명창이 남자 제자를 가르치는 경우가 많지만, 이 당시만 해도 여류 명창을 길러낸 것은 남자 명창이었다. 그런데 남자 명창이 여자 제자에게 남자 소리로 가르치는 경우는 드물었으며 여성의 목에 맞게 소리를 집어 넣어주었던 것이니, 이제 여류 명창이 다수 배출된 상황에 이르게 되어서는 전통적인 판소리 창법을 변형시킨 점이라든가 남자 명창의 설 자리가 없어지게 되는 등 그 폐해가 심각함을 여실히 보여 주고 있다.

남성 명창의 수난은 여성국극이 기승을 부린 1950년대에 극에 달한다. 여성 국극단이 인기를 얻게 되면서 상대적으로 남성 명창들의 설 자리는 더욱 좁아졌으며, 김연수, 박후성 등이 이끌던 창극단이 모두 해체되는 등의 곤욕을 치룰 수 밖에 없었다. 앞에서 말한 바와 같이, 1960년대 이후 인간문화재를 지정하여 판소리 전승

---

37) 김명환, 『내 북에 앵길 소리가 없어요』, 뿌리깊은 나무, 1991, 70면.
38) 판소리 인간문화재 증언자료, 판소리 명창 박동진, 『판소리 연구』 2, 판소리학회, 1991, 232면.

의 단절을 막을 수 있는 제도적 장치가 마련되고 박동진 명창의 완창 판소리 발표
를 계기로 판소리가 새로운 도약의 기회를 맞게 된다. 그렇지만 이미 판소리 전승
의 주도권은 여성에게 넘어갔다고 해도 과언이 아니어서, 오늘날에 이르기까지 여
성 창자가 남성 창자에 비해 압도적으로 많은 실정이다. 전주대사습에서 장원한 이
들을 성별로 나누어 볼 때, 1998년 24회 대회에 이르기까지 남성 장원자가 8명이
고 여성 장원자가 16명이라는 사실이 그 실상을 단적으로 입증해 주고 있다.

여성 창자(唱者)가 대거 출현하면서 나타난 중요한 현상 중의 하나는 골계적인
표현이나 외설스러운 사설이 축소 내지 삭제되는 현상이 생겨났다는 점이다.

> 우리 판소리는 여자들이 하기 때문에, 그 참 외설적인 거, 그 남자들만이 들을 수
> 있는 그 세계, 옛날에 사랑방에서 앉아 가지고, 부인들은 판소리를 듣지 못했거든요.
> 내외하느라고요. 감히 들을라고도 안하고요. 그러니께 사랑방에서 남자들끼리만 소리를
> 하고 이래 놓으니께, 그 잡탕소리며 뭐 그런 것이, 민요는 물론이요 판소리에는 굉장히
> 많았습니다. 그래서 〈배비장타령〉이라든지 또한 〈변강쇠타령〉이라든지 이런 걸 그땐 한
> 창 했었는데, 여자들이 소리를 배우고 나니까 그거를 감히 할 수가 없단 말이에요. 여
> 자 얼굴로서는 부끄럽고 면구스럽고 그래 안해가지고 그냥 젖혀 놔 버렸어요. 그래 그
> 것이 사장이 되고 말았거든요. 썼어요.39)

失傳된 〈배비장타령〉이나 〈변강쇠타령〉과 같이 재담이 많고 외설스러운 내용이
들어 있는 바다는 여성 창자가 부르기를 꺼려했거니와, 현전(現傳) 판소리에 있어
서도 여성 창자가 재담소리나 외설스러운 대목을 축소 내지 삭제시킨 사례를 확인
할 수 있다. 그 대표적인 예로 박녹주의 〈흥보가〉를 들 수 있다. 박녹주는 동편제
명창인 김정문으로 부터 〈흥보가〉를 전수받았다. 그러나 그녀는 '놀보가 제비 후리
러 나가는 대목'까지만 배웠고, 그 뒷부분인 '놀보 박타령'은 배우지 않았다. 왜냐하
면 '놀보 박타령'은 그야말로 재담소리이고 갖은 발림을 곁들여 골계적인 표현을 소
화해 내야 하기 때문에 여성으로서 부르기가 난처했기 때문이다. 뿐만 아니라 박녹
주 〈흥보가〉에는 '흥보 밥타령'도 들어 있지 않다. '흥보 밥타령'은 흥보가 제비 박에
서 나온 쌀로 지은 밥을 공처럼 만들어 공중에 던져놓고 받아먹는다는 익살스러운
내용인데, 휘모리로 불리면서 골계적인 웃음을 자아내는 이 대목이 여성이 부르기
에 적합치 않다고 하여 뺀 것이다. 이는 박녹주와 함께 김정문으로부터 〈흥보가〉를
배운 강도근이 육담이나 골계적이고 외설스러운 대목을 그대로 살려 부르는 것과

---

39) 1993년. 9월 19일. 박동진의 국악당 소극장 공연 중에서.

대비되는 것이다.

여류 명창의 등장은 음악적으로도 많은 영향을 끼쳤는 바, 그것은 일차적으로 남성과 여성의 신체구조가 다른 데서 생긴 생래적 차이에서 비롯된 것이다. 그래서 남자 명창이 여자 제자를 지도할 때에는 그 역량에 맞게 소리를 집어 넣어주었다.

① 이통정이 여자들헌티 소리 갈치는 것 보고 누가 "임마, 물소 미련한 놈아, 가시내들헌테 그 남자 성음얼 갖다 그렇게 초가집 밀어넣드끼 갈키면 쓰것냐? 여자는 여자 목에 맞게 갈쳐야 한다"고 그래요. 바람이, 물결이, 파도가 많으면, 직선으로 간 것이 아니라 바람 따라서 요리 돌아서 가디끼 직접 가르치면 못 받겄응께 오래 오래 걸려서 가르치야 헌다고 혀. 그렇께 여자 소리는 달체. 감찰도 그렇게 얘기했고.40)

② 같은 내용이라도 예를 들어 적벽가의 삼고초려 대목 같은 것에서 남자 선생님들은 엄숙하고 웅장한 성음으로 음성깊게 장비, 현덕, 관운장 등의 등장인물의 성격을 드러내려고 하는 반면 여자 선생님은 음악적인 면을 강조하시죠. 이런 경우 저는 작중 인물로서 행동하고 소리하는 것이 절대적으로 필요하다고 생각합니다. 여자이지만 남자 선생님들이 하는 그런 소리를 하고 싶다는 생각입니다.41)

①은 스승이 여자 제자에게는 남자 제자에게 가르치는 것과는 다른 목으로 넣어주는 것에 대해 말하고 있다. 실제로 스승이 제자의 性別에 따라 그리고 능력에 따라 소리를 다르게 가르치는 것은 판소리의 전승 현장에서 쉽게 확인할 수 있는 일이다. ②는 여성과 남성의 차이를 잘 말해주고 있다. 이는 남성이 폭넓은 음역을 바탕으로 각각의 등장 인물이 지니고 있는 성격을 사실적으로 묘사해 내는 데 비해, 여성은 상청은 강하지만 하청이 약한 약점이 있어 고운목으로 음악적인 세련을 추구한다는 의미일 것이다. 음악적 세련의 추구야말로 여류 명창이 판소리에 끼친 중요한 영향 가운데 하나일 것이다. 여류 명창 가운데, 〈춘향가〉와 〈심청가〉에 능한 명창이 많다는 점, 계면 위주의 슬픈 대목에 특히 장기를 보이는 경우가 많다는 점, 이른바 '타루친다'고 하는 창법을 쓰는 경우가 많다는 점 등은 모두 이와 관련이 있다.

이렇듯, 여류명창의 등장으로 판소리에 있어서 재담적 요소가 약화되고 음악적 세련이 더해지게 되면서 생겨난 가장 큰 변화로 '소리판의 정형화'와 '역동성과 즉흥성의 약화'를 꼽을 수 있다. 이 두 가지는 서로 분리될 수 있는 성질의 것은 아니

---

40) 김명환, 앞의 책, 94~95면.
41) 안숙선, 「만정 김소희 선생과 판소리」, 『동리연구』 3, 동리연구회, 1996, 65면.

다. 역동성과 즉흥성이 있어서 비록 제한된 범위 내에서나마 광대는 자신의 역량을 펼칠 수 있는 공간을 확보할 수 있었던 것인데, '여성적 특질'이라 부를 수 있는 얌전함, 맵씨, 절제, 소극적 태도 등으로 인해 여류 명창의 소리는 점점 정형화되어 갔고, 그러다 보니 역동성과 즉흥성이 발휘될 수 있는 여지 또한 점점 축소되어 간 것이다.

4. 여류 명창의 의의

이상에서 여류 명창의 등장 및 그 배경, 활동양상 그리고 판소리사에 끼친 영향 등에 대해 살펴 보았다. 여류 명창이 판소리사에 끼친 영향은 부정적인 측면과 긍정적인 측면으로 나누어 생각해 볼 수 있다. 실내극장이나 요정 등이 여류 명창의 주된 공연 공간이었는 바, 이렇듯 닫혀진 공간에서 고운목으로 기교적인 소리를 추구한 결과, 제한된 범위 내에서나마 기존의 소리판이 지니고 있던 '판'의 역동성, 즉흥성 등이 약화된 것은 여류 명창이 끼친 가장 부정적인 측면이라 할 수 있다.

판소리사에서 여류 명창이 지닌 가장 큰 의의는 일제 식민지와 6.25전쟁을 거쳐 현대에 이르기까지 가장 어려운 시기에 판소리가 고사되지 않고 대중과 호흡을 함께 하는 민족예술로 살아남을 수 있도록 전승자로서의 소임을 다하였다는 데 있다. 여류명창이 있었기에 오늘날까지 법통 있는 소리가 온전히 전승될 수 있었다고 해도 과언은 아니다. 그 대표적인 사례를 들어 보자.

ㅇ김세종제 〈춘향가〉 - 성우향 - 김수연, 김영자
　　　　　　　　　　　성창순 - 이추월, 김명자, 이은하.
ㅇ정정렬 〈춘향가〉 - 김여란 - 최승희, 박초선.
ㅇ김정문 〈흥보가〉 - 박녹주 - 한농선 - 김영옥.
　　　　　　　　　　　박송희 - 정순임.
ㅇ김정문 〈흥보가〉 - 박초월 - 남해성, 최난수, 김경숙, 전정민.
ㅇ박동실 〈심청가〉 - 김소희 - 신영희, 김동애, 안숙선, 이명희, 강정숙.
　　　　　　　　　　　한애순, 장월중선.
ㅇ정응민 〈심청가〉 - 박춘성, 안채봉, 성우향, 성창순 - 박양덕, 김수연, 김영자.
ㅇ김연수 다섯바탕 - 오정숙 - 이일주, 조소녀, 민소완.

판소리와 다른 장르이긴 하지만, 가야금 병창의 전승자인 박귀희 명창의 공로 또한 대단한 것이다. 판소리 명창으로 이름을 떨치면서 국악 발전에 많은 공헌을 세운 박귀희는 오태석, 심상건, 박팔괘 등이 정립한 가야금 병창을 계승하고 많은 제자를 길러내었다. 그의 제자 안숙선 명창이 1998년 가야금 병창 인간문화재로 지정되어 전승을 이어가고 있다.

1964년 이후 상당수의 여류 명창이 인간문화재로 지정되었는 바, 그 명단을 제시하면 다음과 같다.

   ㅇ김여란(1964) : 〈춘향가〉. ㅇ박녹주(1964) : 〈홍보가〉. ㅇ박초월(1967) : 〈수궁가〉. ㅇ김소희(1964) : 〈춘향가〉. ㅇ오정숙(1991) : 〈춘향가〉. ㅇ성창순(1991) : 〈심청가〉.

이 외에 성우향, 남해성, 김영자, 신영희, 한농선, 박송희, 강정자 등이 인간문화재 후보로서 현재 대부분 활발한 공연 활동과 아울러 제자 양성에 주력하고 있다.

오늘날 판소리 창자의 다수를 차지하고 있는 쪽은 여성이다. 남자 명창으로부터 남자 소리로 교육을 받은 여류 명창들은 남자 못지 않은 공력을 쌓아 통성을 위주로 하여 판을 이끌어 갔다. 박녹주, 김여란, 성우향 명창 등이 이러한 평가에 걸맞는 역량을 보여 주었다고 할 수 있다. 그러나 대부분의 여류 명창들은 통성을 쓰기보다는 고운목으로 기교를 구사하며 소리를 한다든가 여성이 지닌 소극성으로 인해 무대를 얌전하게 이끌어 가는 경향이 있다. 많은 여류 명창들이 〈춘향가〉, 〈심청가〉 등에 특장을 보이고, 상대적으로 〈적벽가〉나 〈소적벽가〉라고 부르는 〈수궁가〉 그리고 재담을 제대로 구사해야 제맛이 나는 〈홍보가〉 등의 전승이 위축되고 있는 것도 이와 무관하지 않다. 걸쭉한 재담은 가능하면 제외하면서 판을 이끌어 가기 때문에 판의 '역동성' 내지는 '즉흥성'이 많이 소멸된 것도 여류 명창이 다수를 차지하게 되면서 생겨난 현상이라 하겠다. 통성을 위주로 한 소리, 판의 역동성과 즉흥성, 걸쭉한 재담 등 소리판이 가지고 있는 이러한 본질적인 요소들을 어떻게 살려낼 수 있을 것인가가 앞으로의 과제이다.

ㅇ 유성기 음반을 남긴 여류 명창

1. 일축죠선소리반 제비標朝鮮레코드

金秋月	적성가	K529-B
李素香	短歌 釣魚換酒 (伽倻琴並唱)	K853-A
李素香	春香傳 박석틔 (伽倻琴並唱)	K853-B
申錦紅	판소리 백구타령	B53-A
申錦紅	판소리 秋風曲	B53-B

2. 콜럼비아 리갈

이화중선	南道 短歌 瀟湘八景	40028-A
이화중선	南道 短歌 楚漢歌	40028-B
김초향	短歌 白鷗야 날지마라	40194-A
김초향	春香傳 적성가	40194-B
창극 春香傳 : 이화중선, 김창룡, 오비취, 권금주		40540 - 40557
한농선	가야금병창 장부한	40472A
이봉희	단가 편시춘	40479A
이봉희	단가 운담풍경	40479B
김갑자	가야금병창 客來問我興亡事	40486B
김갑자	가야금병창 이별가	40502B
한농선	홍보전 제비 강남 가는데	40503A
한농선	春香傳 춘향이 그네 뛰는데	40503B
김갑자	가야금병창 톡기화상	40509A
오비취	단가 편시춘	40519A
권금주	단가 소상팔경	40519B
오비취	春香傳 사랑가	40524A
권금주	春香傳 이별가	40524B
김옥선	단가 초한가 상, 하	40525A, 40525B
권금주	春香傳 옥중가	40569-1
권금주	春香傳 춘향모 나오는데	40569-2

오비취	가야금병창 화용도 상, 하	40570-1, 2
권금주	단가 초한가	40627-1
권금주	春香傳 옥중상봉	40627-2
김갑자	가야금병창 몽중가	40669-1
김갑자	가야금병창 쑥대머리	40669-2

3. 빅타

이화중선	단가 만고강산	49004-A
이화중선	심청전 추월만정	49004-B
김초향, 김소향	春香傳 이별가 (병창)	49101-A
김초향, 김소향	春香傳 춘향모와 어사 대면	49101-B
김초향	홍부전 興夫卜居 상, 하	49131-A, B
김초향	단가 초한가	49147-A
김초향	심청전 심봉사자탄가	49147-B
이소향	단가 靑春怨 (가야금병창)	49165-B
申玉桃	단가 진국명산, 客來問我 (가야금병창)	49170-A
申玉桃	春香傳 동풍가 (가야금병창)	49170-B

4. 폴리돌

박녹주	春香傳 추월강산 상, 하	19021A, B

5. 오케

崔素玉	가야금병창 靑春怨 상, 하	1501-A, B
崔素玉	홍부전 가난타령 (가야금병창)	1524-A
崔素玉	홍부전 돈타령 (가야금병창)	1524-B
金錦玉	가야금병창 客來問我	1533-A
徐暎珠	春香傳 이별가 상, 하	1560-A, B
이소향	가야금병창 호접몽(장부한) 상, 하	1579-A, B
이소향	가야금병창 화용도 조자룡 활 쏘는데 상, 하	1639-A, B

박녹주	春香傳 춘향자탄가 상, 하	1663-A, B
박녹주	홍부전 박타령(홍보 家出篇) 상, 하	1670-A, B
이중선	홍부전 홍보 자탄가 상, 하	1698-A, B
박녹주	단가 만고강산	1780
김소희	심청전 심봉사황성행	1780
이화중선	春香傳 십장가 상, 하	12004

6. 씨에론

이화중선	단가 초한가	60-A
金玉眞	심청전 심황후 사친가	60-B
이화중선	春香傳 춘향모 나온다(이별가)	89-A
李玉花	단가 東園桃梨 (가야금병창)	89-B
이화중선	春香傳 獄中哀怨	208-A
이화중선	수궁가 용왕의 탄식	208-B
씨에론판 春香傳 전집 : 唱 김정문, 신금홍 演 심영, 남궁선		501A-512B

7. 다이헤이

金南洙	단가 만고강산	8070-A
金南洙	春香傳 春夏秋冬(옥중가)	8070-B
박녹주	단가 운담풍경	8093-A
박녹주	단가 대관강산	8093-B

명창 안향련의 생애와 예술적 성과

최 혜 진

1. 머리말

우리가 판소리를 학문의 대상으로 삼을 때 지난 시기 우리 판소리사에서 이름을 떨쳤던 명창들을 검토해 보는 작업은 중요하지 않을 수 없다. 이러한 판소리사의 행적을 더듬어 보면 우리에겐 가왕 송흥록도 있었고 팔명창, 오명창도 있었으며 여성 명창의 시조를 열었다고 하는 진채선도 있었음을 알게 된다. 이러한 작업은 판소리사의 선봉에 우뚝 선 명창들을 통해 우리의 면면한 판소리적 바탕이 무엇이었는지를 실감하게 한다. 그러나 한편 '배고픈 광대'의 설움을 이겨내면서도 평생 판소리만을 고집하고 그 예술적 성취를 보듬다 간 수많은 명창들이 그 저변에 있었음을 생각해 볼 때 우리의 명창사는 더욱 빛날 수 있다. 많은 어려움에도 불구하고 일세를 판소리적 정열로 불태우고 간 명창들을 발굴해 내고 조망해 주어야 하는 이유가 여기에 있다.

우리가 흔히 명창이라고 할 때 그 기준이 무엇인지 먼저 생각해 보아야 하겠다. 이기우선생은 그의 「명창론」[1]에서 명창의 조건을 '연속, 변이, 선택의 구현자'로 정의하였다. 현재와 과거를 연결하고 있는 연속성, 개인 혹은 집단의 창조적 충동에서 생기는 변이, 지금까지 남겨진 음악의 형 혹은 다양한 형을 결정하는 공동체(민중)에 의한 선택이 그것이다. 신재효는 일찍이 광대의 4가지 범례로 인물, 사설, 득음, 너름새를 꼽았는데 신재효가 명창의 조건을 광대의 내적 자질에 중요시하였다면 이기우선생의 관점은 수용층의 입장을 반영한 명창의 조건이라 할 수 있겠다. 이 두 사람의 말을 현재적 관점으로 종합하여 보면 명창의 조건은 천부적 자질과 수련, 공력의 정도, 창조와 계승, 인기도 등이라고 할 수 있다.

　이러한 명창의 조건에 부합하면서도 우리가 잊지 못할 여성 명창이 한 사람 있다. 안향련은 천부적 자질과 끊임없는 수련을 통해 일찍부터 인정받고 70년대를 풍미하다 간 요절한 여성 명창이다. 그녀는 명창으로 일찍이 대성했지만 완숙미를 보여주기 전에 삶의 무게를 이기지 못하고 자결하였다. 그러나 그녀가 남긴 70년대에서 80년까지의 활동과 음반은 두고 두고 그녀를 기억하게 하며 소리를 아는 사람들에게 향수를 불러일으키고 있다.

　안향련은 38세의 이른 나이에 요절한 명창이기 때문에 제자가 없다. 그러나 그녀가 제자가 없다고 하여 연속성에 문제가 있는 것은 아니다. 우리가 임방울이나 이동백이 변변한 제자가 없다고 하여 명창이 아니라고 할 수 없는 것과 같은 이치이다. 그녀는 타고난 성음과 여성으로서는 드문, 통성으로 지르는 목구성을 통해 힘있는 판소리를 구현하고 있다. 격정적인 목소리에 애잔한 서름조가 깃든 그녀의 심청가는 당대 최고라고 할 만하다. 아무리 천재명창으로 요절을 했다고 하더라도 예술적 성과가 미진하였다면 안향련을 주목할 리 만무하다. 그러나 그녀는 젊은 나이에 지금껏 보기 힘든 절창의 소리를 간직하였고 이러한 소리가 몇몇 음반으로 남아 있어 확인할 수 있기에 가능한 것이다. 이러한 점에서 안향련은 몇 안 되는 여성 명창사의 인물로 남을 만한 가치가 있다. 마치 우리가 허난설헌이나 황진이 혹은 전혜린을 기억할 때 이들의 천재성과 삶을 불꽃같다고 여기면서 그들의 예술과 행적을 끊임없이 주목하는 것과 같다. 지금도 요절한 천재명창으로 기억되는 그녀의 삶과 예술적 성과를 조명해 봄으로써 우리 시대 명창과 여성 명창사에 새로운 시각과 방향을 주고자 하는 것이 이 글의 목적이다.

---

1) 이기우, 「명창론」, 『판소리 연구』, 국어국문학회 편, 태학사, 1998. 195~231면.

2. 생애와 활동 상황

안향련에 관하여는 그간 단편적인 언급이 있어 왔으나 이들은 거의 모두 그녀의 음반자료를 중심으로 한 해설에 머물러 있다. 따라서 그녀의 생애를 다시 종합적으로 재구해야 할 필요가 있다.

안향련은 1944년 전남 광산군(光山郡) 송정리(松汀里)에서 태어났다. 소리선생으로 이름을 날리던 부친 안기선(安朞先)에게서 어릴 적부터 소리를 배우기 시작했다. 그녀는 11세부터 18세까지 아버지에게서 소리의 기초를 닦은 후 1968년경까지 보성으로 들어 가 정응민에게 사사하면서 보성소리를 익힌 것으로 보인다. 당시 안향련이 거기에 머무는 동안 동네는 그녀를 보러 온 구경꾼들로 시종 떠들썩했다2)고 한다. 그런데 정응민은 1963년 67세로 타계하였는데 이 이후로는 그의 수제자로 당시 알려졌던 장영찬을 통해 연마하였을 것으로 추정된다. 이 시기 그러니까 1956년부터 1968년 경까지 그녀는 판소리의 기틀을 확고하게 다졌을 것으로 보인다. 그리고 이 때 그녀는 판소리 다섯 바탕을 모두 이수하였다. 그러나 그 중 특히 그녀의 장기는 보성소리의 핵심이라 할 수 있는 '심청가'였다. 이후 그녀는 1968년 서울에서 열렸던 전국 국악 경연대회 참가를 계기로 김소희선생과 연분을 맺어 1970년에는 서울로 올라와 김소희선생 문하로 들어 가 수련하게 되었다. 김소희 문하로 들어가 수업한 것을 계기로 안향련은 현대적 판소리의 흐름을 깨우치고, 특히 자신의 취약점이던 말투, 표정, 발림 등 여성 명창으로서의 자세와 인기 관리법 등을 배울 수 있었다3)고 한다. 안향련의 미모와 탁월한 소리는 대중매체 시대에 인기를 한 몸에 받을 수 있는 큰 요인이었다. 1970년대 초반부터 1981년 그녀가 죽기 전까지 안향련은 소리판을 휩쓸었다 해도 과언이 아니다. 그녀는 KBS, MBC, TBC 등에서 많은 국악프로그램의 창극 주인공을 담당하였다. 텔레비전이나 라디오를 틀면 국악방송에서 으레 나오는 기본 메뉴는 안향련이었다. 창극무대의 춘향이, 심청이, 황진이와 같은 주역도 모두 그의 독차지였다. 뿌리깊은나무 판소리 감상회 등 완창 판소리 공연무대에서도 그의 인기를 따를 사람이 없었다4)고 전해진다. 그러나 그녀는 이러한 와중에서도 생활고에 시달렸고, 이룰 수 없는 사랑 때

2) 노재명, 『판소리음반 걸작선』, 삼호출판사, 1997. 282면.
3) 노재명, 위의 책, 같은 면.
4) 노재명, 위의 책, 284면.

문에 방황했다. 정열적인 폭발이 전해지는 듯한 그녀의 소리는 삶에서도 예외가 아니었던 것이다. 그러던 그녀는 1981년 겨울, 자신의 집에서 다량의 수면제 복용으로 자살하고 말았다.

안향련의 행적과 관련하여 필자는 1997년 10월21일 박송희 선생과 자택에서 구술면담을 실시한 바 있다. 그녀의 활동 상황을 이해하는데 소중한 자료가 되기에 여기에 인용한다.

박송희선생과의 면담 자료

안향련이에 대해서는 내가 생활은 모르지만 향련이는 그 때 부산에서 활동을 많이 했어. 옛날에 즈그 아버지(안기선)에게 소리를 배웠는데 그 때 세종상이라는 게 있어. 세종상이라는 게 나왔을 때 부산에서 안향련이가 온 거야. 목이 좋고 소리를 하는데 이 세상에서, 이 서울에서는 들어보지 못한 소리야. 우리가 다 들었을 때 다 그랬어. 다 사람들이 놀랬어. 그래서 김소희씨가 욕심이 나서 제자 삼았잖아. 올라 와라.

안기선씨는 젊어 돌아 가시고. 근데 저것이 안기선이 딸이라드라 그래서 관심있게 봤지. 지금 성창순이는 60이 넘고 숙선이(안숙선)도 나이가 50이니까 그게 언니 언니 했으니까 젊었지. (당시 안향련은 25세였음) 그 때 세종상이라는 게 있었어. 그 때 장영찬이도 일등을 했던가 하고, 그 때 왔을 때 들어보니까 기가 맥히게 잘 하더라고. 그 때 장영찬이가 일등한 것만 생각나지 가는 잘 모르겠어. 원칙은 그런 상이 진짜로 있어야 되고, 걔가 서울에 온 동기는 그래갔고 왔을 거야. 그래서 김소희씨랑 모도 서울로 와라 서울로 와라 그래서 서울로 와서 김소희씨한테 제자가 되어 굉장했어. 서울에서 활동을 했지. 조상현이도 그 때 왔었고. 그래서 TBC 서소문에 있는 TBC, 나도 인제 연극(창극)을 하니까 그 때 나도 인제 장화홍련전 하면 어머니 역할을 했고 또 뭐하면 내가 어머니 역할로 많이 나갔고. 그 대통령이 바뀜서 뺏어 갔잖아.(방송국 통폐합 사건) 그 때 잘 나가다 방송국 뺏어 가는 바람에 우리가 못해 부렸지. 그래가지고 문화방송 광화문에 있었지? 거기 있을 때 '내강산 우리노래'라고 막 이렇게 했었지.

애는 인제 그 때 굉장히 방황을 했어요 서울에 와서. 돈도 없고 한창 젊을 땐데 애는 또 어쩐 수가 있는고 하면, 예를 들어서 이렇게 저를 옹호하려고 하면 안해요. 또 기분파가 되어 가지고 돈이 없으면 없는 대로 맞부딪쳐 살려고 그러지 그런 사람 필요 없다 이거야. 그래가지고.

[필자 : 남자들이 많았다고 그러던데요?]

그렇게 많은 것은 아니여. 방황을 했지. 사람이 안그래 서울에 와서 살라니까 이 사람을 만나봐도, 돈많은 영감을 만나야 돈을 펑펑 쓰고 그러지 지가 마다고 하니까 그런 사람을 못만나고 기분에 맞는 사람 만나니 무슨 돈이 있어? 그러다본께 다 부인이고 그러니 헤어지게 되고, 또 이 사람을 만나 봐도 안 되고 그러니 사람이라는 게 이 팔자가 험할라면 그래갔고 팔자가 그렇게 되는 거야 아마. 애는 돈을 모르는 거야. 다 사람들이 다른 사람들은 와서 다 자가용 놓고 빌딩을 얻고 야단인데 왜 너는 그러냐 하면

다 필요없다는 것야. 돈을 갖다 싸 줘도 마다한다 이거야. 그애 소리를 잘하니까 안향
련이 안향련이 그랬잖아. 그래갖고 아천이라는 그림그리는 사람을 만나갖고 지가 독차
지 할래다가 그렇게 오산이 된거야. 남의 부인있고 자식있는 사람을 독차지 할려고 하
면 되겠어. 지 팔자가 그랬는지 누구를 놀래킬라고 했는지 술먹고 약먹고 이런데다 집
은 겨울인께 훈훈한 데서 그렇게 해서 가버린 것 같애. 사람을 놀래킬려고 하면 약을
먹었것어. 근데 그런게 지 운명이지.

〔필자 : 그럼 그 전에 안향련은 김소희선생께 와서 뭘 배웠나요?〕

춘향전 다 배왔지. 오래 있었지. 그래 방황을 했지 좀. 그런데 벌써 애는 소리 연마
가 되어갔고 온 사람이여. 〈아버지한테?〉 아버지한테도 배우고 딴 데서도 배우고. 저
보성가서도 배우고 그랬다고 그러더라고. 정응민씨한테. 정권진씨 아버지한테. 또 광주
서도 배우고 그래갔고. 그 때는 소리한 사람이 많으니까.

또 장영찬이 한테도 많이 배웠어. 야가. 장영찬이가 정권진 아버지 정응민씨한테
가서 제대로 소리를 배우고 왔다는 거야. 그래갖고 장영찬이한테 배웠어. 이 보성에 정
응민씨는 소리를 가르칠 때에 애소리, 중학교소리, 대학교소리, 대학원소리 이렇게 분
별해서 가르쳤다고 나 어릴 때부터 그런 이야기가 있었어.

나도 그 선생님 소리를 좀 했었지만은. 그 때 당시에는 요즘 소리같이 그렇게 안해
요. 소리가 무겁고 그런디. 요즘에 인자 성우향이가 거기서 배운 소리를 많이 퍼뜨렸
지. 인자 조상현이도 거그서 배우고 성창순이도 거그 다 아니야? 쟁쟁한 사람들이 그
런께 그냥 그 소리가 다 차지하고 있지 서울 시내에.

〔필자 : 그럼 안기선씨란 분은 어떤 분이세요?〕

안기선씨 소리 잘했지. 인제 그냥반 선생이 누군 줄은 우린 몰랐지. 그렁께 광주 있
으니까 우리가 인제 그양반을 독선생을 들여 갔고 몇이 짜고 좀 했었지. 어렸을 때.

〔필자 : 그럼 그 때 그 분한테는 뭐를 배우셨어요?〕

그 때도 흥보전을 그렇게 많이 가르쳐 주데. 흥보전을 배우고 춘향전 '앉었다 일어
나' 이런 거 모두. '기산영수 별건곤'. 어렸을 때는 고런거 초압을 많이 배웠거든. 어리
니께 누가 이별가를 가르쳤것어. 그당시 어른들은 애들 소리를 가르쳐도 다 애들 수준
에 따라 가르쳤다고. 요즘에는 쪼끄만 것이 나와서 이별가 하고 또 사랑가 하고. 우리
는 어렸을 때 사랑가 안 해요. '아버지 듣조시오' 효도스런 그런 소리 배웠고 그렇게 하
제. 요새같이 느닷없이 뺑파 '양식주고 떡사먹고' 막 요런 걸 안갈키고 우리는 어른들이
가르칠 때는 수준을 봐갔고 가르쳤지. 요새는 젊은 사람들이 선생이 많으니까 아무데라
도 가르쳐뿌러.

〔필자 : 김소희씨는 안향련에 대해 뭐라고 하던가요?〕

애는 아주 천구성을 타고 났다고 그랬어. 애는 아주 목은 천구성을 타고 나서 곡만
붙이면 소리가 된다. 그리고 재주도 있어요.

〔필자 : 김소희씨가 그당시 아끼던 제자가 누구였나요?〕

아끼던 제자가 안향련이여. 죽어부렀으니 나는 제자복도 없다고 그랬다고. 또 김동
애 얼마나 학처럼 예쁘게 잘 생기고 그런 제자도 죽어버렸잖어. 병이 들어서.

박송희 선생의 증언을 토대로 해 보면 안향련의 부친 안기선은 광주 일대에서도
소리선생으로 이름이 있던 인물이었던 듯 싶다. 당시 광주에서 소리를 공부하던 사
람들이 그를 독선생으로 모실 정도였으니 말이다. 안향련은 이러한 부친 밑에서 기
초를 착실히 닦았으리라 짐작할 수 있다. 그녀의 가계에 대해서는 더 이상 알 수
없는 것이 아쉬울 뿐이다. 안기선은 자신의 딸을 애초부터 그 자질을 인정하고 교
육시켰음을 알 수 있다. 자신의 슬하에서 공부시키던 딸을 그당시 가장 이름있는
정응민씨에게 보낸 것이 그렇다. 정응민은 일체의 창극 활동을 하지 않고 그의 고
향인 보성에 묻혀서 후학들을 양성하는 데만 매진하였던 것으로 알려져 있다. 이러
한 그의 고집 때문에 그의 문하에서는 걸출한 명창이 많이 배출되었다. 현재까지도
그 명성을 굽히지 않는 조상현, 성창순, 성우향 등이 바로 그의 제자들이었다. 안향
련은 이들보다는 약 10여년 늦은 연배인데 그녀가 수련한 보성시기의 절반 이후는
장영찬의 소리로 학습받은 것으로 알려져 있다. 따라서 그녀의 보성소리는 장영찬
에 의해 절차탁마되었을 것으로 생각된다.

장영찬[5]은 1930년 전남 곡성군 옥과에서 태어났는데 그의 아버지는 송만갑의
맥을 잇고 있던 고종시대의 명창 장판개였다. 그러나 그가 8살 무렵 협률사로 지방
을 떠돌던 부친이 죽었으니 그가 아버지에게서 수업을 받지는 못했을 것으로 짐작
된다. 그러나 명창의 피를 타고난 덕에 그는 일찍부터 소리의 재능을 발휘한 것으
로 보인다. 14살 때 임방울에게 2년 간 수업을 받으면서 소리의 길에 들어 서 194
6년 국극사에 입단하였다. 국극사 제1회 작품인 「선화공주」의 남주인공 마동역으로
일약 명성을 떨치고 1952년 국악사에 참여한 이후로 더욱 인기가 높아졌다고 한
다. 그러나 그 후 자신의 소리가 짧음을 느껴 1957년 28세의 나이로 정응민의 지
침을 받아 심청가와 춘향가, 수궁가, 흥보가, 적벽가를 이수 전공하여 일가를 이루
게 되었다. 그런데 장영찬은 1958년 군에 입대하면서부터 판소리 연마를 쉬게 되
고 또 국악단 악사로 약 2년간을 보내었다. 그가 광주로 내려 가 공대일에게 다시
약 1년여의 수련을 거친 것으로 되어 있는데 이 시기 아마도 안향련을 가르친 것이
아닌가 한다. 즉 그가 광주에 있었을 것으로 추정되는 1963년부터 1965년 사이에
정응민의 타계와 함께 장영찬과 안향련은 사승관계를 맺었을 것으로 본다. 이후 19
65년 국립창극단 단원으로 활약하면서 그의 무대는 서울로 옮겨지게 되었고, 1968
년 전국 국악 경연대회에 참가하면서 대통령상인 세종상을 수상하였다.

5) 박황, 『판소리 소사』, 신구문화사. 1974. 여기저기 참조.

이러한 장영찬과의 사승관계는 안향련이 서울에서 활동하기 직전에 형성된 것으로 보이는데 그렇다면 장영찬에게서 그리 큰 영향을 받았다고는 보기 어렵다. 다만 1965년 전 약 1~2년에 걸쳐 사사를 받았으며 이후 장영찬은 서울로, 안향련은 부산을 무대로 하여 활약한 것으로 보인다. 따라서 안향련의 사승관계에서 가장 큰 줄기로 작용하는 것은 역시 정응민인 것으로 보이는데 이후 장영찬과 김소희의 문하생활을 계기로 음역을 넓히고 기교를 세련화시켜 나간 것으로 보아야 할 것이다. 한편 장영찬은 수리성이긴 하였으나 몸이 쇠약하고 힘이 없어 목도 잘 쉬고 성량도 부족했던 것으로 알려지고 있는데 이는 안향련의 소리와 비교해 볼 때 크게 다르다. 안향련은 타고난 목으로 아무리 소리를 내질러도 목이 쉬거나 거칠어지지 않았고 완창시에도 처음부터 끝까지 내지르는 소리를 할 정도로 그녀의 성량은 풍부하였다. 그녀의 완창 녹음을 들어 보아도 그녀의 소리는 처음부터 끝까지 조금도 혈기가 수그러지지 않는 왕성한 힘을 보여 준다. 그렇다면 안향련은 장영찬에게서 어떠한 면을 영향을 받았을 지 다시 한 번 생각하게 한다. 그가 판소리 연마에 공백기를 갖고서 공대일에게 수업을 받은 시기와 안향련과의 사승시기가 비슷하게 맞물려 있다는 점을 생각할 때 안향련이 받은 수업과 영향은 거칠고 힘있는 그녀의 소리를 보다 정교하게 가다듬기 위한 기교적 측면의 수업을 받은 것이 아닐까 한다. 따라서 박동실의 소리를 충실히 전해 받은(특히 심청가에서) 공대일의 서편소리의 장점을 습득하였을 가능성이 높은 것이다. 서편소리는 서름조에 가깝고 슬프게 질러 부르는 것이 특색인데 이러한 방식을 안향련에게서 발견할 수가 있는 것이다.

이러한 정응민의 보성소리와 장영찬의 소리를 이어받은 안향련은 서울로 올라와 김소희의 문하로 들어 가면서 또 한 번의 질적 변화를 겪었다고 할 수 있다. 김소희식의 유장한 판짜기와 세련되고 우아한 발림 등을 배운 것이 그것이다. 김소희 문하에서는 그간의 공력을 바탕으로 한 기교화, 세련화가 진행되고 여성명창이 가지는 절제된 감정과 섬세한 표현력 등이 추가되었던 것이다. 김소희에게서는 춘향가 전바탕을 이수한 것으로 전해지는데 현재 남아 있는 심청가나 흥보가는 전적으로 김소희제를 바탕으로 삼은 것이 아니다. 오히려 그녀는 이전에 배웠던 자신의 창 속에 김소희제의 좋은 장점만을 선택, 취합함으로써 더욱 개성있는 자신의 심청가, 흥보가를 만들어 내었다. 이러한 그녀의 끊임없는 노력을 통해 김소희의 후계자로 지목되기에 이른다.

그러나 안향련은 예술적 성취에서 오는 외로움과 고독을 달래기 위해 방황을 해

야 했다. 당대의 여성 연창자들이 으레 취하는 돈많은 남자를 잡는 데 혈안이 되지
못했던 것이다. 광대들의 배고픔을 후원해 줄 사람을 찾는 길만이 예술을 계속해
나갈 수 있는 유일한 길이라고 믿었던 사람들과 달리 생활고에 허덕여도 사랑하는
남자를 소유하고 살고자 했던 삶의 열정이 결국 그녀를 자살에 이르게 한 것으로
보인다. 한편으로 그 당시는 80년 군부독재의 정권이 바야흐로 언론감시와 방송국
통폐합의 위기 상황으로 치닫고 있을 때였다. 그나마 여러 방송국에서 국악프로를
하던 것이 거의 없어지게 되고 이제 소리꾼들은 또다시 밀려나고 말았던 시기였다.
이러한 시대적 상황과 함께 생활고는 다시 가중되고, 그녀를 지탱해 줄 삶의 희망
인 사랑하는 사람마저도 다시 가정으로 되돌아 가버렸다. 이러한 생활이 실제 견디
기 힘들었는지, 사랑하는 사람을 다시 불러 오려는 쇼였는지 속단할 수는 없지만
그녀의 그러한 정신적 방황은 끝내 예술적 성취로 승화되지 못하였다. 그러나 그녀
가 삶에서 고통을 느꼈던 만큼 그녀의 소리는 서슬 푸르게 갈고 닦였음에 틀림없
다. 화려하면서도 웅장하고 서름으로 목놓아 울면서도 긴장되는, 절제의 힘을 강한
인상으로 남기는 것이다. 그래서 우리는 마치 전설처럼 안향련의 불꽃같던 생애를
자꾸 반추하게 되는 것인지 모른다.

안향련은 죽기 전에 여러 가지 음반을 취입했다. 그는 여러 명창들과 함께 1974
년 아세아레코드에서 창극 장화홍련전 음반을 냈고 1970년대 초반 현대음반에서
창극 춘향전과 심청전, 남도민요 음반을 취입했다. 그리고 1975년 오아시스레코드
에서 신민요 독집을, 1977년에는 아세아레코드에서 김화자,박계향과 함께 신민요
음반을 1979년에는 서라벌레코드사에서 신작판소리 열사가 음반을 냈다. 그리고
세상을 뜨기 1년 전인 1980년 오아시스레코드에서 정규음반으로는 유일하게 그의
판소리 독집인 심청가를 남겼다. 그러나 이 심청가는 수궁풍류부터 심봉사 눈뜨는
대목까지 약 1시간 정도의 다이제스트 소리이다. 한편 1980년 무렵 그녀는 KBS에
서 심청가와 흥보가 완창 녹음을 남겼는데 그녀가 남긴 음반 중 가장 절창이라고
할 만하다. 필자는 1997년 경기대 김헌선교수로부터 이 귀한 자료를 건네 받았다.
그녀가 불렀던 심청가와 흥보가의 전바탕을 감상할 수 있다는 점에서 너무나 귀한
자료가 아닐 수 없다. 그러나 이 중 흥보가는 놀부가 제비후리러 가는 대목 이후가
없다. 그러나 그녀가 불렀던 소리가 어떠했는지를 알아보는 데는 충분하다고 여겨
지므로 여기서 흥보가까지를 거론해 보고자 한다.

3. 소리의 특징

여기서는 KBS 완창녹음인 심청가와 흥보가를 자료로 삼아 안향련 소리의 특징과 그 사설을 구체적으로 검토해 보고자 한다.

다음의 말은 안향련 소리의 특징을 구체적으로 보여 주고 있어 참고가 된다.

안향련의 소리는 격정적이다. 그런 만큼 그가 격렬한 슬픔을 노래할 때는 청중을 전율케 하는 힘이 있다. 이는 청아한 애원성이나 궁상맞은 설움조가 아니라, 수량이 많고 낙차가 큰 폭포라든가 집중호우 같이 쏟아 내고 퍼붓는다는 말이다. 가령 심봉사가 죽은 곽씨를 부여안고 마른 땅에 새우 뛰듯 실성발광하는 대목은 그 처절함으로나 천부적 기질로서나 안향련을 당해낼 명창이 없다. 이것은 수련이나 공력과는 또다른 일종의 신들림 같은 것으로, 무엇에 '씌우지' 않고서야 어찌 이럴까 싶다. 그래서 무섭게 몰두하는 그의 성격과 돌연한 죽음이 지귀심화를 떠올리게 하는지도 모르겠다.

판소리는 결국 '목놀음'이다. 기교가 중요하지 않은 건 아니나 우선 목구성이 출중해야 대명창이 될 수 있다. 안향련의 목은 맑으면서도 상중하성을 거침없이 구사할 수 있는 천구성을 지녔고, 거기에 소리의 질감을 더해주는 거칠음-수리성을 함께 가졌다. 이 거칠음은 맑은 소리를 가벼이 뜨지 않게 하는 중량감과 함께 투박한 질감으로 호소력을 갖게 하는 요소이므로 판소리에서는 중요하게 친다. 따라서 이 두 요소, 천구성과 수리성을 갖춘 소리는 힘차고 긴장감이 감돌지만, 너무 거칠면 듣기에 힘들고 피곤한 멱따는 소리가 되고 만다. 그의 목은 단연 최고다.6)

성음은 길, 장단과 함께 판소리 음악의 3요소로 불린다. 이 세 가지의 음악적 요소가 완벽하게 구사될 때 판소리다운 음악으로 평가받는다. 판소리에는 음악을 결정하는 극적 상황과 사설이 있으므로 성음도 일단 그것과 조화를 이루어야 한다. 가령 기쁜 정경을 묘사할 때는 밝은 음색으로, 슬픈 장면을 묘사할 때는 어두운 음색으로 노래해야 한다는 것이다. 이것은 같은 멜로디가 발성에 따른 음색에 의하여 그 음악적 의미가 달라진다는 것을 가리키므로 가령 '성음부터 틀렸다'라는 말이 있듯이 성음은 판소리의 음악적 3요소 중에서 가장 중요한 개념으로 꼽는다.7) 안향련은 타고난 천구성에 수리성의 음색을 가미한 명창이다. 그리고 그녀가 질러 내는 듯이 부르는 서름조에 가까운 소리는 계면조 바탕에 선율 하나 하나를 긴장시켜 부르는 보성소리의 특성에, 통곡하는 식으로 장단을 던져 놓고 슬프게 질러부르는 동

6) 배연형, 「국악 명반을 찾아1 / 안향련의 '심청가'」, 『월간 객석』 4월호, 예음, 1991.
7) 백대웅, 『다시보는 판소리』, 어울림, 1996. 258면.

편소리의 특징이 독특하게 가미된 결과이다. 따라서 그녀의 심청가는 울부짖는 듯한 절규에 가까우면서도 통성으로 끌어 올리는 큰 격정이 느껴지는 것이다.

안향련의 성음이 힘차고 격정적이면서도 서름조를 포용하고 있다는 것은 그가 보성소리에서 장영찬의 소리로 이어져 김소희의 소리로 다듬었기 때문으로 보인다.

다음으로 안향련의 시김새를 보자. 시김새란 선율의 장식적인 기교를 지칭하는 말이다. 민요에서는 단순하게 구사되던 장식음이 판소리에서 예술적 극단으로 발전하면서 사설의 이면에 맞게 시김새를 구사하는 방향으로 발전하였다. 이를테면 천변만화의 폭포수를 노래할 때 마치 그 음악만으로도 폭포수를 연상할 수 있을 만큼 폭포수의 모습을 음역으로 표현하게 된다. 안향련의 시김새는 너무 장식적인 데로 흐르지 않으면서도 소리의 이면을 잘 표현해주고 있다. 초기 명창들에게선 볼 수 없는 이러한 시김새의 구사는 현대로 올수록 점점 발달하고 있는데 이는 성음에서 부족한 부분을 시김새로 보충해 보려는 혐의가 있는 것이 사실이다. 그러나 안향련은 중하성으로부터 최상성에 이르기까지 넓은 음역을 자유자재로 구사하면서 힘있는 통성을 통해 내지른다. 이러한 바탕 위에서 내는 시김새는 소리의 감칠맛을 더해 주기도 하며 때로는 애절한 꼬리를 물고 이어지게 한다. 시김새는 특히 서편소리꾼인 김채만이 잘했다고 알려졌는데 그의 제자 박동실에 이어 공대일을 사사한 장영찬이 영향을 준 바가 크다고 본다. 그리고 한편 김소희의 섬세한 시김새를 이어받은 것으로도 보이는 데 특히 여성 명창들이 시김새의 구사에 열중하는 추세를 보면 안향련의 정교하면서도 대범한 시김새는 이 두 스승의 장점이 잘 조화된 결과로 보인다.

한편 보성소리는 '대마디 대장단'을 쓰는 동편소리와 달리 부침새가 많이 발달한 것이 특징이다. 부침새는 이를테면 리듬적 기교를 말하는데 소리를 정박에 놓지 않고 비껴서 미묘한 리듬의 효과를 노리는 것을 말한다. 정정렬이나 정응민 등은 목이 짧고 굵어서 다른 쪽으로 음악성을 보강했는데 이 때 정교한 부침새가 동원되었다. 이러한 부침새의 효과 때문에 명고수가 필요하게 된다. 정응민은 '성대가 좋지 못하여 많은 청중을 휘어잡지는 못하여도 조용한 소리 좌석에서는 일류 고수가 아니면 능히 응고할 수 없는 다단하고 복잡한 기예를 부려, 어느 누구도 당해낼 수 없는 대가였다'[8]고 하는데 이는 바로 부침새의 기교를 의미한다고 할 수 있다. 이러한 정응민 아래에서 수업한 안향련이 엇부침의 기교를 능란하고 정교하게 구사하

---

8) 박황, 앞의 책. 131면.

고 있음은 당연한 일이다. 안향련의 소리를 들어 보면 가끔 북이 이 부침새를 잘 따라오지 못함을 들을 수 있는데 이 때의 고수가 누구인지는 미상이나 아마도 일류 고수는 아니었을 성 싶다.

안향련이 기초를 닦은 보성소리는 특히 판소리 중에서도 성음을 중시하는 소리 지상주의로 이어졌다[9]고 한다. 판소리는 소리 외에도 아니리, 너름새 등의 요소가 상호 상승적으로 결합하여 이룩되는 예술임에도 보성소리는 '중요한 것은 소리'라고 단정짓는다. 그래서 보성소리의 전승자들은 대개 그대로 뻣뻣이 서서 소리하는 것이 예사라고 하는데 이러한 보성소리의 단점을 안향련은 뛰어 넘고자 노력했던 것으로 보인다. 그녀가 활동했던 많은 창극적 공연은 그녀에게 연극적 기량을 심어주었고 이를 통해 보강한 너름새는 김소희의 유장한 발림에 고무되어 미모와 함께 더욱 빛났던 것이다.

이렇게 안향련의 소리는 당대 최고의 스승을 통해 그들의 장점을 선택하여 자기 것으로 소화하였기 때문에 가능한 것이다. 안향련의 소리는 천부적 자질을 타고 났지만 그의 기량은 각고의 노력의 결과였던 것이다. 그러기에 그녀의 소리는 정응민의 것도 장영찬의 것도 김소희의 것도 아닌 안향련만의 소리이다. 그 모든 것이 들어 있으면서도 그 누구의 것도 아닌 소리의 개성화가 이루어진 셈이다. 여기에 안향련이 천재적 명창임을 자신하는 이유가 있다. 이러한 그녀의 동편적 꿋꿋함과 서편의 설움이 뒤섞인 소리의 특징은 혼신을 다해 빚어내는 서슬로 표현되면서 더욱 가슴을 저미게 한다. 특히 심청가의 경우 비장한 부분이 많은데 이 때 안향련의 소리는 폐부 깊숙히 울림을 주어 절로 눈물을 자아내게 한다. 그만큼 그녀의 소리는 절대적인 호소력이 있다.

4. 사설의 특징

안향련의 소리가 스승의 소리를 받았으되 자신의 것으로 갈고 닦기에 노력한 점을 발견했던 것처럼 그녀의 사설을 검토해보면 사설 역시 예외가 아니라는 점을 알게 된다. 그녀가 KBS에서 남긴 심청가와 흥보가는 그녀의 기량이 최대한 발휘된 것인 동시에 사설 전편을 어떠한 식으로 짜서 불렀는지를 확인하게 해 준다.

---

9) 최동현, 「보성소리의 판소리적 지향」, 『소석이기우선생 고희기념논총』, 한국문화사, 1995, 38~39면.

특히 아니리 부분에서는 많은 차이를 발견할 수 있는데 그녀가 배운 소리바탕을 중심으로 하긴 했으되 사설은 거의 자기 식으로 고쳐 부르고 있음을 알 수 있다. 그리고 자기가 좋다고 생각되는 부분은 더 늘리거나 또는 안좋다고 느끼는 부분에서는 뺐음도 알 수 있다. 이처럼 사설의 수용에도 안향련은 보수적이었다기보다는 창조적 성향을 드러내고 있다. 특히 이러한 것은 심청가에서 두드러지는데 여러 군데에서 그녀는 사설을 적극적으로 고쳐 부르고 있다. 항목을 달리 해서 살펴 보고자 한다.

1) 심청가

안향련의 유일한 완창 판소리인 이 심청가는 강산제 심청가 사설을 바탕으로 하되 김소희제의 사설을 군데군데 수용하고 있다. 특히 사설구조면에서 볼 때 강산제 사설과는 조금 다르게 비장일변도로 사설을 짜나가고 있음을 알 수 있다.

강산제 창본의 경우 사설면에 있어서 서편제의 간략, 미흡했던 부분을 보강하고 구체적이며 자세한 내용으로 사설이 확대되었다. 또 묘사에 있어서도 전반부는 비장의 극대화가 후반부는 골계의 극대화가 일어나고 있어 판소리의 사설이 흥미를 지향하는 쪽으로 변화하였음을 알게 한다. 강산제의 심봉사는 희극적이면서 낙천적인 인물로 묘사된다. 뺑덕어미의 등장을 축으로 하여 심봉사는 골계적인 인물로 나타나는 것이다. 이것은 19세기 이후 판소리 청중의 중요한 부분으로 양반층이 개입되면서 평민 의식을 담당했던 사설의 주요한 내용들이 세속적 흥미를 지향한 결과로 해석된다. 따라서 강산제 창본의 특징은 심봉사 성격의 이중적 분열상으로 나타나고 심청이 보조자적 위치에 머무르는 데에 있다.[10]

이러한 강산제 심청가의 서사구조를 유지하면서도 안향련은 심봉사의 성격을 마지막까지 골계화시켜 놓지 않고 전편을 비장하게 끌고 간다. 특히 후반부 사설의 경우 심봉사의 비속화가 거의 이루어지지 않고 있다는 점에서 그렇다. 심청의 모습도 최대한 숭고한 비장이 이루어지도록 하고 있으며 교훈적 사설을 많이 수용하고 있다.

대표적인 특징 몇 가지를 거론해 보고자 한다.

---

10) 최혜진, 『심청가 창본 비교 연구』, 숙명여대 석사학위논문, 1993. 119면.

심청이 곰곰 생각허니 부친을 아예 속일 수가 없느니라
(진양) 진지상을 물린 후으 사당으로 하직을 간다. 후원으로 돌아를 가서 사당문을
가만히 열고 통곡하며 하는 말이 삼대 할아버지 삼대 할머니 그 직차 불쌍한 우리 어머
니 불효여식 심청이는 애비눈을 띄우랴고 남경장사 선인들께 삼백 석에 몸이 팔려 인당
수 제수로 죽으로 가옵니다. 일로 좇아 조종향화를 끊게 되니 불승난감하옵니다. 사당
문을 가만히 닫더니만 부친 앞으로 우르르르 달려 들어 부친 목을 안고 엎더지며 아이
고 아버지

위의 사설은 서편제의 맥을 이은 김소희제의 영향으로 보이는 데 심청이 인당수
로 가기 전 사당에 가서 하직인사를 드리는 장면이다. 심청의 행위에 대한 비장감
을 더욱 고조시키기 위해 서편제 사설을 수용한 것이다. 한편 심봉사의 행위에 있
어서도 그러한 비장은 일관되게 유지된다. 뺑덕이네가 심봉사를 버리고 황봉사와
달아나자 심봉사는 한바탕 욕을 해대고 다시 길을 떠나는 것으로 되어 있는 것이
보성소리이다. 그러나 안향련의 사설에서 심봉사는 인간적 처절함이 아주 극명하게
드러나도록 그려져 있다. 심봉사는 뺑덕이네가 도망한 것을 알고 길을 떠나면서도
여전히 뺑덕이네에 대한 미련을 떨쳐 버리지 못하면서 인간적 상실감과 배신감을
서럽게 느끼고 있는 것으로 그려진다. 이러한 측면에서 안향련의 심봉사는 서편제
의 심봉사에 근접해 있다.

(진양)주막 밖을 나서드니 그래도 생각나서 섰던 자리에 펏석 주잖더니 아이고 뺑덕
이네 뺑덕이네 뺑덕이네 뺑덕이네야 뺑덕이네 뺑덕이네 무지하고 무정한 년 네 그럴 줄
내 몰랐다. 에이 천하 무정한 년. 눈뜬 가장 배반키도 사람힘으로 못할텐데 눈어둔 날
버리고 네가 무엇이 잘 될소냐 잘 살어라. 바람만 우루루 불어도 뺑덕이넨가 의심을 허
고 나뭇잎만 퍼석 떨어져도 뺑덕이넨가 의심헌다.

이러한 심봉사의 모습은 이후 벌어지는 목욕 도중 옷을 도둑당하는 사건에서도
희화화되지 않는다. 이 때의 심봉사는 지나가는 태수에게 담뱃대까지 달라 하는 뻔
뻔스럽고 염치없는 모습을 보이기가 예사이지만 안향련은 이 사설을 간단한 아니리
로 처리하면서 심봉사의 상실감을 가중시켜 준다. 이후 안씨맹인과의 결연, 황봉사
가 한 눈만 뜨는 일 등 강산제가 독특하게 소유하고 있는 사설을 그대로 유지하면
서 적선지가 필유여경이 부처님 도술의 결과임을 알린다.
안향련은 보성소리 즉 강산제의 사설을 바탕으로 하여 김소희제 심청가를 비장
감을 고조시키기 위해 엮어 넣었다. 이러한 결과 전체적으로는 심봉사의 세속화가

덜 진행되고 비장이 더욱 우세한 심청가의 미학을 창출하였다.

안향련은 주로 아니리 부분에서 강산제보다는 간략한 방향으로 사설을 수정하고 심봉사가 이중적 분열상을 보이거나 비속하게 여겨질 만한 부분을 제거하는 방향으로 사설을 짜나갔다. 이는 김소희제의 영향을 받은 것으로 보이는데 한편으로 안향련은 반복되는 문장에서 새로운 작시단위를 간략하게 넣기도 하고 과감히 생략도 한 것으로 보인다. 범피중류 이후의 인당수 가는 길을 뺀 것이 이러한 사례라고 할 수 있다. 뺑덕어미 행실치레는 대동소이한 듯 하지만 그녀만의 독특한 사설짜기로 진행되어 어느 것과도 같지 않다.

> 쌀 퍼주고 떡 사먹고 베 주고 고기 사기 헌 의복 엿 사먹고 잡곡일랑 돈을 사 청주 탁주 모두 받어 저 혼자 실컷 먹고 시원한 정자 밑에 웃통 벗고 낮잠자기 사시장철 밥은 않고 이웃집에 가 밥붙이기 코 큰 총각 유인. 여자보면 내우하고 남자보면 씽긋 웃고 빈 담뱃대 손에다 들고 보는 대로 담배 청키. 이 돈 저 돈 모두 받어 조석으로 불받기와 상하촌 머슴들과 판잡고 춤추기 이웃집에 가 욕잘하고 초상집에 가 쌈잘하기 잠자며 이갈기와 배 긁고 발목 떨고 한밤중으로 울고. 일에는 반편이요 말에는 촐랑이라 목울속은 꿩매기라 힐끗하면 핼끗하고 핼끗하면 힐끗하고 삐죽하면 빼죽하고 빼죽하면 삐죽허고 남의 혼인 허려 하고 단단히 믿었는디 해담을 잘하기와 신부신랑 잠자는디 가만가만 가만 가만 문 앞에 들어가서 손뼉치고 불이야

이렇게 사설의 적극적인 개작 의식을 엿볼 수 있음은 안향련의 사설 수용이 전승에 그치지 않고 끊임없이 더 좋은 방향으로 나아가려고 한 의식적인 노력의 결과라고 해석할 수 있다. 한편 심봉사가 뺑덕이네와 황성가는 길의 길소리는 보통 메나리조로 하는 것으로 되어 있는데 안향련은 이 부분을 '경상도 메나리조 반 전라도 김매는 소리 반으로 반반으로 길소리를 매기는 것었다'라고 하며 보다 애원성 있는 길소리를 함으로써 황성가는 길이 구슬픈 심사임을 드러내고 있는데 이도 안향련만의 독특한 방식이라고 할 것이다.

2) 흥보가

안향련은 흥보가를 김소희로부터 전수받은 것으로 알려져 있으나 사설을 통해 확인해 본 결과에 의하면 그렇지 않다. 안향련의 흥보가는 그 바탕이 박록주의 창본과 일치하고 있으며 일부분을 김소희의 사설에서 수용한 것으로 보인다. 놀부가 제비 후리러 나가는 대목 이후가 없으므로 전체적인 사설의 구조를 논하기는 힘드

나 안향련의 홍보가는 동편소리 중에서 박록주본을 계승한 것으로 보아 무방하다.

초앞부터 중이 집터 잡아주는 장면까지 그 사설이 박록주본과 대동소이한데 이후 홍보가 부러진 제비다리를 고쳐 주고 제비가 강남에 가서 그 사정을 말하는 장면까지는 김소희제의 홍보가를 때워 넣었다. 그러나 이후 제비노정기에서부터 놀부가 제비 후리는 대목까지는 다시 박록주본을 중심으로 짜여져 있다.11)

김소희는 박록주에게 홍보가를 배운 것으로 알려져 있는데 김소희의 홍보가는 박록주본과 많이 다르다. 김소희는 그녀의 사설을 새로 짠 것이 많고 여러 창본 사설을 교합하여 넣은 것도 있다. 박록주본이 전체적으로 해학적인 면을 추구하고 있다면 김소희본은 그 속에서도 홍부의 가난한 정황이 주는 애잔함이 많은 면 확대되어 있다. 가난타령이나 홍부와 그 처의 품팔이 장면 같은 것이 그것인데 이러한 사설은 박록주본에는 없는 것이다.

안향련은 박록주본의 해학성을 홍보가의 미적 바탕으로 삼고 있다. 보성소리에서는 홍보가의 전승이 되지 않는다고 하는데 이는 홍보가가 잔재미와 홍미 위주의 사설을 짜기 때문이라고 한다.12) 그러나 안향련은 심청가 다음으로 홍보가를 그녀의 장기로 삼으면서 미학적으로는 완전히 정반대된다고 할 수 있는 해학미를 추구하고자 하였다. 그리고 그녀가 바탕으로 삼은 소리는 김소희제라기 보다는 박록주제의 것이었다. 홍보가를 동편소리로 하는 것은 그녀의 호탕한 성음에 잘 부합하는 것이라 보인다. 그녀의 통성이 그리고 성음이 그 진가를 발휘하는데 홍보가는 박록주본이 더욱 적절한 것이라고 생각된다.

그러나 여기서도 사설의 작은 차이는 발견된다. 특히 아니리 부분은 대체로 자신이 소화하여 메우고 있음을 알 수 있는데 이러한 점은 그만큼 안향련의 소리가 어느 경지에 이르고 있음을 반증하는 것이기도 하다.

4. 예술사적 의의

안향련은 해방기에 태어나 1970년대 인기를 누리다 간 아까운 천재 명창이다. 여러 이름난 스승 하에서 절차탁마의 수련을 계속한 그녀의 공력과 타고난 목구성

---

11) 김진영, 김현주, 최혜진 외 공편, 『홍부전 전집』 1, 박이정, 1997. 참조.
12) 최동현, 앞의 책, 40면.

은 그녀를 대성시킬 여지가 충분했으니 아쉬운 마음 금할 길이 없다. 그러나 그녀의 긴 평생을 우리가 보지 못했다고 해서 그녀의 예술성과 재능이 잊혀지는 것은 아니다. 그녀의 천재성이 빛을 잠시나마 섬광같이 발했기 때문에 우리는 두고 두고 그녀를 기억하며 연구의 대상으로 삼고 있는 것이다. 안향련이 남긴 여러 음반들은 그녀의 천부적인 자질과 함께 예술적 성과를 다시 한 번 짚어보게 만든다.

안향련은 여러 스승에게서 배운 뛰어난 장점을 자기 것으로 소화하고 창조적으로 계승하려고 노력했다는 점에서 명창으로서의 조건을 충분히 충족시키고 있음을 알 수 있다. 그녀의 소리를 들었을 때 청중이 압도당하게 되는 것은 타고난 성음에 시김새, 부침새 등의 정교한 기량이 터득되었기 때문이다. 우리는 안향련의 소리가 그동안의 여성 명창들에게서는 들어보지 못한 격정적이고 쭉 뻗어 오르는 힘있는 통성이며 자유로이 구사하는 넓은 음역과 강한 힘에 있다는 것을 기억해야 할 것이다. 그녀의 소리는 우리 시대 여성 명창들의 새로운 전범을 제시해주고 있기 때문이다. 현대에 와서 마이크나 녹음기술의 발달은 기운빼지 않고 사뿐히 목소리를 내어 기교에만 충실하려는 방향으로 흐르고 있다. 이러한 추세가 계속된다면 판소리의 성음은 자꾸 기계에 의존하는 경향으로 흐르게 되고 단전으로부터 뽑어내는 통성의 연마는 게을러지게 될 것이 자명하다. 자신의 혼신을 소리로서 드러내고자 노력할 때 청중들은 안향련의 힘있는 소리를 또다시 듣게 될 것이다. 안향련의 소리는 마치 그의 삶과 같다. 절제된 비장이며 폭발 직전의 활화산이다. 그러한 그녀의 소리로 듣게 되는 심청가는 그래서 더욱 처절하고 비장하다.

현대 여성 명창들의 소리가 기교 위주로 흐르는 것은 어쩌면 당연한 일인지도 모른다. 판소리에 대한 연창자 자신의 정열이 또는 삶이 안향련만큼 치열하지는 못할테니까 말이다.

안향련은 소리에 정열을 바치면서 돈에 굴하지 않고 사랑을 찾으려 했던 명창이며 소리의 전승에만 머무르지 않고 자신의 소리를 찾아 끊임없이 노력했던 명창이다. 이러한 점에서 우리는 판소리사에서 1970년대에 명성을 드날렸던 안향련을 우리 시대 귀한 여성 명창으로 기억해야 할 것이다.

민속극 연희론

- 原初的 측면에서 -

윤 광 봉

1. 서문

아무리 좋은 춤과 노래와 대사가 곁들여도, 거기에 걸맞는 홀륭한 감상자가 없으면 소용이 없다. 열자의 얘기처럼, 백아는 거문고를 잘타고 종자기는 타는 소리의 뜻을 잘 알았다. 백아가 거문고를 들고, 높은 산에 오르고 싶은 마음으로 타고 있으면, 종자기는 옆에서 기가 막히게 하늘을 찌를듯한 높은 산이 눈앞에 나타나 있구나, 하며 감탄하였다. 이것은 곧 제 아무리 홀륭한 재질과 소리를 지니고 있어도, 이를 받아들이는 층이 외면을 한다면 허공의 메아리에 지나지 않는다는 의미이다. 판소리를 아무리 잘 한다고 해도 추임새를 제대로 맞춰주지 않으면 그 판은 이미 판이 아니다. 그래서 옛부터 홀륭한 감상자 없이 홀륭한 연행자가 있을 수 없다는 것은 고금의 진리가 되었다.

이런 의미에서 현재처럼 연극, 가요, 음악, 무용, 영화, 민속 등의 대중적 연예가 판을 치는 급변의 정황에서, 연행에 대한 진지한 고찰은 나름대로 의미가 있다. 본고는 이러한 점을 감안하여 그동안 충분히 논의되었던 우리의 민속극과 제의[1]를 바탕으로 우리의 이웃인 중국과 일본의 민속극을 살피며 원초적 연행 원리를 살피고자 한다.

2. 풍물소리의 설레임

한때 장안을 울렸던 〈이수일과 심순애〉, 〈불효자는 웁니다〉 같은 신파조의 극이 아직도 많은 사람들의 호기심을 불러 일으키고 있는 것같다. 이렇듯 유치하기조차한 연극에 눈물을 흘리며 향수에 젖는다는 것은 거기에 무언지 모르는 매력이 있기 때문일 것이다. 이것은 곧 그 내용이 그 시대 정서와 맞는 면이 있다는 얘기이며, 개인적으로 와닿는 그 무엇이 있기 때문이다.

고된 가사 돕기와 가내공업을 주로 했던 옛적엔, 야간공연을 위해 풍악을 울리며 동네를 한바퀴 도는 길놀이군의 은은한 풍물소리가, 그렇듯 가슴을 저리게 할 수가 없었다. 답답한 집구석에서 하루종일 일에만 시달리다가 이 소리를 듣게 되면, 사람들은 저마다 자신도 모르게 '아 오늘 저녁엔 저거나 구경해야지.' 하며 설레는 마음으로 일을 부지런히 끝내곤 했다. 풍물소리에 설레는 이 마음. 이것이야말로 연희 발달의 試金石이다. 이 설레임이 발걸음을 공연장으로 옮기게 하고, 일단 공연장에 들어서면 사람들은 무언지 모르는 기대감에 마음을 졸이게 된다. 어쩌면 그 시절엔 이 풍물소리가 차라리 무언가 모르는 하나의 그리움이었는지 모른다. 그 그리움은 무엇일까. 단순히 기분전환을 위해서일까. 아니면 거기서 자신도 모르는 짜릿한 자극을 받기 위해서일까. 아니면 꼭 가야 될 뚜렷한 목적의식이 있어서일까. 실상 많은 사람들이 한편의 공연을 보기 위해 공연장소를 찾는 이유는, 이것 외에도 여러 가지가 있을 것이다. 그러나 그 어느 것도 결국은 이 세 가지에 속함을 부정할 수가 없다.

---

1) 이에 대해선 김재철의 제천의식기원설을 필두로 최남선, 김열규, 이두현, 유동식, 서대석, 서연호, 이미원, 박진태 등 여러 학자들에 의해 피력되어 더 이상 논의가 부질없을 정도이다.

오랫만에 구성진 풍악을 울리는 유랑예인들의 공연이라도 있게 되면, 어느덧 아이들은 엄마 치마에 매달려 치근거리기도 하고, 이도 안되면 공짜로 들어갈 수 있는 방법이 없나 하는 궁리를 했던 그리운 시절이 있었다. 당시 유행했던 유랑예인들의 공연은 그렇듯 많은 사람들의 심금을 울리고도 남았다. 지금도 그렇지만 이때도 공연에 대한 선전을 어떻게 하느냐에 따라 흥행도 달라지는 판이었다. 이러한 상황은 이미 공연 자체가 상업화 되어 생계 유지를 위한 방편으로 재주를 팔던 시절의 이야기이긴 하지만, 풍물 소리에 설레는 당시 사람들의 마음이 없었다면 불가능한 이야기이다. 이러한 의미에서 풍물소리가 주는 뉴앙스는 무언가 찡함이 있는 것같다.

그러나 똑같은 풍물소리를 지닌 무대임에도 불구하고 전통연회인 굿을 비롯한 판소리 그리고 민속극의 경우는 차이가 있다. 특히 집집마다 쇳소리를 울리며 시도 때도 없이 벌렸던 집안굿의 모습은 더욱 가슴을 저리게 한다. 저며오는 가슴을 살프시 슬어내리는 참여자들은 굿거리 장단에 흥을 돋구는 자신들의 모습에 흠칫하기도 한다. 순간 그 자리(병굿이나 재수굿)가 그렇듯 진지하고 즐거울 수가 없다. 인공화된 일반 극장 무대와는 달리 이 판은 이미 관중과의 거리가 따로 없다. 그 거리란 언제나 연행자가 운신할 수 있는 정도의 공간이면 충분하기 때문에, 관중들은 아주 가까운 거리에서 연행자를 바라보며 호흡을 같이 한다. 언제나 그렇듯 판이 벌어지는 곳엔 구경꾼들이 있게 마련이다. 이들은 대체로 판과 이해관계가 있는 사람들로 연행자와 한마음이 되는 동참자들이다.

따라서 이러한 참여자들을 위해선 늘상 연행자 나름대로 피나는 노력이 필요하다. 그래서 연행자들은 이를 위한 연행양식의 개발을 끊임없이 시도한다. 왜냐하면 이의 개발은 연행 효과를 증진시키는데 촉진제가 되기 때문이다. 똑같은 풍물패 놀이라도 악기 4개를 따로 개발하여 사물놀이를 만들어 성공한 것은 좋은 예이다. 그러나 연행 양식에서 무엇보다도 중심역할은 역시 춤과 노래이다. 이 중에서도 춤은 맥박의 박동을 늘리고 기운을 북돋우어, 사람으로 하여금 즐거운 해방감과 힘을 북돋아준다. 춤을 추는 순간 춤추는 자는 자신에 도취되어 무아경에 빠진다. 또한 이에 곁들인 음악은 호흡과 혈압, 맥박의 변화에 영향을 주어 근육의 피로를 해소시켜준다. 여기에 입으로 외우는 대사 한마디가 덧붙여지면 연행은 더욱 흥을 돋굴 수가 있다. 탈춤에 한번 빠지면 그 춤을 추지 않고서는 몸이 근질근질해 못견딘다는 것도 그러한 예인지 모른다.

3. 연행의 의미

민속은 일상을 살아가는 우리의 생활 양식이다. 극은 바로 이 생활 양식을 가상으로 꾸며 관중에게 보이는 무대예술이라 할 수 있다. 한 편의 극이란 대사와 동작을 수단으로 이야기가 전개되며, 실생활처럼 몸짓과 의상으로 장면전환이 수반된다. 따라서 우리의 생활 양식인 민속에 대사와 동작을 수단으로 한 극이 합쳐질 때 민속극이 된다. 그러나 이것은 개인 창작물인 희곡과는 달리 민중 공동으로 창작된다는데 의미가 있다. 민속극은 기본적인 형태면에서 무당굿놀이, 꼭두각시놀이, 탈춤으로 나누는 것이 일반적인 경향이다.2)

그러나 민속극이 민속예술로서 가진 장르는 가면무와 가면극 그리고 인형극이라 할 수 있다. 본고와 관계되는 것은 물론 무당굿놀이 속에서 특히 가면무와 가면극을 말한다. 이들은 주지하다시피 우리나라에만 있는 것이 아니라 사람이 사는 곳이면 어디든지 존재하는 것이다.

오늘날 전해지는 각 나라의 민속극은 여러가지 형태로 나타난다. 그 중에서도 우리의 탈춤, 중국의 儺戱, 일본의 神樂은 이른바 가면극이라는 공통성을 지니고 있다. 굳이 이렇게 세 나라의 것을 들어 연회론을 들먹이는 것은 결코 우리 민속극이 이들과 일치하는 면을 드러내자는 것이 아니라, 혹 같은 면이 있다면 이를 단서로 자료가 부족한 우리 민속극을 설명하는데 보탬은 되지 않을까 해서이다. 우선 이 셋은 그 어느 것도 제사의식과 함께 탈을 쓰고 추는 춤이 곁들인 연회라는 것이다. 전언한 바와같이 세계 어느 나라도 전통민속극이 없는 나라는 없다. 그런데 하나같이 각 나라에서 지켜온 전통연회가 본래의 영역을 넘어 예술화한 것이 많다는 것은 무엇을 의미하는 것인가. 이는 각 나라에서 행해져 왔던 민속극이 많은 사람들에게 그만큼 관심을 불러 일으켰다는 예증이다.

그러나 어떤 나라의 연회도 알고보면 형태야 어쨌든 결국 그 나라의 신과 관련이 있다는데 묘미가 있다. 우리와 중국의 경우도 물론 신과 관련된 것이 많지만, 무려 800만 이상의 신을 모시고 있다는 일본의 경우는 보다 더 강한 느낌을 준다.

농경문화가 주를 이루는 이 세 나라의 경우, 일정한 자리(마당)를 정해 신을 위해 재단을 차리고, 그를 위해 주문을 외우고 무서운 가면을 쓰고 춤과 노래를 받치

---

2) 조동일, 『탈춤의 역사와 원리』, 157면, 홍성사, 1979.

는 모습이 남미 아프리카 어느 곳과 크게 다르지 않다. 이때 이뤄지는 춤과 노래는 바로 한바탕의 연회로서 뭇사람들의 마음을 위로해 준다. 이러한 자리가 신을 위한 자리라고 하지만 결국은 사람들을 위한 자리임을 부인할 수가 없다. 어떤 의식에도 그 자리엔 참여자가 있게 마련이다. 참여자들은 함께 있는 동안 모신 신이 그들의 죄와 더러움을 다 씻어준다고 생각하며, 의식이 거행되는 동안은 의식을 주재하는 자와 함께 두 손을 모으며 경건한 마음으로 빌게 된다. 이것이 이른바 우리가 알고 있는 옛적의 神을 위한 일이였다. 어쨌든 이러한 자리는 모두가 한 마음이 되어 의식 자체를 이해하고, 특히 가무가 무르익다 보면 흥분도 하고 열을 내게 된다. 그러는 사이에 자신의 마음도 정화가 되고 악귀를 향해 욕도 하게 되는 것이다. 결국 오늘날 전해지는 각 나라의 가면무는 바로 이러한 의식활동에서 비롯된 것이다.

그렇다면 한 판의 연행이란 무엇인가. 그것은 출연자와 구경꾼이 한마당에서 함께 어울려 그동안 쌓였던 감정을 해소하는 행위를 말한다. 이때 연행자는 일상의 보통 사람들과는 달리 리듬과 음악에 의해 움직이며 말하는 사람이다. 그가 마당에서 전달하는 근본적인 본질은 생각이 깊은 감정이다. 따라서 이러한 감정을 연행자는 적절하게 참여자들에게 전달할 수 있어야 한다. 이와 함께 참여자는 또한 이를 자신의 시각과 청각으로 적절히 소화할 수 있어야 한다. 이러한 감정은 물론 우리 탈춤에서도 느끼는 것이지만, 이른바 미개적인 분위기를 그대로 지니고 있는 중국이나, 마쯔리의 나라인 일본에의 경우는 남다른 데가 있는 것같다. 특히 그동안 일본의 기악만을 우리 산대놀이와 비교하여 마치 기악의 영향이 지배적인 것처럼 생각했던 종래의 의견도 좀 더 다시 생각해 보는 기회를 가져야 한다. 왜냐하면 적어도 원초적인 면에서는 그 분위기라던가 춤의 장면들이 오히려 神樂에서 물씬 풍기기 때문이다.

4. 儺戱 그리고 神樂

이제 세계가 하나가 되는 세상에 우리 것만 고집하는 시대는 지나갔다. 그동안 너무 우리 것에 대한 천착에 치중하다보니 이웃나라에 대한 인식이 부족했던 것도 사실이다. 다행히 그동안 반짝이는 경제부흥을 틈타 잠시나마 이웃나라의 문화를 엿볼 기회가 있었고, 일부나마 그 흔적을 우리 것과 비교하는 성과도 있게 되었다.3) 지금 거론되는 민속극의 경우도 예외가 아니다.

문득 7년전에 중국 安順에 처음 가서 그곳의 나희를 보고 이곳 사람들의 열정과 순수함을 잊을 수가 없다.4) 당시 보여준 연행이 비록 계절에 맞추워 하는 것은 아닐지라도, 어린애를 업은 할아버지 할머니를 비롯해 동네 청년들이 나와 자연스레 공연장을 둘러싸고 즐겁게 보는 것을 보고는 순간, 이러한 사람들이 이 마을를 지키는 한 이 나희는 그대로 존속하겠구나 하는 생각을 해봤다. 무엇보다도 이들은 이 행사가 주최자들의 행사이면서 동시에 자기 들의 일이라는 것을 인식하고 있다는 것이다. 참여자들은 물론 모두가 나희를 사랑하는 사람들이다.

儺戲는 중국의 少數民族과 地域, 地戲班에 따라 가면과 작품 그리고 진행 순서가 가변적이고 유동적이다. 儺와 儺祭은 처음엔 中原 일대에서 성행했지만 전쟁으로 말미암아 민족의 이동이 생겨 점차 소수민족지구로 확산되었다. 오래전부터 귀주엔 십여종의 소수민족이 살았는데 지리상 이곳은 中原文化 巴蜀文化 荊楚文化 吳越文化의 교차점이라 할 수 있다. 儺祭와 儺戲는 귀주같은 비옥한 토양 위에서 발달했다. 기록에 의하면, 나희는 明代에 이르러 이미 귀주에 보편화되었다. 귀주의 나희는 대체로 變人戲·儺堂戲·地戲 등 3종류로 나뉘는데, 이들은 모두가 다른 문화 배경에서 형성되었다. 이 중에서 變人戲는 원시적이고 오래된 나희로서 제의성을 띤 민속극이다.5)

한편 나희의 발생과 형성에 대해서는 여러 설이 있지만 曲六乙의 서술이 참고가 된다. 그에 의하면 儺戲는 무당이 귀신을 쫓고 신을 경배하고 역귀를 물리치는 消災納吉을 하는 종교제사 중에 놀았던 놀이이다. 따라서 제사의식은 儺祭요 이때 부르는 노래와 춤은 각기 儺歌 儺舞라 했던 것이다. 儺戲는 결국 儺歌와 儺舞의 기초 위에서 생성된 것이다. 그는 또한 나희의 형성 가능성을 첫째, 사람이 神으로 변하고 신이 사람으로 변신하는 것, 둘째, 娛神에서 娛人의 변화, 세째, 예술적 종교화에서 종교적 예술화로 보고 있다. 이는 다시 말하자면 제사의 의식활동에 속하는 가무의 종목들, 나제활동과 나희의 연출이 나뉘어져 행해지는 것, 완전히 예술화된 것으로 구분할 수 있는데6) 우리 탈춤이나 일본의 신악도 이 구분에 해당된다.

---

3) 이두현의 『한국의 가면극』을 필두로 최근엔 필자의 「한국가면극의 형성과정」, 『비교민속학』 9집, 1992, 박진태의 「중국의 이족의 변인회 연구」, 『비교민속학』 12집, 1995, 「중국 귀주의 덕강나당회연구」, 『비교민속학』 13집, 1996, 황루시의 「시모쯔키 가구라 답사기」, 『비교민속학』 13집, 1996. 등이 그러한 예이다.
4) 1991년 8월 13일 안순시 채관마을에서 지회 관람, 1993년 8월 5일 같은 장소에서 지회 관람.
5) 孔燕君 편, 『中國儺文化論文選』, 167~168면, 貴州民族出版社, 1989.

결국 이 날 實演된 나희는 地戲로서 이러한 과정을 거쳐 종교적 예술화된 연회라 할 수 있다. 따라서 이러한 의식과 관계가 있는 나회인지라, 이 날 본 나회도 사실은 시작 전에 회관 앞에 모셔 놓은 토지신공 앞에서 제사를 지내는 것이다. 이 때 탈을 꺼내는 의식도 함께 한다. 이 날 이들이 보여준 것은 〈三國演義〉와 〈薛丁山征西〉로서 이른바 軍나회의 일종이다. 이 때 實演된 것은 물론 그 일부였지만 마침 같은 시기에 본 것을 沈福馨이 정리한 것이 있어 도움이 된다.7)

그에 의하면, 아버지 설인귀를 구하러 가는 아들 설정산의 영웅담을 담은 〈薛丁山征西〉의 경우, 開場儀式은 開箱·參廟·開財門·掃開場·下四將·設朝 등으로 구성된다. 開箱은 글자 그대로 가면을 간직한 상자에서 가면을 꺼내는 의식이다. 이 때 탈은 반드시 위로 젖혀서 고한다. 이 탈은 원래 大廟에 간직하는 것인데, 대묘가 학교로 바뀌는 바람에 지금의 〈蔡官屯地戲陳列館〉에 두었다. 의식 시작은 먼저 주재자인 神頭가 붉은 촛대에 불을 붙인 후 분향과 소지를 하고 난 다음, 가면 상자를 열어 꺼낸다. 가면 하나하나를 꺼낼 때마다 축도를 올린다. 參廟는 전체 연행자들이 분장을 하고 두 아이로 하여금 기를 들게 해서 길을 여는 開路 의식이다. 그리고 여러 무리들이 뒤를 따라 土公廟 앞으로 가 참묘의식을 거행한다. 그런 뒤에 우물 연못 다리 신수 등을 참배한다. 신두는 의식의 주재자로서 이날 연행되는 설정산의 복장과 가면을 쓰고 거행한다. 그리고 鑼鼓 악기 소리에 맞춰 七四調로 唱和를 한다. 참묘 결속 후 財門을 열고, 薛仁貴가 통솔하는 출연자 전원을 공연장으로 오게 하여 대묘 옆의 운동장에 위치하게 한다. 이 때 소개장을 연출하는데 옥황상제인 두 侍童을 중심으로 거행한다. 이들은 화합을 상징한다. 이 의식은 鑼鼓소리와 함께 전원이 양군으로 갈려 出場하는 모습을 보여주는 것이다. 이 때 양소군은 손에 큰 부채와 수건을 들었으며, 큰 부채를 끊임없이 흔들면서 한번은 좌로 한번은 우로 돈다. 짧은 說唱을 하는 도중에 侍童이 부채로 소장을 한다. 이 때 관중들은 조용히 시동의 모습을 보고 경건함을 가진다.

下四將은 定場이라고도 하며, 공연 장소를 결정하는 의식이다. 四將은 主帥 薛仁貴와 部將인 秦懷玉(이상 正派), 반파인 主帥 蘇寶童과 副將인 黑連度 등 네 장수를 말한다. 그래서 이들을 중심으로 正 反 양군으로 나뉘워 싸움(갈등)의 모습을 보여준다. 맨처음에 正派 主帥가 나와 설창을 하고, 이어 部將이, 그리고 반대

6) 위의 책, 5면.
7) 沈福馨, 王秋桂, 『貴州安順地戲調查報告集』, 51~74면, 1994.

파 주수가 등장하여 설창을 하고, 다시 부장이 나와 설창을 하고 나서 격렬하게 두 파가 싸우는 것이다. 이 장에서는 마을의 평안을 비는 의미가 있다. 設朝는 出黃門官, 出將帥, 出君王으로 거행된다. 이것은 신을 청하여 지상에 내려오게 하는 의식으로서, 이 때 극중 인물을 소개하기도 한다.

비록 공연 내용이 역사적 인물을 중심으로 거행하는 것이긴 하지만, 예술화된 나회에 개장의식이 이렇듯 예스럽고 엄숙하다는 것은 특기할 일이다.

이것 외에 彛族의 나회인 撮泰吉은 악귀를 없애는 연희의 하나로 楊光勛은 이를 変人戲라 했다. 변인회의 유래는, 천신이 이족의 조상을 이족에게 파견할때, 곡식의 종자를 보내고 농사를 돕게 했다는 전설에 근거한다.[8] 이를테면 풍요제의 적 성격을 띤 나회이다. 撮은 사람의 뜻이고 泰는 변화, 吉은 유회의 뜻이다. 그 순서는 첫째 제사, 둘째가 正戲, 세째 喜慶, 네째 掃寨로 이어진다. 제사와 소채를 거행하는 동안엔 단도 설치하지 않고 우상도 세우지를 않는다. 이를 위해 매년 음력 정월3일부터 15일까지 명절을 맞이하여 나회반을 조직한다. 산신노인인 慈戞布, 1700살의 할아버지인 阿布摩, 1500살의 할머니인 阿達姆, 갓난아기인 阿戞 등이 6개의 특이한 형상으로 마을집을 방문한다. 그 때마다 계란과 베를 요구하고 축복을 빈다. 그 내용은 사방 山神과 火神에게 가축들이 병이 안들고 집안의 무운을 비는 것이다. 그리고 거둔 계란을 땅속에 묻고, 그 이튿날 보아서 썩나 안썩나를 보고 일년동안의 평안과 풍작을 점친다. 그리고 나서 따로 나회를 벌린다. 그 내용은 선인들이 어떻게 산과 토지를 개척하고 집을 짓고 밭을 갈고 살았는지, 또 가을 수확과 노동 휴식 중에 남녀가 관계(이것은 조상신이 그의 영혼을 부녀자의 몸에 넣어 조상을 닮은 영웅을 낳아 번성시키는 것을 상징)를 맺고 나중에 아기를 낳아 젖을 먹이는 모습을 보여준다.[9] 이러한 연행과정은 결국 迎神 娛神 送神의 과정이라 할 수 있다. 이 또한 춤과 창이 곁들여져 나회의 또 다른 면을 볼 수 있는 중국의 민속극이다.

한편 분위기로서는 훨씬 더 예스러운 일본의 경우, 첩첩 산중에서 거행되는 神樂은 우리의 탈춤을 되돌아 볼 수 있는 구석이 꽤 있어 흥미를 준다.

현재 필자가 살고 있는 히로시마는 가히 神樂의 고장이라 일컬을만큼 굿행사가 많아 일본에서도 주목되는 곳이다. 물론 神樂이 이곳에서만 열리는 것이 아니라 전

---

8) 孔燕君 편, 앞의 책 143면.
9) 위의 책, 138~140면.

국에 걸쳐 행하는 의식이지만, 이곳에서 가까운 出雲은 가을이 되면 일본의 모든
신이 모인다고 하는 신화의 고장이다. 특히 수확을 하고 난 10월부터 12월까지 거
의 매주 거르지 않고 어떤 형태로든 각지에서 신악이 열리고 있는데, 필자는 거의
주말마다 볼 기회를 가졌다. 가정에서 행해지는 정식의례 끝에 행해지는 신악을 비
롯해, 마당과 강당을 빌려 예술화된 神樂(경연대회)까지, 참으로 한 장르가 어떻게
이렇듯 다양하게 변형되어 사람들을 만나고 있는지 신기하기만 했다. 그때마다 나
는 이를 보기 위해 공연 장소까지 찾아온 구경꾼들을 자주 관찰하였다. 어린 아이
서부터 노인네에 이르기까지 어쩌면 그렇듯 즐겁게 보는지 몰랐다. 가는 곳마다 주
최자측은 물론 참여자들이 하나가 되어 즐기는 것을 보고, 일본은 역시 연회의 나
라로구나 하는 생각을 다시한번 하게 되었다. 그 중에서도 97년 12월13일과14일
에 걸쳐 거행된 豊松村大字笹尾에 高橋寬通씨의 집에서 거행된 荒神神樂은 지금
까지 본 것 중에서 가장 인상적이었다.[10]

　그것은 연회의 장소가 지금까지 보았던 神社 안이나 신사마당 그리고 강당이 아
닌, 그야말로 두메산골에 있는 한 개인집에서의 實演이었기 때문이다. 荒神신악은
荒神祀에 모신 荒神을 제의의 장소로 모시어 오곡풍요와 無病息災 家內安全을 비
는 의식행사다. 분포지역은 備後의 比婆, 神石의 두 郡, 備中의 川上・上房・阿哲
郡・西美作 등 히로시마현에서 행하고 있다. 원래 荒神은 같은 氏族의 祖靈信仰의
대상이다. 그러나 세월이 흐름에 따라 姓이 다른 사람들도 가능한데, 이런 경우는
대개 名內協同休의 승인을 받아야 한다. 현재는 十二支 순서에 따라 13년만에 하
는 곳이 많지만, 7년・17년만에 하는 곳도 있다. 본래 33년만에 거행되는 神樂은
四日四夜가 원칙이나 최근에는 三日二夜・二日一夜로 축소되어 거행된다. 四日四
夜의 경우 첫날은 神官들이 집합하여 집을 깨끗이 하며, 특히 부엌을 깨끗이 하고
신을 맞이한다. 그리고 그날 저녁 七座(打樂・曲舞・指紙・榊舞・猿田彦舞・薪座
舞・迎神)의 神事를 벌리고 그 다음 土公神을 놀린다. 둘째날은 작은신(小神)을
놀리고 그날 밤 역시 七座의 神事가 거행되고 荒神을 놀린다. 세째날은 神殿을 깨
끗이 하고 神殿을 옮긴다. 그날 밤 역시 七座의 신사를 거행하고 本舞에 들어간다.
그리고 白蓋를 끌어당겨 내리고 能舞를 춘다. 마지막 사일은 五行舞를 추고 다쓰오
시를 한다. 荒神의 춤을 봉납하고 신을 보낸다. 그리고 밤에 災神樂(竈王神)을 놀린
다. 이것은 곧 迎神 - 神遊戱 - 能舞 - 춤마무리 - 送神 으로 정리할 수 있다.[11]

──────────

10) 1997년 12월 13. 14 이틀간 廣島縣豊松村大字笹尾2181番地 高橋寬通(83세)씨댁에서 거행됨.

이날 實演은 13년만에 거행되는 것이었는데. 13일 새벽부터 종일 예비행사-집
에서 神樂을 맡을 神職을 맞이한 다음 제사상을 차린다. 勸請式을 하고 여러 장식
을 꾸민다. 그리고 八幡神社에 가서 氏神을 맞이한후 다시 荒神祠에서 거행한다.
황신을 맞이하고 나면 정오가 된다. 황신은 土公神 將軍 山神을 출현시켜 재앙을
없애기도 하고 축도를 하기도 한다. 그리고 나서 다시 神弓祭가 열림-가 진행되고
이러저러 저녁이 된다. 그리고 난 다음 저녁 6시에 모여, 식사들을 끝내고 神樂을
연행하는 것이었다. 예비행사는 씨족끼리 하는 행사이기 때문에 제삼자는 원칙적으
로 접근할 수가 없다. 이것은 우리의 경우도 마찬가지이다. 세월이 좋아 조사자라
고 해서 참석시켜주는 것 뿐이다.

따라서 제사와 그에 따르는 연회는 엄격히 구분이 된다. 언뜻 장소로 정해진 집
의 규모를 보면, 도저히 개인집이라기 보다는 신사같은 기분이 드는 집이다. 이 집
은 氏子 중에서 제일 높은 사람의 집이었는데 頭屋이라 한다. 한 100평은 좋이 되
는 집이었다. 방 구조가 보통집과는 달리 6개의 미닫이가 달린 방이었는데, 특히
그 중에서 복도로 향한 방이 유난히 天井이 높아 예사방이 아님을 실감케 했다. 이
곳이 바로 本神樂이 거행되는 神殿이다. 이 방은 아예 지을 때부터 바로 이러한
행사를 위해 신악의 장소로 지었다는 것이다. 이 날은 물론 방을 다 터서 그 자리
가 그대로 무대가 되었다. 한쪽 구석방을 분장실로 사용하고 천으로 만든 커텐을
막아 등퇴장에 사용했는데, 조금전만 해도 관계자들과 氏族들이 둘러 앉아 식사를
하던 장소가 금시 훌륭한 무대로 변한 것이다. 이것은 우리가 굿을 할 때 무당과
그외 관계되는 사람이 집에서 하는 것과 같다. 실상 거행된 神樂은 옛적엔 밭에다
따로 신사를 짓고 거기서 했다고 한다. 원래는 前神樂과 灾神樂은 大頭屋에서 本
神樂은 따로 청결하고 귀한 장소를 마련하는 것인데, 이 집에서는 그냥 한 자리에
서 거행하는 것이다. 역시 세월이 흘러 어쩔 수없이 변한 것이다.

어쨌든 하루밤을 꼬박 세우며 하는 힘든 神事임에도 불구하고, 아예 그들은 이
부자리 담요까지 들고 와 엄숙하게, 때로는 까르르대며 공연장을 지킨다. 그야말로
참여자들의 진지함에 놀라지 않을 수가 없다. 이들은 밤새도록 거행하는 이 행사에
졸음을 쫓으면서, 진한 농담으로 웃기는 무서운 가면을 쓴 演行者와 같이 대화를
주고 받는다. 마치 우리가 탈춤행사를 벌릴 때 밤새도록 횃불을 밝히고, 밤이 이슥
해지면서 진한 농담으로 관객을 위로하는 그 모습과 다르지가 않다. 감상자들은 젖

---

11) 牛尾三千夫,『神樂とがかり』, 309~325면, 名著出版, 1986.

먹이를 비롯해 90노인까지 다양한 층을 이루고 있었다. 모두가 그렇듯 즐겁고 신이 나있을 수가 없다. 무엇이 이들로 하여금 이렇듯 추위와 졸음을 쫓아가며 잡아두고 있는 것일까. 그것은 무언가 거기에 매력이 있기 때문일 것이다. 그러면 이 매력이란 무엇인가. 그것은 어떤 경우의 연행도 거기엔 전언한 바 자신들과 관련된 악귀 쫓는 의식이 반드시 곁들여 있다는 것이다.

그들은 공연을 하기 전에 반드시 신에게 예를 갖추고 식을 올리며, 그 신의 보호 아래 편안한 마음으로 연행을 한다. 따라서 이를 보는 참여자들도 같이 경건한 마음으로 예를 올리며, 그 긴장된 마음을 탈춤으로 풀어내는 것이다. 바로 이러한 장면을 보면서, 참여자들은 경건함과 함께 자신과 가족의 안녕을 빌며 잠시 두 손을 모으게 된다. 그리고 이어서 벌어지는 환상적인 음악과 함께 화사한 의상을 걸치고 무대를 휘도는 그 모습에서 자신을 투영하게 된다. 또한 저마다 등장인물에 대한 의미를 나름대로 새기며 같이 빠져들어간다. 이 순간 참여자는 공연 내용 속에서 무언가 처지가 같다던가, 자신을 대신해 스트레스를 해소해 준다던가 하는 것을 발견하고는 흥분을 하기 시작한다. 혹 이러한 기분이 안 나는 사람은 곧 바로 자리를 뜨게 된다. 이러한 사람은 공연 분위기와 무언가 교감이 안되는 사람이다. 그런데 이러한 연회 상황이라면, 한국의 경우는 직접 무대에 뛰어들어 함께 연행을 하는데, 이들은 좀처럼 그러지를 않는다. 물론 밤이 이슥해지면 진한 농담과 해학이 곁들여 웃음바다를 이루게 되며, 시간은 대체로 새벽녘이 되어서이다. 이것은 한국의 탈춤이 밤이 이슥해서 진한 농을 즐겼다는 것을 상기해 준다. 이들 작품을 보면 대체로 非喜劇性이 강하다. 그것은 신화를 중심으로 엮은 것이 대부분이기 때문이다. 범상한 인물들이 등장하면 대개 회극성이 가미되고, 출중한 인물이나 신이 등장하게 되면 다분히 비극성을 띄게 되는 것이 일반적인 경향이다. 이 신악의 백미중의 하나로 祇園의 能인 〈뱀퇴치 설화〉가 있다. 이것은 연회 시간이 약 2시간 정도 소요되는데, 古事記에 나오는 스사노신의 얘기를 연회화 한 것이다. 이 놀이에서 특히 뱀을 죽이는 그 장면이 그렇듯 처절할 수가 없다.

어쨌든 모든 것에서 절제를 미덕으로 하는 일본의 경우는 우리 처럼 들썩이지를 않는다. 하지만 은연중에 일체감이 되어 있는 것은 어쩔 수 없다. 더구나 연행자들은 같은 동네에 사는 친구들이며, 이미 서로 교감이 되어 있다. 그러니 더욱 흥이 날 수 밖에 없다. 이로 보아, 결국 연행의 원리란 바로 감상자와 연행자의 상호 이해 관계에서 비롯되는 것임을 인지할 수 있다. 따라서 연회 발달에 있어 연행자와 감상자의 관계가 얼마나 중요한 것인가를 확인하게 된다.

　이런 상황은 물론 한국의 경우도 틀리지 않는다. 여기서 우리는 연행을 하는 출연자보다 이를 향수하는 감상자에 더 주의를 기울일 필요가 있다. 연행 현장을 좀더 주의해보면, 연행을 보고 있는 감상자는 연행자의 분신으로 방관자가 아닌 동반자로서 단역배우의 역할을 하고 있음을 감지하게 된다. 따라서 감상자는 출연자를 자신을 비추어보는 거울로 삼고, 자신의 삶의 모습을 그에게서 확인하려고 한다.

　그런데, 이러한 장소들의 연회가 발전하여 儺戲가 京劇을 낳고, 神樂은 能를 낳았고, 한국의 굿이 탈춤을 낳았다는 것을 생각한다면, 이 제의극이 미치는 영향이 새삼 놀라운 일로 여겨진다. 어쨌든 이들 세 극은 한결같이 제의의 와중에서 연행되었던 儀式舞라는 사실이다. 그야말로 그 분위기도 원초적으로 한국과 가까운 것으로 친근감이 있을 수밖에 없다. 따라서 이러한 의식에 환상적인 음악과 화려한 의상이 더욱 변화를 일으킬 때, 사람들은 본격적인 예술화된 새로운 작품을 감상하게 되는 것이다. 거기엔 다른 세계로의 여행이 있고, 영매상태·황홀 그리고 예언이 있다. 그러나 이러한 것들은 어쩌면 삶 자체를 더 미화시켜 사람들을 미혹시키는 것에 불과한 것인지도 모른다. 그러면서도 이러한 변형들을 오히려 감상자들은 은근히 기대하고 있다. 그러한 변형 중의 하나가 이른바 '神樂競演大會'이다. 매년 10월만 되면 이 곳에서는 여기 저기서 끊임없이 신악경연대회를 개최하고 있다. 따라서 이러한 공연은 조명등 없이 전등을 켠 채로 연행을 하는 신사나 집에서 거행되는 것에 비해, 훨씬 박진감이 있고 관중들을 흥분시킨다. 따라서 경연장은 생각을 훨씬 초월하는 열 띈 분위기이다. 이로 볼 때 한국의 탈춤도 고등학생들의 탈춤경연으로만 끝날 것이 아니라 본 고장의 특징을 지닌 그것을 더욱 어른들의 열기로 발전시켜 본격적인 예술로 변화시키는 작업도 시도해 볼만 하다.

5. 祭儀와 演行

　전언한 바처럼 민속극의 원류가 제의라 가정할 때 일단 모든 민속극은 계절과 관계가 있다. 그 시기는 대체로 수확기 이후 동지 섣달 그리고, 정초서부터 보름까지의 기간이다. 이 기간 동안에 제의와 함께 탈춤이 연출된다. 이것은 중국은 물론 일본의 경우도 마찬가지이다.

　푸로베니우스는, '제의는 좀더 신성하고 좀더 성스러운 진지함이 있음에도 이것이 놀이가 된다는 것은 이상한 일'이라고 했다. 호이징하는 이에 대해 '제의란 어떤 표출내지는 극적인 표현이며, 형상화이며, 대리적 현실화이며, 따라서 해마다 되풀이 되는 각종 축제는 공동체 전부가 봉헌의식을 통해서 자연적인 삶속에서 일어나는 사건들을 경축하는 것'이라고 일축한다. 그는 나아가 '이러한 성스런 의식 속에서 벌어지는 놀이를 통해 재현된 사건들을 새로히 현실화 또는 재창조함으로써 우주 질서의 유지를 돕는다'고 했다.12) 공동제의에서 제의가 접신에 의해 이뤄질 때 평범한 마을의 농민은 임시로 무당의 직능을 받는다. 한 마을에서 제의가 진행된다고 가정할 때, 그 마을의 한 사람이 신을 받들게 되면 그는 자신도 모르게 초인적인 힘을 다하게 된다. 이른바 탈춤은 결국 이러한 제의의 진행 속에서 이뤄지는 자연적 현상인 것이다.

그래서 이러한 의식 끝에 벌어지는 탈춤의 솜씨는 기교이기 전에 신명이라고 했다. 신명은 신의 내림으로 신을 연출하는 것이다. 신과 일체가 되어 신명을 돋구다 보면 이와 함께 진행되는 춤과 노래는 어느덧 갈등과 화해가 어울어져 화합의 마당을 일구게 된다. 이른바 제의적 연극은 바로 이러한 요소가 짙다. 의식무로 시작하여 진오귀굿으로 끝나는 우리 민속극이 그렇고, 중국의 儺戱와 일본의 神樂이 그렇다. 중국의 儺祭는 주지하다시피 귀신을 쫓는 것이 목적이다. 神樂의 어원은 神座 곧 신이 머무는 장소로서 祭儀가 행해지는 장소 그 자체를 가리키고 있다. 神樂의 집행시기는 동지를 전후한 시기로서 벼 수확 뒤인 양력 12월에서 1월에 해당된다. 이 때는 대체로 수확에 대한 감사와 풍작을 기원하고 자기의 새로운 생명을 활성화시킬 뿐 아니라 공동체 나아가서 우주 전체의 재생을 바라는 시기이다. 따라서 神樂도 농경의례의 성격이 짙을 수밖에 없다. 참고로 式年大神樂의 古式에 의한 차례를 보면,13) 신맞이를 할 때는 氏族들이 모시는 神은 물론 일본 전국에 걸쳐 있다는 800万의 신을 청한다. 그 외 신맞이(土公神,火神,荒神) 그리고 이 세 신이 노는 거리, 다시 白蓋로 신을 강림하게 하고 그 뒤 신화를 토대로 구성된 能를 춘다. 이 춤 끝에 王子舞가 있는데 이것이 이른바 五行舞이다. 이로 보아 특히 세나라에서 공통적으로 나타나는 오방신춤은 바로 이 신명을 구하는 춤임을 다시 확인하게 된다.

한국의 탈춤이 굿에서 왔다는 주장은 이제 새삼스런 얘기가 아니다. 탈춤이 보여

---

12) J.호이징하, 김윤수 역, 29~31면, 까치, 1981.
13) 生尾 三千夫, 앞의 책.

주는 성적행위가 풀어내지는 풍농을 비는 굿의 흔적으로 보인다던가[14], 탈춤이 굿
에서 극으로 발전하면서 굿에서 물려받은 갈등구조에 극적인 의미를 부여하는 방향
으로 나갔다는[15] 지적과 굿과 탈놀이의 미분화 상태를 보여주는 하회별신굿탈놀이
에서 제의기원설의 통합이라는 연구사적 당위성에 대한 재인식[16]은 역시 다른 나
라에서도 같은 흔적이 그대로 노출되어 더욱 수긍이 가는 것이다. 그러면 이러한
제의의 진행 속에서 가면의 의미는 무엇일까.

6. 假面과 演行

어떠한 연행도 그 효과적인 수행을 위해서 그 나름대로의 보호 양식이 있다.
민속극 연행 양식 중의 하나가 가면을 쓰고 등장하는 것이다. 이른바 탈춤이 다른
연극과 구별되는 近因이 바로 이 가면이다. 제의와 더불어 진행되는 민속극은 대체
로 가면과 더불어 변장을 요구한다. 가면은 성스러운 의식을 보다 고양시키는데 중
요한 역할을 한다. 그러나 실제 그 모습을 보면 우스꽝스러운 바보형의 얼굴서부
터, 아주 무서운 귀신의 얼굴까지 다양하게 나타난다. 이로 보면 모든 가면이 신성
할 수는 없다. 특히 제의라는 관점에서 주술적인 목적으로 쓰던 가면이 예술적 가
면으로 변하면서 더 그렇다. 그럼에도 이를 신성시한다는 것은 가면만이 갖는 독특
한 매력이 있기 때문이다. 또한 거기에는 극도의 종교성과 자연과 사회 모두를 다
시 활기차게 해주고 젊어지게 하며 소생시켜 주는 면[17]이 있는가 하면, 그 가면의
형상 속에 참여자들 자신의 모습이 그대로 투영되어 있기 때문이다. 그래서 가면
하나로도 탈춤의 연행은 대단한 효과를 보게 된다. 게다가 춤과 음악이 곁들여 삶
의 모습을 보여주게 되니까 관중에겐 더욱 매력 만점인 것이다.

한편 가면은 홀림의 경험과 조상 정령 및 신들과의 교류의 경험을 수반한다. 가
면은 그것을 쓰는 자에게 일시적인 흥분을 일으키며, 아울러 그에게 자신이 뭔가
결정적인 변신을 했다고 믿게 한다. 그래서 일단 가면을 쓰고 나면 일시적으로 무
서운 힘의 화신이 되어 그것을 흉내내고 그것과 자신을 동일시한다.[18] 그래서 생

---

14) 宋錫夏, 「처용무, 산대, 나례의 관계를 논함」, 『진단학보』, 2권 2호, 1935.
15) 조동일, 앞의 책, 48~49면.
16) 박진태, 『탈놀이의 기원과 구조』, 1면, 새문사, 1991.
17) 로제카이와, 이상률 역, 『놀이와 인간』, 131면, 문예출판사, 1994.

활에 얽매였던 서민들에게 이 탈을 쓰게 하면 그 쓰는 순간, 日常에서는 도저히 일어날 수 없는 것도 가면과 더불어 행동을 같이 하게 되고, 동시에 마음이 해방되는 기분을 느끼게 된다. 의식 진행 중에 느닷없이 관중석을 향해 얼굴을 디밀면, 어른이고 아이고 순간 놀라고 만다. 이것은 가면 쓴 자와 같이 황홀경에 빠져 있다가 갑자기 현실로 닥아오는 어떤 두려움 때문이다. 실상 이때 관중의 반응이란 짐짓 그런척 해 보이는 희열과 등골이 오싹하는 무서움을 느끼는 소년같은 유치한 허풍이 엇갈려 있는 것19)이라 할 수 있다. 한국의 봉산탈춤을 비롯한 여러 민속극에 등장하는 수많은 탈들이 그렇고 儺戱와 神樂의 가면이 그렇다.

漢族의 儺戱 〈薛定山〉의 薛仁貴의 가면이나 彝族의 〈變人戱〉에서 선조들의 창업과 생산 번영 천도의 모습을 나타내기 위해, 직삼각형의 모자를 쓴 노인들이 긴장된 모습의 가면을 쓰고 탈곡하는 모습이라던가, 撮泰吉 연출 중에서 백미인 인구 증식을 기구하는 장면에서 하얀 고깔을 쓰고 젖을 먹이는 그 탈의 모습에서, 연행자나 감상자들은 지나간 역사와 옛 선인들의 일상생활의 모습을 체험하게 된다.20)

특히 變人戱의 가면은 과거엔 귀신의 혼으로 의식하여 마을 뒷산의 특정한 석굴에 두고 연행하는 사람 이외엔 손대지 못했다고 한다. 가면에 대한 존경심은 대단해서 가면을 마을 앞 작은 석산의 서쪽에 있는 길 언덕 위의 石房에 두었는데 사람들이 감히 만지지도 못하고 쳐다보지도 못했다고 한다.21) 이로 볼 때 彝族의 가면에 대한 경외심은 대단했던 같다.

그런가 하면, 大正 시대까지 별로 오락이 없었던 농촌에서 활력소 역할을 한 일본의 神樂은, 완전히 그들 생활과 밀착되어 자신들의 삶을 보호해 주는 神樂을 가장 신성시하며, 다양한 상징의 얼굴들을 창출했다. 이 또한 노동의 시달림 속에서 잠시나마 탈을 뒤집어 쓰게 되면, 금시 자신이 신으로 또는 장군으로 변하게 되어 감정 해소에도 안성맞춤이다. 특히 신악의 대개의 가면들이 그로테스크한 모습을 보여주고 있는데, 대체로 중국이나 티베트 가면의 냄새가 짙다. 물론 한국의 鳳山 탈춤의 기괴한 모습의 가면에서도 그 상황은 마찬가지이다. 이처럼 가면을 쓴 연행자들이 보여주는 다양한 삶의 유형들을 곁에서 바라보는 참여자들은 아지못할 희열

---

18) 위의 책, 131, 143면.
19) 호이징하, 앞의 책, 33면.
20) 『儺戱面具藝術』, 貴州民族出版社, 1992. 17면.
21) 潘朝霖, 「貴州威寧縣撮泰吉調査報告」, 박진태, 『비교민속학』 12집, 488면 재인용.

을 같이 느끼는 것이다.

또한 탈춤은 신앙적 구조와 관계가 있다. 모든 신앙적 구조에는 성속이 있게 마련이다. 어떤 것은 신성을 실현하는 적합한 수단으로, 어떤 것은 그렇지 못한 타락된 형상으로 나타난다. 연희에 등장하는 수많은 가면들은 바로 이를 대변한다. 그러나 이러한 가면들은 실재 연행이라는 제한된 범위 안에서만 효험이 있다는데 한계성이 있다. 왜냐하면 제의가 끝나면 탈을 없애기 때문이다. 그러나 최근에 들어서는 가면을 태우는 일은 없어졌다. 이것은 중국도 일본도 마찬가지이다. 한국의 민속극에서 신성가면이어야 할 老杖의 가면은 타락된 형상으로 나타난다. 이렇듯 가면으로부터 부딪혀 오는 여러 형상들 때문에 가면극 연구자들은 나름대로 이미지를 부각시켜 다양한 양상을 또 창출하게 된다. 이러고 보면 민속극에서 가면은 본래의 의미를 넘어선 제 2의 창출이라 할 수 있다.

7. 空間과 演行

마당은 한국인에 있어서 조상들의 삶의 터전이다. 하루도 마당을 딛지 않고서는 살 수가 없는 것이 우리 인간이다. 마당은 우리가 먹을 양식이 자라고 동시에 아이가 태어나 그 터에서 성장하고, 결혼식을 올리고, 어르신네 환갑잔치라도 열게 되면 멋진 춤판이 벌어지고, 병이 들어 죽으면 들것에 들려 세상을 하직하는, 이른바 통과의례가 거행되는 곳이다. 이처럼 마당은 참으로 다양한 의미를 담은 곳이다. 바로 그러한 장소에서 사람의 삶의 모습을 흉내내는 모의훈련을 한다는 것은 어쩌면 자연스런 일일 수밖에 없다.

한적한 집 마당에서 누군가 열심히 남의 흉내를 내며 사람들을 웃기는 사람이 있다고 하자. 사람들이 하나둘 귀를 귀우리며 모여들기 시작한다. 그러면 웃기는 그 사람은 더욱 신이 날 수밖에 없다. 그러한 일이 몇번 반복되면 자연히 그 마당은 사람들이 둘러앉아 연행의 장소가 된다. 그러든 이 사람이 한참 안 보인다. 사람들은 괜히 궁금하고 그 사람이 보고 싶어진다. 그러든 어느날 불쑥 나타나 옛모습을 다시 보게 되면 그렇게 즐거울 수가 없다.

'어 내가 여러 해만에 나왔더니 아래 위가 휘청휘청하고 어깨가 시큰시큰하구나. 기왕 나왔으니 옛날에 하던 짓이나 해 보자.' 사람들은 또 하— 웃는다. 이렇게 되면 이 마당은 해학의 마당이며 동시에 세속공간이 된다. 이로 볼 때, 한국의 마당극

(탈춤)이라는 것은 곧 사람이 많이 모이는 곳이면 언제나 벌릴 수 있는 즉흥성이 강하다. 이 즉흥성은 연극적 異化效果로써 대상인물을 성격이나 용모나 의상으로 喜劇化하는 것이다. 이에 따르는 마임 또는 관객과의 응답형식은 흥과 신명을 돋구게 된다.

그러나 가면극은 무엇보다도 공동체의 창출이라는 것이 전제된다. 공동체가 같이 할 수 있는 장소는 넓은 마당이다. 따라서 마당은 한국의 민속극에서는 긴밀성과 공동성을 함께 지니고 있는 空으로 안성맞춤이다. 밤에 탈판을 벌리기 위해 낮부터 출연자들이 풍악을 앞세우고 마을을 도는 길놀이가 끝나면 어두운 밤이 된다. 탈춤을 보기 위해 사람들이 하나 둘 씩 모이기 시작한다. 이 때 이들이 모이는 곳은 자연히 놀이판으로 바뀌게 된다. 마을 사람들의 주시 속에서 먼저 출연자들이 쓸 탈을 진열해 놓고 탈고사를 지낸다. 이때부터 놀이판은 안쪽과 바깥쪽은 神聖과 世俗, 그리고 超越과 現實界로 분리된다.

神樂의 경우 의식이 끝나자 바로 춤판이 벌어지는데, 임시로 만든 脫衣廳에서 탈판으로 나오는 모습이 어쩌면 그렇듯 자연스러울 수가 없다. 금시 식사를 하던 그 장소가 관중이 둘러앉고 연행자가 등장하게 되면, 그 자리는 신성과 세속의 장소로 나뉜다. 이것은 관중과 연행자와의 무언의 약속이다. 이 순간 무대는 종교적인 神聖의 空間으로 또한 인간의 속성이 성스럽게 정화되는 장소로 전환이 되는 것이다. 마치 한국의 무굿이 일상적인 공간을 그대로 활용하여 연행을 하듯이 이곳 연행 장소도 마찬가지이다. 그래서 공연장소는 정식 제의를 함께 실행하는 경우를 제외하고는 판이 벌어지는 그 장소가 바로 극중장소가 되는 것이다. 조금전까지도 같이 식사하던 이가 엄숙한 탈과 함께 화려한 의상을 걸치고 나오니 분위기는 일신할 수밖에 없다.

猿田彦 神의 유래를 설명하는 춤에 이어, 猿田彦의 악마 쫓는 춤이 벌어진다. 이때 猿田彦이 등장한 탈판은 세속신과 인간이 이원적 대립을 해소하는 제의와 놀이의 공간으로 환원된다. 猿田彦의 神德에 의해서 연행되는 舞劇을 보면서, 참여자들은 내내 마음 속으로 가내안전을 비롯한 안녕을 비는 것이다. 그리고는 이어서 出雲神話를 기본으로 한 大社의 能를 비롯한 여러 탈춤이 본격적으로 벌어진다.

이때 풍물패는 서로 바꿔가며 피리와 큰북 手拍子로 대행한다. 악기 구성은 한국에 비해 흥이 덜하지만 이 巫劇의 흥을 위해서 더없이 좋은 앙상블을 이룬다. 한 장면 한 장면이 이어져 있는 것이 아니라 단절된 옴니버스(omnibus) 스타일이라 사람들은 순간적인 긴장의 연속으로 이를 지켜본다. 단절된 듯 하면서 이어져 있는 각종 劇目이 한국 민속극과 다름이 없다. 이 또한 바로 마당극이 지니는 공통적 특징이라 할 수 있다.

8. 연행자와 관객과 악사

일본의 神樂도 전문적인 놀이패가 하는 것이 아니고, 이를테면 직업을 가진 반전문놀이패가 하는 것이라 한국의 농촌탈춤과 다름이 없다. 필자를 안내하며 실연을 보여 주었던 內藤씨도 면사무소 직원이다. 그러나 어쨌든 연행자들은 반이라도 전문적이기 때문에, 놀이를 익히고 개발하지 않을 수가 없다. 바로 이러한 점이 공연장을 채운 관중과 더 가까이 할 수 있는 조건이 된다. 따라서 이들 모두는 이 연행이 이 마을의 공동행사이고 모든 사람이 함께 구경하고 참여하고 즐기는 기회가 된다는 공동체 의식이 은연중 작용하게 된다..

한 판의 연행에서 연행자와 악사 그리고 관객과의 관계는 대단히 중요하다. 이 삼자가 어떻게 어울리느냐에 따라 그 판이 달라질 수 있기 때문이다. 아무리 신성한 제의와 함께 거행되는 탈판이라도 이를 보는 관중이 없다거나 악사가 부실하다면 더 이상 진행은 어렵다. 설사 진행된다고 해도 이미 신명은 사라지고 만다. 따라서 이 신명을 돋구는 것이 악사의 역할이요, 관중의 역할이다. 비록 참여자는 구경하러 온 관객에 불과할지 모르지만 그 자신은 어느 듯 연행자와 함께 하나의 역할을 맡고 있는 것이다. 관객의 역할은 연행을 지켜보며 그 장면에 따라 때로는 진지하고 때로는 풀어지는 기분으로 연행자를 도와야 한다. 그래야 악사는 더 신이 나서 피리를 더 신명나게 불게 되고, 연행자는 신바람이 나서 춤과 대사가 더욱 빛을 보게 되는 것이다. 한국의 속담에 '돼지를 잡을 때 백정은 돼지 멱따는 소리를 질러야 神明이 난다'고 한다. 더구나 쇳소리(꽹과리)에 놀란 신들의 놀음이란 이 악기 소리가 절대적이다. 이러한 분위기는 액자무대에서 진행되는 현대 연극과는 그 차원이 다르다.

한편 神樂의 경우 재미있는 모습은, 새벽 한 시쯤 되면 휴식시간이 되는데 이때 밤참을 먹는 모습이다. 이러한 모습은 여타 연행에선 좀체로 보기 어려운 풍경이다. 연행장을 꽉 메운 가족들과 친지들이 함께 모여서, 싸가지고 온 도시락과 주최자가 내놓는 술과 안주를 벗삼아 담소를 하고, 오늘의 神樂에 대해 관평을 하며 출출한 배를 불린다. 바로 이러한 자리에서 연행자와 관객과 악사들이 마주 앉아 이런 저런 얘기를 하는 것이 그렇듯 친근감이 갈 수가 없다. 따라서 이러한 분위기 속에서 참여자들은 잠시나마 일상적 삶의 고됨을 잊어버리고, 새로운 인간관계도 맺게된다. 이 휴식이 끝나면 이제 본격적인 여흥극이 시작되는 것이다. 이것은 명칭이 그렇듯이 오늘날 예술화된 노(能)를 보여주는 것이다. 그러나 그 모습은 오늘날 靜的 일관으로 된 그 양상과는 극히 다르다. 때로는 조용히, 그러다가 활발히 움직이는 그 모습에서 대립과 모순으로 혼돈이 되기도 하고, 때로는 성스럽고 거룩한 모든 것들이 짓밟히기도 한다. 그러나 설사 이러한 공간에서 짓밟히고 더러워진다고 해서 일상의 삶에 이렇다 할 효과를 갖다주는 것은 아니다. 어찌 보면 이러한 와중에서 보이는 몸짓과 연행자가 내뱉는 즉흥대사는 말장난에 불과한 것같이 생각될런지도 모른다. 그러나 실제 관객들은 이를 보면서 즐겁기도 하고 때로는 심각한 분위기를 느끼기도 한다. 이러한 의미에서 연행자들의 기분과 흥에 따라 얼마든지 달라질 수가 있는 탈춤의 언어는 다른 연극과는 다르게 反語性과 애매모호성을 강조하는데 묘미가 있다.

그런데 탈춤의 언어면에선 중국의 나희나 일본의 神樂보다는 한국의 민속극이 훨씬 더 즉흥적이고 관객과 호흡이 잘 맞는 듯하다. 물론 극의 내용에 따라 다르긴 하겠지만 말이다. 이를테면, 神樂의 能 가운데서도 大蛇의 퇴치를 묘사한 〈八重垣의 能〉의 장면에서 술을 담그는 松尾明神과 窒明神의 등장은 관객들이 가장 기대하는 것 중의 하나이다. 뱀에게 먹일 술을 빚으면서 주고 받는 대화와 몸짓이 그렇듯 웃길 수가 없다. 완전히 희극적인 구조로 되어 있는 둘의 등장은 새벽녘이 가까워서 하는 연행인지라, 낯이 붉어지는 성적인 희롱 외에 말꼬리 잇기 등도 꽤 나온다. 이 때만 되면 지금까지 졸던 사람들도 깨어 모두들 넋을 잃고 연행자와 한 통속이 된다. 동시에 고수와 연행자가 주고 받는 대화는 진한 남녀의 관계를 비롯해 관중들을 웃음의 도가니로 몰고 간다. 엎드리면 코 닿을 때에서 서로 주고 받는 대화에 관중도 껴들어 농을 주고 받는 것이다. 그야말로 연행자와 고수 그리고 관객이 삼위일체가 되는 흐뭇한 장면이다.

이로 보아 한 판의 연행이란 역시 재미가 있어야 한다는 것은 자명해진다. 그래서 이를 위해 연행자들은 극 내용을 희극적인 구조로 꾸미게 마련이다. 그러나 비록 희극적인 구조라도 거기에 비극적인 요소를 배제해서는 안된다. 한국의 민속극도 희극적인 구조인 것이 분명하지만 거기엔 분명 한과 눈물과 죽음의 의미를 담고 있다. 다만 그 표현이 회화됐을 뿐이다. 그래서 悲喜劇이란 말을 쓰기도 한다.[22) 悲喜劇이란 비교적 비극적 요소가 강하게 부각되면서 희극이 주를 이루는 유형이다. 이것은 결국 한국의 민속극이 삶을 긍정하면서도 한편으로는 삶의 비극적 의미를 부각시키고 있다는 예증이다. 이러한 의미를 부각시키기 위해 연행자나 악사 그리고 관객 사이는 보이지 않는 교류가 있게 마련이며, 의식무로 시작하여 鎭惡鬼로 끝나는 그 연행을 보며 관객들은 가슴을 슬어내는 것이다.

한국의 민속극에 등장하는 할미의 죽음이라던가, 양반과 서민의 갈등은 결국은 차별받는 서민들의 한에서 비롯된 것이다. 그래서 그들의 대화를 보면 양반을 은근히 비꼬고 간접적으로 헐뜯고 있음을 인식하게 된다. 그러나 이에 비해 나희나 神樂에는 한국의 민속극같이 비꼬거나 헐뜯는 것이 그렇게 많은 편은 아닌 것같다. 따라서 한국 탈춤에 비해 사회풍자는 약하며, 劇性도 지극히 단순한 기분을 느낄 수 있다. 다만 일찍이 불교의 논리에 의해 법자가 악령을 진압하는 양상은 한국이나 신악이 비슷한 것같다. 반면 나희에서는 變人戲처럼 道家의 상징인 山神老人 苾蔓布가 이를 대신하는 것이 다르다.

9. 藝術劇으로의 轉換 樣相

前言한 바와 같이, 중국의 儺戲와 일본의 神樂은 韓國의 탈춤이 굿에서 출발한 것처럼 민속극의 원초적 모습을 그대로 담고 있다. 그러나 흥미를 끄는 것은 이들 극이 원초적인 모습에서 그치지 않고, 별도로 한 장르를 각 극단의 특기로 개발한다는 사실이다. 이를테면 安順의 蔡官地戲團 하면 〈三國演義〉와 〈薛定山征西〉가 유명하다던가, 石見樂紳團 하면 〈大社의 能〉이 유명하던가 하는 것이 그러한 예이다. 물론 한국의 경우도 각 지역 이름으로 탈춤이 따로 있긴 하지만 그 차원이 조금 다른 것같다. 이들은 아직 미분화된 제의극의 내용중 한 科場을 특히 돋보이게 잘 해서 관중들의 호응을 얻고 있다.

그러면서 이를 보다 화려한 의상과 그로테스크한 가면 그리고 더욱 긴박감 있고 재미있는 예술극으로 발전시키고 있는 것이다. 이로 보아 중국과 일본은 제의에 극을 가미한 祭儀劇을 따로 독립시켜 예술극으로 변하는 논리를 잘 소화한 것같다.

---

22) 이에 대해선 김욱동의 『탈춤의 미학』, 현암사, 1994, 107~118면에서 자세히 논함.

한국의 탈춤이나 중국의 경극 그리고 일본의 能가 存在하고 있다는 것은 이 방면에 관심 있는 사람이라면 누구나 알고 있지만, 이러한 전통극들을 자주 볼 기회가 많은 것은 아니다. 이들 극은 하나같이 그 나라 전통극을 대변하는 것으로 세계화된 예술극 중의 하나이다. 하지만 이들 극의 원초적인 면을 알고 보면, 한국의 탈춤은 굿놀이에서, 京劇은 儺戲에서, 能는 神樂에서 왔음을 짐작할 수 있다. 이들 모두가 원초적인 祭儀劇에서 세트(set)가 없이 몸짓과 대사로 장면전환을 하는 그 모습을 그대로 이용하여, 화려한 예술극으로 발전을 시킨 것이다. 한국의 경우 지금도 보호 차원에서 서울놀이마당 같은 상설무대에서 전승되고 있지만, 아직은 자국의 것으로만 머무르는 아쉬움이 있다. 그동안 봉산탈춤이 몇번 해외나들이를 했다지만 그것만 가지고는 세계화엔 아직 미흡하다. 세계화란 말이 부끄럽지 않게 하려면 관과 민이 혼연일체가 되어 이 방면의 전문가들이 세계 시장을 연구해야 한다.

이러한 의미에서, 이 방면의 관심자들은 사심을 떠나 머리를 맞대고 더욱 의상과 가무에 대한 개발을 해서, 세계인의 주목을 받도록 해야 한다. 이들 극은 무엇보다도 그들의 분장과 화려한 의상 그리고 무대의 조화이다. 물론 극의 내용이 중요한 것은 말할 것 없지만, 처음 보는 이는 그 무대의 화려함과 의상에 매료되고 만다. 따라서 이러한 부분들을 따로 분리 연구할 것이 아니라 이 방면의 전문가들이 종합적으로 연구해야겠다는 것이다. 그럴 때 이 세나라(三國)의 전통극은 보다 세계화에 기여할 수 있는 자국의 전통극을 지니게 될 것이다.

10. 결언

지금까지 삼국의 연희인 탈춤, 儺戲, 神樂의 演行에 대해 살펴보았다. 上述한 바와같이, 이들 삼국 연희의 원류는 제의라 할 수 있는데, 이것은 대체로 삼국이 모두 수확기 이후 동지섣달 그리고 정초서부터 보름까지 기간에 주로 이루워진다. 祭儀란 사람들의 삶속에서 이루어지는 어떤 表出 내지는 劇的인 표현이며, 동시에 形象化이며 代理的 현실화이다. 따라서 이것이 확대된 축제는 공동체 전부가 奉獻 의식을 통해서 자연적인 삶 속에서 일어나는 사건들을 경축하는 것이다. 호이징하는 바로 이러한 성스런 의식 속에서 벌어지는 놀이를 통해 재현된 사건들을 새로히 현실화 또는 재창조함으로써 우주 질서의 유지를 돕는다고 했다. 본고에서 演行이란 바로 이러한 의식 속에서 출연자와 관객이 한마당에서 함께 어울려 그동안 쌓였

던 감정을 해소하는 행위를 말한다. 이것은 물론 객석과 분리된 현대 額子舞臺와는
차이가 있다. 그것은 곧 세 연희가 원초적인 제의성을 바탕으로 한 연행이기 때문
이다.

제의성이 내포된 연희과정은 곧 迎神 娛神 送神의 순서로 요약된다. 한국의 탈
춤은 告祀 -本戱- 送神, 중국의 나희는 祭祀-正戱-喜慶-掃寨로 進行되며, 일본의
神樂은 七座의 神事-神遊戱(能舞)-送神의 과정으로 진행된다. 이들의 특징은 모두
가 마당이라는 공간을 잘 활용하여 관객과 더불어 演行을 한다는데 의미가 있다.
오늘날 삼국의 연희는 바로 이들과 상관됨을 부인할 수가 없다. 이를테면 효과적인
연행을 위해 가면을 착용한다던가, 공간활용과 더불어 연행자와 관객과 악사를 삼
각으로 묶어 흥을 돋구는 모습이 그것이다. 이들은 모두 원초적인 祭儀劇에서 세트
가 없이 몸짓과 대사로 장면전환을 하는 그 모습을 그대로 이용하여 화려한 예술극
으로 발전을 시킨 것이다. 이것은 곧 위 세 연희가 이들로부터 얼마나 많은 영향을
받았는지를 알 수 있는 좋은 예라 할 수 있다.

山臺의 무대양식적 특성과 공연방식

사 진 실

1. 머리말

연극을 포함하여 공연 예술을 올바르게 이해하기 위해서는 공연 상황에 대한 연구가 절실하다. 넓은 시각으로 보면 무대와 극장, 관객까지도 포함하여 하나의 공연물이 완성된다고 할 수 있기 때문이다. 본 논문에서는 이 가운데 공연물과 가장 가깝게 존재하는 무대에 관하여 논의하고자 한다.

전통적인 무대인 山臺, 山棚, 綵棚 등에 관한 논의는 매우 이른 시기부터 시작되어 최근까지도 관심을 불러모으고 있다. 특히 산대는 탈춤 〈산대놀이〉와의 관련성 때문에 더욱 논의가 활발하였다.[1] 본 논문에서는 산대를 중심으로 그 무대양식적 특성 및 공연방식을 밝히고자 한다.

---

[1] 산대에 관한 논의는 鰲山, 綵棚, 山棚 등의 변별성을 따지는 논의로 이어진다. 오산, 채붕, 산붕 등의 용어는 중국의 문헌에도 자주 나오는 까닭에 중국 희곡 연구자들이 큰 관심을 갖고 연구하였다. 그러나 각각의 용례들은 혼용된 경우가 많아 그 개념의 경계를 확정해 내기란 어렵다. 용례를 중심으로 무대양식의 변별성을 따지기보다는 개별적인 무대양식의 실체를 밝히는 작업을 선행할 필요가 있다.

山과 山臺의 관계에 대해서는 대체로 세 가지 정도의 견해가 있었다; (1) 산의
외형을 본뜬 무대 (2) 壇(무대면)이 산처럼 높은 무대 (3) 산에 세워진 무대. (1)
의 경우는 산대가 무대라기보다는 무대 배경이라는 입장에 서 있었다고 하겠다.
(2)의 경우는, 연희자의 물리적 위험을 초래하면서까지 무대면을 산처럼 높이 만들
어야만 했던 까닭을 설명해 내야 하는 곤란을 겪게 된다. (3)의 경우는, 산대가 세
워지는 장소가 주로 궁궐 문 밖이나 궁궐의 넓은 뜰과 같은 평평한 장소임이 밝혀
졌으므로 논외로 할 수 있다. 발표자는 (1)에 동의하는 입장을 취해 왔으나 어떤
방식으로 산의 외형을 본떴는가에 대해서 구체적으로 말할 수 없었고 스스로도 혼
란을 겪어 왔다.[2]

그런데 최근에 중국 북경 민족대학에서 소장하고 있는 〈奉使圖〉가 소개되면서,
산대의 무대양식적 연구에 진전을 기대할 수 있게 되었다. 〈봉사도〉는 영조 1년(17
25) 중국사신 阿克敦이 조선에 다녀가면서 각종 행사 절차 및 풍속, 풍경을 담아
만든 20장 짜리 화첩이다.[3] 본고에서 주목하는 그림은 〈奉使圖〉 가운데 雜戲를
그린 장면이다. 그림에 나오는 '바퀴 달린 기암괴석'은 "끌고 다니는 山棚"이며 "이
동식 무대세트"라고 하여[4] 주목되었다. "이동식 무대 세트"인 것이 정확한 결론인
것 같으나, 그림을 확인한 결과 그 속에 산대와 그 공연물에 관한 더욱 많은 정보
가 들어 있다는 사실을 깨닫게 되었다.[5]

본 논문에서는, 조선시대 산대의 무대양식적 특성에 관한 일반적인 양상과 그 공
연방식을 다루고자 하지만, 〈奉使圖〉에 나타난 무대양식의 실체를 밝히는 것에서
논의를 시작하기로 한다. 그림의 실체를 밝히기 위해서는 산대의 변천 과정을 다룰

---

2) 산의 외형을 본뜬 무대 설치 방법에 대해서 여러 가지로 생각해 본 적이 있었다. 처음에는, 현전하
   는 進宴圖에서 무대 위에 둘러쳐진 장막의 모습을 두고 산 모양과 같다고 했으리라고 추정하였다.
   적어도 무대란 평평한 壇이 있어야 한다는 선입견에 사로잡혀 있었기 때문이다; 『소학지희의 공연
   방식과 희곡의 특성』(서울대 석사학위논문, 1990), 『한국연극사 연구』, 1997. 73~75면. 다음으
   로는, 끌고 다니는 산대인 '예산대'에 대하여 고찰하면서 산 모양으로 꾸민 무대일 것이라고 추정하
   였다; 『조선시대 나례의 변별양상과 공연의 특성』(『구비문학연구』 3집, 1996), 위의 책, 153~15
   4면; 「나례청등록 2」, 『문헌과해석』, 3호, 1998. 58~59면.
3) 황유복, 「새로 發見된 청나라 아극돈의 〈奉使圖〉에 대하여」, 경원대학교 아시아문화연구소 제2회
   국제학술회의.
4) 〈조선일보〉 1998. 7. 21. 유민영 교수 談.
5) 경원대학교 아시아문화연구소의 배려로 〈봉사도〉 및 설명 부분의 사진 자료를 확인할 수 있었다.
   연희사 뿐만 아니라 회화, 건축, 한중교류사 등의 분야에서 매우 중요한 연구 자료가 되리라 여겨
   진다. 원본에 비하여 축소된 크기의 사진이었기 때문에 글자를 판독하기 어려운 부분이 있었지만,
   필요한 경우 공란으로 비워둔 채 인용하였다.

필요가 있다. 그리하여 그 동안 문헌 자료를 통하여 알려진 무대양식 가운데 어떤 것이 그림의 내용과 일치하는 것인가 확인하고자 한다. 다음으로 산대의 모양을 고찰하며, 이어서 산대를 활용한 각종 연회의 공연방식을 밝히고, 그 연극사적 의의를 가늠하고자 한다.

'山臺'라는 이름이 고려 때의 기록에서부터 보이기 시작하므로 산대에 관한 논의는 고려시대의 양상부터 다루어야 할 것이다. 그러나 조선시대의 양상에 국한하여 다루는 것은, 조선시대의 산대 및 그 공연물이 지니는 고유한 특성을 인정하기 때문이다. 조선시대 의례 및 공연 문화는 고려 때와는 다른 이념을 기반으로 재편되었고 산대의 무대양식적 특성 역시 그 문화에 알맞게 변하였다고 할 수 있다. 또한 본 논문의 중심 자료인 〈봉사도〉가 18세기 이후의 자료이므로 고려시대 산대의 양상과 연결시켜 언급하자면 논의의 집약성이 떨어질 수 있다. 따라서 조선시대라는 문화의 한 단락 안에서 산대 및 산대를 활용한 연회에 관하여 집중적으로 고찰하고자 한다.6)

18세기 초반의 그림에 나타난 무대양식이, 지금까지 논란이 되었던 山臺에 관한 문제를 모두 해결해 줄 수는 없다. 그러나 작은 단서들이 산대에 관한 미해결의 문제를 푸는 열쇠가 되기를 기대한다.

2. 산대의 변천 과정

〈봉사도〉의 내용을 담은 題畵詩 가운데 '바퀴 달린 기암괴석'에 대한 간단한 기록이 있다.

2-1) 상궁에서 풍악을 울려 맞고   上宮張樂迎
      온갖 놀이에 괴뢰희를 바치니,   百戱呈傀儡
      鼇山은 땅 위를 움직이고   鼇山陸地行
      채색 밧줄은 허공에 얽어 세웠네.   綵索架空□

원문에서 '鼇山'과 '채색 밧줄〔綵索〕'은 〈봉사도〉 잡회 부분에 나타나는 두 가지의 시설이다7). 줄타기 시설은 '채색 밧줄', '바퀴 달린 기암괴석'은 '오산'에 해당한

---

6) 고려에서 조선으로 이어지는 산대의 변천 과정 및 고려시대 산대의 무대양식적 특성 등은 별도의 논의를 통하여 고찰하도록 하겠다.

다고 할 수 있다. 그런데 오산은 山臺와 혼용되어 쓰이는 경우가 많았다.

특히 『조선왕조실록』의 '오산' 관련 기록들은 산대와 구분 없이 쓰였다. 『중종실록』 34년 4월 2일 중국사신이 평양에서 산대를 구경할 때, 산대에 불이 나는 사건이 발생하였다. 그날부터 10일까지 그 사건에 관한 관리의 書狀, 임금의 傳敎, 중국사신의 答辭 등이 오간 기록들을 살펴보면, 같은 대상을 두고 鼇山과 山臺라는 명칭이 함께 쓰이고 있다. 다만 중국 사신의 발언 속에는 어김없이 '오산'이라고 표현되었다는 변별성이 나타날 뿐이다.

결국, 〈봉사도〉의 '바퀴 달린 기암괴석'은 오산, 곧 산대이다. 그러나 산대를 설치했던 나례의 제도가 변천하였던 만큼 산대를 만드는 격식이나 규모 등이 변천하였으므로 그림이 그려진 시기의 산대에 대하여 구체적인 논의가 필요하다.

〈봉사도〉의 산대에 대한 정보를 얻기 위하여 영조 1년(1725) 사신 阿克敦이 나올 때의 史料들을 찾아보았으나 산대의 규모 등에 관한 내용을 발견할 수 없었다. 당시 조정의 관심 밖으로 밀려난 것이다. 조선 전기에 사신이 나올 때, 산대를 어떤 규모로 세울 것인가 등에 관한 논의가 활발하였던 것과 큰 차이가 있다. 임진왜란 전까지는 산대의 규모가 〈奉使圖〉의 그림보다 훨씬 컸다고 여겨진다.

2-2) 義禁府에서 제의하였다. "예조에서는 황제가 새로 오른 것과 관련하여 오는 사신을 위해서 綵棚을 만들 데 대하여 備忘記가 내렸기 때문에 본 의금부에 공문을 띄웠습니다. 그래서 신 등이 곰곰이 생각하고 자세히 의논한 다음에 軍器寺와 함께 대책을 세워 처리하기 위하여 호조에 보관하고 있는 채붕 만드는 격식[綵棚式訪]을 가져다 상고하여 보고 임오년(1582년)에 중국 사신이 나올 때의 산대도감 하인을 찾아가서 물어 보았습니다. 좌우편에 각각 봄산, 여름산, 가을산, 겨울산[雪山]을 만드는 데 매 산마다 上竹 3대와 次竹 6대가 들어갑니다. 상죽은 길이가 각각 90척이고 차죽의 길이는 각각 80척인데 양쪽의 산대에 드는 것을 계산하면 들어가야 할 상죽이 24대, 차죽이 48대이며 그 밖에 들어가야 할 기둥나무가 이루 셀 수 없을 정도로 많습니다. 가장 짧은 나무라고 해도 20여자 아래로 내려가는 것이 없습니다.

…(중략)…뿐만 아니라 산대를 만드는 일꾼들은 이전부터 水軍으로 배치하여 주었는데 의금부에 1,400명, 군기시에 1,300명을 배치하였다고 합니다. 지금 남아 있는 수군이 거의 없는데 온갖 신역에 시달리게 되면 거의 다 흩어져 도망치고 말 것입니다. 초봄에 親耕祭를 거행할 때에 儺禮廳에서 30명의 수군이 단지 10일 동안 부역을 하는 것으로 정해주었는데도 부역에 나간 자가 겨우 10여명밖에 안되었습니다. 그러니 앞으로 2,700명이 한달 동안 부역할 수군은 전혀 마련해 낼 방도가 없습니다.…(중략)…전

---

7) 3장에 게재한 그림 참조.

란이 일어나기 전에는 경복궁 문밖의 지형이 넓어서 양쪽에 산대를 배치하기에 넉넉하
였습니다. 그런데 지금 이 돈화문 밖은 좌우편이 매우 비좁아서 오른편은 반드시 비변
사를 헐어내야만 무대를 만들 수 있고 왼편은 禁川橋의 수문 밑이어서 형편상 배치하
기가 어려우니 이것도 걱정이 됩니다. …(중략)…顧天俊 이후로는 詔使가 왔을 때 산
대를 설치한 일이 한번도 없었으니, 이는 중국 조정에서도 다 알고 있는 일입니다. …
(중략)…궐문 밖의 산대만은 그냥 종전대로 실행하지 않는 것이 편리할 것 같습니다.
대신들 뜻도 모두 이와 같습니다. 황공하게도 감히 아뢰는 바입니다."8)

광해군 12년(1620) 9월 3일, 중국사신을 접대하는 절차를 논의하는 가운데 좌
변나례청의 일을 맡은 의금부가 임금에게 제의한 내용이다. 임오년(선조 15년, 15
82)에 중국사신을 영접할 때는, 경복궁 문[광화문] 밖의 좌우편에 각각 봄, 여름,
가을, 겨울을 상징하는 산대를 세웠다고 하는데, 90자 정도의 上竹이 산대 하나에
세 개씩, 80자 높이의 차죽이 여섯 개씩 들어간다고 하였다. 또한 산대를 만드는
데 좌변나례청인 의금부에 1,400명 우변나례청인 군기시에 1,300명의 수군이 일
꾼으로 동원된다고 하였다.

이렇게 거대한 규모의 산대를 '大山臺'라고 하는데, 위 인용문에 의하면 선조 35
년 3월 중국사신 고천준이 나왔을 때 산대를 설치한 이후로는 한번도 산대를 설치
한 적이 없다고 하였다. 그 이유 가운데는 돈화문 밖의 지형이 좁아 산대를 세울만
하지 못하다는 사실도 포함된다. 임진왜란 이후 東闕 시대가 시작되면서 창덕궁의
돈화문 밖에 대산대를 세워야 했기 때문이다. 그러나 지형적인 어려움보다는 인력
과 물품을 조달하는 어려움이 크게 작용하였다고 할 수 있다. 이날의 논의도 앞으
로 있을 중국 사신을 접대하는 데 거대한 규모의 산대나 채붕을 세우기 곤란하니
약식으로 거행하자는 것이었다.

그런데 홍미로운 사실은 이러한 논의가 있기 약 6개월 전인 3월 親耕祭 때 산대
를 사용하였다는 기록이 있다는 것이다.

　2-3) 전교하기를 "어제 의금부에서 산대를 끌어낼 때 군인 한 명이 깔려 죽었다고
하니 놀랍고 슬프기 그지없다. 본 의금부의 해당 관리는 알아보고 해당 조로 하여금 돌
봐주는 은전을 베풀게 할 것이다." 라고 하였다.9)

---

8) 『광해군일기』 156권 1~2장. 많이 알려진 기록들은 원문을 제시하지 않고 인용한다. 다만 원문 해
　석의 문제가 제기될 수 있는 기록의 경우 원문을 각주에 제시하기로 하겠다.
9) 『광해군일기』 150권 4장.

2-4) 왕이 동적전에서 친경제를 진행하였다. 대궐로 돌아올 때에 헌가 산대의 잡회
와 침향산의 여기 헌축을 베풀었다. 곳곳에서 輦을 멈추면서 하루를 마쳤다.[10]

2-3)과 2-4)에 각각 '산대'가 나오고 있다. 이 모순되는 진술을 해명할 단서 역
시 위 기록 안에 있다. 먼저 "산대를 끌어" 내었다는 표현에 주목할 필요가 있다.
본래 있던 장소에서 행사 장소까지 산대를 끌어내었다는 것이다. 이것이 대산대라
면 끌어낼 이유가 없다. 대산대는 직접 행사 장소에서 가설하였기 때문이다. 임진
왜란 이전에는 경복궁의 광화문 앞에 대산대를 세웠다. 단종 3년(1455)의 기록에
의하면 광화문 앞에 채붕을 세울 때 구경꾼이 몰려들어 문제가 되었던 상황이 나타
난다.[11] 또한 행사가 끝난 후 산대를 철거하여 재목별로 보관하였다는 기록[12]을
보아도 광화문 밖에 직접 산대를 세운다는 사실을 알 수 있다. 그렇다면 다른 장소
에서 만들거나 혹은 보관하고 있다가 행사 장소로 끌고 와서 사용할 수 있는 산대
는 바로 '曳山臺'였다고 하겠다.

예산대는 성종 16년(1485)의 기록에 이미 나온다. 이 당시는 산대나 채붕을 활
용한 공연 행사가 매우 번성하였던 때로서 大山臺, 曳山臺, 茶亭山臺 등이 고루
쓰였다.[13] 그러나 위의 기록 2-3)와 2-4)의 내용은 대산대를 사용하지 못하고 예
산대만을 사용하게 된 이후의 상황인 것이다. 임진왜란 이전에는 행사를 다채롭게
하기 위하여 예산대를 활용하였다면 광해군 이후는 부득이한 사정에 의하여 예산대
만을 사용하였던 것이다.

대산대를 예산대로 대체시킨 이유는 다음과 같다. 첫째, 산대를 만드는 데 쓰이
는 材木을 조달하기 어려움, 둘째, 산대를 만드는 인력을 동원하기 어려움, 셋째,
지형적인 어려움 등이다. 세 번째의 경우는 임진왜란 때 비변사 등을 세우는 바람

---

10) 『광해군일기』 150권 5장. "王行親耕祭于東籍殿 還宮時 設軒架山臺雜戲 沈香山女妓獻軸 處處住
     輦終日"
11) 『단종실록』 14권 17장. 광화문 밖에다 채붕을 만들 때의 상황이지만 같은 장소에 산대를 만들 때
     에도 같은 상황이었으리라 여겨진다.
12) 『중종실록』 83권 20장.
     정원에 전교하기를 "산대를 철거할 때에 高杠은 으레 잘 간수하여 뒤에 쓸 때에 대비하는 것이다.
     그 다음 가로로 연결하는 긴 나무 중에서 쓸 만한 것도 잘 간수하여 뒤에 쓸 때에 대비하면, 쓸
     때에 임박하여 구하는 폐단을 덜 것이다. 人象 종류 중에서 오래된 것은 벌레 먹어서 쓸 수 없겠
     으나, 몹시 헌것이 아니고 채색한 그림이 분명하여 쓸만한 것은 종루 아래의 水閣에 간수하였다가
     뒷날에 쓰라는 뜻을 산대의 좌변과 우변에 말하라." 하였다.
13) 이러한 무대의 종류와 쓰임새에 대해서는 사진실, 「조선시대 서울지역 연극의 공연상황연구」(서울
     대 박사학위논문. 1997), 『한국연극사 연구』, 태학사. 1997. 291~293면 참조.

에 경복궁의 문 앞이 좁아져 거대한 산대를 세울 공간이 없다는 내용이다.14) 예산
대는 대산대에 비하여 규모가 작고 수레바퀴가 달려 있어, 철거할 때 해체할 필요
없이 끌고 가서 보관하였다가 다시 쓸 수 있다. 막대한 물력과 인력을 소모하지 않
고도 행사를 치러낼 수 있었던 것이다.

그런데 2-4)의 기록에서 "헌가 산대의 잡회와 침향산의 여기 헌축 (軒架山臺雜
戱 沈香山女妓獻軸)"부분은 다른 번역자들과 견해를 달리하는 구절이다.15) 본고에
서는 헌가 산대를 예산대의 일종으로 보고 있으며 특히 광해군 이후 대산대 대신
약식으로 사용하게 된 산대를 가리킨다고 보고 있다.16)

일반적으로 '軒架'는 祭享에 쓰이는 악기 편성을 가리킨다. 그러나 『나례청등록』
및 『조선왕조실록』의 몇몇 기사에 의하면, 그러한 의미로 볼 수 없는 경우가 나타
난다.

2-5) 承旨啓曰 壬辰亂後 權設儺禮廳於司譯院 而因本院之啓 移于惠民署 仍盾到
今 本署以最殘之司 庭除狹隘 軒架出入之際 截去簷椽 毁撤垣墻 (『나례청등록』 4장)
2-6) 軒架雜像造作時 役軍六十名 分定左右邊一體 施行爲當 問于左右儺禮廳事
牒呈是有亦 相考爲乎矣 軒架雜像雖曰仍舊修補 而皆是泥塑彩飾之物 勢所難久弊不喩
(『나례청등록』 8장)

2-7) 前後胸臆 具廿十三十九 軒架山上人物所着 有文段 紅色黑段 靑段 藍段 黃段
黃紗 各七尺 (『나례청등록』 4장)
2-8) 義禁府啓曰 軒架呈戱專以戱子爲之 而上色才人則無一名來到 國家莫重大禮
不成模樣 (『광해군일기』 144권, 11년 9월 13일)

2-5)에서는 "軒架를 내고 들일 때 처마와 서까래를 뜯어내고 담장을 허물게" 된
다고 하여, 헌가가 커다란 구조물이라는 암시를 준다. 헌가가 악기 편성 또는 악대
를 가리킨다면, 들고 나갈 때 악기별로 움직이면 되기 때문에 처마나 담장을 허물
지 않아도 될 것이다. 2-6)에서는 헌가 잡상을 진흙으로 만들어 채색한다고 하였고
예전에 썼던 것을 보관하였다가 다시 보수하여 쓴다고 하였다. 軒架의 악기 편성과
는 무관한 내용이다.

2-7)의 밑줄 부분은 "헌가와 산상인물이 입을"이라고 해석하면 어울리지 않는다.

14) 인용문 2-3) 참조.
15) 『조선왕조실록』 CD-ROM과 북한 번역본에서 "헌가, 산대 잡회, 침향산을 설치하였으며 기생이
   시축(두루마리)를 올렸다."고 하였다.
16) 이하의 논의는 사진실, 「나례청등록 2」에 실린 내용인데 논의의 편의를 위하여 요약하여 인용한다.

헌가가 옷을 입는 주체가 되기 때문이다. "헌가산 위의 인물이 입을"이라고 해석하면 한결 자연스럽다. '헌가산'은 물론 인용문 2-4)의 '헌가 산대'를 가리킨다. 헌가산 위의 인물은 산대 위에 올라간 재인이거나 사람 모양의 잡상일 수 있다. 2-8) 역시 "軒架와 呈戲는 전적으로 희자들이 하는 일인데" 라고 해석하면 모순이 생긴다. 악기 편성을 의미하는 헌가는 희자 곧 재인들의 몫이 아니기 때문이다. "軒架呈 戲"는 "헌가에서 놀이를 바치는 것"으로 해석하여야 옳다.

결국 '헌가산' 또는 '헌가 산대'란 수레 위에 산대를 만들어 재인들의 연회에 사용한 무대양식이라고 할 수 있다. 헌가 산대는 山車 혹은 輪車라고도 불렸다. 『광해군일기』 95권 5장에는 부묘 후 환궁 행사 때 "山車와 花隊가 매우 사치하였다"는 기록이 있고,17) 『나례청등록』에는 '軒架'와 '輪車'가 같은 의미로 혼용되어 쓰이고 있다.18) 윤거에 관한 다음 기록에 주목할 필요가 있다.

2-9) 호조·병조·군기시가 아뢰기를, "지금 冊使가 오는 것은 황제의 은혜에서 나온 것이니 실로 전에 없던 특별한 禮입니다. 성상의 지성스런 事大의 마음으로 총애의 명을 환영하는 데 있어서 여러모로 힘을 다하고 계실 것입니다. 그런데 綵棚에 있어서는 변란을 겪은 이후로 여러 차례 중국 사신이 왔으나 다시 설행하지 못하고 단지 輪車와 雜像 만을 설치한 것은, 진실로 공역이 지극히 크고 물력이 탕갈되었기 때문입니다.19)

채붕을 세울 때 드는 인력과 물품을 감당할 수가 없으므로 윤거와 잡상으로 대체하였다는 내용이다. 산대와 마찬가지로 채붕을 세우는 관습도 임진왜란 이후 서서히 쇠퇴하였던 것이다.

윤거 혹은 헌가 산대는 행사를 다채롭게 하기 위한 제2의 무대양식이 아니라 이전 시기의 대산대를 대체하는 약식의 무대양식이었다. 그러나 이러한 간소한 규모의 산대도 이전에 쓰던 것을 수리하여 쓰는 등의 과정에서 많은 어려움이 있었던 것으로 나타난다.

2-10) 본청이 상고한 일 : 이번에 도부한 조 첩정의 내용이, "이번 중국사신이 올

---

17) 사진실, 「조선 전기 궁정의 무대공간과 공연의 특성」, 앞의 책, 154면. 여기서는 대산대와 함께 쓰인 예산대의 예로서 광해군 때의 '山車'를 언급하였다. 그러나 광해군 이후로는 대산대가 쓰이지 않았으므로 이때의 산거는 대산대의 약식으로 쓰인 헌가산대 또는 윤거와 같다고 할 수 있다.
18) 『나례청등록』 2, 6, 8장.
19) 『광해군일기』 82권 8장.

때 헌가 잡상을 만드는 역군 60명을 좌우변에 똑같이 나누어 시행함이 마땅하며 좌우
나례청에 문의할 것"이라는 첩정이었기에 상고하되, 헌가 잡상에 대하여 말하기를 묵은
것을 가져다 보수하라고 하였으나 모두 진흙으로 만들어 채색하고 꾸민 물건이라 상태
가 오래가기 어려울 뿐만 아니라 남아 있는 機木도 또한 많이 부서지고 부러져서 이번
에 개조를 거행함에 지난해의 일보다 적지 않을 듯하거늘 이와 같이 수를 줄인다면 뒷
날에 폐단이 있을 뿐 아니라 앞으로 들어갈 공력을 예측할 수 없어 매우 걱정되거니와
事勢를 찬찬히 살펴보아 다시 이문하여 헤아릴 것. 병조에 移文.20)

본청이란 좌변나례청을 맡은 의금부를 가리킨다. 헌가를 수리하는 데 필요한 인
력을 확보하는 과정에서 병조와 의금부의 실랑이가 벌어졌다. 이보다 앞서 병조에
서는 본래 80명의 수군을 내주었으나 이번에는 60명으로 줄여 보낸다고 공문을 보
내었다. 의금부에서는 예전에 쓰던 헌가의 상태가 좋지 않아 개조하는 데 인력이
더 많이 필요한데 수군의 숫자를 줄이는 것에 불만을 갖고 있다. 대산대가 세워진
전성기에 좌우변나례청에서 각각 1,400명과 1,300명의 수군을 썼던 것에 비하면,
약 40분의 일로 인력의 소모가 줄어들었다. 이렇게 줄어든 규모는 더 이상 회복되
지 않았던 것으로 보인다.

정조 8년(1784)에 사신을 접대하는 나례를 완전히 폐지하기까지 헌가 산대 혹
은 산거를 활용하여 약식으로 나례를 거행하는 관습은 지속되었다고 여겨진다. 그
러나 이러한 나례조차도 영조 때부터는 인습적인 의례 항목으로 남아 있을 뿐 실질
적으로는 거행되지 않았던 때가 많았다.21) 〈봉사도〉가 그려진 때는 영조 1년(172
5)이다. 〈봉사도〉의 잡희 부분에 그려진 내용은 헌가 산대, 즉 산거를 사용한 약식
의 나례였을 가능성이 크다.

3. 산대의 모양과 규모

무대양식에 관한 방대한 양의 문헌 자료가 전해지고 있지만, 단편적일 뿐 아니라

---

20) 『나례청등록』 8장.
　　一 廳爲相考事 節到付曺牒呈內 節該今此天使時 軒架雜像造作1)時 役軍六十名 分定左右邊一體
　　施行爲當 問于左右儺禮廳事 牒呈是有亦 相考爲乎矣 軒架雜像雖曰仍舊修補 而皆是泥塑彩飾之
　　物 勢所難久癒不癒 餘存機木亦多破折 今此改造之擧 似不下於上年之功役是去乙 如是減數 不無
　　後日之弊是沙餘良 前頭容入功力 不可預度 殊甚可慮是在果 徐觀事勢 更爲移文計料事 移文兵曹
21) 각종 나례가 쇠퇴하고 폐지되는 과정에 대해서는 「조선시대 서울지역 연극의 공연상황」, 앞의 책,
　　369~370면. 참조.

문장 표현에 따라 수사적으로 과장되거나 축소되어 전해지므로 개개의 정보들을 결합하여 그 실체를 찾아내기란 쉬운 일이 아니다. 그런데 산대에 관한 한 〈奉使圖〉에 나타난 무대양식과 그 활용 방법을 통하여 문헌 자료의 약점을 보완할 수 있게 되었다.

앞의 논의에서 〈봉사도〉의 잡회 부분은 헌가 산대를 활용한 약식 나례일 가능성이 크다고 하였다. 만약 그림의 무대양식이 헌가 산대라면 무대양식에 관한 중요한 정보를 전해줄 것이다. 대산대에 비하여 매우 규모가 작지만 '산대'라는 사실은 같기 때문이다. 산대가 산의 외형을 본떠 만들어진 것이라 할 때 그 구체적인 방법이나 무대로서의 활용 방법 등을 밝히는 데 단서를 제공해 준다고 하겠다.

〈奉使圖〉20폭 중 잡희 장면

처음에 소개될 때, '바퀴 달린 기암괴석'이라고 표현되었듯이 〈봉사도〉의 산대에
서는 바퀴와 기암괴석의 모습이 눈에 띈다. '軒架山臺' 혹은 '輪車'는 이미 그 명칭
에서 바퀴가 달렸다는 사실을 드러낸다. 『나례청등록』에 의하면 헌가 산대에 쓰는
바퀴 하나가 부서져 못쓰게 되어 길이가 1척 7촌에 지름이 1척 정도 되는 나무를
필요로 한다[22]는 내용이 있다.

기암괴석의 모양을 갖춘 실제 산의 모습을 본따 산대를 만든다는 사실은 다음의
기록을 통하여 알 수 있다.

3-1) 전교하기를 "병인년의 內農作에 大例로 山臺를 만들어 雜像을 그 위에 베풀고
놀이를 펼치라." 하였다.[23]

3-2) 성세명이 말하기를 "……신이 보기로는, 내농작은 기암괴석의 모양과 산천초목
의 형태를 하지 않는 것이 없습니다. 또 좌우의 편을 나누어 재주를 부리며 기교를 경
쟁하니, 이는 사실 오락인 것입니다." 하니, 전교하기를 "산을 만드는데 초목이 없으면
산이 될 수가 없다. 또 예로부터 하던 것이다." 하고 들어주지 아니하였다.[24]

3-1)에 의하면 內農作을 거행할 때 '산대'를 만든다고 하였고 3-2)에 의하면 내
농작 때 기암괴석과 산천초목으로 꾸민 '산'을 설치한다고 하였다. '산'과 '산대'는 물
론 같은 대상을 가리킨다고 할 수 있다. 따라서 산대의 외형에 관한 첫째 요건은
'기암괴석의 모양과 산천초목의 형태'를 이루는 것이라 하겠다. 〈봉사도〉의 산대는
기묘하게 생긴 바위들이 실제의 모습을 방불하게 만들어져 있어 그 요건을 충족시
킨다.

2-10)의 인용문에 의하면 헌가와 잡상을 조성할 때 진흙으로 만들어 채색한다고
하였다. 기암괴석을 표현할 때 실제 바위를 옮겨 놓을 수는 없고 바위의 질감과 양
감을 표현하기 위해서는 찰흙 따위를 재료로 사용하는 것이 좋기 때문이다. 그러나
산 전체를 진흙으로 만든 것 같지는 않다. 『나례청등록』에 의하면 헌가를 만들 때
흰 무명 40필[25]이 소용된다고 하였는데 천에 채색하여 바위를 표현하는 방법도 고

---

22) 『나례청등록』 6장.
　　軒架山上輪柄一介 折破不用 改造次以 傀木長一尺七寸末圓經一尺四寸是置 急急分定各官
　　바퀴는 산대 아래 설치하는 것인데 '軒架山上'이라고 한 것은 납득할 수 없다. '下'를 '上'으로
　　잘못 쓴 것 같다.
23) 『연산군일기』 60권 18장. "傳曰 丙寅年內農作 大例造作山臺 設雜像於其上呈戲"
24) 『성종실록』 211권 6장.

려해 볼 만하다.

이러한 산대는 산의 외형만 본땄던 것이 아니라 높이도 매우 높았다. 앞의 인용문 2-2)에서 나타나듯이 산대 하나에 세 개씩 들어가는 上竹26)의 길이가 90척이라고 하였기 때문이다. 90척 중 얼마간의 길이는 땅속에 묻혔다 하더라도 27미터에 가까운 높이로 지상에 세워지게 될 것이다. 세종 8년 2월에는 지상으로 나와 있는 산대의 높이를 60척으로 제한하자는 제안이 논의되었다.

> 3-3) 병조가 계하기를 "산대의 높낮이에 대하여 상세한 규정이 없으므로 산대를 맺을 때마다 좌변과 우변이 높이를 다투다가 혹 바람이 심하면 쓰러질까 우려됩니다. 이후로는 산대의 기둥이 땅위로 60척 이상 나오지 말 것을 원칙으로 삼으시기 바랍니다." 하니 그대로 따랐다.27)

좌변나례도감과 우변나례도감이 서로 산대를 높게 만들기를 다투다 보니 바람이 심하면 산대가 무너질 위험이 있다는 것이다. 다음의 기록에서는 그러한 우려가 현실로 나타났다.

> 3-4) 軍器寺가 세운 산대의 한 모퉁이가 무너져【예전부터 내려오는 관례가, 광화문 밖에 의금부와 군기시가 좌우로 나뉘어 산대를 설치하여 각각 마음껏 놀이하는데, 모두가 詔使를 위한 것이다.】구경하던 자가 많이 눌려 깔려 죽어 수십인이나 되었다.【장마가 갓 개이자 사람들이 많이 올라가 구경하였는데, 두세 살쯤 되는 주인의 아이를 업은 민가의 노비도 와서 구경하다가 함께 깔려 죽었다.】28)

군기시가 세운 산대 한 귀퉁이가 무너져 그 위에 올라가 구경하던 수십 명의 사람이 죽었다는 내용이다. 60척의 규정이 지켜졌다 하더라도 18미터 가까운 높이이므로 무너지면 매우 위험했으리라 여겨진다.

---

25) 『나례청등록』 4장.
26) 산대의 기본 틀을 만드는 데 사용되며 산의 정점을 이루는 나무라고 여겨진다.
27) 『세종실록』 31권 22장. "兵曹啓 山臺高下 未有詳定 每當結山臺時 左右爭高 或致風亂傾危可慮 今後 山臺柱出地毋過六十尺 已爲恒式 從之"
   원문의 "左右爭高" 부분이 CD-ROM에 잘못 번역되어 실려 있어 산대의 모양을 재구하는 데 장애가 된다. "좌우편쪽만 높게 하려다가"로 번역되어 어떤 상황인지 짐작을 할 수 없다. 원문을 찾아보니 "좌우가 높이를 다투다가"로 번역되어야 하는 부분이었다. 좌우는 좌변나례청과 우변나례청을 말한다.
28) 『인종실록』 2권 51장. "軍器寺所建山臺 一角崩壞 (舊例 光化門外 義禁府軍器寺 分左右設山臺 務各선其戲玩 亦無非爲詔使也) 遊觀者多壓死 幾至數十人 (積雨 初晴 人多登賞 亦有人家奴婢 負其主母之兄年可二三歲者 來觀並壓死)"

헌가 산대의 경우 이동하고 보관하기에 편리하도록 규모가 적었다고 할 수 있으
나 단층 건물의 높이보다 높았다고 할 수 있다. 앞의 인용문 2-3)에 의하면 헌가산
대를 끌어낼 때 군인 하나가 깔려 죽었다고 하였고 인용문 2-4)에 의하면 헌가를
끌어낼 때 처마와 서까래를 뜯어내고 담장을 허물어야 한다고 하였기 때문이다.
〈봉사도〉에 나오는 헌가 산대의 높이도 사람 키의 여섯 배 정도는 되어 보인다.

산대는 일반적으로 무대에 대하여 상상하는 넓고 트인 공간을 확보할 수 없게
되어 있다. 산대의 규모를 언급할 때 높이만 기준으로 삼은 것은 이러한 특성 때문
이다. 산대가 기암괴석의 모형으로 들쑥날쑥한 까닭에 그 단면의 모양이 일정하지
않은 것이다. 산대와는 달리 채붕의 규모는 길이와 너비를 기준으로 하였다.29) 채
붕의 크기는 높이가 아닌 넓이로 정해졌던 것이다. 사각 평면의 크기로 규모를 정
했다는 것은 평평한 壇으로 이루어진 무대면이 있었다는 사실을 말해 준다. 그러므
로 많은 연행자가 한꺼번에 참여하는 공연물을 무대에 올릴 수 있었다.30) 그러나
산대의 위에서는 여러 명의 연행자가 한꺼번에 참여하는 연희는 공연할 수 없었다
고 할 수 있다.

이제 〈봉사도〉에 나타난 산대의 무대적 특성에 대하여 구체적으로 확인해 보자.
산대의 기암괴석은 老松 등으로 장식되어 산의 모습을 강조하고 있으며 구멍이 뚫
려 있다. 구멍 안쪽으로는 너럭바위처럼 표현된 평평한 壇이 있다. 이 단은 무대의
구실을 한다고 할 수 있는데 대략 4층으로 되어 있다.31) 아래서부터 제1층에는 두
개의 구멍이 뚫려 있는데 왼쪽에는 여인이 정면으로 보이고 오른쪽에는 남자가 측
면으로 보이는데 그 옆에는 산에 있음직한 樓亭(또는 山寺)의 모형이 세워져 있
다.32) 제2층 역시 두 개의 구멍이 보인다. 왼쪽에는 어렴풋하게 어떤 형체가 보이
는데, 원본을 참고할 수 없는 현재로서는 정확하게 말할 수 없다. 오른쪽에는 1층
과 같은 누정이 한 채 있다. 제3층의 구멍에서도 어떤 형체가 드러나는데 인물이

29) 『문종실록』 12권 27장에 의하면, 채붕의 제도에서 큰 채붕은 길이가 75척이고 너비가 60척이며,
    중간 채붕은 길이가 60척이고 너비는 40척이었다고 한다.
30) 이러한 사실들은 산대와 채붕이 서로 다른 무대양식이라는 추정을 가능하게 한다. 이밖에도 둘의
    변별성을 뒷받침해 주는 근거가 더 있으나, 채붕의 무대양식적 특성에 대해서는 별도로 다룰 필요
    가 있어 여기서는 생략한다.
31) 높이에 따라 무대 공간의 층위가 달라질 수 있다는 생각은 1998년 8월 한국구비문학회 발표 당
    시 안동대 한양명 선생님의 조언을 받아들인 것이다.
32) 산대 위에 올라갈 크기라면 모형일 수밖에 없다. 옆의 인물에 비해서도 매우 작다. 이 인물이 인
    형인지 사람인지는 다음 장에서 논의할 것이다.

아니라는 사실만 파악할 수 있다. 제4층의 구멍에는 여인33)이 건너다 보인다. 산대의 꼭대기에는 붉은색의 삼각 깃발이 나부끼고 있다.34)

각 층마다 구멍 안쪽으로 평평한 단이 있다고 하였으나 여러 사람이 등장할 만큼 넓지는 않았다고 여겨진다. 구멍 하나에 하나씩의 인물이나 잡상이 표현되어 있기 때문이다. 좁은 공간이 층층이 겹쳐있는 겹층 무대양식은 단층의 평평한 무대양식과는 다른 공연방식과 무대 미학을 지닌다고 할 수 있다. 이하의 논의에서는 이러한 산대의 특성을 근거로 각종 연희의 공연방식을 재구하고 그 의미를 가늠하도록 하겠다.

4. 산대의 공연방식

산대를 활용한 각종 연희의 공연방식을 재구하기 위하여 〈봉사도〉의 잡회 장면은 매우 큰 의미를 지닌다. 우선 산대 위의 인물들이 실제 사람인지 인형인지 밝힐 필요가 있다.

인물은 세 명이 나타나는데, 제1층 왼쪽 구멍의 여인은 다홍치마를 입고 얹은머리를 한 채 어떤 동작을 취하고 있다. 제1층 오른쪽 구멍의 남자는 엷은 분홍 또는 회색 도포를 입고 삿갓을 쓴 채 낚싯대를 들어 던지는 모습을 하고 있다.35) 제4층

---

33) 머리 모양으로 보아 여인인 것 같다.
34) 기암괴석의 산모형에 바퀴를 달고 온갖 잡상을 늘어놓았다고 파악한다면,『악학궤범』에 전하는 沈香山과 유사하다;「鄕樂呈才樂器圖說」,『악학궤범』 8권 14장, 한국음악학자료총서, 국립국악원 전통예술진흥회, 1989. 참조. 침향산은 나무로 산 모양과 봉우리들을 만들고 그 위에 사찰, 탑, 불상, 중, 사슴 등의 잡상을 장식한 무대양식인데,〈奉使圖〉에서 회색옷을 입은 남자를 중으로 보고, 기와지붕의 집을 사찰로 볼 수도 있기 때문이다.
      그러나 다음의 몇 가지 근거에 의하면〈奉使圖〉의 무대양식을 침향산으로 볼 수 없다. 가장 큰 이유는 침향산의 쓰임새에 있다. 침향산은 교방의 기녀들이 임금에게 歌謠를 바치는 행사에 쓰인다. 가요를 바칠 때는 기녀가 백 명이 등장하여 침향산을 가운데 두고 대열을 이루며, 가요가 끝나면 몇 가지 정재를 연행한다고 하였다;「교방가요」,『악학궤범』 5권 16~17장 참조.〈봉사도〉에는 기녀의 대열이 등장하지 않을 뿐 아니라, 사신에게 가요를 바친다는 의례 절차에 관해서는 전하는 바가 없다. 더구나 인조가 반정 직후 침향산을 태워 버리고는 더 이상 침향산이 사용된 기록도 보이지 않는다;『인조실록』 1권 32장 참조. 한편, 침향산에는 연못을 상징하는 板과 난간이 있지만〈奉使圖〉의 그림에는 기암괴석 밑에 판이나 난간 모양이 없이 바로 바퀴가 달려 있다.
      침향산도 역시 공연에 쓰인 산 모양의 무대양식이므로 산대 혹은 산붕의 종류에 속한다고 할 수 있다. 산대와 산붕의 차이에 대해서는 채붕의 무대양식적 특성과 아울러 밝혀야 할 것이다.
35) 학회에서 이 논문을 발표할 당시에는 이 인물을 승려로 파악하고 '만석중'일 가능성을 제기하였으

의 여인은 반대편에 있는 인물로서 구멍을 통하여 건너다 보인 것이라 할 수 있다. 앞의 인용문 2-7)에 의하면 "헌가산 위의 인물이 입을 有文段, 紅色黑段, 靑段, 藍段, 黃段, 黃紗 각 7척"이라고 하였는데, 헌가산대 위의 인물이 입을 옷을 짓기 위한 색색의 옷감들을 열거한 것이다. 여기서 언급된 '인물'은 〈봉사도〉의 산대 위에 그려진 인물과 같다고 할 수 있다.

그런데 3-1) 인용문에 의하면 산대 위에 雜像을 세운다고 하였고 『나례청등록』에도 거의 언제나 軒架와 雜像이 동시에 언급되고 있다. 따라서 이들 인물은 실제 사람이 아니라 잡상일 가능성이 크다.36)

4-1) 석강에 나아갔다. 시강관 權纘이 아뢰기를, "요즘 재변은 근고에 없었던 것들입니다. 산대에서 놀이를 보일 때에 인물 잡상 속에 孔子의 화상을 만들어 그 위에다 액자를 쓴 것도 있었다고 하니 듣고는 너무 놀랐습니다. ……우리 나라는 당당한 예의의 나라로서 성인의 화상을 잡희 속에 만들어 설치하여 중국 사람들에게 보임으로써 국가 체면을 매몰스럽게 하였으니 매우 잘못된 일입니다. 한번 단서가 열리면 그대로 전하여 전례가 되는 것입니다. 그때 설치를 맡았던 관원들을 추고해 다스려 전례가 되지 못하게 하는 것이 어떻겠습니까?" 하였다. …(중략)…임금이 전교하기를 "공자 화상을 만들었던 일이 비록 전례가 있긴 하지만 그 일을 답습한다는 것은 매우 잘못된 일이다. 금부 낭관과 內資寺 관원들을 추고하고 이후로는 다시 만들지 못하도록 하라." 하였다.37)

『중종실록』 34년 5월 6일 기사이다. 광화문 앞에 산대를 세우고 그 위에 잡상을 설치하여 놀이하는 가운데 孔子의 잡상을 설치하였다가 물의를 일으켰다는 내용이다.

잡상을 설치하는 놀이는, 인물을 늘어놓는 데 그치지 않고 어떠한 상황을 연출하여 보여주었다고 여겨진다.

4-2) 왕은 대비를 위하여 경회루 연못에 官私의 배들을 가져다가 가로 연결하고 그 위에 판자를 깔아 평지처럼 만들고 彩棚을 만들었으며, 바다에 있는 三神山을 상징하여 가운데는 萬歲山, 왼쪽엔 迎忠山, 오른쪽엔 鎭邪山을 만들고 그 위에 殿字, 寺觀, 인물의 잡상을 벌여 놓아 기교를 다하였고, 못 가운데 비단을 잘라 꽃을 만들어 줄줄이 심

나 〈봉사도〉 사진 자료를 정밀하게 검토한 결과 낚싯대를 든 남자라는 사실을 알게 되었다.
36) 인용문 2-7)의 내용을 "조선전기 나례의 변별 양상과 공연의 특성"(『구비문학연구』, 3집, 1996)에서 다루면서, '軒架山上人物'을 山車 위에서 연기하는 배우로 추정한 바 있다. 山車, 즉 헌가산대 위에 실제 사람인 배우가 올라갈 가능성을 전혀 배제할 수는 없지만, 본 논문에서 새로 논의한 내용에 따라 이전의 논의를 수정하고자 한다.
37) 『중종실록』 34년 5월 6일 기사.

고 龍舟 畫艦을 띄워 서로 휘황하게 비추었다. 왼쪽 산엔 조정에 있는 선비들의 득의
양양한 모양을 만들고 오른쪽엔 귀양간 사람들의 근심되고 괴로운 모양을 만들었다.[38]

4-3) 전교하기를, "萬歲山 가에 迎忠山과 鎭邪山의 두 산을 만들되, 영충산에는 군
자가 득의하여 조정에 드날리며, 노래와 춤으로 宴樂하는 모양을 꾸미고, 진사산에는
소인이 먼 지방에 쫓겨나 의복이 남루하고 용모가 초췌하여 초가집에서 궁하게 살며 굶
주려 쓰러져 있고, 처자가 매달려 울부짖는 모양을 꾸미도록 하라." 하고 모든 원(院)
의 홍청과 운평을 모아, 풍악을 크게 벌이고 가서 관람하게 하였다.[39]

4-2)에 의하면, 연못 위에 채붕을 만들고 그 속에 세 개의 산대를 만들었다.[40]
여느 산대와 마찬가지로 그 위에는 각종 잡상이 설치되었고 특히 인물 잡상을 설치
하여 놀이하였다. 4-3)에 의하면 잡상들의 모습은 "군자가 득의하여 조정에 드날리
며, 노래와 춤으로 宴樂하는 모양"과 "소인이 먼 지방에 쫓겨나 의복이 남루하고 용
모가 초췌하여 초가집에서 궁하게 살며 굶주려 쓰러져 있고, 처자가 매달려 울부짖
는 모양"으로 꾸며졌다. 서사적인 줄거리를 지니지는 않지만 잡상의 표정과 동작이
강조되는 극적인 모습이라고 할 수 있다. 4-1) 인용문의 공자나 4-3) 인용문에서
언급된 인물들은 세간에 잘 알려진 인물이거나 전형성을 띠는 인물로서 정지된 상
황 연출만을 가지고도 그 성격[character] 잘 드러난다.

〈봉사도〉 산대 위의 인물들 역시 이러한 특징을 지니고 있다. 다홍치마의 여인은
전형적인 미인의 모습을 표상한다고 할 수 있다. 낚싯대를 던지는 남자는 익숙하게
알려진 故事에 나오는 인물이라고 여겨진다. 故事에서 낚시와 관련된 가장 유명한
인물로는 姜太公을 들 수 있다.[41]

인용문 3-4)에서는 많은 사람들이 산대 위에 올라가 구경하였다고 하였다. 산대
위에 세워진 잡상들을 자세히 보기 위하여 그 위로 올라갔던 것이다. 중국 사신이
산대를 구경할 때도 잡상을 손으로 쓸어보거나 산대 위에 올라가서 구경하였다는
기록[42]이 있다. 관객은 (1)무엇을 만들었는가, (2)어떻게 만들었는가 하는 관점에

---

38) 『연산군일기』 12년 9월 2일 기사.
39) 『연산군일기』 12년 5월 1일 기사.
40) 조선시대에는 임금이나 중국사신의 행차를 환영하기 위하여 주로 광화문 밖 등에 산대를 설치하였
   다. 그러나 연산군은 宴樂을 매우 즐겼기 때문에 궁궐 안에 산대를 세우고 즐기는 일이 빈번하였다.
41) 〈봉사도〉의 산대 잡상에 대해서는 더욱 상세한 논의가 필요하나 별도의 논문으로 미룬다.
42) 『중종실록』 84권 2장에는 중국사신이 평양의 대동관 앞에 세워진 오산 앞에 이르러 잡상을 찬찬
   히 들여다보고는 오산으로 올라가려다가 그만 두었다는 내용이 있다. 『중종실록』 89권 48~49장
   에는 역시 평양에서 중국사신이 산대에 올라가 구경하였다는 기록이 있다.

서 산대 잡상을 가까이서 구경하였다고 할 수 있다.

그런데 산대 위에 설치된 잡상은 機關의 조작에 의하여 움직이는 인형이었을 가능성도 있다. 다음의 기록은 정조 22년(1798) 2월에 우리 나라 사신이 중국의 궁정 연회에서 오산을 구경한 내용이다.

4-4) 冬至正使 金文淳, 부사 申耆가 燕京으로부터 출발하면서 다음과 같이 치계하였다. "……오산을 만든 모양을 말하자면, 정대광명전 안의 동서벽에 모두 層卓이 있고, 탁 위에는 오색이 찬란한 蓬萊山의 모양을 만들어 놓았는데, 바위와 골짜기가 높고 널찍하고 누각이 층층이 겹쳐 있으며, 珍食, 奇獸, 琪樹, 瑤花가 여기저기 널려서 휘황찬란하여 그 형상을 어떻다고 표현할 수가 없었습니다. 그 안에는 機關을 설치하여 밖에서 노끈만 잡아당기면 仙官과 미녀가 골짜기에서 나오고 繡幢과 寶蓋가 하늘에서 내려오며, 닫혀진 문이 절로 열리는데 그 안에는 사람이 들어 있고, 내리쏟듯한 급한 여울에는 돛대와 노가 일제히 움직였습니다.……"43)

바위와 골짜기의 모습을 만들어 산을 표현하고 그 위에 누각과 기화 요초, 짐승과 인물의 잡상을 설치하였으므로 우리 나라의 산대와 흡사하다. 그런데 흥미로운 사실은 오산 안에 기계적인 장치인 機關을 설치하여 잡상을 움직이게 하였다는 내용이다. 노끈을 잡아당기면 골짜기에서 나온다는 미녀와 선관은, 〈봉사도〉의 미인과 낚시하는 인물을 연상시킨다.44) 기관 설치를 통하여 노끈을 잡아당기면, 인물이 기암괴석 사이로 나타나거나 단순한 동작(예컨대, 낚싯대를 들었다 내렸다 하는 동작 따위)을 반복하게 할 수 있을 것이다. 그렇다면 〈봉사도〉에서 제1층 낚시꾼이 서 있는 바위 아래쪽에 있는 두 사람은 인형 조종자일 가능성이 있다.45) 산대 잡상 놀이는 현재 전승되지 않으나 매우 중요한 인형극의 전통으로 인정할 수 있는 것이다. 다만 그 인형극은, 산대를 세우는 공연 공간의 특성상46) 대사가 중심이 되지 않고 볼거리가 중심이 되는 공연방식을 지녔다고 할 수 있다. 그러나 故事 속의 인물이나 전형적인 인물을 등장시킴으로써 관객으로 하여금 이면에 숨겨진 곡절을

---

43) 『정조실록』 22년 2월 19일 기사.

44) 오산(산대)의 형태 및 인물 표현의 측면에서 나타나는 유사점은, 중국과 한국의 연회 문화가 교류하였다는 사실을 말해 준다. 그러나 이러한 현상은 일방적인 전파에 의한 결과가 아니다. 한중 연극 전통의 동질성은 주로 궁정이나 상층 문화에 집중되어 있으며 그것은 중세 동아시아문화권 전체의 동질성에서 기인한 것이다.

45) 〈봉사도〉가 처음 소개될 때, "바퀴를 미는 두 사람"으로 알려졌다. 그런데 이 논문을 학회에서 발표할 때 울산대 박경신 선생님이 두 사람을 인형 조종자로 볼 수 있다는 조언을 해주셨다.

46) 사진실, 「조선 전기 궁정의 무대공간과 공연의 특성」, 앞의 책, 137~158면 참조.

연상하게 하였다고 여겨진다.

　지금까지 산대 위의 인물들이 잡상, 즉 인형이라는 측면에서 고찰하였다. 그러나 산대 위에 잡상을 세워 놀이하는 일과 배우가 올라가 공연하는 일이 배타적인 것은 아니다. 산대 위에 올라가 기암괴석 및 잡상의 사이에 서서 노래하거나 춤을 추는 창우들의 모습을 상정할 수 있기 때문이다. 관객으로서 산대 위에 올라갈 수 있었다면 연희자로서 산대 위에 올라갈 수도 있다. 산대의 구조는 여러 사람의 무게를 견딜 만큼 견고하였던 것이다. 또한 〈봉사도〉에서 보이듯이 여러 층위의 무대공간에 잡상을 설치하고 놀리기 위해서는 인형 조종자가 산대 위에 올라갈 필요성도 있다.

　〈봉사도〉에 의하면, 산대는 무대일 뿐 아니라 무대 배경을 위한 설치물이기도 하였다. 민간에서 벌어지는 놀이판에는 산이나 나무들과 같은 자연적인 배경이 존재한다. 임금이나 사신을 위한 행사에서는, 멀리 있는 자연 그대로의 山 대신 인공적인 山인 산대를 가까운 곳에 세웠던 것이다.

　산대 앞의 마당에서는 각종 연희가 펼쳐지고 있다. 건물 안 대청에서는 중국사신이 구경하고 있는데 그 바로 앞마당에는 사신이 타고 온 가마채가 놓여 있고 그 앞에서 붉은 수염을 단 것으로 보이는 한 사람이 공연을 하고 있다. 손을 치켜들고 있는 것으로 보아 연기를 하거나 노래를 부르고 있는 것으로 보인다. 마당 한 가운데는 세 명의 땅재주가 벌어지고 있으며 그 왼쪽으로는 두 사람이 깃발을 들고 춤을 추고 있는데 얼굴이 녹색으로 그려져 있어 탈을 쓴 것이라 여겨진다. 땅재주꾼들의 오른쪽 아래 부분에서는 鬼面이나 獸面으로 보이는 검은 탈을 쓴 두 사람이 춤을 추고 있다. 그 오른쪽 위 부분에는 탈춤을 반주하는 듯 탈춤패를 향하여 북을 들고 연주하는 사람이 있다. 화면 왼쪽 아래 부분에는 줄타기 설비가 가설되었고 줄 위에 재인이 올라가 공연하고 있다.

　모든 연희 모습들이 중요한 자료가 되지만 특히 탈춤의 모습에 주목할 필요가 있다. 무대인 산대와 탈춤 〈산대놀이〉에 관한 논의가 더욱 진전될 수 있기 때문이다. 탈춤 〈산대놀이〉가 하층의 민속예술에서 기원하였는지, 궁정의 의식에서 기원하였는지 하는 문제는 오랜 논란거리였다.47)

---

47) 이 문제와 관련한 연구사는 『조선시대 서울지역 연극의 공연상황 연구』(서울대 박사학위논문, 1997; 『한국연극사 연구』에 수록)에서 검토하였다. 그러나 탈춤 〈산대놀이〉의 형성 문제와 관련된 논의의 큰 맥락만 다루었을 뿐 그 동안 제기되어 온 세밀한 문제까지는 다루어 검토하지 못하였다. 안확, 송석하, 김재철 이후 가장 최근의 논의에 이르기까지 산대와 〈산대놀이〉에 관한 연구사를 비교하여 분석하는 논의를 별도의 논문을 통하여 진행하고자 한다. 같은 자료를 가지고도 서로

이제, 중국사신을 위한 잡희를 공연하면서 산대를 세우고 그 앞에서 탈춤을 추었다는 사실을 확인하였으니, 탈춤 〈산대놀이〉는 궁정의 의식인 나례에서 기원하였다고 할 것인가? 결론부터 말하면 그렇지 않다고 할 수 있다. 일반적으로 탈춤의 기원을 말할 때 거론되는 궁정의 나례는 驅儺 의식이다. 그러나 조선시대 궁정에서 '나례'라는 명칭으로 행해진 행사는 驅儺 외에 觀儺, 設儺가 있으며, 그 성격과 위상이 달랐다.[48]

	驅　儺	觀　儺	設　儺
행사의 본질	제의	공연 오락 행사	환영 행사
장소	궁궐 안 각처	궁궐의 편전 또는 후원	궁궐 밖의 연도
담당 기구	觀象監	義禁府	儺禮都監 (義禁府＋軍器寺)
예능인	악공, 무동	경중우인 (때로 경기 재인 추가)	경중우인＋외방재인
산대 설치 여부	×	×	○
폐지 시기	영조 30년	임진왜란 이후	임금 : 인조 이후 사신 : 정조8년

驅儺는 제의이기 때문에 고려 때 전래된 이후 영조 때 폐지되기까지 수 백년간 그 규식이 변함없었다. 무당의 굿이 제의이자 볼거리인 것처럼 구나 의식도 흥미로운 볼거리 역할을 하였을 것이다. 그러나 몇 백년간 그대로 유지되었다는 사실은 이 행사의 본질이 제의라는 사실을 말해 준다. 따라서 구나 의식 자체가 제의의 형식을 벗고 연극으로 이행하였을 가능성은 거의 없다고 생각한다.

관나는 임금 이하 왕족과 고관대작이 관람한 공연 오락 행사였다. 연말 연시를 맞이하여 궁궐 안에서 벌인 소규모의 행사였기 때문에 산대를 가설하지 않았다. 관나는 구나 의식 이후 벌어진 잡희 공연에서 유래하였다고 할 수 있으나 조선 전기만 하더라도 구나 의식과 무관하게 독립적인 공연 오락 행사로 실시되었다. 관나에

반대되는 논거로 삼은 경우가 많았고, 이제 새로운 자료들이 많이 추가되었으므로 지금까지의 연구사를 재검토할 필요가 있다.
48) 이하의 표는 사진실, 「조선 전기 궁정의 무대공간과 공연의 특성」 및 「조선시대 서울지역 연극의 공연상황」(앞의 책에 수록)에서 한 논의를 정리한 것이다.

는 서울의 남녀 재인이 동원되어 각종 연회를 공연하였다. 민간 풍속의 美惡이나 정치의 得失을 알기 위하여 관나를 시행한다는 명분이 있었던 만큼 임금 자신이 공연 내용에 큰 관심을 갖고 있었으므로 담당 기구인 의금부의 관리 아래 사전 검열 및 연습이 진행되었다. 따라서 현전하는 탈춤의 내용과 같은 노골적인 비판이나 성적 희롱 등이 노출되기는 어려웠다고 여겨진다. 더구나 관나는 임진왜란 이후 더 이상 거행되지 않았던 것으로 보인다.49)

설나는 임금이 궁궐 밖으로 행차하여 의식을 거행하고 돌아올 때 환궁 행사로서 거행되었고, 중국사신이 올 때 입궁 행사로서 거행되었다. 특히 중국 사신을 맞이하는 설나는 황주, 평양 등 사신 행차의 연로에 있는 고을에서도 거행하였다.50) 지방에서 실시한 설나는 그 지방 관아의 인력과 물력으로 해결하였지만, 광화문 밖에서 실시한 궁정의 나례는 나례도감을 조직하여 전국적으로 물품을 거두어들이고 재인들을 동원하였다.

구나 및 관나와는 달리 설나는 환영 행사로서 거행되므로 공연 행사이면서도 의례적인 성격을 강하게 지니게 된다. 이러한 의례적인 성격을 충족시키기 위하여 산대가 만들어지는 것이다. 산대는 행사의 의미를 표현하는 기념물〔memorial monument〕로서 기능할 뿐 아니라 그 위에서 공연되는 각종 연회의 무대이기도 하였다. 특히 산대 위에 세우는 잡상들은 산대를 화려하게 치장하는 장식물이면서, 연희자의 기교와 결합되면 극적인 연희로 연출되는 것이다. 산대는 민간의 재인들이 만들어낼 수 없는 거대 설비이므로 잡상 놀이 등은 민간 재인들이 평소에 보유할 수 있는 레파토리가 아니었다. 산대와 관련하여 환영 행사의 의미를 더해 주는 공연들은 궁정의 공연 문화로 전승되어 오는 지정 종목이었다고 할 수 있다.

그러나 산대의 앞에서 벌어지는 각종 연희는 민간 재인의 자율성이 최대한 보장되었으리라 여겨진다. 『나례청등록』에 의하면 좌변나례도감 한편에서 동원한 재인의 수가 285명이므로 좌우변나례도감에서 동원한 외방재인의 수는 600명 정도에 이를 것으로 추정되는데, 명단에 없는 경중우인까지 합하면 상당히 많은 수의 재인

49) 관나에 대한 기록이 선조 이후 나타나지 않는다. 선조는 전란 이후 궁정의 제도를 정비하면서 임금의 행차에 따른 환영 행사인 설나까지는 복원하였으나 관나는 그렇게 하지 못하였던 것 같다. 전자는 『오례의』에도 규정되어 있는 공식적인 행사이지만 후자는 순전한 공연 오락 행사였기 때문이다. 그러나 설나를 복원한 사실에 대해서도 후대 史官들의 비판을 받았다.
50) 동월의 〈朝鮮賦〉에 그러한 사실이 나와 있다. 중종 34년 4월 2일 발생한 '山臺 失火' 사건 역시 평양에서 거행한 나례에서 일어난 일이다. 『중종실록』 34년 4월 5일~8일 기사 참조.

이 설나의 공연에 동원된다. 따라서 설나의 경우 관나처럼 공연종목들을 관리하고 검열하기란 어려운 일이었다고 할 수 있다.

인조 이후 설나의 행사는 중국 사신을 접대하는 환영 행사로만 존속하였을 뿐만 아니라 청나라가 들어선 이후 중국에 대한 조선의 태도가 변화하였기 때문에 설나의 행사는 급속히 그 규모가 축소되었다. 행사 때마다 나례도감이 조직되기는 하였으나 전국의 지방 관아와 연계되는 재인 상송의 체계를 유지하지 못하고 점차 재인 자치 조직에 기대게 되었다고 여겨진다. 조선 건국 이후로 중국 사신을 위한 나례에 좌우 산대를 설행하고 전국적으로 외방재인을 동원하였음에도 불구하고, 팔도재인이 「甲申完文」에 병자호란 이후 좌우 산대에 참여하였다는 기록을 남기고 있는 것은 이러한 상황을 반영한다.51) 재인들은 스스로의 조직을 통하여 국가 행사에 참여했던 사실을 전승하고 있었던 것이다.

한편, 김지연 채록본 〈산대도감극각본〉에서도 산대도감극의 유래를 말하면서 "淸使來時에 山臺役人等 舞鶴峴에서 迎而前陪入城"하였다고 하였고, 각본 내용에도 "중국사신 역관들아~"라고 하는 표현이 나온다.52) 「동래야류」의 대사에서도 말뚝이의 할아버지가 舞鶴館 마당에서 땅재주를 하였다는 내용이 나오는데 동래야류를 전파한 탈춤패가 자신들의 조상이 중국 사신을 환영하는 설나에 참여하였다는 사실을 이야기로 전승하였다고 할 수 있다.53)

앞서 언급하였듯이, 재인들을 동원하는 설나의 행사는 건국 초기부터 계속되어 왔고, 중국 사신을 접대하기 위해서만이 아니라 임금의 행차를 환영하기 위해서 거행되었다. 그런데 탈춤을 전승한 놀이패들은 임금의 환궁 행사에 동원되었다는 내력을 전승하지 못하고 중국 사신을 위한 행사에 동원된 내력만을 전승하였던 것이다. 따라서 현전하는 탈춤이 형성된 시기는 인조 이전까지 거슬러 올라갈 수 없다. 다시 말하면, 현전 탈춤은 조선 전기 궁정 나례의 전통과는 무관하다는 것이다.

지금까지의 논의에 의하여, 〈봉사도〉(1725)의 탈춤은 민간 재인이 평소에 보유하고 있던 레퍼토리였다고 할 수 있다. 탈의 모습이나 의상으로 보아 현전하는 탈춤 〈산대놀이〉에서는 찾을 수 없는 모습인데, 18세기 초·중엽 〈甘露幀〉에서 유사한 모습이 나타난다. 〈仙巖寺甘露幀〉에 나오는 놀이패 가운데 탈춤 추는 인물이

---

51) 사진실, 「조선시대 서울지역 연극의 공연상황」, 앞의 책, 319~326면 참조.
52) 조동일, 「탈춤의 역사와 원리」, 홍성사, 1976, 부록.
53) 사진실, 「조선시대 서울지역 연극의 공연상황」, 앞의 책, 383~384면.

나오는데, 색깔은 다르지만 鬼面 혹은 獸面으로 보이는 탈을 쓴 사실, 깃털을 꽂고 있는 사실, 옷 위에 감겨진 천 자락의 모양 등이 일치한다.54) 또한 〈刺繡博物館 소장 감로탱〉에 묘사된 줄타기, 탈춤 등 놀이 장면도 〈봉사도〉와 거의 같다. 〈감로 탱〉에 그려진 놀이패의 모습은 민간에서 벌어진 공연 장면을 보여주는 것이다. 산 대의 有無만 다를 뿐 공연종목에 있어서는 중국사신을 접대하는 나례의 경우나 민 간 공연의 경우나 차이가 없다는 사실을 알 수 있다.

대산대의 제도가 성행하던 때에는 나례의 공연종목 가운데 환영과 칭송을 목적 으로 궁정의 공연 문화에서 전승되는 지정종목이 중심이 되었다고 할 수 있다. 산 대와 같은 거대 설비의 규모를 줄일 뿐 아니라 설나의 공연종목 가운데 많은 부분 을 재인들의 평소 공연종목으로 충당함으로써 소용되는 물력과 인력을 줄일 수 있 었다.55) 이러한 과정을 통하여 민간의 재인이 평소에 활동하는 놀이패 단위로 나 례에 상송되었기 때문에 〈봉사도〉에서처럼 민간의 놀이판과 다름없는 잡희 장면이 나타났다고 여겨진다.

설나의 공연종목 가운데 산대 및 잡상과 관련한 볼거리를 연출하는 것 외에, 다 른 공연종목에서는 민간재인의 자율성이 보장되었다고 하였다. 〈봉사도〉에서 산대 앞의 마당에서 벌어진 공연은 바로 그 자율적인 공연에 해당한다. 재인이 평소에 민간에서 놀던 종목을 그대로 가져온 것이다. 민간 재인들은 〈감로탱〉에 그려진 것 처럼 평소에 민간에서 활동을 하다가 중국 사신이 오는 때를 맞아 산대 앞에 나아 가 놀이하게 되었고 그 상황이 〈봉사도〉의 잡희 장면처럼 나타나게 되었던 것이다.

그들은 민간에서의 흥행을 염두에 두고 자신들의 놀이를 '산대도감'이라 부르며 국가적인 공인을 받은 놀이패로서 자부하게 되었을 것이다. 산대도감 놀이패는 서 울의 상업지역이 확대되고 민간의 오락적 수요가 늘어남에 따라 새로운 레파토리를 추가하게 되었다. 이러한 과정에서 갖추어진 산대도감 놀이패의 레파토리를 서울의 남대문 밖에서 공연한 모습이 바로 강이천의 〈南城觀戲子〉에 나타나게 되었다고 할 수 있다.

지금까지 〈봉사도〉와 관련하여 산대의 공연방식에 대하여 고찰하였다. 산대를 무 대로 활용하는 산대 잡상 놀이와 무대 배경으로 활용하는 탈춤 등의 연희는 柳得恭 (1749-?)이 말한 山戲와 野戲에 대한 내용과 직접 연결된다고 할 수 있다.

---

54)『甘露幀』, 예경, 1996. 114면.
55) 사진실, 「조선시대 서울지역 연극의 공연상황」, 앞의 책, 321~324면 참조.

연극에는 山戲와 野戲가 있는데, 두 가지 모두 儺禮都監에 소속된다. 산희는 결채를 하고 장막을 치고서 사자, 호랑이, 만석승을 만들어 춤을 추었고 야희는 唐女 小梅로 꾸며 춤을 추었다. 만석은 고려 중의 이름이다. 당녀는 중국의 여자 광대로 고려 때 건너와 예성강가에 살았다. 소매 역시 옛날 미인의 이름이다.56)

유득공이 경도잡지를 완성한 연대는 확실하지 않으나 대략 18세기말이라고 할 수 있으므로 위의 나례도감은 중국 사신을 접대하기 위한 나례를 벌이기 위하여 임시 조직된 기구가 된다. 〈봉사도〉에는, 중국 사신을 위한 연회 가운데는 산대를 활용한 잡상 놀이가 있고 마당에서 벌인 탈춤 등의 놀이가 있다. 산대 잡상 놀이는 山戲에, 탈춤 등 마당의 놀이는 野戲에 해당된다고 할 수 있다. 원문에 의하면, 산희에 대해서는 "作獅虎曼碩僧舞"라 하였고 야희에 대해서는 "扮唐女小梅舞"라 하였다. 사자, 호랑이, 만석승은 인형이므로 '만든다(作)'고 표현하였다면 당녀, 소매는 재인이 탈을 쓰고 배역을 맡기 때문에 '꾸민다(扮)'고 표현하였던 것이다.

그런데 위 인용문의 산희와 야희는 〈봉사도〉에 그려진 산대 잡상 놀이 및 탈춤과 그 등장인물이 다르다. 〈봉사도〉의 시기가 30~40년 정도 이르다고 할 수 있으므로 점차 산희와 야희의 내용이 변화하였다고 할 수 있다. 〈봉사도〉의 등장인물에 비하여 위 인용문의 등장인물이 세속화하는 측면이 엿보인다.

산희와 야희는 중국 사신을 접대하는 나례가 벌어지는 동안만 나례도감의 관리를 받는다. 산희는 산대의 설비가 필요한데, 산대는 궁정 및 지방 관아에서 만들어 관리하기 때문에 민간 재인들이 평소의 활동에 이용할 수 없다. 인용문 4-1)에 의하면 산대 잡상 중에 공자의 화상이 있었던 사건으로 나례를 주관하는 의금부 낭관 등을 문책하였다. 이러한 사실을 통하여, 나례도감의 당하관급 관리가 산대 잡상 놀이, 즉 山戲를 담당하였다는 사실을 알 수 있다. 따라서 산희의 레파토리는 민간 재인의 평소 레파토리로 활용되기는 어려웠다고 여겨진다. 산희의 실제 공연내용이 전승되지 않은 까닭이 여기에 있다. 반면, 야희는 특별한 설비 없이 이루어지며 본래 민간 재인들의 레파토리로 이루어진 종목들이다. 따라서 나례가 끝난 이후에는 평소와 마찬가지로 민간에서 흥행하게 되었을 것이고 그 실제 공연내용이 후대로 전승되었다고 할 수 있다.

---

56) 柳得恭, 『京都雜誌』, "演劇有山戲野戲, 兩部屬於儺禮都監, 山戲結彩下帳, 作獅虎曼碩僧舞, 野戲扮唐女小梅舞 曼石高麗僧名 唐女高麗時禮成江上 中國倡女有來居者 小梅亦古美之名"

5. 맺음말

산대의 변천 과정, 모양과 규모, 공연방식 등에 대하여 논의하였다. 〈봉사도〉의 산대는 나례가 쇠퇴해 가는 즈음의 모습을 보여준다고 할 수 있다. 그럼에도 불구하고 산대의 모양과 공연방식을 재구하는 데 〈봉사도〉의 잡회 장면이 매우 많은 단서를 제공하였다.

산대는 실제 산의 외형을 본떠 만드는 것이 첫째 요건이라 할 수 있으며, 규모가 매우 컸다고 할 수 있다. 기암괴석이 첩첩한 산의 모양을 이루고 있어 넓고 트인 무대면은 기대할 수가 없었다. 〈봉사도〉의 산대는 겹층 무대의 모습을 하고 있는데, 산대 앞 마당공간의 무대적 특성과 서로 대비가 된다. 후자는 무대의 場景〔spectacle〕이 수평으로 펼쳐지므로 관객의 시선이 좌우로 이동하게 된다. 전자는 무대의 장경이 수직으로 펼쳐지므로 관객의 시선이 상하로 이동하게 된다. 수평의 무대 공간인 마당은 일상적인 삶의 공간과 연속선상에 있고 수직의 층위를 이루는 무대 공간인 산대는 일상 공간을 단절하여 하늘을 향하고 있다.

이러한 무대 공간에서는 서로 다른 방식의 공연이 이루어졌다. 하나는 산대를 무대로서 활용한 경우이고 다른 하나는 산대를 무대 배경을 위한 설치물로서 활용한 경우이다. 전자는 산대 위에 잡상을 설치하고 놀리는 인형극이며 후자는 마당에서 이루어진 탈춤, 줄타기, 땅재주 등인데 18세기 후반 유득공이 지적한 山戱와 野戱에 각각 대응된다고 밝혔다.

달리 보면, 산대가 세워진 공연 공간에서 마당 공간은 산대 위의 공간은 별개로 존재하지 않는다. 마당 공간을 산대의 가장 아래 층위로 설정한다면, 넓은 마당에서 시작하여 산대의 꼭대기에 이르는 유기적인 무대 공간이 형성되는 것이다. 마당 공간에서 벌어진 난장적인 축제의 분위기가 산대를 통하여 위로 승화된다고 할 수 있다. 마당에서 이루어지는 공연은 일상적인 삶을 대변하는 민간 재인들의 각종 연회가 중심이 된다면, 산대에서 이루어지는 공연은 임금 등에 대한 찬미와 송축의 의미를 증폭시키는 연회가 중심이 된다.

산대가 세워진 공연 공간은 산대의 상징성에 의하여 특별한 의미를 획득하게 된다고 할 수 있다. 산은 일반적으로 높고 굳건하다는 상징성을 지닌다. 60척에서 90척 가까이 되는 산대는, 높다는 그 자체로서 임금이나 중국 사신에 대한 찬미의 표현이라고 할 수 있다. 그래서 산대를 주관하여 만드는 의금부와 군기시가 그 높이를 다투는 일이 생겨난 것이다. 이러한 상황에서 많은 물품과 인력이 소모되었으므로 민간 백성들에게 직접적인 폐해로 작용하였다. 중세적인 君·臣·民의 관념에 따라, 추상적인 온 백성과 합일하기 위하여, 실체로서의 백성들에게 부역과 공납의 고통을 안겨 준 것이다.

　임금의 환궁 행사나 사신의 입궁 행사 때 발견되는 산대의 미학은 중세 조선의 유교적 세계관을 반영하는 것이었다. 따라서 세계관의 변모에 따라 자연스럽게 산대의 미학이 의미를 잃어가게 되었다. 현대적 관점에서는 사회사적 배경 및 미학이 이념적으로 바람직하지 못하지만, 산대는 중세 연극의 실체를 밝혀 줄 중요한 연구 대상이 된다. 산대를 세우고 거행한 나례를 통하여 궁정과 민간의 공연 문화가 교섭하게 되었기 때문이다. 본 논문은 여러 가지 과제를 안고 있다. 채붕, 산붕 등 중세의 무대양식과 산대를 비교하여 고찰하는 일이 남았고, 산대와 탈춤〈산대놀이〉에 관한 연구사를 정밀하게 분석하여 정리하는 일도 남았다. 조선시대를 거슬러 올라 고려시대의 연희와 연극을 탐구하는 일도 남았다. 모든 작업은 한국연회사 또는 한국연극사의 실상과 원리를 규명하기 위한 목적을 향하여 있다고 감히 말하고 싶다.

◇ 연행자론 관련 자료 모음

〈자료 1〉

이인순 구연 설화*

부여군 홍산면 북촌리 3구 연봉, 1982. 2. 7.
박계홍·황인덕 조사

1. 총각 서방과 할머니 신부

*앞 이야기가 끝나자 안방 주인어른으로부터 '여자는 남'이란 이야기가 나왔는데 이에 대한 청중
의 논란이 한참 동안이나 계속될 정도로 판의 관심을 끌었다. 이에 이인순 어른도 그에 대한 예화
로 한 마디를 하고 나서 다시 이 이야기를 이었다. 노래라고도 할 수 없고 이야기라고도 할 수 없
는 것이라며 시작했는데 그녀의 이 말은 곧 이 이야기의 소재적 특성을 단적으로 지적한 것이라 할
만했다. 이야기와 노래로서의 특성은 물론 여러 가지 면에서 그녀의 구연 기교가 유감없이 발휘된
소재였고, 그만큼 좌중을 시종 열광케 한 판의 구연이었다. 구연에 따른 역동적인 상황을 충분하게
지면에 제시하지 못함이 아쉽다*

　　〔제보자:옛날 애기, 옛날에 헌 애기 이건 애기라구두 헐 수 욱구?〕 〔청중:웅,
애기라구 헐 수 욻어.〕 〔제보자:노래라구두 헐 수 욻는 애기가 하나 익거등?〕 〔조
사자:예.〕 〔청중:참, 애기는 잘 혀.〕
　　그전에, 하아얀 노인네 하나가, 칠십 팔십 먹은 노인네 하나가 이 산 크은 들판
산같은 막 그 산골에서 살면서 산 뫼깟을(묏곁을) 말려가면서 사는 노인네가 하나 있
어요. 아덜두 딸두 욻이 이응감두 욻이? 그런 노인네가 안노인네가 하나가 사넌데?
이건 쫌… 워트게 들으면…이거 대중,대중 앞이다 내놓구서는 헐 애기가 못되는데?
그 이것두 이거 만담으루두 들어갈 수가 익구? 또오 잡담으루두 들어갈 수가 익구?
고담으루두 들어갈 수가 있어요. 그렁게 인제 〔청중:웃음〕 〔청중:농담으루두 들어
가격구먼?〕 농담으루 들어갈 수두 익구. 〔청중:아 그렇지.〕 그런디 인자 그런 노인

---

* 여기에 소개하는 설화는 이 책에 수록된 필자의 글에서 인용된 자료의 일부를 독자들의 이해를 돕기
위하여 수록한 것으로 모두 《구비대계》 4-5에 이미 수록되어 있는 것들이다. 지면상의 제약으로 관
련된 설화 전편을 옮기지 못하고, 첫번째 작품만 전편을 소개하고 나머지 인용 설화 작품들은 아주 긴
요하다고 여겨지는 일부분들만을 발췌하여 소개하고, 본디 자료집의 해당 쪽수를 제시하기로 한다.

네가 하나가 인제 이릏게 사는디. 뫼깟을 말리구 사는디 나무깟을 말리구 사는디.

나알~마다 이놈으 총각이구 머심이구 늙은이구 젊은이구우… 그 산에만 와서 나무를 해 가. 그 노인네 산으루만. 말리는 노인네가 악착같이 말리는 노인네 산으루만 오능 기여. 다른 산에는 앙가먼서두 그 노 그 노인네 산으루만 오능 기여. 그 노인네가 말리는 산으루만. 그렁개 하-아두 악착겉이 말리닝개 그 산에를 인제 낭중이는 엄두가 안 낳게 가덜 못혀.

가덜 못허는디, 한 사십대… 삼십대가 넘은 총각이 인자 장가두 목가는 그런 총각인디, 나무만 해서 먹구사는 노인네가 인저 총각이 그 산이를 나무를 댕겨. 댕기는디 요용케 댕기면서 해두, 워트게 피해서 해두 요용케 알구 그 노인네가 찾어와. 찾어와서 소리를 질르능 기여.

"〔노인 목소리로〕이눔! 너 이눔 안 나갈래애- 안 나갈래."

소리 질러가먼서 인제 쫓아댕기능 기여. 쫓아댕깅깨, 악착겉이 쫓아댕깅개, 이거 나무는 해서 한 짐이나 팔으야 늙은 부모허구 먹구살겠는디 저눔 늙은이가 꼭 방해를 놓는다는 얘기여.

"에이 빌어먹을 거 저눔으 늙은이 행실을 함 번 내겄다."

구 말여. 다른 사람은 다 도망을 가두 이눔은 도망을 앙 가. 담력이 커. 도망을 앙 가구서 가마안히 서 나무만 들구 뫂본 체허구 허능 기여. 뫂본 체허구 허는디, 아이, 자꾸 쫓아오능 기여. 〔자신에 대한 청중들의 얘기에 응수해서〕이빨 빠져가지구서 자꾸 품어싸서…. 자꾸 쫓아오능 기여. 쫓아오니깐 노인네가 오다 생각하니깐 참 으뜨름 허거덩? 그럴 거 아녀? 장정이… 아… 안 도망가구서 다른 눔 다 도망가는디 저는 도망을 앙 가지구서는 섰으닝개 노인네가 엄뚜름 음드름 헐 거(섬찟할 거)아녀? 응? 쫓아오다 말거덩? 말응개,

"할머니? 나 나무 함 번만 해 가께요. 나 낼부텀은 안오께요."

"그래 그럼, 함 범만 해 가라. 이번 함 범만 해 가구 오지마라?"

내려갔다는 얘기여. 내려가닝개 그래 자알 해다 갖다 싸서는 놓구서나 그 이튿날 또 강 게여. 〔청중:또 갔어?〕또 강게 사람 하나 새끼두 욱구 개미새끼 함 마리 욹이 참 혼자 인제 나무를 척척 해 놨는디 또 쫓아오네?

"〔괴팍스런 목소리로〕너 이놈으 새끼, 〔청중:여자가?〕응, 노인네가. 야 이 요놈으 새끼, 안 온다구 허더니 또 왔어 요옴우 새끼. 〔청중:웃음〕야 이 죽일 놈으 새끼 후랴들눔 같은 눔."

해가머 쫓아오거덩? 〔청중:인제 가 가다를 내능구먼.〕응. 가다를 막 내서, "〔좀 더 실감있게 흉내내서〕이 후랴덜눔으 새끼가. 이눔으 새끼가…, 어제두 안 온다구 해서는 내가 양보해줬더니, 오늘 또 와? 요놈으 새끼."

〔청중:웃음〕

〔청중:이것두 들어가겠네.〕응. 이러구 쫓아오거덩? 〔청중:알았어. 얘기만 혀.〕〔청중2:응. 얘기만 혀. 우리가 들으깨.〕그렁깨,

"할머니? 인제 안 온다구 했는디 또 왔응개 할머니 이리 오쇼. 얘기나 합시다아?"

〔청중:그 사람이, 나무허는 사람이?〕응. 그렁개,
"그래 무슨 얘기냐? 함 번 해봐라."
그러구 오거덩? 응 옹개,
"올라먼 와. 너 이년. 올라먼 와봐."
〔청중:네년 오라구?〕응.〔청중:인제 악 낙구먼.〕
"노인네, 올라먼 와봐."
헝개,
"아, 요놈으 새끼 봐라? -작대기를 들구서- 요놈으 새끼."
허구 때릴라구 허거덩? 때릴라구 헝개, 노인 장정이 들어가서나 허리 바짝 찌안어
서나 버쩍 드닝깨 홀떡 허지 뭐, 노인네가.〔청중:홀떡 넘어가지 뭐.〕뭐 볼 거 있어
그까이꺼어. 그렁개 나무바탕이다 갖다가서나 몰아때려 자빠티려 놓구서 항 구재비를
처부싱 거여.〔청중:노인네허구?〕응.〔청중:웃음〕그래 처부셨으니 월마나 참 졸
기여.〔청중:워트게 처부셨다나.〕몰라. 물어보지 마아.〔청중:웃음〕〔청중:아 꼬
치꼬치 캐야여.〕처부시닝개, 아 이 노인네가 자빠져서 헌닷 소리가,
"야 요놈으 새끼, 요게 뭐냐? 요게 뭐여?〔청중:웃음〕-그렁깨-요게 뭐냐? 요게
뭐여?"
인제 그래쌌네? 그러닝깨,
"발고락여 발고락."
"야 요놈으 새끼. 발꼬락겉으면 감칠맛이라두 있으야지. 요놈으 새끼."
〔청중:웃음〕〔청중1:뭐라구?〕〔청중2:감칠맛이 있이야지.〕〔청중1:응.〕처
부싱개, '야 이놈으 새끼, 요게 뭐냐.' 그러거덩? 그러닝깨 '아 발구락여 발구락.' '발
꾸락 같으면 감칠맛이라두 있지 이놈으 새끼.' 그러더랴.〔청중:어마. 그래서?〕응.
그래각구〔청중1:에에라 이 순…〕〔청중2:그런 소릴랑 하지마.〕〔청중3:얘기나
햐.〕쌍시러두 말여 그런 얘기는 갠찮여.〔청중4:뭐 더 얘기 안 해두 워낙 잡년이
로구나. 얘기허는 소리가.〕응. 그렁개, 그래놓구서어, 그래 밤중에는,
"어야, 내일 또 오소 잉?
그러드랴.〔청중:또 오라구.〕〔청중:웃음〕'내일 또 오소.' 그러드랴.〔청중:웃
음〕〔청중1:그때는 홍 풀억구나?〕홍 풀었지.〔청중:웃음〕〔청중2:에라아 이 순
…〕〔청중4:예에 이 순 주릴할 예편네…〕잡담이지이.〔청중1:내가 그렁깨 잡담이
라구 허잖어?〕응. 잡담여어. 그래놓구서어,〔청중:또 남었남?〕그럼. 아직 멀었어.
〔청중5:그러니 이거 밤새야겠네?〕〔청중1:급살막게 얘기두 지네.〕그래놓구서,
"어야, 어야, 어야,〔청중을 쳐다보며〕어야,〔청중:왜 나를 쳐다봐가며, 내가 깅
가?〕어야 어야, 자네 나허구 살세에?"
그러드랴.〔청중:꼭 나를 쳐다봐가며 앙종거리네.〕뭐라구 해쌍게 그러지.
"어야, 나허구 사알세에?"
〔청중:미안헌디요? 부탁좀 허야겠이요. 요번이 가시거든요? 방송국이다 초청
좀….〕〔조사자:(웃으며)글쎄요….〕

"어야, 어야. 자네 나허구 사알세에?"

그러드랴. 〔청중:방송국이 가서 저 지랄허먼 소리두 못허게 혀.〕 〔청중:저렁 건 소용읎어.〕 〔청중:소리두 못허게 허지 뭐.〕 그런 소리 못허게 허지 그럼 허라구 헐 줄 아나? 얘기를 〔청중:이런 디서나 듣지…〕 녹음했어두 이거 지어 버리먼 댜. 〔조사자:예.〕 지어 버리먼 댜. 그까이 꺼 상관읎어. 그렇게 오늘 저녁이 기분나기 위해서 허는 얘기지. 필요읎어. 〔조사자:그 메끝을 말린다능 것은 나무하능 것을 단속한다는 말씀잉가요?〕 단속하느라구 그러지. 말린다능 것은 인자, 나무를 못허가게 응? 단속허게. 〔청중:넘으 산중이먼 말리지.〕 그링개, 그래놓구서, 인제 이 장면만 빼구서 앗어서 해두 돼요. 이건 솔직한 얘기가. 그 잡담 그 그 장면만 응? 해꼬지 했다는 그 장면만 빼먼 돼. 그러구서나 이 노인네가 가만히 생각헝개 참 쌍시러구 귀여웅개.

"어야, 자네 나허구 살세?"

그렇개,

"〔퉁명스럽게〕 여기서는 넘부끄러서 못살어요."

인자 그런다? 〔청중:그넘이?〕 응. 머심애가 인제. 그래…그렇개,

"그러먼 너허구 나허구 저어- 멀리 가서 살자."

〔청중:노인네가?〕 응. 노인네가. 그러닝개 〔청중:차암.〕

"그럼 -노인네가- 그럼 가자."

구. 그래 따러가는디, 즈 어매두 버리구우? 〔청중:총각늠이 따러갔어?〕 응. 즈 어매두 버리구 그 백발된 노인네두 버리구 말여. 지게에다가 노인네를 짊어지구서 이불때끼 하나 해서 짊어지구? 〔청중:그 노인네를 짊어지구 각구먼.〕 그렇게 허구 그 노인네를 데리구서 인자 떠나능 기여. 그 동네를 엉? 〔청중:나나리봇짐 싸가지구 떠나느먼.〕 응. 그 동네를 떠나는디 지게다 짊어지구 강개, 여기나 거기나 저기나 여기나 세상천지는 다 마창가지지 않남? 〔청중:그렇지. 다 마창가지지.〕 세상천지는 다 마창가진디 옛날에 노인네를 지게다 짊어지구 댕기능 게 어디가 있을 기여? 지금이나 예전이나 응? 그래 지게다 노인네를 짊어지구 강깨 애덜이 올마나 지랄날 기여. 〔청중:그럼.〕 노인네 짊어지구 간다구 인제 굿이라구 막 뒤따러 댕기구 앞에서 쳐다보구 독팡맹이질(팔매질)허구 별 지랄을 다 할 거 아녀? 그렇깨 등 저 지게에 짊어져 가지구서나 등어리 짊어져 각구 가머 따러가면서, 가면서 허는 소리가 또 이려.

"〔이 빠진 노인네 목소리로〕 얘, 얘 이눔들아! 얘, 질 비껴라 질 비껴. 질 비껴. 〔청중:웃음〕 야 이눔들아 질 비껴라. 칠십이 가두 새 질이구 팔십이 가두 새 질이다. 네 요놈덜 질 비껴라." 〔청중:웃음〕

〔청중:지게다 엡혀 가닝개 새 질이라구.〕 〔청중:응.〕 응. 등이 엡혀 가면서 애덜이 가러막구 지랄덜얼 헝개 '얘 요놈으 새끼덜아 질 비껴라 질 비껴라. 칠십이두 새 질이구 팔십에두 새 질이니 질 비껴라. 요놈덜아?' 〔청중:옳여.〕 〔웃음〕 그러먼서나 또? 인제 떠억 갖다 놓구서 인제 워느 집을 장만했던지 원 오두막살이를 갔던지 초가 삼간을 갔던지? 가각구 떠억 앉어서 〔청중:웃음〕 사는디. 그리두 어느 정도

그리두 베라두 심어서 먹을 데가 있었덩가 농사라두 질 데가 있었덩가 [청중:그럼 그럴 테지.] 다랭이 다랭이 어따가 심을 데가 있었덩가 말여. 응. 논에다가 인제 위 따가 인제 모폭지(모포기)라두 꼽았덩가 보지? [청중:그렇지. 인저 산골 다랭이.] 응, 산골다랭이. [청중:노인네 인제 짊어져다 놓구서.] 먹구살면서. 인제 이렇게 살 면서 꼽아다 놓, 꼽아서는 인제 해놓구서는 칠팔월이 됐던지 말여. [청중:그렇지.] 그눔 베를 벼다가서 '쓰윽 쓱' 훑어서 찌겡이를 해서나, 찌겡이라능 게, 베가 완전히, 완전히 영글지 안해각구서 수확이 되기 전에 이렇게 뚜물만 욍기머넌 벼다가서나 훑어 가지구서 솥에다 쪄서 말려서 해먹능 겁 보구 찌겡이라구 그려. 인제 옛날에 잉? [조 사자:예.] 보리 곧 베고 잉? 그렇게 했는디. 찌겡이를 해서나, 딱 갖다 인자 멍석이 다 해서 널었다 이거여? 이케 뭥개 먹을 것이 읎단 얘기여? 먹을 것이 읎으닝개 그 걸 말렀나아 안 말렀나 보느라구 이빨이다 늫구서 토옥 톡 깨물으닝깨 이 노인네가 가마안히 앉아서 보닝께, 그 젊은 총각 서방님이 그걸 깨밀어 먹어싸거덩? 그렁개 [청중:배가 고파서.] 응. 응. 으응, 배가 고파서…말렀나 암 말렀나 보느라구 그랬 쌍깨. [청중:그렇지.] 토옥 톡 깨물어 먹으닝깨, 노인네가 담뱃대를 물구 앉아서 쳐 다보닝깨 그 젊은 총각 서방이 그냥 대꾸 깨물러 먹었쌍개,

"후유~, 후유~, 후유~, 후유~. [청중:웃음] 아이 저눔우 새가, 아이 다 까 먹네? [청중:웃음] 후유~. 저눔으 인새가 다 까먹는다. 후유~."

그러드랴. [청중:어이구우. 그러드랴?] 응. 그래놓구서, 인제 그러구서는 그걸루 인제 끝나구. 거기는 잉? [청중:웃음]

또, 아 칠팔월이 되여서 구시월이 다아~ 돼가닝깨 지붕이다가서 초가 상간 지붕 이에 이 박넝쿨을 올려각구 바가지가 디룽디룽~ 열렸는디, 이 박속 나물을 먹으야겠 는디 [청중:박속 나물 퍽 마싰어.] 응. 박속 나물 박 박속 나물을 먹으야것는디 이 게 인자 바가지가 좀 쇠야 따서나 박속 나물 먹지 않을 거여? 바가지가 시어야(쇠 야) 인제 이눔이 영글어야 따서나 박속을 먹을 텐디, 영글었나아 안 영글었나 보느 라구 사닥다리를 [청중:안 먹어, 지금은.] 떠억 놓구서 지붕 위루 올라갔다는 얘기 여. [청중:누가 올라갔어? 총각이 올라갔어 할머니가 올라갔어?] 신랑이 젊은 그 총각 신랑이. [청중:응.]

떠억 올라가서는 바늘루다 꾸욱- 꾹 질르구 돌아댕기능기 기여. 그렁개 노인네가? 인자 새닥다리 요롷게 놨는디? 요놈을 뚝 뚝 뚝 저기다 갖다 놓능 거여. [청중:웃 음] 뚝 떠다 여기다 놓구서,

" [어린애같은 목소리로 놀리듯] 어짤랑고~, 어짤랑고~. [청중:웃음] 어짤랑고~, 어짤랑고~."

어트게 네러올라느냤 소리어어? [청중:약올리는먼?] 약올리느라구. [청중:아 아.] 하두 귀여웁구 사랑시러워서. [청중:으응.] 총각 서방 해다놓구 팔십 노인네 가 총각 서방 해다 놓구서 하두 구역구 사랑시러웅개 자식각구 이응감각구 자식각구 ….

[청중:한참 동안 계속 웃음]

"[열광하는 청중의 환호에 더욱 신이 나서] 어짤랑고~, 어짤랑고~, 어짤랑고~.
[청중:에이 새끼야 침이나 발르구 그짓말 해라.] [한참 웃음이 계속된 뒤] 침을 발렀나 암 발렀나 알구나 말혀. 그르꼈댜. 그린디 이런 여기다가 그렁거 해가지구 가서는 이거 상식적으루 봐서 이거 내놓덜 못하능 거구우….
[청중:그렇지. 암. 못내놓지.] [조사자:인제 그런 노래까지 있다아. 얘기까지 있다능 것을 인제 아능 거지요.] [청중:그렇지. 아 그런 얘기두 안 들어본 사람은 들을만혀.] 이건 안 들어봤으니까 이건 무식헌…무식허다면 무식허구 상식적으루 볼 수 있다능 건 좀 워느 정도 그게 감상할 수가 익구 익거던? 감상해서 이거를 빙자해서(참고해서) 어늬 한 항계에 있어서 이 조종헐 수가 익구?
[청중:그 농담허구 장난허느라구 허는 소리구먼.] 또, 에, 이건 뭐 무식허구 상식… 예절이 안 됐다구두 볼 수 익구, 이 좀 숭허물이 숭허물이 있는 처지에는 이게 … 즘잖치 못헌 얘기구…. (782~789쪽)

2. 칠대독자의 원혼

……(전략)……골살이를 들어가 각구서는 골이 가서는 이렇게 사는디. 내애내 독신이루 자기가 칠대까정 독신이루 네려옹 거여. 그 그이가 인자. 치 칠손 [테이프 교환] 칠대까장 네러와 각구서는 인자, 에, 손이 옰어. 영영. 부자루 그렇게 잘 허구 잘 살어두 손이 영~영 옰어가지구서 어트게 마누라를 장가를 가구, 또 큰마누라 장가구 두째 마누라 장가가구 시째 마누라 장가가구 니째 마누라 장가가구 다섯째 마누라까장은 장가를 갔어. 장개를 가두 그 자식을 못 났는디 다섯째 마누라한테서 참 '꿈에 떡 읃어 먹기'루 참 자식을 하나 낭 거여. 났는디 아들을 났네.……(중략)
……그러머 안 일러주거던? 안 일러주닝께 자아꾸우 물어싸면서 쿤을 좀 만나자구 만나자구 하닝깨 쿤이 안 나와. 그러닝깨 인자,
"베주머니에두 구실이 들었다.' 그러닝깨 쿤을 함 번 만나봐야겠으니 필연 무슨 곡절이 있으니 쿤을 만나봐야겠으니 좀 불르라."
구. 인제 막 강력하게 이렇게 얘 얘기가 나가닝깨 참 쿤을 불러줘서 들왔는디…
…(후략)…… (754~755쪽)

3. 은혜갚은 호랑이

……(전략)……그러니 아 고개를 흔들흔들…잡어먹으야겠다구 참 고개를 끄덕끄덕 허거던? 그렁깨,
"그러면, 나 잡어먹능 것은 내가 원통치 않다. 인생이 함 번 났다 함 번 죽능 것은 증헌 이치구? 빈 손이루 왔다 빈 손이루 가능 건 증헌 이치다? [청중:그렇지이.] 응, 그러는디, 내가 낭기구 가는 것이는 있으야 할 거 아니냐 말여. 낭기구 가능 것은 있으야 할 거 아니냐? 인생이 한 번 왔다 풀 끝이 이슬과 같다. 풀 끝에 이슬과 같아 장판내 왔다 장판내 꺼지능 것이 인생인데에? 내가 지금 죽우머넌 너한테

밥을 되구 보머넌 나는 냉기능 것두 욱거니와 우리 늙은 부모 머리가 허연헌 모발이
허연헌 그 늙은 어머니 한 분을, 내 위… 그 봉친을 누가 허구? 내가 죽으먼 워트게
허느냐 말여. 울 어머니가 돌아가신 다음에 니가 나를 잡어먹으먼 잡어먹으니까 그
전에는 못 잡어먹겠다아. 응. 어느 세상천지가 다 뒤집힌다구 해두 부모 몰르머는
그게 잉간이 아니다. 그렇개, 잡어먹을람 잡아먹어라. 그러니까 잡어먹을람 잡어먹
되 우리 부모를 워트게 헐래?"……(중략)……
　"그러먼 입을 벌려라."
　허구 달라들어서, 주먹에 손을 늫구서는 아가지에다가 호랭이 아가지에다 손을
늫구서 보닝깨, 이렇게 딱 가로질렀어 뭣이. 그래서 보닝깨 〔청중:뭘 먹었으닝깨
걸렸지.〕응. 가로질렀는디 도저히 이걸 〔청중:아숨마 잡어먹은 비녀여.〕응. 그 인
제 이렇게 질렀어. 그러닌깐 손을 너 각구서는 틀어서 빼 가지구서 보닝깨 금비네가
모가지가 딱 이렇게 가로질러 있더라. 모가지가. 그러닝개 〔청중:인을 먹어서.〕응.
사람을 잡어먹구서 비네 찔른 사람을 여자를 잡어먹구서 그눔 비네가 모가지가 걸링
거여. 그게. 그렇게 살려주닝깨, 고맙다구 닭이똥 겉은 눔물을 툼벙툼벙 떨리치며
(떨어뜨리며) 줄줄 흘러가머 고개를 끄떡끄떡 허더니 〔등을 돌리며〕 등어리에다 들
처 업능 거여 이걸. 〔청중:그렇지.〕사람을. 인저 이 남자를 〔청중1:은공헐라구
그러지.〕응. 〔청중2:호랭이가 억구 도망간다데. 사람 보면.〕호랭이를 업옹 거여
인저. 호랭이가 등어리에다 업옹 거여. 들러업옹 거여. 깔짜기(갑자기) 달라들어서
업어 버렸으니 워치걸 거어어? 〔청중:그렇지.〕그러더니, 어느 어얼~마를 갔는지
이, 참 한두 끝두 웂이 갔는디. 워딩가를 몰라.
　이 사람은 정신이 혼동돼 버렸어 인제 그때버텀. 〔청중:그 사람을 업었응개.〕
응. 한두 끝두 웂이 가버링 거여. 〔청중1:넋이 나강 거여.〕〔청중2:넋 나갔지.〕
한두 끝두 웂이 가다가서 보닝깨 '탁' 내려놓는디 어느 산 산인디 크은 산인디 펌퍼
~언하니 이 땅이 막 참 존. 경치두 좋구 그야말루 기맥히게 존 자리가 있네? 그렇
게 기맥히게 존 자리가 있는디 거기다 갖다 딱 놓구서나 발루 이렇게 긁어가며 〔자
릿 바닥을 두드리며〕 여기다가… 〔청중:지랐 소리여. 집을.〕집을 지라 이거여.…
…(중략)……
　그러닌깐 들쳐업더니 어디루 가넌지 한없이 끝없이 가능 거여. 하얀~없이 끝없
이 가더니만, 한 밤이 됐는디 밤중이 됐는디. 한밤주웅 됐는디 어느 집 담을 넘어서
뛰어서 억구 들어가능 기여. 들어가구 봉개 지금으루 말허자면 대통령 집이나 되는
모냥이지? 옛날에 잉금에 인제 무슨 정승에 판사딜 인제 이런 사람딜 집이랴. 그래
그런 사람네 집인디 그런 사람네 집이루 썩 들어가는디 열 두 대문을 넘어서 들어가
능 기여, 이게. 열 두 대문을 넘어서 들어가더니만 참 별당이루 떡 들어가더니마는
별당이 가서 신방을 차려서 그 집 딸을 시집을 보내는디, 무남독녀 외딸을 시집을
보냐. 시집을 보내는디 아 그날 저녁이 그 집이루 텨(뛰어) 들어강 거여……(후략)
……(759~764쪽)

4. 왕자님 웃긴 바보

옛날에, 옛날에 이런 사람이 있어. 아들이 하나가 무남… 참 삼대 독자 외아들이 있는데. 아주 바보여. 바보 온달여 진짜. 아~무껏두 몰루는 아주 바보여. 바본디, 바보 온달이면서두 부모에 효자라 이거여. 어트게 효자였는지, 어트게 효자였었는지 말할 수 읎는 효자라 당최 가구가 안 다……(후략)…… (769쪽)

Ⅰ. 이야기꾼 이강석이 구연한 자료*

1998.1.29. 전북 익산시 용동면 대조리 사결 부락 이강석 씨 댁
이강석(남·77) 구연
이복규, 류승호, 이범신, 전수정, 전진 조사

1. 아버지 원수 갚은 과부 아들

그전이 어떤 아이가 동네 놀러가먼은, 다른 애들이 막 애비 없는 호로자식이라고 자꾸 종애를 골렸쌌터랴. 그렇게 집이 와서,

"어머니, 다른 사람은 다 아버지가 있는디 나는 왜 아버지가 없냐?"

고 물옹게,

"느 아버지는 뱜 물려서 죽었단다."

그렀단 말여. 그렇게,

"그러냐"고.

가서, 대장간이 가서 칼을 잘 쳤어. 쳐갖고서는, 그답 뱜 죽이러 나섰어. 가가. 뱜 죽이러 나서가지고는, 눈에 띄는 대로 막 칼로 쳐서 죽이는 거여. 그냥 큰 놈 작은 놈 헐 것 없이, 뵈는 대로 뱜을 막 죽이는 거여 그냥.

그 짓을 허기럴 몇 해를 혔어.

그런디 하루는 산중으를 갔는디, 산중까지 인자 밀고 들어갔는디. 가깐 디 다 잡고.

뱜왕이 있어. 큰 구렁이, 그런 놈 하나가 있는디.

아 뱜을 이렇게 탁 쳐서 모가지를 뚝 띠먼은, 그놈이 와서 붙여 놓고서 섭바닥으로 한 번 핥으먼 붙어 버려. 붙어서 도로 살아 나가. 죽은 놈이.

아 그래서 애만 먹게 생겼단 말여. 아 기여 그놈을 잡어야 씨게 생겼는디. 그 얼매 실갱이허다 그놈을 가서 그냥 모가지를 쳐서 잡었어. 그려갖고 그 큰 구렁이 그놈, 그놈을 때려잡응게는 나머지 잔뱜은 막 도망가더랴.

그래서 그놈을 인자 도막도막 끊어서, 얻다 싸서 인자 밀빵 걸머서 짊어지고 집으로 왔

---

*능숙하지 못한 화자와 비교하는 데 이용한 자료만 옮긴 것임

어. 와 갖고는 죄 처마로 저 변소간 끄트머리로 전부 그냥 씨라구 가닥 널디끼 죽 그렇게 널었는디. 그렇게 널어서 바짝 말렸는디, 몇 해가 됐는디, 대국서 천기를 봉게, 우리나라 와서 보물이 있어. 전쟁 나머는 그 써 먹기 좋은 보물이 있어.

그려서 보물을 사러 그 집으로 왔단 말여. 와갖고는 인자 그 뱀 죽인 애 어머니가 있는디,

"저기 저것을 좀 팔으라."고.

근디 뭐 뱀 죽인 것잉게 그것 뭐 이런 사람이 생각헐 적이는 대단치 않게 알 거 아녀? 그렸는디,

"저것이 보물인디, 당신 보짱대로 돈을 달라고 허라."고.

그러더랴. '이게 값나가는 물건이라.'고.

그렇게 지금 시가로 따지먼 몇 만 석거리나 됐나 원 실컨 보짱껏 헌다능게 그렇게 달라고 혔덩게벼. 그렇게,

"이게 그것만 되는 게 아니라."

고. 돈은 달라는 외에 훨씬 더 많이 줬어. 주고 사갔어. 사갖고, 저짝 나라 군대가 인자 쳐들오는디, 그놈을 가루를 장만혀 가지고, 팔이 떨어지든지 모가지가 떨어지든지 허먼, 붙여 놓고서 그 가루 쪼끔매만 허치먼 그냥 붙어. 그냥 살어. 긍게, 군사들이 악을 쓰고 가서 싸우능겨. 죽어도 도로 살 수가 있응게. 긍게 인자 악쓰고 달라드는 놈허고, 지 몸 살으라는 놈 허고 혀볼 수가 있어? 그 죽은 놈을 몇 번 써 먹고 그러니 어떻게 혀 보겄어? 그 군대허고.

그렇게 혀서 성공을 혔드랴. 뱀 잡어 가지고서도 그렇게 필요허게 쓸 수가 있어. 근디 얘기라 다 부황허지.

2. 거짓말 시합―딸로 돈벌기 작전

그전이 어떤 사람이 딸을 잘 둬서 그렸는지, 에, 지금으로 허먼 이렇게 간판을 세워 놓고 써붙였댜.

"그짓말 시 마디만 잘 허먼 사위삼는다."고.

그렸는디, 아 그짓말 혀야 쓸 디가 있나? 그 그짓말 허거니 어쩌거니,

"그렇다."고.

"그렇다."고

대답허고 그렸더랴.

그렇게 참 그짓말도 잘 허고 수단 있넌 놈덜이 다 가서 돈만 내뻐렸어. 패혔어. 그 영감한티.

그런디, 예전이넌 열다섯 살이먼 시집가고 장개가고 헐 땐디, 마흔 살 먹도록 늙은 총

각이 있어. 그렇게 베렀지 뭐. 손자 볼 정도가 되는 나인디, 그때사 인자 장개갈 돈도 없고, 인자 그렇게 형편없는 사람인디, 그 소문을 듣고서 갔더랴. 연구를 혔어. 이렇게 허먼 되겠다 허구서.

그 영감한티 떡 허니 가서,

"예, 얘기허러 좀 왔습니다."

그렁게,

"그짓말 허러 왔구만?"

"아니, 그짓말도 그짓말이지만, 얘기부텀 허고 그짓말은 이따 허야겠쇼."

"어디 좀 혀봐."

"여기는 여름이 더울 적이 피서를 허는디 어떻게 헙니까?"

허고서 물응게,

"응. 여름이 더울 적이는 큰 정자나무 밑이서 앉아서, 션헌 디 앉었다, 그려도 더우먼 부채질허먼 션허지."

"그거 성가시런디요? 그렇게 헐라먼."

"자네넌 어떻게 편헌 수가 있능가?"

"즈게는 저 편허게 피서를 허지요. 겨울 대한날, 그날이 춥잖요?"

"아 그렇지 암만. 그날이 춥지."(웃음)

"그 날 큰 항아리다가 바람을 하나 꽉 잡아 넣고서는 꽉 봉해 놔요."

"그려서?"

"그놈을 꽉 봉해 놨다. 여름이 더울 때, 구녁 쬐끔 뚫어 놓고 그 곁이 앉었으먼 굉장히 션혀요."

"에이 사람, 그짓말여."(웃음)

"참말이라."고.

"아 그짓말여 이 사람아."

"그러면 하나 혔쇼."

"응 하나 혔어."(웃음)

두 번째는,

"여기는 농사질라먼은 어떻게 농사짓는가요?"

"아, 봄이 논 갈어서, 못자리혀서, 모 심어서, 지심매서, 나락 벼서, 훑어서, 쪄서 밥혀 먹는다."고.

그러고 헝게,

"즈게는 그렇게 성가시렇게 안 짓고 편허게 쪄요."

"어떻게 짓는가?"

"논에다 쇠를 한 말 쪽 깔지요."

"그려서?"

"아 그려갖고 논바닥이다 구녁을 빵빵빵 뚫어 놓고 씨나락을 이렇게 허치면, 거기서 나락이 나와갖고, 한 포기씩 돼서 잘 되넌 놈. 빌 것도 없쇼. 네 구텡이 들으면 가운데로 조로로 쏟아진 놈, 그놈 갖다 혀 먹어요. 그렇게 농사져야지, 뭐 그렇게 성가시렇게 농사져요?"

"네 이 사람, 그것말요."

"참말요."(웃음)

그래서 그것말 두 마디를 혔단 말여. 한마디는 그짓말이라고 허먼 손해 보게 혔어. 참말이라고 혀도 손해고, 그짓말이라고 혀도 손해고, 그걸 연구를 혔어. 끄트머리판에.(웃음)

시이커먼 종이떼기 하나를 내놔.

"이게 뭣인가 잘 좀 보쇼. 당신네 할아버지허고 우리 할아버지허고 그전이 7대조 할아버지 때 친허게 지냈다는디. 우리는 부자로 살고 당신네는 가난허게 살고 그런디. 돈 그때 돈 3천 냥을 우리한티 빚을 졌다는디. 그 빚 문서가 오래 돼서 참말로 맞웅가 안 맞웅가 좀 봐 주쇼."

아 이거 참말이라고 허먼 3천 냥을 물어줄라먼 천지가 아득허고, 그짓말이라고 허먼 꼭 사위를 삼어야 허고, 이리 가도 밑지고 저리 가도 밑지네.(웃음)

그래 말그러미 치다 보더니 그러더랴.

"에끼 도적놈. 늙은 놈이 이놈아, 장개가고 싶으냐 이놈아? 네한티 내가 몰렸응게 딸로 데려가거라 이놈아."

그렸댜.(웃음)

3. 왕비 간택

(조사자의 유도에 따라 이야기를 생각해 내 시작함)

그건 그 노인네가 아들이 없고 딸만 3형젠가 형젠가 됐더랴. 딸만 뒀는디, 큰딸은 그걸 모르고, 작은딸이, 꿈을 큰딸이 꼈는디, 큰딸이 꼈는디, 오줌을 눙게 서해바다가 됐다고 그 동상기다 그 얘기를 혔더랴.

"성, 그 꿈 내기다 팔어."

"꿈을 어떻게 판다냐?"

"아니, 판다고 허고 산다고 허고 혔댜. 내가 일광단 치매 주께 그렇게 허라."고.

"글써 써서 주고받고 그렇게 허먼 된다."고.

그런디, 큰딸은 꿈만 꿨지 풀어 먹을 중은 몰르고, 동상은 꿈은 안 꿨어도 그 꿈을 풀어 먹을 줄 알었단 말여. 그렇게 그 꿈을 샀어. 꿈을 사갖고는,

"성 잉간허먼 여우라."고.

여우고서는 서울로 이사가자고 허더랴. 인자 딸만 있응게.

이사를 가는디, 출 때여. 덜덜덜덜 떨고 가는디, 가매 타고 가는디, 가매 안에서 떠는디, 과거보러 갔다 인자 허탕치고 오넌 사람들이, 싯이 있게 됐더랴. 그걸 보고서는,

"아이고, 저거, 어떻게 저렇게, 추운디 저렇게 못 견뎌 허넌디 쓰겄냐."고.

긍게,

"아 딸이 서울로 가자고 혀서 가넌디, 추워서 그런다."고.

그러고 헝게,

"그려서 쓰냐"고.

하나는 아마우를 주고, 하나는 토시를 주고, 하나는 조끼를 주고 그렸랴. 그려서 따숩게 갔어. 그렇게 물론 거주 성명이야 어디서 썼겄지.

인자 서울을 가서 얼매럴 사는디, 그전이 임금이 상처를 혀갖고 후실 장개럴 갈 참인디, 그전이는 요란허게 갔더랴. 한 고을 허먼, 한 고을서 딸을 제일 잘 둔 사람으로 골라서, 하낙씩 선출혀서 골라서 나가. 게 삼백 예순 고을인디. 삼백 예순 명이 전부 서울로 집결허게 됐어.

그렸넌디, 인자 마당이 인자 빡빡허게 들어서갖고, 인자 조옥 자기 아버지 이름, 방석이다 이름 써가지고 다 깔고 앉고 그렸넌디, 다른 사람은 다 방석을 깔고 앉었넌디, 그, 그때 시절이 그 좋은 치매 입고 그렸넌디, 방석을 이렇게 또로로 말어서 이렇게 아둥고 앉었고, 맨땅이 가 앉었더랴. 그 사람이, 그 꿈 산 여자가. 그렇게 임금이, 남보담 달붕게 거그럴 역부러 가서 물어봤어.

"다른 사람은 방석을 깔고 앉었넌디, 어찌 방석을 저렇게 말어 가지고 앉었냐?"고 인자 물응게,

"소녀가 애비 이름을 깔고 앉을 수가 없어서 아둥고 있습니다."

"어허, 효녀로군."

칭찬을 받었어. 거기서부터. 허허 임금한티.

그러고, 인자 문제를 내는디.

"꽃 중으는 먼 꽃이 좋으냐?"고

물응게, 뭐 '함박꽃이 좋은네, 매화꽃이 좋은네' 뭐 모도 여러 소리를 혔싸터랴.

암말도 않고 있어. 그러니 다른 사람은 인자 치다도 안 보고 거그 와서 또 물어. 임금이.

"왜 암말도 않냐?"고.

"다른 사람이 다 헐 말 다 헝게 헐 말 없다."고.

"그럴 리가 없다."고.

그렁게 달븝게 봤단 말여. 사람을.

"소녀 생각이는 모캐꽃허고 나락꽃허고 두 가지가 좋을 걸로 생각헙니다."

"어찌 그런가?"

"모캐꽃은 지먼은 솜이 나와서 만인간이 따숩게 옷을 입을 수 있는 거고, 나락꽃은 지먼은 쌀이 나와서 만인간이 밥을 배부르게 먹지 않냐?"고.

"그려서 그 두 가지가 좋은 걸로 생각헙니다."

그렁게, 꽃이 대혀서 합격을 혔어. 임금한티.

두 번째는,

"세 중으는 뭔 새가 크냐?"고

헝게, 뭐 '황새가 크네, 뭔 새가 크네' 어쩌고 헝게(웃음), 암말도 않고 있응게, 또 물어.

"소녀 생각이넌 이것 저것 혀야 먹새가 제일 큽니다."

사람 먹는 먹새가 크다 그거여.(웃음)

두 번 다 합격혔어.

세 번째는, 참 보통 사람은 알 수가 없는 일여.

"찬물이 더벗어지는 게 뭐냐?"고

물었단 말여. 그러니 벙어리지 인자. 보통 사람은 생각이 안 낭게.

임금이 또 와서 물어.

"그렇게들 몰르냐?"고.

인자 그 샥시가 있다가,

"소녀 생각으넌 한 가지가 될라나 싶읍니다."

"뭐냐?"고.

"하느님이 비를 많이 주시먼 산이서 사태가 나는 수가 있습니다. 그것이 아마 찬물이 더벗어지는 것이 맞을 거 같습니다."

그려 맞쳤어.(웃음)

그렁게 의견이 매우 높은 여자여. 그려서 시 가지를 다 합격을 혔어. 그려서 왕비가 됐더랴.

그렁게 크게 되는 사람은 생각허는 것이 닯어. 아, 이번이 우리 나라도 봐. ○○○인가 뭐 못나 터진 ○의 ○○가 왕 노릇 혀가지고, 그거 그냥 나라가 형편없었는디, 인자 쓰게 생긴 사람 나왔어. 지지리 못 생긴 ○ 그○이 대통령 돼가지고. 눈깔 깨진 놈덜이 찍어 줘가지고.

Ⅱ. 능숙하지 못한 화자 이범신이 구연한 자료

1998.1.31. 서울특별시 마포구 아현2동 343-22(23/5) 이복규의 집
이범신(남·13세) 구연
이복규, 이선범 조사

1. 아버지 원수 갚은 과부 아들

아주 먼 옛날에, 어떤 어린아이가 하나 있었, 소년이 하나 있었는데, 그 사람이 일찍이
에, 그 사람 아버지가 일찍이 뱀한테 물려서 돌아가셨어요. 그래 가지고 인제, 놀 때마다
그 동네 아이들이 그 소년 보고, 아버지가, 아니 아버지 없는 자식이라고 놀려대니까, 인
자 하도 화가 나 가지고, 집에로, 집으로 돌아와가지고, 엄마한테, 그 어머니한테,

"아빠, 아니 어머니, 왜 저, 저한테는 아버지가 없나요?"

그러니까 그 어머니가,

"그, 아, 너의 아버지는 일찍이에 뱀한테 물려서 돌아가셨다."고

사실대로 인제 말씀드리니까, 대장간에 가가지고, 칼을 아주 잘, 아니 칼을 자알 만들
어가지고, 음, 닥, 보는 즉시 인제 뱀을 다 죽였어요. 칼로.

그래가지고 인제, 가까이서, 가까이, 동네 근처에 있는 뱀을 다 잡으니까, 인제 산중에
있는 뱀들을 잡으러 떠났어요. 그중에서 인제 왕뱀이 있었는데, 그 뱀하고 인제 맞딱뜨렸
어요. 그 소년하고. 그런데 인제 칼 갖다가 인제 목을 짜르면, 그 목이 붙어, 그 목이 인
제 다시 몸에 붙어가지고, 거기다 침을 바르면 완전히 다 붙어가지고, 다시 인제 살으니
까, 인제 힘을 거의 뺄 지경이죠.

그러니까, 그래가지고 인제 할 수 없이 무슨 주먹 같은 걸로 때려, 그냥 때려 죽였어
요.(조사자: 주먹 같은 걸로?) 예. (조사자: 뱀을?) 예. 때려 죽인 담에, 인제 그걸 한 번
에 들, 왕뱀이니깐 크기도 크잖아요? 그러니까 아제 한 번에 들 수가 없으니까, 도막도막
내 가지고 그걸 갖고 왔어요. 그런 다음에 지붕 위에다가, 얹혀 놓았는데. 그 왕뱀을 죽였
을 때 다른 잔뱀들은 무서웠으니까 인제 다 흩어져가지고 도망갔고, 인제 남은 하나 가지
고 갖고 왔고, 인제 말렸고, 그래가지고 인제 잘 살고 있는데, 중국에서 인제 그 우리나라
에 보물이 있다고 해가지고, 와가지고 인제 보니까, 저기 지붕에, 되게 큰 뱀을 토막내가
지고 말려 놓은 걸 봐가지고 인제, 거기로 가가지고 그 엄마, 어머니한테 그 소년, 뱀잡았
던 소년의 어머니한테 가가지고,

"저 왕뱀 토막낸 거를 내게 좀 파시오."

그러니깐 어머니는 인제,

"뱀 죽인 거 말려 놓은 걸 갖다 뭔 쓸모가 있는진 모르지만 그러겠다."고

하는데, 나중에 사신이, 그 사신이, 중국사신이 말하기를,

"그 뱀은, 그 뱀 토막낸 것은 보물이라."고.

"그걸 가루, 가루를 내가지고 팔이나 목이나 짤린 사람, 이걸 붙여놔가지고, 그 가루를 뿌려 놓으면, 인제 다 붙어가지고 더 많이 쳐 가지고 다시 산다."

그러니까, 그래가지고 인제, 어머니가 그 말한 값에 대해서 더 많이 쳐가지고 인제 돈 준 다음에, 사신이 그걸 갖고 갔어요. 그래가지고 또 이제 얼마 뒤에 전쟁이 터졌는데, 그런데 그 중국에 그거 뱀가루를 낸 게 있으니까, 인제 죽어도 인제 다시 살아나잖아요? 그래가지고 이제 막 죽어도 상관없다는 듯이 인제 가서 뎀벼들었죠. 그러니까 인제 침략해 온 나라는 자기 돈받고 인제 살려고, 살려고 왔던 군사하고, 죽기 살기로 덤벼드는 군사하고, 인제 차이가 나니까, 그 뱀을 갖고, 뱀 산 걸 가지고 있던 군이 당연히 승리해 가지고, 그냥 승리했어요.

2. 거짓말 시합―딸로 돈벌기 작전

어느 날 거짓, 어떤 사람이 있었는데, 그 사람이 인제 예쁜 딸이 하나 있었어요. 그래가지고 인제 그냥 주기는 아까우니까, 그냥 주기는 아깝고 돈 욕심도 좀 나니까, 거짓말 열 마디 해가지고, 진짜 거짓말 열 번 해가지고, 진짜 거짓말 열 번이라고 인정되는 사람한테 딸을 주겠다고 했어요.

그래가지고 인제, 막 아첨하는 사람, 별 사람 다 와가지고, 거짓말을 하는데, 그 사람이, 영감이, 그냥,

"어, 그래? 맞구나!"

그런 말만 하면 그냥 다 거짓말이 안되잖아요? 그래가지고 그 사람들은 돈만 날리고 간 거예요. 그런데 또, 어떤 한 사십 먹은 총각이 있었는데, 어찌나 장가가 가고 싶었는지, 그 예쁜 딸한테 장가가고 싶어가지고, 인제 돈도 없으니까 연구를 한 거예요. 이렇게 이렇게 하면 인제 거짓말이라고 인정받을 수 있다.

그래가지고 인제, 인제, 집에를 가 가지고, 첫 번째 해가지고,

"제가……(조사자: 피서) 아 맞다. 영감님은 어떻게 피서를 보내십니까?"

그래가지고,

"저 느티나무에서, 느티나무 그늘에서 멍석 깔고 앉아 가지고, 그래도 더우면 부채 피우면, 그게 최고라."고.

그렇게 말하니까,

"에이, 그거는 절대로 피서가 아니예요."

그러니까 그 영감이 궁금해 갖고,

"뭐냐?"고

물어 보니까, 그 사십 먹은 총각이,

"겨울에, 바람이 쌩쌩 불 때 거기 항아리를 갖고 와서 구멍을 연 다음에, 겨울바람을 집어 넣어가지고 시원하게 하면 된다."고

그러니까, 인제 그 영감이,

"에끼, 거짓말하지 말아요. 이 사람아."

그러니까, 거짓말을 한 거죠?

그 다음에, 인제 두 번째 세 번째 다 계속 거짓말을 한 다음에, 맨 마지막 가가지고, 거기서 총각이,

"제가, 아니 저희 조상님께서 당신 영감님네 조상님한테, 돈 3천 냥을 꿔줘가지고 가난하게 됐는데, 그 증서를, 제가 글을 잘못하니까, 한 번 해달라고, 봐달라."고

보니깐, 인제 보니깐, 3천 냥이라고 돼 있어요. 그래가지고 인제, 거짓말이라고 하자니 딸년이 아깝고, 거짓말이 아니라고 하자니 인제 3천 냥 주기가 아깝고. 그래가지고,

"에라이 도둑놈아, 그래 내 딸 가져가라, 가져가."

그래가지고 그 딸년, 딸하고 결혼했대요.

3. 왕비 간택

옛날에 인제, 어떤 임금님이, 자기 세자를 위해 가지고 인제, 후궁, 아니 왕비를 인제, 나중의 왕비를 뽑는데, 다른 미인들이 많이 와 가지고 시험을 보려고 하는데, 맨처음에, 와가지고는, 방석이었던가? 다른 사람들이 자기 아버지 이름을 써놓은 방석에다가, 방석을, 아니 방석에다가 자기 아버지 이름을 써가지고 거기다가 앉으래요. 그래서 다 앉았는데, 어떤 한 처녀만 안 앉았어요. 그래가지고,

"왜 안 앉느냐?"

했는데, 그 처녀가,

"자기 아버지가 새겨진 이름에 어찌 앉느냐?"고.

그래가지고 인제 첫 번째 시험을 통과했어요. 그래가지고 인제 두 번째 시험에서, 왕이,

"제일 아름다운 꽃이 무엇이냐?"

그러니까 다른 사람들이 무슨 별별 꽃을 다 말했는데, 그 처녀는, 처녀가 이제 말을 안하고 있어요. 그래 왕이 처녀한테 가 가지고,

"왜 말이 없느냐?"

그러니까.

"물어보지를 않아서 그렇다."고.

"너는 무. 아니 그럼 무엇이 가장 아름다운 꽃이라고 생각하느냐?"

그러는데, 아마도

"목화꽃과 개국꽃이라."고.

개국꽃인가? 하여튼간 그랬어요.(조사자: 개국꽃이 무어야?) 모르겠는데, 어떻게 그랬다고 됐는데, 인제,

"목화꽃은 사람들에게 무슨 무명실 같은 거 자아내가지고 따뜻하게 만들고, 개국꽃인가 그런 것은 나라를 상징하는 것? 그런 거라가지고 그렇다."고

해가지고 두 번째 시험을 통과했어요.

그래 세 번째 시험에서, 아마 그게,

"제일 좋은 음식이 뭐냐?"

그런 것 같았는데, 다른 사람들은 다 인제 또 말했는데, 또 그 처녀만 가만히 있어가지고, 왕이 다른 사람들 말은 듣지도 않은 채, 그 처녀한테 가가지고,

"너는 무엇이 가장 좋다고 생각하느냐?"

그러니까 그 처녀가 말하기를,

"제가 생각되기로는, 소금이 가장 좋은 것이라고 생각한다."고

이 대답을 하고서,

"그 소금이 모든 음식의 간을 맞춰 주기 때문에 가장 좋은 음식일 거라."고

생각해 가지고, 세 문제 다 맞춰 가지고 그거 왕비가 됐대요.

〈자료 3〉

김한유(금자탑) 구연 만담

1998.3.24(화) 오후 4:00~5:10. 탑골공원 벤치. 청중 80~150명.
신동혼 조사.

만담3

이제 자리가 거진 됐어요. 안녕허세요. 자리 비었어요. 많아요 지금. 이딴 자리가 없어요. 얼른 오세요. 자리가 없어. 이리 오세요. 자리 잡으세요. 조끔 있으면 자리 없어. 자리 없어요.

때가 왔습니다. 참 좋은 때가 왔어요. 〔조사자가 마이크를 끼워 드리자 "그건 뭣하러 자꾸 껴." 한다〕. 증말 좋은 때가 왔어요. 젊은 사람은 젊은 사람대로 좋고, 나이 잡순 노인은 노인대로 좋고. 산야에 꽃이 피고 햇볕이 따사롭고 기다리고 기다렸던 봄이 왔어요. 얼마나 좋은 때가 왔습니까. 어저께 돌아가신 양반 오늘 못 나와요. 건강하시니께 오늘들 나오셨죠. 여기만 나오시면은 오래 사십니다. 여기 오시면요, 오래오래 건강하게 사세요. 게 노인들이 오시면은 보약을 암만 많이 먹어도 소용없어요. 보약이 문제가 아니예요.

여러 선생님, 어제 저녁에 잠을 일찍이 주무신 양반은 못봤고 늦게까지 테레비 보신 양반은 KBS방송에 밤에 만난 손님이라는 그걸 보셨을게요. 마지막 밤에 늦게늦게 11시가 지나서 했어요. 그게 뭐냐? 20년 동안을 저 남대문 시장에서 젓갈장사하는 아주머니 하나가 돈이 1억이나 2억도 아니고 20억이라는 돈을, 20억 20억이란 돈을 저 시골 어느 대학교에다 갖다가 공부 잘허고 돈 없어서 대학을 졸업 못허는 그런 불우헌 학생들에게 장학금 주라고 장학재단에다 20억을 갖다 맽겼어요. 시장에서 새우젓팔고 조개젓파는 그러헌 … 그리고 이 냥반은 보통학교도 안 나오고 국민학교라고는 초등학교도 안 나왔어요. 배운것도 없는 그 젓갈장사 할머니가 금년에 나이가 예순 두 살이유. 헌데 여기 혼자사시는 홀애비 영감있으면 내가 소개할게요. 그 마나님하고만 살면은 아무것도 부족할 게 없어요. 생각을 해보세요. 시장바닥에서 앞치마 둘르고 새우젓 파는 그러헌 여인이 20억이라는 돈을 저 시골 어느 대학교에다가 갖다 맽겼대요. 나는 공부를 못했으니 배움에 주리는 학생들에 장학금 주라고. 이거 요새 그 높은 양반들 다 그런 건 아니지만 대통령 지낸 사람이 돈에 욕심이 나가지고 나라에 국재(國財)에 손을 댔다가 감옥소에 갔다 나온 거 아시죠.
전씨 노씨. 그런 분은 다 높은 공부허고 높은 자리에 앉아서 그렇게 지낸 분이 거 욕심을
부렸다가 감옥에 갔어요. 시장바닥에서 새우젓 조개젓 파는 아주머니가 20억을 모아가지
고 그걸 지독하게 옷 한 벌도 안 사 입구서 집을 샀는데 4억, 4억짜리 집을 하나 샀대요.
그런데 그 4억짜리 집이 집값이 올라가기 시작해서 6억이 됐대요. 게 6억이 됐는데 그 애
껴쓰고 애껴썼던 돈을 전부 집까지 팔어서 자기는 하숙집이가 들어가 있고 집이 욻이 집
을 팔고 돈 20억을 맨들어가지고 자기 일평생 번 돈을 시골에 대학교에 학생들 장학금 주
라고 갖다 맽겼다 이기요.

    여보세요. 이 세상에는 나같이 나쁜 놈만 있는게 아니예요. 여기 앉으신 분들 중에두
훌륭한 분들이 많아요. 좋은 사람이 많으냐 나쁜 놈이 많으냐? 그래도 좋은 사람이 많읍
니다. 만약에 나쁜 사람이 많다 허면 나라는 볼 게 옳어요. 나쁜 늠이 많죠? 그 나쁜 사
람은 모든 사람의 거울이 되는 게고 스승이 되는 게요. 남이 잘못허는 거, 나쁜 짓 허는
걸 보고 자기를 돌보고 자기가 뉘우치고 깨달어서 저런 행동을 해서는 안 되겠다 그러헌
교훈을 받는 겁니다. 부처님 앞에가 복을 빌고 십자가 예수 앞에가 복을 빌고 기도를 잘
드린다고 해서 잘 돼요? 그러기로 허면은 김영삼 대통령이 기독교의 장로여, 장로. 그 김
영삼 대통령이 식전에 눈뜨고 일어나서 조찬기도를 드리는디 아침기도, 그 놈의 기도를
워터게 잘못 드렸간디 나라가 이 꼴이유? 대통령이 기도를 드려서. 기도만 드린다고 되는
게 아니유. 사람은 마음의 바탕을 고쳐야돼.

    여기는 그런 분이 옳겠지만 사람이 천층만층 아니유. 남이 잘되고 좀 뭐하면은 배가 아
퍼. 남이 좀 뭘 잘하면 그걸 비꽈. 남의 허물을 비꼬기 전에 자기를 돌봐. 저같은 사람 되
면 안돼요. 제가 무슨 배운게 있습니까, 뭐 아는게 있습니까? 한껏 아는 건 그짓말밖에
모르는디, 건방지게 공원에 와서 노인들 앞에 와서 뭘 지가 뭘 안다고 떠들어. 여러분 노
인들 저같은 늙은이가 되지 마세요. 남에게 존경을 받을 수 있는 노인, 사회적이나 가정에
들어가서도 자식들한테라도 우대를 받는 웃어른이 되세요. 자식이 잘못한다고 자식만 나
무래선 안돼요. 웃어른이 잘험으로써 젊은이들이 잘합니다. 젊은 사람이 잘못하는 거 책임
은 누구에게 있어요? 대통령이 져요? 천만에. 나이 잡순 노인들이 책임을 져야 해요. 노
인들이 한가지라도 젊은 사람에게 본뵈일 수 있는만한 그런 행동을 해야 젊은 사람들이
보구서 배우지요. 그러나 본바탕 질이 나쁜 늠이 있어요. 사람이 천층만층 아니요? 에미
애비가 가르키고 학교에서 교육을 시켜도 요전에 거 외국유학까지 갔다오고 대학교 교수
되는 늠이 문제의 좌우는 따질게 없이 제 애비를 칼로 찔러 죽였어. 그늠은 본 바탕이 틀
린 늠이예요. 거 왜 그러냐? 날 적에 부정 들어서 그려. 그래 애기 낳아놓고 금줄을 띠죠.
부정헌 사람 들어오지 말라고. 부정이 어딨느냐? 물론 그런 말씀을 허실게요. 부정이 있

습니다. 애기 난 지 삼칠은 이십의일 스물하루 동안은 대문에다가 금줄을 띠고서 부정헌 사람 들어오지 말라고 금줄을 떠요. 이거 우리나라에 아주 옛날부텀 내려온 풍습입니다.

여기서 아까 어떤 양반이 장시간에 걸려서 좋은 말씀을 허고 나갔다고 그래요. 저는 좀 늦게 왔습니다만 저라고 무슨 좋은 얘기 헙니까? 맨 그짓말이나 하고 엉터리읎는 후라이나 치구. 전 그런 사람인 줄 아시죠? 해방후로 48년 동안을 돌어댕기며 맨 그짓말, 그짓말밲이 몰라요. 그러나 그짓말에 종류가 있습니다. 두 가지. 그짓말에 무슨 종류가 있느냐? 선의에서 나온 그짓말은 남에게 해독을 안줘. 그러나 악의에서 나온 그짓말 허면 남에게 해독을 줘요. 그래서 그짓말이라고 다 나쁜 게 아녀요. 근데 저는 워낙 무식하고 아는게 그짓말밲에 몰라요.

해방 전에는 어디 있었느냐? 여기서 제이고등보통학교 댕기다 중퇴하고 3년만에 졸업장을 못 받았어요. 저 청계천에서 종로경찰서 암교라고 하는 유아바시 고등계 형사. 무서워요. 일정 때 고등계 형사하면 얼마나 무서웠어요. 태암(?) 눌러쓰고 라이방 딱 깔고 사구라 몽둥이 들고 서울 장안에 그늠이 나오면 야시가 못서. 올마나 악질인지. 그래 그놈을 '너는 필요읎는 인간이다. 맛좀 봐라.'

밤 11시에 수표교 다리를 건너가는데 그놈이 저쪽에서 와요.

'너는 오늘 저녁에 제삿날이다.'

슬쩍 비껴스면서 이놈이 칼이 길으니께, 키는 적으니께 이걸 들고 댕겨요. 세발짝 가는 늠을 뒤로 가서 똥방댕이를 발길로 찼는데 수표교 다리 밑에 시궁이 여기까지 다요. 시커면 썩은. 거기에 꺼꾸로 백여서 죽었어요. 그 이튿날 일제 단속이 일어서 막 잡어 들이는디. 그 때 여러분 아시죠? 우리나라 종로의 깡패. 종로깡패 대표가 누구예요? 김좌진 장군의 아들 김두한이 깡패대장이유. 김두한이만 있어요? 신마적 구마적 양칼 번개 허재비 업새 백곰 돼지, 이게 서울 장안의 그 때 깡패 대장들이유. 종로 경찰서에서 잡어갔다 메칠 있으면 내놔요. 또 나쁜 짓 하면 또 잡어가요. 그 때 이사람이 뭐허는 사람이냐? 그 많은 깡패 중에 번개예요. 김두한이가 도림다방에서 잘 데도 읎어. 다방 저 뒤가 앉어서 신문지로 얼굴을 가리고 이발요금이 읎어 머리를 못 깎어. 머리가 아주 여자머리처럼 길게, 그 때 말로 히피 대가리. 뭘 먹느냐? 그 다방 주인 매담 아주머니가 마흔 일곱 살인데 그 냥반이 설렁탕을 시켜다 멕여요. 그거 은어먹고 다방 저 구석탱이에서 신문지로 얼굴을 가리고 앉었다 그냥 모켕이(?)루 쓰러져 자요. 김두한이 그 때 참 비참했습니다. 그래 두한이를 만났는데

"자네 이게 무슨 꼴인가. 자네로 말허면 이나라의 장군의 아들이요." 홍성 갈뫼 김좌진 장군의 아들이유. 좌진이. 가진이 말고 좌진이. "용기를 내라."

용기 내래니께 용기를 내길랑 고사하고 고개를 더 수그리유.

"일주일만 참어라. 다시 만나자."

도림다방에서 김두한이를 거기 앉혀놓고 나왔어요. 제 고향이 충남 예산입니다. 그 때 저의 선친께서 과약을 했어요. 약국을 했어요. 종로에 을지로 입구에서 38년동안 거기서 약국을 하시던 우리 선친이 약국해가지고 일본놈의 등쌀에 못견뎌서 충남예산으로 낙향을 허셨어. 게 저도 게가서 컸지요. 집에 내려가서 아버지 모르게 논 일곱 마지길 팔았어요. 논 한마지기에 얼마 했느냐? 아주 상답이면 그 때 65전, 건답 같으면 20전 30전 했어요. 논 일곱마지기를 팔어가지고 와서 김두한이를 데리고 가서 목욕을 시키고 이발을 시키고, 저 화신상회 밑에 삼일 양복점에 가서,

"이분에 옷 한벌 코트까지 좀 재라." 이거여.

그래 덕원상점에 가서 바자마 빤스 넥타이 와이셔츠 양말, 세창양화점에 고도방 구두, 말가죽으로 진 거. 그 때 보통 구두는 7원만 주면 샀어요. 12원 주구서 고도방 구두를 맞춰 사흘 만에 찾어서 신기고, 논 일곱마지기 판, 쓰고 남은 돈을 김두한이를 주면서

"이걸 가지고. 사나이가 다방 구석에 앉았으면 되느냐. 용기를 가져라 일어서라."

"형님 고마워요."

이래서 두한이가 다시 일어섰어요.

의사당에 들어가서 국사를 논허는 국회의원까지 됐던 김두한이 드디어 죽었어요. 김두한이는 죽었는데 이 못생긴 사람은 아직도 안 죽고 오늘도 와서 노인들앞에 후라이 치고 있어요. 여러 선생님, 그래 일본놈 종로경찰서 고등계 형사를 수표교 다리밑 시궁이다 꺼꾸로 박아 죽이고 그 이튿날 일대 단속에 60명이 잡혀들어갔어요. 종로 경찰서 지하실, 지금도 깡패들 많죠? 요새도 이 깡패가 제대로 된 늠은 우리가 대우해줘야 해요. 깡패도 의리가 있는 늠 있고 의리가 없는 늠이 있어. 〔청중:맞어〕 깡패라고 다 나쁜 게 아뉴. 〔청중:선생님 나이 잡순 대로 박수 쳐 줄만 해. 맞는 얘기여. 깡패도 의리 때문에 연속이 되는거여. 의리를 빼놓으면 말어...〕 그래서 종로경찰서 지하실이 어떤 데냐? 중앙정보부만 무서운 게 아녜요. 요새 안기부만 무서운 게 아녜요. 어마어마 합니다. 종로 경찰서 지하실 취조실에 한 번 끌려 들어가면 반은 죽어야 나와. 무서워요. 뭘 주느냐? 하루에 주먹밥, 왜말로 이기리매시(?) 두 덩어리밖에 안 줘. 물도 두 컵밖엔 안 줘요. 이걸 먹구서 모진 고통과 고문을 당허는 그 가운데서 살었어요. 어떻게 살었느냐. 고 앞집이 음식점을 하는 아주머니 하나가 꺼먹 광목치말 입고서 주먹밥을 이구 들어왔는데 그 광주리가 이것만 해요. 주먹밥을 전부 60명을 나눠주고 나가는데 내가 그 치마를 떠들고 치마밑으로 가서 넙적다리를 껴안고 매달렸어요. 그 부인이 지혜가 없는 부인 같으면 이거 왜 이러느냐고 한마디만 했으면 전 죽어요. 비록 음식점에서 장사하는 그러헌 무식한 여자지만 지혜가 있어.

'아, 이 사람이 살려 달라고 내 치마 밑구녕엘 들어갔구나.'

그래서 바짝 껴안구서 치마밑에 가 매달렸는데 그 지하실 계단을 밟고 오는데 이 아주 머니가 광주리로 나를 덮어가지고 종로경찰서 지하실을 나왔어요.

거기서부텀 얘기가 오늘까지 이어집니다만 그걸로 허면은 연속드라말 엮어도 3년은 엮어야 돼요. 일본놈 종로경찰서 고등계 형사를 죽인 사람이 국내에 남아있겠어요? 잽히면 사형이예요. 이래서 만주로 뛰었습니다. 외몽고 내몽고 북경 남경 신경 하루빈, 상해 홍콩, 8년 동안 누구 산하에 있었느냐? 우리 독립군단체가 만주벌판에 40개 단체가 있었어요 그때. 거기서 내가 김일성이 부대가 있다 소리 말은 들었지만 보진 못했어요. 저는 철기 이범석 장군 휘하에 있었어요. 그 얘기를 허자면 뭐 이루 말을 뭐 다 엮을 수가 없습니다.

8년만에 아무리 있어야 독립이 안돼요. 독립군만 하루에 몇백명씩 죽어요. 왜놈들허고 싸우다 죽고, 굶어죽고, 얼어죽고. 안 되겄다. 그래서 독립군단체에서 밤에 야심헌데 탈영을 했어요. 지끔 군대에서 탈영허면 그대루 총살이유. 우리 독립군은 얼마나 무서운지 아세요? 쪼끔만 눈치가 이상하면 그대루 쏴버려. 개끌듯 끌어다 갖다 내버려유. 그래, 탈영을 해가지고 나진 청진 부령 도문, 웃강강 길주 명천 함·평양을 넘어가지고 강원도 금강산에다 몸을 감췄어요. 금강산에 가면 지금도 그대로 있습니다. 장안사, 유점사가 있어요. 장안사 절간에 가서 나무해다 주고 장작 뻐개주고 부엌에 불때구 군불 때주구 먹는 것은, 밥은 안줘요, 누름밥밖엔. 누름밥을 얻어가매 절간에 머슴노릇, 상좌중. 4년 6개월만에 장안사를 내려왔어요. 거기에서 누굴 만났느냐? 일백백(百)자 참을인(忍)자, 백인도사라고 하는 도승 밑에서

"너 글 배웠느냐?" 그래요.

말이 없으니께

"천자도 안 읽었니?"

"천자는 읽었지요."

"몇 독이나 했니?"

"몰라요."

"다시 배라."

그 백인도사 밑에서 2년 6개월 동안을 천자를 5만독을 했습니다. 여기 천자공부 많이 허신 분 있어도 5만독 헌 양반은 벨루 없어요. 천자를 5만독을 해야 천자의 물리를 안다 이게유. 한문 글자 천자가 뭡니까. 우리 동양문학의 기본이예요. 하늘천 따지 검을현 누르황 집우 집주 이끼야까지 천잔데, 천자 속에는 천문 지리 과학 예술 문화 종교 법이 그 속에 다 있어요. 천자만 배면 돼요. 그래가지고 계몽편의 동몽선습을 읽어. 통감 지국대권

(?). 통감은 중국의 역삽니다. 전쟁사.

그래가지구 피신을 댕기는데 얼굴도 안 닦아요. 머리가 이렇게 길어요. 멀쩡헌 늠이 지팡이 하나 짚고 병신노릇을 헙니다. 멀쩡헌 늠이 이렇게 걸음을 걸어요. 왜냐? 만약에 일본놈 순사한테 걸리면 죽어. 그래서 저 제주도까지 내려갔다가 일본가는 상선에 몸을 감춰서 시모노세끼 하관에 가서 창고에 감췄다 나오니께 각목으로 몽둥이로 개잡듯 뚜들겨패요. 그 모진 매를 맞고 죽지 않았어요. 그래서

'호랭일 잡을래면 호랭이 굴로 들와야 한다더라. 왜늠들이 우리의 민족의 원수요, 그러나 일본땅에 왔으니 구경이나 하자. 그래 동경을 중심으로 동경 대판 명고옥 시노 가라우도 홋가이도 히고꾸 규슈, 일본 전국을 1년 8개월 돌아댕기다가 일본의 국항 횡빈(?). 동경에 맞붙었죠. 요꼬하마 항구에서 미국의 상선, 아니 미국의 유람선 메리 함스톤이라고 하는 미국 함선에 갑판 소지로 들어갔어요. 지구촌에 항만도시치고는 안 가본 데가 없이 해방전까지 돌아댕기다가 해방되기 일년 전에 모국에 왔습니다. 갈 데가 있어요? 제가 어려서 놀던 이 자리 탑골공원에 왔어요. 그래가지고 해방이 됐어요. 게 오늘날까지 48년 동안을 파고다공원 남산공원 우이동 정릉 효창공원 사직공원 인천에 만국공원, 대전에 보문산 공원, 대구 달성 공원, 제주도 서귀포 흑산도 울릉도 거제도, 연포 대천 만리포, 음성 증평 충주 청주 예덕산 홍광천, 소사 부평 동인천 주안 월미도, 의정부로 강원도 속초까지, 노인대학 복지회관 부녀회관. 전국의 노인들 많이 모이는데 가서 거기서 그짓말하기 시작을 해서 오늘날까지 계속합니다. [청중:웃음] 이거 벌써 죽어야 쌀 놈인디, 징그럽게 안죽고 살아서 오늘도 나왔어요.

제가 한달전에 몸에 좀 이상이 생겨가지고 저 고려, 고려대학 뒤에 가면 거 산 넘어가면 고려병원을 새로 지었어요. 거기서 열엿새만에 퇴원을 했습니다. 게 나와서는 걸음도 잘 못 걸었어요. 게 여기와서 여러 어른들하고 같이 놀다가 건강이 회복이 됐어요. 그래 오늘도 여러 선생님을 모시고 주제넘은 소리를 헙니다. 제가 아는 게 많고 얘기를 잘해서 허는건 아니에요.

여러 선생님. 몸을 돌보쇼. 나 죽으면 그만이요. 한국의 삼성재벌의 이병철씨도 갔어. 지금 현대건설에 정주영이. 정주영이 나보담 나이가 저 아래요. 나는 금년이면 여든 일곱살이요. 임자생 1912년생. 정주영이는 안 가요? 정주영이도 가. 언제가는지 몰라도. 여러분은 천년만년 사시오? 여기 공원에 매일 나오던 노인들이 안나오는 양반, 간 분이여. [청중:웃음] 가면 어떠냐? 저 병원에서 죽었다 깨길 세번이나 했어요. 이 종교계통에서 말하지요? 불교에서나 기독교에서.

"죽으면은 극락과 천당이 있다."

게 죽었는데 천당엘 가보니께 암껏도 없어요. 깜깜허기만혀. [청중:웃음] 아 거 가니께

다방도 없어요. 〔청중:웃음〕 전동차도 없어 천상에는. 그러고 먹는 게 없어. 나 간데는 워떻게 된 늘으게 남자뿐이지 여자는 하나도 읎어. 이거 안 되겠다. 그래 도로 왔어요. 〔청중:웃음〕 게 눈을 뜨니게 애들이 아버지 죽었다 살아났다고 야단나고 손바닥을 치고 야단났어요. 의사가 왔어요. 의사보고 그랬죠.

"내가 죽었소, 살았소?"

기사상태에 있다가 거진 죽었는데 도로 살았다 이기여. 그래 16일만에 퇴원을 했어요. 여러 선생님, 건강에 조심해가지고. 여러분이 근력이 좋으면 을마나 좋우? 우리 모래판에 신사 씨름대장 이만기 이봉걸이, 황대웅이 천하장사요. 몸집이 이만하고 씨름판에, 모래판에 대장이요. 그 사람들도 가. 그 사람들도 늙어. 저라고 안 늙어요? 죽기전에 그 날이 오기전에 멋지게 사세요. 남에게 폐끼치지 말구, 남을 도와주면 도와줬지 남의 도움만 받지 마세요. 여러 선생님, 이 목숨이라는 게 예비가 읎어요. 목숨은 하나. 이 목숨 하나 가면 그만이유. 화장터에 갖다놓고 태우지 않으면 꼭꼭 묶어 관에다 넣서 땅에다 묻어. 그걸 뭘 재산에 욕심을 내고 명예나 지위를 위해서 욕심을 부려. 재산도 명예도 지위도.

여러분 부자 되고 싶으시오? 물론 부자 되고 싶으실게요. 여기 부자도 많이 와요. 부자 그렇게 좋은 거 아니예요. 부자가 될려면 물질의 부자. 저런 빌딩이 많으면 집부자요, 집이 많으니게. 땅이 많으면 땅부자요. 돈이 많으면 돈부자요. 마누라가 많으면 마누라 부자요. 자식이 많으면 자식부자여. 그거 뭐, 별거요? 지구상에 세계에 부호들이 많이 있지만 나를 못 당해요. 마음의 부자. 부자는 망해도 마음의 부자는 망하질 안해요. 오늘은 이 탑동공원 땅바닥에 섰지만 이 탑동공원이 내거요. 내가 48년 여기 와 노는 내 장소. 누가 뭐래요. 이땅 한평에 얼마짜리 밟고 댕기요? 탑동공원 파고다공원 땅 한평에 얼마짜리요? 저 63빌딩 여의도, 여기 저 한국은행 앞에 코스모스 백화점 있는 명동거리 그 쪽에 땅 한평에 일억 팔천만원. 땅 한평에. 그럼 이 파고다 공원 땅한평에 얼마냐? 백억을 줘도 못사. 현대건설에 정주영이 재산 가지고 다 갖다줘도 한평도 못사. 누가 팔어야 사지. 〔청중:웃음〕 누가 팔어요? 〔청중:나라땅인디 누가 팔아요?〕 우리 서울시민의 휴게실이요. 서울시장이 이걸 팔어요?

우리 한국에 대학이 많아요. 제일 가는 대학이 무슨 대학이냐? 옛날에 경성제국대학이라는게 해방되서 없어져 버리고 그 후신이 서울대학이요. 관악산 밑, 여기 있다 관악산 밑으로 간 서울대학. 서울대학 고려대학 성균관대학, 동국대학 신학대학 한양공대 이대 숙대 연대 중앙대 서강대 명지대 국제대학. 백일흔두개 대학이 있는디 백일흔두개 대학이 아무리 좋아도, 권위가 있어도, 우리 파고다 대학을 못 당해요. 〔청중:웃음〕 우리 파고다 대학은 아주 이게 종합대학이요. 그러고 등록금이 없어요. 〔청중:웃음〕 시험을 안 봐. 〔청중:웃음〕 그저 전동차타고 내려서 종로 3가에서 걸어만 오면 대문 열어 놓고 어서 오시래요.

이땅이 얼마짜린지 아시우? 콤퓨타더러 물어봐도 안 나와. 〔청중:웃음〕 그러면 파고다 공
원만 내거요?

"당신 어디 사오?"

"나 서울 사오."

서울이 내거여. 내 활무대여. 내가 서울시내를 맘대로 돌어댕긴다 이기유. 그럼 서울만
내거요? 내가 한국사람이니 한국의 국적을 가지고 있으니, 나는 한국사람이다 이기유. 그
럼 한국만 내것이요? 땅을 밟고 지구촌에 지구를 디디고 섰으니 내가 지구의 주인공이여.
누가 무슨 소리를 해도 이 땅덩어린 내거다 이기여. 하늘도 내거여. 해도 달도 별도 하물
(何物)이든지 천하만물이 다 내거다 이기여.

거기서 제일 내것이 증명 나오는 게 뭐냐. 혼자사는 과부는 다 내거요. 〔청중:웃음〕 아
요것도 나뻐요? 〔청중:웃음〕 과부는 임자가 없어. 건드려도 법적으로 하등 관계가 없어요.
그니께 이따 끝나거든 혼자사시는 홀아비영감 나한테 여 다방에 가서 차 한잔만 사쇼. 마
누라 하나 십억 이십억. 몸댕이가 이렇게 뚱뚱한 마누라. 날씬한 건 못써. 성질이 면도칼
같어서 비위 맞추기가 어려워. 〔청중:웃음〕 젖탱이가 경동시장에 오만원짜리 수박만한 놈,
〔청중:웃음〕 나이가 일흔살 넘으면 소용 옰어. 일흔살 안쪽짜리. 이 엉덩팡이 여덟뺨 가웃
이요. 〔청중:웃음〕 그런 마누라가 지끔 그대로 묵어요, 묵어. 억울하지 않어요 묵는 거?
내가 전국의 노인대학을 댕기며 강의를 허는디 강의가 끝나면 할머니들이, 혼자사는 할머
니들이 와아 올라서 날 껴안고 여기다 뽀뽀를 해요, 연속적으루.

"나 시집좀 보내줘."

시집보내 달라고 나한테 신청드는 과부가 팔만 육천명이요. 〔청중:웃음〕 남어돌어요.
남어돌어. 뭘 해 혼자 살우? 그러나 돈 달라고 하는 과불랑 건드리지 마. 돈 달라고 허면
그거 한이 없어. 자기 재산, 집도 가지고 있고 좋은 호화주택에 아들딸도 많고 그러헌 돈
많은 몇십억씩 가진 과부가 팔만 육천명. 〔청중:웃음〕 왜, 혼자 살어요, 왜 혼자 살어? 나
한테 오늘 얘기 들으신 양반은 절대 혼자 살면 오래 못 살어요. 이런 막대기도 하나만 세
놓으면 자빠져. 버팀목이 있으면 안 자빠져. 홀애비 과부가 버티면 안 자빠져. 오래 살어
요. 여러 선생님. 건강에 조심허고 오래 살고 싶거든 마나님을 얻으쇼. 착한 아들딸 손자
들은 어머니가 혼자 계시면 아버지 얻어들이는 건 우리나라 예법에 안되지만 아버지가 혼
자 계시면은 저 경동시장에 떡장사 아주머니라도 하나 모셔다가 어머닐 삼어. 그러면 아
버지가 기뻐하시고 오래산다 이기유. 허니께 절대 오래 사실래면.

그리고 오래 살고 싶으면 뭘 허느냐? 이 의사들이 술 담배 먹지 말라고 그래요. 담배
피면 안된다. 술 먹으면 안된다. 정도 문쩹니다. 하루에 담배 한 각(갑)만 피면 되는데 심
히 피는 분은 하루에 담배 두각을 펴요. 그렇게 과히 피면 좋은게 아녜요. 전동차를 타보

세요. 그 전동차 속에 공기가 얼마나 나쁜지 아시죠? 폐병 환자, 감, 저 간암환자, 갖은 환자, 노인은 더군다나 노인냄새가 더 심해요. 아무리 목욕을 잘해도, 여자는 여자냄새, 사탱이에서 고린내, 똥구녁에서 구린내. 〔청중:웃음〕 이 전동차 속에 나쁜 공기 속에 인천서 종로3가까지 타고 오면서 콧구녕으로 그 공길 마셔요. 제가 여든 일곱 살까지 사는 동안에 이 공기를 몇 섬이나 마셨겠어요. 그렇지만 여태 공기 마셨으니 세금내라는 고지서 받은 일 없어요. 〔청중:웃음〕 콧구녕을 막고 2분만 지나면 가슴이 터질라구 못 견뎌요. 그런디 팔십 평생을 대기를 호흡했으니 얼마나 고맙습니까? 어저께 죽은 사람 오늘 여기 못 나와요. 어제 끝막었어. 여러분들은 오늘까지 나오셨어요. 얼마나 행운입니까? 얼마나 행운이요?

그러나 젊으신 여러분덜 중에 실업자도 여기 오셨어요. 백만 실업자가 이백만이 된다고 지금 걱정들을 해요. 그 실업자 누가 어떻게 구해요? 누가 책임져요? 김영삼 대통령은 뒤로 물러 앉아서 인제 개볍겠지만 김대중 대통령이 앞으로 각부장관 힘을 합쳐서 이 난제를 해결허는 문제는 대통령이 전적 책임을 지고 있어요. 그 냥반 아주 이번에 대통령은 됐지만 잘 좋지 못한 때 대통령이 됐어요. 나라가 껍데기만 남았어. 깡통을 찼어. 실업자가 백만 이백만 나온다. 이러헌 때에 나라의 책임을 맡은 그 냥반, 과연 어떠한 정강정책을 가지고 어떠헌 정치를 펴가지고 나라를 바로잡을런지 걱정이 돼요. 잘 허시겠죠. 대통령 혼자 안돼요. 우리 국민 모두가 협심 합력해가지고 죽느냐 사느냐 하는 기로에 섰어요. 우리도 한 번 멋지게 남의 나라에게 뒤떨어지지 않게 살자고 노력만 허면, 마음만 바로 먹으면 세계에서 몇째 안가는 나라가 돼요. 대통령 혼자는 안돼요. 국민 모두가 다 연대 책임을 지고 있어요.

그럼 제가 담배각을 끄내 들었는데 마술을 헙니다. 제가 얘기만 허는게 마술을 썩 잘해요. 세계 182국을 돌어댕기면서 마술만 해먹고 왔어요. 〔오마샤리프 담배갑을 꺼내 보이며〕 여기 들은 게 담배각인디 이게 무슨 담배예요? 양담배예요. 그런데 어떤 분이 그런단 말여.

"후라이는 되게 깐다믄 담배. 우리나라도 좋은 담배 많은데 왜 하필 저놈의 새끼 양담배 펴."

그러고 나무래세요. 그런데 이거 마술을 부칩니다. 얏! 금방 변해요. 분명히 양담배예요. 와 보세요. 그짓말인가? 허나 여기다 마술을 넣기 땜이 대번 변해요. 뚜껑을 열면, 〔오마샤리프 갑 속에서 88담배갑을 꺼낸다. 청중 웃음〕 보세요. 이게 양담배요? 꺼적댕이만 양담배예요. 꺼적댕이만. 저 쓰레기통에서 하나 줏었어요.

근데 이 우리나라 이 담배, 우리나라 저명한 의학박사 하나 있죠. 이상구 박사. 이 이상구박사는 미국에서도 알아주고 세계에서 알아주는 박사요. 의학박사예요. 이상구박사가 뭘로 놉니까? 그 냥반은 주로 엔돌피, 아드레날린 홀몬 그 얘길 많이 해요. 엔돌피가 뭐냐? 사람이 성질을 낸다, 비관을 헌다, 주머니 돈이 읎어가지고 낙심을 헌다 그렇게 되면 엔돌피가 읎어져서 죽어요. 지금 주머니돈 천원짜리 한 장도 없는 노인이라도 한국은행에 가서 만원짜리 화물차로 한 오백차 실어다가 맽기면서 '돈좀 쓰시오' 그러면은 금방 나요, 금방 나. 노인들 주머니에 돈 떨어지면 맥을 못 춰. 헌디 용기를 갖어라 이게요. 너는 그래 주머니 돈 많으냐? 제 손구락에 끼고 있는 반지가 이게 어떤 거냐? 홍보석이요, 빨간 보석. 이거 미국 워싱턴에서 산건데 딸라돈 주고 산건디 우리나라 돈으로 얼마짜리냐? 12억 4천 6백만원 주고 산거여. [청중:웃음] 그러면 이거 12억 4천 6백만원짜리 홍보석만 꼈느냐? 이짝 손에는 또 좋은 게 있어. 허. 이거 가짜 아니예요. 금반지. 세계 금 중에 우리 한국 금보담 더 좋은 금이 없어요. 요새 어떻게 됐습니까? 나라가 위태롭다고 해서 빚을 졌다고 해서 자기 손고락에 낀 반지를 빼는 건 고사하고 손자 손녀 돌반지할라 가지고 나와 나라에 바쳐. 이거 세계에 읎는 세계에 자랑스러운 얘기요 .어느 나라 어느 민족이 나라 구한다고... [한 불량해 보이는 사람이 이야기판에 들어와 오락가락하는 것을 보고서 "앉을 데 없으면 여기 어디 좀 앉어봐. 고맙다고 인사 좀 허고 앉어." 하자 그 사람이 "고맙습니다." 한다. 화자가 다시 "그래야지. 여 무서운 사람이여." 한다.]

애기가 딴 데로 갑니다만 여러분 오늘을 다 살지 모르는 인간이요. 오늘 낮에는 파고다 공원에 와서 늙은이 후라이치는 소릴 들었는디 내일 여기 못나와. 왜? 자다말고 중풍이 일어서 여길 못나온다 이거여. 죽으면 갈데로 가죠. 여러 선생님 건강을 조심해가지고 나머지 여생을 멋지게 행복을 누려가며 사세요. 누가 갖다주는 거 아니예요. 누가 건강을 갖다주는거 아녜요. 자기의 마음하나요, 마음 하나. 용기를 가져라 이게여. 젊은 사람이 실업자가 됐다고 낙심을 해요? 실업자가 된 것은 당장 어렵지만은 그거를 디디고 일어서라 이게여. 나도 이 세상에 올 땐 쓸모가 있어 왔어. 지금 내가 실업자가 됐지만, 나도 헐 일이 있다. 사람이니만큼 나에게 주어진 임무가 있어. 용기를 잃지 말고 노력허면 훌륭히 성공을 합니다. 근데 여기서 죽으면 안돼. 용기. 제가 접때 여기서 얘기하다가 저 지붕위로 훡하고 올러가니까 어떤 분이

"저 노인네가 저길 워떻게 사닥다리도 읎이 올라갔어?"

아, 여기서 저기 올라가는게 문제예요. 만주에서 독립군 훈련 8년 받었어요. 양자강이 깊은덴 깊고 넓은 덴 넓어요. 양자강이 좁은 덴 좁아요. 상사의 명령에 의해서 양자강을 일곱 번 건넜드랬어요. 한강을 아홉번 건너갔어 헤엄쳐서. 여러 선생님, 노인일수록에 용기 잃으면 안됩니다.

"나는 소용없어. 내가 일흔일곱살이여."

그렇게 마음을 약하게 잡수면 안돼요. 용기를 가지세요.

아까 이 양담배를 꺼냈다가 제가 도로 넣었습니다만 담배 한각을 사더라도 젊은 양반들. 노인들은 안 그래. 담배가게에 담배 한각 주쇼. 천원짜리 내밀었어. 백원 줘. 88 샀어. 담배를 사거든 성냥이나 라이타 준비를 허세요. 이거 덮어놓고 젊은 양반 담배만 사. 사가지고 와서 어턱하느냐? 담배는 꺼내들었는디 담배를 피야겠는데 성냥이 욺어. [한 청중이 와서 "담배 한갑 잡수라구..." 하면서 돈 만원을 준다. 그러자 화자가 "아이고, 고맙습니다. 원 이렇게 고맙게. 저 약 사먹겠어요. 고맙습니다. 돈 한 번 멋지게 쓰시네요." 한다] 여러분 여 젊은 양반들은 똑똑히 보세요. 우리 나라는 동방의 예의지국이요. 세계를 내가 260여개국을 돌아댕기다 온 사람이요. 태평양바다 대서양 인도양, 뉴기니아 자바 말런 월남 태국 독일 이태리 불란서 스위스 터키, 오스트랄리아 남북아프리카 유럽으루, 저 남아프리카까지 세계를 돌아댕기다가 해방 일년 전에 왔어요. 우리 나라는 세계에서 문화국이요. 예의지국이예요. 헌데 요새 어떤 일이 있느냐. 담배만 사지 라이타가 없어. 담배를 빼들었는디 성냥이 있으야지. 불이 있으야지. 그러거든 담배를 요렇게 감춰. [담배를 뒤에 감추는 시늉을 한다] 감추고 노인들 앞에 가서 공손하게

"죄송합니다."

노인네가 구렝이가 다 되서 알어 먼저.

'요놈의 새끼가 담배 필 불이 없구나.'

"자네 불달라 그러나?"

"미안해요."

그러면 노인이 라이타를 꺼내서 젊은 사람한테,

"피게."

세 번만 노인한테 담배불을 받으면 금수가 아니고 사람인 이상 사람의 뱃속에 나온 인간이라면 그 사람이 깨닫는 게 있어요.

"야! 이늠아, 네 나이 몇살인데 나더러 담배불을 달래?"

이 노인들이 고풍이요.

"야, 이놈!"

나무래면 뭐라고 허는지 아세요.

"제미 씨팔. 드럽게..."

욕먹어요. [청중:맞어요. 욕 먹어요] 헌데 담배를 이렇게 감추고서 해도 먼저 알어 노인네가. 근디 담배불을 빌리는디 담배를 입에다 무는 것도 정도요. 이렇게 달아매요. [몸을 뒤로 젖히고 입술에 담배를 달랑달랑 붙인 시늉을 한다. 청중:웃음] 앞으로 꾸부려도 안 줄틴데 뒤로 갖혀. 그러거든 담배를 매달아서 흔덩흔덩 하는 것까진 괜찮은데, 노인한테 담배불을 붙여서 불이 붙었다 이거여. 그러면 다소곳이 펴. 남이 보기에 얌전하게. 워

떡허느냐 하면 담배가 하늘로 올라갑니다. 〔담배를 곤두 세워 피우는 시늉을 한다. 청중: 웃음〕 여러분 보시기에 좋습니까? 왜 내 밥 먹고 내 옷 입고서 남한테 칭찬을 못 받을망정 욕을 먹어요? 담배 한가치를 피더래도 젊은 양반들 아무쪼록 삼가 조심허십시오.

해서 여자는 우리나라 법이 옛날 장죽 피지만 지금 담배를 여자는 어떻게 요렇게 펴야 해요. 〔시늉을 하면서〕 요렇게, 감추고 요렇게. 헌데 저 워떤 팔각정에 어떤 아주머니가 왔는디 가리댕이 쩍 벌리고 앉어서 〔청중:웃음〕 거길 지나가다 이렇게 봤는데 담배 피는 것만 열심이지 밑구녕 나오는건 몰라. 〔청중:웃음〕 치마 밑구녕에 이렇게 보니께 거기 무주 구천동이 있어. 〔청중:웃음〕 삼각빤스를 입었으니께 마냥이지, 삼각빤스를 안 입었다면 그거 모냥 말 아뇨. 다 그런게 아니라 어떤 그런 냥반도 봤습니다. 내 그래 친구더러

"여보게, 저 팔각정 앞에 좀 지나가봐."

"왜 그려?"

"가보면 알어." 〔청중:웃음〕

이 사람이 가더니 저리 돌어서 오더니.

"그래서 보라고 그랬구먼."

제가 얼마나 잘해서 남의 험을 말하겠습니까만은, 저도 잘못이 많지만 우리 젊은 양반이 여기 한두 사람이 있더래두 삼가 조심해서. 나 옥먹는 건 상관없어요. 나는 욕 먹어도 좋아. 그런디

"저거 어떤 놈의 새끼가 내질렀어. 저런거 낳고서 미역국 먹었나?" 그래요.

긍게 나 잘못하면 어머니 아버지까지 욕을 먹어, 땅 속에 있는. 허니 젊은 분들 모쪼록 삼가 조심허세요.

아들을 공부를 시켜서 외국유학을 보냈는데 그 아들이 미국에 LA에서 사는디 아버지 오시라고 돈을 딸라를 보냈어요. 그래 그 아버지가 미국 아들네 집에 갔는디 아 아버지 온다는 소식을 들었는지 사람은 분명히 메느리가 한국사람인디 미국서 보고 들은 게 그거여.

"아버지세요?"

"누구여?"

"아이고 아버질세."

와락 딱 껴안더니 여다 대고 뽀뽀를 허거든.

"아이고 왜 이러니?"

그 메느리는 미국서 보고 배운 게 그것밖에 없어. 키스, 입맞춤. 요새 전동차 속에 젊은이들, 종로에서 어저께도 봤어요. 배꼽을 내놔, 벌써부텀. 〔청중:웃음〕 배꼽티. 치마 기럭지가 짧어. 넙적다리가 나와야만 자랑이다 이게여. 미니스카트. 미니 미니 미니 미니 올

라가더니 [청중:웃음] 삼각빤스가 나오니까 내려가. 맥시 맥시 맥시 맥시 내려가는디, 쓰봉을 무릎팍을 부러 가위로 잘러. 쓰봉 기럭지가 길어 구두 뒷굼치에 땅에 질질 끌려. 끔(껌) 껍데기에 가래침할라 다 끌고 댕겨. [청중:웃음] 그게 유행이랴. 신발이 어떠냐? 한강의 유람선마냥 무지하게 신발이 이만. [청중:웃음] 그걸 신어야 행세를 한대여. 유행 따라서. [청중:맞어] 이게 어디서 온 게요? 요새 연예단체 무대에 보세요. KBS홀. 서태지 애들, 김건모. 걔들은 가수 연예인이니께 해도 괜찮어요. 허지만 보통 젊은이들, 그거 흉내내지 마시오. [한 청자가 "영감님 목마르신데" 하면서 음료수를 갖다 준다. 그러자 화자가 "아이고, 왼 이렇게까지. 고맙습니다. 고마워요." 한다] 세계에 이름난 마이클 잭슨. 그 마이클잭슨이 이번에 김대중대통령 취임식에 축하하러 왔어요. 자가용 비행기. 마이클 잭슨 자가용 비행기가 김포공항에 내렸어요. 자기 일행이 60명이여. 마이클 잭슨이 어서 잤느냐? 신라호텔 특실에서 잤어요. 하루저녁 숙박료가 얼마냐? 우리나라 돈으로 4백만원. 그러헌 세계적으로 이름난 그런 사람들은 연예인이니까 남이 하지 않는 일을 해도 좋아요. 헌데 우리 학생들 잘 헙디다. 거 외국서 영화보구서 거 흉내내는데 햐아~, 아주 멋있게 잘해요. 마이클잭슨이 어림도 없어요. 우리 젊은 양반들 모쪼록 거리엘 나오든지 어디에 가 있든지 공원엘 나오더라도 남의 눈에 거슬리게 그러헌 부족한 짓일랑은 우리가 삼급시다.

우리 한국 사람 재주 있어요. [이때 이야기판에 들어온 한 노인에게 "아이구 나오셨어요?" 하고 인사를 한다.] 세계에 지금 미국의 클린턴 대통령이 워디 지금 여행중에 있다고 그려요. 그 나라에 갔는디 그 나라에서 환영을 허는디 인파에 쎄여가지고 밟혀죽을뻔 했대요. 성추문 때무루 미국서 대통령으로서 하야하지 않으면 안될 입장에 놓여 있는데, 클린턴 대통령 이번에 정계를 떠나서 하야하느냐 아니면 대통령을 지속해서 계속 허느냐 지금 이러헌 입장에 있어요. 제가 여기서 후라이 치는 사람이 아니라 노태우 정권 적에 제가 공원에서 얘기를 허는데 어떤 양복 입은 사람 둘이 오더니 젊은 사람이 나좀 보라 그래요.

'아이고야 말 잘못해서 걸렸구나.'

요새, 그 전에 중앙정보부, 요새 안기부 끌려들어가봐요. 어떤가. 어 한 번 들어가면 여기도 사람 안기부도 앉었으면서두. [앞서 자리에 앉혔던 불량한 사람을 가리키며] 이 분이 안기부요 별명이. [청중:웃음] 무서운 양반이요. 그런디,

"왜 그러쇼?"

허니께 가보면 안대요. 아 양쪽에서 두 사람 젊은 놈이 붙잡었는디 도리 있에요? 저 문밖엘 나가니께 꺼먹차 하나를 갖다 놨는디 우리 국산차가 아니고 미제차요. 나드리(?)가 기다란 놈. 거기다 태워요.

"찌리링 푸르룽-"

하더니 갔는디 어디냐? 내려가지구 들어가보니 대통령 면접실이요. 대통령 만나뵙는 그 자리. 거기는 비서가, 특별비서가 있어요. 서 있더니 가 앉으라 그래요. 앉었죠. 쪼끔 있으니께 저쪽에서 대통령이 나오는디 누구냐? 이번에 특별사면으로 나온 노태우, 노대통령이 나와요. 나오더니 악수를 허면서

"오셨습니까?" 이래요.

"대관절 왜 오라구 허셨어요? 왜 데려왔습니까?"

"정보에 의하면 선생님이 파고다공원에서 그짓말을 썩 잘한다고 그래서 모셔왔어요." [청중:웃음]

"아시긴 아시네요. 저는 그짓말밖에 못하는 사람이요. 근데 나같은 사람 왜 오라고?"

"이번에 유엔 총회가 열렸는디."

[갑자기 한 청자가 끼어들어서, "잠깐 지금 말씀... 오늘 아침에 말이죠. 저기 4시 40분부터 중앙정보부 저, 남산 가가지고 거 저기 노태우씨하고... 사건이... 그걸 방영해주세요." 하고 엉뚱한 말을 한다. 화자: "그런거 안해요. 함부로 그런 소리 못해." 그 사람: "아니 아침에 방송..." 화자: "아무리 신문이나 방송된거라도. 신문이나 방송됐더래두. 고마워요. 함부로 그런 얘기 못합니다. 암만 방송에 나왔어두요." 그 청자: "남산중앙정보부 사건이라고 그러더라구." 화자: "예, 그런 거 있죠." 이때 그 끼어든 사람을 청중들이 나무라서 잠시 소란이 생긴다. 그리고 그 사람은 물러 들어간다.]

그래서 노대통령이 하는 말이,

"이번에 미국서 유엔총회가 열렸는데 182개국이 모이는 장소다." 이게유. "유엔 총장, 뻬씨총장이 우리 한국정부에다가 초청장을 봤는디, 어트게 조사를 해서 알았는지 선생님을 보내 달라고 했으니 가셔야 합니다." [청중:웃음]

"아, 유엔총회를 나같은 놈이 왜 갑니까?"

가보면 안다 이기여. 사흘 후에 오라고 그래요. 사흘 후에 오니까 이것 좀 보세요. 별실로 끌고 가더니 옷을 벗으래요.

"왜 그럽니까?"

"옷을 갈아 입어야 한다." 이기여. "미국에 유엔 총회에 가는디 그 옷차림 가지고는 안된다." 이기여.

벳기더니만 삼일양복점 아스라이, 바자마 빤스 넥타이 와이샤쓰 양말까지. [한 청자를 보고서 "여기 자리 비었어요. 누가 앉으세요. 얼른. 할아버지 올라 앉으셔, 올라 앉으셔." 하고 말한다] 양말까지 싹 갈아주더니 구두를 내놨는데 어디 꺼냐. 요기 에스콰이아. 고급 구두예요. 신어라 이기여. 그래 구두까지 신고 양복을 싹 갈아입으니께 나가자구 그래요.

차에 태우더니 김포공항에 갔어요. 미국 가는 여객기에 몸을 실었에요. 그랬더니 정부에서
수행원이 두 사람이 따라왔어요.

미국 가 내렸죠. 자동차에 몸을 싣고 유엔총회에 갔어요. 어마어마한 데요. 알래(안내)
를 받아서 떡 들어가니까 세계에 흰둥이 껌둥이 노랑둥이 청둥이 황둥이 [청중:웃음] 세
계 각국 사람이 182개국이 왔에요. 유엔석상에 알래를 받아서 들어가니까 유엔총장 삐씨
총장이 쫓어나오드니 악수를 허매

"잘왔다"구, "어서 오라"구.

손을 안 놓구 끌구 가드니 자기 앉었는 옆댕이 의자가 벘는디 게가 앉으래요. 그래 앉
었죠. 앉었는디 유엔총장이 방맹일 들고 [지팡이로 휴지통을 두드려 '딱, 딱, 딱' 소리를
낸다] 세번 쳐요.

"회원 여러분. 유엔총회는 오늘 마지막 이걸로 폐막이다." 이거여. "끝났다." 이거여. "허
나 일어나지 말구 그 자리에 도루 앉으시오."

앉혀놓더니 날더러 일어스라구 그래요. 일어섰죠.

"이분으로 말하면 사람은 코리안 한국사람인데 오늘 유엔석상에 마지막 라스트를 장식
하기 위해서 이분이 나왔다." 이게여. [청중:웃음] "이 냥반에 성명을 들읍시다."

나더러 애길 허라구 그래요. 여러분 생각해 보세요. 파고다공원에 후라이나 치는 늠이
유엔총회에 갔으니 겁나죠. 그러나 그렇게 유엔총회 할애비 같은 델 가두 겁을 안내는 사
람이유. [청중:웃음] 딱 나섰죠.

"말씀을 해라."

내가 허는 말이 그 자리서 즉접 182개국에 동시통역이 돼요. 독일말루 번역이 되구 영
국말루 영어루 번역이 되구. 세계 각국 말루. 근데 이 한국말이 제일 어렵죠. 한국말 일본
말 독일어 프랑스어 이태리어 만어, 스페인어 세계공통어 에스페란토 네팔 희랍 라틴어,
세계 각국말루다가 번역이 돼요. 그래 앉어서 자기 나라 말로 번역돼서 알어요. 알어들어
요. 나는 한국말루 허는디. 세상 참 묘헙디다. 그러면 유엔석상에서 네가 무슨 말을 했느
냐고 여러분이 물으실게요. 한국을 대표로 간 사람이예요. 바른손을 들었어.

이 금자탑이라는 별호는 영어로 하면 '골든 타워' 그럽니다. 금탑이예요.

"아이 엠 골든타워(I am Golden Tower)."

해놓구서

"나 금자탑은 피비린내 나는 전쟁이 읎는 세계를 내가 맨든다." 제일성이.

"두번째, 빈곤이 읎는 세상을 내가 건설할 것이다."

여러분 보세요. 전쟁에 얼마나 많은 사람이 물자가 절단나고 아까운 청춘들이 죽습니
까? 전쟁이라구 허는 것은 미개한 야만족이 허는 거예요. 문화인은 전쟁을 안 해요. [청

중: 옳소, 옳소]

"빈곤이 읎는 세계를 맨든다."

우리나라도 지끔 있는 사람은 너무 많어요. 넘쳐. 없는 사람은 너무 없어. 이래선 안된단 말여. 세계 인류가 너무 가난허지두 말구 너머 부자가 되지두 말구 평균을 잡어가지구 다 같이 평화를 누리구 지구촌에 살자 이기유.

"세번째, 국경이 읎는 세계를 내가 맨든다."

여러분 요새 국경 있습니까? 남은 것은 독일 통일됐는디 우리나라 삼팔선이 이남 이북만 지끔 맥혔어요. 어느 나라든지 우리가 맘대루 가요. 외국사람덜 맘대루 우리나라 와요.

"국경이 읎는 세계를 맨든다."

고담이

"병사지고가 읎는 세계를 맨든다."

여러분. 요새 암병에 죽는 사람, 신경에 충격을 받으면 딱 허머는 죽지 않으면 반쪽을 못써. [반신불수 흉내를 낸다] 이럭허는 중풍 환자. 이거 되겄어요 이거? 현대의학이 고도로 첨단의학이 발달됐다는 오늘날 중풍으루 몸뗑이가 반은 살구 반은 죽어? 이거 하날 못 고치느냐 이게유? 암으로 죽어. 암병 고치는 백신이 아직 나오질 않았에요. 제가 연구헌 거, 지금 미국에 보스턴대학 의과대학 의학박사 일곱 사람이 임상실험을 해요. 모르모또 쥐, 토끼, 웬숭이, 여기다가 내가 맨든 암병을 고치는 약을 주사를 노면 안 죽어. 암병이나. 예방도 돼. 이것만 되면 우리나라 한국은 세계에서 제일 가는 부자요. 농사 안 져도 살어요. 자동차 안 맹글어도 산다 이 말요. 그래서, [청중: 옳소, 옳소] 마지막이 뭡니까, 마지막이? [생각이 안 나 잠시 머뭇거림] 이렇게 가끔 가다 맥힙니다. 왜냐? 이늠우 대가리가 팔십년이 묵으니까요, 이게 돌다가 자꾸 맥혀요. [청중:웃음]

그래서 다섯 가지 성명을 발표했더니 일백팔십이명 세계 유엔총회 회원이 몽창 일어스더니 기립박수를 허면서

"저분일랑 세계대통령, 월드대통령으로 모시세."

그래서 유엔석상에서 월드대통령이라구 허는 칭호를 받어가지구 왔는디 요것두 그깃말이요? [청중:웃음. 박수] 다른 사람은 몰라두 각 보도기관, KBS MBC CBS, 기독교방송 불교방송 방송국엔 다 알어요. 노태우도 잘 알어요.

그래서 이 얘기를 지속했으면 좋겠는데요, 워낙 나이가 있구 몸이 약해서요 전편을 했는디 후편은요, 이번에 KBS 제1방송에 '용의 눈물' 끝나면 금방 나옵니다. [청중:웃음] 여러분 댁에서 기대허시구, 칼라테레비루다 안방에서 보세요. 변변치 못한 사람이 후라이 치는 걸 들어주셔서 감사헙니다. 고맙습니다. [청중:박수]

〈자료 4〉

여성 민요창자 정영엽 연구 관련자료
- 정영엽씨 연행 민요 자료 중에서 -

조사날짜 1997년 7월17-18일
조사장소 전남 고흥군 도양읍 관리 관하마을 정영엽씨 자택
조 사 자 강진옥, 박성지, 유여종

1. 홍글소리(1)

　*제보자의 집에 도착하자마자 간단한 인적사항을 조사한 뒤 10시 5분경에 시집살이노래
를 청하자 홍글소리를 불러주었다. 노래가 다 끝날 즈음 이웃집 할머니(김순예씨, 60)가 놀러
왔다. 김순예씨는 12시까지 연행현장에 동참하여, 강강술래를 비롯한 선후창형식의 노래 연행
시에 뒷소리를 맡아주었다.

　　　어매어매 우리어매
　　　뭣헐라고 나를나서
　　　날키울때 금관옥과로 날키와서
　　　남의가문 보냄시롱
　　　설스럽게 보내갖고 이세상을 살으란가
　　　어매어매 우리어매
　　　날다려가소 날다려가소
　　　아무래도 못살겠네
　　　밭으로 가면 바래기원수
　　　논으로 가믄 가래원수
　　　우리세상 사는것이 또 너무너무하네
　　　시원수를 잡으다가
　　　당사실로 목을 매여
　　　대천 한바다에다 사블랴나
　　　어매어매 날다려가소

아무래도 못살겠네

2. 섬큰애기

*홍글소리(1)을 부른 뒤, "노래맹기로 할까 어떻게 할까? 강강술래 앞소리 하던 것이라 노래맹그로 해야겠어."라면서 이 노래를 불렀다. 노래는 큰애기 때 배웠다고 한다.

섬에나서 섬에자라
칡넝쿨 뜯어다 울띠매고
돌빠구 줏어다 강담쏠고
이라고저라고 살다가보니
열여덟살 섬큰애기
시집갈때가 되얐구나
데려가소 데려가소
섬큰애기 데려가소
말잘하는 중신애비
섬큰애기를 데려가소
아무것도 묻지말고
섬큰애기를 데려가소
가네가네 시집가네
섬큰애기 시집가네
쌍가매 타고서 시집가네
시집가던 사흘만에
사랑사랑 두사랑이
친정나들이 가나부다
얼씨구좋아 절씨구좋아
친정나들이 나도가네

3. 물레노래

*시집살이의 고됨을 설명하다가 '그런 건 냅두고 노래를 하나 한다'며 이 노래를 불렀다. 곡조는 〈섬큰애기〉와 같았다.

저건네라 밍밭에는
초래꽃이 활짝 폈네
초래다래가 여물어지면은
숭얼숭얼이 피어나온다
그숭얼이 따다가
덕석귀에 잠을재와
씨아씨에다 미기며는
송알송알 나오구나
구부러진 활에다가
참나무 활굽에다
투벅투벅 타가지고
날고재이에 모라갗고
물레는 여덟발이요
괴머리는 두갈래요
가락이라는 애가락이라
물레야 물레야 여덟발 물레야
어서 빙빙 돌아라
남으집댁 귀동자가
밤이슬을 맞는단다.

4. 매통노래

*"이것도 인자 놈의집 산 사람 매통노래라. 제목을 알고 들어야지."하면서 노래를 시작했
다. 노래가 끝나자 매통작업의 정황을 설명해주고는 옛날에 부른 건데 어떻게 안잊어버리고
나왔는가며 스스로 감탄하기도 했다.

매통아 매통아
어리삭삭 에삭삭
어서 삭삭 비벼서
헬미살을 내리세
헬미살 떠다가
도구통에다 탕탕 실으머는

매지미쌀이 되다네
매지미쌀 뜨다가
바삭밥을 지어서
행기밥 한그릇 먹어놓고
매통아 매통아
어서설설 비비자
오늘아침에 나락한섬을
거뜬이 비뼈야
우리집으로 갈것이네
야단이났네 야단이났네
우리집이가 야단났네
어린자식은 젖주라고 하고
실건 자식은 밥주라고 한데
내혼자 배부르게 먹고-가면
우리집의 자식들 어뜨할거나

5. 맷돌노래(1)

*매통노래에 이어 불렀다.

멧돌아 맷돌아
어리설설 돌아라
우리엄마 들에 갔다오며는
맬개떡을 쪄먹세
맷돌아 맷돌아
어서뺑뺑 돌아라
우리집 가문은
이것으로 만족해
맷돌아 맷둘아
어서빙빙 돌아라
우리식구 무을므는
따뜻하게 된다네

6. 소녀타령

*8번째 구연한 노래이다. 자장가를 한 후, 하고싶은 거 하시라고 하자, 소녀타령을 하겠
다고 했다. 노래를 다 부른 후, "(부모가) 서러운 처녀때 죽은 노래라. 부모가 없신께 생각조
차도 안해주제. 엄마가 있었이믄 가슴에 영그고 그랄낀디."라고 말했다.

저근네 굴산바우밑에
지초캐는 저소연아
너의집은 어데간데
해가지드록 지초만캐냐
선배선배 소녀선비
요네집을 찾일라그든
서른석장 뗏장밑에
초당안이 내집이라네
열쇠없이 망치로
두드르 잠근문을
어느누가 열어주럼
열어주리 처녀네
우리부모가 살았이믄
날생각할것인데
날생각할이는 전혀없네

7. 흥글소리(2)

*11번째 부른 노래이다. 한삼세모시가 끝난뒤, 불무소리, 아이어르는 소리는 안했는가 물
으니, 모른다고 했다. 밭매다 중되어간 며느리 노래를 청했더니 불러주었다. 가슴에서부터 나
오는 듯한 애절한 가락으로 불렀다. 조사자가 눈물이 날 것같다고 했더니, 이웃집 할머니가
"이건 진짜 역사 이야기여, 역사."라고 힘주어 말했다.

어매어매 우리어매
못살겠네 못살겠네
아무래도 못살겠네
시집살이 너무심해

이세상을 어째살까
울어머니 날설때는
온갖너물이 다썼겄마는
왕대죽신너물을 원했든가
구부구부 매듭매듭 생각함은
아무래도 못살겄네
울어머니 날설세나
시어머니가 딸설때나
나무장반에다 물썰은듯이
반반질러 생각하면
어딴사람이 시집을못살고못사리
아무래도 못살겄네
묏과같이 지슨밭은
사리질고 장찬밭에
묏과같이도 지슨밭을
불과같이 나는볕에
혼자혼자서 매고나니
정심참수가 다도였네
집이라고 들어가니
보리죽을 얼렁써서
선방끝에 사발에다 떠나두고
이걸묵고 어째사나
어매어매 못살겄네
날데러가소
날베러주소 날베러주소
임아임아 애른임아
이내나를 베러주소
아홉가닥 땋든머리
씨가닥에다 걷어올리
이집안에 왔건마는
서러와서도 못살겄네
임아임아 정든임아

정들었다고 정엣말말소
이벨수들며는 못할말이없이
다 찾어한다네
임아임아 우리님아
나어뚱게 살으랑가
(목이 갑갑해서 못하겠다며 잠시 쉬다가)
살다살다가 정못살면
깡고깡고 머리를깎고
아홉폭 주리치마
한폭뜯어서 바랑중고
한폭뜯어서 수건주코
중의행실이나 나갈껄
어째이리 내산단 말인가

8. 맷돌노래(2)

*〈딸노래(1)〉을 부른 후, 조사자가 먼저 한 〈맷돌노래〉의 사설이 좀 짧았다고 하면서 『한국민요대전』의 사설을 조금 들먹였더니 "그란데 다 잊어부렀당께. 그때는 어뚱게 그렇게 기억을 했는지 몰라. 전에 우리가 마룻바닥에다 맷돌을 놓고는 도리방석을 생전 채지를 않해. 그대로 나두고 손으로 뜩뜩 긂어다가 체루 쳐가꼬 해묵고 해묵고 그랬어. 그란디 인자 그 노래를 전에 해싸서 그리 했드마는 여까지 적어가꼬 왔네"하면서, 맷돌가는 시늉을 잠깐 보여준 뒤에 노래를 불렀다. 흥글소리와 같은 곡조였는데 뒷부분에서 특히 슬프게 들렸다. 13번째 부른 노래이다. 노래가 끝난 후 노동과 관련한 정황을 설명해주었다.

맷돌아 맷돌아
어서빙빙 돌아라
우리엄마 들에갔다오시믄
배고플때 밀떡해주믄
얼매나 좋아할까
맷돌아 맷둘아
어서빙빙 돌아라
이새저새 다해도
묵는새가 제일인디

굴키라니 못묵는다
맷돌아 맷돌아
어서빙빙 돌아라
새는날을 기다린다
엄마엄마 울엄마는
어느시간에 오실거요
어린동생 젖주라네
울오라배 기다린데
나도야 기다리는 마음
어서어서 오세요
물바낏고 떠운뱉에
한숨쉬고 오시련만
우리부모 보고싶어
어서어서 어린애가 오시게요

9. 딸노래 (2)

*김씨가 나가고 나서 곧 '딸아딸아 막내딸아'를 불렀다. 노래가 끝난 후 이것도 강강술래
라고 했다. 노래의 뜻을 묻자 자세하게 풀이해주면서 그렇게 서럽게 살지 않았으면 이런 소리
도 나오지 않았을 것이라며 막내딸의 처지에 깊은 공감을 보여주었다.

딸아딸아 막내딸아
신을벗고 샘에왔냐
밭폴아서 신사주리
밭폴아서 정사주리
신도싫고 정도싫네
선반밑에 샘파주소
어매어매 나산시상
이렇게만 생겠단가

10. 흥글소리(3)

*딸노래(2)를 부른 후, "인자 대고 줏어서 하나 해줄께."하며 부른 노래이다. 노래가 끝난 후 조사자가 감탄하자 '밭매면서 울면서 그런 거 했다'고 말했다. 제보자가 지어 부른 것인가를 묻자, "지어 부르기도 하고, 또 나가 하던 소리로, 거기서 하다가 또 쪼간 집어영기서 하고…전에 인자, 밭맴스롱 울다가 울다가 하다가, (한숨)어이고, 나같은 시집살이 없어."라고 말했다.

어매어매 우리어매
아무래도 못살겄네
살라살라고 발버둥을
이르게도 져봤더니
아무래도 못살것네
어매어매 우리어매
이붓아배가 아밸런가
이붓어매가 어맬런가
하설어와 어매라네
하설어와서 아배라네
어매어매 우리어매
삐딱밭이 밭일랜가
산골논이 논일랜가
이런데다 날심아서
아무리아무리 이기고살을라고
각에각심을 다먹어도
못살겄네 못살겄네
아배아배 울아버지는
들배신을 삼았건만
울오빠만 삼아주고
내신한커리 삼아가꼬
내시집간데 반지끝에 담아주믄
들에산에 댕김시롱
어매아버지 생각하고
신고신은 들메신이

앞축뒤축이도 다떨어졌네
울아버지가 살었이믄
신한커리 더 얻어신을거인디
이집에는 시집에는
이맨발로 살으라고
이런것도 정말없네
아이고지고 내일이야
사랑사랑 임아사랑
어찌하여서 날나아주소
우리집에 다시가서
이런세상 못산다고
우리집에 다시갈께
어매어매 우리어매
어디가서 날 모른가
앉어생각 뉘서생각
부모생각 간절한데
어디가서 만날까나
꿈이나꾸면 볼것인가
잠이나들면 잊어볼까
잊을수가 전이없네
어매어매 우리어매
어디가서 만내볼께
어매어매 날다려가소
날데려가소
오직하는 이세상을
내못살것네

11. 물명주 한삼소매

*나주땅 나방애노래(타박네유형)가 끝난 후, 그 뒤에 "병풍에 그린 닭…" 대목이 있는가를 물었더니 있다고 하면서, 이 노래를 말로 구술하고, 노래에 얽힌 내용을 자세하게 설명해주었다. 이해의 편이를 위해서 이 노래의 연행상황을 그대로 제시하기로 한다.

어지오는 저신랑은
잠만잘라 오셨는가
물명주라 한삼소매
반만들고 나를보소
(그랑께 인자, 각시를 본께 이쁘거든)
날아날아 새지마라
개야개야 짖지마라
닭아닭아 울지마라
우는닭키 왜안운가
짖는개가 왜안짖는가
오늘밤만 밤이란가
내일밤도 밤이라네
내일적 다시처럼
우리다시 만나보세.

(말로) 이렇게 전에는 평풍을 치고 거시기 했거든. 평풍을 치고 각시는 저어그 꾸석에 가 앉았고 신랑은 방 가운데 터억 앉아서 그집에 장개를 가고 오고 했는디. 어떤 사람이 인자 동네에서 가이네가, 그 가이네가 실갈이를 삶아가꼬 샘으로 간께 샘으로 가서 유엄씨가 "그 실갈이 한거 나 좀 주라, 아직 국이나 끓여 먹을란다" 한께 롱, 실갈이를 안췄든가봐. 안준께네 "시집간날 너 전뎌봐라. 나가 너 기여코 너 말 한 자리 봐줄끼이다." 그랬드마는 아이, 잊어부럿는디. 시집간날 신랑개가 와서 절안한다 고 치매둘러 쓰고 이렇게 절해. 쩌그 한나 쓰고 여그 한나 쓰고, 이렇게 절하고 있는 디 그 어매가 끼어서 인자, "신랑개는 이쁘다마는, 큰애기는 뭔산에, 아 뜨는 산에 원 도깨비, 지는산에 낮도깨비, 뜨는산에 낮도깨비, 지는산에 뜬도깨비, 그라고 그리케 생겼다고. 그렇게 생겼는디 신랑개는 이쁘구나" 그랬어.

그랑께 인자 신랑개가 그 소리를 듣고는 인자, 속이 찌끄름 했제. 어띠케 생겼 디 평풍 뒤에 있인께 보지는 못하고. 옛날에는 절해도 요리 치매로 싹 둘러써 가지고 신랑개를 안보여 주거덩. 싹 이렇게 내리 둘러써 가지고 안보여주고 양쪽에서 잡고 절시키고. 그랬는디 저녁이 돌아온께롱 신랑개가 조용히 안겨꼬 있어도 첫날밤에 너 무 말을 안걸어. 말을 안건께 평풍 뒤서 가이내가, 옛날에 우묵에다 거식상 갖다놓고 걸게 차려놓고 저녁에 가이내랑 신랑개랑 둘이 먹으라고 상을 갖다놨는디 상 가꼬 오 라고 말도 안한께 가이내가 걱정이 됐제.

'우째서 저렇게 저라고 있을까' 그랬는디 하다하다 기다리다 안된께롱 아침에 그

뒷날 저녁이제, 그랑께농 어제오는 저신랑은, 밤중이 지냈는갑데, 초저녁이 열두시가 되믄 오늘날이고 열두시가 넘으믄 내일날이제, 그란께 하다하다 기달려도 아무소리 없인끼, "어제오는 저신랑은, 잠만잘라 오셨는가, 물명주라 한삼소매, 반만들고 나를보소" 이렇게 보라고, 훌쳐 보라고, 저도 이쁘게 생겼는디 그란께. 그래서 디창, 그소리 듣고 이렇게 평풍 뒤로 넘어서 살짝이 넘어다본께 이쁘게 생긴 각시가 거기가 들었대야. 하다하다 이쁜께로 "날아날아 새지마라, 닭아닭아 우지마라" 그란께, 가이내가 "우는닭키 왜안운가, 짖는개가 왜안짖는가, 새는날이 왜안샌가, 오늘밤만 밤이란가, 내일밤도 밤이라네. 내일적이 다시만나, 우리한번 인자, 말하고 지내자"고, 그래서 풀어져서 좋아졌대. 〔조사자:하하. 재밌는 노래네.〕

그소리가 그 소리여. 평풍뒤의 봉황이여. 평풍뒤의 봉황이여. "이가많어 오지말라, 잠만자러 나가왔냐" 신랑개가 그랬는디, 물명주라 한삼소매, 반만들고 나를보소, 보며는 다시 생각날거다 그러고, 그래가꼬 좋아서 가라가서 잘살았대요. 고단해서 놀래가꼬 그 어매가 한 말만 듣고, 실갈이 하나 안줬다고 기냥, 뜨는산에 뭔도깨비, 지는산에 낮도깨비 그라고, 하하 그렇게 생겼다는디 신랑개가 얼마나 걱정이 됐었어. 〔조사자:이건 노래 다하면 정말 재밌겠다.〕 그것도 노래기는 노래여. 노래로 한거야, 노래로 함시롱 그소리 한거야.

〈자료 5〉

바리공주 서울 김경주본

1998.3.3 국민대 앞 천지당
정리 : 홍태한

　다음에 무가 연행 특성을 알 수 있는 자료를 제시한다. 서울 지역의 〈바리공주〉특성을
알 수 있는 이 자료는 아직 공개되지 않은 자료이다. 구송자는 김경주(여, 78세)로 별호를
깜장판장애기라고 하며, 7세때 신내림을 받아 약 70여 년간을 무업에 종사해 온 서울의 정
통 무당이다. 본인에 의하면 개성 덕물산에서도 굿을 해 보았다고 하는데, 비교적 상세하게
덕물산 무당촌에 대해서 이야기 해주기도 했다. 구송자가 검은색 판자로 지은 집에서 살았기
때문에 깜장판장애기라는 별호를 얻었다고 하며 대개 미아리 판장집 또는 미아리 쌍둥이라고
부른다. 현재는 사회적으로 성공한 자녀들의 눈도 있고 해서 될 수 있으면 자신이 무당이라
는 것을 감추고 싶어하고, 그래서 자신의 이력에 대해서는 별로 이야기를 하지 않아 무가의
습득 과정이나 무업에 종사해오며 겪은 여러 가지는 파악할 수가 없었다.
　1998년 3월 3일 도봉구 국민대학교 앞 천지당에서 진진오구굿이 있었고 이때 말미거리
에서 구송한 〈바리공주〉를 채록한 것이 이 자료이다. 구송자는 큰머리를 머리 위에 얹고 의
자에 앉아 장구를 세워놓고 치며 한 손으로는 방울을 흔들면서 무가를 구송했다. 한쪽에서는
다른 무당들이 말미상을 차리고 있었는데 구송자가 구송 중간 중간에 상차리기에 간섭을 하
여 서두 부분에서는 구송이 잘 이루어지지 않은 면도 있다. 그러나 구송이 끝까지 완결되어
서울 지역 〈바리공주〉의 특징을 알 수 있다. 행 구분은 조사자가 임의로 한 것이며 알아들을
수 없는 말은 (....)로 표시했다.

　　나라로 나라가 공심전이요 절이고 남서가 본이로서이다
　　이 나라 소한국에 저 나라 대한국 강남 사신국이로성이다
　　(말미상 차리는 것을 지시하느라고 잠시 구송이 중단)
　　석가 세준에 본을 보면 게 어디 본일러냐
　　집도집수에 삼위팔왕에 날이 깁수와 이십팔수
　　무웅 나옹 사마태자가 본으로성이다
　　주상금마마님 본을 풀면 게 어디 본이드냐
　　함경도 함흥에 여흥 단천이 본으로성이다
　　경복궁 창덕궁에 종묘는 사직이요
　　아랫 대궐 웃 대궐에 남서랑 자주고에 웃패 받아서 더지고요

우야 오늘 해주 최씨 아홉번시는 여망자님
또 동자망자님 앞을 시고 해를 시고 장마치겨
영원 함께 왕생극락 가시는 날이로성이다
이 정성 부르시나 세월이 여류하야 무정세월 양류패라
광풍이 건듯 불어
질대 조상금마마님 연광이 십육세 되었거늘
이궁이 비었구나 상궁이 비었으니
종묘 사직을 누게 전하고 옥새는 누게다 전하리요
애기 어서 간택을 뽑으라 하오시니
간택도 간택이려니와 어디 어디 문복이 용타더라
상궁 시녀 불러드려 은돈 닷 돈 금돈 닷 돈
가사외치 닷 푼 생준주 서 되 서 홉 금은채단 사송하니
상궁 시녀 남서마 거듭서 안으시고 천상궁 문복가니
제석궁 제석아씨 백옥반 홍보를 젓히시더니
첫산은 보시더니 만신의 헛튼 산이요
둘째 산은 정명산으로 지서니다
보시면 알려니와
기자년에 기례 거동을 놓으시면 여자 칠공주를 두실 점괘고
천길년 혼사를 기례 놓으시면
삼정승 육조판서 세 나라 국부가 되실 점괘로성이다
그대로 탑전 상달 아뢰오니
대왕마마님 하교하신 말씀이야
어느 일각이 여삼추고 하루가 바쁘신데
으째 천길년을 바랄소냐 애기 어서 간택을 뽑으라 하옵신다
삼월 삼짇날 초간에 초간택 뽑으시고
사월 초파일에 이간에 이간택 뽑으시고
오월 금단이요 상달에 삼간택 뽑으시고
칠월 칠석이 되오시니 견우 직녀가 운위하고
울먹울먹이 천상되어 만장하니 꽃밭되고
국수등 쌍등령에 정명전 대들보에 기러기 창하시고 애기 혼사를 이루시니
우여 슬프시다
전후망에 어느망에 해주 최씨 엄씨 동자만신

후세 발원 남자 천궁 부처님 기자 되서 가시는 날이로성이다
이 정성 부르시니 세월이 여류하여
애기 혼사를 이루시고 이 삼년이 지나시니
예 없던 문안이 나시더라
동창에 부는 바람 우연히 싫으시고 서창 부는 바람 아연히 싫으시고
고추 (.......) 싫으시고 굵은 뼈는 녹이는 듯 가는 뼈 후지는듯
석달 차리우고 석달 넉달 기를 모아
다섯달 반짐 받아 여섯달 칠삭 일곱달 칠삭이 되오시니
안산실청 밖산실청 (......)
상궁 시녀 불러들여 은돗 닷 돈 금돈 닷 돈
가사 외치 닷 돈 생진주 서 되 주어 금은 폐백 사송을 하옵시고
상궁 시녀가 남서랑 거듭 서 안으시고 천상궁에 문복을 가니
제석궁 소천아씨 백옥반 홍보를 젓히시더니
보시면 보시려니와 몸에 몸병이 아니고 신에 신병이 아니오라
삼신이 징을 치고 세준이 점지 속에 첫공주를 주실 점괘로성이다
그대로
(도량상 차리는 데에 또 참견하느라고 구송이 잠깐 혼란이 왔다)
무정 세월 양류패라
광풍이 건듯 불어 이 삼년 지나시니
예 없던 문안 또 다시 나시거늘
오늘은 상궁 시녀 불러들여
은돈 닷 돈 금돈 닷 돈 가사외치 닷 푼 생진주 서 되 서 홉
중 금은 채단을 사송을 하옵시니
상궁시녀 남서랑 거듭 서 안으시고
(...) 이번에도 둘째 공주를 두실 점괘로성이다
이번 몽사는 어떻더냐
정명전 대들보에 청룡 황룡이 웅크러 보이더라
청룡 황룡이 진을 치니 세자가 분명하다
각 고을에 통지하고 묵은 죄인 방송하고
햇 죄인 잡지말고 봉두별감 삼세 문안 끊치지 말라 하오시고
길 우에 오천 병마 길 아래 삼천 군사 길 아래 올리시고
(또 도량상 차리는 법에 참견)

우여 천상궁 문복가니
보시면은 알려니와
이번에도 몸에 몸병 아니오 신에 신병이 아니오고
삼신이 징을 치고 세준 점지하셔서
셋째 공주를 배판하실 점괘로성이다
그대로 아뢰오니 대왕마마님 하교하신 말씀이야
이번 몽사는 어떻더냐
몽사를 아뢰오니 열 두 폭 나삼안에 삼태성이 떨어지니 삼태성이
(도량상 차리는 법에 또 다시 참견)
비었으니 세자가 분명하다
각 고을에 통지하고
묵은 죄인 방송하고 햇죄인 잡지말고
봉두별감 삼시 문안 끊치지 말라 하오시고
길우에 오천 군사 길 아래 삼천 군사
태아래 올리시고 삼신상을 받으시니 셋째 공주를 배판하셨나니
그대로 아뢰오니 대왕마마 하교하시는 말씀이
공주 날 때 세잔들 아니 낳으랴
그 애기도 아홉밥 뒷방 부매상궁 유모 정해
국가법을 가리켜 곱게 기르라 하오시니
우여 슬프시다
선후망에 오는 선후망에 두 망제님
상산에 상문 벌양 하직하고
맨발 클러 쓴칼 벗고 후세발원 남자되어
왕생극락 가시는 날이로성이다
이 정성 부르시니 세월이 여류하여 무정 세월 양류파라
이 삼년 또 지나 예없던 문안이 또 다시 나시고
동창에 드는 바람 우연히 싫으시고
서창 부는 바람 아연히 싫으시고
백옥 같이 고운 얼굴 새알개미 슬으시니
천상궁 문복 가니
이번 몸에도 다섯째 공주를 드실 점괘로성이다
그런 문복마다 마칠소냐

이번 몽사는 없다더냐
홍도화가 생겼나니
홍도화가 비었으니 공주나 때 세잔들 아니 나랴
그 애기도 아홉방 뒷방 부매 상궁 국가법을 가리켜
고이 곱게 기르라 하오시니
우여 슬프시다
선후망에 선망 후망 두 망제님
왕생극락 부천님 길을 따라 가시는 날이로성이다
이 정성 부르시나니
이 삼년 또 지나시니 예 없던 문안이 또 다시 나시거늘
북창 드는 바람 일광에 싫으시니
서창에 부는 바람 월광에 싫으시고
백도같이 고운 얼굴 새알개미 슬으시고
굵은 뼈는 녹이는 듯 가는 뼈 줄이는 듯
앞산 높아지고 뒷산 잦아지니
천상궁에 문복가니
이 번에 보시면 알려와
몸에 몸병 아니오 신에 신병이 아니오라
삼신이 진을 치고 세준 부처 점지하셨으니
오늘은 여섯째 공주를 보실 점괘로성이다
이번 몽사는 없다더냐
천도화가 휘어 보이나니
천도화가 비었으니
이번에도 공주 날 때 세잔들 아니 나랴
그 애기 아홉방 집장 부메상궁 유모 정해
국가법을 가리켜 고이 곱게 기르라 하오시니
후여 슬프시다
선후망에 두 망제님
상산 상문 벗고 번양에 하직하고
맨발 클러 신칼 벗고 후세 발원
남자 축원 부처님 인도하시는 길을 가시는 날이로성이다
후여 슬프시다

이 삼년이 또 지나시니 예 없던 문안 또 다시 나시더라
동창에 부는 바람 일광영 싫으시고
서창에 부는 바람 월광영 싫으시고
백돌 같이 고운 용모 새알개미 슬으시고
굵은 뼈는 녹이는 듯 가는 뼈 줄이는 듯
앞산 높아지고 뒷산은 잦아지고
한두 달 자리보고 석 달 넉 달 피를 모아
다섯달 반짐이오 여섯달 육삭 일곱달 칠삭이 되오시니
상궁 시녀 불러들여 천상궁 문복 가라 하오시고
은돈 닷 돈 금돈 닷 돈 가사외치 닷 푼 생진주 서 되 서 홉
상궁시녀가 문복가니
이번에도 보시면 알려니와
몸에 몸병 아니오 신에 신병이 아니오라
삼신이 진을 치고 세준 점지했으되
일곱째 칠공주를 두실 점괘로성이다
그대로 아뢰오니 이번에는 몽사가 없다더냐
이번 몽사를 아뢰오니
은을 열두폭 나삼안에 금거북이 받았나니다
금거북이 앵겼으니 이번에 서자가 분명하다
각 고을 통지하고 묵은 죄인 방송하고
햇 죄인 잡지 말고
봉두별감 삼시 문안 내전안에 끊치지 말라 하오시니
길우에 오천 병마 길아래 삼천 군사 대 아래 숙이시고
삼신상을 받으시니 일곱째 칠공주를 배판을 가지고
주상금 마마님 용루를 쌍쌍히 흘리시며 수라를 잡수시니
대왕마마 하교하신 말씀이야
궐내 안에 여자 울음 소리가 웬 소리냐
아뢰기도 황공하고 안 아뢰기도 죄송하오나
지난 밤 삼신상을 받으시니 일곱째 칠공주를 배판하셨나니다
무슨 면목으로 운다더냐
무슨 화상으로 날 본다더냐
그 애기는 국가를 버리러 난 자손이니

뒷동산 후원에 낭지 꿀에 자친 물로 자취없이 버리라 하오시니
어찌 빼도 안으시고 달도 안 아끼시나
그러면은 자손 없는 신하에게 양녀나 주면은 어떠하냐
국가법에는 양자법도 없나니다 수영자법도 없나니
허릴 없고 하릴 없어 애기를 젖을 물려 뒷동산 후원에 버리시니
그 애기는 하늘 아는 자손이라
만병 청학 백학이 나려와 한 날개 깔아주고 한 날개 덮어주고
까막까치 (…) 세월을 보내노라니
우여 슬프시다
선후망에 최씨 오늘 아홉번째 여망제 엄씨 동자 망제
왕생극락 부처님 지자되어
상천 설문 벗고 번양 하직하고
맨발 클러 신발 벗고 은사찌게 벗으시고
오늘 칠공주 말미 받아 가시는 날이로성이다
이 정성 부르시나
세월이 여류하야 무정세월 양류패라
주상 양마마님 애기를 버리시고 티끌이 산란하야
뒷동산 후원에 하루 거동을 놓아라 하시고
바라보니 서기가 반공하고 운기 자욱하니
애들아 신하들아 그곳에 무엇이 있길래
서기가 반공하고 운기가 자욱하냐 하오시니
신하들 하는 말이 일곱째 칠공주
엄마 그려서 우는 애기가 아바 그려 우나니 젖이 그려 우나니다
그까짓 게 무슨 소용이냐
옥함쟁이 불러들여
길이 여덟 치요 품은 일곱 치
버려도 버리데기 던져도 던지데기 국왕공주라 옥함에 새기시고
그 중에 한 신하가 (…)만전은(…)
만약 이 애기를 버리는 자가 있으면
천금상에 만호봉을 봉해주리라
그 중에 한 신하 가다 죽사와도 가겠나니
애기를 안으시고 한 번을 짚으시니 한 천리가 되셨더라

또 한 번을 짚으시니 이 천리가 가더라
앞으로 유사강에 뒤로 청천강에 다다르니
옥함을 한 번 집어 던지시니 지하 솟음 하시더라
두 번 집어 던지시니 재 솟음 하시더라
세 번째 돌을 앵겨 던지시니
난데없는 금거북들이 옥함을 떠받들어 뭍에 놓거늘
그때 마침 석가 세존님
앞으로 여섯 상제 뒤로 팔만 제자를 거느리고
한 곳을 바라보니 서기가 반공하고 운기 자욱하니
애들아 상제들아 저곳에
사람 있어도 하늘 아는 사람이 있을 거고
귀신이 있어도 하늘 아는 귀신이 있을거니
어서 바삐 가 구해라 하옵시니
상제들 하는 말이
저희 눈에는 아무 것도 뵈는 것이 없나니다
그러면 설산에 올라가 너희 육 년 기도 더 해라 하옵시고
부처님 돌배를 홀리 저어 이십사 강을 건너시니
난데없는 옥함 하나 금거북 자물쇠가 걸렸거늘
부처님 설법으로 사상팔왕경을 읽으시니
열쇠 없는 금거북 자물쇠가 삐꺽삐꺽 열리거늘
애기 입에는 왕개미가 가득하고
코에는 불개미가 가득하고 허리에는 구렁뱀이 엉크러졌거늘
부처님 설법으로 장삼을 벗으시니
남자나 같으면은 제자나 삼으려니와 여자니 내게는 불길하다 하오시고
애기를 안으시고 한 고개를 넘어서니
그 골 지키는 비럭공덕 할미 할애비 자주공 노래를 부르다가
들이 숙배 나숙배 삼삼 구배를 하오시니
그대 사람이냐 귀신이냐
이 고을 지키는 할미 할아비로성이다
그럼 너희 이 세상 나와 무엇을 공덕을 했느냐
우리는 목 마른 사람 물을 주며 급수공덕이 제일이고
병든 사람 약을 주며 활인공덕이 제일이고

깊은 물에 다리 놓아 만인에 월천 공덕을 했느니
그럼 젖없는 애기 갖다 기르면은 그 아니 공덕이냐
이 산천에서 젖없는 애기를 기르라 하오시면
이 애기를 기르면은 없던 집도 생길거고 먹을 것도 조이 할 것이니
온 데 간 데 없으시거늘
그제야 부처님 술법으로 알고 애기를 받아서 한 고개 넘어서니
난 데 없는 초가삼간이 놓였거늘
그날 그시로 일곱째 칠공주는 그 애기를 기르시니
우여 슬프시다
선후망에 두 망제님 왕생극락 부처님 인도하시는 데로 가시는 날이로성이다
이 정성 구르시니 세월이 여류하여 무정세월 양류패라
광풍이 건듯 불어 하루는 애기가 다섯 살이 되었으니
한 자를 가르키면 두 자를 통달하고 석 자 넉 자 모두 가리키니
하루는 애기 하는 말이
할미 할아비야 날짐승 길버러지 금수 초목도 어마가 있는데
나는 어찌 어마 아바가 없느뇨 부모 천륜 찾아 주소이다
하날이 아바로서이다
땅이 어마로서이다
하늘과 땅이 어찌 응하여 인간 골육 두었으리
거짓 말고 찾아주서이다
전라도 왕대 나무 아바가 승하하시면
반 뚝 잘러 삼년 애곡하니 그 아니 아바신가
뒷동산 머구나무 어마가 승하하시면
양끝 잘라 네모치고 삼년 애곡하니 그 아니 어마신가
애기가 낭구도 대여보고 들에도 대여보고
애기가 그럴 듯 해서 전라도 왕대나무 멀어서 못 가려니와
뒷동산 머구나무 어마 아시고 삼시문안 끊지 않으시니
이때가 어느땐가
이화 도화가 만발한데 구시월 아침 문안을 나오느라니
낙엽송이 우수수 떨어지니 애기 마음 안으시고 애곡 통곡을 하시니
우여 슬프시다
해주 최씨 동자망자 오늘 부처님 제자 되서 가시는 날이로성이다

이 정성 부르시나 세월이 여류하야 무정 세월 양류패라
주상 양마마님 일거에도 병석에 누워 일기 어려우니
양 마마 하교하시는 말씀이야
천상궁에 문복마다 맞췄으니 문복 가라 하오시고
상궁 시녀 불러들여 은돈 닷 돈 금돈 닷 돈
가사외치 닷 푼 생진주 서 되 서 홉 금채단을 사송을 하오시니
상궁 시녀 문복 가니
이번에 보시면은 알려니와
몸에 몸병 아니오 신에 신병이 아니오라
일곱째 칠공주 갔다 버린 죄로 옥황상제님의 하교가 나렸으니
어서 애기 찾아들여 일곱째 칠공주 불러들여서
약수 삼천리 구해 와야지 일시에 독락 태평 하옵신나이다
그제 국수덩을 놓아 드려서 필마단기를 가겠느냐
그 중에 늙으신 신하 하나가
한 번을 짚으시니 한 천리 또 한 번을 짚으시니 이 천리가 다달아
날짐생 까막까치 들은 데로 차츰차츰 찾아가니
애기 머구나무를 안으시고 애곡 통곡을 하시더라
그대 사람이냐 귀신이냐
나라 신하로니 애기 찾으러 왔나이다
내가 국가 자손 같으면은
이 산천에 험히 기를 리가 만무하니 어서 가거라 하시거늘
아무리 봐도 국가자손이 분명하이다
그러면은 무슨 표적이 있느냐
이레안 저고리 가져왔나니
그까짓 게 무슨 표적이냐
양마마님 단지를 받아와야 어마하고 부모 찾느니
그래 나는 듯이 궐내 삼문에 가
궐내 성안에 들어가서 옥수를 길어다가 백석 받아서
어마 대왕마마는 엄지가락 비우시고
주상금 마마는 잔가락 은장반에 가득 차셔
나는 듯이 달려와 애기 새끼 가락 비우시니
세 피가 한 데 합수 하시거늘

어느 이래도 미진해서
맑고도 맑은 하늘에 내가 국가 자손이 분명하거든
뇌성벼락 쳐라 하거늘 난데 없는 뇌성벽력을 하시드니
십리 안에 가는 비가 나리시고 십리 밖에 굵은 비가 나리시니
그제야 부모 천륜인줄 알고
신하 뒤를 따라 궐내에 삼문에 들어가니
주상 양마마님 섬섬옥수 잡으시며
추위 어찌 살았느냐 더워서 어찌 살았느냐
하삼(...)   무얼 먹고 살았느냐 무얼 입고 살았느냐
겨울기 되면 산천리 흑초리
여름이 되면 버리동냥하여 먹고 베잠방이 잠방이
대왕마마님 산호 부리에도 오뉴월에도 서리가 오셨더라
그날부터 가족분을 돋우시고
첫째 둘째 공주 불러들여 부모 소양 가서 삼천리를 가려느냐
뒷동산 하루 거동 나섰다가
제 집을 못찾는데 제 어찌 가느뇨
또 오늘은 셋째 넷째 불러들여
부모 소양을 가려느냐
오늘은 큰성님 못가는 길을 제 어찌 가느뇨
다섯 여섯 째 공주를 불러들여
부모 소양을 가려느냐
여러 성님 못가는 길을 저흰들 어찌 가느냐
오늘 일곱째 칠공주 불러 들여
부모 소양 약수 삼천리를 가려느냐
세상은공 갚지 못할 망정 부모님에 열달 배슬러 나시는 공을 위해서
가다가 죽사와도 가겠느니
그러면은 무엇을 사송하랴
무쇠 창옷 석 죽 무쇠주렁 석 족 쇠패랑이 석 족을
사송하면 가겠나니
에기가 남상투를 숙여 짜고 무쇠주렁을 짚으시고
생기 불러 천세하고 단군 우에 투석쓰고
양마마께 하직 하고

여섯 형님 보고 유언 하는 말이
나 나간 지 석삼년 아홉해가 되도
인산 거동 놓지 말라 하오시고
궐내 삼문에 썩 나서니 일등 남아가 분명하다
애기 한 번을 짚으시니 부처님 서기로 한 천리가 되셨거늘
그 애기 점지하시던 석가 세준을 만났더라
들이숙배 나숙배 삼삼 구배를 아뢰오니
그대가 사람이냐 귀신이냐
나라 서잘로니 부모 소양 가는 길이로성이다
어찌 그대가 나를 속이느냐
니가 부모 소양을 간다니까 낭화 한 송이를 주시더니
이거를 가지고 가면 험지도 금지 되고
옥성도 무너지고 가시성도 무너질거니
온데 가신데 없으시니
그제야 부처님 설법으로 알고 품에 품으시고
또 한 번을 짚으시니 이 천리가 다달아
십대왕이 바둑 장기를 두시다가
그대가 사람이냐 귀신이냐
나라 서잘로니 부모 소양 가는 길이로다
그러면 오늘은 나라 칠공주 있어도
서자대군 있다는 말은 못들었으니
어서 옥성에 가두라 하오시니
임자 없는 구원에 천지 없는 구원들이 악마구리 끓듯 하더라
애기 깜짝 놀라 부처님 낭화를 외로 젖고 가로 저으니
옥문이 깨어지고 옥성이 무너지니
극락 갈 이 극락으로 천도하고
연화대 갈 이 연화대로 천도하고
또 한 번을 짚으시니 무장승을 만났거늘
들이숙배 나숙배 삼삼 구배를 하더니
그대가 사람이냐 귀신이냐
나라 서자럴니 부모 소양 가는 길이로성이다
나무 값 가져왔냐

아차 중에 잊었나니
풀값 가져왔나
촉망 중에 잊었나니
물값 가져 왔나
수수중에 잊었나니
그러면 낫 없는 나무 삼년 비어 주고
(...) 삼년 묻어 밑 빠진 두멍에 물 삼년 길어서 던져 줘야
부모 소양 되나이다
그도 그리하오시다
석 삼년 아홉해를 살고나니
무장승 하는 말이
아무리 봐도 여자 태도가 분명하다
이래 봐도 돌진 가재 천상베필 쌍령수
일곱아들 산전 받아줘야 부모 소양되나이다
그도 부모 소양 되거든 그도 그리 하서니다
애기가 석 삼년 (...)
오늘은 택일 잡아 혼사를 이루시고
초경에 든 잠 이경 접시에 깨들으니
열두 폭 나삼안에 북두칠성이 앵기거늘
그달부터 태기 있어 열달 십삭을 고이 차니
배 안에 든 자손 하는 말이
어마 나 놀라지 마오
앞 집에 영정 길에 영정 우리 한 날 한시에
옆에 산으로 일곱 아들을 산전받았으니
우여 슬프시다
선후망에 두 망제님
부처님 뒤를 따라 왕생극락 하시는 날이로성이다
이 정성 구르시니
애기가 하룬 몽사를 얻었으니
동해바다 해 떨어지고
서해바다 달이 떨어지니
부모 소양 늦었으니 어서 가겠노라

오늘은 여필이종부라니 나도 그대 뒤를 따르겠느니
이 산천이 여덟이서 두고 혼자만 가느냐
그도 그리하성이다
서산에 올라가 오늘은 물을 구경하고 가야
부모 소양 되느니
꽃구경 하고 가야 부모 소양 되나이다
어정정 어정정
들어오는 저 배는 무슨 배요
눈을 빼서 공기 놀고 새를 빼서 밭을 갈고
이를 빼서 신을 감고 악마구리 끓듯 하고 가는 배는
나라에 역적이요 부모에 불효하고
남에 말 엿들어다 이간질 붙인 죄
전실 자식 구박한 죄
억만 사천 뱀지옥 구렁 지옥 가는 배로성이다
어정정 어정정
들어오는 저 배는 무슨 배요
은을 머리톨에 발상하고 가고 싶어 (...) 피바다가 되서
가는 배는 남의 가문에 갔다가
손 실을 여주다 못하여 하탈길에 가는 배로성이다
어정정
들어오는 배는 저 배는 무슨 배요
불을 끄고 돛대 없이 가는 배는
그 배는 남에 가문에 갔다 손세를 못여주어
무자 구혼으로 가는 배로성이다
어정정
들어오는 배는 저 배는 무슨 배요
연하로 배를 모고 난시 잔잔한 촛불 영 등을 받으시고
(...)가는 배는 그 배는
선후망에 두 망제님
부처님 기자되서 칠공주 말미 받아 극락시계 연화대 가시는 배로성이다
오늘은 아홉식구가 금관이 한 고개를 넘어서느라니
나무 하는 목동들

오늘은 부모 소양 간다니까
일곱째 칠공주 온다는 말도 없다니
남대문에 국상이 났으니
배안에 든 자손은 배밖에 난 자손은
수양공주 부모 소양 간다더니 온다는 게 허사로구나
저 한 마디 하니 애기가 깜짝 놀라
그 말 한 마디 더 하려무나
애기 업었던 일곱 자 일곱 치 고를 풀어 던지시니
오늘 그대의 오늘 강림도령의 따라 하는 말이
남대문에 국상이 났다 하시거늘
애기가 깜짝 놀라
비녀 빼서 땅에 놓고 댕기 풀어 낭게 걸고
머리 풀어 발상하고
일곱 아들은 수풀 속에 숨기시고
무장승은 바우 틈에 숨기시고
나는 듯이 달려가
소연 멈추어라 대연을 멈추어라
여사공들은 사포장 밖으로 나서라
어 상궁 시녀들은 사포장 안으로 들라
나실 적에는 배꽃 펴서 인산 거동 나셨거늘
드실 적에는 앞으로 들라 하시더니
겉매끼 속매끼 열네 매끼 고를 풀어
피살이 살에 넣고 뼈살이 뼈에 넣고 숨살이 숨에 넣으니
주상 양마마님 양 옆으로 누우며
너희 어찌 이리 복장이 달랐느냐
애기가 약수 삼천리를 구해 일시에 독락 태평하성이다
국을 반을 주랴 은을 반을 주랴
국도 지녀야 국이옵고
부모 소양 갔다 죄를 짓고 왔나니
내 죄가 아니라 무슨 죄냐 하시니
무장승을 만나 일곱 아들 산전 받았나니다
그러면은 무장승에 면목이나 보자무나

대한문에 허리 거처 못들어오나니
그래 인제 강림 도령 불러들여
내리 지하문 파고 그 문 한쪽으로 뫼시니
무장승이 드시니 키는 구척 같고
눈은 통방울 같고 입은 매기아가리 같고
발은 무릎 아래 크거늘
애기 키를 재봐라
이십팔척이로소이다
무장승에 키를 재봐라
삼십삼척이로서이다
천상베필 이상연이다
드릴 없고 하릴 없다
애기는 발라로 마련하고 무장승은 인경으로 마련하고
일곱째 칠공주 문안만신 몸주께서
수치마 수저고리 은하 몽두리 받으시고
일곱아들 절에 올라 일곱 칠성님
오늘은 사람 죽어 구원되면
칠칠이 사십구제 백일제 불전 장전 받아 먹게 마련하고
또 무장승은 식언 군웅치 받아먹게 마련하고
또 그 애기 기르던 비리 공덕 할미 할애비
불배 나점배 양귀비 조밥 받아 먹게 마련하고
선후망에 두 망제님 후세 발원 남자 천도
부처님 인도 하시는 데로 가시는 날이로성이다
지장보살
나무아미타불
나무아미타불 (바라를 요란하게 친다)
나무아미타불 지장보살 나무아비타불
(방울도 요란하게 흔들며 계속 염불)
붉은 천광이 있어도 뒤돌아다 보지 말고
외철쭉 진달래 노간주 맨드라미 봉숭아
마늘밭 파밭이 엉크러졌대도
한 잎 따서 입에 물지 말고

누르고도 푸른 길은 지옥 가는 길이고
좁고도 밝은 길은 극락 세계 가시는 길이니
지장보살 뒤를 따라 극락세계 가시소서
지장보살 나무아미타불
(바라를 요란하게 치며) 휴우.
(여러 사람들 수고했다고 인사)

구비문학의 연행자와 연행양상

1999년 1월 20일 인쇄
1999년 1월 30일 발행

편집인 : 조 희 웅
발행인 : 박 찬 익

발행처 : 도서출판 **박이정**
130-070   서울시 동대문구 용두동 253-197번지
전 화 : 922 - 1192~3, FAX : 922 - 1192
온라인 : 상업 114-08-234933 우 010447-0053403
등 록 : 1991년 3월 12일   제1 - 1182호

ISBN 89-7878-329-5   값 13,000원